越红尘

吕 华◎著

中国言实出版社

图书在版编目（CIP）数据

越红尘 / 吕华著 . -- 北京：中国言实出版社，

2025. 1. -- ISBN 978-7-5171-5055-8

Ⅰ . I247.5

中国国家版本馆 CIP 数据核字第 2025BS6803 号

越红尘

责任编辑：史会美
责任校对：王君宁

出版发行：中国言实出版社

地　　址：北京市朝阳区北苑路180号加利大厦5号楼105室

邮　　编：100101

编辑部：北京市海淀区花园北路35号院9号楼302室

邮　　编：100083

电　　话：010-64924853（总编室）　010-64924716（发行部）

网　　址：www.zgyscbs.cn　电子邮箱：zgyscbs@263.net

经　　销：新华书店

印　　刷：徐州绪权印刷有限公司

版　　次：2025年4月第1版　2025年4月第1次印刷

规　　格：710毫米×1000毫米　1/16　26.25印张

字　　数：390千字

定　　价：68.00元

书　　号：ISBN 978-7-5171-5055-8

第一章

　　吕思刚刚练完功，就接到宗伯邑派人送来的信，让他尽快去一趟，有事要谈。他匆忙换了衣服往宗伯邑处赶。正值春暖花开的季节，漫山遍野的各种花儿竞相开放，红的、绿的、黄的、粉的……各自展示着独特的风采，散发着沁人心脾的香气。吕思无心观赏花儿，脚下如同踩着风火轮腾云驾雾般飞快。他多年来冬练三九，夏练酷暑，练就一身好功夫。

　　宗伯邑等吕思到后，开门见山地告诉他，让他下山前往淮南国寻找吴玺父女。

　　吴玺原是淮南国的御史大夫，因看不惯淮南王嚣张跋扈、独裁统治、朝令夕改、祸国殃民，劝谏不成反被以犯上罪革职，遂带着女儿吴惟珊辗转到了女娲娘娘庙。吕思这时已在此苦学多年，从一个年幼无知的孩童成长为博才多学、身怀绝技的英雄少年。

　　吕思和吴惟珊相识后因性情相合，感情日笃，二老便为他们俩定下姻亲之约。

　　后来吴玺因得罪了当朝皇上，被发配蜀郡充作官奴。此后，宗伯邑与吕思没有了吴玺父女的消息，宗伯邑忧心之下决定命吕思前往淮南国寻找。

　　说完寻找吴玺父女之事，宗伯邑道："你此次下山还要给我打听一人。"

　　吕思道："宗爷爷尽管吩咐便是！"

　　宗伯邑道："她是我的女儿，名叫宗玉梅。论起来你该叫她一声姑姑。"

吕思惊讶道:"我怎么从未听您提起过?"

宗伯邑叹道:"冤孽呀!当初她恋上了睢阳县内一个名叫孙怀才的纨绔子弟,我苦劝无果,最终她还是嫁给了那个小子。婚后不久,那小子的父亲暴病而亡,他的母亲又管不了他,对他十分放纵,导致他终日和一帮地痞流氓吃喝嫖赌。到后来,家财全部败光,他的母亲伤心之下自尽身亡。我那苦命的女儿也被迫嫁给了债主!"

吕思问道:"后来呢?您就没有找过姑姑吗?"

宗伯邑长叹了一口气道:"我得到消息后,匆匆赶到睢阳县城,那小子连府邸都输给他人,离开睢阳讨饭去了,至于我的女儿身在何处,无人知晓,只听说她在改嫁当日趁着夜色逃走了,从那以后我再也没有听到她的任何消息!"

吕思道:"姑姑身上可有什么不同之处?您老人家告诉我,也方便我们相认。"

"她面相清秀,右耳垂下有三颗呈品字形排列的红色小痣。另外,我有一对双鱼玉佩,给了她一块,我留下了一块。"说完从怀中掏出一块鱼形玉佩道,"这一块你拿着,另一块的鱼唇和鱼尾与这一块正好相对称。"

吕思含泪收下道:"宗爷爷放心,我一定会将姑姑找回来的。"

淮阳郡陈县境内的郭家庄每年都要在春季举办一次比武大会。届时,周边各国都会派出太尉以上的官员观看,大会结束后,这些官员会从参赛人员中挑选武士回国任职。

吕思路过郭家庄时闻声来到比武大会决赛现场。比武场地面积很大,足可容纳千余人,场地北侧有一木质擂台,擂台四角各有一根高大的旗杆,顶端各挂一个红色条幅,条幅上分别书写着:笑迎八方客;英雄会盟处;比武纳贤士;诸侯揽英才。擂台上有两排座椅,坐着各国来的官员,擂台下人山人海,挤满了观众。

时光如梭,不觉已是下午时分,场上已有二十余人参与了争斗。此时,擂台上河北义侠吴厚度与穿山狼左新天正缠斗在一起。

吴厚度突然发出一声痛呼,随即躺倒在地,他指着左新天骂道:"姓左的，没想到你竟如此歹毒！居然用暗箭伤我！"左新天冷笑道："输了就是输了，你躺在那儿像个怨妇一般唠唠叨叨，岂不丢了习武之人的脸面？只怨你学艺不精，若不服日后可随时找我比试。"

郭爻起身劝道："胜败乃兵家常事，两位切不可为此伤了和气。来人，将吴大侠搀扶下去休息！"话音刚落，便有两名壮汉从后台奔出，将吴厚度搀扶了下去。

左新天向台下抱拳道："还有哪位英雄愿意上来指教，我左某……"话音未落，台上已经飞落一个干瘦的老年男子。老者须发皆白，一双眼睛散发出阵阵冷气。左新天见这老者手中空空，并无兵刃，只道他在有意轻慢自己，心中杀机顿起，笑道："老人家，这是擂台，刀剑无眼哪，你还是取了兵刃再来战吧！"老者冷声道："就凭你也配老夫动用兵刃？今日你若能在老夫手下走上三个回合就算你赢！"

话音刚落台下已是嘘声一片，众人都认为这老者太过狂傲，要知道，左新天此时能站在台上，说明今天在场之人能胜他者已是寥寥无几。这老者如此轻慢他，岂不是将在场之人都不放在眼里？左新天嘿嘿冷笑道："既然如此，左某得罪了！"

左新天使出第三招时，长剑在他和老者之间形成一道剑幕。突听老者大喝一声："第三招了！"一只手突地冲入剑幕，向左新天的胸口拍出。随着一声惨呼，左新天身体向后飞出三米开外，摔倒在擂台上。他挣扎着想要爬起，眼前突地一黑晕死过去。

老者手持抢夺而来的长剑，傲然挺立，双眼向台下众人环视着。不等郭爻吩咐，立时有两名壮汉上台将左新天抬了下去。台下顿时安静起来，他们都在猜想老者的身份。

赵国世子刘好忽地站了起来，口中叫道："好！这位老人家就跟我回赵国去吧！"

郭爻起身走向老者问道："请问老人家高姓大名？"

老者冷声道："祁连三老，焦风貌！"

此言一出，台下立时发出一阵惊叹。"祁连三老"成名于三十年前，一身武功已至化境，在江湖中鲜有敌手。

众人目睹了焦风貌的武功，料想今日已无人是其对手。

郭爻向焦风貌抱拳道："原来是焦前辈！失敬！失敬！"转向台下高呼道："还有何人愿意上台同焦前辈比试？"

郭爻正要宣布焦风貌为本次比武大会的头名时，突然一个气宇轩昂、英姿焕发的美少年跳上擂台。

郭爻问道："少侠报上名来！"

美少年抱拳回礼道："梁国吕思！"

郭爻眼里精光突地一闪，抱拳道："幸会！幸会！"退后几步大声道："比武开始！"

焦风貌打定主意要先下手为强，突地挺剑向吕思前胸刺去。吕思见他虽是将剑前刺，手臂却是微屈的，知他使的是一记虚招，便紧盯他的双肩。果然，焦风貌的长剑刺到一半时手臂陡然下沉，长剑直奔吕思的腹部刺去。

吕思不退反进，只见他身体前倾，手中长剑直刺焦风貌的胸口。这一招凶险至极，看似两败俱伤的打法，却是最有效的以进为退的打法。焦风貌果然不敢硬拼，急忙回剑拦挡。吕思见他回剑自保便翻动手腕改向焦风貌的下盘攻去，这一招变化突然，焦风貌急忙一个纵身向后跃去。吕思不待他站稳，抢步上前向其肋部刺去。焦风貌情急之下只得躺倒在地使了一记"懒驴打滚"方才险险避过。要知道"懒驴打滚"使用起来狼狈不堪，只有武功平庸之辈才会使用，武学高手万万不会用此招，否则颜面扫地。

台下众人全都屏住气息，他们没有想到名贯江湖的焦风貌竟被一个无名少年打得毫无还手之力。吕思不想再缠斗下去，使出绝学"青竹剑法"向焦风貌的腹部刺去。焦风貌使出十成内力，挺剑阻挡。吕思大喝一声："起！"随着一声脆响，焦风貌手中长剑已被挑飞在空中。焦风貌正惊愕间，吕思的长剑已抵在他的咽喉之上。

台下又是一片哗然，台上楚、吴、赵等国世子、太尉都立起身来。焦风貌脸上肌肉颤动不已，忽地叹道："老朽技不如人，要杀要剐，悉听尊便，动手吧。"

吕思收回长剑道："今日只是比试，得罪之处请见谅。"

焦风貌冷然道："今日之辱，他日我必报还。"忽地转过身子向台下跃去，他的轻功极好，眨眼之间已离开众人视线。

郭爻之女郭小玉在台下偷偷地瞧着吕思，心中激荡不已，她已把吕思牢牢记在心里。

郭爻起身来到吕思跟前，向台下叫道："还有哪位英雄愿意上台和吕少侠比试！"他连续高呼了三声，台下均无人答应。郭爻见状情知今日再无人敢上台与吕思比试，便向台下高呼道："既然诸位英雄都不再与吕少侠比试武艺，现在我宣布，本次武试头名：吕思！"

众人闻言顿时发出一阵欢呼。

郭爻举手示意众人安静，而后大声道："请参加比武的诸位英雄散场后去后台登记姓名，等候诸侯国挑选。另外，鄙庄已在打谷场内置办了酒席，敬请诸位英雄前往欢聚痛饮！"此言一出又引得台下发出一片欢呼声。

郭爻拉着吕思的手向诸侯国世子及太尉们走去。此时，楚国世子刘不为，吴国世子刘贤，赵国世子刘好，以及胶东国、胶西国、济南国、淄川国的太尉都已站立起来。楚国世子刘不为笑道："吕少侠真乃武神也，我父求贤若渴，还请少侠与我一同回楚国！"吴国世子刘贤道："我国正需吕少侠这般少年才俊，吕少侠还是同我回吴国为好！"赵国世子道："两位世子就不要与我相争了，前两场武试头名都被你们带走了，这一次怎么也该轮到我们赵国了。"吴国世子刘贤道："世子之言差矣，为国选才怎可以数量多寡相论？吕少侠何去何从，还是由他自己决定为好。"

三国世子互不相让，争论不休。其他四国太尉不敢插言。吕思下山是因为寻人，哪有心思为他们效劳，抱拳道："草民感谢诸位抬爱，可是在下闲云野鹤惯了，只想云游四方，未曾有过为官之志。请诸位给予谅解！今日就此与诸位别过。告辞！"说完转身就要离去。

郭爻拦住吕思道："吕少侠且慢！"然后对三位世子及众太尉道："人各有志，既然吕少侠不愿意为官听差，我们就不要勉强他了。老夫已在家中备下酒席，我们一醉方休如何？"

诸世子闻言都在心中想道："虽然这吕思不为我国所用，但是也无为别国效力之忧。"因此，脸上不悦之色一扫而空，纷纷迎合郭爻道："如此甚好！"三国世子都已表态了，其他四国太尉更无话说。

郭爻向吕思道："我与少侠颇有渊源，待晚宴后再与少侠详谈！"说完拉住吕思的手。

吕思心中一动，问道："庄主与我有何渊源？"

郭爻低声道："自然与少侠父母有关，此地不是说话之所，少侠与我赴宴后，晚上再细说！"

因为吕思急于知道郭爻要与他谈什么，所以在晚宴上闷闷不乐。

晚宴后，吕思与郭爻分宾主位置坐定，二人说了几句闲话。

吕思问道："庄主识得家父、家母？"

郭爻盯住吕思的面庞问道："前吕国国王吕嘉、王妃李蓝儿可是少侠的父母？少侠原名是吕不思，因躲避官府的迫害才改为吕思的，是也不是？"

吕思心中大震，强自镇定道："庄主说笑了，在下实乃一介草民。"

郭爻摇头叹道："原来是我错认了，还望少侠不要见怪！想当年我被仇家设计陷害，若不是国王吕嘉相救，我阖家老小二十余口早已不在人世了。"

吕思强压住激荡的心情，低声道："这种大逆之言庄主还是少说为妙。"

郭爻愤然道："王叔吕产为了谋夺王位，弑君篡位并杀害了你的母亲，对于此等大逆不道之徒我早有除他之心！可是此人太过狡猾，我派出多人前去行刺始终没能得手。好在苍天有眼，他被刘恒所杀，得了个死无全尸的下场，只是可怜了其他吕氏族人。"说到此处，郭爻见吕思的眼睛里有泪水充盈，又问道："吕少侠是梁国人氏？"他边说边盯着吕思的眼睛。人的内心感情起伏波动，往往会通过眼睛流露出来。

吕思点头道："正是！庄主有话但说无妨。"郭爻的一番话让他感激不已，心中已是把郭爻当作父亲的故交好友了，只是强忍着不在脸上表现。

郭爻道："敢问令尊姓名？少侠不要见怪。只因我曾在梁国居住多年，说不定和令尊相识呢？"

吕思心中激荡，道："我父母已仙逝多年，他们素来不与外界之人来往，庄主怕是要失望了。"说完，两行泪水已自眼中流出。

郭爻叹道："想不到令尊令堂如此年轻就仙逝了，实是让人惋惜。"

吕思转身拭去泪水。

郭爻问道："我有一个故交好友名叫宗伯邑，他乃是梁国宛东山女娲娘娘庙的庙主，不知少侠是否相识？"

吕思脱口道："庄主说的是宗爷爷吧？"

郭爻忽地站起道："我果然没有猜错，你就是我那苦命的侄儿，你还要瞒我多久！"

吕思心中再无疑虑，起身施礼道："请伯父勿怪，小侄实在是有难言之处。"

郭爻双手托住吕思的臂膀，眼睛湿润道："恩公之后如此优秀，他们夫妻二人在天之灵也该欣慰了！"

吕思和郭爻重新入座后又聊了一会儿，忽有庄丁来传话说赵国世子要见郭爻，郭爻不好推辞，与吕思约定明日上午见面。届时，他要将事关吕族被灭的内情证物都交给吕思。

第二日上午，有一黑一白两名庄丁将吕思带到郭家庄"静园"内。"静园"是一个废弃的花园，园内荒草丛生。

两名庄丁来到一个黝黑的坑洞前停住，黑面庄丁道："庄主就在下面的石室中等候。"

吕思心中疑惑，看向黑面庄丁。黑面庄丁道："少侠不要怀疑，这是庄主为自己修建的墓地。只因庄主财力雄厚，担心身故之后被盗贼偷掘，因此故意将此地弄得荒芜万分。"又介绍道："我叫吴斐，他是楚丁。我们二人都已追随庄主多年。"

吕思道："有请二位前面带路！"

楚丁和吴斐顺着斜坡梯子向下走去。走了数十级台阶后，来到一扇巨大的石门前。石门是敞开的。吕思和两个庄丁进入石室内，见这石室高约三米，宽约五米，墙壁两侧分别安放了数十盏长明灯，虽是深埋地下但灯火通明。

吕思问道："庄主呢？"

楚丁道："庄主应该在里面一个房间，少侠请随我来。"

吕思看到前面果然还有一扇石门，于是跟着楚、吴二人打开石门走入第二间石室。这间石室比第一间大了足足有一倍还多，墙壁上也点了数十盏长明灯。两侧墙壁下整整齐齐地各摆放了五六个铁皮箱子。

吕思再次问道："庄主呢？"

吴、楚两个庄丁疑惑地对视了一眼，吴斐道："庄主就是在这里吩咐我两去请少侠的！庄主呢？"话音未落，忽听外面传来"轰"的一声闷响，三人急忙跑出去查看，只见第一间石室的大门被紧紧地关闭了。

吕思顿感不妙，向吴斐怒道："你们到底是谁？"

吴斐慌忙解释道："我俩确实是庄主的侍从，庄主也确实说在此等候少侠的。可是，可是这石门怎么关起来了呢？"

楚丁自我安慰道："或许是庄主临时有事出去了，又或许是控制着石门的机关出故障了。"

吕思见他们二人不像在撒谎，问道："这开门的机关在哪里？"

吴斐道："不瞒少侠，我们俩只在去请你之前才被庄主带到这里，加上这一次我俩算是第二次进入这石室内，至于机关在哪里我们也不知道。"

吕思见他不像说谎，便道："那我们就等一等吧。"

时间在飞逝，吕思心中的疑虑也在逐渐增加。又过了约三炷香时间，吴斐和楚丁变得焦躁起来，他们不停地来回走动，口中不停地自语道："庄主呢？就算临时有事此时也该回来了！"恐惧在他们心中逐渐蔓延开来。

吕思起身用手在石门附近摸索着，同时向吴、楚二人喝道："你们愣着干吗，还不和我一起找寻机关！"

吴斐和楚丁这才反应过来，三人摸索了半天都没有发现机关。吴斐突然扑向石门，用力地捶打石门并大声叫道："庄主，庄主……"楚丁则自我安慰地劝道："庄主一定有事耽搁了，他，他，马上就会到的！你我二人俱是自小被庄主养大的，他，他不会丢下你我不管的！"

吕思不再理会他们，就地盘膝而坐，开始整理思绪。郭爻的言谈举止在吕思的脑海中逐一呈现，片刻后他长叹了一声，因为他已猜出郭爻是他父亲的仇家。

吕思暗自责怪自己太过于轻信他人，全然忘记了宗伯邑交代的江湖险恶的道理。他瞧向满面恐慌的吴、楚二人道："你们要想活着走出去，就不要说话，也不要乱动！"

楚丁问道："你为什么要这么说？"

吕思微笑道："因为此刻正有人在关注着你我的生死。"

吴斐颤声道："你在说庄主吗？庄主想，想……"

吕思冷声道："到现在你俩还对他抱有幻想吗？"

吴斐和楚丁急得大骂吕思，不许他侮辱庄主。待他们发泄完毕见到冰冷的石门依然耸立不动时，双双对视了一眼后颓然坐倒在地，将身体紧紧靠在墙壁上，双眼呆滞地瞧着石门。时间在一点点流逝，不知不觉之间，两天已经过去了，吴斐正要开口说话，石门外突然传来郭爻的声音："吴斐、楚丁，你们还好吗？"

吕思急忙示意他们俩不要回答，可是，求生的欲望加上愚昧无知促使吴、楚二人扑向石门大声叫道："庄主是你吗？我们还好，庄主快些开门！"

门外突然沉寂起来，任凭吴斐和楚丁怎么叫喊，门外再无一丝声音。吴斐和楚丁二人慌急之下更加大力地拍门，慢慢地，他们的双手流出了鲜血，嗓子也嘶哑起来。

吴斐突然扑向吕思道："都是你害的，我和你拼了！"

吕思飞起一脚将他踹倒在地。吴斐滚地而起，大喝一声后再次向吕思扑来，吕思怒道："你疯了吗？"同时又飞起一脚踹在吴斐的胸口，吕思存心要给他教训，因此脚上用了三分力道，吴斐哪里经受得住，身体像离弦之箭一般飞向墙壁，然后"扑通"一声跌落在地。

楚丁抢上前去扑倒在吴斐的身边，连声呼叫："吴兄，吴兄！"

吴斐"哇"的一声喷出一口鲜血，楚丁急道："你怎么样了？"

吴斐瞧向吕思道："都是他害的，否则我们岂会在此等死！"

楚丁叹道："你胡说什么！这与少侠何干？"

吴斐恨声道："难道不是吗？若不是他惹怒庄主，我俩怎会在此陪葬？"

楚丁悲愤道："老吴你糊涂呀，要置我们于死地的是庄主不是吕少侠。"说完，向吕思说道："我知道少侠武功高强，我俩也绝非你的对手，只请少侠高抬贵手，不要和他一般见识。"

吕思冷声道："你倒是一个明白人，我且不和他计较。"

吴斐此时已然冷静下来，在楚丁的搀扶下将身体斜靠在墙壁上。

室内陷入一片沉寂。

半日后，吕思开口问道："你们想死吗？"

吴、楚二人木然地摇了摇头。

吕思又问道："想活吗？"

吴、楚二人对视了一眼后同时向吕思使劲地点了点头。

吕思道："你们若想活命就要听我的吩咐，同意吗？"

吴、楚二人当然同意了，都更加用力地点头。

吕思道："从现在起，没有我的吩咐你们谁都不许说话，也不许发出声响，明白了吗？"

吴、楚二人同时答道："明白！"

吕思凝神静气地听了听，石门外安静无比，心想："看来这老贼一时半刻是不会回来了，我也不能干坐着等死呀，还是再想想办法才好。"突然，他想到了那十几个铁皮箱子，脸上刚露出一丝喜色忽地又沉了下去，心道："我是傻了吗？老贼怎会给我留下逃生之物？"犹豫了一下又想："看看总无害处。"于是起身向吴斐和楚丁说道："我们去看看那些箱子里面都装了些什么。"

楚丁搀扶着吴斐从地上爬了起来向后室走去。

十余只铁皮箱子被吕思逐一打开，里面大多装的是金银珠宝，其余的则是竹简和兵刃。这些东西若是换作平时，见到之人定会兴奋发狂。可是，吕思等人此刻的脸色比白雪还要苍白。吴斐口中含混不清地咒骂着，疯了般地将珠宝玉器抛向空中。

吕思翻检着箱子中的兵刃，随手拿起一把匕首查看。这把匕首短小轻薄，剑鞘乌黑，吕思将匕首拔出，只见匕首通体乌黑，寒气逼人，匕首一侧刻有'霸下'二字。吕思暗赞道："'霸下'，好霸气的名字！"随即将匕首揣入怀中。

如此又过了五日，吕思等人俱饥渴难耐。这几日中，吴、楚二人已将各自的尿液都喝完了，他们眼色血红地互相凝望着，知道如若再不饮水，生命也就到了尽头。

吴斐忽地将楚丁按倒在地，张口向他的脖颈处咬去，楚丁拼命挣扎，翻身将吴斐压在身下，张口向吴斐的脖颈咬去。忽然，二人先后发出一声惨叫，随即死去。原来吕思不愿见到人伦悲剧的发生，出手将他们二人击毙。

吕思又坐回原地，忽然石门外传来郭爻的声音："世子还好吧？里面好像热闹得很哪！"不知何时郭爻已返回石门之外。

吕思问道："你这老贼到底与我有何怨仇，你敢说与小爷听吗？"

郭爻干笑道："本庄主就让你做个明白鬼吧。十八年前你爹贪恋美色以致弃江山社稷于不顾，你王叔吕产怒其不争便带领我等力挽狂澜，将你爹娘刺死在山下。只怪你王叔一剑刺偏了方向，让你这个孽种苟活到现在。好在苍天有眼，又把你送到了我的手中，只是让你这个孽种污了我的墓地，实是令我气愤。"他停顿下来聆听吕思的动静，石室内却出奇地沉静。

郭爻叫道："你这孽种在听吗？为什么不说话？你也可以求我，说不定我一时心软就真的放了你呢！"说完，将耳朵贴在石门上听去。

……

石室内依然沉静无比。郭爻冷笑道："料你这孽种也活不过今日，实话告诉你，老夫乃是漠北四鹰之一，知道鹰是做什么的吗？专吃你这孽种之肉的。老夫等着你这美食呢！"说完，他纵声长笑，笑声越来越远。

吕思心中很急，他本以为杀父仇人都已死亡，因此才放弃了报仇雪恨的念头。今天郭爻的一番话让他心中重新点燃了复仇之火。

儿时的记忆又涌上心头，吕思终于知道十八年前的那个风雪之夜跟随吕产的四个黑衣蒙面男子是谁了。

"漠北四鹰！漠北四鹰！我一定会找到你们的！"吕思的脸上满是悲愤之色。

吕思醒来的时候已在郭家庄外五十余里的李家村。

吕思发现自己躺在一张床上，床前坐着一个年约十五六的绝美少女，于是问道："你是谁？这又是哪里？"

少女喜道："你醒了！这里是李家村。"

吕思回想了一番，道："是你救了我？"

少女点头道："是。"

"我在郭家庄的密室之中，你怎能救我出来？"

"你刚刚苏醒，不要想太多。"

"请姑娘告诉我实情。"

"郭家庄已被大火烧成废墟了。"

"何人烧的？"

"郭庄主。"

"郭爻？他怎会烧了自己的庄园？"

"因为他害怕你寻他报仇。"

吕思吃惊道："你究竟是谁？"

少女迟疑了一下，轻声道："我叫郭小玉。"

吕思重复道："郭小玉，郭小玉。"忽地坐直了身子问道："郭爻是你什么人？"

郭小玉歉然道："他是家父。"

吕思怒道："我与郭爻势不两立，你为何救我？你有什么图谋？"

郭小玉凄然道："我阿爹做了如此背德之事，也怨不得你恨我。"

吕思恨道："今日是你救我在先，我不为难你，你走吧。"

郭小玉泫然欲泣道："你当真要赶我走吗？"

吕思面色铁青，不予理睬。

郭小玉伤心道："自我救出你的那一刻，我就和父亲断绝父女亲情了，你要我去往哪里？"

吕思大声喝道："我与你素未谋面，你怎会为了我同郭爻断绝父女亲情？你还要如何害我？说！"

郭小玉黯然道："我倘若要害你就不会将你从地下室内救出，你又何必怀疑我呢？"

吕思已知她的心意，说道："我已经有了未婚妻。"

"我知道，你叫她珊妹。"

"你怎会知道？"

"你昏迷的时候总叫她的名字。"

"你还知道什么？"

"你要去淮南国，还要找司马越。"

"我非但与郭爻有杀父之仇，而且还有了未婚妻，你还是走吧！"

"我见到珊姐姐即刻离开，只求你现在不要赶我走！我的家刚被焚毁，你此时赶我走不是将我逼上绝路吗？"

吕思见郭小玉洁白的面庞上有两串泪珠流下，心中一软，再也说不出赶走她的话语。

第二章

五日后，吕思与郭小玉来到了淮南国的都城寿春。

吕思一路打听找到了淮南国的国相司马越，司马越早已得到太子刘启的密令，因此对吕思假作热情。

在国相府，吕思说明来意后，司马越假作悲伤道："贤侄儿来迟了。"

吕思闻言大惊道："国相何出此言呢？"

司马越悲伤道："吴御史父女已经故去了！"

吕思"啊呀"一声站立起来，身体摇摇欲坠，郭小玉扶住了他。

司马越道："人死不能复生，贤侄儿节哀！"

吕思伤心地问道："国相怎知吴伯伯和珊妹已经故去了呢？"

司马越道："圣上取消官奴制后，下官派人前往吴御史住地接他们，谁知他们父女已经身亡了。"言毕，摇头叹息。

吕思心中伤感，向司马越躬身道："国相的恩情在下永生难忘，不知吴伯伯和珊妹葬在哪里，在下要去灵前祭拜。"

司马越道："吴御史是我钦佩之人，我没能保护他们父女周全已是惭愧，何来的恩情！公子不必再说了，吴御史父女葬在下县青羊山东坡，我派人为公子带路。"

吕思再次躬身道谢："不劳国相了，我自行前往，国相之恩容后再报，告辞了。"

青羊山连绵数百里，山高崖耸，山上奇花异草遍布，沟壑纵横，自然形成的溶洞比比皆是。

吕思与郭小玉各牵一马穿行在丛林之中，郭小玉轻抚马颈道："我原以为青羊山东坡必然是在一座小山的东面，哪知这青羊山如此之大。这可如何是好？"

　　两人正在踌躇之间，突然听到前方山林中传来一个男人浑厚的歌声："九天青羊哎！变青山。丛林挂白帆，夕照百花艳……九天青羊哎……"歌声由远而近，一个中年樵夫肩挑一担柴木向吕思二人迎面走来。

　　郭小玉喜道："想这樵夫必是久居此山，我们向他打听即可。"

　　吕思向樵夫拱手问道："这位大叔，小可打听一个去处，不知大叔是否知道？"

　　樵夫来到近前，将扁担放下，盯着吕思道："你这小子好生无理，我咋个老了？"

　　郭小玉怒道："你才无礼呢，瞧你这模样叫你老头都嫌小。"

　　吕思阻拦道："玉儿不得无礼！"向樵夫道："请恕小可眼拙，还望大哥不要介意。"

　　樵夫怒道："谁是你家大哥？看我如何教训与你！"说完，抢起扁担就向吕思的头部打去。吕思心想："这樵夫的脾气怎的如此暴躁，我需给他点颜色以示警告！"想念之间猛地抬起右臂向扁担迎去，只听"咔嚓"一声，扁担立时断为两截。樵夫喝道："好功夫，看拳！"说完，挥起拳头向吕思面门打来。吕思正要抓住他的手腕，樵夫忽地收拳，抬起右腿向吕思的腹部踢去，这一招变化突然，眼看吕思避无可避。樵夫正得意间，突见吕思的身体凭空向后飞出。樵夫惊呼道："柳絮乘风！莫非你是祁连三老的弟子！"吕思冷笑道："祁连三老算什么东西，怎配做我的师尊！"樵夫听吕思如此评价祁连三老，知道他与三老定无关系，奇怪道："可是你小子刚才使的确实是柳絮乘风神功啊！"吕思道："你管我使的是什么功夫，休要啰唆！"樵夫见吕思如此傲慢，心中火起，大喝一声："看招！"随即凌空飞脚向吕思的头部踢去。

　　吕思与樵夫斗了足有四十余个回合仍然未分胜负，心中暗赞道："这樵夫当真好功夫！"这樵夫是他下山以来遇到的武功最强的一个。

　　樵夫愈战心中愈寒，懊悔不已。原来他所奉之命只是假扮樵夫将吕思诱到青羊山东坡即可，今日一见吕思只觉得他生得清秀文弱又欺他年少，这才起了贪功之心。

樵夫思想混乱之间，招式自然放缓。吕思抓住时机，施展轻功"八步追月"绕到樵夫背后，一手抓住他的脖颈一手紧握他腰间衣衫，口中大喝道："起！"顿时将樵夫举过头顶。樵夫挣脱不开只得求饶，吕思略一使力将樵夫抛了出去，樵夫的身体在空中翻了一个跟头，随即稳稳落地。

樵夫站稳脚跟后向吕思抱拳道："多谢公子手下留情！"

吕思心中不悦道："你我非仇非怨，为何出手伤人？"

樵夫哈哈大笑道："我本山野之人，自小习武，今见公子太阳穴凸起，料是武林高手，一时手痒，这才在公子面前班门弄斧起来。请公子不要见怪。"

郭小玉道："觉得人家是习武之人，就要比试吗？招招都打向对方要害部位，也仅仅是为了分出武艺高低吗？今日若非吕大哥的武功远胜于你，只怕早就遭你毒手了。我看你绝非好人！"

樵夫被骂得冷汗直冒，抱拳垂首道："姑娘教训得是，今后我定当改过。"

郭小玉冷声道："改不改是你的事，我们也不怕你有什么歹意。我且问你，青羊山东坡怎么走？"

樵夫叫屈道："我哪有什么歹意。公子和小姐要去青羊山东坡是吗？我正好识得那里。青羊山东坡距此还要翻过两座山头，道路崎岖难行，我愿带你们前去！"

吕思喜道："如此多谢了。"

郭小玉冷哼道："谢他作甚？给他一个将功赎罪的机会罢了！"

吕思向樵夫道："我家妹子言语刁钻，还请多加包涵。"

樵夫干笑道："小姐说的话虽不中听，确是我有错在先，岂敢责怪。"

郭小玉冷哼道："料你也不敢！"

吕思责怪道："玉儿不得无理。"转向樵夫道："大叔勿怪，不知大叔如何称呼？"

樵夫哈哈笑道："我叫鲁修罗，你叫我老鲁好了。"

郭小玉突地咯咯笑道："瞧你一脸凶恶之相，倒真像一个地狱修罗呢。"

吕思喝止道："休要胡说！"

郭小玉冲吕思扬了扬眉，转向鲁修罗道："我说错了吗？"

鲁修罗干笑道："小姐说是就是，我生来丑陋，只是别吓到小姐才好。"

郭小玉哼道："十个鲁修罗也休想吓到我！"随后莞尔一笑道："老鲁先生，前面带路吧。"

鲁修罗道："这山路崎岖难行，丛林密布，二位的马匹是无法通行的。"

吕思道："依鲁先生之言该当如何？"

鲁修罗道："不知二位要在青羊山东坡盘桓几日？"

吕思道："我去拜祭两位故人即回。"

鲁修罗道："如此我们半日可回，二位只需将骏马拴在此即可。"

郭小玉道："这山中没有野兽出没吗？万一遇见野兽怎么办？"

鲁修罗以手拍额自责道："实在对不住，这个我倒是没有想到！这里山深林密，野兽总是有的，如何处置马儿，全凭二位做主。"

吕思走到黑马前，抚了抚它的前额道："马儿啊马儿，你自行回去吧！"

郭小玉走向小红马，以手轻拍马背依依不舍道："小红儿，我们就此分别吧。你千万不要跑远，只许在进山时的路口等我。明白了吗？"小红马口中发出"咴咴"的嘶叫声，好像在回复郭小玉的命令。

吕思和郭小玉跟随鲁修罗一路前行，途中枝杈纵横，甚是难行。翻过两座山峰后，他们来到一片开阔之地，这儿地势平坦。吕思向四周瞧去，发现这儿除了北面，也就是他们一路走来的地方是一片狭长的密林外，东西两个方向均被万丈峭壁环绕，南面尽头则是万丈深渊。

郭小玉满腹狐疑道："难道这儿就是青羊山东坡？"

鲁修罗道："我哪敢欺瞒二位，这儿确是青羊山东坡。"

吕思发现悬崖边上有两座坟墓，坟墓前各立着一块石碑。他内心激荡不已，如烟往事瞬间涌上心头。他移动脚步缓缓向坟墓走去，口中喃喃自语道："吴伯伯，珊妹……是你们吗？我来迟了，你们不会怪罪我吧！"

郭小玉见吕思痛苦如此，也觉心中伤感，不知该如何安慰，只是默默地跟着吕思前行。

吕思距坟墓越来越近，墓碑上的字也逐渐清晰起来。只见两块墓碑上分别刻着"吴玺之墓""吴惟珊之墓"。吕思悲呼一声道："吴伯伯，珊妹，我来迟了！"声音刚落，身体已经扑倒在吴惟珊墓前。

郭小玉跪在吕思身旁流泪劝道："吕大哥你要保重身体，珊姐姐在天之灵会心疼的！"

吕思失声大哭。

忽然，自他们身后的丛林中传来一阵喧哗声。郭小玉急忙起身回首察看，只见鲁修罗不知何时已站在山林边缘，他的四周站满了士兵。

郭小玉顿感不妙，叫道："吕大哥，我们上当了。"

吕思止住悲声，回首看去。只见鲁修罗等人正在向两侧分开，中间空出一个通道。随着一阵冷笑声，一个身着紫色衣服的中年男子从林中走了出来。此人生得面如红枣，眉毛短粗，直鼻厚唇。众人纷纷向紫衣人躬身施礼。他来到鲁修罗的身前站定，称赞道："鲁修罗，我没有看错你，等杀了这厮，我定禀明太子殿下重赏于你。"

鲁修罗面露喜色道："多谢大人栽培，草民为大人办事肝脑涂地，在所不惜。"又看向吕思道："这厮武功高深莫测，大人千万当心。"

紫衣人哈哈大笑后冷声道："任他有三头六臂，今日也休想逃脱。"转头大喝道："李弓曹何在？"

"属下在！"身后丛林中有人高声应答。随即自林中又奔出一百余名弓箭手跑到紫衣人的身前呈扇形排列着。

吕思将郭小玉护在身后高声喝道："刘恒老儿与我不共戴天，但是和这位姑娘无关，你们不要伤及无辜。"

郭小玉咬牙骂道："卑鄙小人！吕大哥，休要理会他们，我死也要跟着你。"

紫衣人冷笑道："如此下贱之人，怎可饶恕？李弓曹，放箭！"

李弓曹答应后，举臂大声喝道："放箭！"话音刚落，弓箭立时如雨点一般向吕思二人射去。

吕思抱起郭小玉翻滚到两座坟墓之后。利箭划过长空，发出一阵"嗖嗖"声。坟墓距离悬崖仅有十余米远，吕思卧身爬到悬崖边上向下看去，只见悬崖壁面平滑，向下十余米处即是翻滚的浓雾，深不见底，四周再无其他去路。

此时，李弓曹大声命令道："正面留一组，其余人等分别到坟墓两侧射击。"

随着一阵脚步声响，坟墓两侧站满了弓箭手。吕思和郭小玉立时暴露在弓箭手的身前，吕思叹道："我吕氏之仇到此休矣！只恨苍天不公，只有来生再报了！"转向郭小玉道："你是何苦呢？"

郭小玉凄然一笑道："我原本是怀疑那个鲁修罗的，只怪我轻敌，以致害得吕大哥身处绝境，你会埋怨我吗？"

吕思苦笑道："我堂堂七尺男儿怎会要你来照顾。你虽年幼但聪明绝顶，只怪我没能护你周全！"

郭小玉握住吕思的手哭道："吕大哥，你能原谅家父吗？"

吕思的眼眸忽地一寒，转而悲声道："原谅？现在谈论这些还有何意义？玉儿，倘若有缘我们来世再见！"话毕，一个纵身向悬崖之下跃去。郭小玉惊得肝胆俱裂，急忙伸手去阻拦，却哪里阻拦得住，她趴在崖壁边上眼睁睁地看着吕思被浓雾吞没。

吕思只觉得耳畔风声骤起，身体飞速下坠，空中传来枝叶破碎的声音，随后身体跌落在一块凸起的巨石之上。吕思通体剧痛无比，他尝试着翻身爬起，伸展四肢后发觉身体并无大碍，不由得连呼侥幸。他仰首向上看去，只见头顶三十余米处浓雾滚滚，距自己头顶四五米处有一棵斜伸而出的巨大松树，松树居中而断，正是被自己身体砸中所致。

吕思正感叹间，突听上空传来郭小玉凄婉的呼叫声："吕大哥，等我！"随即，一个红色的身影自浓雾中坠出。"玉儿！"吕思惊呼着伸手去接。但是郭小玉的身体径直向巨石外的悬崖下坠去，吕思急忙飞身纵出抓住郭小玉的左脚，两人同时向崖底落去。

"扑通"一声巨响过后，吕思、郭小玉二人先后跌入一个深水潭中，巨大的冲击力将郭小玉震得晕了过去。吕思怀抱郭小玉浮出水面，奋力游上水岸。他单膝跪地，将郭小玉的腹部抵在自己的大腿上，用手轻拍她的背部。随着"哇"的一声痛呼，一口清水自郭小玉的口中喷出，吕思继续轻拍她的背部，郭小玉又连续吐出几口清水。待她恢复呼吸后，吕思将她平放在草地上，静候她清醒过来。很快，郭小玉长长的睫毛开始微颤，随后轻轻睁开眼睛。当她见到吕思正满脸关切地瞧着自己时，心中突地一跳，迅即闭上双眼。

吕思轻声唤道："小玉妹妹，你醒一醒！"

郭小玉俏脸羞红，睁开双眼瞧着吕思低声道："我们这是在哪里？难道这里便是传说中的阴曹地府吗？"

吕思笑道："阴曹地府可没有如此美色！"

郭小玉俏脸通红道："吕大哥你，你说什么呢！"郭小玉情窦初开，听了吕思的赞美之词以为他是在夸赞自己，因此羞涩无比。

吕思听出她曲解了自己的话意，也觉得尴尬，急忙指向四周道："你起身看看，这里潭水如碧，鲜花遍布，当真胜似仙境！"

郭小玉以手撑地坐起，向四周瞧了瞧，只见周边花草依依，到处啼鸟欢歌，这才明白吕思刚才的赞美之词另有所指，心中不由得半是失落半是羞涩，她忽地躺倒在地，紧闭双眼。吕思以为她的身体突发异样，吓得急忙呼叫道："小玉妹妹醒醒！你哪里不舒服？"郭小玉只是紧闭双眼不予理会。吕思急忙将手放在她的鼻子下探息，又给她把过脉，才放下心来，转眼发现郭小玉身上的衣服被潭水浸透，紧贴身体，尽显女子的曲线玲珑。吕思脸色一红，猛地一拍额头，心道："我怎得如此痴傻，小玉妹妹如此模样在我面前岂不害羞！刚才急于救她自然不会计较太多，现在，现在……我还是暂避一会儿吧！"想毕向郭小玉轻声道："你暂且躺着休息，我去四周寻找出路。"说完也不等郭小玉回答匆匆起身向花丛中走去。

吕思巡视了一番后发现这是一条狭长的深谷，东西长约二百米，南北宽约一百米。深谷四周崖壁高耸，壁面平滑。谷内地势平坦，奇花异树遍布，群鸟欢歌。树木都很矮小，高的不过一米五六，矮的仅有一尺，但是大都粗壮无比，最粗的直径达到四米开外。这里的许多花木都是吕思从未见过的。

　　吕思走到一棵长满黄色叶片的果树前停下脚步，只见这棵果树高约一米，枝干粗壮，黄色叶子下结满了红色的船形果实，果实约有巴掌大小，异香扑鼻。吕思伸手去摘，手指略一用力，果皮忽地裂开，红色的果汁流了一地。他心中诧异无比，小心翼翼地用双手捧住一颗果实，然后向上轻抬，果实立时掉入手掌中。吕思正在窃喜，果皮却突地破裂，果汁顺着指缝流向地面，他急忙用嘴吸吮，但是仅有少许汗液被吸入口中。果汁入口，一股甘甜无比的清香立即充满了吕思的口腔，他将汁液吞咽后腹中顿时暖意横生。吕思赞道："果真是圣品！只是白白浪费了许多汁液。我得寻一个采摘它的好方法，回去给玉儿补补身体。"

　　吕思向四下打量，见到不远处有一棵黑色的树木，树的枝干上生长着许多宽大如彩荷的树叶，他的心中立时有了主意。

　　吕思摘下一片树叶将它卷成漏斗状，然后走回到果树前尝试着取了一颗果实，果实跌入树叶后破裂，汁液全流在了树叶中。吕思心中大喜，快步向郭小玉走去。

　　郭小玉远远地瞧见吕思向自己走来，下意识地用手整理了一下衣裙，又用手捋了捋头发。待到吕思走近，她故作轻松道："吕大哥，你手中捧的是什么好东西？"

　　吕思笑道："你猜猜看。"

　　郭小玉笑着摇头道："我猜不出，快给我瞧瞧！"

　　吕思将树叶送到郭小玉面前道："这是果实的汁液，不但好喝而且还能滋补身体，你快些喝了。"

　　郭小玉双手接过树叶，只觉得鼻子中溢满了香气，望着红色的汁液问道："这当真是果实？"

　　吕思道："我四下看了看，发现这里有许多我从未见过的花草树木，这是一颗船形果实的汁液，你一尝便知。"

　　郭小玉含笑瞟了吕思一眼，双手捧起树叶仰首品了一口汁液，赞道："果真甘甜无比呢！"说完，又仰首将汁液全部喝下。

　　吕思问道："现在感觉如何？"

　　郭小玉双手轻抚腹部道："肚子暖暖的，舒服极了。谢谢吕大哥。"

吕思笑道："谢我干吗，这是大自然的馈赠，这里还有许多奇异的果实呢。"

郭小玉笑道："既然这儿有如此多的果实，我就不出去了。我要尝遍这儿的果实。"

吕思也笑道："好吧，我陪你尝遍这谷中的果实，只是尝遍果实后我们还是要出去的。"

郭小玉问道："可曾找到出口？"

吕思止住笑容道："暂时没有寻到，不过出口定会有的，等你衣裙干透了，我们俩再一起寻找，顺便带你看一看那些奇花异草。"

郭小玉半举着手中的黄叶道："这叶子大如荷叶，我可从未见过，也是树上长的吗？"

吕思点头道："正是！"仰首向谷顶望去道："这谷中的树木都很矮小，想必与日照不足有关。"

郭小玉赞同道："吕大哥说得有道理。"她向四周看了看，又将黄叶举在眼前道："吕大哥，我现在就要和你同去见识一下那些奇珍异果。"

吕思笑道："你不要着急，那些果实不会凭空消失的，待你衣裙干透之后我再带你前去也不迟。"

郭小玉一跃而起道："我的衣裙早就干透了，前面带路吧。"

吕思惊喜道："原来你的身体也痊愈啦！好，我们一起去寻找出路吧。"

郭小玉噘嘴道："我才不要寻找出路呢，我要吃果实。"

吕思摇头道："果实是要吃的，但是，出路也是要寻的。"

吕思带着郭小玉向谷内四周走去。吕思专心找寻出路，郭小玉则尽情地欣赏着谷内的风景，且不时地采些果实品尝。

吕思和郭小玉走遍了深谷内的每一处角落，非但没有找到通往谷外的道路，甚至连一丝缝隙都没有寻到。山谷中渐渐暗了下来，吕思只得和郭小玉一起带着采摘的果实回到潭水边休息。

吕思望着碧波潭水叹道："大自然的鬼斧神工真是奇妙得很，这山谷中的四壁居然合拢得如此紧密，且光滑无比，难于攀登。难道我们真的要被困死在这里不成？"

郭小玉倒是毫不担心，安慰道："吕大哥莫急，办法总会有的。"又咯咯笑道："好在这儿有许多奇异的果实，我正好逐一尝过。"

第二日，吕思又带着郭小玉去寻找出路，最终还是一无所获。如此匆匆过了几日，他们还是没有寻到出路，郭小玉倒是每日欢喜得紧，吕思却变得沉默起来。这一日，吕思正在盘膝闭目运功，忽感腹中一股寒流在丹田和四肢中翻涌滚动，这种现象已经持续多日，今日尤其强劲。吕思急忙凝神静气调整呼吸，慢慢导引腹中气流的运行方向，盏茶时间他体内的气流开始跟随他的意念运行。吕思将气流导入手掌，只觉得掌心发冷，气流喷涌欲出，他忽地睁开眼睛将双掌向前平推而出，身前的空气顿时凝聚成束，他又将掌心猛地向外推去，只听"咔嚓"一声，身前十余米外的一棵粗壮树木应声而断。

吕思惊呆了，定定地瞧着自己的双掌。郭小玉从潭水边跑了过来，嚷道："什么声音？"

吕思指着断树道："是巨树断裂的声音，它是我打断的。"

郭小玉赞道："吕大哥隔空打断如此粗壮的树木当真了得。"

吕思道："我也正自奇怪，我盘膝运功时忽然觉得体内气流翻涌，便将气流导入手掌，然后从掌心外吐，这树便应声折断了。"

郭小玉突地惊喜道："吕大哥，我的体内也有气流涌动，只是不会导引之法，你把学到的运气之法传授给我可以吗？"

吕思道："当然可以，不过我尚未完全参透玄机，待我整理出头绪再传授给你。"

郭小玉跳脚欢笑道："我明白啦，这些果实不但能充饥更是增加内功的绝佳圣品！吕大哥你好好修炼吧，待你大成后再教我。"

时光荏苒，不觉之间吕思和郭小玉二人已在深谷中待了半年有余。

吕思和郭小玉因为长期饮用潭中碧水，加之服食深谷中的奇珍异果，所以内力平增了数十年。吕思不但掌握了果实产生气流的导引之术，而且又参悟独创了"星月神功"和变幻莫测的轻功"华星韵步"。

第三章

　　由于天各一方，消息中断，宗伯邑和吕思不知吴玺父女被特赦。而吴玺父女则一路跋涉向北去宛东寻找吕思。这一日下午，父女二人来到淮南国的都城寿春。淮南国的国相司马越曾与吴玺同朝为官，私交甚好，因此吴玺带着吴惟珊来到国相府求见司马越。

　　司马越闻听故人来访，且朝廷已赦免吴玺之罪，格外高兴，亲自来到大门外迎接。

　　司马越将吴玺父女二人带至内庭叙话。

　　司马越道："当今吾王乃是故主之后，甚是贤明。吴兄暂且屈居府上，同我一起辅佐吾王如何？"

　　吴玺咳嗽一阵道："蒙国相抬爱，感激不尽，只是我乃久病之人，性命尚且朝不保夕，谈何辅佐？且我曾是朝廷钦犯，久居府上，咳咳，必添麻烦。国相的美意我心领了。"

　　司马越道："吾王对太上遇难之事始终不能释怀，心中怨气颇深，吴兄忠心护主之举，天下皆知。吾王早有求贤之意，还望兄长三思。"

　　吴玺咳嗽一阵，待气息平缓后抚胸道："我已老矣，昨日如烟，就让它们随风而去吧，我只想依靠女儿度过余生。"

　　司马越道："我在西郊倒有一处庄园，吴兄若是不弃，就送给你了。今后我若有疑难之事也好当面请教。"

　　吴玺拱手谢道："国相抬爱了，只是我还有一桩心愿未了，待我寻到家婿即刻将小女的婚事办了，如此……如此我就是死也瞑目了。"

　　司马越向吴惟珊瞧去，只见吴惟珊低眉垂首，甚是害羞。他将"家婿"误听成"佳婿"，哈哈笑道："贤侄女如此美貌，哪个少年不喜欢，吴兄的女婿我来挑选。"

吴玺道："不劳国相挂心，小女早已配于他人。我此行就是要去寻他，然后让他们早日完婚。"

司马越"喔"了一声道："吴兄选定之人定是人中翘楚。不知他是谁家公子？"

吴玺咳嗽一阵，说道："他乃山野之人，说出来国相也未必识得。"他怕司马越怀疑，于是转换话题道："我久闻当今淮南王之贤明，国相遇此明君，必有一番作为，可喜可贺！"

司马越道："吾王正在主持修撰《淮南子》一书，蒙吾王厚爱，我也参与其中。吴兄高才何不略展才华，以博青史留名！"

吴玺又是一阵剧烈的咳嗽，然后说道："国相过奖了。我自知才疏学浅，唯有一颗忠君事主之心罢了！今日前来主要是会一会老朋友。现在心愿已了，明日我便离开，倘若上天眷顾我这把老骨头，定当再次登门拜访。"

司马越见吴玺去意已决便不再强留，双方又闲聊了片刻，已到晚饭时分，司马越将妻子李氏和女儿司马秀叫出，相互见礼完毕，一同前往后堂用餐。

第二日清晨，吴玺父女吃过早饭后向司马越辞行。司马越给吴玺父女准备了一辆马车以及一些金银细软，叮嘱年轻车夫务必将吴玺父女安全护送到目的地。李氏和司马秀也给吴玺父女准备了一包服饰。吴玺父女再三谢过后登上马车离去。

半个月后的一天中午，吴玺父女二人来到梁国首府睢阳城内。在一家餐馆吃过饭后，吴玺父女乘车来到一处院子前，向车夫叫道："停车，我们到了。"

吴惟珊疑惑地看向父亲，吴玺向她使了个眼神，轻轻地摆手示意。

车子停下后，年轻车夫将吴玺搀下马车，吴惟珊紧随其后弯腰跳下马车。

车夫准备从车内取出行李背在肩上，吴玺阻止道："这些行李我们自己背着就行了，就此别过，小哥回去后代我向国相报个平安。"

年轻车夫道："小的还是将这些包裹送至府上吧。"

吴玺摆手道："我已经到了家门口，况且这包裹也不重，小哥不必客气，趁着天色尚早快些赶路回去吧。"说完命吴惟珊从车内取出包裹。

年轻车夫道："既然您老吩咐了，小的从命便是。小的即刻返程复命，您老人家多保重。"

吴玺抱拳道："小哥多保重。"

车夫走后，吴惟珊问道："阿爹，我们距宛东还有许多行程，你为何要在这儿下车？"

吴玺说："思儿乃是前吕国世子，他们吕氏一族在朝廷树敌甚多，他的行踪还是不要让外人知道才好。"

吴惟珊点头道："多亏阿爹想得周全，此时天色尚早，我扶着你慢些走吧。"

吴玺和吴惟珊父女二人一路缓行到城门附近时远远看到年轻车夫正驾着马车折返回城，正疑惑间，年轻车夫已经将马车停在他们身边。

吴玺问道："小哥怎么折返回来了？"

年轻车夫面露难色，垂头道："我，我……"

车内忽有一人高声答道："我来替他回答可好？"

吴玺心中隐隐感觉不妙道："恕老朽昏聩，实在听不出阁下是谁？"

马车前的布帘子忽地被掀了起来，一个身着紫袍的中年汉子将年轻车夫踹下马车，坐到车辕上冷声道："吴玺，你可还识得我？"

吴玺仔细看去再次说道："恕老朽愚钝，实在记不起阁下是谁。"

吴惟珊怒道："你这厮好生无礼，朗朗乾坤之下怎敢当街伤人，真当我们怕了你吗？"

紫袍汉子瞧向吴惟珊赞道："好一个标志的小娘子，我喜欢。"言毕发出一阵淫笑声。

吴玺怒道："畜生，咳咳……你好生无理！光天化日之下，咳咳……竟敢出此淫言秽语。"

他们的对话引得行人纷纷驻足观看，紫袍汉子向四周威胁着骂道："你们这些狗东西想找死吗？快些给老子滚蛋，否则爷把你们都杀了。"

围观众人闻言吓得急忙四散跑开，紫袍汉子跳下马车来到吴玺面前，突地一拳将吴玺打倒在地，吴玺年老体弱怎能经得起这突如其来的一拳，倒地后立时昏死过去。吴惟珊哭着扑倒在吴玺的身上，悲声呼喊道："爹爹你怎么啦！不要吓我，快醒一醒，爹爹快些醒来……"

紫袍汉子哈哈淫笑着将吴惟珊拦腰抱起道："宝贝儿哭起来更加楚楚可怜，老子喜欢。今日老子就不杀你了，待老子痛快完了再送你归西吧。"

吴惟珊恐惧至极，一边哭叫着阿爹，一边拼命地挣扎着。

忽然，有人大声喝道："把她放下！"

紫袍汉子向声响处看去，只见一个英俊少年正怒气冲冲地盯着自己。少年的身后立着两名牵着骏马的青年男子。

紫袍汉子冷笑道："小子，你想英雄救美吗？老子今天就成全了你，送你一起归天吧。"

少年左侧的青年男子骂道："放肆！你胆敢对我家世子无礼！"说完，从腰中抽出短剑边向紫袍汉子刺去边道："拿命来！"

紫袍汉子听他提到世子两个字，心中一惊，忙将吴惟珊丢到地上，且战且退道："且慢动手，我们是自己人。你知道我家主子是谁吗？"

青年男子一个前扑，将短剑向他的小腹刺去道："留到阴间再说吧！"

紫袍汉子急忙缩腹闪躲，哪知青年男子使的是一记虚招，手腕突地上挑，只听"噗"的一声响过，短剑已插入紫袍汉子的胸口。

紫袍汉子的眼睛睁得大大的，眼神充满了恐惧和疑惑道："你居然敢……"

青年男子飞脚将他踹倒在地，冷声道："你这贼子，临死还要威胁小爷吗？"

紫袍汉子的胸口突突地喷涌着血液，他拼尽全力叫道："太子殿下，我……"话没说完，头一歪便没了动静。

青年男子惊出一身冷汗向英俊少年道："世子殿下，他提到太子殿下。"

英俊少年乃是吴国世子刘贤，他与太子刘启乃是堂兄弟，这次就是应刘启之邀前往长安游玩的。他安慰青年男子道："赵卫盾休要多想，料这淫贼信口胡说，太子殿下怎会有这等门客？"

刺死紫袍汉子的是刘贤的贴身护卫，名叫赵宇翔。赵宇翔生就一副国字脸，一双眉毛比一般人长了一倍有余。

刘贤身边的另一个年轻人也是他的贴身护卫，名叫周末。这周末生得红脸阔鼻，一双眼睛炯炯有神。

赵宇翔和周末师出名门，且都天赋异禀，武艺超群，是吴国数一数二的高手。

周末嗓门甚大，安慰赵宇翔道："世子殿下都说没事儿了，赵兄还担心什么？"

赵宇翔放下心来道："这淫贼狂妄至极，着实该杀！不过世子殿下打算如何安置这对父女？"

刘贤走到吴玺身边蹲下，察看后向吴惟珊道："姑娘不要悲伤，老伯只是暂时昏迷，休息一会儿就会苏醒过来。"

吴惟珊止住悲声谢道："多谢公子搭救之恩！"

刘贤此时与吴惟珊相距甚近，他被吴惟珊的绝世容颜惊呆了，只觉得平生从未见过如此貌美的女子。

吴惟珊见刘贤不说话，只瞧着自己发呆，羞红着脸再次谢道："民女谢过公子的救命之恩！"

刘贤这才回过神来，暗自为自己的失态窘迫不已，干咳一声掩饰道："不知姑娘与这厮有何仇怨？"

吴惟珊瞧了一眼紫袍汉子的尸身后将眼睛盯向坐在地上的年轻车夫。年轻车夫急忙跪着解释道："小姐，小的实在不知道这恶贼是谁！老爷和小姐下车后小的驾车刚到城外就被他截住了，是他逼着我，逼着小的回来找老爷和小姐的，还请小姐明察。"说完连连磕头。

刘贤觉得事有蹊跷，向吴惟珊道："敢问姑娘家住何方？我愿将你们护送回去。"

吴惟珊本要说出宛东，突地想起父亲的话，改口道："我，我的家不在此地，离这里很远。"

刘贤道："我先将你们安顿在附近的客栈，待老伯痊愈后你们再做打算如何？"

吴惟珊看着昏迷的父亲，点头道："如此多谢公子了！"

刘贤起身道："周末，你们二人快将这位老伯抱到车上，找一家最好的客栈安顿好了。"

周末和赵宇翔答应后合力将吴玺抱入马车中，然后逐一跳下马车。周末命年轻车夫驾车并威胁道："好生伺候着，若有半分差池必取你狗命！"

年轻车夫一边磕头一边连道不敢。

刘贤带着赵宇翔和周末骑马在前面带路缓行，年轻车夫驾车紧紧跟随。

在估星客栈内，刘贤给吴玺父女二人安排了一间上房。吴玺因长年劳役已经疾病缠身，这一次遭受重击，疾病更加重了。刘贤又命赵宇翔从梁王府中找来一名御医为吴玺诊治，吴惟珊感动得不停流泪道谢。

刘贤向吴惟珊道："这车夫不忠于主，实在该杀！我这就命周末前去将他杀了！"

吴惟珊急忙阻止道："公子有所不知，这车夫乃是奉淮南国的国相司马越之命护送我和阿爹来到此地的，他虽然有错，实是受那恶贼逼迫所为，还请公子不要为难他，放他走吧。"

刘贤惊奇道："你阿爹姓甚名谁？这司马越对你阿爹倒是敬重得很。"

吴惟珊浅然一笑道："阿爹的姓名不足道来，他和司马国相是故交好友，因此格外照顾我们父女，我们……"说到此处，突然止住不说了。

刘贤知她心存顾忌，笑道："我姓刘名贤，不知姑娘怎么称呼？"

吴惟珊道："原来是刘公子，我叫吴惟珊。"

周末道："这是我家世子刘……"

刘贤喝道："多嘴！出去！"

吴惟珊脸色突变问道："不知刘，刘公子是哪国世子？"

刘贤道："我是吴国人。"

吴惟珊淡然道："原来是吴国世子殿下，恕小女不识之罪！"心中只是在想："原来我在大街上时并没有听错，那个护卫确实称他为世子殿下。他是吴国世子，不知阿爹与吴王是何关系，是敌是友？"

刘贤见吴惟珊的音容言语都生分起来，心中着急，道："姑娘不会因为我的世子身份疏远我吧！老伯现在病得厉害，我们，我们还是专心侍候他才是！"

吴惟珊淡然道："世子殿下提醒的是，我还要照顾阿爹，就不挽留诸位了，世子殿下请便。"

刘贤恋恋不舍道："姑娘尽管照顾老伯好了，我坐一会儿就走。"

门外，赵宇翔正在小声埋怨周末："周兄弟你是真傻呀！没见到咱们世子殿下瞧吴姑娘的眼神吗？你可曾见过世子殿下正眼瞧过别的姑娘吗？"

周末辩解道："这与我说出世子身份有何干？"

赵宇翔摇头气道："你呀，你呀！怎么说你好！你想一想，那个紫袍汉子自称是太子殿下的人，他来追杀吴家父女，必是奉了太子之命。这吴家父女既然与太子殿下结怨，又怎会与世子相处？"

周末拍头叫道："我糊涂呀！好你个老赵，你为什么不早些提醒我？"

赵宇翔嘘声道："你轻些声音，免得惊扰世子殿下。"

刘贤在房中呆坐了许久，其间不时地偷瞧着吴惟珊，变着法地找吴惟珊讲话。吴惟珊始终没有正眼看向刘贤，始终礼貌地回答着他的问话。

眼看天色已晚，吴惟珊再次逐客道："我要侍候阿爹休息，就不送世子殿下了。"

刘贤无奈起身道："请姑娘多加保重，我明日再来探望老伯。"

吴惟珊推辞道："多谢世子殿下关心，我自会照顾好阿爹的，世子殿下必有要事需处理，就不劳世子殿下关心了。"

刘贤听她一口一个世子殿下地叫着，顿感心中酸痛道："姑娘客气了，我别无他事，你且休息，我明日再来。"说完站起身来只是不挪动脚步，他实在不舍得离开。

吴惟珊知他心意，走到门前站定道："世子殿下请！"

刘贤见吴惟珊再次下了逐客令，实在厚不起脸皮再待下去了，只得告辞离开。

刘贤带着赵宇翔、周末二人来到梁王府住了下来。此后连续几天刘贤都在早饭后急匆匆地赶到客栈去看望吴惟珊，直到天黑方回。

吴玺住到客栈的第二日便已清醒过来，吴惟珊向他详细讲述了他昏迷之后发生的事情。吴玺夸赞吴惟珊考虑周全，并叮嘱她要小心应对刘贤。

这一日傍晚，刘贤再次垂头回到梁王府门外，赵宇翔和周末正在府门前等候。见到刘贤回来，周末迎上前道："禀世子殿下，梁王在东苑设宴接待太子殿下，命我等在此等候。请世子殿下速速前往。"

刘贤抬头喜道："太子殿下来睢阳了，定是因我在此地耽搁日久，他才寻了过来。我们即刻前往。"

东苑又名菀园，依山傍水而建，面积甚大，方圆三百余里。梁园中的房舍雕龙画凤，金碧辉煌，堪比皇宫。睢水两岸，竹林连绵十余里，各种花木应有尽有，飞禽走兽种类繁多，梁王刘武经常在这里狩猎、宴饮，大会宾朋。天下的文人雅士如枚乘、严忌、司马相如等云集梁园，都是梁王的座上宾。

刘贤等跟随宫人来到宣歌厅附近，厅内的欢声笑语不断传入他们的耳中。赵宇翔和周末立在厅外等候，刘贤随同宫人步入宣歌厅。

梁王刘武虽然比太子刘启小两岁，却因生得肤色黝黑，浓眉大眼，单从外表看竟似比刘启大了许多。他见刘贤走了进来，高声叫道："贤弟快来拜见太子殿下。"

刘贤向刘启行礼参拜，刘启笑道："罢了，你我兄弟不必行此大礼，快来坐下。"

刘贤起身后入座，同座的其他三人都起身向刘贤施礼道："见过世子殿下。"

刘贤道："免了，我知道你们三人都是当今大儒之士，今日得遇实是荣幸。"

刘武哈哈笑道："贤弟当真是慧眼如炬，我来给你介绍一下。这三位正是当朝文坛巨擘，本王的座上宾。"

三人俱谦虚道："世子殿下和梁王谬赞了。"

刘武指着面白长须之人道："这位是枚乘，枚夫子。"接着指向高鼻细目之人道："这位是严忌！"最后指向剑眉星目之人道："这位是司马相如。"

他每介绍一人，刘贤就抱拳施礼称道："久仰，久仰！"

刘启向刘贤问道："贤弟已经在此盘桓多日，竟不识得他们？"

刘贤欠身道："惭愧，惭愧！"

刘武笑道："太子有所不知，贤弟每日都生活在温柔乡里，就是我都很难见他一面呢。"

刘启眼中寒光一闪，随即转为笑意道："噢，竟有这等事？不知是什么样的女子能让贤弟迷恋至此，我倒要亲眼见识一下。"

刘贤道："哪有此事，只是她的父亲重病在床，我去探望罢了。"

刘武道："贤弟这就不对了，你瞒我可以，怎可对太子殿下隐瞒？"

刘贤急道："小弟说的句句属实，不敢欺瞒！"

刘启道："此事听起来愈发有意思了！贤弟能告诉我这位女子的尊姓大名吗？你们是故交还是初识？"

"小弟刚到睢阳时，在城门口遇见一个紫袍汉子……"说到此处，突然想起紫袍汉子临死之前说的话，不由得额前出汗道，"这事儿，我正要向太子殿下禀报。"

刘启道："禀报什么，我正听着呢。"

刘武道："遇见紫袍汉子怎么了？你倒是说呀！"

刘贤便将遇到吴玺父女二人的情形描述了一遍，只是隐瞒了紫袍汉子临死前的话语。

刘启道："原来贤弟是英雄救美呀！"

刘贤想了想觉得还是不该隐瞒紫袍汉子临死前的话，便说道："可是，可是紫袍汉子临死前提到，提到……"

刘武不耐烦道："贤弟说话太不痛快，一个淫贼而已，杀了便杀了，你何须如此。"

刘贤又想：若他真是太子之人，也是隐瞒不过，索性说开了。心一横起身弯腰道："紫袍汉子临死前自称是太子殿下的人，如若当真，请太子降罪。"

刘启问道："这紫袍汉子生得什么模样？"

刘贤将紫袍汉子的相貌表述了一番道："在我刚遇到他时他并未提及太子，因此……"

刘启拍案喝道："这淫贼理应千刀万剐，竟敢坏我名声！"向刘贤道："我的门客之中并无此人，贤弟不可听这淫贼胡说。"

刘贤擦汗道："我也不相信那淫贼所说。"

刘启怒道："休说我门客中并无此等淫邪之徒，如果有，不需贤弟动手，我亲自宰了他。"转而轻笑道，"你说那女子姓甚名谁？"

刘贤道："她叫吴惟珊！"

第四章

　　繁星点点，月亮当空，估星客栈的房顶上有一个像幽灵般的黑衣人在快速地奔跑着。很快，黑衣人来到吴惟珊的客房上面。他停下脚步轻轻地飞跃到地面，然后来到房门前，将耳朵紧紧地贴在房门上听了听房间内的动静，确认吴玺父女都已熟睡后，从怀中掏出一把匕首轻轻地拨动着门闩。

　　房门被轻轻打开后，黑衣人蹑手蹑脚地向吴惟珊的卧床摸去。忽然，黑衣人发出一声凄惨的叫声，伸手向背后摸去，是一枚飞镖射入他的后背。

　　吴惟珊惊醒后大声叫道："是谁？"

　　吴玺也被惊醒，向吴惟珊叫道："珊儿，你没有事儿吧？"

　　黑衣人强忍剧痛手持匕首向吴惟珊刺去，吴惟珊抱住被子紧缩在墙角。

　　眼见匕首要刺中吴惟珊，突然一个身影跃入房间，紧跟着一把明晃晃的长刀砍向黑衣人的头部。

　　黑衣人只得转身迎战，两人摸黑缠斗在一起。斗了十余回合，黑衣人的伤口向外开裂，疼痛难忍之下，抽身逃出屋子。后来之人紧追而去。

　　黑衣人轻功绝佳，身如飞燕，片刻间已不见行踪，后来之人只得停止追逐。他取下面具，朗朗明月照在他的脸上，只见一双长眉斜搭在眼角，此人正是赵宇翔。赵宇翔正在懊悔让对方逃脱时，一个身影从房顶飞纵而下，高声问道："老赵，人呢？"来人正是周末。

赵宇翔叹道："这厮不知是何人，轻功如此了得。"

周末不满道："敢情我这飞镖白打了？"

赵宇翔怒道："你是在埋怨我吗？你呢，不是也没有追上他？"

周末强辩道："我是没和他交上手，否则他怎能逃脱？"

赵宇翔不耐烦道："我才不和你一个粗人计较呢。我们还是赶紧回去向世子禀报吧。"

周末道："世子殿下年纪虽小，但是这料事如神的功夫可比你强多了！"

赵宇翔反唇相讥道："难道不比你强？"

周末道："当然比我强了，只是世子殿下比你强得多些，比我强得少些。"

赵宇翔怒道："当真是厚颜无耻至极！"

周末道："你竟然敢如此评论世子殿下，我定要在世子殿下面前揭发你。"

赵宇翔怒道："我什么时候对世子殿下不敬了？你休要胡说！"

周末笑道："刚才，就是刚才。是谁说什么厚颜无耻的？"

赵宇翔怒道："我说的是你，什么时候说世子殿下了？"

周末道："我提到世子殿下你就来了一句什么厚颜无耻，你指名道姓说是我了吗？"

赵宇翔突地大笑道："我怎的又和你这莽夫争论起来了。我们先回去看看吴家父女怎样了，明日也好向世子殿下交代。"

公鸡破晓，朝霞遍地，一轮红日冉冉升起。刘贤和刘武陪同刘启吃过早饭，一起移步到飘零阁饮茶。刘贤哪有心思饮茶，只是一味地想着找借口离开。刘启见他如此，心中暗笑，问道："贤弟好像有心思啊！"

刘武笑道："必是想那女子了。"

刘贤尴尬地摆手道："太子殿下在此，我怎敢存那心思？"

刘启左手端起茶杯，右手拿着杯盖轻轻地在杯口滑动着道："你说那女子唤作吴惟珊，倒让我想起一个人来。"

刘贤问道："是谁？"

刘武也向刘启看去。

刘启将杯盖扣在茶杯上，然后放在桌子上说道："原淮南王刘长因犯谋逆之罪惹怒父皇，他的一个御史大夫因为替他求情而获罪入狱。这件事情两位贤弟可曾听说？"

刘武和刘贤都点头说知道。

刘启盯着刘贤道："贤弟可知吴惟珊的父亲叫什么？"

刘贤道："这个我确实不知。"又向刘启和刘武解释道："我也曾问过吴姑娘，但是她始终没有说。太子不会怀疑他是吴玺吧？"

刘启哈哈笑道："贤弟多虑了，即使他是吴玺又如何，你难道忘了父皇已经将他特赦了？他虽愚忠，但是他的义举令人钦佩。我倒是真心想与他结交，贤弟愿意引荐否？"

刘贤道："小弟自然是愿意的，只是，倘若吴姑娘的父亲不是太子想见之人，岂不扫兴？"

刘启道："不见怎会知道，我们饮了这杯茶一起前往如何？"

刘武道："你们去吧，公孙诡、羊胜等都在忘忧馆等着我呢。"

二人一起来到估星客栈，刘贤将刘启带到吴玺的房门前站定，用手敲了敲房门唤道："吴老伯，我看你来了。"

房间内传出吴惟珊清脆的声音："世子殿下请进。"

刘贤推开房门步入，刘启跟着走了进去。

吴惟珊正背对着大门用毛巾给父亲擦拭额头的汗水。擦拭完毕，转头向刘启看去，问道："这位公子是？"

她这一回头，顿时让刘启瞧得呆了，心中只是在想："世间竟有如此貌美的女子，天上的仙女也不过如此。"

刘贤答道："这是太子殿下。"

吴惟珊的脸色"唰"地沉了下来，非但没有参拜施礼反而端坐在床上冷声道："不知太子殿下所为何来？"

吴玺闻听太子刘启到来，挣扎欲起，奈何力不从心，只得欠身道："不知太子殿下驾到，咳咳……请恕罪奴失礼了。"

刘启回过神来，暗自庆幸自己的手下没有行刺成功。他快步走上前去双手挽住吴玺的手臂道："吴御史言重了，父皇早已经将你特赦了，今后休要再提'罪奴'二字。"

吴玺谢道："多承圣上不责之恩。"

刘启快步上前搀扶吴玺平躺后向吴惟珊道："想必吴姑娘与我有误会，贤弟已经和我说了，紫袍汉子居然敢假冒我的属下，我定当彻查清楚，给吴姑娘一个交代。"

吴惟珊冷哼了一声。吴玺责道："珊儿，不可对太子殿下无礼！"

刘启道："吴御史不要责怪吴姑娘了，她听那淫贼假冒我的属下，心中难免怪罪于我。"

吴玺道："多谢太子殿下饶恕小女不敬之罪。"

刘启道："吴御史不必多礼，你们住在此地多有不便，还是搬到苑园去吧！"

吴玺道："我早已不是御史了，太子殿下休要再提。我的身体已经快好了，再过几天我就要离开这儿了。"

刘启问道："吴，吴老伯还有何事要办，交给我便是。"

"老奴不敢当此称呼，还请太子殿下改口！咳咳……"他连续咳嗽了几声后说道，"家中小事，怎敢劳烦太子殿下挂怀？老奴今日有些累了，改日再向太子殿下禀报可以吗？"

刘启道："我钦佩你的为人，因此不再改口了。既然吴老伯身体不适，我们改日再来拜访！"说完，和刘贤告辞离去。

待他们走后，吴玺自语道："这太子殿下倒是谦和得很。"

刘贤恋恋不舍地跟在刘启的身后，不时地回头看向估星客栈。刘启见他如此，心中恼恨不已。

又过了几日，吴玺的病好得差不多了，已经能够自行走动。这一日上午，他高兴地和吴惟珊谈论着见到吕思的情景。吴惟珊的脸羞红着，眼睛不时地闪着兴奋的光芒。

刘启命令刘贤前往长安觐见文帝，刘贤心中纵有千般不甘，也不得不从，向吴玺父女道别后直奔长安而去。

刘启近来新得一名武士，名叫慕容雪村，楚国人。慕容雪村年龄在四十岁以上，生得浓眉大眼，颔下留一缕长须。武功高强，有万夫不当之勇。

慕容雪村此时正在赶往宛东山的路上，他奉刘启之命前往女娲娘娘庙，要将庙中之人尽数杀死。

刘启来到吴玺门前听他们父女二人相谈甚欢，当听到吴玺谈到明日就要去宛东山时他轻敲房门后步入房中，微笑道："恭贺吴老伯身体康复。"

吴玺急忙起身行礼，刘启托住他的双臂道："你我之间就不要客气了！吴老伯忠义之事天下皆知，如不嫌弃我尊你一声世伯可好？"

吴玺急忙摇头道："岂敢岂敢！太子殿下说笑了。"

刘启单膝跪地道："世伯不答应，我就不起来了。"

吴玺急忙跪下，双手颤抖着扶向刘启的手臂道："这可折煞老朽了。太子殿下请起。"

刘启搀扶吴玺站立起来后向吴惟珊瞧去，见她的脸色缓和了许多，心中暗自得意。

刘启和吴玺父女交谈了一会儿，说道："我刚才在门外听世伯说明日要去宛东山，我知道那山上有一座女娲娘娘庙，而且甚是灵验，我这次来到梁国就是要去祭拜女娲娘娘的，希望世伯能带我一同前往。"

吴玺闻言心中一惊道："这个……我确实要去女娲娘娘庙，想求女娲娘娘能够将我的病痛祛除。我行动不便，不敢耽误太子殿下。"

刘启道："我这次前来梁国，主要是为父皇母后祈福的！久闻这女娲娘娘甚是灵验，世伯与我一同前往正好互相有个照应。"

吴玺心中惊惧，他担心泄露吕思的身份，因此沉吟不决。

刘启知道他的心思，劝道："还请世伯答应我的请求，世伯有所不知，父皇昨日派人前来传我回京，我想尽快祭拜女娲娘娘，替父皇母后祈福后便立即赶回京城。"

吴玺道："圣上如此急着召回太子殿下必有急事，况且老奴行动不便，太子殿下就不要顾念老奴了！至于女娲娘娘庙，太子殿下日后随时可以前去。"

刘启道："正是因为世伯行动不便我才更应该与您老人家一同前往，世伯就不要再推辞了。"

吴玺闭口不语，心中只想着要如何推脱。

刘启沉吟了片刻瞧向吴玺，道："世伯有所不知，想当年陈平等与吕氏互有仇怨，父皇听信谗言将吕氏一族尽数赐予死罪。同时祸及天下吕姓之人。凡吕姓之人不得入朝为官。如今时过境迁，父皇每每念及吕氏曾经的功绩都后悔万分，欲要废除吕氏不得入朝为官的法令，只是朝中尚有陈平、秦原等人阻拦。父皇传我回京就是为了商讨如何解决此事。我祭拜女娲娘娘也有替吕氏之后祈福之意。"

吴玺面对长安方向跪拜道："皇上圣明！"起身向刘启道："如此军国大事，太子殿下怎可轻易说与老奴！"

刘启向吴玺躬身施礼道："世伯乃是朝中老臣，国之栋梁，日后我还有许多国家大事向世伯请教，还望世伯不要推辞！实不相瞒，我母后患有眼疾，女娲娘娘甚是灵验，我想替母后祈福，盼女娲娘娘能够垂怜，以使母后的眼疾早日康复！请世伯怜我一片孝心与我一起前往，替父皇母后祈福，为天下苍生祈福！"

吴玺心中暗想："他祭拜完女娲娘娘便离开，料想不会撞见思儿，听他口气，当今圣上也有为吕氏平反之意。我与他一同前往想必无碍。"想罢，点头答应道："好吧，我父女二人就同太子殿下一起前往，只是老朽的身子会拖累太子殿下的。"

刘启喜道："多谢世伯成全，我这就回去安排行程，明日一早来接世伯。"

宛东山丛林叠嶂，曲径通幽。吴惟珊再次走在这条山路上，心中波涛起伏，想到马上就要与心上人见面，心中既羞又喜。

刘启与侍卫慕容雪村当先带路，下午时分他们来到了女娲娘娘庙前。庙门大开，女娲娘娘宝相庄严，俯视众生。刘启与吴玺父女三人跪拜完毕，向神像后面的木门走去。吴玺的脚刚跨进院子就忍不住唤道："宗老哥，我看你来了！宗老哥，你还好吗？"

微风阵阵，只有几只惊飞的小鸟发出啼叫声。吴玺心中隐隐觉得不妙，向院子四周打量着。

院外传来慕容雪村的叫声："太子殿下快来，这儿有两座坟墓。"

刘启当先带路，吴惟珊搀扶着吴玺跌跌撞撞跟着走去，由于心中过度紧张，吴惟珊的身体不停地颤抖着。

吴玺父女二人远远看到有两座坟墓并排而立，缓缓向前走去，墓碑上的字迹逐渐清晰起来，吴惟珊突然松开吴玺的胳膊悲呼着向左侧坟墓扑去。这座墓碑上清晰地刻着"吕思之墓"。吴玺扶着刻有"宗伯邑之墓"的石碑，不由得老泪纵横道："老哥哥，你怎么就去了呢？"

吴惟珊扑通跪在吕思墓前，泪如雨下，伤心欲绝地哭道："吕哥哥，你怎么，你怎么忍心抛下我……"

刘启安慰道："人死不能复生，请二位节哀！"

吴玺病体初愈，经此打击，旧疾突发，昏倒在地。刘启急忙将他搂在怀里，唤道："吴世伯，醒一醒！"

吴惟珊转身扑倒在吴玺的身边哭道："阿爹，你怎么啦！阿爹，你快醒一醒！"

刘启道："这里不是久留之地，慕容雪村，你快些背上世伯下山救治。"

吴惟珊哪有一丝主意，一边跟随刘启走去，一边频频回头望着吕思的坟墓。

在菟园三星阁内，吴惟珊手端汤药，正在给吴玺喂药。刘启从门外走了进来问道："世伯好些了吗？"

吴惟珊略带哭腔道："也不知道阿爹这次是怎么了，已经连服三天汤药了，非但没有见好，反而更加沉重了。"

刘启的眼睛透过一丝恶毒的笑意，叹道："世伯久受牢狱之灾，前翻又遭淫贼重击，现在又痛失故友，即便换作健康之人也经受不住这沉重的打击。"

吴惟珊摇头道："不会的，我知道阿爹不会丢下我不管的。"

"珊儿，珊儿。"一丝微弱的声音从吴玺的口中发出。

"阿爹，你终于醒了。谢天谢地！"吴惟珊喜极而泣。

刘启心中暗骂道："这狗奴才，我让他下药重一些，怎会让他醒来，看我怎么收拾你这个狗奴才！"

吴玺拉着吴惟珊的手道："为父是，是不行了。"

吴惟珊哭着摇头道："不会的，阿爹，你不要吓我。"

吴玺道："你有一个姑姑在长安郊外的长安村，她叫吴青，你只需将脖子上的项链给她看，她自会认你。以后你孤苦伶仃的，咳咳……是为

越
红
尘

40

父对不起你。"

吴惟珊哭着摇头道："阿爹不要说了，我绝不离开你！思哥已经不在了，你若再有意外女儿绝不独活。"

吴玺伸手轻抚吴惟珊的秀发，突然身子一挺，手臂垂了下来，竟死去。

吴惟珊连声呼叫，惊惧伤心之下陡然晕倒在地。

刘启急忙唤来大夫救治吴惟珊。大夫轻压吴惟珊的人中处，片刻后她苏醒过来，眼神呆滞地瞧着已死去的父亲，又想到了死去的吕思，只觉得这世上再无可依恋的人和事儿了。她淡淡地向刘启道："请太子殿下和诸位大人离开好吗，我想好好地和阿爹说说话。"

刘启道："吴姑娘节哀，万万不可多想，我们就在门外等候。"

吴惟珊的面部没有一丝表情，只冷冷地说道："请你们离开！"

刘启带人离开房间，吴惟珊越想心中越感凄凉，将腰中丝带解下，随后又搬来凳子放到横梁之下，将丝带穿过横梁，用手打了一个死结。她脚踏凳子，将脖子套入丝带，随后将凳子踢翻在地。

房间外，刘启一直在静听房内的动静，凳子声响后，他惊呼一声："不好！"当先撞开房门闯了进去，只见吴惟珊的身体晃晃悠悠地悬在空中，他急忙将吴惟珊托起，慕容雪村手持匕首将丝带割断。

刘启将吴惟珊抱起平放在床上，连声呼唤道："吴姑娘，吴姑娘！"吴惟珊发出阵阵咳嗽声，刘启见她苏醒过来，埋怨道："你何苦如此，今后再也不能做这等傻事儿了！"

吴惟珊扑倒在床上哭道："你为什么要救我，谁让你多事的，我是死是活与你何干！"

刘启道："世伯的后事你不管了吗？世伯还要你去寻找你的姑姑，这些你都忘记了吗？"

吴惟珊痛哭道："我不管，我也不要去找什么姑姑，求求你不要管我行吗？"

刘启轻抚她的后背道："其实这世上还有许多事情需要你去做的。"

吴惟珊喃喃自语道："阿爹不在了，思哥也不在了，这世上还有什么值得我留恋的？况且我一个女儿家又能做什么。"

刘启道："你不想知道你的思哥是如何死去的吗？你不想为他报仇雪恨吗？"

吴惟珊抓住刘启的衣领问道："你是说思哥是被人害死的，是吗？"

刘启点头道："吴姑娘忘记柴房门前那一摊摊血迹了吗？而且从坟墓的土色来看，他和宗伯邑应该是同日死去的，我已安排下属暗中查访。难道姑娘不想知道是谁杀了他们吗？"

吴惟珊咬牙道："我定要寻到仇人，亲手将他碎尸万段！"

第五章

　　时光荏苒，岁月如梭，不觉又过了两年。青羊山谷底一年四季温暖如春，吕思和郭小玉每日习练内功心法，已达到如痴如醉的地步。

　　两年以来，吕思的身材没有什么变化，郭小玉却已经长成一个大姑娘了，身材曼妙，眉清目秀，飘飘然如仙子一般。她身上的衣裙早已变短，只得东裁西剪聊以遮体。

　　这一日上午，吕思运足内力紧贴崖壁向上攀爬，郭小玉仰首观望，不时地鼓掌加油。由于崖壁太过光滑，吕思在奋力攀爬到一百余米处时，内力陡然一泄，身体径直向下坠落，吕思连连用脚蹬在崖壁上，这才减缓了下坠的速度，直到平安落地。

　　吕思沮丧道："看来你我只有在此度过余生了。"

　　郭小玉眼睛一亮，背手踮脚道："难道不好吗？"

　　郭小玉自见到吕思第一面起心中便有了朦胧的爱意。如今他们俩又在这深谷中共同生活了近三年，她对吕思早已情根深种，再也不能与他分开了。

　　郭小玉看了看吕思道："外面的世界复杂得很，哪有这里轻松自在！这儿有吃的，有喝的，还有这么多奇花异草，清静无比，我当真舍不得离开这个仙境。"说完，向天空大喊道："喂！喂！我们在这儿很好，有人听得见吗？"

　　这两年多来，吕思已经习惯了郭小玉的娇憨可爱。郭小玉的存在让他的生活平添了许多乐趣，有时甚至会想倘若郭小玉不是郭父的女儿该有多好，只是每当自己有这种想法时，父王和母后的身影就会浮现出来，让他感到羞愧。

吕思等到郭小玉的声音沉寂下来后，笑道："你纵是有百个猛虎之力，声音也传不出去的。"

郭小玉得意地哼道："我是在练习狮吼功。我才不愿意让人听到呢，不像你每天爬来爬去的，衣服都成那样了，也不怕羞。"

吕思笑道："你还好意思说我，也不看看你自己，你……"吕思的脸"嗖"地红了起来，只觉得心脏"扑通扑通"跳个不停。郭小玉身体已高，原来的衣衫早已变短，白皙的肌肤透出淡淡的红晕，薄薄的香唇如玫瑰花瓣娇艳欲滴，一颦一笑动人心魄，傲人的酥胸若隐若现。

郭小玉瞧出吕思眼中的异样，突地意识到他在想些什么，脸羞红起来，胸腔剧烈起伏着，颤声道："你，你在瞧什么呢？"

吕思内心慌乱无比，诧异地说道："我，我……"

郭小玉眼神迷离起来，心情激荡，情不自禁地问道："思哥，你瞧我美吗？"

吕思不敢抬头瞧她，想要低头躲闪，郭小玉洁白修长的玉腿却映入眼帘。吕思的心智正在慢慢地降低，他抬头向郭小玉的脸蛋瞧去，两人四目相对，郭小玉脸色绯红，鼻息咻咻，坚挺的胸腔剧烈起伏着，她缓缓闭上眼睛欲语还休道："思哥……"

吕思再也控制不住自己激荡的心情，猛地将郭小玉搂在怀中，向她的嘴唇吻去。两人激情地亲吻着、抚摸着，突然一声尖细的猿啸声划破了宁静的山谷。吕思突然惊醒，仿佛看到母亲幽怨的眼神正盯着自己。他缓缓将郭小玉推开，郭小玉的心脏依然在剧烈地跳动着，她娇喘吁吁道："思哥抱我！"

吕思强压住激荡的心情道："玉儿，你听我说，我们不能，不可以……"

郭小玉睁开眼睛道："思哥你在想什么呢？"她突然想到了自己的爹爹，心渐渐冷了下来道："我知道了，是因为我的爹爹是吗？"

吕思痴痴地瞧着郭小玉痛苦道："对不起玉儿，我心中还是放不下……"

郭小玉的眼泪"哗"地流了出来，是伤心，是委屈，抑或是羞辱，只有她自己能够体会，她猛地推开吕思向自己的房屋跑去。

吕思和郭小玉在谷底修建了两间木屋，木屋相对而建，距离仅十余米。这两间木屋的材料非同寻常，木材取自谷底特有的树木，其硬度可与钢铁相比。若不是用吕思身上的宝刀，万万折断不得。藤丝取自谷底上端五十余米的崖壁处，其硬如顽铁，韧如钢丝。

在木屋的东侧，吕思修建了一个土灶台。饭桌、条凳以及锅碗瓢盆都是就地取材。

吕思与郭小玉接吻后的几个日子中，无论吕思说什么，郭小玉只是不理。

这一日，郭小玉正在烧鱼，突然听到群鸟惊飞的声音，她仰首看去，只见天空中飞满了各色鸟儿，又见到地上有许多不知名的虫子在四处乱窜，她吓得丢掉木铲，向吕思跑去。

吕思也已见到遍地乱窜的昆虫，他搂住郭小玉的腰肢，轻轻跃上潭水旁的一块巨石。他又发现潭水中的鱼儿都争先恐后地蹿出水面，心中惊奇道："今儿是怎么了，难道这世上真有妖邪鬼怪不成？"

郭小玉此时已然忘记了对吕思的怨恨，她紧闭双眼，双手紧紧地抱住吕思的臂膀。

突然，大地剧烈摇晃起来，吕思和郭小玉站立不稳，双双跌落在地。郭小玉惊惧地问道："思哥，这是怎么了，难道要天塌地陷了不成？"

吕思正要安慰她，忽然一块巨石从天而降，径直向他们俩的头上砸来。吕思搂住郭小玉急忙向前飞纵躲避。

大石"轰"的一声落在地上，砸出一个斗大的深坑。郭小玉惊惧地看向天空叫道："思哥，快看！"

吕思抬头看去，只见天空中有数不清的大小石头正向谷底坠落。

过了好大一会儿轰鸣声才逐渐停息下来，谷底终于恢复了往日的平静。

吕思突然醒悟道："原来是发生了大地震。"

郭小玉吐舌道："好险！"随后看到被乱石砸断的果树，心疼道："思哥，这些果树都被砸坏了，我们以后可怎么办呀。"

吕思向四周环视，发现原本光滑无比的崖壁裂出许多缝隙，而且崖壁也不再像原先那么平滑了。他越看越是兴奋道："玉儿，我们脱困有望啦！"

郭小玉问道："你又有了什么新法子？"

吕思指着变得参差不齐的崖壁说道："你看这崖壁已经没有那么光滑，凭你我的武功爬到山顶又有何难？"

郭小玉拍手笑道："是呀，是呀，我怎么没有想到呢？"主意已定，二人各展身手向山顶爬去。

终于，二人爬到他们坠崖之处。吕思向四周环视了一圈，只见到处都是坍塌的坑洞，由于吴惟珊和吴玺的坟墓距离悬崖太近，此时早已不见了踪影。吕思悲痛欲绝地哭道："吴伯伯，珊妹，你们在哪里，苍天不公啊！"

郭小玉默默地守护在吕思的身旁，待他心情平复后安慰道："吴伯伯和珊姐姐的尸身定是掉入谷底了。"

吕思道："是呀，我再也见不到他们了。"忽地向悬崖边走去，道："我要将他们的尸骨找回来！"

郭小玉急忙拉住吕思的手臂道："思哥你清醒一点，你没有瞧见谷底掉落了多少土石吗？他们的尸身不知被土石掩埋了多深呢，你怎么寻找？再说，谷底的风水可比这里强多了，吴伯伯和珊姐姐泉下有知定会满意的。"

吕思听后也觉有道理，便不再说话。他仰躺在地，望着天上的白云，心中思绪万千。郭小玉见吕思不再有过激的言行，这才放下心来。她来到悬崖边上俯身向下看去，只觉得恍若重生，想到即将面临的新生活，又觉得心中烦乱无比。她的脑海中全是她和吕思近三年以来在一起生活的种种经历。想到二人的初吻，郭小玉的脸蛋儿突地羞红起来，喃喃自语道："脱困真的是好事情吗？"

过了片刻，郭小玉见吕思一直沉默不语，叹气道："思哥，你是不是又想到了复仇之事？"

吕思盘膝坐起道："父母之仇不共戴天，作为人子怎可不报？"

郭小玉黯然神伤，起身掸了掸尘土强笑道："我们还是先找户人家，讨点儿吃的和衣裳吧。"

吕思和郭小玉沿原来的道路返回，此时正值盛夏，郭小玉热得香汗淋漓，埋怨道："我们还不如不上来呢！谷底多好呀，一年四季温暖如春。哎呀，真是热死了。……还有我那匹可爱的小红马，现在也不知是死是活。"

又行片刻，他们走出大山。郭小玉跳脚道："快看，前面是一个村庄，我们有吃的了！"

吕思寻到一户人家住了下来，次日清晨郭小玉醒来的时候吕思已经离去。

自从与郭小玉分开后，吕思星夜兼程赶往淮阳郡，到了郭家庄看到断壁残垣后才确信当年郭小玉并未欺骗他。

吕思一路打听郭爻的踪迹，不觉之间已进入留县境内。吕思选了一家饭店用餐，门外突然传来一阵喧哗声，他抬头看去，是十余名青壮年男子大声谈笑着走进店内，他们中除了黄发男子左胸前绣了两只白色飞鹤外，其他人的左胸前都绣着一只白色飞鹤。账房先生笑着迎上前道："多谢各位爷捧场！今日要吃些什么？"

一个吊眉汉子道："还与前几天一样，好酒好菜尽管上来！"

账房先生答应后，叫来店小二安排他们入座。这十余人在吕思的右边分成两桌坐定，他们兴致高昂，纵声谈笑着。

吕思被他们吵得烦了，拍案而起喝道："你们能小点儿声吗？"

这群汉子的声音戛然而止，一个瘦腮大眼的男子盯着吕思道："你在教训本大爷吗？"

吕思拿起一根筷子向瘦腮大眼男子后背的刀柄掷去，刀柄应声而断。这群汉子中见到刀柄折断的人心中惊骇，不敢多言。瘦腮大眼男子全然不知，嘻笑道："原来你喜欢投掷玩法，老子现在就去给你买投壶去。"

瘦腮大眼男子身边的两名男子全然没有留意到同伙给他们的暗示，跟着高声起哄。吕思拿起另一根筷子向瘦腮大眼男子的头顶射去，筷子不偏不倚如簪子般插入他的发丝中，这一下他的同伙都看到了，俱心中惊骇，不敢多言，酒店内霎时沉静下来。

瘦腮大眼男子只觉得头顶一紧，急忙抬手摸去，他将筷子拔出握在手中，心中羞愧，怒道："小子倒是会些功夫，只是准头差些。"他对面的男子连忙向他摆手示意要他不要招惹吕思。瘦腮大眼男子非但不予理会反倒更加猖狂了，笑道："投壶之类的小把戏何惧之有，看老子怎么教他投壶。"说完，伸手向后去抓刀柄。这一抓顿时惊出一身冷汗，才知道吕思仅凭一根筷子便已将自己的刀柄击断。这份功力可不是玩投壶游戏能够练出来的，瘦腮大眼男子既惊又惧赔礼道："少侠饶命。小人有眼不识泰山，请少侠高抬贵手放过小人。"

吕思厉声喝道："你们还不快滚！"

瘦腮大眼等人闻言如蒙大赦一般夺门而逃。

第六章

次日午时，吕思沿着官道一路来到蜀郡紫阳县境内，他刚入城门就被一群人团团围住，过路百姓纷纷躲避。

吕思喝问道："你们要做什么？"

"你竟敢与白鹤门作对，看我如何收拾你！"随着话语声，一个塌鼻男子走上前来。

"是你！"塌鼻男子语声颤抖道，"玉面毒狼吕思！"

吕思认出此人乃是当年参加郭家庄比武的穿山倪左新天，脸色突变，喝道："放肆！你唤我什么？"

左新天硬着头皮道："江湖之中哪个不知你的名号？"

白鹤门众人听到"玉面毒狼"的名号后，心中惊惧万分，都向后退了一步。

吕思语声冰冷道："'玉面毒狼'是何意？"

左新天颤抖道："一个月前，春古县县令之事，公子，公子……"

"春古县与我何干？"

"可是，可是梁县令满门二十余口都被人杀了。"

"是何人所为？"

"江湖传言当不得真，公子不要往心里去。"

"说！江湖传言是什么，否则我杀了你。"

"是，是，我说。江湖盛传梁县令满门都是，都是……"

"说！"

"公子息怒！在下想来这些纯属谣传，公子，我们……"

"滚！"吕思脸色煞白喝道，"快滚！"

白鹤门众人正要离去，吕思突地喝道："站住！"

左新天颤抖道："公子有何吩咐？"

吕思问道："你可知道郭爻去处？"

左新天道："原郭家庄被焚毁后郭庄主又在楚国邹县建了一座新庄园。"

吕思挥手道："去吧。"

左新天不敢多言，急忙带领众人离去。

一个月后，吕思来到楚国境内，距离邹县不足三十里。

吕思见路上有许多人的衣服上绣有各色标记，心道："瞧他们的衣着举止应是江湖中人，莫非郭爻老贼已经知道我要向他寻仇，因此邀了帮手？"

吕思叫住两个行人问道："打扰了，敢问二位英雄要去往何处？"

其中一人回道："我们去郭家庄。"

吕思问："不知二位去郭家庄做什么？"

那人道："瞧你也像江湖中人，怎的不知郭庄主要举办比武盛会？"

吕思抱拳道："是在下孤陋寡闻了，多谢指教！"

吕思行走中，突听得身后马蹄声骤起，跟着便是路人纷纷避让的喊叫声。他正要向路边躲避，忽听一声娇斥道："快闪开！"接着一条鞭影向自己身上打来。吕思伸手握住软鞭，绿衣女子纵身跃下马背。

绿衣女子怒道："你找死吗！"跟着飞身而起，向吕思踢出七八脚之多，都被吕思挥掌一一挡开。

绿衣女子没有占到便宜，丢下长鞭从背后抽出长剑向吕思攻去。长剑在空中幻化出九朵梅花直向吕思的周身要穴刺去，吕思使出星月神功化解。绿衣女子惊叫道："好小子，武功不赖呀！"说话间将内力运于剑身，向吕思脖颈划去，突听得"哎呀"一声，绿衣女子被吕思的真气震得摔倒在地。

吕思正要出言教训，绿衣女子忽地大声哭道："你欺负我。"

吕思见她如此撒泼，怒斥道："你不要胡说，谁欺负你了。今日只是略惩小戒，日后若再敢如此飞扬跋扈，我定不轻饶。"

忽有两匹白色骏马由远而近飞奔而来，未等骏马停稳，马上已飞身纵下两名身着白色锦衣的少年。两名少年半跪在绿衣少女身侧焦急地问道："小师妹，你没事儿吧？"

绿衣少女捂着脸哭道："你们怎么才来，我被人家欺负啦，你们都不管我。"

两名少年惶急道："小师妹千万不要生气，你伤着没有？"

绿衣少女怒道："你们尽问一些没用的，还不替我报仇。"

两名少年齐声问道："是谁伤的你？"

绿衣少女伸手向吕思指去："就是这个臭小子！"话一说完，她顿时呆了，竟忘记收回手指。刚才她与吕思只顾着打斗，根本没有时间瞧清对方的相貌，现在吕思的面容清清楚楚地呈现在眼前，她只觉得心跳加速，面色发红，心中犹如小鹿乱撞，这种感觉是她平生从未有过的。

两名少年站起身来，其中一个白面长脸的男子手持长剑向吕思道："你这小子不想活了是吗？识相的赶紧给我小师妹叩头赔礼道歉，争取她的原谅，否则我一剑刺死你。"

另一个大眼高鼻少年怒道："这小子把小师妹伤成这样岂可轻易放过，总要打到他跪地求饶才是。"说完，挥掌向吕思攻去，掌风凛冽，刚猛异常。

吕思催动内力使出紫竹神功相迎。大眼高鼻少年的掌力被吕思引得偏离了方向，将路边一棵碗口般粗细的杨树居中震断。

绿衣少女大声提醒道："大师哥，用铜锏！"

"多谢师妹提醒！"

大眼高鼻少年抽出铜锏向吕思攻去。二人你来我往斗了二十余个回合仍不分胜负，大眼高鼻少年久战不胜，心中焦躁起来，便将全身内力都运在铜锏上，使出绝招铜影重重向吕思攻去。吕思使出绝招相迎。随着大眼高鼻少年的一声痛呼，铜锏已被吕思震得脱手飞出，鲜血自他的手掌缓缓流出。

绿衣少女非但没有对大眼高鼻少年流露出半分关切之色，反而拍手向吕思赞道："好功夫！"

大眼高鼻少年脸色绯红，垂首回到绿衣少女身前羞愧难当道："小师妹，我……"

绿衣少女不耐烦道："别烦我了，就知道你没用！"转向白面长脸少年道："二师哥看你的了！"

白面长脸少年不傻，他早已看出吕思神功盖世，自己绝非敌手，心中想道："这小子当真怪异得很，论武功师傅在江湖中位列第三，我们师兄弟自小便跟着他老人家勤习武功，虽不敢说武功超凡入圣，但怎么也能跻身一流高手之列。这小子与我们年纪相仿，武功为何如此高强，莫非他是北斗仙尊黄申或是紫薇仙尊吕紫薇的徒弟？"想到此处，向吕思问道："请问阁下尊师可是三仙之一？"

吕思微笑道："我的师傅多了，不过并没有你口中所说的三仙。你问来做什么？"

白面长脸少年道："既然阁下不愿意说，我也不好勉强，今日休怪我得罪了。"说完抽出弯刀，使出绝学向吕思攻去。

吕思脚踏华星韵步配以紫竹神功迎战。白面长脸少年见吕思赤手空拳与自己对战，显然不将自己放在眼里，心中气急，将弯刀舞得呼呼生风，每一刀都向吕思的要害部位砍去。

吕思身影如电，掌法变化万千，三十招未过，白面长脸少年已是只有招架之力了。突听吕思喝道："脱手！"话声未落，白面长脸少年的弯刀已被吕思夺在手中。

白面长脸少年羞愧难当，呆若木鸡立在原地。绿衣少女叫道："你们俩都是废物，以后再也不理你们了！"

吕思向绿衣少女喝道："你这丫头甚是可恶，他们终究是你的师兄，而且也是为了你才强行出头，你不感激也就罢了，怎可如此羞辱他们。"

"你放肆！"两名少年几乎同时开口斥责吕思。

大眼高鼻少年道："今日之事只怪我学艺不精，你怎可责怪小师妹？"

白面长脸少年道："士可杀不可辱，你若再敢欺我小师妹我就和你拼了！"

此时，围观之人越聚越多，人们议论纷纷。

"这不是梅松三侠吗？"

"是呀！大眼高鼻少年排行老大，名叫文章鱼，绰号'盘龙松'。白面长脸少年排行老二，名叫赵宇上，绰号'云中松'。绿衣少女排行老三，名叫房婷，绰号'辣红梅'，他们三人可是启明仙尊房牧云最得意的徒弟。"

"'辣红梅'是启明仙尊的孙女。"

"那个美少年不是'玉面毒狼'吕思吗？"

"正是他，奸杀灭门的江湖败类。"

围观众人的话深深刺痛了吕思的心，他的手微微颤抖着。

房婷听到众人的议论心中悲痛欲绝，她没有想到面前这个让自己第一次心动的男人居然就是爷爷让自己寻找之人。

房婷由爱生恨怒骂道："淫贼，枉你生了一副好皮囊，今日我要替武林除害。"说完捡起地上的长剑向吕思刺去。

吕思飞脚踢在房婷的手腕上。房婷吃痛，长剑偏了方向。

房婷后撤两步，手抚痛处骂道："天杀的淫贼，你敢踢我！"转头向文章鱼和赵宇上怒道："你们俩就站在那里看我笑话吗？"

文章鱼上前低声提醒道："小师妹，师傅不让我们招惹小淫贼。"

房婷怒道："小淫贼作恶多端，难道我就不能为武林除害吗？你们要是怕了他，我一个人来斗他。"

文章鱼和赵宇上急忙解释道："不是那样的，不是那样的，小师妹你先退下，我们俩合力斗他。"

第七章

文章鱼和赵宇上各展绝学向吕思攻去，吕思挥掌相迎。房婷在一旁不停地指挥道："大师兄攻他下盘。""哎呀，笨死啦，二师兄你是猪吗？快打他膻中穴。"

房婷在一旁叫得正欢，突感眼前一花，已不见了吕思的身影，随后感到后背一麻，立时动弹不得。

吕思喝令道："快叫他们停手，否则我杀了你。"

房婷骂道："淫贼休想，暗中伤人算什么好汉。"

吕思右手抓住她的肩胛骨，略一用力道："你什么时候把我当成好汉了？"

房婷疼得冷汗直冒，哭着骂道："小淫贼只会欺负女人。"

吕思见她突然哭了起来，不由得放松指力，他没有想到身为梅松三侠之一的房婷居然丝毫不顾及面子，再一次当众哭了起来。

文章鱼和赵宇上听到房婷的哭骂声，心痛欲裂，转身向吕思扑来。吕思一手握住房婷的肩膀，一手击退二人的进攻。

吕思指上用力道："不知肩胛骨破碎后会发出什么声音。"

房婷嘴硬道："小淫贼，你若敢放我，日后我必杀你。"

吕思听出她有服软之意笑道："我偏要将你放了，看你日后如何杀我！"

房婷冷哼了一声，飞身上马道："今日之仇我不会善罢甘休的，小淫贼咱们走着瞧！"说完打马离去。

文章鱼和赵宇上急忙跃上马背紧追而去。

傍晚时分，郭家庄外缓缓走来一个驼背老者，老者须发皆白，肤色黝黑，此人正是乔装打扮的吕思，他见江湖之人对他多有误会，便想出了乔装打扮之法。

　　吕思远远瞧见高高耸立的白色布帆，心道："原来郭家庄有人死了。"

　　进入庄内，哀乐之声渐渐响亮起来。吕思自忖道："今日毕竟是郭爻老贼举办盛会的日子，即使庄内有人死去，也不该弄出如此大的动静。"心中一动想道："莫不是郭爻老贼家中有人丧命了，但愿不是郭爻老贼，否则我怎么寻找其他三贼。"

　　吕思跟随路人来到一座庭院前，庭院大门敞开着，房门四周布满了白色饰物。大门两侧站着两个身着缟素的庄丁，其中一人向吕思问道："不知老人家怎么称呼？"

　　吕思沙哑着声音道："我是从吴国而来，我……"

　　家丁满面怪异道："莫非老人家是吴越明驼？"

　　吕思咳嗽道："你识得我？"

　　家丁道："果然是吴越明驼到了！前辈大名吴楚之地谁人不知？"

　　吕思又干咳几声道："我来问你，你们府中出了什么事情？郭庄主他还好吧？"

　　家丁面色悲戚道："也不知道庄主得的是什么病，前日还好好的，谁承想突然之间就撒手西去了。"

　　吕思惊呼出声道："什么，郭爻真的死了？"

　　家丁道："我家庄主确实西去了，原来前辈还不知情呢？"

　　吕思道："你自去忙吧，不要管我。"

　　吕思站在院中向大厅内瞧去，只见大厅居中位置放着一口棺材，棺材前面是一张供桌，供桌上有一个灵牌，上写"先父郭爻之灵位"。供桌两侧跪伏着三个身着重孝之人，吕思认出左边是郭角与小青夫妇，右边是郭小玉。郭小玉静静地跪立着，面色苍白，毫无一丝表情。吕思想起前情，心中五味杂陈，喃喃自语道："怎会这样？郭爻老贼怎么就死了呢？"

　　此时前来祭拜之人络绎不绝，郭角一边回礼叩拜一边说道："明日比武大会照常进行，烦请英雄准时参加。"祭拜之人安慰数声，随后答应着离开。

吕思担心被郭小玉认出，转身向院外走去。他信步来到比武场，此地相对安静，鲜有人影。吕思瞧着擂台上飞扬的旗帜发呆，突然，身后传出干咳声。吕思回身瞧去，见一个面相冷峻的中年男子正瞧着自己。

中年男子抱拳道："敢问尊驾如何称呼？"

吕思回问道："你可曾听过吴越明驼？"

中年男子反问道："你可识得我？"

"报上名来？"

"南宫侯张偃！"

吕思常听宗伯邑提起张偃，因为张偃是他父亲生前的至交。吕思乍遇亲人，心中百感交集，一声"张伯伯"脱口而出。

中年男子面现惊疑之色，问道："你唤我什么？"

"张伯伯，我是吕思，前吕国国王之子。"

"思儿？怎会是你？你怎么如此装扮？"

两下相认后，张偃语声严厉道："玉面毒狼是怎么回事儿？你怎会落此恶名？"

吕思急忙分辩道："张伯伯千万不要听信江湖传言，侄儿是冤枉的。"随后，他将离开宛东山后发生的事情都说与张偃。

张偃听后安慰道："原来是太子刘启设计陷害，三个月前贤侄尚在梁国陈县境内又怎会在吴国做出人神共愤之事？"

"张伯伯知道漠北四鹰吗？"

"我从未听人提起过。"

"郭爻既死，其他三个恶贼如何追查？"

"只要他们尚且在世，总能找到他们，只是现下你要如何洗清身上的污名？"

"侄儿还未想到这一层，请张伯伯指点。"

"我在江湖之中尚有威望，我来为你证明。"

"多谢张伯伯！"

"比武大会是为你洗清污名的最佳时机。"

"请张伯伯明示。"

"诸郡国、各门派都有人参加比武大会，在此证明清白，天下皆知。"

"张伯伯如何为我证明？"

"凭贤侄的武功再夺得一次武试头名也是易事，你仍以这身装扮上台比武，夺得头名后再还原本相，那时你已成为万众瞩目的焦点，我再上台为贤侄做证。那时，你的清白自然天下皆知。"

决赛之日，下午时分，比武场地人声鼎沸。台上前排坐着楚国世子刘不为，吴国世子刘贤，赵国世子刘好。后排除了少庄主郭角、郭小玉以及胶东国、胶西国、济南国、淄川国的太尉外还坐有一老一少两个男子。老者面容平和，一双眼睛炯炯有神；年少者面色黝黑，浓眉大眼，宽鼻厚唇。

此时，台上正在比试的是文章鱼和一个手持双斧的黑脸青年，仅过了十余回合黑脸青年就被文章鱼一锏打翻在地。

黑脸青年从擂台上爬起来后，捡起双斧道了声："惭愧！"转身跳下擂台。

郭角起身走到擂台中间向台下抱拳道："此轮比武，盘龙松文章鱼胜。还有哪位大侠愿意上台比试？"

话声刚落，一个身影从台下一跃而起立在擂台上。郭角问道："请问女侠尊姓大名？"

来人是一个身材修长、眉清目秀的少女，她向台下朗声说道："小女林晓见过诸位英雄！"

郭角道："原来是白鹤门的使者林女侠，失敬！"

台下有人议论道："白鹤门的使者林晓是月圣秦苏蓝的亲传弟子，文章鱼是启明仙尊房牧云的首席弟子，这下可有得瞧了！"

郭角退下后，文章鱼和林晓双双抱拳施礼，然后缠斗起来。二人一个持剑一个持锏你来我往斗了五十余个回合依然不分胜负，台下不时传出喝彩声。

突然，台上传出一阵惊呼声，吕思向台上看去，是林晓使了一记险招，险些将长剑刺入文章鱼的肩膀。

文章鱼惊出一身冷汗，振作起精神挥舞铜锏向林晓全力攻去。林晓步法轻盈，借力打力。又过了数十回合，文章鱼体力明显不支，林晓抓住时机挺剑向他的腹部刺去。文章鱼急忙挥铜格挡，哪知这只是林晓使的一记虚招，她撤回长剑飞身而起一脚端在文章鱼的胸口，文章鱼向后飞出，"扑通"一声摔倒在地。

林晓得意地抱拳道："文兄承让了！"

房婷突地飞身而上，向林晓道："休要得意，看剑！"说完挺剑便刺。

赵宇上担心小师妹吃亏也纵身跃上擂台，抽出弯刀刚叫了声："小师妹退下，我来！"眼前突地一暗，一个与林晓生的一模一样的少女挡在他的眼前。

台下顿时喧哗起来，有几人大声议论道：

"这不是白鹤门的使者林雪吗？她与林晓是双胞胎姊妹。"

"这个少年是'云中松'赵宇上，少女是'辣红梅'房婷。"

"启明仙尊的弟子对阵月圣弟子。这种场面实属罕见，我们此番算是来对了。"

"论武功启明仙尊排在月圣之前，只是不知他们的徒弟如何？"

"刚才启明仙尊的弟子不是已经落败了吗，看来名师未必出高徒呀！"

"是呀，如此看来这江湖十大高手的排序也未必真实！"

四人两对又缠斗了数十回合，仍然不分胜负。房婷求胜心切剑走偏锋，逼得林晓连连后退，同时房婷自身的破绽更是百出。林晓见她求胜心切故意卖了一个破绽引得房婷举剑横切，由于用力过猛，房婷的身体跟着旋转。林晓突地腾空跃起，翻到房婷的身后将长剑架在她的脖颈处。房婷羞愤至极大声叫道："你杀了我好了！"

林晓收回长剑笑道："我今日全凭侥幸，妹妹承让了。"

赵宇上闻听房婷羞愤的声音后，心中痛惜，大喝一声拼尽全力向林雪攻去。林雪挥剑格挡时内力不及，"铛"的一声脆响，长剑脱手飞出。赵宇上抢先一步将弯刀架在林雪的脖颈处。林雪沮丧道："罢了，我力气不及你。"

郭角哈哈大笑着走向四人，打破尴尬道："诸位不愧是三仙五圣的高徒，今日我郭某算是开了眼界了。各位之战互有胜负，本局全做平局如何？"

"少庄主评判有失公允，'梅松三侠'以三敌二，输了两局，以此而论本次比试应该是林氏姊妹胜出！"坐在台上主宾位置的浓眉大眼之人起身说道。

郭角转身向他说道："雷圣之言也有道理，但是他们双方现在各有一人胜出，依雷圣之意接下来应该如何比试？"

雷圣秦之节道："林晓与赵宇上比拼良久，双方都已疲惫，让他们休息片刻再战。其他诸位英雄愿意上擂台比试的，可以继续比试。"

郭角向林氏姊妹等人抱拳道："请各位后台休息。"转向台下高声道："雷圣之言想必大家都听清楚了，还有哪位英雄愿意上台比试？"他连续叫喊了三声依然没有人登上擂台。

郭角见无人愿意上台比试便大声道："既然无人愿意上台比试，请大家少安毋躁，等林女侠和赵少侠休息之后再作比试！"

盏茶工夫，林晓与赵宇上一起重返擂台。林晓道了声："得罪了！"说完纵身而上挥剑向赵宇上攻去，赵宇上舞动弯刀左右遮挡。他们招式变化万千，出手迅捷无比。台下众人只见到剑影刀光闪烁，全然看不见他们的身影，不由得连声叫好。

片刻后，刀光剑影突地止住，林晓头发散乱，以剑拄地。赵宇上右臂鲜血横流，弯刀已不知去向。

郭角急忙上前询问赵宇上的伤情，赵宇上惨然道："在下学艺不精，这一次比武我认输！"

郭角向台下叫道："如果无人上台挑战，我将宣布本次比武大会的头名得主是月圣的高徒林晓，林女侠。"

吕思向擂台飞纵而去。他距擂台足足有十余米远，一跃之间竟从数十人的头顶飞过。这身轻功顿时获得无数称赞之声。

郭角眼神凌厉地瞧着吕思道："请问阁下尊姓大名？"

吕思干咳道："姓名暂时不提也罢，待会儿我夺得头名再说不迟。"

台下有人高声叫道："他是吴越明驼。"

"什么？他就是杀人如麻的吴越明驼高原？"

"这厮绝迹江湖多年，今日怎么又复出了。"

"瞧他刚才展示的轻功，今日头名恐怕非他莫属。"

台下众人议论纷纷，吕思大多听在耳中，心中懊悔不迭，心道："早知这吴越明驼有如此恶名，昨日就不该假戏真做，冒充他的名号。"又想："事已至此随他去好了，待会儿我恢复真容，身份自然公布于众。"

郭角道："如今林女侠正值疲累之际，还是先让她歇息片刻吧。"

吕思道："林女侠的师傅月圣秦苏蓝位列五圣之一，想必与其他四圣功夫相差不大。我也无意与她的弟子比试，我有一个提议不知当否？"

郭角冷声道："你且说来听听。"

吕思看向雷圣秦之节道："不知雷圣可否愿意赐教？"

吕思此言一出，顿时引得台下一片哗然。

郭角没有想到吕思会如此狂妄，冷声道："恕我直言，雷圣是何等身份，怎能与你比试？尊驾还是另择他人吧！"

"我早有替武林除害之心，只是一直没有机会，今日是你自己送上门来的，怨不得我了！"雷圣声音洪亮，缓步向吕思走来。

台下顿时掌声雷动，各自大声嘶喊着，渐渐地汇聚成同一个节奏同一句话："雷圣，杀了他！雷圣，杀了他！……"雷圣乃是武林排名前十的高手，杀死吴越明驼自然不在话下，众人都想目睹雷圣的绝世武功。

吕思哈哈大笑道："我久闻雷圣大名，今日一见果然英雄了得！"拱手道："请赐教！"他的声音洪亮至极，竟掩盖住了台下众人的呐喊声。

雷圣心中暗自震惊道："这厮的内力怎的如此深厚，我需先在心理上摧垮他。"想罢，他冷哼一声，道："你拔剑吧，我且让你三招。"

吕思闻言，心中豪气陡升，笑道："既是比试何谈相让，如若可行还是我先让你三招吧。"

此言一出，台上台下众人无不嘘声一片。雷圣秦之节怒道："既然你要寻死可怨不得我了！看招！"说完双掌运足了五成内力平推而出，吕思的衣衫被真气吹得飞扬起来，他不敢怠慢，用纯阴真气护住身体，使出星月神功向对方迎去。只听"啵"的一声轻响，雷圣的掌力顿时化为无形。雷圣心中既惊且佩，暗道："怪不得这厮能够在武林中享有如此大的恶名，果然有些功夫。"想罢，他使出绝学轰雷掌连续向吕思发起进攻。雷圣的掌法内力刚猛，掌风破空之声不绝于耳。吕思招式迅捷，内力阴柔。台上两人各展绝学斗在一起，台下前排众人只觉得劲风呼啸，头发、衣裙被真气吹得上下翻飞。

转眼之间两人已经斗了数十回合，雷圣感到吕思的内力非但没有减弱分毫，反倒是愈战愈强，眼见自己内力势弱，忽地抽出背后长剑使出霹雳剑法向吕思攻去。吕思掏出匕首脚踏华星韵步配以紫竹神功还击。紫竹神功招式凛冽，华星韵步变化万千，吕思的身形有若鬼魅般飘忽不定。十余招转瞬即逝，吕思连续使出杀招将雷圣逼到擂台边上。吕思突地使出圆月当空招式将匕首径直向雷圣的咽喉刺去，雷圣欲要闪躲已是不及，心中暗呼："我命休矣！"吕思在剑尖即将刺上雷圣的皮肤时忽地收回匕首道："得罪了！"

雷圣万万没有想到吕思会在此时收手，忽地哈哈大笑道："吴越明驼果然名不虚传，雷某甘拜下风。"

"哎呀，怎会这样！"台下传出阵阵惋惜之声。

雷圣刚回到座位上，他身侧的老者起身道："吴越明驼武功卓绝，左某不才前来讨教！"

台下有人高呼道："是云圣左角，云圣前辈也要替武林出头了。"

吕思抱拳道："在下见过左前辈！"他忘了自己是乔装改扮过的，因此称左角为前辈。

左角闻言一愣道："你我最多平辈而论，再说我也不认你这种后辈。出招吧！"说完自腰间抽出两把短刀。

吕思存心立威，脚踏华星韵步抖动手腕使出紫竹神功向左角攻去，左角见漫天剑影向自己当头罩下，大喝一声道："好功夫！"脚步闪动之间已避开来剑。他的绰号是"云圣"，自是以轻身功夫见长。

左角避开吕思一剑后，手持双刀向吕思反攻回去，吕思变招抵住。二人你来我往战作一团，由于他们俩的身法太过迅捷，众人都分不清哪一个身影是吕思哪一个身影是左角，一百回合刚过，突听吕思大喝一声："着！"随即两条身影骤然分开。

众人急忙向台上看去，只见吕思匕首下垂，剑尖处有血珠凝结，云圣左角胸口处被刺穿了一个小洞。吕思的力道把握得恰到好处，匕首若再向前多刺几分，云圣的心脏必会被洞穿。

胜败已成定局，台上台下一片沉寂。

云圣左角惨然道："左某认输，你虽然手下留情，但是左某绝不领情，我也永远不会与你这种人为伍！"

台下依旧鸦雀无声，他们没有想到吴越明驼居然连败两圣，这等功夫也只有三仙能够做得到，如此而论这吴越明驼的武功岂非要与三仙齐名。吴越明驼恶毒无比，今后江湖之中恐无宁日了。

郭角面色冷峻，走向台中叫道："还有哪位英雄愿意出战？"他连叫三声，台下依然鸦雀无声。郭角道："既然无人愿意出战，我宣布本次武试头名为吴越明驼高原！"

吕思大声叫道："且慢！"随即将背后的枕头取出，又用手将脸擦净道："在下并非吴越明驼，乔装改扮之前也从未听过吴越明驼的恶名，隐瞒姓名实在出于无奈，还请诸位英雄见谅！"

此言一出，台下顿时打破沉寂，纷纷议论起来，他们都想知道擂台上后起之秀是何人。郭角抬起双手示意台下众人安静。众人逐渐停止议论后，纷纷向台上的吕思瞧去。

郭角冷笑数声向吕思道："你的难言之隐还是让我替你来说吧。"转向台下大声道："诸位可知他是何人？"说完霍地转过身子用手指向吕思道："他姓吕名思，是前吕国世子，更是强奸屠杀梁家千金满门的恶贼。"

吕思闻言倒吸了一口凉气道："你怎会如此污蔑于我，张伯伯会为我做证。"

郭角的话使得台下乱作一团，有十余人气愤不过跳上擂台手持兵刃向吕思攻来。吕思一边抵挡一边高声呼叫张偃，怎奈始终没有得到张偃的回应。郭角向云圣左角以及雷圣秦之节道："如此恶毒之辈，人人得而诛之，请二圣主持正义。"

云圣左角和雷圣秦之节更不多言，纷纷抽出兵刃上前围攻吕思，后台官府护卫纷纷跑上擂台将本国世子、御史大夫护送下台。突然，随着

"轰隆隆"一阵巨响，擂台已崩塌倒地。

吕思不想多结怨仇，因此处处手下留情，可众人不管这些，每一招都向他的要害攻去。吕思用剑背连续击倒十余人，向其他众人大声喝道："我不想与你们结怨，你们也不要逼我杀人。"

众人哪里听得进去，只是一味地进攻。吕思刚击倒了身前的数十人，后面的人又涌了上来。吕思体力渐渐不支，突然有一人分开人群来到吕思身前，大声喝道："退后，都退后！"

吕思见来人一身缟素，面容娇美，竟是郭小玉挡在自己身前。围在前面的人听到郭小玉的呵斥后俱停止进攻，一脸疑惑地瞧着她。

郭小玉大声喝道："你们这是在做什么，今日乃是比武大会，不是朝堂公审，你们若要寻仇，错过今日任由你们。"

对面一人大声抗议道："郭小姐此言差矣，这等江湖淫贼人人得而诛之，你怎可替他说话，难道你就不怕辱没了自己的名声吗？"

郭小玉大声喝道："无凭无据之事，郭家庄内不许任何人追究。"

众人惊呼道："郭大小姐，你怎可替淫贼说话？"

郭角来到郭小玉身前喝道："你知道自己在做什么吗？还不给我滚回去！"转而向身后大声道："诸位不要听舍妹之言，我们齐心协力诛杀淫贼！"

云圣左角插回短刀，当先挥掌向吕思攻来，吕思立掌迎上。这一掌他运足了十成内力，两掌相接只听"轰"的一声，云圣左角立时被震得向后退去，好在身后有众人阻挡，否则他还不知要被震退几步。

雷圣见状急忙持刀向吕思杀来。其他人见二圣已然出手，都不再顾及郭小玉的拦阻纷纷向吕思杀去。

郭小玉急得抽出长剑护住吕思，众人不敢伤及郭小玉，纷纷避开她的长剑。郭角见状持剑向郭小玉刺来，郭小玉一边抵挡一边气道："哥哥你疯了吗？快给我让开！"论武功郭小玉高出郭角甚多，但是郭角只是一味地向郭小玉进攻，对来剑并不躲避，郭小玉投鼠忌器只得左躲右闪。

吕思突然痛哼出声，回身向后劈出一剑，原来吕思的右胸被身后之人用剑刺穿，鲜血立时浸透了衣裳。有人大声叫道："淫贼吕思中剑啦！

大伙儿快杀呀!"

郭小玉闻言肝胆欲裂,抬手将郭角的长剑震断,而后纵身来到吕思身前,挥舞长剑护住吕思。

郭小玉拉着吕思只突围了五十余米,吕思的后背又被砍中两刀。

第八章

正值吕思生死攸关之际，前面传来一阵骚动声，人群纷纷向两侧闪开。吕思见一锦服女子骑着一匹红马迎面驶来，红马前后围着许多官兵。吕思正自疑惑，突然感到双肩一阵剧痛，竟是一个黑衣疤面的汉子趁吕思不备手持双剑刺穿了吕思的一对肩胛骨。随着长剑的抽离，两股鲜血猛地喷涌而出。吕思双脚发软，再也无力站稳，身体向后倒去，迷离之际只听到郭小玉在耳边哭道："对不起，我错了！对不起……"

吕思再次醒来的时候，已躺在一间锦室之中，只听得一个少女惊喜道："公子醒来了，燕儿快去禀报公主！"被称作燕儿的少女答应后，匆匆跑出锦室。

吕思扭头看去，只见一个侍女装扮的少女正满面惊喜地瞧着自己，他连声问道："这是哪里？你又是何人？这府中又是哪位公主？"

少女轻笑道："我是春儿，这里不是公主府，是夏邑侯府。"

吕思皱眉道："夏邑侯，哪个夏邑侯？"

春儿道："我家侯爷姓秦，是开国功臣秦相爷的长公子。"

吕思惊道："这里是秦原老贼的府邸？"

春儿闻言吓得跪倒在地道："公子万万不可出此大逆不道之言。"

吕思挣扎着要起身，怎奈双臂使不出一丝力气，突然想起自己双侧肩胛骨都已破裂，不由得心若死灰叹道："罢了，反正我已是废人一个，生死有命，任你们处置好了！"忽地想起郭小玉，急忙向四下看去问道："郭小玉呢，她在哪里？"

春儿茫然道："奴婢不知公子问的是谁？"

门外传来一阵急促的脚步声，吕思闭上双目，将头向床内转去。

一个女子问道："燕儿，公子这是怎么了？"

燕儿回答道："禀公主，公子他刚才的确是醒过来了。"

公主问道："公子是又昏迷了吗？"

春儿答道："禀公主，公子他，他……"

公主道："我明白了，公子心中有恨，自然不想见我。"她走到吕思床前站定道："我公爹确实做了对不起你们吕氏家族之事，我替他老人家给你赔罪了。"说完向吕思施礼。

吕思听他提起家族大仇，又想到自己现在的处境不由得潸然泪下。

公主见吕思胸膛剧烈起伏，知道他被自己的话触动了心事，叹了一口气道："虽说冤家宜解不宜结，但是此等灭族大恨岂能说解就解，公子有气尽管向我发好了。"她的声音温柔甜美，句句说中吕思的心事。

吕思心情跌宕起伏道："你可否告诉我郭小玉现在怎么样了？她现在可好？"

公主微笑道："公子不必担心她，她现在很好。"

吕思瞧向公主道："原来你就是那天骑马而来的锦衣人，是你救了我。"

公主再次叮嘱道："公子不要想太多，小心你的身体。"

吕思问道："不知公主怎么称呼？"

公主微笑道："父皇加封我为夏邑公主。"

吕思心中疑惑起来，心道："吕氏与皇氏仇深似海，她为什么要救我，她的目的又是什么？"吕思的头忽地眩晕起来，眼前一黑随即晕厥过去。

夏邑公主急忙吩咐道："春儿，快传御医！"

三日后，吕思独自坐在书桌前，身体上的伤痛加之心理承受的巨大压力使得他的体形消瘦了许多。他的面前平铺着一排竹简，春儿立在旁边为他研墨。

吕思咬紧牙关，拼足了力气将毛笔握在手中，用颤抖的手在竹简上写道：春风春树吐新芽，残肢废躯……写完躯字，吕思再也无法坚持下去，豆大的汗珠从额头流下，滴在竹简上。他将毛笔掷在书桌上，神情凄惨。他独自呆想了片刻，自行站起向床前走去。

"公子，小心！"春儿急忙上前搀扶。

吕思喝道："松开！"

春儿吓得急忙缩回了双手，惊慌失措地呆立在原地。她已经服侍吕思许多时日，从未见他对自己发火，因此格外伤心。吕思向前挪动了两步，回首看向春儿，见她正满面担忧地瞧着自己，神色甚是凄惶。他心中不忍，向春儿道："对不起春儿，让你受委屈了。"

春儿的泪水瞬时流了下来，泣道："春儿没事儿，只要公子不再悲伤，纵是将奴婢打死骂死，奴婢也不会说出一个怨字，只求公子不要把心事都憋在心里。"

吕思漠然回首，走到床边向后躺下。春儿疾步上前欲将吕思的鞋子脱下。吕思欲要发火，又恐伤了春儿的心，凄然道："我一个残废之人，你还理我做什么！"

春儿摇头道："公子千万不要这么想，公主正在遍访名医，天下如此之大，总有奇人异士能将公子医好的。"

吕思叹了口气，闭上眼睛沉思起来。

春儿见吕思闭上眼睛，知道他在想着心事，便坐在床头的凳子上托腮瞧着吕思。突然，外面传来脚步声，春儿的俏脸"嗖"地一下红了起来，她急忙坐直了身子，用手背轻轻地按了按自己的面部。

"公主来了！"燕儿向屋内叫道，春儿急忙起身迎去。

吕思靠在床头，心中伤感无比，向夏邑公主道："你何必救我，救了我又有何用，我如今已是残废之人了！"

吕思凄苦的神情让夏邑公主心痛不已，她安慰道："莫非公子对我没有信心？公子只需安心静养，我保你痊愈。"

吕思听她说得如此坚定，心中隐约生起一丝希望道："让公主费心了，他日若吕某真能痊愈，这份大恩大德我定会报答。"

夏邑公主歪头瞧着吕思，轻笑道："公子要如何报答？"

吕思正色道："吕某肝脑涂地，在所不惜！"

鱼池边，夏邑公主凭栏而坐，她望着水中的游鱼突发感慨道："我岂非同它们一样，看似自由自在地在水中畅游，但是终究脱离不了这池塘。我虽然贵为一国公主，还是要被锁在这深宅大院之中！"

燕儿以为夏邑公主在与自己说话，问道："请恕奴婢愚钝，公主的话奴婢听不明白，还请公主明示。"

夏邑公主瞧着她淡然道："我都不清楚的事儿，你怎会清楚？"

燕儿听得一头雾水，道："公主和奴婢说的话公主怎会不明白？"夏邑公主听出春儿的误会，也不点破。春儿犹在自语道："难道这世上竟有公主不明白的事情？"

夏邑公主眼神凌厉道："你速去将惜容、惜颜叫来。"

夏邑公主的眼神让燕儿瞧得心中一颤，急忙应了声："诺！"随即匆匆跑去传召。

惜容、惜颜是亲姊妹，姓赵，她们俩是紫薇仙尊吕紫薇的亲传弟子。文帝做代王时专宠妃子窦漪房，后来废了王后宋玉霓，封窦漪房为王后。文帝继位后，因特别宠爱他与宋玉霓所生的长女刘舒，引起了窦漪房的不满。为了稳固后宫，窦漪房设计杀了宋玉霓，继而派人诛杀刘舒。刘舒时年仅有三岁，文帝既想保住刘舒又不想让窦漪房生气，便派出心腹之人将刘舒秘密送出宫外。

窦漪房得知刘舒被密送出宫后，先后派出多人打探她的下落，但是始终没有结果，如此过了三年，窦漪房也就将此事搁置起来。

窦漪房的所作所为让后宫人人自危，其中就包括被降为昭容的王雨娇。王雨娇为了保护自己与女儿刘彩銮的性命，对窦漪房曲意逢迎。后来，机缘巧合，王雨娇带着刘彩銮玩耍时遇见了应邀进宫的许负。许负一眼便看上了这位可爱的小公主。随后，许负亲自奏请文帝收刘彩銮为徒。之后的岁月中，师徒二人的情分与日俱增，为了避免窦漪房的暗算，许负请紫薇仙尊派出弟子赵惜容、赵惜颜两姊妹贴身护卫刘彩銮。

窦漪房眼见王雨娇日渐受宠，心中愤恨，得知秦原长子秦定生体弱多病且沉迷酒色，心里顿生一计，向文帝奏请将刘彩銮许配于秦定生。

秦定生的父亲秦原乃是开国元勋，同时也是将文帝扶上帝位的功臣之一，因此文帝欣然应允，并颁旨赐婚，封秦定生为夏邑侯，刘彩銮为夏邑公主，封地于夏邑。

窦漪房虽然恶毒，但是她的女儿刘嫖却与刘彩銮私交甚好。因此，刘彩鸾时常嘱托刘嫖进宫时代为照看母亲淑妃。

过不多时，赵惜容、赵惜颜两姊妹来到刘彩鸾身前。她们俩向夏邑公主施礼完毕，问道："不知公主传我们姊妹来此有何吩咐？"

赵氏姊妹均已年近三十，夏邑公主一向都非常敬重她们。

夏邑公主道："郭家庄内发生的事情是否如我所料？"

赵惜容道："我们已经打听出一些眉目了，正如公主设想的一样，这一切都是张偃在暗中使坏，他与郭角是同伙，不对，应该说张偃才是幕后主使之人。"

刘彩鸾叹道："果然如我所料，只是苦了吕公子了，直到现在他还被蒙在鼓里，而且还把张偃当作至亲长辈看待。"叹罢问道："郭爻真的死了？"

赵惜颜答道："郭爻并没有死，这一切都是郭小玉的主意。她知道吕公子要找郭爻报仇，又知道吕公子武艺高强，因此便想出了假死这个法子。"

刘彩鸾冷声道："郭小玉急于让公子知道郭爻已死，又恐他不来，因此广发英雄帖，举办了这次比武盛会。"

赵惜容道："她将天下英雄召集到一起，就是为了散布谣言，激起公愤，让吕公子有来无回，她也太恶毒了！"

刘彩鸾摇头道："她并无伤害公子之意，她的目的只是要让公子相信郭爻已死！"说到此处，她的耳畔仿佛又响起郭小玉撕心裂肺的呼喊声：思哥，对不起，我错了！

刘彩鸾悟性极高，在许负的精心传授之下深得真传。在师门中，刘彩鸾的年龄最小但是造诣最深，对此众同门都是认同的。

赵氏姊妹虽然年近三十但是都没有过恋爱的经历，因此她们理解不了郭小玉的情感，不过她们深信刘彩鸾的分析。

时光如梭，转眼之间已是初夏时节。吕思的伤口已经愈合，除了不能负重之外，已经可以像常人一般行走做事。

这一日上午，吕思在秋儿的陪同下向后花园走去，刚到花园门前，突听一个男子大声喝道："她竟敢如此待我，是可忍孰不可忍！他日若不让她跪地求饶，我就是个王八！"

另一个男人压低声音道:"驸马爷万万不可说此等大逆不道之言,若是老侯爷听到了岂能饶你?"

吕思立时止住了脚步,向秋儿低声问道:"他们是谁?"

秋儿惊恐道:"听声音好像是,是驸马和彭城郡守之子彭诺滕。公子我们还是回去吧。"

吕思从未见过秦定生,因此说道:"我在府中叨扰数月有余,怎有不谢主人之理?"

秋儿道:"公主不许驸马爷踏足后花园半步,驸马爷也一直遵守这个规定。今日驸马爷为何要来到此地,而且还带着外人?驸马爷就不担心公主知道后怪罪吗?其中必有蹊跷,公子我们还是回去为好。"

吕思奇道:"公主怎会下此旨意,怎么说秦定生也是她的驸马……"忽地以手拍额道:"我真是糊涂呀,我在此住了数月有余却始终未曾见过驸马一面,此事本就不合常理,我怎么就没有想到呢?秋儿你能告诉我原因吗?"

秋儿的脑海中忽地浮现出秦定生撕扯她衣服的情形,身体突地颤抖起来。她的心中虽然波涛汹涌,但是面上却平静异常:"我只是一个婢女而已,主人的事情我怎会知道。"

秋儿的话语虽然平静如初,但是她颤抖的身体却没有瞒过吕思的眼睛,他知道秋儿必定藏有心事,只是不敢向自己说起罢了。

吕思自责道:"我只是一个外人,你们府中之事我本就不该细问,既然你不愿意说,自然有不能说的道理。秋儿,咱们回去吧。"

吕思和秋儿刚转过身子,背后突然传来一声冷喝声:"谁在那里鬼鬼祟祟的,还不给我滚出来!"

秋儿身体一颤,停下脚步答道:"驸马爷息怒,秋儿和吕公子打扰您了!"说着,轻轻拉了拉吕思的衣袖,低声道:"是驸马爷,我们快些过去。"

吕思和秋儿转身向园内走去,来到近前,吕思见两个身着锦衣的青年男子正坐在八角亭内的石条凳子上瞧着自己,空气中满是浓浓的酒气。这两人体形消瘦,左侧一人神态倨傲,皮肤蜡黄,圆脸大眼,疏眉厚唇,模样与雷圣秦之节有几分相似。右侧一人皮肤苍白,眼窝深陷,浓眉薄唇，神态谦恭。吕思已在心中分辨出他们俩的身份了。

吕思上前抱拳施礼道："草民吕思见过驸马爷和这位大人。"

左侧之人即秦定生，他斜眼瞥了吕思一眼，开口向秋儿道："秋儿，这位就是大名鼎鼎的'玉面毒狼'吗？"

秋儿答道："回驸马爷的话，他是公主请来的吕公子。"秋儿语含深意，实是警告秦定生不要忘记吕思是夏邑公主的贵客。

吕思怒道："我与你初次相见，为何要羞辱我？"

秦定生向彭诺滕淡然一笑道："彭兄，我羞辱他了吗？"

彭诺滕赔笑道："驸马爷向来大度，怎会羞辱他人？"面色陡地一变向吕思道："你这小子面相奸邪，不似好人。驸马爷好心问你，你为何挑衅？"

吕思脸色煞白道："你们真当我是好欺之人吗？你们有谁再敢提起'玉面毒狼'的绰号，我就和他拼了。"

秦定生和彭诺滕闻言霍地起身道："你想怎样？"

吕思独战群雄、连败二圣的事迹早已在江湖之中盛传。周、彭二人虽然知道吕思的肩胛骨破碎，但是心中还是惧怕于他。

秋儿急忙拽住吕思的衣袖道："公主还在等着公子呢，我们还是快些回去吧。"

秦定生闻言心中醋意横生，冷笑道："我们在此说话关你贱婢何事，仔细我扒了你的皮！"

秋儿立时跪倒在地道："奴婢知罪，驸马爷息怒！"

吕思怒道："这是你我之间的事儿，又何必为难一个丫头。"

秦定生反唇相讥道："这倒是奇了，我从未听说主人教训自己的奴婢还要看他人脸色的！"说完，上前一脚将秋儿踹倒在地道："你这贱婢，我打你对是不对？"

秋儿爬起后强忍泪水跪在地上道："驸马爷教训的是。"

吕思挥拳向秦定生打去，秦定生吓得急忙向后退去，口中大叫道："彭兄快拦住他。"

彭诺滕哪敢阻拦，正不知如何是好，忽见吕思"扑通"一声摔倒在地。原来吕思肩胛骨破碎后，双臂再也无法使出重力，他刚才气愤之下忘记了身体状况，全力向前挥拳后身体失去平衡，因而重重地摔倒在地。

秦定生惊喜之余忽地哈哈大笑道："肩胛骨破碎之人果然如同废人一般。"说完上前照着吕思的腰部重重踢去："你他妈的敢对本驸马爷动手，看驸马爷怎么收拾你！"

秦定生跨坐在吕思的身上挥拳便打，口中还得意地叫道："你不是很能打吗，起来打呀！"

秋儿扑倒在秦定生的身边哀求道："求你了，求驸马爷不要再打了。"

秦定生一拳将秋儿打倒在地，骂道："反了你了，待会儿我再收拾你。"说完继续向吕思的身上打去，并不停地狂笑："你不是独战群雄吗？你不是连败二圣吗？怎么成了驸马爷胯下奴才了，你笑呀，笑给驸马爷我瞧瞧。哈哈哈哈！"

秋儿再次扑上来哀求秦定生，秦定生打得累了，喘息着向彭诺滕道："彭兄，这厮交给你了。"淫笑着向秋儿道："看今天谁来救你，本驸马爷今日便要好好地疼你。"说完起身抓住秋儿的头发向假山内走去。

彭诺滕口中答应着，但是他哪敢对吕思动手，夏邑公主可不是他能得罪得起的。他站在吕思身边向秦定生淫笑道："这厮交给我了，驸马爷尽管风流快活好了。"

吕思爬了起来要去救秋儿，怎奈双臂被彭诺滕牢牢抓住动弹不得。假山深处传来秋儿撕心裂肺的求饶声，吕思的眼睛变得血红，他疯狂地挣扎着、叫骂着。

过了良久，假山深处变得沉寂起来，接着传出秦定生的阵阵喘息声。吕思的眼泪流了出来，他为秋儿伤心，更为自己的无能为力而自责。

天色陡然暗了下来，狂风骤起之间雷声伴随闪电隆隆作响，似要将天地炸裂，接着大雨倾盆而下，欲要将天下的污浊冲涤一空。

园门外突然冲进一个人来，向彭诺滕大声喝道："放开他！"

彭诺滕转头看去，见是雷圣秦之节，吓得立时松开双手，颤声道："侯爷，不是我……是驸马爷……"

"他在何处？快叫他出来见我！"秦之节的声音充满威严。

"我在这儿呢，二弟稍等，我这就出来。"秦定生的声音从假山深处传出。

吕思跌跌撞撞地向假山走去，他的心撕裂般地疼。秦定生从假山深处走出，正遇吕思迎面走来，他突地抬腿将吕思踹倒在地。

秦之节气道："大哥，你这是做什么？"

秦定生抬头向天骂道："这该死的天公，早不下晚不下，偏偏在老子风流快活时下得恁大。"

秦之节恨道："大哥你这是要亡我秦氏全族呀！"

秦定生不屑道："一个婢女而已，有何大不了的。"

秦之节强压火气道："我来问你，嫂夫人干什么去了？"

"爹爹的相位被罢免了，她去求情了。"

"爹爹的相位为何被罢免？"

"当然是馆陶公主刘嫖告的黑状，不过这件事好像因你而起。"

"确实因为我参与围殴吕思而起，大哥既然知道起因，为何还要招惹吕思？"

"既然此事因吕思而起，我怎能放过他。这雨下得太大了，我们到亭中说话。"

吕思挣扎着起身向假山深处走去，因地面湿滑，他跌倒了数次方才来到秋儿身边。只见秋儿头发凌乱，衣衫不整，俯卧在石壁前，雨势虽大但是依然没有冲净秋儿身上的血迹。原来秋儿不堪凌辱以头撞壁了。

吕思急忙叫道："秋儿，秋儿！"

秋儿没有任何反应，大雨模糊了吕思的双眼，他扑倒在秋儿身边用力将她搂入怀中。吕思发现秋儿的右侧头颅还在缓缓地流着鲜血，连忙撕下自己的衣角将秋儿的伤处裹住。

吕思不停地呼喊着秋儿的名字，秋儿终于睁开了双眼，她向吕思低声道："公子保重，秋儿再也无法侍候公子了。"

"你怎么这么傻呀，秋儿！"吕思悲痛欲绝。

秋儿惨然笑道："秋儿自小命薄，父母早逝，如今我终于可以去见他们了，我们一家终于能团聚了。这是好事，请，请公子不要为我伤心，公子应该为我高兴才是。"

吕思悲声道："你不要说话，我一定会医好你的。"

秋儿摇头道："不劳公子费心了，我，我……"只见秋儿头一歪，已没了呼吸。

吕思痛悲欲绝，仰天长啸，痛哭过后他将秋儿的尸体平放在地上。秋儿脖颈处的一个鱼形玉佩滑落在衣服外面，吕思心中一震，颤抖着手从自己怀中取出宗伯邑交给他的鱼形玉佩向秋儿的玉佩贴去，只见两块玉佩的鱼唇鱼尾衔接处无一丝缝隙。

吕思仰天大叫道："宗爷爷，我对不起你！我找到了你的孙女，可是我却没能保住她！宗爷爷，对不起……"

正在这时，吕思的头部忽然遭受重击，随后昏迷过去。两个奴仆打扮的青年男子合力将吕思抬到假山外的凉亭内，吕思渐渐恢复了一些意识，他听到有人在说话，便凝神倾听。

有人向秦定生禀道："这厮如何处置，请驸马爷明示！"

随后一人道："还是按照我们刚才说好的法子办吧。"吕思听出说话之人是雷圣秦之节。

秦定生道："把他丢入黄河之中随他自生自灭，万一这小子命大被人救了怎么办？"

秦之节道："即使他被人所救也终究逃不掉奸杀婢女继而逃跑的事实。"

秦定生道："这小子手无缚鸡之力，谁会相信他能奸杀婢女？"

秦之节向身边一人问道："你们在那个丫头的身边放了匕首没有？"

那人答道："奴才已按照侯爷的吩咐，在秋儿的身边放了一把匕首。"

秦之节道："吕思以匕首相逼，作为一个丫头自然不敢反抗，大哥说是吗？"

秦定生道："此计虽好，但是万一有人听信了吕思的话呢？"

秦之节道："他已是废人一个，哪有什么万一！"

吕思突然感到左胸剧痛，原来是被一柄长剑刺入胸中。

秦定生嘿嘿狞笑道："我只相信死人，因为死人是不会说话的。"

秦之节叹道："大哥你总是如此任性做事，将来恐生祸患。"

秦定生冷笑道："你把他丢入黄河还不是要弄死他，现在怎的反来怪我？我一向如此，不像你连累爹爹丢了相位。"

秦之节向人吩咐道："快些用布将他的尸体裹住，趁着雨大无人，赶紧丢入黄河之中。"

有两人应道："诺！"

吕思听到此处，心神陡然崩塌，随即失去意识。

第九章

狂风阵阵，大雨滂沱，汹涌澎湃的黄河之水由西向东奔涌而下。此时，一艘帆船正颠簸在河水中，虽然船帆已经落下，但是行进的速度还是很快。

这艘帆船是属于秦家班的，秦家班以表演角抵戏为生。他们常年巡回在各诸侯国演出，由于他们表演出色，每到一处都深受当地群众的喜爱。

角抵戏的内容非常丰富，它不仅有角力、射箭、驾车等项目，而且有大量的杂技项目。而秦家班最拿手的表演是"东海黄公"，它讲的是秦朝末年，会施法术的黄公到东海去降服吃人的白虎，终因法术失灵，反被白虎吃掉的故事。

风停了，雨也不再下了。秦家班的班主秦苏子走出船舱，她的女儿秦明月紧随其后。

父女二人正在感叹黄河之水凶猛之时，秦苏子的大徒弟梁山走出船舱问道："师傅，我们还要在彭城靠岸吗？"

秦苏子叹道："瞧这水势，我们要在彭城靠岸难度太大，还是继续前行吧。"

梁山答应后偷偷瞟了一眼秦明月，方才回舱吩咐水手继续前行。

秦明月突然指着前方道："爹爹你看，前方水面上漂着的是不是一个人？"

秦苏子眼神犀利，细看后连忙向掌舵的以及一众水手大声喊道："快减速，减速！向左，快向左！"

众水手急忙反打摇橹，口中齐声呐喊道："减速，向左！"

很快，帆船逼近漂浮之人。秦苏子右手抓住绳索纵身一跃，正落在漂浮之人身边，一把抓住漂浮之人的衣领。

秦明月见状急忙用力回收绳索，同时向船舱叫道："大师哥，快来帮忙！"

梁山应声而出，他们合力将漂浮之人救上帆船。秦苏子累得瘫倒在船板上，口中喘着粗气道："快，快看看人还有救吗？"

梁山将俯卧在船板上的溺水者轻轻翻转过来，发现对方是个青年男子，头发凌乱，气息微弱。梁山单膝跪地，将男子的腹部横在自己的大腿上用力拍打他的后背。男子口中"哇""哇"几声喷出数口河水，梁山喜道："师傅，师妹，他还活着！"

秦苏子大感欣慰，嘴角含笑道："好，很好！你将他抱入舱中，再取些衣裳给他换上。"向秦明月道："月儿去熬些姜汤给他。"

二人答应后各自依秦苏子的吩咐去做事。

很快，梁山跑回船板向秦苏子道："师傅，那人可能救不活了，您老人家去看看吧。"

秦苏子吃惊道："他不是已经吐出河水了吗？"

梁山道："我给他换衣服时，发现他的胸口有一个伤口，伤口很深，而且还在流血，恐怕心脏已经被刺坏了。"

秦苏子闻言急忙入舱查看，检查过吕思的伤口后，他重重地叹了一口气摇头道："他果然没救了。"

这时，一声清脆的声音响起："大师哥，我可以进来吗？姜汤熬好了。"

梁山答应道："师妹进来吧。"

秦明月端着汤碗走了进来，向秦苏子道："爹爹为什么皱眉？这人还好吗？"

秦苏子摇头道："他命该如此，实属可怜！"

秦明月"啊"了一声，将汤碗放在桌上，转身向男子看去。她一眼便瞧见了男子胸前的伤口，惊道："这是剑伤，原来他是被人杀害后抛入黄河的！"

被救男子正是吕思，他自从被秦定生刺伤后扔入水中，体内一阴一阳两股真气互相碰撞致使他体内始终有真气流转，免于窒息而亡。

秦明月向梁山道："我们不是有跌打止痛膏吗，快些取来给他涂上。"

梁山道："他伤在心脏位置，而且伤口太深，跌打止痛膏起不了作用的。"

秦明月急道："我们总该试一试吧。快去！"

梁山答应后去箱子中寻找药膏。

秦明月向秦苏子道："他有剑伤在身，这姜汤是不能喝了，可是他身上的寒湿之气怎么祛除呀？"

秦苏子道："只有看他的造化了。"

秦明月心中不忍，扭头向吕思看去。她的目光移到吕思的面庞时突然定住不动，这是她第一次看清吕思的面容。她的心脏突突乱跳，心道："这男子怎如此俊俏，看来宋玉传言不虚。"

梁山找来跌打止痛膏给吕思敷上。秦明月蹲在吕思身边，问道："大师哥，你说他会好起来吗？"

梁山道："我们能做的只有这些了，至于他能不能活过来，全凭天意。"

秦明月发现吕思胸口处不再流血，惊喜道："爹爹，大师哥，你们快来看，他的伤口不再流血了，定是这药膏起了作用。"

过了几日，吕思再次醒来的时候，发现自己躺在一张床上，床身轻微摇晃，他转头向外看去，只见窗外碧水连天。"原来我是在船上。"吕思欲要起身，但是四肢无力，且胸口处传来撕裂般的疼痛。他躺在床上转头向四下看去，只见船舱内摆放着许多杂要工具，布墙上挂着各色戏服，心中明白自己被一家戏班子救了。他努力回想昏迷前的情形，秋儿的身影逐渐清晰起来，吕思悲痛欲绝大声叫道："宗爷爷，我对不起你！"

"你终于醒啦！"门帘闪动之间，秦明月走了进来。

吕思见秦明月走了进来，心知她是救起自己之人，闭上眼睛道："你又何必救我。"

秦明月用手绞着胸前的发丝道："我可没有那个本事，是阿爹和大师哥救了你。宗爷爷是谁，你做了什么对不起他的事情？"

吕思的泪水从眼角缓缓流出。

秦明月眨动双眼坐在吕思身边道："既然你不愿意说就不说好了。喂，人家跟你说话呢，你干吗闭着眼睛？"说着取出手帕轻轻地向吕思的双眼拭去。

吕思摇头躲避，秦明月娇嗔道："现在知道躲了，昏迷的这些日子还不是我每日替你擦洗身子。"话一出口，她的面色突地一红道："不是你想的那样，我只是，只是给你梳洗头发和面庞。"

秦明月平复心神后见吕思还是紧闭双目，心中不满道："你为什么不敢看我，我生得很丑吗？"

吕思睁开双眼瞧着秦明月道："我想静一静可以吗？"

秦明月"扑哧"一声笑道："好了，不烦你了。我不知道你遭遇了什么事情，不过我劝你凡事都要向好的方面去想，过去的事情就让它过去，人总不能活在回忆里，你说是吧？"她自小跟随父母走南闯北见过不少世面，也看惯了人情冷暖，因此颇能说些道理。

吕思没有接话，心中想道："你哪里知道我经历了什么，父母之仇，灭族之恨，还有秋儿的死难道这些都能忘记吗？"

秦明月见吕思不再流泪，只道他听进了自己的言语，继续说道："我们先认识一下吧，我叫秦明月，你叫什么？"

吕思看向窗外淡然道："我叫吕心田。"

秦明月重复道："吕心田，吕心田！"突地一笑道："我以后叫你吕师弟可以吗？"见吕思没有说话，她清了清嗓子道："你不反对就是同意啦。打今儿起我就是你的明月师姐啦。"

吕思皱眉瞧着她，责问道："瞧你这模样怎么也比我小上几岁，怎能自称师姐？"

秦明月坐直了身体，认真说道："我可不是要占你便宜，这是我们秦家班的规矩，先入门者为大，因此你要尊我为师姐。"

吕思哭笑不得道："谁说我要加入你们秦家班了？"

秦明月并不生气，反问道："你还有别的去处吗？"

吕思闻言一愣，想道："是呀，我已经是个半残废之人，我还能去找谁呢？除非我能在大雪山中找到小塔黄，否则既不能替父母报仇又不能替秋儿雪恨。"

这小塔黄是吕思少时听一个异人说的。塔黄是一种植物，分为两种。一种叫塔黄，形如白菜，生长在四千多米高的大雪山上，要四十年以上才会开花结果，有活血化瘀等功效。另一种就是小塔黄，也生在大雪山上，海拔高度不定，需要百年以上才会开花结果。这种塔黄极为罕见，濒临灭绝，形如白石，有婴儿拳头般大小。因为它的颜色、大小均如同大雪山上的普通石头，所以更不易被人发觉。这种塔黄花期只有一日，有断骨再生之功效。

秦明月见吕思两眼发直，用手在他的眼前晃动道："小师弟，你在想什么呢？"

吕思轻声说道："我手无缚鸡之力，你们留我何用？"

秦明月喜道："这么说你是同意留下了！爹爹那儿不用担心，他是一个热心肠，我们这个戏班子杂活很多的，你可以帮着收拾道具。"

吕思道："这是哪里，距离大雪山有多远？"

秦明月道："原来你要去大雪山呀。那儿的天气寒冷无比，凭你现在的身体是去不成的。"

吕思道："我现在是去不成，但是我的身体总有痊愈之日吧。"

秦明月道："我们现在身处长平境内，距离大雪山还远着呢。爹爹说这儿的人们非常喜爱角抵戏，我们要在这儿待上一阵子，正好你也可以好好调理身体。"

他们俩又说了好些闲话，远远听到岸上传来一阵喧闹声。秦明月笑道："是爹爹和师哥他们回来了，你好好躺着别动，我去迎接他们。"

转眼之间已过了半月有余，吕思已经能够像普通人一样行走做事了。秦家班上下二十余口都觉得诧异无比，惊叹于吕思身体康复的速度。他们哪里知道，吕思身具数十年的内力修为，若非肩胛骨受伤让他无法使出力气，能在武功上与他抗衡之人寥寥无几。

这一日上午，吕思跟随秦家班来到蜀郡境内的广都县，县城内商贾云集，甚是热闹。秦家班众人在闹市区找了片空地，很快将戏台搭建而成。角抵戏精彩纷呈，吸引了许多游客的观赏。吕思在后台整理着戏服道具，秦明月表演过节目后匆匆来到后台帮助吕思。他们身后三男一女四个同门瞧着吕思窃窃私语。

吕思抓住秦明月手中的戏服低声道："这些活我自己来，你还是在一边休息吧。"

秦明月握住戏服不放，向四个同门说道："师哥、师姐你们这是做什么，有话直说，在背后嚼舌根有意思吗？"

其中一个面瘦男子道："小师妹，不是我说你，吕心田什么节目都不会，而且饮食起居还得我们让着他，他每日只是做些没有分量的杂活，即使这样你还要帮他，我们就是看不惯。"

秦明月冷笑道："你们不是看不惯，是替人打抱不平吧！我告诉你们，小吕子是我们大伙儿一起救回来的，而且他还是我们最小的师弟，我就是要帮他，你们也要帮他。听到了没有？"

面瘦男子不服道："他可没有加入我们秦家班，怎能成为师弟？"

秦明月跺脚道："我说是，他就是，总之你们谁也别想欺负他。"

那名圆脸女子道："小师妹你别生气，二师哥说的不是全无道理。另外，你就真的从来没有考虑过大师哥的感受吗？"

秦明月气道："我就知道是因为他，是他让你们这么做的是不是？"

梁山对秦明月的感情众同门都瞧在眼中，吕思到来后，秦明月对吕思越来越体贴，就连称呼也由小师弟改成了小吕子。这一切梁山都看在眼里，终日郁郁寡欢。瘦脸男子排行老二，名叫赵阳江，他与大师哥梁山的私交最好。梁山的变化他都瞧在眼中，他想替梁山出气，因此处处刁难吕思。他听了秦明月的警告后辩解道："大师哥什么事儿也没有做，什么话也没有说，一切都是我做的，你不可冤枉他。"

秦明月盯着赵阳江道："二师哥终于承认刁难小吕子的事实了，原来我判断的没有错，你们全无同门之义。"

吕思向他们抱拳说道："你们不要争论了，都是我不好，是我这身子拖累了大家，我心中也着实过意不去，不过请你们放心，到了大雪山我自会离去。"

秦明月急忙握住吕思的手道："小吕子，我不许你离开，也不许你再说出这样的话，答应我行吗？"

赵阳江道："吕兄弟，你不要误会，我绝没有赶你走的意思。我只是，只是……"他原本想说只要你不与小师妹相好就行，但是，当着秦明月这种话岂能说出口。

吕思聪明绝顶，他岂能不知赵阳江的心思，因此轻笑道："我知道你们都是好人，只是我这身子不争气，拖累了大伙儿，倘若日后有机会我一定会报答各位的相助之情。"

前台突然传来惊呼声，台下观众也都跟着发出惊叹声，赵阳江等急忙奔向前台察看，秦明月拉住吕思的手随后跟上。

原来梁山见小师妹每日与吕思谈笑风生，对自己却愈来愈疏远，心中烦闷，久而久之身体日渐消瘦，精神萎靡不振。今天他上台饰演"东海黄公"中的黄公，在和七师弟饰演的白虎打斗时由于注意力不集中被七师弟的长枪刺中前胸。

吕思来到台上时，秦苏子正向台下作揖赔罪，并表示明日还将准时演出，请大家继续前来捧场。秦家班的几个弟子正围拢在梁山身边不知所措，赵阳江大声喝道："都愣着干什么，还不快些将大师哥架到后台！"

几个同门听到后立时反应过来，合力将梁山架了起来向后台走去。吕思在转身时突然见到台下有一个熟悉的面孔正瞧着自己，心中一惊，再仔细看去认出台下之人正是"辣红梅"房婷，她的左右两侧分别站着"盘龙松"文章鱼和"云中松"赵宇上。

"梅松三侠！"吕思心中暗道，"他们怎会来到此地？"

秦明月见吕思瞧着台下呆立不动，拉住吕思的手道："小吕子，瞧什么呢，我们快去看看大师哥。"

房婷三人奉启明仙尊之命一路向南寻访吕思。这一日，他们来到广都县城内，房婷正兴致勃勃地看着街边的首饰，突然听到秦家班舞台处传来阵阵喝彩声，不由得向她的两位师兄道："那边甚是热闹，我们看看去。"

她的话对于文章鱼和赵宇上来说就是圣旨，哪有不从的道理。

三人正看到精彩处，梁山突然发生意外，房婷惊叹之余，突然看到吕思从后台跑了出来，她的心突然剧烈颤动起来，只是瞧着吕思发呆。

文章鱼问道："小师妹，你看什么呢？"

房婷回过神来，瞧着吕思的背影道："我，我好像看到他了。"

"看到谁了？"文章鱼突然惊呼道，"莫不是淫贼吕思。"

赵宇上惊道："淫贼吕思，他在哪里？"

房婷道："他好像混在戏班子中向后台去了。"

赵宇上道："我们现在就去宰了他，替民除害。"

房婷道："爷爷特意交代，我们只能跟随，不得伤他性命，你难道忘记了吗？"

文章鱼气愤道："这定是许老国太的意思，我就是想不通她老人家为什么要袒护这淫贼！"

房婷道："不许你在背后议论她老人家！要不是她老人家能掐会算我们能找到这小淫贼吗？昨日你们俩不是还吵着说我们这次定是空来一场吗？"

文章鱼不服，心道："你不是也说了吗，怎么只怪我俩？"他心中如此想嘴上可不敢说，只是向房婷问道："我俩都听你的，你说我们该如何做？"

房婷道："你们俩回去一人向爷爷禀报，另一人和我一起盯着这小淫贼。"

文章鱼向赵宇上看了看，道："还是劳烦赵师弟跑一趟吧。"

赵宇上反问道："为什么是我？还是文师兄去吧。"

房婷跺脚道："你们别吵了！"看着赵宇上道："你回去禀报吧。"

赵宇上闻言一愣，心酸道："小师妹你真的要我回去？"

房婷道："我们三人数你轻功最好，当然是你回去最合适了。难道你让我回去不成？"

赵宇上怎肯让他们俩单独相处，说道："即使让我回去禀报师傅，我也得把这淫贼的情况摸清楚再去。"

房婷想了想道："若不是爷爷吩咐我们只能跟踪，我们大可将小淫贼捉来问个清楚，然后一刀结果了他便可。"

文章鱼巴不得赵宇上立刻离开，说道："淫贼吕思肩胛骨破碎，武功尽失，他藏身杂戏班子无非是为了保命而已，哪里还有什么秘密？"

赵宇上气道："如师兄所说，请你回答我，淫贼吕思是在什么时候混进杂戏班子的，他在杂戏班子中都做了些什么？"

文章鱼怒道："这些事情需要查吗？与我们跟踪他有何关系？"

房婷喝道："你们俩都给我闭嘴！我们现在就去杂戏班子找人打问。"

赵宇上道："我们现在去问岂不是告诉淫贼我们在跟踪他吗？"

房婷道："依你说怎么办？"

赵宇上道："我们等到夜深人静的时候去杂戏班子中抓出一个人来仔细打听。"

文章鱼冷笑道："你难道要将抓住的人杀了不成？"

房婷道："对呀，你若将捉住之人放了回去，不是等于告诉小淫贼我们盯上他了吗？"

赵宇上道："杂戏班子中的人每日风餐露宿地在刀刃上生活为了什么，还不是为了能混口饭吃，我们只需给足银两他自会离开，从此与杂戏班子再无瓜葛。淫贼又怎会知道？"

房婷赞道："如此甚好，就依二师兄所言。"

第十章

秦家班后台乱作一团，秦苏子握住梁山的手道："山儿，你要挺住，我已经让你七师弟去请大夫了。"

秦苏子的妻子华梦哭泣不止道："山儿啊，你怎么如此不小心，你可千万不要吓我呀！"

吕思要上前查看，被众人拦住，他们知道梁山是因为吕思才分心的，也知道梁山此时最不愿意见到的人就是吕思。

很快，赵阳江带着一名老年男子走了进来。老年男子面色红润，肩上背着一个黑色木箱。赵阳江向秦苏子和华梦道："师傅师娘，孙大夫来了。"

秦苏子迎上前去拱手道："请孙大夫务必救回小徒。"

孙大夫点头道："让我看看再说。"说话间，他来到梁山身前坐下开始检查梁山的伤情。他看过伤口又把过脉后摇头道："他伤及心脏，恕老夫无能为力了。"

此话一出，室内顿时传出一片哭声。华梦双膝跪地向孙大夫哭求道："请先生再想想办法，他是我自小带大的，同我亲生的没有什么分别，他若有个三长两短的，叫我怎么活呀！"

华梦跪下后，除了秦苏子和吕思外，其他人也都跟着跪了下去。孙大夫双手扶着华梦的双臂道："夫人请起，不是老朽见死不救，实在是老朽无能为力呀。"

赵阳江抬头瞧见吕思挺立不跪，立时气上心头，起身向吕思的胸口踢去道："都怪你这小子！"

吕思被踢得仰面躺倒在地，秦明月急忙扑到吕思身边将他搂在怀中道："小吕子你没事儿吧！"转头向赵阳江怒目而视道："二师兄你干什么？"

　　赵阳江怒道："事情因他而起，我们都跪下了，他却挺而不跪。"

　　"你胡说什么，大师哥又不是被小吕了刺伤的，你责怪他做什么。你简直是疯了！"说完转向吕思柔声问道："小吕子，你，你还好吧？"

　　吕思苦笑道："我没事儿，你扶我起来，我看看梁大哥伤得如何。"

　　赵阳江大声喝道："孙大夫在此，要你看什么，你是盼着大师哥早些死吧！"

　　秦苏子向赵阳江喝道："放肆，有我在此你吼叫什么。"

　　赵阳江顿时不敢再说。

　　秦苏子悲声向吕思道："田儿，你就瞧一瞧你可怜的梁大哥吧。"

　　吕思来到梁山身前一番查看后向孙大夫道："他还有救，不知孙大夫可否带了医用针线？"

　　孙大夫愤然道："你不相信老朽的医术吗？他伤及心脏，难道你还能将他的心脏缝合不成？"

　　吕思道："孙大夫息怒，在下并无不敬之意，只是想尽力一试而已。"

　　赵阳江和另外两个弟子齐声向秦苏子和华梦道："师傅师娘，万万不可相信吕心田的话。"

　　华梦向吕思问道："田儿，你可有十足把握？"

　　吕思道："我没有十足把握，但是七成把握还是有的。"

　　秦苏子眼睛一亮瞧向吕思道："我相信你，你来救治他吧。"

　　赵阳江等齐声阻止道："万万不可，还请师傅师娘三思！"

　　秦苏子道："登儿，克儿，你们跌伤后是不是田儿医治的？"

　　登儿和克儿想起前情都哑口不言，赵阳江道："师傅，大师哥不是跌伤，是伤及心脏！"

　　秦苏子挥袖道："不用你提醒，难道我不知道吗？孙大夫已经说了他救不了你们的大师哥，可是田儿愿意一试，你们给他一个机会就是给你们大师哥一个机会，这点儿道理都不懂吗？不要再啰唆了，都给我退出帐外！"

赵阳江等不得不退出帐外，秦明月担心道："小吕子你可以吗？"

吕思道："我尽力而为。"

秦苏子向吕思道："我们也要离开吗？"

吕思道："人多容易造成伤口感染，此地只留我和孙大夫即可。"

秦苏子道："我明白了，你一定要将他救活！"说完带着华梦和秦明月退出帐外等候。

吕思向孙大夫道："请孙大夫将赵阳江、周维二人叫到帐外等候。"

孙大夫问道："这是何意？"

吕思微笑道："你让他们俩将手臂清洗干净，待会儿需要将他们俩的血液输入梁大哥的体内。"

孙大夫吃惊道："你是要实施推宫换血之术！"

吕思道："孙大夫说得没错，我正是要实施推宫换血之术。"

孙大夫摆手道："不可，万万不可！这种医术只是传闻，我从未见过有谁施行过此法，你年纪轻轻怎能拥有如此技能？"继而又看着吕思道："你的七成把握依据何来？敢问你行过几年医？坐过几年堂？"

吕思坦然道："我从未坐过医堂，但是我少时确实学过医术。"

孙大夫闻言拎起木箱就要走，吕思拦住他道："医者，仁心也。梁大哥此时命悬一线，我们若不救他，他立时便会死去，但是你若选择相信我，则他可能获救，为名还是为医者良心，请你三思。"

孙大夫深思片刻后道："反正他已是将死之人，就依你所言尽力而为吧。"

足足过了四五个时辰，吕思才将手术做完。他又开出了药方让孙大夫回去配制，并特意交代要将桂圆红枣粥煎熬半个时辰，时间不许多也不许少。

孙大夫走后，吕思累得瘫坐在梁山的床前。秦明月焦急万分，不时地向帐内问道："小吕子，你没事儿吧？梁师哥还好吗？"吕思听后只是不理。

一个时辰后，孙大夫将配制好的草药及依法熬制的桂圆红枣粥带进帐内。

又过了一个多时辰，梁山发出细微的呻吟声。孙大夫惊喜万分道："成功了，你真是绝代名医呀！"

吕思悬着的心终于落下，他轻轻擦拭额头的冷汗道："侥幸，侥幸而已。"

孙大夫道："先生何必谦虚，单凭这缝补心脏之术当今就无人可及！"

吕思道："你年长我许多怎可叫我先生，我可承受不起。"

孙大夫道："年龄能证明什么？我乃是行医之人，今日能遇上你这位国医圣手实乃我今生之荣幸！如蒙先生不弃，我甘愿拜您为师，不知先生可否愿意？"

吕思道："拜师之事万万不可再提，如蒙不弃，今后我们俩彼此切磋讨论，互相学习可好？"

孙大夫抱拳道："先生如此说话当真愧煞老朽了，今后但凡老朽遇到疑难杂症还请先生不吝赐教。"

吕思道："这是自然，但凡用得到我的地方尽管开口。"

"田儿，山儿现在如何？我能进去吗？"秦苏子在帐外叫道，见帐内无人答应，秦苏子又反身而回。

孙大夫瞧向吕思，吕思向他点了点头。孙大夫心中领会，走出帐外。此时秦苏子已带领众人紧挨着后台又搭建了一顶大型帐篷。孙大夫向帐内叫道："请班主与班主夫人随我进去，其他人等不得跟随！"

华梦进得帐内见到床上的梁山后不由得扑到床边紧握住他的手哽咽道："山儿，你怎么这么不小心！山儿，你能听到师娘的话吗？"

梁山睁开双眼瞧着华梦振作精神道："师娘不必……不必担心……我好着呢。"

华梦哭笑道："你到此刻还要逞强。好了，不要说话了，你的身体太过虚弱，要好好静养。"

梁山道："我，我……"

秦苏子道："山儿听你师娘的话，好好休养。知道你无性命之忧我们也放心了。"转向吕思道："想不到你的医术如此高明，你救了山儿的命，就是我们秦家班的恩人，秦某谢过了。"说完向吕思弯腰施礼。

吕思抢上前去双手勾住秦苏子的手臂道："秦伯伯怎可如此，当初若不是你们救我，我早已不在人世了，论起来我该谢过你们才是。"

孙大夫笑道："你们就不要互相谢来谢去了，吕先生疲累至极，你们且出去等候，让他好好休息吧。"

秦苏子道："我留下照顾田儿。"

孙大夫道："你不懂医术，还是我留下吧，吕先生需要时我好打个下手。"

此时，夜幕下正有三双眼睛瞧向帐内。这三人正是梅松三侠，他们三人已瞧了片刻，房婷低声道："想不到这小淫贼还会医术。"

赵宇上心中高兴道："小师妹，这淫贼的同门都聚在一起我们也没有办法下手呀。依我说，我们还是暂时留下静观其变吧。"

文章鱼知道他不想离开，说道："他们总会有人出门方便吧，到时捉住一个便是。"

到了后半夜，文章鱼有两次机会可抓到秦苏子的门徒，但是都被赵宇上搅黄了，同时他们的行为也引起了秦苏子等人的警觉。天将放亮时，房婷哈欠连天，实在撑不住了，就向两个师兄道："看来今夜是不行了，我们还是回去睡吧。"

赵、文二人也都困意浓浓，便点头同意，跟随房婷返回客栈休息。

七日过后，梁山已经能够下床走动了。吕思的医术也被快速地传播了出去，慕名前来找他就诊之人逐日增多。为此，秦苏子不得不另外加盖了两顶帐篷。

恢复演出的当天夜里，梅松三侠又来到原处埋伏起来。文章鱼实在忍不住了，埋怨道："我们这是在做什么，真成了小淫贼吕思的暗中保镖了吗？"

赵宇上也埋怨道："怎么说我们梅松三侠在江湖之中也是响当当的人物，这小淫贼吕思何德何能竟然让我们夜夜守护着他。"

房婷怒道："你们嚷什么，是谁要来的，还不是大师兄要来捉一个戏子查问的吗？"

文章鱼憋屈道："凭我的身手要等这许多时日吗，哪一次不是被你们搅黄了。"

赵宇上道:"大师兄怎可如此说话,你冤枉我可以,但是不可冤枉小师妹。"

房婷向文章鱼道:"我知道你心里早就怨恨我了,好,既然如此,明日我们便分道扬镳。"

赵宇上急忙劝道:"万万不可,小师妹我们有话好说。"

文章鱼彻底失去理智,向赵宇上冷笑道:"二师弟的心思难道能瞒得过我吗?"

赵宇上道:"你休得胡说,我有什么心思?"

文章鱼道:"你无非怕我捉住戏子查明淫贼的信息罢了。你是不想离开小师妹,还是担心我与小师妹独自相处呢?"

赵宇上偷瞄了小师妹一眼面色绯红道:"你胡说。"

房婷羞急道:"我不许你拿我开玩笑!"

文章鱼道:"我没有开玩笑。"向赵宇上道:"你怎么不说话了?你背后不是经常向我埋怨,说小师妹看上小淫……"

房婷一脚将赵宇上踹倒在地,怒道:"我让你胡说!"

文章鱼见小师妹真的生气了,头脑顿时清醒过来,心中后悔不迭。他一直苦恋小师妹,看不得她受半点委屈,这段时间他见小师妹总是借故溜出客栈偷瞄吕思,夜间却装模作样地陪自己来捉戏子,每当想起这些他的心就如同针刺般疼痛。刚才一时情急才将心中的酸楚说了出来。

赵宇上抱住房婷的小腿道:"小师妹息怒!"

房婷怒道:"松开你的脏手!"

赵宇上见小师妹眼神凌厉,吓得立时松开双手。

房婷转向文章鱼怒道:"你也不是好东西,你与他一起在背后编排我的是非,今后我再也不理你们了!"

文、赵二人吓得连声道歉,房婷只是噘嘴不理。她将头转向吕思住处时,瞧见一个黑衣人手持长剑正在靠近帐篷。

房婷低声道:"他定是来杀小淫贼的,我倒想知道他是何人。"说完抽出长剑向黑衣人跑去。文章鱼和赵宇上急忙跟上。

黑衣人挑破帐门闯入帐内,帐篷内随即传出一阵杂乱的声响。房婷来到帐篷门前时,听到吕思怒喝道:"你是何人?"又向一人道:"吴克兄弟快躲开！"

房婷持剑冲入帐篷大声道："有我在此，看你往哪里跑！"

文章鱼和赵宇上来到帐外守候。

黑衣人听到房婷的喝声后以为中了埋伏，心中慌乱，黑暗中向着吕思的发声处连刺带挑地挥舞长剑。突听一声惨呼，吴克倒在地上。吕思抱住吴克大声呼喊着他的名字。黑衣人听了吕思的呼喊方知自己杀错了人，心中羞愧难当，大喝一声向吕思刺去，房婷身形如电用剑将他的长剑挑开。黑衣人感到手臂酸麻，吃惊道："你是何人，胆敢与我作对！"

房婷冷笑道："你是什么狗东西，也配问我的姓名。看剑！"

黑衣人急忙挥剑格挡，两剑相撞碰出一个火花。黑衣人虎口被震得酸痛，手中长剑险些脱手飞出，他不敢再战，向帐篷外逃去。刚出帐篷就被文章鱼和赵宇上拦住去路，黑衣人惊呼道："梅松三侠！"

文章鱼哈哈笑道："算你小子有眼力！"

赵宇上叫道："既然听说过我们的名头还不乖乖束手就擒。"

黑衣人冷笑道："你可知道我是谁？今日你们仗着人多，我不与你们纠缠，改日我再找你们算账。"

月光如洗，文章鱼见黑衣人年约四十，方额大耳，一脸络腮胡子，心中对此人毫无印象，冷声道："无名鼠辈也敢大言不惭，看锏！"说完将铜锏向黑衣人的头上砸去。

此时，秦苏子等人听到动静纷纷披衣跑出帐篷查看，正见到黑衣人与赵宇上战作一团。他们一时之间也分不出谁是敌人谁是朋友，自然也不知道应该帮谁。秦苏子向吕思住处叫道："田儿，克儿，你们还好吗？"

未及吕思回答，房婷冲出帐篷向秦苏子道："什么田儿克儿的，里面死了一个，你们快去看看吧！"

秦苏子见房婷手持长剑从帐篷内冲出，又对自己如此说话，心中认定房婷是凶手，于是冲她大声喝道："我与你拼了！"说完挥拳向房婷打去。

秦苏子的武功在房婷眼里与孩童嬉戏差不了许多，她也不躲闪，伸出左手抓住秦苏子的手腕道："你这老儿怎的如此糊涂，杀你徒儿的是那个黑衣人，你不找他报仇却来找我麻烦作甚！"

秦苏子闻言一愣道："原来是我冤枉姑娘了，实在对不住。"

房婷松手道："你们只会一些三脚猫的功夫，就别跟着瞎掺和了，凶手交给我们来处理，你快去瞧瞧你的徒儿吧。"

秦苏子道了声多谢，带着众弟子拥入帐篷，帐篷内的灯光亮起后，哭泣声也随之传出。

帐篷外，黑衣人与文章鱼斗得难分难解。房婷向赵宇上道："这黑衣人是什么来头，竟然与大师兄打成了平手。"

赵宇上道："我从未见过这厮，小师妹你在这儿掠阵，我助大师兄一臂之力！"说完挥刀冲入战圈。

很快，黑衣人渐落下风，他在焦急地等待逃走的机会。文章鱼和赵宇上自然不会让他得逞，二人刀剑合璧不给黑衣人留下一丝机会。

又斗了几个回合，文章鱼大喝一声："着！"反手一锏向黑衣人的胸口砸下，黑衣人刚刚挥剑挡住赵宇上的弯刀，再要撤剑回挡已是不及。在这千钧一发之际，突听"铛"的一声脆响，文章鱼的长锏被暗器击中，立时偏了方向，黑衣人见状急忙施展轻功逃脱。

距他们五十余米处有一个白衣少女向他们缓步走来，黑衣人迎上前去弯腰施礼道："属下参见花海秘使！"

白衣少女冷哼道："让你杀一个残废之人你竟屡屡失手，真是无用至极！"

黑衣人"扑通"一声跪倒在地道："属下该死，请秘使惩罚！"

白衣少女道："你先起来，回去再领受家法吧。"

黑衣人起身站在她的身后。

房婷一直冷眼旁观，心中在猜测白衣少女的身份。白衣少女缓步走到梅松三侠前站定，月光下白衣少女长身玉立，五官清秀无比。房婷心中突地想起一个人来，脱口叫道："北斗帮，兹莫花海！"

来人正是北斗帮的秘使兹莫花海，她受刘启之命追杀吕思。

"你这丫头不简单呀，居然认得本秘使！"兹莫花海向房婷微笑道，"这位妹子人生得漂亮，眼光也不错。我们怕是有些缘分呢！"

兹莫花海一心要杀掉吕思，同时也听过梅松三侠曾在郭家庄与吕思结下梁子的事情，因此她想拉拢房婷共同除去吕思。

房婷道："谁与你有缘？你若识趣还是带着你的属下快些离开这里。"

兹莫花海皱眉道："吕思不是你我共同的敌人吗，为什么要阻止我的属下杀他？"

文章鱼当然不愿意插手吕思的死活，甚至还盼着他快些死掉，因此说道："我们可没有阻止你们杀了小淫贼。"

兹莫花海微笑道："这倒是奇了，难道是我的眼睛花了不成？"

文章鱼道："是你的属下得罪小师妹我才出手教训他的。"

黑衣人怒道："要不是你的小师妹阻拦，我早就除去吕思了，你们怎的如此胡搅蛮缠！"

赵宇上道："你们要杀吕思尽管去杀好了，我们绝不阻止。"

房婷怒道："只要我房婷还有一口气在，谁都不许动吕思一根汗毛！二位师兄你们走吧，从今以后我与你们恩断义绝。"

文章鱼惊道："小师妹何出此言？既然你决意保护那个淫贼，我誓死追随便是。"

赵宇上也着急道："我也誓死追随小师妹，请小师妹收回刚才的话。小淫贼，我们梅松三侠保护定了。"

兹莫花海瞧出名堂来了，咯咯笑道："原来妹子爱上了淫贼吕思啊！"

"你放屁！"

"无耻，污蔑！"

文章鱼和赵宇上闻言急得大骂兹莫花海。房婷被说中了心事，俏脸立时变得绯红，怒道："你才爱上小淫贼呢！我只是……只是要护住我们梅松三侠的名头，凭你兹莫花海一句话我们就撤了，这件事要是传出去我们还能在江湖上立足吗？"

文章鱼和赵宇上听后立时放下心来，都埋怨自己错怪了小师妹。爱情就是如此神秘，陷入爱情的人在恋人面前往往会失去辨别是非的能力，即使察觉到异常也不愿意正确面对。

文章鱼道："小师妹说得对，我们梅松三侠岂是你能呼来喝去之人？"

兹莫花海哈哈笑道："我可没有让你们走，我还要请三位亲眼见证我是如何杀了淫贼吕思的。"

秦家班众人在帐篷内将他们的对话都听在耳中，俱向吕思瞧去，眼中满是鄙夷仇恨。吕思心中愧疚，向吴克的尸体磕了一个头后，起身大喝着向帐篷外冲去，秦明月瞧了一眼父亲，紧跟着追出。

帐篷外，梅松三侠正围住兹莫花海厮杀。黑衣人身体腾空而起，持剑向吕思刺去。吕思想要躲闪，但是身体不听使唤。秦明月突然扑向吕思将他推开，黑衣人收剑不及，刺中了秦明月的后背。这一幕被秦家班众人看在眼里，秦苏子和梁山等人惊得冷汗直冒，华梦惨叫了一声"月儿！"随即昏死过去。梁山急忙将秦明月搂入怀中，悲声呼唤。其余众人也都大声呼喊着秦明月。

秦苏子将华梦轻轻地放倒在地，向黑衣人大声叫道："我与你拼了！"说完，徒手向黑衣人扑去。梁山等人担心师傅吃亏都把生死置之度外，大喝着向黑衣人扑去。但是他们哪里是黑衣人的对手，片刻之间都被黑衣人打翻在地。

吕思突然跪倒在地向黑衣人道："他们都是无辜之人，求你放过他们，你不是想要我的性命吗，来吧，你尽管拿去好了！"吕思自出生以来，除了跪过宗伯邑和女娲娘娘以外，何曾跪过他人。

秦明月挣扎着爬向吕思，拼尽全力向黑衣人求道："不要！求求你，求你放过小吕子！"

黑衣人向吕思狞笑道："你早些如此，也不致连累他们为你送死。"将剑高举道："本堂主就成全你吧。"说完向吕思刺去。

房婷大声喝道："住手！"说话间将手中长剑向黑衣人的胸口掷去。

黑衣人只得后退躲闪，房婷跃到吕思身前从袖中取出一只飞镖握在手中，向吕思道："你快些逃走！"

吕思悲声道："逃走？我一个废人能逃出多远？请姑娘不要阻拦，让他杀了我吧。"

黑衣人哈哈大笑道："想不到名震江湖的'辣红梅'竟然对这小淫贼如此痴心，不知道启明仙尊知道后会作何感想。"

兹莫花海以一敌二丝毫未见吃力，她听到黑衣人羞辱房婷，心中很是得意，大声道："赵堂主说得好，和小淫贼在一起还能有什么好名声，启明仙尊听说后定会气得当场吐血身亡。"

　　兹莫花海的话彻底激怒了文章鱼和赵宇上，房婷是他们心中的圣女，现在听兹莫花海将房婷与吕思扯在一起，心中又是酸痛又是气愤，升起拼死之心，纷纷使出各自绝学全力向兹莫花海攻去。兹莫花海突然感觉到文、赵二人像是换了一个人一般，内力及招式陡然增强了数倍有余，她不敢托大，拼尽全力迎战。

　　房婷初听黑衣人羞辱自己时气得怒火中烧，随即脑中灵光一闪，立时有了主意，挥起右臂大声喝道："看镖！"

　　黑衣人闻言吓得急忙向后空翻躲闪，在他双脚即将落到地面之时，房婷瞅准时机将手中飞镖向他的心口掷出。黑衣人身体悬空，避无可避，被飞镖穿入胸口，"啊呀"一声摔倒在地。

　　兹莫花海一惊，回首向黑衣人瞧去，大声问道："赵堂主，你怎么样了！"她这一分神，立时给文章鱼和赵宇上瞧出了破绽，二人同时向兹莫花海的腹部攻去，兹莫花海身形急转，用手中长剑护住身体。尽管如此，她的右上臂还是被赵宇上的弯刀砍出一个血口来。

　　房婷捡起地上的长剑向兹莫花海笑道："我已经帮你把赵堂主送入地府了，现在我再助你去地府与他相见吧！"说完，手持长剑腾空而起向兹莫花海的头顶刺去。兹莫花海被梅松三侠团团围住，左遮右挡之下渐落下风。

　　兹莫花海的右上臂鲜血流淌不止，吃痛之下，哪里还有能力再战，勉强又斗了十余回合，使出绝招丝路花雨飞身向赵宇上攻去。赵宇上只觉得面前似有数十支长剑向自己攻来，吓得他急忙使了一招懒驴打滚避过攻击。

　　兹莫花海乃是以进为退的打法，赵宇上倒地之后，三人合围之势立解，她急忙从赵宇上的头顶掠过，转眼之间已经不见踪影。

　　梅松三侠累得气喘吁吁，吕思急忙起身向秦明月奔去，奋力将她俯卧在地，道了声："得罪了！"忽地将她后背的衣服撕裂开来，秦明月白嫩光滑的脊背顿时暴露在众人眼前。

赵阳江大声喝骂道："淫贼你怎敢如此，我跟你拼了。"

秦苏子急忙喝止道："休得无礼！田儿是在给你们的小师妹疗伤。"

梅松三侠不说话，只是冷眼旁观。

吕思从怀中掏出一个小瓶子，拔开瓶塞后向秦明月说道："这药撒上后会有一些疼痛，你要忍耐一下。"说完将瓶中粉末撒在秦明月的伤口处。秦明月疼得发出一声痛呼！吕思将她的衣裳合拢后向已经被唤醒的华梦说道："华伯母，你寻一件衣裳给她披上。"华梦答应后匆匆回到帐篷寻找衣裳。吕思来到秦苏子等人的身边，仔细察看一番后，发现他们仅是受了一些皮外之伤，这才松了一口气，向秦苏子道："秦伯伯，我衣柜之中有一个黑色盒子，那里有我自己配置的药膏，你们敷上几贴后自会痊愈。秦伯伯，好在你们身体无碍，否则我百死莫赎！"

秦苏子握住吕思的手臂道："原来吕心田只是你的化名，我初次遇见你时便觉得你不是一个普通之人，今日之事证实了我的猜测。"

吕思愧疚道："对不起秦伯伯，我不是有意要欺瞒你，我实是有不得已的苦衷。"

赵阳江冲着吕思冷声道："你有什么苦衷我不知道，但是我却听见他们每一个人都叫你淫贼！"

"赵师弟，敌人的话怎可相信，我不许你如此说吕兄弟。"梁山瞧向吕思道，"若不是他相救，我的命早就没了。"

赵阳江大声质问道："大师哥是他救的不假，可是吴克师弟呢？难道不是因为他才永远离开我们的吗？"

"你胡说什么呀！这事怎能怨小吕子呢？你明明知道是谁杀害了吴克，为什么还要把仇恨强加给他。"秦明月颤声责问赵阳江。

吕思愧疚道："你们都不要说了，是我不好，是我连累吴克兄弟送了性命。今日你们又因为我受了伤，我再也没有颜面面对你们了，我现在就离开这儿。"

秦苏子道："田儿，你不要埋怨我们，凭我们的能力实在保护不了你。"

秦明月惊叫道："爹爹你说什么呢，连你也要赶小吕子走是吗？好，他走我也走。"

华梦找来衣裳披在秦明月的身上道："好孩子，不许你说气话，难道不要为娘了吗？"

吕思凄然道："秦伯伯，我的房中还配有一些治疗跌打损伤的草药，足够你们用一些时日的，我们就此别过，他日若是有缘我再报答收留之恩。"说完转身向前走去。

秦明月奋力爬起身来向吕思追去，吕思正走到房婷身边，他向房婷道："请你帮我点住她的穴道。"

房婷哼道："我凭什么要帮你！"她话语虽然强硬，但是当秦明月跌跌撞撞地来到她的身边时，还是伸指点住了秦明月的穴道。秦明月突感后背一麻，随即失去意识，身体向后倒去。房婷抱住秦明月将其送到华梦身边道："你们不要担心，她只是暂时昏迷，三个时辰后定会醒来，好好照顾她吧。"

华梦搂住秦明月低头抽泣道："可怜的月儿！"抬头向房婷道："多谢姑娘了。"

房婷道："些许小事不足挂齿，后会有期。"说完抱拳转身便走。

华梦叫道："姑娘留步。"

房婷立住身体，回首道："唤我何事？"

华梦道："田儿，吕心田真的叫吕思吗？你，你们为何叫他小，小……"

房婷并没有回头，只是冷声答道："不错，他是叫吕思，而且是一个十足的小淫贼。"

第十一章

吕思一路向南而行，房婷带着文章鱼和赵宇上紧紧跟随。

吕思自从离开宛东山后经历了太多的人间悲苦，信念被磨炼得愈加坚定，心智被锻造得更加机敏，身上再无初出江湖时的热血莽撞。

房婷自小生活在宠爱之中，眼前又有文章鱼和赵宇上由她任意使唤，因此她的性子越发骄横。她虽然喜欢吕思但又放不下骄傲的心性，于是就不断地给吕思制造各种"麻烦"，以引起他对自己的关注。

文章鱼和赵宇上见房婷对吕思有好感，心中醋意横生，总是趁房婷不备欺负吕思。他们俩每日嘲弄吕思，一口一个小淫贼地叫着。吕思则心如止水，任由他们讥讽，只因他要利用梅松三侠帮助自己找到小塔黄。只有找到小塔黄，他的肩胛骨才能愈合，武功才能恢复，才能替父母报仇雪恨。

羌地原是青衣羌国的属地，青衣羌国被秦国所灭后，羌王率领三万多名追随者辗转来到红河附近并在这里建国称王。

羌地是多民族杂居的地方，他们友好共处，互不侵扰，以青色为主要服饰。因常年没有战争且农业发达，羌地百姓生活得非常富足。

这一日中午，吕思一行四人来到羌地金沙江附近。此时虽是深秋时节，但是此地依然青草遍地，牧民居住的帐篷沿河而建，绵延数公里。

一个老妇人见到吕思四人后，脸上顿时堆满笑意，连声招呼他们去家中做客。吕思等人早已饥肠辘辘，于是欣然应允。进得帐篷内，吕思见四壁布置得甚是清洁整齐。北侧是一张八仙桌，桌上摆放着茶盘和瓜果。桌子两侧是两把太师椅，右侧太师椅的旁边是一个布帘遮挡的长方形门洞，门洞后面是卧室。帐篷门内两侧分别摆放着一排低矮的长条桌子，桌子之下铺着毛毯。吕思见到室内的家具立时猜出这户人家来自中原。

帐篷内原有两个孩童在玩耍，见到吕思四人进入，忽地羞涩起来，一齐掀开布帘奔入内室，只是时不时地掀起布帘一角探出头来张望。

老妇笑道："你们不要见笑，我这两个小孙儿欺生，这儿以前很少有中原人士前来，不知为何这段时日经常有中原之人路过，还都说要去白马雪山找什么小塔黄，几位客官是不是也和他们一样去找那小塔黄。"

房婷微笑道："听婆婆口音应该是中原人士吧？"

老妇道："姑娘长得漂亮，耳朵也好使。我正是中原人士，原属赵国，后来秦朝攻打我们赵国，我就随同老汉一路讨饭来到这里。"叹了口气又道："这里的羌王对待百姓非常仁慈，只可惜被秦国一路追杀逃离至此。幸好这儿的民风淳朴，乡邻们处得都很融洽。"这妇人素来爱说话，今日见了中原人士话就更多了。

房婷听她夸赞自己，心中高兴，瞧向吕思道："婆婆问你呢，你是不是也要来寻什么小塔黄？"

吕思向老妇问道："婆婆是说近期有许多中原人士去白马雪山寻找小塔黄吗？他们都有什么特征，比如衣着打扮，身上是否带有兵刃等。"

老妇瞧向吕思道："他们穿着打扮各异，不过身上都带有兵刃。"

吕思心感奇怪，向老妇问道："听婆婆所言，莫非婆婆知道小塔黄？"

老妇笑道："岂止我知道，我们这儿的人都听说过白马雪山上生长着大小两种塔黄，大塔黄经常有人去采。但是小塔黄大伙儿都是听人传说，至今没有一人采到过。"

吕思道："莫非这小塔黄今年会开花结果？"

老妇笑道："哎哟，这位小哥，我们这儿的人见都没有见过，谁知道它什么时候开花什么时候结果呀？或许这世上根本就没有什么小塔黄，它只不过是一个传说罢了！"

房婷瞧向吕思道："你是不是知道小塔黄今年要开花结果了，快些说与我听。"

吕思道："我从未见过小塔黄，只是听说这小塔黄需百年以上才会开花结果，而且开花结果的时间只有十几个时辰。"

房婷奇道："竟有这等奇花异果，它定有神奇之处，你快快讲来。"

吕思答道："它有什么神奇之处我也不知道。"

房婷知道吕思没有和她说实话，加之肚子咕咕作响，狠狠地瞪了吕思一眼，向老妇道："婆婆可有吃的，我有些饿了。"

老妇拍腿道："你看我真是老糊涂了！你们远道而来，想必是饿坏了，你们稍等片刻，我这就给你们做吃的去。"老妇前脚刚踏出帐门，两个孩童便跟着跑了出去。

房婷向吕思冷声道："一会儿不许你吃饭！听到了没有？"

吕思叫屈道："这又是为何，我又没有招惹姑娘。"

房婷冷声道："招没招惹我，你心里清楚。"

吕思道："只是我若饿死了，你怎么向你的爷爷交代？"

房婷怒道："你是在威胁我吗？告诉你多少回了，爷爷只是要我监视跟踪你，可从来没有让我保护你，更没有说过不许我杀了你。"

吕思微笑道："既然如此，你杀我好了。我若死了，也省得你们每日如此辛苦地监视跟踪我。"

房婷气得抽出长剑架在吕思的脖颈上大声喝道："你不提醒，我倒是忘了，若你死了，我岂不是自由了，省得每日跟你天南地北地乱跑。"

文章鱼和赵宇上连忙附和道："小师妹别和他废话了，快杀了他，这小淫贼早就该死了。"

吕思每日听他们辱骂自己是小淫贼，对此早已习惯也不再辩驳，向房婷道："我若是死在姑娘之手，江湖之中会怎么传言，姑娘不会不知吧？我淫贼的名声只怕早已传遍江湖，姑娘千万不要一时意气用事损了清白名誉。"

房婷气急道："我没有名字吗？这一路上你总是姑娘、姑娘地叫着，烦都烦死了！你是木头做的吗？"

文章鱼道："小师妹犯不着和这小淫贼生气，这一路上他总是装傻弄痴的，若不是你拦着，我早打死他七八十回了。"

赵宇上道："小师妹，这小淫贼的话不无道理，你若杀了他少不了惹别人非议。"抽出弯刀道："我来结果他好了。"

房婷跺脚道："你们说什么呢！我原本要亲手杀了他，但是你们想让我杀他，我偏偏不杀。你们瞧我干什么，我警告你们俩，这世上只许我杀他，你们俩谁也不许伤害他！"她瞧见吕思微笑的面容后恨声道："你很得意是吗？我不会让你轻易死掉的，我要慢慢地折磨你，直到你死。"

文章鱼和赵宇上对视了一眼，文章鱼道："小师妹，我们什么时候离开小淫贼，总不能跟着他一辈子吧？"

房婷心中伤心，瞧着面带微笑的吕思怒道："你们俩才要跟着这小淫贼一辈子呢！"

文章鱼听出房婷对吕思的不舍，气得飞起一脚踹向吕思，口中骂道："你这小淫贼着实可恶！"

吕思身体向后飞出时，房婷架在他脖颈上的剑来不及收回，他的脖颈处被划了一道口子，鲜血立时染红了他的衣领。房婷丢下长剑向文章鱼怒道："大师兄你疯了吗？"转而蹲在吕思身旁问道："你……小淫贼你还好吗？"

吕思故意闭目不答，房婷急得大声叫道："喂，你醒一醒，我不许你死！你不是大夫吗？你快醒一醒，告诉我该怎么做？"

吕思睁开双眼见到房婷洁白的面庞上满是忧急之色，心中一软道："别晃了，没有伤及动脉，死不了。"

房婷闻言惊喜道："你醒啦，可是你的脖子还在流血，这，我该怎么止住。"

吕思道："我怀中有一个白色的瓶子，里面是配好的药粉，你取出来给我涂上即可。"

房婷将他脖颈处的衣领下翻，露出伤口后打开白色瓶子，小心翼翼地将粉末涂撒在伤口上。

看着房婷所做的一切，文章鱼和赵宇上心中的恨意更深了，他们俩的心中满是酸痛，恨不得将吕思剁成肉酱。

老妇将做好的饭菜端到帐篷内，见吕思坐倒在地上，脖颈处还有一片血迹，急忙将饭菜放下奔向吕思道："小哥这是怎么了，就这一会儿工夫怎么就变成这个样子了？"她上前扶起吕思向房婷三人埋怨道："你们纵是有矛盾，也不至于动刀子，好歹你们也是从中原结伴而来的，有什么话不能好好说吗？"

房婷踢了文章鱼一脚道："听听，你还不如一个农妇，以后不许再鲁莽行事。"

文章鱼敢怒不敢言，只得满口答应，但是他看向吕思的眼神却寒冷无比。

老妇听房婷的话语中有轻视自己之意，双手轻轻地掸了掸衣袖道："听姑娘的口气是瞧不上我这个村妇了。"

赵宇上急忙替房婷辩解道："我小师妹说话一向如此，她并无冒犯您老人家的意思，还请老人家见谅！"

老妇哼了一声道："老身活了几十年了，什么人没有见过，什么场面没有经历过！想当年老身可是代王王后千金的乳母，只怨造化弄人，老身才辗转流落到此地。"

房婷心中对老妇全无恶意，只是嘴上不饶人，听老妇说完后冷哼道："王宫之人有什么了不起的！"

老妇气得手指房婷道："你，你，好没规矩，我今日好心招待于你，难道还换不来你的一句暖心话吗？"

吕思道："婆婆息怒，她一向刁蛮任性，您老人家大人大量，就不要与她一般见识了。"向房婷道："还不快给老人家赔个不是！"

依房婷的脾气怎肯低头，她瞥了吕思一眼，见吕思面色凝重，心中没来由地一颤，跺脚道："我哪里错啦！"

吕思不说话，只是冷冷地瞧着她。

房婷无奈，转向老妇道："我年幼无知，不会说话，得罪之处还请见谅，行了吧？"

老妇听出她心中不服，也不想同她计较，叹了一口气道："算了，都过去了，一切都是过眼烟云，都是陈年旧事我还提它做什么。丫头说得没错，老身如今不就是一个普通村妇吗？"

吕思道："原来婆婆是馆陶公主刘嫖的乳母，失敬失敬！"

老妇怒道："刘嫖算什么东西，我怎会是她的乳母。她的母亲窦漪房为了谋取后位，计杀宋王后，可怜宋王后仙逝后她的女儿刘舒至今不知去向。"

房婷接话道："你若要寻她，我倒是可以帮忙。"

老妇冷眼瞧向房婷道："老妇还当真没有瞧出姑娘有这个本事呢！敢问姑娘高姓大名？"

房婷仰首傲然道："启明仙尊你总是听说过吧？"

老妇摇头道："没有，我从未听人提起过。请恕老妇孤陋寡闻。"

房婷怒道："你……"

吕思解围道："婆婆并非武林中人，她自然不会识得，你又何必为此生气。"

房婷气哼哼地问道："许负，许老国太你总该听说过吧？"

"我岂能不知她的名字？"老妇叹了一口气道，"成也是她，败也是她呀。"

吕思奇道："此话怎讲？"

老妇瞧向吕思道："这些都是宫中秘事，你听来又有何用？"

房婷轻哼一声道："我爷爷与许老国太交情甚厚，朝中之士知道的定不会比你少。要不是我好心要帮你寻找失踪的小公主，谁愿意听呀！不想说就算了！我若想知道自然会去问许老国太。"

吕思低声斥道："你对婆婆说话能不能客气些。"

房婷道："我怎么不客气啦！是她先提起小公主的，提了也就算了，我问了又不说。本姑娘现在不想帮她了，哪里错了吗？"

赵宇上忽地一脚将吕思踢倒在地，口中骂道："什么时候轮到你这小淫贼来教训小师妹了！"

房婷跑上前去扶起吕思，转头向赵宇上呵斥道："你干什么，他又没有招惹你，你踢他做什么？"

赵宇上懦然道："我就是听不惯他和你说话的口气。"

房婷气道："我还看不惯你说话的样子呢！我有踢过你吗？"向吕思道："你没事儿吧？"

吕思淡然一笑道："我没什么，只要你的二师兄没有事儿就好。"

老妇将这一切都看在眼里，心中已猜出他们四人之间微妙的关系。

向吕思道："我瞧这丫头虽然嘴上恶毒，但心肠倒是不坏。"

"哎呀！好端端的你又说我干吗？"一向骄横的房婷听到老妇当着吕思的面夸赞自己，竟不自在起来，脸上飞起两朵红晕。

老妇瞧着房婷道："小公主要是还在人世，现在应该和你一般大了。"停顿了一下接着说道："当年就是因为许负才有了今日的文帝，也是因为她，才有了今日的窦漪房。若不是她，我的主子宋王后怎么会死？小公主又怎会下落不明？难道她不是杀害宋王后的凶手吗？"

吕思沉吟片刻说道："晚生已猜出事情的大概原委了。晚生以为婆婆此话失之偏颇，纵是许负有洞察天地的本领，她也只是一个相师而已，决定宋王后命运的还是文帝，当然，其中难免有窦漪房的离间之计。晚生只是就事论事，如有得罪之处还请婆婆恕罪！"

老妇叹道："小哥当真聪明绝顶，这宫中之事复杂无比，老身只是透露了一点信息，你居然已能猜出事情的大概。你说的也不无道理，只是主子的仇我是没有办法给她报了。"

吕思道："婆婆放心，倘若我吕思能得到上天护佑寻得小塔黄，我定当取了文帝老儿和窦漪房的性命。"

老妇摇头道："你与我初次见面就要替我与汉廷皇帝为敌，你是哄我开心还是觉得我老婆子好骗？我原本还以为你是一个忠厚睿智的年轻人，听你方才之言，我真是错看你了。"

吕思向老妇深躬一礼道："婆婆有所不知，晚生与当今朝廷有灭族之仇。"

文章鱼向老妇道："忘了给您老人家介绍了，这位吕公子原先可是吕国世子，换作当年那可是威风得很呢！"

赵宇上嘿嘿笑道："人家现在的名头也响得很哪！'玉面毒狼'的名头在江湖之中可谓无人不知呀！"

吕思脸上憎恨之色一闪即逝，用平缓的语气道："请你不要再提'玉面毒狼'四个字。"

赵宇上怒道："老子一日不打你，你就不知自己是谁了，敢和老子如此说话！"说完扬手就要向吕思打去。

房婷伸手抓住赵宇上的手腕道："你若再敢打他，今后休想我再理你。"

赵宇上放下手臂赔笑道："小师妹千万不要生气，我只是吓唬他一下而已！"

吕思凄然道："想不到我吕思竟然沦落到这等地步，你们杀了我吧。"

文章鱼见房婷处处袒护吕思，心中妒火中烧，冷声道："你为何沦落至此自己不知道吗？你奸杀梁县令的千金又灭了人家满门，这还不算，夏邑侯好心收留你，还请人为你疗伤，但是你又做了什么？你非但不思报恩，反倒再次作案，将人家府中的侍女秋儿奸杀后逃匿。你的种种行径简直比毒狼还要毒上百倍。"

房婷大声叫道："不要再说了！"

文章鱼也大声喝道："小师妹，你醒一醒吧。师傅他老人家不会同意你与这种人交往的。"

房婷突地哭道："你竟然敢凶我，我再也不要理你了。"说完向外跑去。文章鱼顿时愣在原地。赵宇上埋怨道："大师兄，你对小师妹吼什么，还不赶紧去追。"文章鱼反应过来，急步向外追去。

帐篷内只剩下吕思和老妇二人，老妇惊恐地瞧着吕思道："你，你为什么不和他们一起去，你快走。"

吕思的脸庞抽搐着，心中悲痛欲绝，向老妇道："婆婆刚才已经看到了，晚生如今手无缚鸡之力，已是废人一个，你还担心什么？"

老妇想起前情，心中的恐惧稍缓道："瞧你生得一表人才，怎会做出这等人神共愤之事？"

吕思道："婆婆有所不知，我吕氏一族得罪之人甚多，欲置我于死地的人也很多。晚生是被人陷害的，但是除了秋儿一案我亲眼见到是当朝驸马夏邑侯秦定生所为外，对于梁小姐一案我至今没有查出是何人所为，吕某今生不查出陷害我之人，纵是死了也心有不甘哪！"

老妇听他言语真诚，问道："夏邑侯怎会做出此等事情，他可是驸马爷，你怎会亲眼所见？"

吕思便从郭家庄受伤开始讲起，直到离开秦家班为止，拣重要的事情向老妇陈述了一遍。老妇听后心中已是相信了十分，叹道："想不到代王妃的女儿如此命苦，竟嫁了这么一个禽兽不如的东西！"

吕思奇道："原来夏邑公主的母亲是原代王王妃！"

老妇道："王妃与王后私交甚厚，常有走动，因此我对她印象颇深。后来王后遇难，我侥幸逃脱辗转来到此地谋生，这一晃眼已是过了近二十个春秋了，不知我有生之年还能不能再见上小公主一面？"

吕思道："小公主吉人天相，婆婆不要担心。"

老妇听了吕思的陈述知道他目前面临的困境。

吕思见老妇对自己欲言又止，开口问道："婆婆是否有事要吩咐？"

老妇又沉思片刻道："你是说如若找到小塔黄你的武功就会恢复是吗？"

吕思道："晚生不敢欺瞒，小塔黄有断骨再生的作用或许只是一个传说，至于是否有此功效，晚生不敢确定。"

老妇点头道："听你之言是个诚实之人，你可愿意一试？"

吕思吃惊道："莫非婆婆家中就有？"

老妇不再欺瞒微笑道："小塔黄数量稀少，百年才开花结果一次。而且开花结果的时辰有限，颜色又如同白色岩石一般，试想世上有几人能够亲眼见到？"

吕思失望道："这些晚生都知道，我也只是来碰一碰运气。"

"老身如今知道近期为什么有这么多中原人士去白马雪山寻找小塔黄了。"

"婆婆请明示。"

"你身负重伤，唯有小塔黄可以帮助你恢复武功，如此，自然有人会阻止你寻找小塔黄。"

"晚生明白了，婆婆是说幕后陷害我之人将我来大雪山之事透漏出去了，他是要让整个武林中人来截杀于我。这厮好歹毒呀！"

"老身料想陷害你之人绝不会只说你要去大雪山寻找小塔黄，这不足以调动整个江湖人士。他必有其他说法，比如故意夸大小塔黄功效之类的说辞。"

"婆婆不愧是宫中老人，晚生怎么没有想到这些呢！他之所以如此做无非是要得到两种结果，一是让我被武林人士杀掉，二是让众多武林人士为争抢小塔黄而相互厮杀，他好坐收渔利。江湖人士死伤惨重最得力者自然是朝廷。如此推算这幕后黑手自然是官府中人。"

"当今朝廷真是残暴无道，老妇愿助你一臂之力。"

"婆婆当真有办法？"

"老身出宫后和老伴及小儿一路逃难至此，阖家老小全赖他们父子去白马雪山采摘大塔黄贩卖为生。三年前，老伴和我提起过他曾在一个峭壁上见到一个白色的物体，极像传说中的小塔黄，半个月前，他带着小儿出发前还与我说起此事。他说白色物体开始向外膨胀了，好像含苞欲放一般。老身算了日子，不出两日他们爷儿俩准回，希望他们遇到的是小塔黄，并将它带回，到时老身将它送予你。"

"如此贵重之物让晚生如何报答才是！"

二人正说话间，帐篷外传来一个洪亮的呼喊声："老婆子，我和歌儿回来了，你看我们都带回了什么。"

老妇答应后欢喜地向吕思道："是我家老汉和小儿回来了，走，出去看看。"

吕思跟随老妇走出帐篷，见到一个身材矮小、精神矍铄的老年男子，他的身旁站着一个三十岁上下的青年男子，青年男子的身高与老汉不相上下，浓眉环眼，肤色黝黑，肩上挑着一个长长的扁担，扁担上挂满了各色植物，其中有一植物形如白菜。

老汉看到吕思后一愣，向老妇道："老婆子，这是我们家的客人？"

吕思上前施礼道："晚生吕思见过老伯。"

老汉听后面色骤变道："你说你叫什么名字？"

吕思又施一礼道："晚生姓吕，名思。"

老汉的手中握着一个空扁担，他将扁担高高举起道："我这一路上听闻的淫贼原来在这里。歌儿，快与我一起将他擒住送官！"

青年男子闻言，将扁担从肩上取下，向前后一晃，扁担上的货物便掉落在地。他举起扁担就向吕思当头打来，老妇急忙大声喝止。青年男子收势不及，扁担正砸在吕思头顶，吕思头部受到重击，鲜血顺着发丝流向前额。

老妇急得大骂老汉和歌儿，连声叫道："错了，他是被人冤枉的。你这老东西，还有你这个狗崽子，谁让你打他了。"

老汉见老妇如此生气，吃惊道："难道我们爷儿俩打错了人？这可如何是好！"

老妇知道一时片刻也解释不清，便向老汉斥道："还不快些将小哥架入帐篷！"

老汉和歌儿慌手慌脚地将吕思架入帐篷，并连声道歉。

吕思道："不碍事，这也怨不得你们。"

老汉吩咐歌儿将白菜般的植物拿入帐内，撕了一片叶子揉碎后涂在吕思的伤口处，又从植物的包心处取了三颗圆形小果粒向吕思道："小哥快些将它嚼服。"

吕思张口服下，顿时感觉头部不再疼痛，就连头顶上的伤口也不再向外流血了。

老汉着急地问道："现在感觉如何？"

吕思道："晚生很好，倘若晚生猜得不错，老伯给我服用的是大塔黄吧？"

老汉惊奇道："你也识得大塔黄？"转而又道："是了，你们都是从中原来寻小塔黄的，对大塔黄自然也有所了解。"又向老妇问道："老婆子，这位小哥到底是什么人？"

老妇道："你仔细听我把话说完，不许你冲动行事。"

老汉瞧了瞧吕思道："我听你的，你说吧。"

老妇向歌儿道："歌儿，你也来听一听。"

歌儿答应后，走向前来。老妇便将吕思的遭遇仔细地讲述了一遍。老汉听后唏嘘不已，向吕思道："真没有想到你的身世竟如此凄苦，老汉我对不住了。"

老妇用手轻捶老汉道："你如今行事怎的如此鲁莽，这要是将小哥打坏了，瞧我能饶得了你们。"

老汉再次赔罪，然后向吕思说道："小哥有所不知，我与歌儿这一路上遇到了数百名从中原来的习武之人，他们中有不少人都提及你的名字和传言，口口声声叫你是淫贼，因此才发生了刚才的误会，实在是对不住了。"

吕思惨然笑道："想不到我吕思竟成了天下人人得而诛之的第一大恶人！我死不足惜，但是这恶名让我死不瞑目。"

老妇向老汉问道："老头子，你说的小塔黄可曾带来？"

老汉道："我去看过了，它要开花结果还需要几日，我和歌儿担心家里，山上又到处都是寻找小塔黄的人，我更加不敢在附近守候了，免得被他们发现后采了去，因此我便和歌儿先回来了。"

老妇道："你和歌儿吃了饭赶紧带着小哥去采摘小塔黄。"

老汉道："为什么要这么着急，我和歌儿歇息一夜明日再走不迟。"

老妇道："刚才不是和你说了吗，同这小哥一起来的还有两男一女，我瞧得出那丫头对小哥有意，但是正因如此，另外两个青年男子对小哥恨之入骨，我担心他们随时会来伤害小哥。"

老汉道："老婆子分析得有道理，只是这小哥武功尽失，手无缚鸡之力，又受了伤，让他随我去反而碍事，倒不如让他在此等候，我自行去采摘回来便是。"

老妇道："这山上山下都是前来寻找小塔黄的人，万一他们将小塔黄抢了去，你又能如何？"

歌儿气道："可不是吗？这些人简直就是强盗，我与爹爹一路上被拦截了好几次，原本采的四颗大塔黄，如今被他们抢的只剩下一颗了。"

老汉道："小哥与我一起去，万一被那些中原人士认出恐怕难以活命。"

吕思道："我若没有小塔黄疗伤，活着也是无益。生死有命，请老伯带上我一起前往吧。"

老汉想了想道："既然你决定了，我就带上你，不过你得乔装改扮一下。小哥皮肤洁白细腻不输少女，还是改作女装为好，这样就不会被人认出来了。只是委屈了小哥。"

吕思心中感慨万千道："哪有什么委屈，只是麻烦老婆婆了。"

老妇外出借来一身羌族少女服饰让吕思进内室更换。片刻后，吕思从内室走了出来。老妇一家三口瞧得呆了，吕思见状尴尬不已。老妇赞道："小哥此身装扮真是俏丽脱俗。"

吕思低声道："为了苟且偷生，不得不作此装扮，真是愧煞先人！"

老汉安慰道："大丈夫能屈能伸，吃得了苦，受得了穷，方能成就大事。小哥日后必将功成名就。"

吕思叹道："我不求功名，只盼报得父母大仇，洗掉冤屈，恢复清白名声就知足了。"又向老汉一家三口躬身施礼道："我们相识一场，还没有请教老伯一家名姓呢。"

老汉微笑道："我姓韩名图，老婆子姓庞名娥，我儿叫韩歌。"

吕思听后问道："适才见的两个孩童应是韩大哥的二位公子吧？怎么没有见到韩家嫂嫂呢？"

韩图叹道："儿媳去年得了肺痨病死了，可怜我这两个孙儿了。"

吕思歉意道："实在对不住，晚生让你们想起了伤心之事。"

第十二章

他们吃过饭后，太阳已经西沉，韩图父子领着吕思一起向大雪山行去。

房婷一路飞奔来到金沙江岸边，望着碧波如洗的河水，她扑倒在地放声大哭，口中嘶吼道："吕思，小淫贼，我恨你！你为何要做出这丧尽天良之事！"文章鱼和赵宇上追到岸边，房婷的嘶吼声清晰地传入他们的耳中，二人既感心酸又感欣慰。心酸的是小师妹的心中满是吕思，欣慰的是小师妹与吕思终究不可能走到一起。

文章鱼和赵宇上远远地瞧着房婷，直到她不再哭泣方才跑上前去。文章鱼向房婷道："小师妹，你想必饿坏了，我来给你捉鱼吃吧。"

房婷抱膝坐在地上，眼睛直直地瞧向水面，水面上不时浮现吕思英俊的面庞，房婷气得抓起一块小石头向水面砸去。

赵宇上坐在房婷身边强笑道："小师妹，你快些让大师兄变身吧，让他的触角都伸展开来给我们捉鱼吃。"

房婷"扑哧"一声笑了出来，这是他们二人自小以来打趣文章鱼的闲话，每当房婷不开心时，赵宇上都会说出这句话逗她开心。幼时，文章鱼不懂爱情，每当房婷和赵宇上拿他的名字取乐，他都会为此与他们二人大打出手。长大后，他的心思变了，小师妹再拿他的名字取乐时，他的心中竟有说不出的开心。

房婷笑着笑着又哭了起来，文章鱼和赵宇上呆坐在她的身边不知如何安慰。房婷哭得累了，瞧向文章鱼道："你还坐着干什么，想饿死我吗？"

文章鱼见房婷不再哭泣，心中高兴道："是，小师妹稍等片刻，鱼儿马上就到！"言毕，飞身向河边跑去。

房婷立起身来向赵宇上的后背踢去："你们刚才为什么笑我？"

赵宇上假装疼痛叫道："哎呀，疼死我了！冤枉啊小师妹，我们什么时候笑话你了。"

房婷闻言抬脚又踢，赵宇上飞身而起避过。

房婷怒道："你们就是笑了，还敢不承认，我踢死你。"说完追着赵宇上踢打。

傍晚，房婷三人在河边搭起了烧烤支架。他们生起火后，将捕获的鱼放在架子上烧烤。

吃完烤鱼，文章鱼瞧向房婷道："小师妹，我们另寻一户人家借宿吧？"

房婷道："我们为什么要另寻一家借宿，老妇那家不是很好吗？"

赵宇上知道房婷一贯好面子，以话相激道："小师妹，你也不想一想，老妇现在已经知道吕思是一个小淫贼了，我们此时若回去她会怎么看待我们。我与大师哥是无所谓，但是你一个姑娘家怎么能受得了她轻薄的眼光？"

房婷咬着嘴唇道："我自然不会回去的。只是，只是那个小淫贼怎么办？他不会被那个老妇杀了吧？"

赵宇上道："我瞧那老妇不像多事之人，不过她断然不会同意小淫贼留宿的。小师妹不要多想，小淫贼又不傻，他定能寻到一个能够挡得住风寒的地方。"

文章鱼道："凭小淫贼的所作所为让他日日露宿也不为过。"

房婷想到吕思始终无视自己的情意，愤愤地说道："让他吃些苦头也好，只是明日我们要早些起来，免得他连夜出走，到时我们可无法向爷爷交代。"

文章鱼和赵宇上见目的达成，心中暗喜，口中答应道："这是自然，我们岂能把他给弄丢了？"

房婷还是不放心道："二师哥，我们寻到借宿人家后你先去寻到小淫贼露宿的地方然后再回来，明白了吗？"

赵宇上心想："我巴不得现在就去寻小淫贼，找到后一刀结果了他，然后将他向这江水里一扔，自此以后就再也不用担心他与我争抢你了。"

房婷见赵宇上只顾发呆全然不理会自己的吩咐，怒道："二师哥你干吗呢，我让你去寻小淫贼你不乐意了是吗？"

赵宇上回过神来连忙赔笑道："哪有，哪有，我怎会生你的气。小师妹放心，我云中松即使不睡觉也要寻到小淫贼的落脚之处。"

金沙江畔的居民都很好客，很快，房婷三人便寻到一户人家住了下来。深夜，房婷在床上辗转反侧，心思如潮，想道："小淫贼这会子在干吗呢？他会不会想起我？"突地脸上绯红，自言自语道："我怎么可以这么想，小淫贼做了这么多恶事，人人得而诛之，我今后再也不要见他。"转而又道："他好像没那么坏，与他在一起的时日，他可从来没有对我有过暧昧之举，难道是因为他武功尽失，怕了我？可是我有几次故意向他示好，他也没有任何回应，会不会真的被人冤枉了。如果真的是被人冤枉了，他得有多可怜呀！"房婷思来想去总也理不出一个头绪，俗话说关心则乱，她忽地坐起自语道："不好，二师哥怎么还没有回来。我们争吵时，那老妇已经知道小淫贼做的恶事了，他手无缚鸡之力，现在不会被老妇叫人打死了吧！"她越想心中越怕，急忙穿衣起床，轻手轻脚地走出帐篷，向老妇家中飞奔而去。

月色如洗，将大地照得格外明亮，一排排帐篷在月色下泛着白光。房婷记性甚好，左转右拐很快就找到了老妇家的帐篷。她轻轻地将耳朵贴近帐篷，只听见帐篷内传出一个大人、两个孩童的呼吸声。

"他果然被赶了出去，他现在会在什么地方呢？"房婷抬头瞧了瞧天上的明月，决定要找到吕思。半个时辰后，房婷已找遍了所有能够藏人的地方，一无所获，她心中害怕起来，料定吕思已遭毒手。她疾步赶回老妇的帐篷前，抽出长剑将帐门挑开，冲入帐篷内怒喝道："你这老妇，快些起来！"

随着庞娥的应答声，帐篷内的灯火亮了起来，接着便是孩童惊醒后的啼哭声。庞娥见房婷怒气冲冲地手提长剑指向自己，不由得惊惧道："姑娘这是为何？"

房婷怒道："小淫贼呢，他在哪里？"

庞娥不知她是何意，小心问道："姑娘来寻吕思吗，他不在这里。"

房婷急道："你果真将他杀了。"

庞娥瞧出名堂，微笑道："姑娘误会了，我一个老妇怎能杀得了人？"

房婷见老妇不像说谎，放下心来，插回长剑问道："婆婆可知他现在在什么地方？"

庞娥道："你们走后他也跟着出去了，我也没能留住他，不过听他说要去白马雪山。"

房婷急道："他手无缚鸡之力，江湖之中又有那么多人要杀他，他孤身前去不等于送死吗？"跺了跺脚道："算了，我和你说这些有什么用。"说完转身冲出帐篷去找她的两个师兄。

白马雪山地处横断山脉中段，巍峨的云岭自北向南横卧，海拔 5000 米以上的山峰有 20 座，主峰白马雪山海拔 5430 米。

高耸的云岭，群峰连绵，白雪皑皑，远眺终年积雪的主峰，犹如一匹奔驰的白马，因而得名"白马雪山"。

吕思与韩图父子渡过金沙江来到白马雪山脚下，三人吃过干粮向雪山爬去，一路上遇见许多武林人士，其中不乏粗鲁之徒。他们遇见吕思时毫不羞耻地说着挑逗的言语，吕思心中怒极，每次韩图都使劲拉住他的手示意他冷静。

吕思身上有伤，翻过几座山峰后，体力消耗很大，肩胛骨受力后传来阵阵撕裂般的疼痛，他只得咬牙苦撑。又翻越了两座山峰，韩图喜道："到了，小塔黄就在前面那个悬崖下面。"

吕思听后精神振奋，疼痛也减轻了许多。三人正高兴间忽听身后传来两个少女的说笑声，顷刻之间已来到吕思身前。忽听一个少女轻咦道："这位羌族姐姐好美呀！"吕思与林氏姊妹对视了一眼后急忙转回眼神。

林晓停下脚步道："姐姐是这里人氏吗？"

吕思抱拳正欲回答，突地想起自己是女儿装扮，急忙将双手放回腰间轻施一礼。

林晓眼睛眨也不眨地盯着吕思的眼睛，见吕思不说话，问道："你怎么不说话，莫非是个哑巴不成？"

韩图急忙接话道："姑娘请原谅，我这女儿确实是个哑巴。"

林雪叹道："真是造化弄人，可惜了这位姐姐神仙一般的面容。"向林晓道："姐姐，我们还是赶路要紧。雷圣秦之节和云圣左角带着一帮人都在我们前面了。"

林晓神色诡异地瞧了瞧吕思道："好吧，咱们怎么也要帮师傅她老人家抢到小塔黄。"

白马雪山地形奇特，山下谷深林密，中间遍地荒芜，再到高处，山峰两侧便是成片的丛林。林晓与林雪转过山脚，径直向密林中走去。

林雪疑惑不解道："姐姐，我们进丛林做什么，难道小塔黄在这丛林里面？"

林晓竖指于唇轻声道："这里虽然没有小塔黄，但是有小塔黄的线索。"

林雪奇道："这里能有什么线索？"

林晓道："你可知那个羌族女子是谁？"

"那个哑女吗？我怎会识得，莫非姐姐识得她？"

"你们没有发现她向我们行礼时的手势吗？"

"我想起来了，她双手抱拳，这是男人行礼的动作，姐姐不会认为她是一个男子吧？"

"何止是一个男子，他就是淫贼吕思！"

"什么，淫贼吕思？姐姐怎会知道？"

"眼睛是骗不了人的，他的眼睛我永远都记得！"

"听姐姐如此一说，我也觉得他很像淫贼吕思，只是他为何要来到这里，他不知道江湖中人都要杀了他吗？"

"这就是他乔装改扮成少女的原因，他冒险来此定是为了寻找小塔黄。你没发现同他而来的那对父子满脸风霜之色，定是地地道道的当地人。吕思既然随他们同来定是要借助这父子二人寻到小塔黄，我们要想得到小塔黄只需跟着他们即可。"

"姐姐料事如神，妹妹佩服！"

吕思与韩图父子来到丛林处，他听见丛林中啼声阵阵，不由得驻足瞧去。只见丛林中群鸟翻飞，猿影闪动。韩图道："小哥是头一次来这白马雪山，定对山上一景一物充满了好奇。我们父子二人常年来此，对山上的一切甚是熟悉。这里丛林分布甚广，环境幽雅，人迹罕至，动物种类也较多，常见的兽类和鸟类各有几十种，这里还有金丝猴、小熊猫、绿尾虹雉等珍稀动物，再往高处还能看到云豹、白马鸡和马麝等。"

　　吕思道："怪不得我听这丛林中甚是热闹呢！"

　　韩图道："等小哥身体康复了，老朽陪公子遍览群山，不过我们还是赶紧采摘小塔黄要紧。"

　　吕思抱拳道："多谢老伯！"

　　此时，悬崖处传来阵阵幽香，且香气愈来愈浓。三人来到悬崖边，韩歌喜道："就是这里了，小塔黄就在下面。"

　　吕思俯身向下看去，见十余米处有一棵千年老松，形如盘龙，根部隆起，深植于岩石之中，只是枝叶已经枯黄，凋零无比。吕思向韩歌问道："我只见到一棵垂死的千年老松，莫非小塔黄在老松下面？"

　　韩图道："小哥有所不知，这千年塔黄与老松相伴而生，相伴而死。小塔黄花开之日便是它们生命终结之时。"向韩歌道："香气如此浓烈，想必小塔黄已经开花结果了。歌儿快系绳索下去，晚了怕来不及了。"

　　韩歌急忙将腰间绳索解下，寻了一块巨石将一端系在石头上，自己抓住绳索向下攀爬，韩图与吕思不时地叮嘱他要小心。

　　林晓与林雪大笑着自丛林中飞纵而出。吕思回首看见她们，惊得不知所措。

　　林晓得意道："小淫贼，你万万没有想到吧，本姑娘料事如神，你岂能瞒过我的眼睛？"

　　吕思沉声道："你想怎样？"

　　林晓咯咯笑道："我当然是要小塔黄了，还得劳烦你们帮我采上来。"

　　吕思脸色陡变，随即叹道："罢了，罢了，一切皆是命！"替韩图父子解脱道："他们本是普通山民，只是收钱办事罢了，小塔黄你们拿走便是，请不要为难他们。"林雪冷笑道："小塔黄本就属于我们，小淫贼有何资格与我们谈条件。至于他们，杀与不杀，全凭本姑娘心情。"

韩歌站在松树上，崖顶的对话他听得清清楚楚。由于担心父亲的安危，他急得大声叫道："只要你们不伤我父亲性命，我就将小塔黄送予你们。"

林晓来到悬崖边上向下看去，叫道："只要你将小塔黄交给我，我保证不伤你们父子性命。你快些将它取上来。"

韩歌心系老父安危哪敢耽搁，抓住小塔黄用力一拧，小塔黄的花朵已被采摘下来。此时，悬崖四周顿时腾起一片云雾，且越来越浓，瞬间便将韩歌的身影淹没。

林晓急忙叫道："你快些上来，否则我杀了他们。"

韩歌惊慌道："女侠手下留情，我这就上去。"说话间已顺着绳索爬上悬崖。韩歌还没有站稳脚跟，林晓已将他的手腕扣住，喝道："小塔黄在哪里，快些给我！"

韩歌呼痛道："哎呀，疼死了，女侠轻一些。"

林晓不再用力，斥道："拿出来！"

韩歌从怀中掏出小塔黄交给林晓。林晓手捧小塔黄仔细瞧去，只见它仅有巴掌般大小，通体呈灰白色，与白马雪山的岩石颜色无异，小塔黄如莲花般盛开，只是中间结满了数十颗绿豆般大小的黄色果实。

林晓仰天大笑道："想不到这千年至宝当真落入我的手中。"

"只怕未必。"话音未落，一个黑色身影如闪电般向林晓扑来。

林晓急展轻功闪避，黑衣人一招扑空，迅即变招再次向林晓手中的小塔黄抓去。林雪抽出兵刃向黑衣人攻去，黑衣人只得暂停抢夺小塔黄，赤手空拳迎战林氏姊妹。林晓以话相激道："欧阳前辈久负盛名，今日与我等后辈相争，你就不怕传出去被江湖朋友耻笑吗？"

黑衣人正是五圣之首日圣欧阳靖西，他一边施展绝学攻向林雪一边冷笑道："今日你们都得死！难道死人也会说话吗？"话音刚落，他已一掌将林雪击飞。林雪惨叫一声躺倒在地，连喷数口鲜血。

林晓大叫道："妹妹，我替你报仇！"说完挺剑向欧阳靖西攻去。

双方缠斗了数十回合，随着一声惨呼，林晓身体重重地跌落在地上。

欧阳靖西嘿嘿冷笑道："你们几个不知死活的东西，非要耽误老夫的时间，现在老夫要让你们生不如死。"说着，他一步一步地向林晓走去。

林雪叫道："欧阳靖西，亏得你是武林前辈，我死也不会放过你！"

欧阳靖西冷笑道："下辈子吧，老夫等你来寻仇。"

吕思突然大声喝道："住手，放了他们！"

欧阳靖西转向吕思，上下打量了一番道："原来你就是玉面毒狼。"

吕思愤然道："身为一代宗师理应成为习武之人的榜样，而你却做出如此卑鄙无耻之事，与小人何异？"

欧阳靖西不怒反笑道："听说你小子在郭家庄独斗云、雷二圣，使得江湖谣传你的武功在五圣之上，今日老夫就好好领教领教你这头毒狼的武功。"

林晓大声叫道："你明知他武功尽失，却要和他比武，当真是不要脸。"

欧阳靖西哈哈大笑道："他是不是武功尽失我只有试过才知道。"说完双手运足十成内力向吕思隔空平推而出。

林晓等人不忍看到吕思被杀的惨状，都将眼睛闭了起来。

只听"轰隆隆"一阵巨响传出，日圣欧阳靖西的掌力被两股力道震得偏离开来，附近的一块巨石被劈得粉碎。

林晓等人睁眼看去，只见眼前多了两个衣袂飘飘的年长女子。年长女子身后一个身着黄色宫装的少女远远叫道："日圣的武功果然名不虚传。"

待少女走到近前，欧阳靖西惊道："夏邑公主，你怎会到此？"

夏邑公主刘彩銮看了看吕思，转向欧阳靖西道："我听师傅她老人家说今日此地有毒蛇要现出原形，因此便带侍从来瞧瞧热闹。日圣前辈你可见到那条毒蛇了吗？"

欧阳靖西听她羞辱自己，恼羞成怒道："你说话如此恶毒，当真以为老夫不敢杀了你这个公主吗？"

刘彩銮故作惊慌之色道："莫非你就是那条变作人形的毒蛇。惜容、惜颜这可如何是好？"

赵惜容冷声道："公主放心，我们姊妹专打毒蛇的七寸。"

欧阳靖西闻言大怒，纵身一跃使出绝学朝霞神功向赵惜容攻去，赵惜容手持长剑施展紫薇剑法迎战。两人缠斗了数十回合，赵惜容渐落下风，赵惜颜急忙抽出长剑跳入战圈与赵惜容合力迎战欧阳靖西。

随着三声大喝，欧阳靖西与赵氏姊妹的身影骤然分开，鲜血自欧阳靖西的右胸处缓缓流出，赵惜容与赵惜颜各自喷出一口鲜血。

欧阳靖西杀机更盛，他暗自凝聚内力准备做奋力一击，赵氏姊妹也连忙调整呼吸，准备迎战。

刘彩銮忽地咯咯笑道："真是闻名不如见面啊，名满江湖的五圣之首居然被我的两名侍女打得鲜血横流！可怜呀，可叹！"她知道大战之际最忌心神不宁，因此故意出言相激。

欧阳靖西不愧是武林枭雄，怒火刚起，很快便调整过来，嘿嘿冷笑道："堂堂公主居然为了一个淫贼千里奔波，才当真成就了武林'佳话'！"

刘彩銮粉腮一红道："日圣虽然武功不行，但是妖言惑众的本领倒是高明得很！"

欧阳靖西闻言顿时失去理智，飞身向刘彩銮扑去。赵氏姊妹分别从左右两侧向欧阳靖西的要害攻去，欧阳靖西只得回身自保。正当他们三人斗得难解难分之际，一个身着白色锦服的中年男子飞身来到林晓的身边。

林晓见此人年纪四十多岁，生得浓眉大眼，颔下留一缕长须，腰间悬着一把长剑，眼睛直盯着自己手中的小塔黄，惊问道："你是何人，所为何来？"

中年男子哈哈笑道："我乃慕容飞鹰，今日自然是为小塔黄而来。"

林晓只觉得眼前一花，手中的小塔黄已被慕容飞鹰夺在手中。慕容飞鹰将小塔黄放在眼前查看，得意地说道："原来你就是小塔黄，都说你非但有断骨再生之妙，而且习武之人吃了还能平添数十年的内力，就让本帮主来验证一下吧。"

"你敢！"

"看剑！"

"大胆！"

几声断喝同时响起，欧阳靖西与赵氏姊妹各自收手，一齐转向慕容飞鹰攻去。这时又有十几名武林人士从山上山下飞奔而来，当先之人乃是云圣左角。他来到近处，扬手向慕容飞鹰打出一记飞镖，飞镖劲力十足，发出嘶嘶破空之声。

慕容飞鹰陡地倾斜蹿出，同时将小塔黄揣入怀中。刚躲过左角的飞镖，赵氏姊妹的长剑已经刺到身前。慕容飞鹰躲避不及只得运力于手掌向长剑拍去，只听得"啪啪"两声脆响，赵氏姊妹的长剑硬是被他的手掌拍得偏离了方向。

慕容飞鹰刚呼了一声"好险！"日圣欧阳靖西的右拳已经打到面前。慕容飞鹰身形急转堪堪避过来拳，赵氏姊妹的长剑又已攻到，他身体后仰用左手拔出长剑向赵氏姊妹反攻回去。

欧阳靖西眼见慕容飞鹰连续躲过数名武功高手的合力夹击，不由得倒吸一口凉气，心中惊叹对方武功高深的同时，杀心更盛，大声喝道："拿命来吧！"使出十成内力挥掌拍出。慕容飞鹰丢掉长剑双掌平推而出相迎。只听"轰"的一声巨响，慕容飞鹰的身体被震得向后翻转而出，他双脚落地后狂喷一口鲜血，接着纵身向山下奔去。欧阳靖西与云圣左角及十余名武林人士紧紧追去。

此时悬崖边上只剩下韩图父子、吕思以及刘彩銮和赵氏姊妹。吕思瞧着刘彩銮道："公主殿下怎会来到此地？"

韩图父子急忙跪下向刘彩銮叩头行礼，刘彩銮道："你们平身吧！"

韩图父子谢恩后起身向吕思道："实在对不住了，没有了小塔黄你今后如何是好？"

吕思悲叹道："你们不必自责，如今我已身败名裂，纵然有了小塔黄又有何用？"向韩图道："这山上俱是虎狼之穴，老伯快些带着大哥离去吧。"

韩图道："小哥为何不与我们一同离去？"

吕思惨然笑道："这山上少说也有千余名武林人士，他们哪一个不以杀我为荣？老伯已经为我冒险一次了，我岂能再次连累你们。再说小塔黄已经不在了，我也无意离去，你们还是快些走吧。"

"可是，小哥⋯⋯"韩图欲再次劝说吕思。

吕思打断他的话道："老伯如若再不离开我就跳下这悬崖。"

刘彩銮惊道："公子不可。"

韩图见吕思心意已决，只得拉着韩歌的手向吕思道别。

第十三章

吕思与刘彩銮相对无言，刘彩銮忍住悲痛轻声道："公子受委屈了。"

吕思的喉咙颤抖着，努力放缓语气道："我没有伤害秋儿。"

刘彩銮流泪道："我知道，我都知道的。秋儿的死与你无关，而且我也帮她报仇雪恨了。"

吕思惊道："公主此话何意？你帮她报了仇，你可知真凶是谁？"

刘彩銮低声道："我自然知道，他曾是我的驸马，此人阴狠狡诈，作恶多端，我已禀明父皇将他处决了。"见吕思满面惊疑之色，轻叹道："你又何必怀疑我，秦定生作恶多端死有余辜，况且我与他虽有夫妻之名却从……"说到此处突地停住，刘彩銮的面庞红若朝霞，心脏"扑通扑通"跳个不停。

吕思没有发现刘彩銮神情的变化，依旧怀疑道："可是，他毕竟是当朝驸马，你父皇怎会为了一个侍女而杀了他？"

刘彩銮道："父皇虽然仁慈，但是对朝廷法令极为重视。当然，他老人家也会顾及皇家颜面，因此以秦定生当街杀人为由将他判处死刑。"

吕思紧皱眉头，闭目沉思，睁开眼睛道："你父皇真如你所言，岂非当世明君？"

刘彩銮知道吕思又想起灭族之仇，环视群山道："这白马雪山绵延千里，每一处冰川崩塌，并非都是山神之意，所以请公子不要将一切怨仇都归结于我父皇。"

吕思道："我原本也没有寻他报仇之心，我只想诛杀漠北四鹰，是他们亲手杀害了我爹娘。"

"漠北四鹰？"刘彩銮问道，"公子可知他们身在何处？"

吕思摇头道："我只知道郭爻老贼一人，其他三贼姓名我还没有查到。只是现在郭爻已死，若要寻出其他三人就更难了。"

"公子不必担心，我们公主自有办法。"赵惜容插话道。

吕思闻言心中一动道："公主当真有办法助我寻出仇家？"

刘彩銮微笑道："公子可知许负，许老国太？"

吕思道："许老国太的盛名，当今天下谁人不知。她老人家感应天地，精于神算，是当朝最了不起的人物。"

刘彩銮道："蒙她老人家不弃将我收为关门弟子，只是我天生愚钝，所学不到她老人家万分之一。"

赵惜颜笑道："公主一向谦虚，这次能找到公子，全凭公主的神算之术。"

吕思向刘彩銮道："不知公主找我何事？"

刘彩銮没有想到吕思会有此一问，一时语塞，但好在她冰雪聪明，瞬间找到托词，道："师傅算定小塔黄即将出世，天意归公子所有，因此命我来助公子一臂之力。"

"如此说来倒是在下让许老国太失望了。"吕思惨然笑道，"许老国太定然知道我与你们刘氏有不共戴天之仇，为何还要你来帮我？"

刘彩銮叹道："我们皇家确实对不住你们吕氏一族，但是，公子应该知道刘氏与吕氏血脉相连，本属一家，只是后来经历了许多事情才有今天之变故。盼公子不念旧恶，从此与我们刘氏化解干戈。"

吕思纵声大笑起来，刘彩銮待他笑声停歇后问道："公子为何大笑？"

吕思瞧向她道："好一个不念旧恶，化解干戈。我原本不想重提往事，更不想与你们刘氏为敌，只是你们刘氏欺人太甚，我岂能任由你们宰割？"

刘彩銮惊道："据我所知，我们皇家并没有得罪于你，何来欺人之说？"

吕思道："刘启处处与我作对，屡次设计谋害我，你居然敢说你们皇家没有欺我?"

刘彩銮惊道:"太子要伤害你,这怎么可能?公子怎会与太子有交集,这其中只怕有些误会。"

"误会?"吕思恨声道,"他派人在青羊山设伏,使我差点儿葬身谷底怎么说?"

刘彩銮沉默片刻问道:"公子觉得张偃如何?"

吕思道:"张侯爷是我世伯,待我吕氏恩重如山。公主问世伯何事?"

刘彩銮欲言又止,向远处看了看向吕思道:"此地非久留之处,公子先同我们一起下山,报仇之事还需从长计议。"

吕思和刘彩銮等人正要离开,忽然一个声音传了过来。

"吕兄稍等!"随着呼叫声,两个身影自山下一前一后飞纵而来。

"郭角,小青!"吕思认出来人后惊呼道。

郭角与小青二人来到吕思等人身前,小青拉着郭角的衣袖向刘彩銮跪拜道:"奴婢小青偕同夫君郭角拜见公主殿下。"

小青曾是馆陶公主的婢女,刘彩銮与她相识,因此问道:"原来是青儿,快快平身,好久没见,你一向可好?"

小青道:"谢公主殿下关心,奴婢一切都好。公主可曾见过奴婢的主人?"

刘彩銮微笑道:"她呀,现在好得很,每日娇儿环绕,幸福着呢。"

小青双掌合十道:"谢天谢地,愿上苍保佑我家公主永远吉祥安康!"

刘彩銮问道:"你们夫妇来此做什么,莫非也是为了小塔黄?"

小青道:"自那日在郭家庄误会吕公子后,夫君心里没有片刻安稳,只盼有朝一日能够向公子赎罪。上个月听武林中人传言小塔黄能医好公子,因此他便带我一起来寻小塔黄,只盼得手后献于公子,以弥补曾犯下的滔天之罪。"说完将郭角推到吕思面前道:"还不快些给公子赔罪。"

郭角忽地跪下道:"以前之事都是我的错,都怪我轻信传言,让公子受苦了。"

吕思叹道:"罢了,都是过去的事儿了。"

郭角忽地一跃而起，双手抱住吕思向悬崖处滚去，临坠崖前，他大吼道："爹爹，你可以安枕无忧了。"

吕思和郭角的身影刚坠下十余米，吕思忽感背后一阵刺痛，随即昏死过去。刘彩銮等人俱被眼前的一幕惊呆了，随即惊呼着俯在悬崖边向下看去，只见白雾翻腾，哪里还有吕思二人的身影。

刘彩銮心中痛急，悲声呼唤着吕思的名字。小青面色惨白，一语不发。赵惜容向小青怒道："大胆贱婢，你们夫妇为何要伤害公子？"

小青面无表情，双眼呆滞道："原来如此……"向刘彩銮道："公主不要埋怨我夫君，他是一个至孝之人，要怨就怨我那个蛇蝎心肠的公爹吧！"

刘彩銮疑惑道："你这是何意？"

小青不答，忽地跪下向刘彩銮连叩了三个响头，而后站起身来，惨声大笑道："郭哥，等我！"说完纵身一跃，坠向悬崖外的茫茫白雾之中。

刘彩銮主仆三人在悬崖边呆坐了良久，天上乌云越积越多，雷声也不断响起。赵惜容姊妹扶起刘彩銮道："公主，要下雨了，我们去那边的林子中避一避雨吧。"

雷声越来越响，豆粒一般大小的雨滴自天上掉落下来，刘彩銮抬头看了一眼依旧在山上争斗不休的众人，转身离去。

吕思双臂悬挂在巨松上，身体随着风势左右摇摆，冰凉的雨水打在吕思的脸上，他缓缓醒来。吕思抓住树枝欲向上攀爬，怎奈双臂使不出一丝力气，只得放弃长叹道："罢了，长眠此地也好。"突然，巨松猛地向下倾斜倒落，吕思的双脚踏在石壁上，他抬头瞧见一根白色根茎悬垂在自己身旁，长约二十厘米，如同食指一般粗细，末端在巨松的根部。吕思忽地想起韩歌自这悬崖下采摘的小塔黄，他的心脏怦怦直跳，想道："倘若这真是小塔黄的根茎，我岂非因祸得福了！"他学过医术，也懂得草药的原理，许多草药的药性都在其根而非其花、其果，即使其花、其果有些药性也不及其根的十分之一。吕思将根茎整根取下，用雨水洗净后放入口中嚼食起来。片刻后，他忽感丹田之中有真气汇聚，且愈聚愈盛，随即向奇经八脉散去。吕思欲用星月神功将内力重新聚拢在丹田，怎奈真气太过强盛，他控制不住，只得任由它们在体内自行扩散。又过了片刻，吕思感到两侧肩胛骨开始瘙痒起来，豆大的汗珠从他的脑门流出，与水珠融为一体。

奇痒过后，是阵阵钻心般的疼痛，吕思突然大吼一声，随即昏迷过去。

风停了，雨住了，人类的争斗却没有停止。白马雪山上的尸体依然在增加，鲜血染红了雨水也染红了白色的岩石。即便如此，阵阵喊杀声依然不绝于耳。

天色渐渐灰暗起来，刘彩銮带着赵氏姊妹来到吕思坠崖的地方。赵惜容俯卧在悬崖边向下看去，发现崖下十余米的地方，吕思正伏卧在一棵松树之间。她惊喜道："快看，吕公子在下面。公主当真是神机妙算，吕公子果然没有跌入悬崖。"

刘彩銮双手合十道："惜容、惜颜你们快些将公子救上来，免得被他人看到，多生事端。"

赵氏姊妹答应后去林中找来藤条合力将吕思救了上来。

从林深处的山洞之中，赵惜容疑惑道："不知为何，公子的身体一会儿冷如冰霜，一会儿又热如火炭。"

刘彩銮道："我推算出公子有奇遇在身，但是却不知他的身体为何会有如此变化。你们不必担心，冥冥之中自有天定，公子定然无碍。"

赵惜颜见吕思穿的衣裙被树枝划得破烂不堪，向刘彩銮道："公主，现在天色将黑，我去山下给公子寻一身衣服。"待刘彩銮答应后，她便向洞外走去。

赵惜容助吕思盘膝坐好，自己坐在他的身后，用双手抵住吕思的风门穴，催动内力助他疗伤。内力刚运行一个周天，突然自吕思丹田处聚起两股真气，这真气与赵惜容的内力刚一接触立时生出万斤重力向赵惜容体内冲去，赵惜容反应不及，身体被震得凌空飞出，撞到崖壁后重重地跌落在地。刘彩銮急忙跑到她的身边将她扶起，问道："惜容，你怎么样，伤着了吗？"

赵惜容嘴角挂着血丝，强笑道："多谢公主挂怀，我没事。只是公子体内竟有两股真气而且都强大无比，当真怪异得很。"

刘彩銮放心道："你没事就好，公子吉人天相，自会痊愈。我们现在什么都不要做，静观其变好了。"

吕思体内的真气此时已经分作两股，它们运行的方向相反，互不相让，最后全部聚集在任督二脉。随着小塔黄功效的持续发挥，吕思体内的两股真气也愈发强大起来，突然，吕思的身体猛地震颤了一下。原来他体内的两股真气已将任督二脉贯通。霎时，原本还相互冲撞的一冷一热两股真气融为一体，随着吕思的意念在身体内流转，它们忽而聚作一团，忽而分散在四肢百骸。一个时辰过后，吕思体内的寒热真气已经能够按照他的意念运行了。

"我回来了，看，我给公子带来了什么好衣衫。"随着话语声，赵惜颜兴冲冲地跑了进来。赵氏姊妹虽然已近中年，但是由于她们自幼跟在紫薇仙尊身边习练武艺，甚少与外界接触，因此依然保持着少女的心性。

刘彩銮和赵惜容转头看去，只见赵惜颜怀中抱着一件白色锦服。刘彩銮奇道："怎的这山村之中竟也有如此华丽的衣服？"

赵惜颜咯咯笑道："我原本是要去山脚下找一户农家买一件衣服的，刚到山脚，遇见了几个白鹤门的人，我见他们中有一个人的身形与公子差不多，就向他索要衣服，他便把衣服给我了。"

刘彩銮轻笑道："如你所说他们倒是好心，你定是打怕了他们，这人才不得不将衣服脱下来交给你。"

赵惜颜笑道："反正白鹤门中也无好人，我教训他们也是应该的。"

刘彩銮叹道："月圣要与北斗仙尊争夺武林盟主，因此长期闭关修炼，几年下来，她的帮众由于长期疏于管理而日益骄横，胆大妄为，徒众已成为武林公害了！"

吕思忽地睁开眼睛，向刘彩銮道："吕某这次得以生还全靠公主及两位姐姐相助，大恩大德无以为报。"

刘彩銮惊喜道："公子的内伤痊愈了吗？"

赵惜容道："公子的声音浑厚有力，自然是痊愈了。"

洞外，黑夜包裹着丑恶与贪婪；洞内，柴火映照着温情与感动。

赵惜容瞧着更换好衣服的吕思惊叹道："妹妹，你给公子找的衣服真

第十三章

127

是太合身了。"

赵惜颜得意道："对尺寸长短的把握可是我的特长，我虽然自小习武，但是女红可从未落下。"

刘彩銮瞧着吕思道："公子更换衣服如此之快，可见身体已无大碍。"

吕思催动内力游走全身，通体经络畅通，筋骨强健，通体无一丝不适，向刘彩銮道："小塔黄当真是世间至宝，我的肩胛骨愈合了。"

刘彩銮双手合十道："苍天保佑，公子终于痊愈了。只是那小塔黄不是已经被慕容飞鹰抢走了吗？……我知道了，定是这悬崖上生有两朵小塔黄。"

吕思微笑道："这悬崖上确实只有一朵小塔黄，不过我侥幸得到了小塔黄的根茎。"

刘彩銮拍手道："我明白了，这小塔黄的药效全在这根系之中。公子当真是有福之人。"

吕思道："这小塔黄根茎的药效确实最强，但是，它的花朵也未必没有功效，只是强弱不同罢了！"

刘彩銮担忧道："我瞧那慕容飞鹰的武功甚是高强，现在又得到了小塔黄的花朵，他若服下，内力必将大增，武林之中能胜他者更是寥寥无几了！"

吕思问道："慕容飞鹰是何人？公主为何对他如此厌烦？"

刘彩銮道："他是三仙之首北斗仙尊的大弟子。三年前，北斗仙尊闭关修炼，让慕容飞鹰暂摄北斗帮帮主之位。这慕容飞鹰虽然只是代帮主却存有称霸武林之心，他接手帮中事务后大肆招收徒众，且频频制造江湖事端。目前，北斗帮的徒众已经遍及全国，少说也有数万之众。"

吕思疑惑道："他如此扩大帮众规模，朝廷为什么不加拦阻，难道忘记陈胜、吴广事件了吗？"

刘彩銮皱眉道："这也是我没有悟透父皇意图的原因，父皇一向宽仁为本，或许他不想多增杀戮吧！"

赵惜容道："师傅曾经说过，圣上登基以来，做了许多善待百姓之举，因此我认为公主说得很有道理，圣上就是不想多增杀戮。"

赵惜颜点头认同道："我也听师傅说过的！"

吕思的心中也有许多疑问："北斗帮与白鹤门都在广收徒众，各自扩大势力范围，倘若任其发展下去，必会危及朝廷。汉朝也是因为起义才成就的霸业，怎能不加阻止任由这些帮会坐大成势！"吕思心中虽然有不同的认识，但是刘彩銮毕竟是当朝公主，因此他没有将心中的疑惑说出来。

刘彩銮一双妙目瞧向吕思道："公子既然已经痊愈，我们现在就离开这里吧。"

吕思道："如果不是公主相救，我早已不在人世，大恩大德无以为报，他日公主若有吩咐，必将赴汤蹈火，在所不辞。"

刘彩銮闻言，身体微颤，心想："听他之言，是要和我分别了！"面上却毫无一丝波澜，道："我现在正好有一事相求，不知公子是否应允？"

吕思正色道："公主尽管吩咐便是。"

刘彩銮娇笑道："公子不必如此严肃，此事说来不难，你只需陪我去一趟郭家庄便可。"

吕思瞪大了眼睛道："公主即使不说，我也要去寻郭爻。不知公主因何事找他？"

刘彩銮道："我要亲眼瞧一瞧为保性命而让亲生骨肉为他赴死之人生得是何模样。"

赵惜颜插话道："此地不是久留之地，我们还是先离开这里吧。"

刘彩銮向外瞧了一眼道："天色还没有黑透，夜深人静的时候再走不迟。"

赵惜颜想了想道："我明白了，此时山上山下武林人士众多，他们大都对公子怀有怨恨，我们虽然不怕他们，但是也不想多增麻烦。"

刘彩銮道："对于深夜出行，姐姐分析得有些道理，只怕公子另有考虑。"

赵氏姊妹都瞧向吕思，眼中满是疑问。

吕思道："郭爻老贼阴险狡诈，他若得知我的死讯，定不会提前防备，我们找他就容易得多。倘若他得知我非但没有死，反而因祸得福，势必要躲藏起来，到那时再要寻到他就难了。"

赵惜颜道："公子说得极是。既然如此，公子继续男扮女装岂不是更好？"

刘彩銮道："姐姐，此一时彼一时，公子原先改作女装实是因有重伤在身，不得已而为之。现在公子身体已经痊愈，而且武功更胜从前，怎可再作女儿装扮？"

赵惜容道："我们姊妹资质愚钝，哪里会想到这些。我瞧公主与公子的神情，想必早有决断，我姊妹听从吩咐便是。"

第十四章

秋风萧瑟，落花飘零，高悬的明月给郭家庄内的数十盏白色灯笼蒙上了厚厚的白纱。郭府后花园内假山冷峻，鱼池沉寂，更给深秋平添了几分凉意。郭小玉身着一袭白衫，在一名同样身着白衣丫鬟的陪同下缓步来到假山前。假山前有一个供桌，供桌上除了应有的祭祀品外还有一个香炉，香炉上插着三炷香。郭小玉来到供桌前将三炷香点燃，退后几步，将双掌合十，口中默默祷告着，丫鬟早已将供桌下的棉垫子抽出放在郭小玉身前。一阵寒风吹过，郭小玉的秀发随之飘扬起来，衫裙紧裹身体，尽显苗条瘦弱的体质。她双目紧闭，静静地肃立着，过了良久，丫鬟轻声提醒道："小姐，你每日如此，少爷与少夫人泉下有知，定会心疼你的。"

郭小玉身体微颤，一行清泪夺眶而出。她幼年丧母，父亲将她视为掌上明珠，哥哥对她也是呵护有加。现在哥哥与她已经人鬼殊途，怎不令她心生悲痛。

郭小玉跪在垫子上向月亮朝拜着，她叩了几个头后，跪着低声求道："小女子郭小玉恳请月宫仙子好好照顾我的哥哥嫂嫂，小女子定当每日给仙子进贡礼拜。还有……还有思哥，是我害了他，我知道他是被冤枉的。我与思哥在青羊山谷底相守了近三年，他都没有冒犯过我，又怎会犯下欺淫之罪呢？……都说思哥在大雪山中被打下悬崖，但是我相信他并没有死，他还活着，对吗？我与思哥在青羊山坠入深谷时不也是大难未死吗？月宫仙子我知道错了，当日，我为了保全爹爹，设计将思哥诓骗到郭家庄，但是，我只是想让思哥知道我爹爹已经不在人世了，这样思哥就不会再找我爹爹报仇了，怎奈思哥被哥哥……以致被歹人击成重伤。小女子只求仙子保佑他平安无事，如此，如此，我也了无牵挂了。"

丫鬟劝道："小姐，你每日都如此祈祷，月宫仙子定是早已感应到了你的诚意！现在寒露已起，请小姐保重身体，我们还是早些回去吧。"

郭小玉紧闭双目，双手合十，又伏身拜了拜方才起身向丫鬟道："冬儿，我们回去吧。"

冬儿闻言急忙将棉垫子收好，跟在郭小玉身后向花园处走去。

郭小玉回到房间见郭爻正在等候，她还没有来得及行礼，郭爻便起身道："哎呀，好女儿你可回来了，吴国世子求亲的事情你可千万不要再推辞了。"

郭小玉高声道："我已说过了不嫁，爹爹为何还要提起？"

郭爻急道："吴国已传下话来，明日使臣便带着聘礼前来求亲，世子妃的地位无上尊崇，你万万不可推辞。"

郭小玉脸若寒霜道："我只想在爹爹身前侍候，今生绝不外嫁，爹爹倘若不依，我明日便寻一座庙宇去服侍女娲娘娘。"

"你！……"郭爻手指郭小玉，心中恼怒至极。

郭小玉冷眉相对。

郭爻脸上突地堆满了笑，劝道："好女儿，乖女儿，吴世子你是见过的，家世自不必说，论人品是人中翘楚，论文才不输枚乘，论相貌俊秀飘逸，如此优秀的夫婿你怎可错过？"

郭小玉突然眉头紧皱，以手扶额。冬儿急忙将她搀扶着坐下，焦急地向郭爻道："庄主，小姐的头痛病又犯了，您就少说两句吧。"

郭爻怒斥道："大胆！这儿岂有你说话的份儿，仔细你的皮肉。"

"庄主息怒，奴婢再也不敢了。"冬儿吓得跪倒在地连声求饶。

郭小玉忍痛说道："爹爹你这是做什么，我视冬儿如同亲妹妹一般，你若要责罚她就先责罚我好了。"

郭爻闻言，咬了咬牙向冬儿道："跪着干什么，还不快些起身去给小姐熬制汤药。"

冬儿叩头后起身向厨房跑去。

郭爻仰天叹了一口长气道："我知道你的心里还藏着那个小淫贼……"

郭小玉大声叫道："他不是，他不是那样的人，我了解他，他是被人陷害的，而且，我伤害了他。若不是我，他怎会成为残疾？若不是我，他又怎会被人打入深谷？"

郭爻为人狡诈恶毒，为了自保，连亲生儿子都可以舍弃，但是对于郭小玉他却不忍心伤她分毫。郭小玉的自责声令他疼惜万分，待她说完，叹气劝道："玉儿，你怎可如此多想，他的死与你何干？吕思之所以有今天的下场，完全是他咎由自取！那一天的情形你也看到了，群雄可是同仇敌忾啊！如若不是夏邑公主及时赶到，他早已被众人剁成肉泥了。可是，结果呢？他非但不思报恩反倒兽性大发，奸杀了夏侯府的一个婢女。虽说这畜生命大没有死在夏侯府，但好在苍天有眼，终究让他命丧大雪山！"

"够了！"郭小玉尖声叫道，"你若再污蔑思哥，我现在就死给你看！"说完就向墙边奔去，郭爻见状知道她要取下墙上的长剑，惊得他急忙伸手拦阻，但是，郭小玉的轻功高出他甚多。转眼之间，郭小玉已将长剑取下，郭爻惊得连声喝止。郭小玉凄然道："爹爹，哥哥已经不在了，我原本要代他服侍你终老的，你若再苦苦相逼我只有追随哥哥去了。"

郭爻双手连摆道："好女儿，你把剑放下，有话好说，你说什么爹爹都依你。"

郭小玉望着郭爻斑白的鬓角突地心生怜悯，丢掉长剑叫了声"爹爹！"身子向前扑入郭爻怀中。

郭爻轻抚郭小玉的后背道："如今这世上只剩我们父女二人了，你万事都要向好处想，你，你可万万不要丢下爹爹不管呀！"

郭小玉闻言大哭不止。

郭爻待郭小玉哭罢，说道："只怪爹爹一时贪心竟要角儿去寻那该死的小塔黄，以致他夫妻二人双双失足坠入悬崖，爹爹该死呀！"

郭小玉抬袖拭了拭眼泪，安慰道："哥哥已经不在了，过往之事爹爹就不要再提了。今后还有女儿陪在你身边呢！"

郭爻见郭小玉始终不答应吴国提亲之事，心中焦急万分，但是又不敢过于强求，只得作罢，待今夜寻一个好由头再说。思及此，他便说道："玉儿，今日你过于伤心，早些休息吧，有话我们明日再说。"

郭小玉道："女儿不孝，还请爹爹原谅。"

郭爻道："爹爹怎会生你的气呢？女儿不要多想，保重身体要紧，爹爹去了。"说完，抬脚向门外走去。

郭爻回到居室，唤来二庄主郭溪，二人在正堂商谈明日迎接吴王世子刘贤一事。郭溪见郭爻始终眉头紧锁，心中已是猜出几分，说道："我这侄女自小受你娇宠，早已习惯了自己拿定主意，她与那吕思同坠深谷且共同生活了近三年，少女心性加之日久生情也是常理之事，哥哥应当体谅才是，万万不可因此责怪玉儿。"

郭爻叹道："我哪敢责怪她呀！角儿已经不在了，也没有留下一男半女。我身边仅有这一个女儿，她若再有一个三长两短，为兄的也没法活了。"

郭溪劝道："哥哥休要烦恼，吴王世子刘贤英俊潇洒，家世显赫，比那吕思强上百倍。玉儿只是与那吕思早认识了几年，因此被他蒙蔽了双眼。待明日她与世子殿下缔结良缘，定会日久生情，至于吕思，自然会淡出玉儿心中的。"

郭爻心想："玉儿性格刚烈，岂是你我能够左右的？好在她天性至孝，明日我需见机行事，实在不行我只需上演苦肉之计，她定会屈从。"想罢对郭溪说道："劳烦二弟去将这府中上下重新布置一番，为兄累了，想早些休息。"

郭溪起身道："哥哥早些休息吧，我这就命人将府中内外扮成大喜之色。"

郭爻对他挥了挥手，起身向内室走去。

秋风劲吹，枝叶在窗外哗哗作响。郭小玉辗转反侧，着实难以入睡。她披衣起床，来到窗前，轻轻地将窗户打开。冬儿听到动静，急忙起身，点了烛火走了进来，问道："小姐又感心中烦闷了吧，奴婢陪小姐说说话儿。"

郭小玉瞧向冬儿道："今日不用你陪我，去睡吧，我想独自待一会儿。"

冬儿知道郭小玉的脾气，叮嘱道："今日天气有些寒冷，风又大，小姐保重身体要紧。"

郭小玉闻言，喃喃自语道："当初我也如此叮嘱过他。"

冬儿问道："小姐在说什么，奴婢没有听清。"

郭小玉回过神来轻声说道："没什么，你回去睡吧。"

冬儿答应后将烛火放在梳妆台上，又回首瞧了瞧郭小玉后向外室走去。

明月高悬，偶尔会被一片薄云遮掩，就如同郭小玉此刻的心境一般，时而明亮时而暗淡。不知过了多久，一阵狂风突然扫过，将室内的烛火吹灭。郭小玉向月亮问道："月宫仙子，你能告诉我他还活着吗？明日我该如何应对？爹爹年纪已大，哥哥又不在了，你让我如何决定？我真的要弃他老人家于不顾吗？月宫仙子，求求你告诉我，我该怎么办呀？"

"你无须烦恼。"窗外传来一个女子的声音。

"是谁？"郭小玉呵斥道。

"小姐不要高声，我是月宫仙子派来拯救你的。"

"大胆贼人，你敢取笑我。"

"你我非亲非故，非亲非友，我为何要取笑你？"

"你快些出来，让本小姐瞧瞧你是人是鬼。"

"既然小姐想见我，我便让你瞧一瞧，烦请小姐向右侧让一让。"

郭小玉艺高胆大，心中想道："我倒要瞧瞧你是人是鬼。"想念间，身子向右侧走去。她刚走出两步，突地从窗外跃入一个黑衣蒙面之人。郭小玉见此人身材苗条，个头与自己差不多，头上绾了一个发髻，正上下打量着自己。

"小姐，发生了什么事情？"冬儿听到动静点了烛火向室内走来。

"你不要让她出声！"黑衣蒙面之人向郭小玉说道。

冬儿见室内多了一个黑衣蒙面之人吓得差点儿将烛火丢掉。她跑到郭小玉身前颤声问道："你是何人？你再不走，我叫人啦。"

郭小玉道："冬儿不必担心，管她是人是鬼，既然她进来了，是去是留就由不得她了。"

冬儿知道郭小玉武功高强，但还是担心道："小姐，既然你不认识她，我们还是叫些帮手吧。"

黑衣蒙面人向冬儿训斥道："你家小姐都说不需要帮手了，你还在啰唆什么，你想替你家小姐做主吗？"

"你，"冬儿急道，"你胡说，我怎敢替小姐做主？"

"那你就把嘴巴闭上！"黑衣蒙面人轻声喝道。

郭小玉向冬儿道："此人油腔滑调的，你不要理她。"转向黑衣蒙面人道："既然你是月宫仙子派来见我的，就请露出真面目吧。"

黑衣蒙面人咯咯笑道："我自然会让你看的。"说完将面巾揭下。

郭小玉向她仔细瞧去，见她年纪与自己相仿，弯眉大眼、鼻梁挺直，虽然嘴巴略微大了些，但仍然难掩清丽脱俗之貌。

女子见郭小玉瞧着自己发呆，咯咯笑道："你紧盯着我干吗，莫非你已经瞧出我是月宫仙子的使者不成？"

郭小玉见对方是一个美貌少女，绷紧的肌肉立时放松下来，微笑道："原来当真是月宫仙子的使者到了，小女子倒是失敬了。"

冬儿抱住郭小玉的手臂提醒道："小姐，她哪里是什么使者，你没有瞧见她背上的包裹，她分明就是一个盗贼。"

郭小玉轻拍冬儿的手臂道："你不要多言，只需瞧着便是，免得让使者难堪。"

黑衣女子走向案几，将包裹放下，然后大大咧咧地坐在椅子上，将右脚抬起踏住椅面，右肘顶在膝盖处，以手托住下巴道："包裹在此，你们大可来翻。不过咱们丑话说在前头，倘若里面没有你家东西，又该怎么说？"

郭小玉微笑道："你的做派倒是有我从前的影子，只是比我淘气多了。"

黑衣女子咯咯笑道："原来你也曾做过……"突地止住话语道："嗯，既然我们俩都是同道中人，我也不瞒你，我自东郊而来，一时走错了路，误入贵府。又刚好路过你的房前，恰巧又听到了你的叹气声，我这人自小便是热心肠，见不得别人伤心的，因此呢，便与你见面了。"

郭小玉笑道："这可当真巧合得紧呢。只是妹妹我对你包裹里面的东西很是好奇，你说怎么办呢？"

黑衣女子突地变脸猛拍桌子道："都说是自己人了，你还不信我？"突然又笑道："瞧你生得文文弱弱的，怎么说起话来如此伤人？好了，我们俩就不要说笑了，你让她回去继续睡觉，姐姐我特别想听你的故事，而且说不定我还能帮到你呢。"

郭小玉向冬儿道："这儿不需要你来侍候，回去休息吧。"

冬儿瞧了瞧黑衣女子，回首向郭小玉道："小姐，奴婢要守着你。"

"她这么大的人了，要你来守！你可真是烦人，倘若是我，早已不要你了。"黑衣女子向冬儿怒声叫道。

冬儿委屈道："我……"

黑衣女子道："我什么我，你家小姐都吩咐你回去睡觉了，你竟然还敢顶嘴，还不快些出去！"

郭小玉向冬儿道："你不用担心，回去休息吧。"

冬儿答应后无奈离去。

郭小玉向黑衣女子道："你这人当真有趣得紧。"

"我岂止有趣，知道的还多呢！说吧，把你的心里话都告诉我，我来帮你答疑解惑。"黑衣女子将右腿放下，身体靠向椅背道，"你口中的那个他是你的心上人吧？你为什么要为他担心，又为何担心你的爹爹？"

郭小玉冷声道："原来你听到这么多话。"

黑衣女子道："这可怨不得我，我可没让你说，都是你自己说给我听的。只是我听得糊里糊涂的，因此特别想知道事情的原委，否则我早走了。我见过的世面可比你多了去了，你把烦恼说与我听，我会帮你的。"

郭小玉微笑道："你有如此能耐，我当真没有看出来。"

黑衣女子得意道："说出来吓你一跳，本女侠五岁开始跟随母亲行走江湖，十二岁起开始独自闯荡江湖，知道人家都称呼我为什么吗？"说完，见郭小玉只是瞧着她不说话，于是傲然道："无影双侠，听起来是不是很熟悉？"

郭小玉微笑道："恕小女子孤陋寡闻，你这个绰号我是第一次听说，不过它倒是提醒了我，只是不知另一位侠客此时又在哪里？"

黑衣女子眨动一双大眼睛道："你真的很聪明。"顿了顿起身将包裹背好，道："我就喜欢和聪明人打交道，你这个朋友我交定了，不过我今日还有些事情需要处理，改日我再来找你。"

郭小玉瞟了她一眼道："怎么，这么快就想溜走了吗？你包裹里的东西还没有给我看呢。"

黑衣女子嘿嘿笑道："都是一些常备之物有什么可看的，告辞！"说完，趁郭小玉不注意飞身而起向窗外蹿去。

郭小玉出手迅速，一把抓住黑衣女子的包裹。黑衣女子失去重心，仰面朝天跌倒在地。她愤怒地瞧向郭小玉时，却见包裹已然被她抢在手中。黑衣女子一跃而起道："想不到你还是一个练家子，本女侠倒是小瞧你了。看招！"说话间，使了一招苍鹰扑食向郭小玉手中的包裹夺去。郭小玉立在原地不动，左臂迅速向黑衣女子挥去。黑衣女子突感眼前一花，还没有看清对方使的是什么招式，已再次被击倒在地。

黑衣女子暗自后悔，心道："她一个大户人家的小姐，怎会有这么高深的武功。打是打不过了，我还是早些脱身为妙。"想罢，翻身而起道："好了，好了，我不和你开玩笑了，我承认，我是拿了你们家一点儿东西，包裹也被你拿去了，你总不至于报官吧？"

郭小玉道："是否要报官，待我看你偷了什么东西再说。"说罢，将包裹放在案几上。

"算了，本女侠认栽，我怀里还有一件玩物也给你好了。"黑衣女子边说边向怀中摸去。

郭小玉正盯着她看时，突见一团白雾向自己面部扑来，她急忙闭上眼睛喝道："大胆！"

黑衣女子撒出白粉后趁机向窗外跃去，郭小玉紧闭双眼凭借听力，脚踏华星韵步向黑衣女子抓去。黑衣女子被抓住后腰，正着急间，一根绳索突地从窗外飞入，黑衣女子急忙抓住绳索大声叫道："用力！"随着"嘶"的一声响过，黑衣女子已越过窗户向外飞去。郭小玉的手中握着一块外衣布料，她欲要追去，怎奈被白粉迷住双眼。她急得大叫冬儿，让她端一盆清水过来。冬儿闻言急忙打了一盆清水匆匆跑入，让郭小玉将脸上白粉洗去。

郭小玉睁开双眼道："幸好这女贼使的是面粉，否则后果不堪设想。"

冬儿见郭小玉没有受伤，这才放下心来。

郭小玉走到窗前向外看去，只见月色如洗，草木肃立，哪有半点人影。她摇头叹道："这女贼武功不高，反应之机敏却鲜有人敌。听刚才的动静，定是被她的同伙救走了。冬儿，你打开包裹看看她们偷盗了哪些东西。"

冬儿答应后，解开包裹，发现里面尽是珠宝玉器。

郭小玉看了吩咐道："你且收好，明日交与爹爹，你也早些睡吧。"

冬儿答应后将包裹系好，施礼后向外室走去。

郭小玉欲要关窗户时突然发现地上有一件长形物品，她俯身捡起，却是一个宫绦。这宫绦编织甚是精美，两端系的美玉，分别雕刻着桃花与牡丹，玉质乃是绝佳上品，雕工更是出自大家手笔。郭小玉轻笑道："这宫绦必是自那女贼身上掉下的，也不知她是从哪个王宫之中偷盗出来的，今日她偷盗不成反而遗失了如此贵重之物，当真是报应呀！"她将宫绦放在床头，困意陡升，宽衣解带上床入睡。

第二日上午，郭爻闻听郭小玉不愿意换下素服，便亲自前来劝说。无论郭爻如何劝说，郭小玉只是不理。父女二人正僵持时，一个家丁前来禀报说吴王世子已经距离郭家庄不远了，二庄主吩咐他前来请郭爻亲自到庄头迎接。郭爻无奈，向郭小玉道："女儿呀，爹爹从来没有强求过你，今日依然不会强求。只是吴王世子你还是要见的，待会儿在吴王世子面前你给爹爹留点儿脸面，行吗？"

郭小玉委屈道："我知道爹爹自小疼我爱我，只是这刘贤并非女儿要嫁之人，爹爹就不能体谅女儿吗？"

郭爻长叹了一口气道："父母之命，媒妁之言，你全然忘记了不成？又有哪家女儿敢如你一般在婚姻上与父母顶撞的。要怨也只能怨我，都是我把你宠成这样的。只盼你能念在为父这把老骨头的分儿上给我留些颜面。你仔细想想吧，爹爹去了。"说完缓缓转过身子向门外走去，郭爻向前走了两步，并未听到郭小玉的分辩声，脸上笑容一闪而逝。郭爻知道自己女儿的秉性，郭小玉虽然聪慧淘气但是天性至孝，否则她就不会寸步不离地守护自己，更不会设下"诈死"之计，致使吕思武功尽废。想到这些，郭爻的脚步愈发轻快起来。

第十五章

今夕何夕兮，搴舟中流。今日何日兮，得与王子同舟。蒙羞被好兮，不訾诟耻。心几烦而不绝兮，得知王子。山有木兮木有枝，心悦君兮君不知。

彭越客栈名字够大，招牌够硬，规模也是彭城内最大的。客栈共分为四个院落，前三个院落由外而内分别是云雁厅、三层阁、悦上房，另有一个院落位于三个院落的东侧，名曰：陌上居。

云雁厅是单层木质结构，大厅内设有三十余张桌椅，是过往商贾、贩民、游侠、士卒的聚集之所。也因此，这里成了下至草民上至朝堂的各类消息的传播地。

三层阁是客居之所，木质结构，共有三层，七十二个房间。

悦上房也是客居之所，只不过价格是三层阁的六倍，客人非富即贵，木质结构，也是三层，设有客房一十八间。

陌上居是这家客栈栈主的家庭居所，分为内外两个院落，南面是客栈的账房、厨师、跑堂等人的杂居之所，北面是客栈主人的家庭居所。

刘彩銮在悦上房三楼的客房内与赵惜颜、赵惜容两姊妹闲谈，而此时房屋顶端正有一双眼睛透过揭开的瓦片瞧向她们。

赵惜颜说道："当真想不到郭小玉竟然要与吴国世子订婚。"

赵惜容道："当年公主吩咐我们姊妹二人探查郭爻丧礼真伪，我们虽然探出郭爻是诈死，却不知道他的真实用意，我们姊妹当真惭愧呀！"

刘彩銮微笑道："你们只知其一不知其二，使出诈死之计的并非郭爻。"

赵氏姊妹惊异道："不是他还有何人？还请公主赐教！"

刘彩銮向她们俩看去，道："设计诱使公子前去郭家庄之人是郭小玉。"说完，竖指止住赵氏姊妹的问话，缓缓说道："我知道你们心中存有疑问，公子被围攻时，郭小玉曾舍身相救，这正是你们判断失误的关键所在。郭小玉深爱吕公子，但是她更是一个至孝女子。她的本意只是想让公子确信郭爻已死，断了寻仇的目的，谁知她的想法被郭爻父子二人利用了，若不是师傅她老人家算得先机命我前去救援，只怕公子早已当场被害了。"

赵惜颜恨道："这郭氏父子当真恶毒至极！好在郭角已死，只剩郭爻一人。只是吕公子宅心仁厚不愿意当着郭小玉的面杀了郭爻。"

赵惜容道："此事不难解决，我们只需转移郭小玉的视线便可，或者先踩好点晚上再动手。"

刘彩銮起身推开窗户赞叹道："今晚的月儿真亮呀！"回首向地面扫视了一遍继续说道："人都是有欲望的，能够生存之后，又会被名利二字所惑。郭爻乃是当朝风云人物，他岂能甘心就此隐姓埋名，苟且偷生？"说完将身子移开，露出窗户，偷偷地向赵氏姊妹使了一个眼色。

赵惜颜不明就里问道："公主这是？"她的声音还未落下，赵惜容早已飞身而起，用脚尖轻点窗框后，径直向房顶蹿去。

躲在房顶偷窥的正是前日差点儿被郭小玉捉住的黑衣女子，她的身侧蹲着一个黑衣蒙面之人。黑衣女子正听得有趣，她的同伴突地看到赵惜容飞身而来，惊得他急忙拉起黑衣女子道："快走！"黑衣女子正欲发怒，转头看到了赵惜容，惊吓之余急忙和同伴一起顺着屋脊逃跑，刚逃出五六米只觉眼前一花，前路已被赵惜容挡住。黑衣女子和同伴只得转回头准备向反方向逃离，刚一转身又见到赵惜颜挡在他们身前。黑衣女子眨动着乌黑的眼睛咯咯笑了起来，赵惜颜怒道："无耻盗贼，你敢笑我！"黑衣女子强作镇定道："我瞧姐姐生得如同天上仙子一般，怎的脾气如此之大！再说，我岂敢笑话于你？"

赵惜颜听她夸赞自己，口气缓和道："纵是你有一千个理由，也不该在房顶偷窥我们，你们不是盗贼是什么？"

黑衣女子瞧向同伴道："都是你不好，我就说她们不是普通之辈，你偏不听，非要验证一下，这下好了，我们被当成盗贼了。我不管，你来解释吧。"

她的同伴惶急道："婉儿我们不是……"听声音她的同伴是一个青年男子。

"不是什么。"黑衣女子急忙接话道，"我说的话你又不听，现在人家误会我们了，你来解释吧！"

青年男子结巴道："你，我，好吧，是这样的，我们原本是要……"

黑衣女子跺脚道："哎呀，真是笨死啦，我来说吧。"只见她突地指向天空道："咦，月儿呢？"

赵氏姊妹闻言跟着向天空瞧去，黑衣女子趁机拉着青年男子的衣袖道："还不快走。"说话间已与青年男子向楼下跃去。二人刚逃到回廊尽头就被赵氏姊妹追上，黑衣女子和青年男子只得硬着头皮回身向赵氏姊妹攻去。可是他们二人怎是赵氏姊妹的对手，不出两个回合，二人便被赵氏姊妹擒获。黑衣女子道："你们不要报官，我要面见公主殿下。"

赵惜容冷笑道："就数你最是滑头，即便你不说，我们也是要将你交由公主处理的。"说完，押着二人向客房走去。

黑衣女子边走边寻思脱身之法，怎奈赵氏姊妹看管太严，她始终没有机会逃脱。眼看来到客房门前，只得放弃逃脱的念想，开始寻找分辩的理由。

进得房门，赵惜容禀道："禀公主，我们将这两个盗贼擒获了，还请公主吩咐。"

"是，我承认我们原先是要偷盗些东西的。"黑衣女子亢声道。

"大胆！"

"放肆！"

赵氏姊妹齐声喝道。

刘彩銮含笑看着黑衣女子道："你说说看，原先是什么意思？"

黑衣女子忽闪着大眼睛。"我在账房处见这位姐姐背了很多金银。"说着指了指赵惜颜，"我见这些金银足够我和母亲生活一辈子了，因此便起了偷盗之意。刚才我在房顶上听说你们的仇人是郭家父女后，这才知道我们是一家人。"

"谁和你们是一家人，你仔细说话。"赵惜颜向黑衣女子瞪眼斥道。

"郭家父女是你们的仇人，那我的仇家也是他们父女，你说我们算不算同仇敌忾？"黑衣女子辩解道，"既然大家同仇敌忾，说是一家人也不为过是吧？"

刘彩銮面上依然挂着微笑道："姑娘能告诉我，你是如何与郭家父女结怨的吗？"

黑衣女子道："郭小玉仗势欺人，她抢走了我的宫绦。"

刘彩銮微笑道："据我所知，郭家富可敌国，郭小玉怎会看上你的宫绦？依我看，你定是偷鸡不成蚀把米吧。"

黑衣女子被刘彩銮猜透心思，顿时愣了一下，但是她很快便反应过来，笑道："公主当真料事如神，本女侠佩服之至。不管如何，我总是要将宫绦要回来的。做我们这一行的别的本事不好说，单论踩点的功夫却是无人可比。"

"你是想要告诉我，你对郭家庄内的房屋布置很是熟悉是吗？"

"公主当真是聪明绝顶！"

"还没请教姑娘芳名呢。"

"我姓宗名婉儿，他是我的跟班叫东方长年。"

"我想见见二位的尊容可以吗？"

宗婉儿和东方长年将面罩揭下，刘彩銮瞧过宗婉儿后向东方长年看去，东方长年身材魁梧，方脸，大眼，隆鼻，厚唇，皮肤呈古铜色，他此时正偷眼瞧向宗婉儿，眼神里透着怯意。

刘彩銮向东方长年道："宗姑娘与你是什么关系？"

东方长年面色绯红道："我是她的手下。"

刘彩銮想不到如此魁梧之人居然会羞涩至此，心道："宗婉儿机智聪敏，口齿伶俐，所说的话未必可信。这青年男子倒是一个老实之人，待我向他求证一番再作决定。"向东方长年道："郭家庄内高手如云，你难道不知？"

"我和婉儿不是本地人，我们只是路过，所以……"

"你们是哪国人氏？"

"我们家在长安。"

"你们家中还有何人？"

宗婉儿抢着接话道："我们自小父母双亡，没有其他亲人了。"向东方长年道："你与公主对话可要仔细回答，否则当心我的拳头。"说完向东方长年扬了扬拳头。

刘彩銮叹了口气道："宗姑娘的话可是真多呀！"

赵惜容闻言立刻明白刘彩銮的心思，上前封住了宗婉儿的哑穴。

刘彩銮向东方长年微笑道："请公子不要见怪，你这主子的话语太多，等我们说完话自然会将她的穴道解开的。"

东方长年尴尬道："是，婉儿的话语是多了些，不过她绝无恶意。她，她善良得很。"

"你们是什么时候认识的？"

"在我七八岁时婉儿就搬到我们家附近了。"

"她从什么地方搬来的？"

"听伯母说她们家本在梁国，具体地点她没有告诉我。"

"婉儿的母亲姓甚名谁？"

东方长年不由得向宗婉儿瞧去，却见她正恼怒地瞪着自己，吓得他顿时将话语咽了回去道："这个，这个，我不知道。"

刘彩銮笑道："你怎的如此怕她！既然你不敢说，我也没有兴趣听，你只需告诉我，你们对郭家庄内的建筑是否熟悉？"说完，一双美目紧盯着东方长年。

东方长年垂下眼帘道："这个，我与婉儿只是今晚才去过一次，因此对郭府内的建筑并不熟悉。不过婉儿的记性最好，她定是记得庄中道路。"

"你一口一个婉儿地叫着，这岂是下人对主子的称呼？我知道你是一个诚实之人，倘若我没猜错的话，你与她应该是师兄妹吧？"

"不是的，不是的。"东方长年瞟了宗婉儿一眼道，"我与婉儿自小便生活在一起，她是我的，我的邻居。"

刘彩銮微笑道："你所说的话我相信了，只是要先委屈二位了。"

东方长年惊问道："你想怎样？我任由你们处置，只求你们放过婉儿。"

刘彩銮安慰道："我不会伤害你们的，只是需要二位暂且休息一下。"

东方长年刚松了一口气，突然感到后脑勺一麻，随即昏睡过去。

刘彩銮瞧着昏睡的东方长年和宗婉儿，向赵氏姊妹道："烦请二位姐姐将他们二人看好了，待明日我与公子商议后再作决定。"

赵氏姊妹答应后，将东方长年和宗婉儿抱出内室。

第二日清晨，刘彩銮将昨夜之事说与吕思。吕思听后沉默了一会儿道："我与郭爻之间的仇怨是该有一个了断了。今夜有这两个盗贼相助，倒是可以省去许多麻烦。"

刘彩銮道："公子难道要将两个盗贼都带上吗？公子只需带上宗婉儿便可，东方长年留作人质，免得宗婉儿耍滑。"

吕思同意道："如此甚好，就将东方长年留作人质吧。"

刘彩銮轻声道："公子想过没有，郭小玉已经失去兄嫂了，倘若再失去郭爻，她在这世上可就没有亲人了。"

吕思心中颤抖了一下，这些日子他的心里无时无刻不在想念郭小玉，想到自己即将杀了她的父亲，吕思的心在滴血，他紧紧握住双拳道："郭小玉对我有救命之恩，可是父母大仇怎可不报？再说郭爻老贼恶毒无比，为了自己活命竟然让亲生儿子为他殉难，如此恶毒之人活着对玉儿又有什么好处？"

刘彩銮叹了口气道："公子说得不无道理，只是他们俩毕竟有父女亲情。"

吕思黯然道："我若只顾及他们俩的父女亲情，又如何向我的父母交代？"

刘彩銮笑道："既然公子已经决定了，我们就不要再多想了。我不会武功，没法陪你去报仇，晚上就让惜容、惜颜二位姐姐陪公子一起去吧。"

吕思道："多谢公主美意！这是我的私人恩怨，我不想别人插手，还请公主见谅。"

刘彩銮闻言伤心道："原来在公子的心中我只是一个外人。"

吕思感激道："公主数次搭救于我，我怎会忘记，只是在下恐怕今生都无法报答公主的恩情了。"

刘彩銮强笑道："公子多虑了，从前之事，只是出于道义而为之，只盼公子再也不要提起。凭公子的武功要杀郭爻易如反掌，只是那个女盗贼狡猾无比，公子带她前去恐要分心，你还是将惜容、惜颜二位姐姐带上为好。"

吕思再次辞谢道："多谢公主提醒，我会见机行事的。"

刘彩銮心中有满腹话语要向吕思说，包括张偃的真实面目。但是她毕竟是一个聪慧绝伦之人，她知道有些事情是需要时间和事实验证的，因此她只是深情地凝视着吕思道："既然公子心中已有决断，我也不强人所难了，只盼公子今夜一切顺利！"

深夜，月色如洗，大地明亮如昼。

吕思押着宗婉儿来到郭府高墙前，宗婉儿不知吕思武功如何，因此一路上也未做反抗，现在正好借高墙一试。她指着高墙道："哎呀，糟了，我的飞绳不见了，想必是在躲避你的同伙时弄丢了，这墙如此之高我是上不去的，我们还是先回去找到飞绳再来吧。"

吕思道："得罪了！"

宗婉儿只觉得腰间一紧，身体突地腾空而起，待到落地后，已身在郭府之内。宗婉儿惊得连连咋舌道："厉害，厉害，你是我认识的人中轻功最强的人。"

吕思低声道："现在正是夜深人静的时候，你最好不要说话，免得惊扰到其他人。"

宗婉儿也低声道："你武功如此高强还惧怕什么，我若是你，直接踢开大门闯进去了。"

吕思低声斥责道："你怎的如此多话，前面带路！"

宗婉儿低声道："凶什么凶，我没有给你带路吗？"说完，突地想起郭小玉的叹息，心中暗道："是了，他定是郭家小姐的心上人，如今他要杀了人家的爹爹，只能偷偷摸摸的喽。这小子虽然模样俊美，却是一个负心薄幸之人。"转念又想："他既然与郭家小姐有私情，我正好借此机会将我的宫绦找回来。"

宗婉儿一心要寻回她的宫绦，因此带着吕思向郭小玉的住处走去。

她将吕思带到郭小玉的房前道:"你要找的人就在这里了。"说完指了指窗户道:"我帮你守住窗户。"

吕思走近房门,单手用力一推,房门应声而开,他步入房门道:"郭爻老贼,出来受死吧!"

室内的烛火亮了起来,冬儿惊慌失措地喝问道:"你是谁?你要做什么?"接着大声叫道:"快来人呀!有……"

吕思右手食指内力凝结成束隔空点中冬儿的哑穴,随即低声喝道:"我不想伤你,你只需老实待着便是!"

"好一个心地良善之人,既然来了,何不将郭家满门都灭了?"

"玉儿!"吕思惊得不知所措。

"我知道这一天终究会来的!"郭小玉从帘内缓缓走出。

吕思见郭小玉面容清瘦,眉头紧锁,浑身充斥着说不出的幽怨,他的舌头变得僵硬起来,实在没有想到会在这种情形下与郭小玉相见。

郭小玉瞧向吕思道:"谢天谢地,你的伤终于痊愈了。"随即心中一酸道:"那日你被刺成重伤,我真的后悔死了。我对不住你,我爹爹也对不住你,我没脸求你放过他老人家,今日只求你念在往日的情分上答应我一件事情可以吗?"

吕思颤声道:"你曾救过我的性命,而且……"控制住心神后说道:"我可以原谅过往发生之事,可是父母大仇我不可不报。"

郭小玉的身体摇摇欲坠道:"我知道他老人家做过许多错事,只是作为女儿总不能不顾及他老人家的死活吧。我只求公子一件事情,请公子答应我可以吗?"

吕思听她改称自己为公子,心中更是酸痛道:"你的心思我明白。"

郭小玉道:"你不明白!我只想以命抵命,我若死了,求你放过我爹爹好吗?"

吕思闻言心中一震,道:"你怎会有如此想法?"

"这个想法实在不妙。"一个洪亮的声音在夜空中骤然响起。随着话语声,门外飞落而下十余名男子,声音出自刘贤的卫盾周末之口。

吕思向郭小玉道:"你纵然恨我,也不要做傻事,我先会会他们。"说完向房外走去。

"你就是玉面毒狼，吕思，吕公子？"

"你当真还活着！"

众人瞧见吕思后各自发出惊诧声。

"我们好久不见了，没想到会在这里重逢！"当先一人向吕思抱拳施礼。

吕思认出此人乃是吴国世子刘贤，于是抱拳还礼道："原来是世子殿下，草民有礼了。"

刘贤瞧向屋中问道："郭小姐还好吧？"

"我好得很！实在对不住各位，惊扰到你们了。我还有事情要与吕公子协商，各位请回吧。"郭小玉缓缓走出房间向众人致歉。

"小姐怎可与这淫贼单独相处？"

"是呀！我们大伙儿都来了，小姐不要害怕。"

有两人一唱一和地说道。吕思向这两人瞧去，只见这两人年龄都不大，一个生就一副国字脸，一双眉毛比一般人长了一倍有余。另一人红脸阔鼻，一双眼睛炯炯有神。吕思认出他们乃是刘贤的贴身侍卫赵宇翔和周末。吕思瞧向刘贤，刘贤却将眼睛瞧向别处。

吕思冷声道："我吕思与你们往日无怨近日无仇，你们为何要如此羞辱我？"他向人群中扫视了一眼，发现梅松三侠也在其中，另有几副面孔他不甚熟悉。

周末大声道："我周末平生最恨淫贼，今日我就要替天行道。"说完，手持长剑向吕思刺去。周末和赵宇翔乃是吴国数一数二的高手，他这一剑使足了力气，势要将吕思一剑刺死。

众人只听吕思冷哼道："找死！"随即传来闷哼，周末的身体如同离弦之箭向后飞出摔倒在地。赵宇翔惊惧万分，大声叫道："老周你还好吗？"

周末趴在地上道："真他妈的邪门！我好得很！"说完，突地喷出一口鲜血。

众人向吕思瞧去，只见他双手低垂，面色平静，就像从未与周末动过手一般。

房婷痴痴地瞧着吕思，心中五味杂陈。她没有想到吕思非但还活着，而且武功更比从前胜出数倍。

郭小玉就站在吕思身侧，当吕思出手教训周末时，她只觉眼前一花，周末已被甩了出去，至于吕思是如何出手的她全然没有瞧见。郭小玉的心中既喜又忧，只是痴痴地瞧着吕思。

刘贤的嘴角抽搐了几下，强笑道："吕公子的武功又精进了许多，当真是可喜可贺。"

周末从地上爬了起来，摇摇晃晃地向吕思走去，口中叫道："刚才那一招不算，我们重新打过。"

赵宇翔拦住他道："你就知道犯傻，就是要送死也不急在这一时呀。"

周末怒道："我老周的武功你不清楚吗？刚才我只是大意了。我要和他正式地比试一下。"

刘贤呵斥道："周卫盾还不闭嘴！有梅松三侠在此，怎么轮得到你来说话了？"

盘龙松文章鱼心中骂道："这刘贤真他妈的不是东西，轻轻松松一句话就将我们师兄妹三人推到前面了。"但是当着众人之面又不得不站出来，于是沉声道："我们梅松三侠自然不会坐视不理的。"转向赵宇上和房婷道："我们师兄妹三人会会这个淫贼。"

吕思怒道："我刚才只是对周末略施惩戒，想不到你们非但不知悔过，反而口口声声污蔑于我，是可忍孰不可忍，你们一起上吧。"

文章鱼手持铜铜大声喝道："吕思，你也太过狂傲了，师弟，师妹，我们一起上。"

"慢着！"空中突然传出一个洪亮的声音。众人抬头向来声处瞧去，只见一个老者正自房顶飘然而下。

第十六章

"师傅！"

"爷爷！"

房婷三人惊喜地叫道。

吕思向老者瞧去，只见他满头银发，面色红润，长身玉立，飘飘欲仙。刘贤上前施礼道："在下吴国刘贤拜见启明仙尊。"

启明仙尊向他微笑道："世子殿下免礼。"转向吕思道："你就是近年来轰动武林的玉郎君吕思？"

吕思见启明仙尊面容和善，话语温和，心中顿时多了几分好感回答道："在下甚少在江湖走动，也不知为何会被他人议论，让前辈见笑了。"

启明仙尊瞧着吕思道："少侠何必过谦呢，你连败云、雷二圣，在江湖之中不想成名都难。"

吕思淡然道："侥幸而已！前辈在这个时候到来必有教诲，在下愿闻其详。"

"少侠直言快语是个爽快之人，既然如此，老夫也就多言相劝几句了。"

"原来前辈也是郭爻请来的。"

"少侠错了，老夫与郭庄主并不熟悉。"

"既然前辈与郭爻不熟，为何要替他说话？"

"受人之托，忠人之事。"

"前辈名满天下，居然也甘愿为他人效力！敢问此人是谁？"

"哈哈哈！"启明仙尊大笑道，"老夫也无须瞒你，托付老夫之人乃是相师许负。"

"是她！"吕思道，"我明白了，她为表侄儿出头是再自然不过的事情。"

"不知少侠可否赏老夫一个薄面呢？"

"难道前辈不知我与郭爻之间的仇怨吗？"

"老夫略知一二，只是冤家宜解不宜结，逝者已去，少侠又何必执着于过去呢？"

"前辈怎可说出这般言语？如你所言，世上就不会有杀人偿命之说了。你不必再说了，父母大仇我不可不报。"

启明仙尊捻须微笑道："少侠执意如此，老夫只有强行阻止。"

刘贤的脸上露出阴邪的笑容，郭小玉则扭头瞧向吕思，眼神复杂。此时，从窗户内跃出一人，正是宗婉儿。她见窗外突然多出这么多人，不由得大吃一惊。原来她趁吕思与郭小玉步出房间之际，偷偷从窗户溜了进去，进了房间后她只顾着寻找自己的宫绦，因此对外面的嘈杂声并未关注。宗婉儿下意识地捂住腰间的宫绦，只想着要如何应对众人的询问。可是她很快发现，对于自己的突然出现，他们就像全然没有看见一般。宗婉儿长舒了一口气，心中想道："原来这个姓吕的被仇家包围了，不好，我得赶紧离开，免得被郭府的人误认成姓吕的同伙。"想罢，她从怀中掏出特制的绳索向对面的房顶甩去，随即借助绳索之力飞身跃至房顶。她的心中正自得意，突然发现有两个黑衣人正坐在房屋脊背处盯着她，这一惊非同小可，宗婉儿转身欲逃，突然感觉腰间一麻，身体随即瘫软倒下。其中一人在她耳边轻声道："不许说话，否则我杀了你。"

宗婉儿听声音甚是耳熟，仔细一看道："原来是你们！赵……"话音未落，突地被黑衣人点住哑穴。这两名黑衣人正是刘彩鸾派出来暗中保护吕思的赵氏姊妹。此时，地面上传出吕思冰冷的声音："在下正要领教启明仙尊的武功。"吕思恼他帮助郭爻，因此也不再尊称他为前辈了。

启明仙尊哈哈笑道："好，老夫也想瞧瞧你力压二圣的功夫。"

宗婉儿被点住穴道，身体无法动弹，但是她俯卧的位置正好能看到地面上的众人。"什么，这白胡子老头儿就是传说中的三仙之一！我得瞧仔细些，回去也好向傻东方炫耀一下。"想到此处，她睁大了双眼向启明仙尊瞧去。

赵氏姊妹却焦急万分，她们俩是受刘彩銮的吩咐暗中保护吕思的，可是吕思的对手是与她们师傅齐名的启明仙尊，论武功她们万万不是启明仙尊的敌手，这可如何是好。

赵惜颜瞧向赵惜容道："姐姐，我们要帮助公子吗？"

赵惜容道："我们暂且观察一下，倘若公子出现危险，我们俩立刻出手。"

郭小玉突然开口说道："感谢仙尊出手援助，只是家父对吕公子一家亏欠太多，我想和吕公子自行了断。"转向吕思道："公子可否愿意？"

吕思自然知道她要如何解决，于是说道："我的仇人是郭爻，你代替不了他。"

郭小玉流泪道："我爹爹是伤害了你的父母，可是我的兄嫂也已在大雪山上失足坠崖了，他老人家别无亲人，如今我再离他而去，这世上就只剩他一人了，这样还不够吗？你非要将我们郭家斩尽杀绝才罢休吗？"

吕思听她提起郭角不由得怒火中烧道："郭角死有余辜，要怨就怨他投错了胎，不该生在郭家。"

"你，你当真变得毫无人性。我哥哥当初是冤枉了你，纵然你恨他入骨，如今哥哥已经不在了，你竟然还要如此说他！"郭小玉心都碎了。

吕思见她如此，不由得心中疑惑，问道："他为何坠崖你不知道吗？"

郭小玉道："我岂能不知，爹爹吩咐他去大雪山，要寻找小塔黄为你疗伤，以化解我们两家的仇怨。我兄嫂为了救你而命丧黄泉，你非但不领情反而对他们恶语相向，你，你的心是铁石做的吗？"

郭小玉的话句句泣血，吕思已然明白是怎么回事了，向郭小玉问道："这些事情是郭爻告诉你的吧！"

郭小玉道："自然是他老人家告诉我的，那时原本是我要去的，只恨我疾病缠身，这才换作兄嫂二人代我前去。"

吕思见郭小玉对郭爻深信不疑，知她被郭爻所蒙蔽。俗话说虎毒不食子，可是郭爻偏偏做出了这等畜生都不如的事情，试问天下有谁能够接受自己的生身父亲是这样的人？吕思不想伤害郭小玉，因此也不做解释，向郭小玉道："令兄嫂之事我不想再提，今日由我与启明仙尊做一个赌局，倘若他能胜我，你我两家的仇怨就此一笔勾销，否则，休怪我无情！"

启明仙尊突地哈哈大笑不止，他的声音融入真气，在场之人大多被震得掩耳呼痛不止。启明仙尊笑罢向吕思道："玉郎君果然有几分豪气，你是后辈，老夫且让你三招。"

吕思微笑道："你是前辈，我也正有先让你三招之意。"

"放肆！"

"大胆！"

"当真是狂妄至极！"

梅松三侠见吕思不把启明仙尊放在眼中，不由得愤怒出声。

启明仙尊存心要教训吕思，脸上虽然依旧带着笑容，但右掌已是凝聚了七成功力。他向郭小玉道："贤侄女且先避开。"

郭小玉向启明仙尊道："还请仙尊手下留情。"说完向右侧走去。

启明仙尊道："贤侄女放心，老夫舍不得伤了这百年不遇的练武奇才。"

吕思道："你既然碍于面子不愿先行动手，在下只得先出手了。"说完，脚踏华星韵步使出星月神功向启明仙尊攻去。

启明仙尊只觉眼前一花，已不见了吕思的身影，接着看见漫天掌影向自己周身拍来。他喝道："好掌法！"随即使出绝学朝阳神功护住周身，同时眼神犀利地捕捉吕思身影的每一个变化。

吕思与启明仙尊俱是当世第一等武功高手，他们俩尚能瞧出对方的身形变化，并根据对方的攻击采取相应的拆解招式。围观众人哪里见过如此快速的身形变化，他们眼中瞧见的只是一个忽而椭圆忽而浑圆的一团影子。房婷心中焦急万分，将双手左右交叉合在胸前不停地用力揉搓。其他诸人也都各有想法，脸上神情各异。

吕思突地低喝道："星月同辉！"众人只见当头一圈白色光影将周边

照得亮如白昼，吕思身影自空中俯冲而下，这是星月神功最具威力的一招，自从创出神功吕思此番是第一次施展。随着两声低喝，吕思与启明仙尊的身影骤然分开。众人急忙向二人看去，只见吕思胸口剧烈起伏，喘着粗气，面色冷峻。启明仙尊也是大口地呼吸，身体微微颤抖。众人分不出他们二人谁胜谁负。

房婷跑向启明仙尊，焦急地询问道："爷爷，你没有事儿吧？"

启明仙尊冲她轻轻地摇了摇头。

房婷这才放下心来，突地担心起吕思来，急忙转首向他瞧去。众人都想，瞧这神情定是启明仙尊获胜了。这吕思如此年轻却能与启明仙尊拼个高下，也实属难得。

启明仙尊突然开口道："玉郎君年纪轻轻居然有如此高深莫测的武功，老夫认输。"

吕思抱拳道："请恕在下轻狂，得罪之处还请见谅。"

他们俩的对话无异于平地惊雷，启明仙尊竟然败给了吕思。

房婷急道："爷爷为什么要让着他，你们俩谁都没有受伤，最多算是平手。"

启明仙尊瞧着房婷道："若不是玉郎君手下留情，只怕此刻你爷爷已经仙逝了！"转向吕思道："你年纪轻轻却拥有绝世武功，老夫佩服，但愿你能好自为之！"

吕思答道："前辈承让了，晚辈只是侥幸胜了一招而已。前辈放心，晚辈定当铭记前辈的教诲。"

郭小玉在他们俩对话的时候，默默地走回房间，来到床头从枕下摸出一粒药丸吞入口中，而后又缓缓走出房间，她眉头紧锁，额头满是汗珠。

郭小玉向吕思笑问道："吕公子还记得青羊山吗？"

吕思闻言一颤道："我怎会忘记？"

郭小玉凄然道："近三年光阴加上我这条性命可以换回我爹爹的性命吗？"

吕思不知该如何作答，他恨郭父，但是也不想伤害郭小玉。

郭小玉的嘴角流出一缕鲜血，继续说道："我知道我这条贱命不足以抵偿你父母的性命，但是还有我哥哥和嫂嫂的性命，我求求你放过……"说到此处，她突然剧烈地咳嗽起来。

刘贤突地叫道："血！你的口中怎会流血？"

郭小玉站立不稳，瘫倒在地。吕思急忙上前将她抱在怀中问道："你这是怎么了？"

郭小玉强笑道："我就要离开人世，今后再也见不到你了，请你放过我爹爹好吗？"

吕思流泪道："到现在你还不明白我对你的心吗？你若死了，我还活着做什么！"

郭小玉闻言精神陡然一震，抬起手向吕思的脸上摸去："你知道吗，分开的这些日子我无时无刻不在想你。"

"玉儿，你怎么这么傻呀！"一条人影自角落中飞奔而出，来到郭小玉身前，一把推开吕思，将郭小玉搂在怀中哭道，"纵是死也是爹爹去死，你若不在了，爹爹还活着做什么！"原来此人正是郭爻。

吕思呆呆地瞧着眼前的情景，不敢相信自己的眼睛。这世上又有谁能相信眼前这个痛哭流涕的人是一个曾经为了自己活命而甘愿舍弃亲生儿子之人。

启明仙尊走上前去，蹲下问道："贤侄女是否服下毒药？"

郭爻向启明仙尊求道："请仙尊救救小女，我求你了。"

启明仙尊道："我来试一试。"说完，让郭爻将郭小玉的身体扶正，自己盘膝坐到她的身后，将手掌抵在她的后背处，催动内力为她疗伤。只是无论他如何催动内力，郭小玉体内的真气就是停滞不动。启明仙尊知道这是郭小玉一心求死的表现，开口劝道："贤侄女珍惜性命要紧，快将丹田之气随我的真气流转。"

郭小玉摇头道："仙尊不必费心了，我只求一死。"向吕思道："求你答应我，我死后请你不要再找我爹爹寻仇了好吗？"

郭爻喝道："你不必求他，爹爹此生只疼爱你一人，你若不在了，爹爹岂能偷生？"向启明仙尊道："敢问仙尊小女还有救吗？"

启明仙尊轻轻地摇了摇头道："贤侄女服的是剧毒鹤顶红，这世上只怕无人可解。"

郭爻起身仰天大笑，众人正惊异之间，他突地从腰间拔出一把匕首向自己的心脏刺去。这一下出乎所有人的意料，空气顿时沉寂下来。让众人没有想到的是，当郭爻将匕首向自己心脏刺下的时候吕思突然曲指向匕首弹去，真气击在匕首上，让匕首偏了方向。吕思之所以在郭爻生死攸关的时候出手，就是要分辨出他的自杀行为是真是假。

郭爻浑然不觉，他将匕首自体内拔出，鲜血也随之流出。在郭小玉撕心裂肺的呐喊声中郭爻向吕思惨笑道："当年是我错了，我对不起你的父母，也对不起你，自此我们两不相欠了！哈哈……"随即摔倒在地。郭小玉挣扎着向郭爻爬去，口中悲声唤道："爹爹……"终因剧毒发作加之伤心过度，昏死过去，众人都被眼前这惨状惊呆了。

启明仙尊瞧着吕思道："你如今大仇得报，开心吗？"

房婷抢上前去抱住郭小玉，瞪着吕思道："你就是一只毒狼，我恨你！"

赵惜颜向赵惜容道："姐姐，怎会这样，这郭爻怎会自杀，郭角明明就是他……"

赵惜容道："或许他只是命郭角追杀公子，没想到郭角会有与公子玉石俱焚的想法。"

宗婉儿忽闪着大眼睛想："原来这小子的武功如此厉害！……毒狼！淫贼！"想到他们对吕思的称呼，宗婉儿吓得身体颤抖起来。

吕思道："他们或许有救。"

启明仙尊闻言惊喜道："我怎么忘记少侠乃是当世奇人，少侠既然说他们父女俩有救自然有医治他们父女俩的法子。"

吕思走到郭小玉的身前伸手封住了她身上的几处穴道，向房婷道："你将她抱入房中。"

房婷愤怒地瞪着吕思道："你敢命令我，我偏偏不听。"

吕思没有理她，又走向郭爻，同样封住了他胸前的几处穴道，向启明仙尊道："他的伤情无碍，只需止住血再服用一些草药即可。"

房婷虽然嘴上强硬，但是在吕思转过头后还是将郭小玉抱起向房中走去。

周末叫道："你休要欺瞒我们，我老周自小到大从未听过有人心脏被刺破而能不死的。"

众人都怀着同样的疑惑，纷纷瞧向吕思。吕思淡然说道："他的心脏并未破裂。"

启明仙尊问道："你怎知郭庄主的心脏没有破裂？"

吕思叹了一口气道："因为我用内力将匕首击偏了方向。"

启明仙尊赞道："玉郎君非但武功超凡绝顶而且心胸更是无人可比！"

吕思仰望天空道："仙尊认为我这么做是对的，可是对于我的父母来说，我却是一个不孝之子。"

启明仙尊捻须道："令尊令堂之事我也听说过，恕我直言，你总不能将整个汉朝臣子都视作仇人吧？"

吕思瞧着启明仙尊道："我知道其中是非曲直很多，也不想牵连他人，只想手刃亲手杀害我父母之人，难道这都不行吗？"

启明仙尊一时语塞，吕思道："这些都是我的私人恩怨，请前辈不要介入。"说完大踏步向郭小玉的房间走去。

房婷已经将郭小玉放倒在床上，并解开了冬儿的穴道。

吕思走近床边向房婷道："把你的剑给我。"

房婷闻言惊道："你想做什么？"

吕思瞟了她一眼没有说话，房婷嘟囔道："想必你也不敢伤她。"说完将佩剑抽出交给吕思。吕思接过长剑将自己的食指划破后又将长剑还给了她，随后将食指上的血液尽数滴入郭小玉的口中。房婷跺脚道："呸，恶心死了！"又讥讽道："如果血液能医治鹤顶红的话，人人都可医得，如此鹤顶红也就不会被称为天下剧毒之物了。"

吕思没有理会她的言辞，吩咐冬儿将郭小玉扶正而坐，自己在郭小玉的身后盘膝坐定后单掌抵在郭小玉的后背催动内力为她疗伤。

房婷见吕思不搭理自己顿感受了羞辱，心中甚是恼恨，怒骂道："你很了不起吗？本姑娘最恨你这种人，淫贼！伪君子！"

"住口！"启明仙尊走进房中训斥道。

"爷爷，你怎么向着外人说话，不理你了。"房婷满腹委屈向房外跑去。文章鱼和赵宇上急忙追出。

盏茶时分，郭小玉突地张口连喷数口鲜血，血液呈暗黑色。吕思的头顶渐渐升起一团白雾，白雾逐渐成圆圈盘旋，且逐渐增厚，最终由内而外形成红橙黄绿青蓝紫七色晕光。启明仙尊既惊且佩道："想不到他年纪轻轻居然玄关已通，单论内力世上已无人及得上他。"刘贤瞧着吕思头顶的七色晕光发呆，脸色阴晴不定，心中想道："听启明仙尊之意，这小子的武功已经凌驾于三仙之上，他若要杀太子，太子实难逃脱。那时太子之位必然旁落，天下也将因此大乱。"

又过了盏茶工夫，郭小玉又断续喷出几口鲜血，但是血液颜色逐渐转为鲜红。冬儿向启明仙尊问道："敢问大人，小姐这是？"

启明仙尊动容道："你家小姐体内之毒已解，玉郎君竟然解了鹤顶红之毒，老夫今日算是开了眼界。"

吕思将手掌收回，运气调息，直至头顶的烟雾全部消散。他向冬儿道："你取来纸笔，我开几服药分别给你家小姐，还有，还有郭爻服下。"冬儿连忙答应着向外跑去。

郭家庄二庄主郭溪一直在角落里搓着双手，就像他的双手已经十余年没有清洗过一般。终于，他鼓起勇气走向吕思弯腰施礼道："在下郭溪拜见吕公子。"

吕思瞧了他一眼冷声道："原来是郭二庄主，有何指教？"

郭溪身体微颤结结巴巴地说道："感谢公子对，对家兄和侄女的救命之恩，在下无以为报，在下想……"

吕思声音缓和道："你不必担心，有话尽管说便是。"

郭溪正要开口，冬儿已取来纸笔匆匆跑入房间。她气喘吁吁地叫道："公子，公子，纸和笔墨都在此。"

吕思接过纸笔开始书写药方，郭溪只得将话语咽回。房间内出奇地安静，众人都对吕思的行为感到震惊。很快，吕思开出药方交与冬儿道："你速去抓药，依法煎制。"

"谢谢公子！"冬儿接过药方欢天喜地地跑了出去。

郭溪瞧向启明仙尊，启明仙尊知其心意，朝他点了点头。郭溪再次向吕思弯腰施礼道："公子高义，在下代，代家兄和侄女拜谢！"吕思面色冷峻没有作答。郭溪突地跪下道："家兄对公子的父母犯下了不可饶恕的罪行，郭家，郭家实在对不住公子，万幸公子乃是至情至性之人，非但不念旧恶反且仗义解救家兄和侄女。"他口齿逐渐清晰流畅起来："家兄只有一子一女，现在角儿夫妇已经去了，家兄与侄女今日也等于死了一回，望公子不念旧恶放过家兄吧。"说完连叩了三个响头。

吕思转头瞧向郭小玉，她尚在昏迷之中，面色惨白如纸，她的发髻高盘，多了几分冷峻，更多了几分成熟之气。吕思想到自己初见郭小玉时的情景，疼爱之心顿起，心道："那时的她是多么的天真烂漫啊！对她而言，天是瓦蓝的，父亲是慈祥威严的，哥哥是和蔼可亲的，可是因为自己的出现，她完全变了，变得沉默寡言，变得郁郁寡欢，变得心机深沉，这一切难道不是因为自己吗？是自己让她每日提心吊胆、担惊受怕的，是自己让她在亲情与爱情之间徘徊不定的。"

郭溪见吕思迟迟没有表态，便向启明仙尊瞧去。启明仙尊哈哈笑道："郭二庄主，你糊涂呀，公子早就原谅，不是原谅，是不再追究你兄长的罪过啦，否则他怎会出手相救？"转向吕思道："公子武功盖世，心胸更是无人可及。虽说郭爻曾经犯下大错，但是今天他已是死过一回之人，公子权当已经报了父母大仇，给他一个重新做人的机会吧。"

郭溪再次将头磕向地上道："请公子放过家兄吧。"

吕思叹了一口气道："如若不是我出手相救，郭爻确实已经死了。罢了，我与他之间的恩怨自此两清。你起来吧。"

郭溪惊喜道："多谢公子放过家兄。"说完又磕了一个头才站了起来。

第十七章

　　吕思回到客栈时天色已经微亮，他刚打开房门，刘彩銮突地在身后叫他。吕思回身瞧向刘彩銮道："原来公主早醒了。"刘彩銮微笑道："我哪里是早醒了，我是根本就没有睡。公子进屋说话。"说完回身进屋。吕思将自己的房门锁上，转身向刘彩銮的房间走去。进了房间，刘彩銮与吕思相继坐定。吕思见房间内只有东方长年被五花大绑在椅子上却不见其他人，于是问道："赵氏姊妹还没有把那个丫头押回来吗？"

　　刘彩銮惊讶道："公子见过赵氏姊妹了。"随即庆幸道："我派她们去保护公子果然没有错。"

　　吕思正要说话，赵氏姊妹的脚步声已经在门外响起。赵氏姊妹见房门半掩，知道吕思正在房中与公主叙话，便轻轻地敲了敲房门道："禀公主，我们回来了。"刘彩銮回答道："你们进来吧。"

　　赵氏姊妹将宗婉儿推入房中，宗婉儿瞧见吕思后口中"嗡嗡"地叫着。吕思知道她被封住了哑穴，便向赵惜容道："请姐姐解开她的穴道，我倒要听听她会说些什么。"赵惜容应了一声"诺！"随即点开宗婉儿的穴道。

　　宗婉儿叫道："憋死我了。"又活动了一下筋骨道："你们是要将我弄残废了才开心吗？"

　　赵惜容怒道："你……"

　　宗婉儿道："我怎么得罪你了，你非要点住我的穴道，让人家想要帮助吕公子都无能为力。"

　　赵惜容道："你什么时候要帮助公子了？"

赵惜颜道：“是呀！若不是我们姊妹二人捉住了你，只怕此时你早就逃远了。”

宗婉儿指着东方长年道：“你们有这个傻瓜做人质我又能跑到哪里。”

赵氏姊妹闻言顿时答不出话来。吕思冷笑道：“我让你将我带到郭爻住处，你为何要将我引到郭小玉的卧室？”

宗婉儿叫屈道：“这月黑风高的……”突地想起自己的言语不合适，尴尬地笑了笑道：“我承认昨夜月光朗朗，可是我之前只进过郭府一次，而且还是夜间去的，我哪里记得那么清楚。”

吕思道：“如此说来，倒是我冤枉你了？”

宗婉儿连连点头道：“公子确实冤枉我了，不过我也不想追究。既然是误会，我们都不要再提了。”

吕思盯着宗婉儿上下打量着，宗婉儿被瞧得甚是不舒服，噘嘴道：“公子如此瞧人家就不怕公主生气吗？”

刘彩銮面上一红，斥道：“我为什么要生气，你少在这里挑拨离间。”

吕思向刘彩銮道：“公主不要将她的话放在心上，这丫头刁钻得很。”转向宗婉儿道：“你不是记不得路，你是借我的手去偷你的宫绦，要不要赵氏姊妹将你身上的宫绦搜出来呢？”

宗婉儿狠狠地瞪了吕思一眼突地笑道：“公子说什么偷呀，人家是觉得你武功高强因此才想让你帮人家讨回宫绦，谁知道你竟与仇家之女郭小姐有私情呀！”

吕思忽地起身道：“你再敢胡说八道我立刻废了你的武功！”

宗婉儿闻言吓得咋舌摆手道：“婉儿错了，公子请……请坐。”吕思哼了一声坐了下去。宗婉儿转了转乌黑的眼珠后瞧向刘彩銮笑道：“公主昨夜没有前去当真遗憾。”

刘彩銮微笑道：“你且说来听一听。”

宗婉儿便将昨夜之事绘声绘色地讲了起来，只是隐去了自己偷盗宫绦的情节。说完向刘彩銮道：“我绝对没有说谎，不信你可以问问这两位姐姐。”

刘彩銮向赵氏姊妹瞧去，赵惜颜道："我和姐姐瞧得清清楚楚，启明仙尊的确败在公子手中。"

刘彩銮向吕思道："公子战败启明仙尊之事只怕不需多久即会传遍江湖，公子以后少不得麻烦了。"

吕思道："此话怎讲？"

刘彩銮道："启明仙尊位列三仙之一，你将他打败了，天下武功第一的名头已经指日可待。试想习武之人谁不想争夺天下第一的名头？只怕今后找你比武之人会络绎不绝。"

吕思道："公主分析得甚有道理，我虽无争强好胜之心，但是也挡不住别人争夺之意。"

宗婉儿叫道："傻东方你怎么啦？"

吕思向东方长年瞧去，只见他面色绯红，额头青筋暴起，口中"嗡嗡"地叫着。

吕思屈指向他的哑穴隔空弹去，东方长年的穴道立解。他急忙开口道："多谢公子，还得请公子相助，我的天突穴还被点住了，因此无法动弹。"原来赵氏姊妹担心他穴道自行解开后会伤害公主，因此在封住他哑穴和天突穴后又将他五花大绑在椅子上。吕思听后又屈指解开他的天突穴，道："你穴道被封住太久，肢体已经麻木了，待缓和后再动。"

宗婉儿问道："傻东方你的脸怎么啦？"

东方长年窘迫道："我，我，我要出恭。"

宗婉儿面色一红道："你出个恭竟要弄出如此大的动静，真是没用，傻死算了。"

吕思道："你怎么对你的同伴如此无礼，是人都有三急，你难道不知？"

宗婉儿亢声道："我知道了又能怎样，是我点了他的穴道吗？你居然埋怨我。"

赵惜颜怒道："公主，这丫头刁钻无比，请允许我出手教训她。"

宗婉儿向东方长年身后退去道："好啊，你们就以多欺少好了。"

刘彩銮微笑道："你只需不说话，安静地待着，我们自然不会难为你。"

东方长年起身道："请恕在下失礼了，我要去，要去……"

吕思点头道："你去吧。"

东方长年闻言飞快地向房间外跑去。宗婉儿叹了口气道："当真是个傻子。"说完，坐在东方长年的椅子上。

赵惜容冷笑道："刚才有如此好的时机你为何不就势逃跑。"

宗婉儿起身道："你把本女侠当什么人了，我用得着逃跑吗？即使我要走也是光明正大地离开。"心中想道："你们的武功都胜我十倍，我怎么逃，以为我是傻东方吗？"

赵惜容冷笑道："算你聪明。"

刘彩銮向宗婉儿道："我见你们并非十恶不赦之徒，我且将你们放了，望你们好自为之。"

东方长年惊喜道："在下多谢公主不罚之恩。"

宗婉儿道："倘若公主回长安，我定当尽地主之谊。"

东方长年道："长安是公主的地方，我们哪有机会尽地主之谊？"

宗婉儿突地踹了东方长年一脚嗔道："就你话多。长安是大，朝廷还大呢，这天下哪里不是公主的地盘，我们自有我们的心意。"

刘彩銮噗地笑道："宗姑娘的心意在下心领了，多谢！"

宗婉儿笑道："咱们说定了，就此别过。"说完拉着东方长年向门外跑去，由于用力过猛突地撞在吕思的怀中。吕思退后让开，宗婉儿狡黠地笑道："得罪啦！"转向东方长年嗔道："都是你不好。"

东方长年羞红了脸道："对不起婉儿，我……"话未说完已被宗婉儿拖了出去。

他们俩走后刘彩銮笑道："这两个盗贼当真有趣得紧，只是苦了东方长年。"

吕思和刘彩銮等人正在说话，房门突地被推开，吕思等人转头瞧去，却是宗婉儿与东方长年闯了进来。

赵惜颜怒道："大胆！"

宗婉儿也不看她，向吕思问道："你怎么会有这个玉佩？"说话间从怀中掏出双鱼玉佩。"我娘曾说另一块是在外公手中。"

吕思瞧着玉佩道："你果然是个小贼。"突地想起她离去时撞在自己怀中的情形，怒道："原来你离去时是故意撞我的，目的就是偷盗我身上之物。"

宗婉儿道："是，我承认我是偷了你的东西。但是这不重要，你只需告诉我，其中一块玉佩是从哪儿得到的？"

刘彩銮起身瞧向玉佩惊道："这半块玉佩我曾在秋儿身上见过。"说完转首瞧向吕思。

吕思点头道："没错，这其中一块正是我从秋儿脖子上取下的。"他见刘彩銮眼神发直，便解释道："你知道秋儿是何人吗？"

刘彩銮道："她是我的贴身侍女，公子为何多此一问？"她的脑海中瞬间浮现秋儿被强奸致死的情形，心脏也开始冰凉。

宗婉儿道："秋儿是谁？她在哪里？"

吕思伤心道："她不在了。"

宗婉儿惊道："莫非她死了不成？"

吕思点头道："正是。"

刘彩銮听出一丝名堂，向吕思问道："莫非秋儿的身世与公子有关？"

吕思道："我幼时被宗爷爷所救，后来又被他抚养成人。宗爷爷有一女名叫宗玉梅，因被孙姓纨绔子弟所骗嫁给了他，并育有一女。此女便是秋儿。"

"你胡说。"宗婉儿怒道。

"秋儿乃是夏侯府中一个老仆所生，公子为何要说她是你的恩人之后？"刘彩銮疑惑不解。

吕思道："当年我离开宛东时宗爷爷曾送给我半块玉佩，他说另外半块玉佩在姑姑宗玉梅的身上。秋儿遇害后我在她的脖子上发现了另外半块玉佩，因此我断定秋儿就是宗爷爷的外孙女。"

刘彩銮道："原来如此。你的姑姑宗玉梅现在何处？"

吕思道："我也不知她老人家在哪里，听宗爷爷说她当年所嫁非人，那人每日只知道酗酒赌博，后来将家产连同房屋都赔光了，再后来又将姑姑也赔给他人做妾。姑姑不堪受辱，也自感羞愧不敢回宛东，趁着夜色带着幼女连夜逃离了。"

"世上竟有如此败类！"

"你的姑姑当真可怜！"

"原来秋儿竟有如此可怜的身世！可怜她又……"

刘彩銮与赵氏姊妹纷纷扼腕叹息。

宗婉儿的脸上已满是泪水，她紧紧地咬住嘴唇，直到嘴唇流出了鲜血，她依然没有感到一丝疼痛。

东方长年叹道："秋儿不是宗爷爷的外孙女！"

吕思等人俱向他瞧去，东方长年将眼光盯在了宗婉儿的脸上。

刘彩銮见宗婉儿满脸泪水，惊道："莫非她才是宗爷爷的外孙女？"

吕思也吃惊道："这怎么可能，这半块玉佩分明是戴在秋儿脖子上的。"

宗婉儿满眼泪水地瞧向吕思道："原来外公抚养之人是你。"

吕思惊道："你究竟是谁，莫非姑姑又生了一个女儿？"

宗婉儿摇头道："我娘只有我一个女儿。"

吕思道："那半块玉佩是怎么回事？"

宗婉儿道："当年我娘带着我一路乞讨，后来遇到饥荒之年，无奈之下她便将半块玉佩贱卖给了一个大户人家，至于玉佩为何流入到秋儿的手中我就不得而知了。"

吕思听到此处已是相信了十分，问道："你娘亲呢？姑姑现在何处？她还好吗？"

赵惜颜提醒吕思道："这丫头刁钻古怪，公子不可轻信。"

宗婉儿恶狠狠地瞪着她道："你这么大的人了，为何还如此刁钻刻薄，我如有异心自管拿着玉佩离开，又何必再折返回来。"

吕思训斥道："我不许你如此和赵姐姐说话，长幼有序的规矩你必须遵守。"他的心中已是将宗婉儿当作亲人对待了，因此出言教训于她。

宗婉儿撇嘴道："是她先惹的我，你怎么不说她？"

吕思见她嘴角流血，急忙从怀中掏出一个小瓶道："你的嘴唇出血了，瓶中是我自行配制的止血药粉，你赶紧涂上。"

宗婉儿接过小瓶，拔开瓶塞，倒出一些白色粉末在掌心，将小瓶塞好揣入怀中后腾出手将粉末涂在伤口处。她痛呼道："你会配药吗，这伤口怎会如此疼痛？"

吕思微笑道："既然你怀疑我的医术，那就将小瓶还我便是，再说你的伤口也用不了这许多。"

东方长年替宗婉儿道歉道："请公子不要与她一般见识。"向宗婉儿道："你还是将小瓶还给公子吧。"

宗婉儿瞪东方长年道："反了你了，我外公把他抚养成人容易吗？我要他一小瓶药粉怎么啦？"张开二指比画道："就这么一点儿多吗？"

赵惜颜看不惯她骄横的模样冷哼道："脸皮如此之厚，是不是宗爷爷之后还不一定呢。再说……"

吕思打断她的话向宗婉儿问道："不知姑姑现在何处，我想见一见她。"

宗婉儿怒道："我说什么你们都不相信，我为什么要回答你？"

东方长年抱拳施礼道："在下略知一二，我代她回答吧。十余年前，姑姑带着婉儿来到我们村，正好村中有一间废弃的草房，于是她们便留了下来。三年前，太子刘启强行征占了我们村要给他的一个妾室修建府邸，全村老少俱被迁到长安城东的长坡村。我舅舅家在长坡村，我娘就时常去他家中寻些救济，时间长了，舅母时常与舅舅吵闹，于是我娘就很少去找舅舅了。自那以后，我就和婉儿一起做些偷鸡摸狗的勾当，用以养家糊口。"

吕思心中伤感，强忍悲痛道："真是苦了你们了。我正要去寻刘启报仇，顺便去探望姑姑，不知婉儿可否同意？"

宗婉儿亲眼见识过吕思的武功，哪有不同意的道理，只是心中尚有许多疑问未解。她向吕思问道："我没有听错吧，你要去刺杀当今太子？"

吕思道："正是如此，我与他仇深似海。"

宗婉儿吃惊道："你怎会与当今太子结仇？"

吕思不想让她卷入与太子的纷争之中，说道："这是我与他的私事，你不必知道。"

宗婉儿瞧向刘彩銮道："她不是公主吗？你们又是怎么回事？"向刘彩銮道："他要杀你家哥哥，你没有听到吗？"

刘彩銮微笑道："一字不差，我都记下了。"

宗婉儿奇道："你这位公主当真古怪得紧，你为何总是微笑，这世上就没有让你伤心之事吗？"

赵惜颜道："你知道什么，公主深得许老国太真传，世上之事尽在她的掌握之中，公主怎会烦恼？"

宗婉儿惊道："我听过许老国太的传说，原来公主竟是她的嫡传弟子！"刘彩銮微笑不答。

宗婉儿道："我明白了，你能掐会算，定是算准了公子杀不成你的太子哥哥，因此才会如此淡定。"

吕思道："婉儿你能少问一些吗？"

宗婉儿噘嘴道："这些问题不该问吗？有些事情还是先弄明白了为好。你不问，她不说，大家都装聋作哑闭着眼睛往前走，这可不行。这不是解决问题的办法，有些事是必须解决的，不是你想绕就能绕过去的。比如，我说比如啊，公子在杀太子刘启的时候公主怎么办，会故作不知吗？再比如你将太子刘启杀了，那么你就与公主结下了杀兄之仇，公主应该怎么办？即使她不替兄报仇，总不能再和你做朋友了吧？"她的话一出口，室内顿时陷了沉寂。东方长年轻轻拉了拉宗婉儿的衣袖，宗婉儿叫道："你拉我衣袖干吗，我说错了吗？"东方长年面色绯红，不敢接话。

刘彩銮微笑道："因果自有天定！我与公子绝对不会成为仇家，你不要多虑。"

宗婉儿道："依你所言，公子是杀不成太子刘启了。既然如此，公子放弃好了。"

赵惜颜怒道："你这丫头当真讨厌得很。"

吕思突然道："婉儿所说也不无道理，与其到时难堪，我们还不如早些分手。"

刘彩銮面色惨白强笑道："原来你也有弃我之意。我们相处了这么久你还瞧不出我待你如何吗？公子放心，我不会阻止你做任何事情，非但如此，我还会助公子早日报得大仇。当然，我指的是公子所杀之人是真正的凶手。"

吕思惊道："公主此话何意，难道郭爻所言是假的吗？"

刘彩銮道："我目前没有证据，但是我相信我会找到真相的。"

吕思想起刘彩銮多次救过自己性命，因此相信她不会伤害自己。向刘彩銮道："公主的话我自然是相信的，倘若公主有杀我之心，我早就不在人世了。"向宗婉儿道："你与我们刚刚认识，有些事情不清楚，我只希望你少些疑问。"

宗婉儿不服道："倘若没有疑问岂不成了傻子？"

吕思气道："既然如此，你只需告诉我姑姑住在何处，我自行去寻找，我们就此别过。"

宗婉儿闻言一愣，跺脚道："你很了不起吗？谁稀罕和你同行了！只是你也休想知道我娘亲的住处。"向东方长年喝道："傻瓜，你为什么还不走，没听见人家撵我们走吗？"

东方长年道："婉儿，吕公子不是那个意思，他……"

"你不走，我走！"宗婉儿说完向门外跑去。

东方长年急忙向吕思抱拳道："请公子恕罪。"说完向房间外追去。

刘彩銮向吕思说道："东方长年刚才说他们的村子被太子征来给妾室建府邸了，找到太子妾室的府邸自然就找到长坡村了。"

吕思长叹了一口气，停了片刻道："公主所言甚是，我只是担心婉儿。"

刘彩銮笑道："公子担心她？她生就一颗七窍玲珑心，不伤别人就是万幸了。"

吕思闻言也觉得有理，说道："我想现在就去长安。"

刘彩銮道："我也有此意。"向赵惜颜道："你去安排些饭菜，我们吃了好赶路。"

第十八章

　　吕思和刘彩銮等四人来到云雁厅，赵惜容前往柜台结账。刘彩銮见云雁厅内众客云集甚是热闹，客人中不乏江湖人士，便向吕思说道："这彭城交通便利，水路皆有，彭越客栈建在此处自然不乏客人。"

　　吕思道："这家客栈的栈主当真有眼光得紧，也难怪他家客栈规模如此之大。"

　　吕思和刘彩銮二人说了好大一会儿话，赵惜容才从账台走向他们，脸上满是愤愤之色。

　　刘彩銮问道："姐姐为何事生气？"

　　赵惜容向厅内指去道："就是那两个小贼，把账都记在我们头上了。"

　　刘彩銮三人顺着她手指的方向，见宗婉儿正坐在餐桌前向他们挥着手。刘彩銮向赵惜容微笑道："你去将她的账结了吧。"赵惜容很不情愿地答应后回柜台结账。

　　吕思瞧了一眼宗婉儿道："公主，我们出去吧。"

　　吕思和刘彩銮等三人刚走出彭越客栈，宗婉儿便带着东方长年追了出来。

　　吕思笑道："原来你没有离开啊，我还以为你早就走远了呢。"

　　"我原本是要走的，后来为你着想便在这云雁厅等你们喽。"宗婉儿两只手搅动着头发说道。

　　吕思微笑道："不知婉儿在何处为我着想呢？"

　　宗婉儿道："此地距离长安远着呢，你们对道路又不熟悉，我看在外公的面子上就不与你们生气了，本女侠决定为你们做向导。"

刘彩銮轻笑道："如此当真应该多谢姑娘的美意，只不过我曾多次前往长安，对路途熟悉得很，就不麻烦姑娘了。"

宗婉儿瞧着刘彩銮道："你什么意思，不想带着我和傻东方一起走是吗？"又向吕思道："你也同她一样想的是吗？"

吕思道："我想公主并非要拒绝你同我们一起走，她所说的也绝非虚言。结伴同行可以，向导我们不需要。"

宗婉儿笑道："你只需答应我与你们结伴同行便可，傻东方每日像一个闷葫芦一样，憋死我了。现在有你们陪着我一路同行，自然会热闹许多。"

赵惜容匆匆走了过来，忽地见到宗婉儿正眉开眼笑地与吕思说话，不由得气道："你这人怎的如此无赖，为什么要将账算在我们头上？"

宗婉儿小脸一沉道："你们公主都同意了，你还要啰唆什么，你以为本女侠没钱结账吗，我只是给你们一个机会罢了。"

赵惜容想不到她会如此无赖，怒道："瞧你年纪轻轻的，怎如此胡搅蛮缠？"

刘彩銮知道吕思的心思便喝止道："姐姐不要再说了，我与公子都同意带上他们二人一起去长安。"

赵惜容听了刘彩銮的话后悻悻地答道："诺，奴婢遵命！"

刘彩銮见她依旧生气，便将她带到旁边劝道："姐姐怎的与我生分起来了，宗婉儿做事是有违常规，但是我能瞧出她内心深处还是纯良的。好了，姐姐瞧在我与公子的面子上就不要与她一般见识啦。"

赵惜容闻言急忙施礼道："公主休怪，是我任性了。"

刘彩銮微笑道："你我二人无须多礼，姐姐只需谨记宗婉儿的外公是公子的恩人便可，万万不要让公子为难。"

赵惜容道："我定当谨记公主教诲，不与那宗婉儿一般见识。"

刘彩銮道："如此甚好，我们过去吧。"

刘彩銮与赵惜容二人来到吕思等人身边，吕思与刘彩銮相视一笑。
刘彩銮道："公子我们上路吧。"

"等一下！"宗婉儿叫道，"此地距离长安很远的，我们要一路走回去吗？”

刘彩銮道："依你之见呢？"

宗婉儿道："公主乃尊贵之躯怎可轻易抛头露面，我们还是雇一辆马车为好。"

赵惜容道："旅途如此遥远，谁愿意将马车雇给我们？"

"那就买下好了，反正公主又不缺钱。"

刘彩銮道："婉儿说得也有道理，我不会武功，这长途跋涉的，难免会拖累你们。惜容姐姐你去寻一寻，看这附近有没有卖马车的。"

宗婉儿道："不用四处寻找，这家客栈就有。"她见众人都瞧向自己便大声道："你们不用如此瞧我，我也是无意中发现的，这家客栈有好几辆马车，我费了好大的口舌才说动掌柜的将马车卖给我们的。"

刘彩銮微笑道："辛苦你了，不知这马车需要多少银子？"

宗婉儿伸指道："不多，不到二百金。"

赵惜颜气道："你当我们是傻子吗？即使最好的战马也不过百金，这一匹普通的马儿居然要二百金？"

宗婉儿忽闪着大眼睛道："谁说是二百金了？"

瞧向东方长年道："我说二百金了吗？"

东方长年道："是不足二百金。"

宗婉儿向刘彩銮道："傻东方的话大家都听到了吧，他可不会撒谎，我可是费了好大的工夫才谈下价格的。"

刘彩銮微笑道："你究竟谈的什么价格，说出来我好让惜容姐姐去付钱。"

宗婉儿道："掌柜的可说了，这一桩买卖他只与我交易，总共一百二十金，把钱给我，由我去办吧。"

刘彩銮向赵惜容道："姐姐将钱给她吧。"

赵惜容急道："可是我们并未带多少金银，买了马车可就剩余不多了。"

刘彩銮道："先买了马车再说，姐姐不要多说了。"

赵惜容只好取下一个包裹交给宗婉儿道："给你，金子都在里面了。"

宗婉儿接过包裹埋怨道："买了马车又不是我一个人乘坐，你难道不坐吗？不知道感恩倒罢了，为什么还要如此对我说话？再说，我还免费出一个车夫呢。"说完转身向陌上居走去。

赵惜容向赵惜颜使了一个眼色，赵惜颜会意，向东方长年道："东方公子，我的首饰落在房间里了，你能陪我去找一找吗？"

东方长年道："当然可以了，我们快些去吧，免得被他人捡了去。"赵惜颜与东方长年走后，赵惜容快步向陌上居走去。

片刻工夫，宗婉儿笑嘻嘻地驾着一匹带篷马车驶了过来，向吕思和刘彩銮道："你们瞧这匹马儿如何？且不说别的，单是这不掺一丝杂色的黑色皮毛就非常罕见。"随后惊叫道："傻东方和赵氏姊妹去了哪里？"

刘彩銮微笑道："瞧，他们都在你身后呢。"

宗婉儿跳下马车向后看去，见东方长年正和赵氏姊妹一起从客栈内走了出来。宗婉儿向东方长年喝道："傻东方你干吗去了？"

东方长年道："我，我陪赵家姐姐去寻找她丢失的首饰去了。"

"你们三人都去了？"宗婉儿眼睛在赵氏姊妹身上打转。

"不是，我和颜姐姐去的。"东方长年的面色甚是窘迫。

赵惜容向宗婉儿冷笑道："宗小姐的买卖做得好呀！"

宗婉儿眨了眨眼睛，突地大声笑道："那是自然，你也不看是谁出马！"向刘彩銮道："公主，我可是费尽了口舌才帮你又节省了四十金，余下的金子都在车里呢，你也不必谢我，谁让你我投缘呢。"

赵惜容气道："你……"

"我怎么了，我给公主省钱你还要指责不成？"宗婉儿向东方长年喝道，"愣着做什么，还不过来驾车。"

刘彩銮与吕思俱瞧出名堂来了，她向赵惜容道："你就不要与她斗嘴了，都上车吧。"

东方长年驾车缓行，车内的宗婉儿向吕思笑道："公子可是出了大名了，我在客栈时听到许多人都在议论你呢，只是他们还没有听说你战败启明仙尊之事，否则他们更会将你当作天人。"

吕思道："江湖之中原本如此，谁能免得了是非？"

宗婉儿眨了眨眼睛道："是不是非的我不知道，公子的武功我可是亲眼见到的。这旅途漫长得很，你教我武功如何？"

吕思叹道："宗爷爷待我如同亲生孙子一般，你又何必与我客气？再有，今后你还是叫我哥哥吧。"

宗婉儿心中骂道："小淫贼果然没安好心，幸亏我了解他以前的畜生行为，不然我还真以为他是一个好人呢。外公也不是好人，纵是娘亲有一千个错，也不至于将她往绝路上逼呀。小淫贼居然让我叫他哥哥，定是打了坏主意，我暂且依他。待我回到长安再说，这世上能占我便宜之人还没生出来呢！"

吕思见宗婉儿只是低头不说话，便开口道："你我相识不久，现在就让你认下我这个哥哥确实难为你了。你不必为难，随心吧。"

宗婉儿抬头瞧着吕思笑道："既然我外公都认下你了，我岂有不认的道理？哥哥，以后还请多多关照！"

吕思高兴道："婉妹不必客气，今后但凡用得到哥哥的地方，尽管开口便是。"

东方长年以前从未驾过马车，今日驾着马车缓行了一段时间后，驾驭马车的本领渐渐增强起来，马车行驶的速度也跟着快了起来。

车内宗婉儿正向吕思请教练功的法子，突听马儿发出一声长嘶，车子随即停了下来。帐外传来东方长年的声音："不知诸位有何指教？"

刘彩銮掀开帘布向车外瞧了一眼，随后向赵氏姊妹瞧去，赵氏姊妹会意，双双跃出马车。吕思也掀起帘布向外看去，只见马车对面一字排开了四匹骏马，骏马身后站满了人，由于视线被东方长年挡住，他看不清对方到底有多少人。四匹骏马上分别坐着四个中年汉子，各个生得膀大腰圆，面露凶相。这四人还有一个共同的特征，就是束发的头巾正中各绣了一颗蓝色的星星。宗婉儿问道："你们看到什么啦？"随即起身掀起帘布向外看去，这一瞧不要紧，顿时将她吓出了一身冷汗，她忽地放下帘布向吕思惊呼道："北斗帮，是北斗帮！"

吕思问道："你确定他们是北斗帮的人？"

宗婉儿点头道："北斗帮帮众的头巾上都绣着一个蓝色的星星，我不会认错的。"吕思瞧她面带惊惧之色，安慰道："有我在此，你不必害怕，即使他们不来，我也要去找他们的帮主报仇。"

宗婉儿惊道："什么，你非要与北斗仙尊了结怨仇吗？"

吕思正要回话，车外已传来赵惜容的怒喝声，随即传来刀剑相交的打斗声。吕思掀开布帘向外瞧去，只见赵惜容正与一个骑马的黑脸壮汉缠斗在一起。黑脸壮汉卧蚕眉飞扬，眼睛睁得浑圆，手中的钢叉死死绞住赵惜容的长剑。赵惜容突地大喝道："开！"长剑已脱离钢叉的控制。黑脸壮汉居高临下，口中哇哇叫着举起钢叉向赵惜容的头顶插去，赵惜容闪电般自马腹下穿到另一面挺剑向黑脸壮汉的后背刺去。黑脸壮汉眼前一花已不见赵惜容的身影，情知不妙，本能地纵身跃起，避过赵惜容的长剑。黑脸壮汉力气大且居高临下，占据着很大的优势，但是，赵惜容步伐轻盈，剑式灵动快捷，丝毫不弱于黑脸壮汉。

刘彩銮向吕思问道："外面情形怎样？"

吕思回首微笑道："惜容姐姐剑法精妙，对方不是她的敌手，公主尽可放心。"

此时，对方阵中有人大声叫道："北卫老弟，你的钢叉生锈了吗，怎的连个雌儿都叉不得了？"他的话立时引来一片笑声。使叉壮汉闻言大怒，一边加力向赵惜容进攻，一边骂道："你奶奶的，我的钢叉再是生锈也比你南卫的铁锤好用。"赵惜容闻言更是大怒，突地飞身跃起三米之高，她在空中翻转身体，头部朝下，将长剑挽出数十朵形如紫薇花瓣的剑影。北卫见状惊得魂飞魄散再要躲避已是不及，只得将钢叉在头顶一阵挥舞。只听"啊呀"一声痛呼，赵惜容的长剑已经刺入北卫的头颅。她猛地一个回翻将长剑拔出，身体稳稳地落在地上。北卫头顶顿时喷出丈余高的血柱，身体"扑通"一声跌落马下。这一下出乎北斗帮众人的意料之外，原先开口的南卫惊恐地叫道："紫薇满天！你是紫薇仙尊的弟子？"

赵惜容冷笑道："算你识相。出招吧，让我领教一下你的武功。"

南卫爬满皱纹的脸上裂纹更加深重，他的脸皮抖动了数下向左右说道："东西二卫，这娘儿们是紫薇仙尊的弟子，我们兄弟一起斗她如何？"

赵惜容施展的紫薇漫天招式东西二卫都已瞧在眼中，庆幸现在躺倒在地上的不是自己。他们又瞧向站在旁边观战的赵惜颜，心想："瞧她神色自若，飘然若仙，想必也是紫薇仙尊的弟子，她们俩若是联起手来我们三人哪是敌手！"想到此处，一个洪亮的声音响起道："南卫此言差矣，我们要劫的乃是巨贾贪官，与紫薇仙尊的门下何干？依我之见，是北卫冒失了，他无礼在先，我们岂能步他的后尘？"

南卫闻言先是一愣，随即哈哈笑道："兄弟愚钝了，还是东卫看问题透彻。"向赵惜容抱拳道："在下不知仙姑是紫薇仙尊的弟子，冒犯之处还请见谅。"

赵惜容冷笑道："即使北斗帮的七大长老见了我也要礼让三分，你们算什么东西，也敢阻挡我的车驾，当真是找死！"

南卫颤声道："在下皆是北斗仙尊坐下的四方护卫。我是南卫司当成。"指着左侧鹰鼻壮汉道："他是西卫史燕归。"又指向右侧小眼壮汉道："他是东卫何天然。"瞧向地面道："他是北卫刘肥。"

赵惜容咯咯笑道："当真是闻名不如见面，原来你们就是北斗帮的东西南北四个护卫！今日我算是长了见识了，北斗仙尊的弟子如此不堪一击，想必他的武功也高不到哪里去，他凭什么与我师尊齐名！本姑娘今日不与你们计较，带着你们的属下快些滚吧。"

南卫不敢顶嘴，瞧向东卫何天然，何天然急忙喝令众属下分作两边站立留出中间通道。

宗婉儿咋舌道："原来两位姐姐是紫薇仙尊的弟子，本……我算是开了眼界了。"她本要自称女侠的，但是想到赵氏姊妹的身份自感羞愧，便改了口。赵氏姊妹上车后，东方长年挥动长鞭驱使马儿继续前行。宗婉儿掀开帘布一角偷偷向外瞧去，只见荒郊之中道路两侧足足站了有一百余人。她坐回原位瞧向赵氏姊妹，眼中满是惊羡之色，心中盘算道："启明仙尊与赵氏姊妹的师傅紫薇仙尊齐名，而启明仙尊败在了吕思之手，如此算来这小淫贼的武功至少与紫薇仙尊不相上下。他答应教我武功，我定当抓住机会勤加练习，早晚要在江湖之中闯出名头。"想到日后的风光她的脸上逐渐绽出笑容。

刘彩銮见宗婉儿的脸上突然绽放笑容，问道："不知婉儿因何事开心？"

宗婉儿瞧着她笑道："我是羡慕两位姐姐的武功，若非亲眼所见，谁能相信仅凭惜容姐姐一人之力便将这一百余人降伏了。"

吕思放宽心道："如此看来北斗帮不过是一群乌合之众而已，到时我报起仇来正好少些杀戮。"

宗婉儿道："你可不要忘记答应过我的事情啊！"

吕思道："我记得呢，你和东方长年号称无影双侠，我正有一套轻功可以传授给你。"

宗婉儿不依道："你不会只教我轻功吧？我可不想遇到敌人就只会逃跑。"

宗婉儿的话引得车内传出一阵笑声。东方长年掀起布帘探头问道："诸位因何事发笑？"

宗婉儿娇斥道："与你有什么关系，驾好你的车。"东方长年不敢顶嘴，急忙放下布帘转回身去。

吕思轻笑道："谁说学会轻功只能逃跑了，待寻到休息之地我练给你瞧瞧。"

日头渐渐西沉，马车缓缓停了下来。东方长年掀起布帘道："前方尽是荒野，想必再向前走也无村落客栈，这里有山坡、树林，还有小溪，我们不妨在此过夜，明日再赶路如何？"

宗婉儿一心想要跟着吕思习武，闻言连忙答应道："傻东方说得对，我们就在此处休息吧。"说完也不等刘彩銮等人说话，抢先跳下马车伸展四肢道："还是车子外面舒服，你们快点儿下车吧。"

太阳很快隐没，好在月光明媚，繁星布满苍穹。刘彩銮坐在大树下静静地观看吕思传授宗婉儿华星韵步，赵氏姊妹则与东方长年一起去树林中寻找枯枝用以点火取暖。

吕思再一次漂移至宗婉儿的身后道："这一招左右悬空你记住了吗？"

宗婉儿道："记是记住啦，可是我总是练不成，你看我的衣服都摔破了。"

吕思走到她的身前问道："你把口诀再说一遍。"

宗婉儿回忆道："左脚临空时，右脚向前踢，身体倾斜处，双脚旋转飞，腰软腹挺九十度，真气分流在涌泉。"说完向吕思埋怨道："这一招的心法口诀我早已记下了，只是你这步法有违常规，实在太难了。"

吕思微笑道："你这才练了几个时辰，不要着急，慢慢来。"

宗婉儿沮丧道："你这步法听起来只有九招，可是每一招又有九般变化，加起来共有八十一般变化呢，我要什么时候才能学会呀！"

吕思安慰道："我先把全部心法口诀传授给你，你记下后每日勤加研习，假以时日定会成功的。"

宗婉儿叹道："我学起来尚且如此困难，傻东方就更难了。"

吕思面色凝重道："我并非小气之人，但是这步法倘若传到歹人手里，势必危害江湖。你与东方兄弟青梅竹马，传授于他我不反对，只是希望你不要再传于他人。"

宗婉儿心中暗道："你不就是一个小淫贼吗，果然危害江湖不轻。傻东方虽然相貌稍差了那么一点点，但是人品比你强上万倍。"她心中暗骂吕思，脸上却堆满笑容道："这是自然，倘若人人都学会了，我拿什么称霸武林。吕大哥，你快些将其他心法口诀传给我吧。"

刘彩銮托腮凝望着他们二人，微风将吕思的话语尽数传入她的耳中，吕思传授给宗婉儿的心法口诀她听过一遍就已尽数记下了。突然远处一颗流星引起了她的注意，她急忙闭上双眼，双掌合十，默默地祈祷着。又过了半晌，刘彩銮见宗婉儿依旧在苦苦地背诵心法口诀，便起身向四周查看，溪水潺潺，虫鸣阵阵，一簇萤火虫吸引了她的注意，她高兴地轻呼道："好美呀！"转头向吕思瞧去，突地脸上一红，暗道："我怎会有如此想法？公子怎会陪我一起瞧萤火虫，他的心里只有郭小玉。"她呆呆地瞧着萤火虫，心中杂思万千。

"傻东方，你怎么还不回来，再不回来当心我把你的耳朵撕烂。"宗婉儿向林中大声呼喊。

"来了，来了！"东方长年的声音由远而近，只见他快速穿出丛林，将木柴与猎物扔到地上后跑到宗婉儿身边。宗婉儿上前扭住他的耳朵道："寻个木柴要这么长时间，你定是偷懒了是不是？"

"你说谁偷懒呢？"赵惜颜步出丛林责怪道，"还不是因为你要专心练功，我们才在林中待了这么久，我的身上都被蚊虫咬遍啦！"

宗婉儿不服气道："我练功与你们何干，我要你们躲在林中了吗？"

赵惜颜将怀中木柴扔向地上怒道："当真不知好歹！"

宗婉儿欲要反唇相讥，吕思拦住道："我传你心法口诀，两位姐姐为了避嫌才在林中徘徊，还不快向两位姐姐道歉。"

"我又没让她们俩回避，再说你的心法口诀如此难记，她们俩即使在旁边又能如何？"宗婉儿俏脸微仰道。

吕思教训她道："你对心法口诀的领悟怎可与两位姐姐相提并论？两位姐姐乃是紫薇仙尊的高徒，就我传授你的这点功夫，两位姐姐一点即通。"吕思想到郭小玉，心道："她的顽皮倒是同玉儿有三分相像，只是太过刁蛮任性。"

宗婉儿瞧向东方长年，东方长年向她点了点头。宗婉儿突地笑道："我自然知道两位姐姐悟性极高，小妹是和两位姐姐开玩笑的。人家可不像你总是吼我，是不是呀，两位姐姐大人。"

赵惜容此时也已走出丛林，她将手中猎物扔到地上后走向赵惜颜，轻拉她的衣袖低声道："这人脸皮厚得很，你不要理会她。"

她的声音虽小，但是在此荒郊野外之地在场众人还是都清清楚楚地听进耳中，宗婉儿自然也不例外，她恨得银牙暗咬，心道："等我练成神功瞧我如何教训你们俩。"

刘彩銮走了过来，打破尴尬道："东方公子，麻烦你将这些木柴点燃了吧。"

东方长年满口答应后向宗婉儿道："我们还在林中捉了几只野鸡呢，待会儿我去溪水中拔毛洗净，然后烤给你吃。"

宗婉儿满腹怒气正无处发泄，闻言后向东方长年踢了一脚道："尽与我说这些没用的，还不快去。"

第十九章

几日后，吕思等人来到双龙谷，这双龙谷是由两座形如巨龙的山峰相对形成的。两座山峰高耸入云，山峰交会处仅有宽不足十米的狭长通道，峡谷两侧则是数十米高的悬崖。马车进入峡谷十余米后，刘彩銮吩咐东方长年止住马车，向吕思道："这峡谷如此陡峭，公子与我下车瞧一瞧吧，我心中总有一丝不祥之感。"吕思答应后与她一起走下马车。

宗婉儿伸腰道："我可没有什么不祥之感，不过我倒是想下车活动活动腿脚。"

赵惜颜冷哼道："这世上不自量力的人当真不少，什么人都敢与公主相比。"

宗婉儿弯腰正要跳下马车，闻言扭头怒道："你说谁不自量力？"

赵惜颜冷声道："除了你还有别人吗？"

宗婉儿怒道："这一路上你总是与我作对，我已经忍你很久啦！"

东方长年急忙劝道："惜颜姐姐息怒！"

宗婉儿想要与赵惜颜动手，但是自知不是她的对手，只得将委屈转嫁给东方长年，抬脚踢去道："每次争论你都向着她，以后再也不要跟着我了。"说完狠狠地瞪了一眼赵惜颜后跳下马车。

东方长年窘迫不已，强笑道："她就爱使小性子，其实心地蛮好的。"

赵惜颜瞥了一眼东方长年道："只怕这世上也只有你认为她是好人吧。她好与不好关我们何事？"

赵惜容轻推赵惜颜道："妹妹何必让东方公子难堪，你没瞧见他额头的汗水都冒出来了吗？我们还是快些下车吧。"

赵氏姊妹下了车后正听见刘彩銮说道："北斗帮帮规甚是严厉，虽说惜容姐姐杀了北卫刘肥，但是据我所知北斗帮四个使者之中数北卫武功最低，其他三位使者武功俱在他之上，且他们还带有一百余名帮众，他们岂会如此轻易地放过我们？我一直觉得此事蹊跷，到了此地我才知道他们的用心。"

吕思闻言既惊且佩道："想不到公主身处高堂竟对江湖之事如此熟悉，说起来惭愧，在下虽说闯荡江湖已有时日，但是对江湖人士还知之甚少。"

赵惜颜得意道："公主既是千金之躯又是许老国太的关门弟子。许老国太的相术举世无双，公主天资聪慧有过目不忘的本领，她的相术除了许老国太已无人可及。"

刘彩銮瞟了吕思一眼向赵惜颜娇嗔道："姐姐这么说岂不折煞我了，我若学得师傅三分本领也不至于现在才发觉北斗帮的图谋。"

宗婉儿问道："他们能有什么图谋，我怎么没有看出来。这儿峡谷悠长狭窄，他们纵是有十万帮众也施展不开拳脚。北斗帮的四个使者带着百余人在旷野之中尚且不敢与我们抗衡，何况在此地？"

刘彩銮道："在旷野中他们是能展开拳脚，但是那时他们毕竟只有四个使者带着一百余人，而我们这边却有吕公子与两位姐姐，想必他们知道硬拼终究不是我们的对手。可他们折损一人自不会甘心，因此定派出人马跟踪我们到此，想要凭借这天险之地将我们一举消灭。"

宗婉儿自幼跟随母亲过着贫寒的生活，接触不到上流社会人士。她也只是在房屋被官府强征后为了生计才与东方长年干起了偷盗之事。她虽是绝顶聪明之人只是限于知识的短缺加之江湖经验不足因此说话行事略显莽撞，当她听到刘彩銮说道"天险之地"时不由得向两侧峭壁打量起来。

吕思见峡谷纵深有数百余米，峡谷入口俱是悬崖峭壁，峭壁顶端地势起伏不大，正可设伏，突地想起当年在青羊山深谷遭遇过的地震情形，顿悟道："对呀，倘若他们在峭壁顶端设伏，待我们进入中途，只需将石头砸下，我们纵有通天本领也难逃一死。"

宗婉儿动容道："可是我们与北斗帮并无深仇大恨呀！即便是惜容姐姐杀了北卫刘肥，也是他们招惹在先，他们为什么要如此兴师动众地对付我们，想必是公主多虑了。"随后又瞧向崖壁道："不过这里确实是一个伏击的好地方。"

刘彩銮道："虽然他们以打家劫舍为借口，但是我不这么认为。北斗帮与太子交往甚密，尤其是代掌门弟子慕容飞鹰更是与太子多有交集，他们断然不会靠打劫过日子。即使有此等宵小之徒，帮中四卫也断然不会做出打家劫舍之事。这四卫排名在十二堂主之上，怎会亲自出面打家劫舍？如若我所料不差，北斗帮此次行动所针对之人不应该是公子，只不过我们误打误撞碰到了一起。"

吕思叹道："公主的分析或许是对的，不过我还有另外一个想法。郭溪已经告诉我北斗仙尊是漠北四鹰之一，他定是已经知道我复出的消息，因此才会派出徒众欲将我置于死地。"

宗婉儿偷偷瞪了吕思一眼心道："果然是这个小淫贼惹的祸，当初我就不应该答应带他去见母亲。这下完了，北斗帮定是将我算作小淫贼一伙的了，他们势力遍及天下，我纵是学会了小淫贼的武功也躲不过他们的追杀。这天杀的小淫贼害了外公还不够，现在又来害我！"她越想越气，大声道："你们既然知道他们在此设伏还啰唆什么，傻东方还不掉转马头原路返回。"

东方长年答应后坐上马车，刘彩銮阻拦道："东方公子且慢，我有一计可行。"东方长年止住马儿，众人都向刘彩銮瞧去。刘彩銮低声说道："我们在此停留多时，北斗帮众人定是瞧出我们生疑了，我们先上车再说吧。"吕思等人都依言上车。刘彩銮向东方长年道："请东方公子掉转马头向回行驶。"

宗婉儿满脸嫌弃道："我当你有何奇谋妙计呢，还不是与我想的一样。"东方长年掉转马头向回行驶，行过弯道，刘彩銮叫停马车，让众人下车。

众人下了马车，刘彩銮道："请东方公子再掉转马头向回行驶。记住一定要打马疾行，待行入峡谷三分之一处时再掉转马头返回。如此我们可以顺利通过。"

宗婉儿脸色骤变道："我不同意！为什么要让傻东方冒险，我们中就数他的武功最低。即使要冒险也要选一个武功高强之人。"说完瞧向吕思。

刘彩銮解释道："北斗帮的三位使者都曾见过东方公子驾车，倘若换人容易被识破，如此我的计策就无法实施了。"

东方长年向宗婉儿道："婉儿无须为我担心，我相信公主殿下。"

宗婉儿气道："不许你插嘴！就算他们曾见过傻东方，但是他们现在都在悬崖上边，如此远的距离怎么瞧得清楚，最多让他与小，与吕大哥互换衣服。"她情急之下差点儿将"小淫贼"三字吐出。

吕思道："婉儿说得也有道理。东方兄弟，我们到车内互换衣服吧。"说完跳上马车。

宗婉儿向一脸尴尬的东方长年喝道："还不进去换了衣服。"

东方长年低头钻入车厢内。

赵氏姊妹愤怒地瞪向宗婉儿，眼神中满是鄙夷之色。宗婉儿情知她们恨不得活吞了自己，却故作不知向刘彩銮笑道："吕大哥武功高强定会有惊无险的。"

刘彩銮恼她自私，只作没有听见。宗婉儿讨了个没趣，但是想到东方长年没有了性命之忧，也就不以为意了。

东方长年与吕思换好衣服后垂首走下车来，宗婉儿将他拉到身边道："这衣服虽然略小了些，终究还能说得过去。你我在此静候吕大哥的佳音吧。"

吕思驾驶马车向峡谷冲去，他不断地挥动鞭子，促使马儿疾驶。马儿接近峡谷三分之一时，突听崖壁顶端传来震耳欲聋的呐喊声，吕思急忙勒紧马缰喝令马儿掉转返回，马儿刚转过身子悬崖上的石块便滚滚落下，石块所落之地距离马车仅仅两米之遥。吕思轻拉缰绳放缓马儿的步伐，立在马车上回首望去，只见身后尘土飞扬，无数的石块铺天盖地从崖顶飞坠而下。吕思运足内力哈哈大笑起来，向崖顶叫道："感谢北斗帮诸位兄弟的滚石表演，青山不改，绿水长流，咱们后会有期。"喊完话后凝神向崖顶听去。只听一人埋怨道："我就说再等等，你们非不听。这下好了，白费我们守了许多时日。"一人辩道："你没见马车行驶得有多快吗，倘若再晚一些只怕他早已冲过去了。"又有一人道："我说东北二卫你们俩就不要互相埋怨了，怪只怪那头毒狼太过狡猾。"先前一人烦躁道："说这些还有何用，我们还是赶紧想一想怎么向代帮主交代吧。"

吕思听到这里自言自语道："夏邑公主不愧是许负的关门弟子，所料竟然分毫不差。"

刘彩銮见吕思驾着马车返回，远远问道："公子没事儿吧？"

吕思应道："我没有事儿，一切皆在公主的预料之中。"说话间，马车已经来到他们身边。吕思跳下马车，将所见所闻向刘彩銮说了一遍。

宗婉儿听了吕思的话又见马车上满是灰尘暗自庆幸道："瞧这情形，当真惊险万分，好在我没有让傻东方前去。"

东方长年自觉羞愧，想了想还是硬着头皮走近吕思抱拳道："在下惭愧，有劳吕公子了。"

吕思不想让他难堪，微微笑道："你我不需客气。婉儿说得对，我驭马的功夫好些，否则后果不堪设想。"

宗婉儿向东方长年道："听听吕大哥是怎么说的，凭你的本事定是有去无回。你羞愧什么。"

赵惜颜怒道："你这话是什么意思？如你所言，我家公主原先是要东方公子妄自送命吗？"

宗婉儿知道自己说错了话，急忙赔笑道："我绝对没有那个意思，公主殿下神机妙算，妹妹我实在敬佩万分。"心中却暗自骂道："你比我大了好多，居然还要处处与我作对，当真白活了这许多岁月。"

吕思出面打圆场道："你们都不要说话了，且听公主如何确定我们下一步的计划。"

刘彩銮微笑道："我们暂且在此休息，待盏茶时分后我们出发，到时还要烦劳你们清出一条道路来。"

宗婉儿道："你怎知他们已经离去，倘若他们还守在山上怎么办？"

刘彩銮莞尔一笑道："他们见我们已经识破了他们的计策，定不会想到我们还敢冒险。即使他们猜到了，再要准备这许多石头也不是那么容易做到的。"

吕思等人听后都表示赞同，宗婉儿自然也无话可说。

刘彩銮料定北斗帮众人都已经离去后向东方长年道："还得劳烦东方公子驾车。"

东方长年道："公主万万不要客气，你们都上车吧。"

吕思等人上车后，东方长年驾驶马车向峡谷走去。来到乱石附近，他止住马儿向车厢内叫道："前面就是乱石了，我们一起清出道路吧。"

吕思瞧向宗婉儿道："婉儿你来驾车，我与东方兄弟去清理乱石。"

赵惜容道："我们姊妹与公子一起清理乱石。"

宗婉儿笑道："有劳两位姐姐了。公主乃千金之躯只管在车中坐稳，这驾车的活儿交给我好了。"

赵氏姊妹实在嫌她，都没有接她的话，随同吕思先后跳下马车开始清理乱石。

宗婉儿坐在车辕前笑嘻嘻地瞧着吕思四人搬运石块，并不时地指挥道："这块，这块，对就是它，惜颜姐姐快将它移开。还有那一块儿，惜容姐姐快过去移开！……"

赵惜颜被她连续使唤了几次后吓唬道："你再如此叫喊，当心北斗帮的徒众听见。"

宗婉儿闻言心中陡然一激，举首向上面瞧去，不无担心地问道："公主殿下不是算定他们已经离开了吗？"

刘彩銮吓她道："他们是离开了，不过并未走远。你如此大声叫唤，真有可能将他们召回。"

宗婉儿将信将疑道："他们怎能听得如此之远，公主是在吓唬我的吧？"

刘彩銮淡然道："你倘若不信何必问我，你继续叫喊好了。"

宗婉儿果然不敢再说话了。

马车走走停停，终于走出"乱石阵中"。吕思与赵氏姊妹先后进入车厢，宗婉儿轻轻擦拭着东方长年额头的汗水心疼道："你当真是个傻子，使这么大力气做什么。"

东方长年面色绯红道："累不着我，你把鞭子给我，快些回车厢去吧。"

宗婉儿进入车厢内坐定，向东方长年叫道："我坐好啦，你让马儿再快些。"

天色将晚的时候吕思等人来到一家客栈前，吕思下了马车后见这家客栈坐北朝南，面积不大，只有几间破败的茅草屋，周边有半人高的泥墙作围挡，大门是用木头捆绑而成的栅栏，大门一侧立着一个木杆，上面飘着一个褪了色的旗帜，旗帜低垂，看不到上面的字迹图案。

刘彩銮等人依次下车后，宗婉儿瞧向吕思道："这家客栈我很是熟悉，你瞧什么呢？"

吕思收回眼神道："想必这旗帜上写有这家客栈的名字，你既然与这家客栈熟悉，想必知道它的名字吧？"

婉儿埋怨道："你尽管住店便是，管它叫什么名字呢？"

赵惜颜瞧不惯宗婉儿嚣张跋扈的模样，向吕思道："公子何必问她，我敢断定她同我们一样也是第一次来到此地。"

宗婉儿瞪大了眼睛道："你敢怀疑我说的话？告诉你，这家客栈我即使没有来过十次，八次总是有的。"

赵惜颜冷笑道："敢问小姐这家客栈叫什么名字啊？"

宗婉儿叫道："我，我为什么要告诉你？"

正在这时，客栈内有一名老者走了过来，远远叫道："敢问诸位客官是要住店吗？"

宗婉儿见这老者身高不过三尺，面色黑红，突地想起客栈的名字，得意地转向赵惜颜道："我也不与你一般见识，'八丈客栈'听过吗？就是这里了。"

吕思向矮小老者道："我们正是要在此借宿，请老丈开门。"

矮小老者腿短步小，跑到门前已是气喘吁吁，他一边打开柴门一边满脸堆笑道："诸位客官请进。"

刘彩銮见到老者后突地想起一个人来，她向老者问道："请问老人家你们客栈叫什么名字？"

矮小老者仰头瞧向刘彩銮答道："小的客栈名叫'八丈'。"

宗婉儿跳脚喜道："我就说是'八丈客栈'嘛！"

矮小老者瞧向宗婉儿突地想起道："是了，这位小姐曾在小店住过一……"

"老纪头，你怎么这么多话，赶紧带我们进去，好菜好饭尽管上来。"宗婉儿抢着责怪道。

吕思含笑瞧向宗婉儿，心道："倘若不识，我断不会将她与宗爷爷联想到一块儿。"

东方长年叫道："老人家，你这柴门太小，我的马车进不去呀。"

矮小老者连忙赔笑道："此地近半年以来白天鲜有人路过，夜间就更不会有人来了，客官尽可将马拴在旗杆上，您要是不放心，我取来被褥，您就在车里委屈一晚如何？"

吕思问道："老人家，此地为什么半年来鲜有人经过？"

矮小老者叹了口气道："客官有所不知，此地乃北斗帮二十八个堂会之一奎木狼堂与白鹤门十二个堂会之一鼠堂相交之地，也不知为何半年前两个帮派经常在此争夺地盘，每次争斗都要死伤数十人。这还不算，他们争斗时连过路之人都不放过，因而此地鲜有路人经过。"

吕思怒道："这两个帮会当真可恶至极，他们要争夺地盘为何要殃及路人，怪不得林晓、林雪二人性格如此怪异嚣张。"

刘彩銮向吕思道："我们进屋再说吧。"

矮小老者道："诸位客官想必是饿坏了，里面请，老儿这就吩咐伙房给诸位做饭。"

宗婉儿笑道："记得要将好饭好菜全都上来。"

矮小老者答应道："小姐放心，你们进屋稍坐片刻，我去安排妥当就回。"说完，一溜小跑而去。

宗婉儿向东方长年道："傻东方，你就将马儿拴在旗杆上吧。"

东方长年答应后牵着马儿向旗杆走去，系好马匹后见宗婉儿正立在柴门前等候自己，他心中温暖至极，走向宗婉儿道："你怎么不同他们一起进去？"

宗婉儿侧脸道："怎么，你不高兴我在这里等你吗？"

东方长年连忙解释道："没有，没有。我，我心里欢喜得紧。"

宗婉儿笑道："瞧你那傻样，还不快进去。"

宗婉儿与东方长年进入房间后发现吕思等四人已经围坐在一张桌子旁了，吕思向她招手道："婉儿，长年兄弟，到这儿坐。"

宗婉儿坐下后向四周瞧去，只见房间内除了他们并无其他客人。她大声叫道："纪老儿，你还不过来！"

吕思轻声道："婉儿，不可无理！"

宗婉儿不服道："我怎么就无理了，我偏要如此叫他。"说完，继续大声叫道："纪老儿，纪老儿，快些出来！"

吕思欲要开口阻止，刘彩銮赶紧拉住他的衣袖低声道："你休要管她，我有事情要告诉你。"

吕思问道："公主要说什么？"

刘彩銮刚要开口，忽见宗婉儿正侧耳欲听，便向吕思道："我们借一步说话。"

吕思起身与刘彩銮向房外走去，宗婉儿噘嘴道："我还不愿意听呢。"随即又大声叫道："纪老儿，你快些出来。"

赵惜容皱眉道："他这客栈只有刚才那位栈主和伙夫两人吗？"

"不是的，上次来时他们至少有七八个店小二，难道都被那两个帮派的人杀了？"宗婉儿惊呼道。

"你上一次是什么时候来的？"赵惜容问道。

"大概是三个月前。"宗婉儿转向东方长年道，"是不是呀？"

东方长年道："我们自长安出发后确实到过此地一回，应该是在三个月前。"

宗婉儿早已忘记她曾吹嘘过至少来此七八次之事了，得意地向赵氏姊妹笑道："我的记性不错吧？"

赵惜颜冷笑道："你的记性当真好得很，不知你先前那几次是什么时候来的？"

宗婉儿顿时想起原先的言语，但是再要圆回来已是不可能了。她瞪向东方长年道："我嗓子都叫哑了你听不见吗？你看我干吗，还不快去把纪老儿叫来。"

刘彩銮将吕思带到柴门处，四下打量了一下低声说道："公子，我知道这栈主是何人了。"

吕思奇道："莫非你见过他？"

刘彩銮微笑道："我唯一的长处就是记性好。"转而面色一沉低声道：

"我曾听师傅提起过此人，他的相貌与师傅所说非常相似，而且他也姓纪，另外这家客栈还叫'八丈'！"

吕思自从认识刘彩銮后很少见她如此严肃过，已感到这家客栈非同一般，问道："请公主明示！"

刘彩銮四下看了看低声道："北斗帮中有七大长老，其中有一个叫八丈哥纪威猛的，应该就是此人。"

吕思豁然道："我明白了，这七大长老分别对应北斗七星是吧？"

刘彩銮目含喜色道："公子所料不差，北斗九宸，中天大神，上朝金阙，下覆昆仑。调理纲纪，统制乾坤，大魁贪狼，巨门禄存。文曲廉贞，武曲破军。高上玉皇，紫微帝君。分别对应天枢、天璇、天玑、天权、玉衡、开阳、摇光。

"摇光星虽然排在北斗七星的末尾，但是它象征的意义却是打头阵，所以摇光还有一个霸气的名字叫破军，因为该星精于阵法。

"我们在双龙谷遭遇的伏击应该就是摇光星设计的。摇光星便是此客栈的栈主八丈哥纪威猛。"

吕思愕然道："公主怎会将八丈哥与此人联系在一起，你没见他高不过三尺吗？"

刘彩銮道："北斗帮其他六位长老均以七星之名作为自己的绰号，他们是天枢长老欧阳年、天璇长老欧阳月、天玑长老秦关、天权长老燕南山、玉衡长老宋思尘、开阳长老齐天。唯有此人生性怪癖，常因身高而自卑，因此给自己取了八丈哥这个绰号。"

吕思凝目瞧着刘彩銮赞道："公主对当今武林人士如数家珍，当真令在下佩服之至。听你如此一说，我也认定此人就是八丈哥纪威猛了！不知他有何长处？"

刘彩銮道："此人虽然个子矮小但是天生神力，并且善于用毒，他与梁王的门客妙医毒手唐夫举都师从毒王赖恩在。"

第二十章

吕思与刘彩銮刚进得屋内，东方长年就跟着进来了。宗婉儿向他们三人问道："你们谁见到纪老儿了？"

东方长年道："纪店主正在后厨帮忙做饭呢，他说自从北斗帮与白鹤门争斗以来，他们客栈也深受其害。没有客源他就付不起工钱，因此原先的伙计都走了。"

吕思低声道："等他们上了饭菜后你们先不要吃，我确认安全后你们再吃。"

宗婉儿满脸不屑道："原来你们二人是议论人家去了，你们也太过小心了，就凭他一个三寸丁也能伤得了别人？再说，我和傻东方三个月前就曾在这家客栈中住过，现在还不是好好的。"

吕思想要对她仔细解释，怎奈八丈哥纪威猛已经端着托盘走了进来。他将托盘高高地举过头顶道："诸位客官请用餐。"

宗婉儿起身接过托盘道："纪老儿，你在饭菜中下毒了吧？"

吕思等人闻言莫不震惊，都将目光瞧向宗婉儿，吕思的眼神既愤怒又感无奈。

八丈哥纪威猛仰头瞧着宗婉儿憨厚地咧嘴笑道："小姐当真会开玩笑，你原先不是来过客栈吗？再说，就凭我这身材哪里经受得住小姐一拳？"

宗婉儿一边将托盘中的饭菜摆放在桌面上一边笑道："打你还用一拳？半拳就够了。快些将剩余的饭菜都端上来。"说完将托盘交与八丈哥。

八丈哥接过托盘笑道："小姐万万不可再拿我打趣！"说完，转身一步三寸地向外挪去。

宗婉儿拿起筷子就要夹菜，吕思阻挡道："你怎的如此任性？"

东方长年起身劝道："婉儿，你就听吕大哥的吧，小心些总没有坏处。"

宗婉儿"啪"的一声将筷子拍在桌上道："好，我不吃总行了吧。"

刘彩銮向吕思轻轻地摇了摇头示意他不要受宗婉儿影响。吕思夹起一片茄子在鼻子前闻了闻后将其放在自己的饭碗中，接着又用筷子翻动盘子中的配菜。

宗婉儿怒道："你翻来翻去让人家怎么吃？"

吕思夹起一片半个拇指般大小的叶子向宗婉儿道："知道这是什么吗？"

宗婉儿瞧了一眼道："不就是一道普通的拌菜吗？"

吕思向众人说道："此叶含有剧毒，俗名'见血封喉'。"

赵惜颜向宗婉儿道："你不是说它只是一片普通的叶子吗？吃了它呀。"

"哈哈哈……"门外突然传来一阵狂笑，笑声甚是洪亮。

宗婉儿怒喝道："是谁在外面，给本女侠滚出来！"

"好一个玉面毒狼！久闻你医术了得，想不到你识毒的功夫也不弱呀。不过你既然遇上了本长老就休想活命了。"门外的声音让宗婉儿心惊不已。

"凭你也配与我交手！"吕思说话间纵身向门外跃去。眼见就要跃出门外，房门突地闭上。吕思挥掌向房门打去，只听"嘭"的一声响过，房门安然无恙，吕思却一个踉跄险些倒地。

"我劝你省些力气吧！此门乃是精铜伴陨石所铸，你是打不开的。"门外的声音得意至极。

吕思凝神运气，使出星月神功第一式天降陨石用双掌隔空向墙壁打去，只听"轰"的一声闷响，整座房屋剧烈地摇晃了两下，房屋四周的泥土脱墙而下，露出暗黄色的墙体。

"玉面毒狼的内功果然浑厚无比！只是本长老忘记告诉你了，这四周墙壁包括屋顶也都是精铜伴陨石所铸，你纵是天神下凡也休想逃出这间屋子。"房间外的声音愈发得意。

刘彩銮向屋外咯咯笑道："摇光星果然不同凡响，不愧是阵中先锋，既善于排兵布阵更精通机关设计。"

"你知道我八丈哥纪威猛是摇光星居然还敢在我堂中端坐，当真是自寻死路。"

"什么？你当真是纪老儿？"宗婉儿惊愕至极。

八丈哥纪威猛嘿嘿笑道："你这小丫头当真幼稚得很，居然连我的大旗都不认识。"

宗婉儿啐道："好一个不要脸的三寸丁，居然厚颜无耻地自称八丈哥，你若想身高八丈就重回娘胎修炼去吧！"

"你个臭娘儿们，死丫头……我要活剐了你……来人，准备弓箭，打开房门，我要亲手宰了她。"八丈哥纪威猛最是忌讳别人取笑他的身高，因此暴跳如雷。

"纪长老息怒！这丫头是要故意激怒你，长老千万不要上当。"吕思听出这是北斗帮四卫之首东卫何天然的声音。

宗婉儿惊道："果然是他，纪老儿居然是三寸丁！"

刘彩銮向屋外笑道："三寸丁，你可知我是何人？"

"哇呀呀！"八丈哥纪威猛被她们两个女人左一声三寸丁右一声三寸丁叫得怒火中烧，向刘彩銮怒声骂道："你不就是夏邑公主刘彩銮吗，你夫君新丧不久，你不在家中恪守妇道竟然每日与玉面毒狼吕思厮混，当真不知羞耻。"

刘彩銮尽管知道对方是有意激怒自己，但一股热血还是不受控制地冲上脸颊，红晕瞬间浮了起来。她睄了吕思一眼，稳住心神道："我还有一个身份你可曾知道？"

八丈哥纪威猛喝道："你想拿许负来压我，休想！"

刘彩銮哈哈大笑起来。

八丈哥纪威猛怒道："你为何发笑？"

刘彩銮冷声说道："对付你还用我师傅出面吗？双龙谷之战你已是我手下败将，这么快就忘记了吗？"

"胜败乃兵家常事，如今你不是也落在我的手里了吗？"八丈哥纪威猛努力为自己争取面子。

刘彩銮向四周墙壁看去道："你既然知道我师傅的名头，想必也知道她老人家有未卜先知的本领吧。"

"那又怎样？"八丈哥的声音明显小了起来。

"你既知我师傅的本领又有双龙谷之败，还不明白我要告诉你什么吗？"

"你想说什么？"

"我别的本事没有，可偏偏学会了师傅她老人家未卜先知的本领。"

"既然你有此等本领，为何会落入我的陷阱？"

"你这屋子困得了别人却困不住我。"

"你休要诓我！"

"天降陨石本就稀少，据我推算你这间屋子以精铜伴陨石的面积很小，而且据我所知，你们七位长老以北斗七星命名，自然尊崇七星的演变规律，因此我知道这间屋子的生门在何处。"刘彩銮说完急忙向吕思附耳道："公子仔细听听北墙后面的动静。"

八丈哥纪威猛怒道："胡说，你简直胡说八道，我怎会给这间屋子留有生门？你们别存妄念了，一心等死吧。"他口中如此说话，暗中却不敢怠慢，急忙带人奔向北墙阻挡。

吕思听到屋外传来一阵杂乱的脚步声朝着北面而去，低声赞道："公主所料果然不差。"

刘彩銮后悔道："我本意是试探他一下，岂料果如我所算，早知如此我又何必说，这不是提醒三寸丁加强防御了吗？"

吕思道："公主不用担心，待我将此墙击破。"说完欲要运功震破北墙，刘彩銮急忙抓住他的手臂，附耳道："他们此时精力正足，我们应该避其锋芒，等到他们疲累之后再突围。"

吕思轻声道："还是公主考虑得周到！"

刘彩銮向其他四人招手道："你们过来一下。"

赵氏姊妹与宗婉儿、东方长年都走了过来。刘彩銮压低声音道："自现在开始我们轮流激怒三寸丁，并不时地伴作突围，等到他们疲累之后再由吕公子击破北墙，助我们突围。"

宗婉儿此时心中已经对刘彩銮敬佩了三分，闻言说道："你们暂且休息，我先来。"

刘彩銮笑道："好吧，你也最适合。"

不等吕思等人坐稳，宗婉儿便开始羞辱起八丈哥纪威猛。她的语言刁钻刻薄，激得八丈哥纪威猛数次失去理智，要打开房门亲手杀了宗婉儿。

东方长年起身要替换宗婉儿，宗婉儿推开他道："傻东方你笨嘴笨舌的怎么能行，快去坐下，我还没有骂够。"

赵惜颜道："你且休息一下，这时间还早。"

宗婉儿瞧向赵惜颜笑道："你倒是可以替换我。"

赵惜颜佯怒道："你什么意思，以为我与你一样只会骂人吗？"

宗婉儿轻笑道："妹妹岂敢与姐姐相比，你骂吧，我坐着听。"

刘彩銮轻声提醒道："我们是扰敌不是骂敌。记住，我们意在疲兵而不是做口舌之争。"

赵惜颜答应道："诺！我记下了。"随后向门外叫道："三寸丁，你准备好了，我们马上开始突围了。"

八丈哥纪威猛急忙吩咐道："准备，防止他们突围，快准备。"

"纪长老，我发觉好像哪里不对劲啊，她们这是在戏要我们呢。这房屋即便最薄弱处也是精钢所铸，我料他们也击不破这围墙，定是在要计谋呢。"西卫燕归提醒道。

"许负是何许人你知道吗？这夏邑公主是她的嫡传弟子，推算之术丝毫不弱于她，否则哪有双龙谷的失败？而且……休要再啰唆，你们都给我打起十二分精神，不许放走一人，违令者杀无赦！"他差点儿说出：否则她怎会推算出北墙是生门。

东卫何天然传令道："尔等都听清楚了，全都给老子打起精神来，将手中之箭瞄准了。"

吕思等人突然听到地下传来一声呼唤："吕公子，我是林晓，我们可以上去吗？"

刘彩銮向吕思轻轻地点了点头。吕思低声道："你们出来吧。"

房中偏左处突地露出一个方形洞口，随即从洞中跃出三人。吕思认得当先两人正是女扮男装的林晓与林雪两姊妹，另一人是一个中年男子，个子瘦小，生得獐头鼠目。

林晓抱拳低声道："白鹤门弟子拜见诸位！"

刘彩銮美目闪动道："原来是白鹤门的二位尊使到了！"瞧向中年男子道："想必阁下是白鹤门鼠堂堂主硕鼠居无定吧？"

中年男子面露喜色抱拳道："正是。在下乃无名之辈，公主居然也能认出，当真荣幸得很。"

刘彩銮微笑道："居堂主过谦了。"向林晓问道："你们居然能将密道挖到此处，当真了不起！你们已经来到多时了吧。"

林晓道："回公主，自从北斗帮与我白鹤门公开争斗以来，我门中有数位长老来此房中和谈时均被困死在这里，后来我们才知道这间屋子乃是精钢伴陨石浇筑而成，且北斗帮许多机密大事均在这里商谈，因此掌门命居堂主将密道挖到此处。公主突围双龙谷时我门中弟子已经得知，后来又得知公主被困在此屋，因此我们便顺着密道一路走来，来时正是公主分析突围方法之时。"

刘彩銮轻"喔"了一声问道："不知你们认为我的法子可行不可行？"

林晓答道："公主一眼便能瞧出这屋子的薄弱之处当真令我等钦佩，尤其是公主的疲兵之计更是精妙万分。"

刘彩銮闪动美目道："可是我却忽略了一点，此地乃是你们两个帮会争斗的主战场，北斗帮定在此地布下了许多人马，他们有充足的兵力轮番防守，我的疲兵之计便大大削弱了作用。"

林晓惊道："原来公主早已料知，想必已经有了更好的突围办法，我等实在是多虑了。"

刘彩銮轻声叹道："我哪里有更好的法子，也是见了你们才有了刚才的分析。"

宗婉儿插话道："既然没有更好的法子，我们还在这里等什么，大家快些从这地洞溜走吧。"

吕思闻言向刘彩銮道："就依婉儿所说，我们换个地方说话吧。"

吕思等人进入密道后，林晓将盖板扣牢带领众人向前走去。前行了数十余米后密道前方透出光亮来，越是前行光亮愈足。走到近前，吕思才发现两侧墙壁上每隔两米便有两盏长明灯，借着灯光，他发现密道高有两米，宽约三米。他们足足走了十余里方才走出密道。吕思见自己身处一座后花园中，向密道回望道："居堂主哪里是硕鼠，应该称作鼠神才是！"

　　硕鼠居无定抱拳道："吕公子客气了，我们到大厅叙话。"

　　刘彩銮向林晓问道："这里是你们鼠堂基地吧？"

　　林晓道："这里正是我们白鹤门鼠堂所在地。"

　　刘彩銮道："请恕我冒昧，不知你们为何要解救我们脱险？"

　　林晓微笑道："凡是北斗帮的敌人都是我们白鹤门的朋友，何况公主乃是皇家，两位赵姐姐乃是紫薇仙尊的高徒，至于玉郎君更是与北斗帮有杀父灭母之仇。"

红
尘

196

　　吕思惊愕道："你们怎知我与北斗仙尊有杀父灭母之仇？"随即叹道："你们门徒众多，想必天下之事知之甚多。"

　　"公子错了。你的仇人并非北斗仙尊黄申，而是他的徒弟慕容飞鹰！"

　　吕思道："郭家庄的二庄主郭溪亲口告诉我，北斗仙尊黄申乃是杀害我父母的仇人，他是漠北四鹰之一，想必是你们的消息不实。"

　　林晓瞧了瞧赵氏姊妹又瞧向刘彩銮道："许老国太与我师傅以及紫薇仙尊素有往来，感情甚厚，你们不是不知吧？"

　　刘彩銮与赵氏姊妹俱点头认可，刘彩銮道："莫非你刚才所说是家师所言。"

　　林晓点头道："公主蕙质兰心，一点即通，实在令我等佩服。"

　　吕思茫然道："这是为何？莫非是郭溪欺骗了我，可他为何要欺骗于我？"

　　刘彩銮道："只怕欺骗你的不是郭溪而是郭爻。"

　　吕思拍额道："哎呀，我怎的没有想到呢？郭爻奸猾无比，岂会因为我救了他而幡然悔悟？只是他为何不诬陷其他人，慕容飞鹰是北斗仙尊的弟子，同时也是北斗帮的代帮主，他们二人谁是我的仇家对于北斗帮来说得到的都是一样的报应，他又何必撒这个谎呢？"

林晓皱眉道："你分析的也不无道理，只是我坚信许老国太不会误判，至于郭爻为何要将公子仇家说成是北斗仙尊我就不得而知了。"

宗婉儿笑道："如此浅显的道理你们怎的还要争来算去的，当真好笑。"

赵惜颜瞧向她道："哪里好笑了，莫非你知道真相不成？"

宗婉儿得意道："我当然知道，你们难不成忘记了郭爻是在什么情况下向郭溪说出漠北四鹰名字的。那时他的神志想必还不是十分清楚，抑或口齿不清以致郭溪听错了。"

东方长年赞道："婉儿所言极是。"

硕鼠居无定笑道："诸位还是移驾到前堂再论吧。"

林晓向刘彩銮道："公主先请。"

刘彩銮等人走出花园来到前堂。前堂坐南朝北而建，光线甚是暗淡，堂内面积却是很大，斗大的"聚"字牌匾居中而挂，上首处摆放着一把太师椅，椅下左右两侧各放置了二十余把椅子。林晓让刘彩銮坐在太师椅上，自己与其他人分左右两侧坐下。

宗婉儿向居无定笑道："我第一次见到如此设计的房子，想必你是真的把自个儿当成见不得光的老鼠了。"

吕思急忙喝止道："婉儿不可无礼。"

居无定哈哈大笑道："这位小姐所说没错，我自小与老鼠为伍，早已将自己视为老鼠一族了。"

宗婉儿斜瞟了吕思一眼道："我说错了吗？我可不像某人只会戴着假面具，尽想着说好听的话。"

吕思闻言虽然恼怒，但终究没有发作，向林晓道："不知你们下一步作何打算？"

林晓向吕思施礼道："前番你在大雪山中的仗义执言我与妹妹还没有谢过呢。"

吕思道："过去之事就不要再提了，再说我也没有帮到你们。"

林晓瞧了瞧刘彩銮又转向吕思道："前番我们冤枉公子之言还请见谅。"

吕思想了想道："你是说梁小姐与秋儿之事吧？世上误会我的人太多，也怨不得你。"

宗婉儿惊道："这位姐姐你怎知他是被冤枉的？"

林晓微笑道："秋儿乃是公主殿下的侍女，倘若公子当真对秋儿做下人神共愤之事，公主岂能原谅？因此秋儿之事定是他人诬陷的。公主既然能和玉郎君一起同行，想必梁家小姐之事也是别人栽赃嫁祸所为。"

林晓的话让吕思感激万分，只觉得心中暖意丛生，向林晓抱拳道："多谢姑娘为我正名。"

林晓还礼道："清者自清，哪里是我在为你正名，玉郎君所受之辱早晚会大白于天下的。"

宗婉儿垂首自语道："莫非我也冤枉了他！这也怨不得我，我哪里知道传言中所说的受害人是公主的丫头，否则凭我的聪明智慧岂会分不清真假？"抬头向吕思瞧去，只见他脸上全无一丝邪气，心中想道："当真奇怪，我原先怎的没有发现他竟生得如此英气，莫非我原先眼花了不成？"

刘彩銮向林晓道："想必你们在洞中听到了不少秘密。"

林晓道："据我们所知，北斗帮此次派出了天璇、天玑、天权、玉衡四位长老带领左眼神刘凌风、右眼神钱半山、五彩门掌门夏可欣率领徒众四百余人前来相助八丈哥。"

刘彩銮盯着她道："想必贵门派已经有了应对之策。"

林晓据实回答道："公主果然高明过人，师傅她老人家亲率黑手李慕白、急煞神冯宝以及牛、虎、兔、龙、蛇、马、羊、猴、鸡、狗、猪等十一位堂主前来助战，此刻已经在路上了。"

"噢！"刘彩銮惊呼出声，"此地就这么重要吗？"

林晓道："此地乃中原通往长安之陆地要塞，北斗帮一直阻止我们向关中发展，其称霸武林之心昭然若揭。"

刘彩銮道："关中有函谷关、陇蜀的沃野千里，只要握住渭水通运京师，就可牵制东方诸侯。至于此地，虽说是东方通往关中的要塞之一，但是从战略上来看与渭水比差之千里，你们为何要在此地争夺不休？"

林晓道："我们乃是江湖之中的利益之争，并无反叛朝廷之意。渭水一直都在朝廷的掌控之中，因此我们只能在陆地上拼抢。"

刘彩銮道："原来如此！"心道："只怕你未必知道其中的深意！"

林晓道："北斗帮徒众此时正全力围困铜壁之屋，这正是我们以逸待劳歼灭他们的最佳时机。我已令人将此消息禀明掌门师尊，不出意外的话她老人家天明时分即可到达。"

刘彩銮道："我与贵掌门曾有数面之缘，今日有幸在此地重逢当真令我高兴万分。"

林晓向吕思等人抱拳施礼道："家师亲自率部参战，今又有玉郎君与紫薇仙尊的两位高徒相助，此役我们必胜。我谨代表掌门师尊谢谢诸位了。"

吕思与赵氏姊妹均拱手还礼，接着诸人开始讨论起如何围歼北斗帮徒众之事。

宗婉儿向东方长年愤愤不平道："傻东方你看到了吧，他们全都不把我们俩瞧在眼中，知道因为什么吗？"

东方长年认真道："只怨我们学艺不精。"

宗婉儿颓然道："是呀，你我的武功怎能与他们相比？我原本只想做一些劫富济贫的勾当，现在见到他们我改主意了。"

东方长年"啊"了一声问道："你又要做什么？"

宗婉儿向他眨眼道："干吗一惊一乍的，本女侠决定做天下第一盗圣。"

东方长年放心道："原来如此，你当真吓我一跳。"

宗婉儿心道："我原本以为他就是一个淫贼，一心要借传授武功之机占我便宜，因此并未将他的话放在心中。如今看来，他确是瞧在外公的面子上授我武功，可恨我白白错过了这许多时日，心法口诀几乎都忘记了。"想到此处，她静下心来开始默诵华韵步法口诀。

第二十一章

天色微亮，宗婉儿与东方长年正坐在椅子上熟睡。突然有一名白鹤门的弟子跑了进来，口中高声叫道："禀报二位尊使，掌门已经来到寨外了。"

林氏姊妹闻言突地站起，口中笑道："掌门师尊终于到了，我们快些去迎候。"

赵氏姊妹起身道："我们姊妹二人也有许多时日未见过令师了，今日当真有幸，正好一睹她老人家的风采。"

吕思道："月圣名扬四海，我正要去拜访。"

宗婉儿被惊醒后扭着东方长年的耳朵道："快些醒醒！月圣到了，我们也去瞧瞧热闹。"

吕思向刘彩銮瞧去，刘彩銮向他微笑道："你们去迎接月圣前辈吧，我在此等候。"

吕思点头答道："公主且稍后，我们去迎接月圣前辈。"说完随同林氏姊妹等人大步向寨外迎去。

吕思来到大寨门外，远远瞧见有一队人马正缓缓走来，队伍绵长不下三百人。

林雪喜形于色，指向白衣女子介绍道："骑着白马之人便是我们的掌门师尊。"

队伍来到近前时，林晓、林雪迎上前去道："诸位堂主辛苦啦！"

马上十余名男子纷纷下马，笑道："二位尊使辛苦。"说完将马儿分别牵向两侧，留出一条通道。

林晓、林雪以及硕鼠居无定跪倒在地向白衣女子叩头，分别呼道："参见掌门！""参见掌门师尊！"

　　吕思知道此人便是月圣秦苏蓝，因此仔细打量起来。只见她头绾发髻，蓝帕包头，身着一袭蓝衫，蓝衫上绣着几只白鹤。生得肤色白皙，天庭饱满，弯眉秀目，竟如二十余岁少女一般。

　　秦苏蓝瞧向赵氏姊妹道："惜容、惜颜我们好久没有见过面了。"

　　赵惜容与赵惜颜上前参拜："晚辈惜容、惜颜拜见前辈。"

　　秦苏蓝瞧向吕思道："想必这位就是威震江湖的玉郎君吕思吧？"

　　吕思上前一步抱拳施礼道："晚辈哪里承受得起。"

　　秦苏蓝眼眸闪亮道："吕公子不必计较江湖之中的流言，你的事情我略知一二。你身负血海深仇，又被仇家诬陷，若换作他人只怕心智早已迷失。我素闻公子之名，今日一见果然英姿非凡。"

　　秦苏蓝语速不急不缓，但是句句都触及吕思的心灵深处，让吕思顿生亲切之感。

　　秦苏蓝又瞧向宗婉儿与东方长年问道："不知二位如何称呼？"

　　吕思道："前辈，这是我的妹子宗婉儿，她身边之人是东方长年。"

　　秦苏蓝微笑道："幸会！"

　　宗婉儿与东方长年也抱拳还礼道："幸会！幸会！"

　　秦苏蓝向林晓问道："夏邑公主在大堂了吧？"

　　林晓答道："禀掌门师尊，她此时正在大堂等候。"

　　秦苏蓝道："我本是武林中人，原本不想见她，只是碍于许负的面子只有会一会她了。"

　　林晓道："掌门师尊大可放心，若不是我们相救，她此刻早已死在北斗帮之手了。因此，我们歼灭北斗帮的计划无须瞒她。"

　　秦苏蓝轻斥一声道："我说要瞒她了吗？"

　　林晓急忙赔罪道："弟子知错了，请掌门师尊责罚。"

　　秦苏蓝面色缓和道："罢了，有些事情与你说不明白的，随我前去参拜这位公主吧。"

　　夏邑公主在大堂内高高端坐，秦苏蓝率领门下弟子步入大堂参拜。

　　夏邑公主低声道："罢了，平身吧。"随后起身走向秦苏蓝道："刚才君臣之礼已经行过了，现在该我参见秦掌门了。"说完向秦苏蓝倾身一拜。

秦苏蓝急忙托起她的双臂道："公主使不得。我与令师已有好些日子没有见过面了，她老人家还好吧？"

刘彩銮道："不瞒秦掌门，我也有好些日子没有见过她老人家了。"

秦苏蓝道："目前我白鹤门大敌当前，请公主到后房休息片刻，我安排停当再向你禀报如何？"

刘彩銮微笑道："白鹤门与北斗帮之间的事情你无须瞒我，而且我还要与你白鹤门并肩作战，不知秦掌门是否同意？"

秦苏蓝闻言大喜道："公主乃是许相师的关门弟子，此役由你来指挥，定稳操胜算，我秦某求之不得。"

刘彩銮摇头道："此役还是由秦掌门来指挥，我旁听即可。"

秦苏蓝挽着刘彩銮的手道："那就恭敬不如从命了。来人，在主位旁再加一把椅子。"硕鼠居无定亲自将一把椅子搬到主座旁放下。

秦苏蓝拉着刘彩銮并排坐定，然后命硕鼠居无定汇报战地形势。居无定汇报完毕，秦苏蓝向众人问道："你们可有其他需要问明的吗？"众人俱回答没有。

秦苏蓝向四下看了看命令道："李慕白长老听令！"

堂下一个黑胖中年男子起身应道："属下听令！"

秦苏蓝道："我命你率领牛、虎、兔三堂堂主及所属门众立即赶往苍松岭阻住驻守双龙谷的北斗帮徒众，以防他们回援。"

李慕白道："遵命！属下即刻率众前往。"

秦苏蓝瞧向一个衣衫褴褛的中年老者道："周方长老，我命你率领龙、蛇二堂堂主及其所属门众在南方二十里处的长坂坡阻击五彩门的掌门夏可欣及其部属。"周方领命而去。秦苏蓝道："林晓、林雪二使以及鼠、马、羊、猴、鸡、狗六堂堂主即刻随我去围攻八丈客栈。猪堂堂主孙平台带领鼠堂部属及所属门众留守。"

吕思见秦苏蓝已经部署完毕，问道："敢问月圣前辈，你将我们作何安排？"

秦苏蓝笑道："这是我白鹤门与北斗帮之间的恩怨，你们都是我白鹤门的贵客，怎敢劳烦？诸位在此安心休养，待我们歼灭仇家后再与你们叙话。"

吕思道："我与北斗帮有不共戴天之仇，请月圣前辈允许我随同你们一起出战。"

宗婉儿拉着东方长年起身道："我们无影双侠也要去，我要好好地教训教训三寸丁。"

吕思阻止道："婉儿与东方兄弟留守即可。"

宗婉儿高声道："瞧不起人是吗？打别人不行，揍三寸丁我还有的是力气。"

秦苏蓝瞧着宗婉儿和东方长年微笑道："原来二位是无影双侠，想必是武林后起之秀，失敬失敬！只是你们千万不可轻敌，八丈哥纪威猛位列北斗帮七大长老之一，虽然排名末位，但是他还有一个绰号叫作杀破星，此星在北斗七星中起到的可是先锋官的角色，二位万万不可轻视。"其实，秦苏蓝从未听说过江湖之中有无影双侠这号人物，但是瞧宗婉儿丝毫不将八丈哥放在眼里的表情，不免高瞧了二人几分。

宗婉儿笑道："听你之言是答应我们一起去了。月圣前辈放心，我自会小心应对的。"

月圣向吕思道："玉郎君力压二圣，斗败启明仙尊之事我也听说了，今日有你出面相助，我白鹤门是如虎添翼呀。"说完向林氏姊妹道："传令各部即刻出发。"

宗婉儿欢欢喜喜地拉着东方长年向门外走去，吕思拦住她道："你们二人好好在这里待着，哪里也不要去。"

宗婉儿怒道："凭什么呀，我非要去。"

吕思厉声道："你怎的如此不懂事，此去会有性命之忧，你以为是闹着玩儿的吗？凭你们俩的武功休说杀敌了，自保都难。"

东方长年向宗婉儿道："不然我们就不去了。"

宗婉儿噘嘴道："不去就不去，有什么大不了的，他很了不起吗？"

吕思听她答应留下便放下心来，向赵氏姊妹道："有劳二位姐姐了。"

赵氏姊妹道："公子不必客气。"

吕思又向刘彩銮道："你们尽管等我的好消息吧。"

刘彩銮起身道："公子前去虽无性命之忧，但还是小心点好。"

吕思跟随秦苏蓝来到八丈客栈附近，北斗帮徒众还在围着铜屋，弓箭手也都站在北墙一侧弯弓待发。秦苏蓝大声喝道："杀，为赵、钱、刘三位长老报仇。"白鹤门众人闻言齐声呐喊着向北斗帮徒众扑去。

北斗帮徒众没有料到会突然出现如此之多的白鹤门门徒，慌乱之间匆忙迎战。八丈哥纪威猛此时正与前来增援的天璇、天玑、天权、玉衡四个长老一起把酒言欢，突然，一个徒众冲入房内双膝跪地手指外面道："不好了，白鹤门的人杀过来了。"

天璇长老问道："他们是如何通过双龙谷的，帮主不是命左、右眼神去加强防守了吗？"

天玑长老道："天璇长老莫非忘记他们俩的嗜好了吗？"

天权与玉衡二位长老齐声道："嗜酒如命。定是驻守峡谷的奎宿堂堂主万元代投其所好而为。"

八丈哥道："现在说这些还有什么用，我们快去迎敌吧。"说完拿起墙角的熟铜铁棍向外跑去。天璇等四位长老也分别拿着各自的兵刃迎出。

八丈客栈内外杀声四起，此时一个墙角处正有一男一女在偷偷地观望着。八丈哥此时正被秦苏蓝攻得毫无还手之力，手中的熟铜铁棍也被击得弯曲起来。女子道："我就说这个三寸丁不经打，他们非要唬我。瞧我的。"说完抽出长剑纵身向八丈哥扑去，男子急忙跟着追出。

眼见女子的长剑要刺中八丈哥的后背，八丈哥突地一个回身抡起熟铜铁棍向长剑砸去。女子痛呼一声，长剑脱手而出，紧随其后的男子急忙喝道："休伤婉儿！"说完将手中绳索向八丈哥甩去。八丈哥单掌握住绳索，猛地用力将男子向自己的怀中拉来，男子力气无法与他抗衡，整个身体被拽得临空飞起。八丈哥运足内力向男子拍去，秦苏蓝见状急忙大斥道："看剑！"随即使出月满河山向八丈哥的脖颈处刺去。八丈哥不敢怠慢，只得闪身躲避。饶是如此，他的掌力还是击中了男子的胸部。男子的身体犹如断了线的风筝撞在十余米外的墙壁上，随即"扑通"一声跌落在地。

婉儿惊得魂飞魄散，悲呼一声向男子跑去，她将男子上身搂在怀中大声叫道："傻东方，你没事吧？"这对男女正是宗婉儿与东方长年。

吕思等人离开后，宗婉儿越想越不服气，向东方长年道："傻东方，你说他们这是什么意思，摆明了是瞧不起我们嘛！"

东方长年劝道："吕公子不是那样的人，再说，再说你我的武功确实比不上他们。"

宗婉儿怒道："我说傻东方，你居然说出这样的话，你还是不是个男人了？算了，我自己去得了。"

东方长年拉住她的衣袖道："婉儿，我并非贪生怕死之徒，你仔细想想，且不说吕公子与月圣前辈了，就是那些堂主的武功也都高出我们数倍，你我前去能帮什么忙呢？"

宗婉儿听后笑道："听你所言也不傻嘛！我可没有想过要同他们比试武功，我也知道比不过他们，但是我们总比他们手下的徒子徒孙强上许多。你放心，到了八丈客栈我只拣软的捏，那个三寸丁能有多大本事，他竟然敢如此骂我！"

东方长年闻言急得双手连摆道："你可千万不要招惹八丈哥，你没听说他是北斗帮七大长老之一吗？再说他骂你时你不都加倍还回去了吗？"

宗婉儿娇嗔道："明明是三寸丁你非要叫他什么八丈哥，在你心里到底谁是自己人？"

东方长年急得抓耳挠腮道："婉儿你明明知道我不是那个意思的，我只是想……"

"行了行了，我逗你呢。"宗婉儿打断东方长年的话，笑道，"我办事自然是有分寸的，至于那个三寸丁经不经得起揍，看情况再说吧。反正八丈客栈我是去定了，去不去随你。"

东方长年无奈道："我自然是要和你同去的，不过你可千万不要莽撞行事。"

宗婉儿向他眨了眨眼睛笑道："放心吧，傻东方的话我记着呢。"

东方长年与宗婉儿来到八丈客栈时，双方已经打斗一会儿了。宗婉儿指着地上道："你看这许多死人的头巾上都有星星图案。"

东方长年道："他们都是北斗帮的人。"

宗婉儿道："原来他们如此不经打！倘若我们再迟来一步他们定是被杀光了，三寸丁呢，不会已经被打死了吧？"说完举首向远处察看。

东方长年与宗婉儿来到墙角处时，正见八丈哥被秦苏蓝攻得毫无还手之力。宗婉儿此时已全然忘记八丈哥的对手是谁了，因此贸然出手。

东方长年"哇"的一声喷出一口鲜血道："我，我不行了，婉儿你……"

"你不要说话，我不要你死。"宗婉儿咬牙恨道，"你等着，我这就替你报仇。"

东方长年奋力抓住她的衣袖道："求你了，你不要去，我们都不是他的对手。"

第二十二章

　　秦苏蓝力战北斗帮玉衡与八丈哥两大长老，她闭关修炼后已将独门武功追蝉十八式及月晕掌练至化境，左右手可以同时施展不同的武功，如此一来她在攻击对手时等于多了一个武功高手。月晕掌虽然名为掌法却可以用长剑使出，此时，她左手使出追蝉十八式，右手用长剑使出月晕掌向八丈哥纪威猛发起攻击。她原本就位列江湖十大高手，玉衡与八丈哥虽然武功也不弱，但是与她比起来还是差得远。两人联手围攻秦苏蓝百余回合后，玉衡被一剑穿胸而死。八丈哥手中的熟铜铁棍也被秦苏蓝的左掌劈弯了，秦苏蓝正要施展月晕掌最具威力的晕出九霄将八丈哥置于死地时，被突然闯入的宗婉儿与东方长年搅乱了战局。秦苏蓝趁机向吕思瞧去，只见吕思赤手空拳已将天璇、天玑、天权三个长老杀死，此时正在驱散北斗帮的徒众。秦苏蓝心中大骇道："玉郎君果然名不虚传！他居然在如此短的时间内赤手空拳杀了北斗帮三大长老，而且他的身影依然迅捷飘逸不见一丝疲惫。若论武功，当今世上只怕唯有北斗仙尊可以与他一争高下了。"正想念间，突见八丈哥挥掌向东方长年拍去，她急忙使出月晕掌来救，八丈哥为了自保急忙丢掉熟铜铁棍向右侧逃去。若不是他为了躲避秦苏蓝的进攻，掌力减弱，此刻东方长年的心脏早已被他震碎。

　　北斗帮余下的徒众已不足百人，现在又见八丈哥弃战逃离，哪敢再战，纷纷跪下投降。硕鼠居无定手持匕首欲将身前一名投降的男子刺死，吕思急忙喝止道："住手！谁都不许枉杀一人！"

　　硕鼠居无定自感面上无光，抗议道："你可看清楚了，我杀的可是北斗帮的人！"

吕思朗声道："我想他们也是因为生计所迫才不得不加入帮派组织，现在他们已经缴械投降了居堂主又何必将他们斩尽杀绝呢？"

居无定冷声道："依公子之见，我们难道要放了他们不成？"

吕思面色肃然道："在下正是此意。"

居无定瞧向林晓与林雪道："请二位尊使定夺。"

吕思不等林氏姊妹发话，便向北斗帮众人大声道："北斗帮众人听着，今日一战你们大势已去，我奉劝你们不要再为北斗帮卖命了，各自回家去吧。"

"慢着！"秦苏蓝飘然而至道，"请玉郎君将他们交与我处置如何？"

北斗帮众人闻言心中大惧，纷纷叩头求饶。

秦苏蓝向吕思道："放心，我不会杀了他们的。"

吕思点头道："请月圣前辈定夺。"

秦苏蓝向北斗帮众人大声道："你们今日之败就是北斗帮全军覆灭之时，现在愿意回家的可以自行离去，不愿意回家的我白鹤门张臂欢迎。"

北斗帮众人闻言相互窃窃私语，其中一名赤眉男子抱拳道："在下北斗帮副使游平之愿意加入白鹤门。"

秦苏蓝高兴道："游副使请起。"

游平之叩头谢恩后将头上帕布解下扔在地上，起身来到秦苏蓝身后站定。其他众人眼见副使游平之已然改投白鹤门，于是都俯首叩头道："参见掌门！"

秦苏蓝哈哈大笑道："好！好！你们都平身吧。"北斗帮众人谢恩后纷纷将头上的帕布解下扔掉。

"吕大哥你快去救救傻东方吧，求你了！"宗婉儿不知何时跑到吕思身后，焦急地恳求道。

吕思急忙问道："东方兄弟怎么了，他在哪里？"

宗婉儿梨花带雨一般哭道："他在那儿，求你一定要救活他。"说着指向东方长年。

吕思飞身来到东方长年身边，只见他眼睛紧闭，嘴角满是鲜血，急忙握住他的脉搏。宗婉儿急道："你能救活他是吗？我知道你一定行的，郭小姐吃了鹤顶红你尚且能救！吕大哥，你回答我，他不会有事儿的，是吧！"

吕思没有回答宗婉儿的话，从怀中掏出一个红色小瓶，拔开瓶塞后倒出一粒红色药丸，喂入东方长年口中。这才转向宗婉儿道："东方兄弟心脏受损，好在损伤不是很严重。"

宗婉儿闻言大喜，抱住东方长年的头道："我就知道你不会死的！我知道的……"

吕思急忙阻止道："快把手松开！他此时最忌晃动，我刚给他服下自制的六气补心丸，他只需静养一个时辰就会苏醒过来，但是在此期间绝对不可受到惊扰！"

宗婉儿问道："难道要他躺在地上吗？"

吕思道："那倒不必。"

向秦苏蓝道："请秦掌门派人将东方兄弟抬到屋中床上。"秦苏蓝吩咐两名门下将东方长年抬入就近的房屋中。

马堂堂主飞奔而来禀报道："禀掌门，八丈哥不知逃到哪里去了。"

秦苏蓝命令道："此地四周皆是旷野，谅他也逃不远，马、羊、猴、鸡四堂堂主你们带上部属分别向东西南北四个方向追击，务必将他擒住。"

"遵命！"四位堂主开始组织各自人马准备追击。

秦苏蓝又吩咐道："狗堂堂主留守，林晓、林雪分别帮助马、羊二位堂主向东西方向追击，记住拖住他即可，此人武功甚高，你们不是他的对手，发现后速命人报我。"

林氏姊妹领命后，秦苏蓝瞧向吕思道："公子与我分别向南北追击如何？"

吕思向四周瞧了瞧道："我认为八丈哥并未跑远，如果分兵追击只会增加八丈哥逃跑的机会。"

秦苏蓝问道："你怎知道他没有逃跑？"

吕思微笑道："秦掌门应该知道八丈哥还有一个绰号吧。"

秦苏蓝凝目道："是杀破星。玉郎君有何高见？"

吕思瞧向她道："杀破星是北斗第七星，是军队中的敢死队、以争锋破坏为目的，从不考虑自身之危险，为达目的损兵折将，在所不惜。北斗仙尊将七大长老分别赐予七星之名绝非偶然，因此在下断定八丈哥非但不会逃跑，而且还会等待时机偷袭我们。"

吕思的分析让秦苏蓝听得心中渐感冰冷，她只觉得眼前这少年太过强大，强大到足以让她窒息。秦苏蓝在想："倘若吕思与我为敌，我将如何应对？"

吕思见秦苏蓝眼神闪烁不定，以为她并不认可自己的观点，于是问道："不知秦掌门有何良策？"

秦苏蓝回过神来赞道："玉郎君当真是天文地理无所不通啊！我这就命人仔细搜索。"向林氏姊妹以及各堂堂主道："你们不必分兵追击了，八丈哥必在此地，你们就算掘地三尺也要将他找出来。"

硕鼠居无定等人答应后各自带着本部人马在周边搜寻起来。

吕思正与秦苏蓝向四周打量时，突听伙房处传出两声惨叫，二人齐声叫道："不好！"随即双双施展轻功向伙房飞奔而去。

吕思抢先一步到达，见八丈哥擒住白鹤门狗堂堂主王黎明的手臂，当即大声喝道："住手！"

八丈哥突地抬脚踢在王黎明的腿弯处，接着双手向怀中猛地一拉，将王黎明摔得仰躺在地，然后飞快地从怀中掏出匕首抵在王黎明的脖颈处，厉声叫道："来呀，想让他死就来吧！"

秦苏蓝与林氏姊妹以及鼠、马、羊、猴、鸡五堂堂主先后赶到。秦苏蓝威胁道："你若敢伤他性命，我必将你碎尸万段！"

八丈哥向秦苏蓝道："月圣也太瞧得起我八丈哥了，就凭我这副老骨头也凑不齐万段。"

秦苏蓝怒道："你想怎样？"

八丈哥嘿嘿干笑道："恨只恨代帮主太过轻敌，他万万没有想到你会倾巢而出。你举全门之力斗我一人，我不服。"

秦苏蓝冷声道："兵者诡道也，说了你也不懂。你放了王堂主，我可保你不死。"

八丈哥厉声道："我八丈哥纵是死也要死在敌人手中，岂能为了苟活而屈膝于他人？"

八丈哥虽生得短小，但是气魄却远胜于丈八男子，众人不由得自心底对他产生三分敬意。

吕思突地哈哈大笑起来，八丈哥怒道："你为何发笑？"

吕思冷声道："我笑你不过是一个能言的小儿，否则为何要将王堂主擒作人质？"

"你！我杀了你！"八丈哥纪威猛一脚踢开王黎明叫道，"受死吧。"他存心要与吕思同归于尽，因此催动全身内力，使出绝学寸草遍野向吕思扑去。众人只见空中遍布匕首，且在阳光的照耀下散发出万丈光芒，映得众人睁不开眼睛。秦苏蓝心中惊道："八丈哥此招威猛至极，他是存心要与吕思同归于尽。"

正在众人替吕思担心时，突见吕思身体旋转，使出星月神功之流星逐月向空中拍去，刹那间空中一片黑暗，跟着便是一声惨呼。众人再定睛看时，只见吕思长身玉立面色冷峻，一阵狂风吹起他的衣裳，更显得飘然若仙。反观八丈哥纪威猛，俯卧在地上，口中鲜血狂喷不止，胸前的衣衫已被鲜血染成了黑红色。

"一招，只是一招，北斗帮的长老纪威猛居然连吕思一招都接不住！"众人惊叹之余全都将眼光瞧向吕思，这些眼神中有羡慕有嫉妒还有说不清的复杂情绪。

八丈哥纪威猛挣扎了数次终于摇摇晃晃地爬了起来，他"哇"的一声又喷出一口鲜血，声音低沉道："我不服气，再来。"一句话说完，突地仰躺在地，身体抽搐了几下，便已死去。

"'杀破星''破军星''八丈哥'这些绰号他都当得起。"吕思向秦苏蓝道，"请秦掌门命人将他厚葬了吧。"

秦苏蓝也颇有感触道："此人先天残疾，但是从未向命运屈服过，他一生都在努力，最终成为北斗帮七大长老之一，此人着实令人钦佩。"随后吩咐门众将八丈哥厚葬。

林氏姊妹清点完现场后向秦苏蓝禀报战果，白鹤门死伤四十余名普通门众，北斗帮死伤二百三十三名普通门徒，折损了五大长老，被俘一百五十余人。秦苏蓝闻言哈哈大笑道："北斗帮七大长老已去其五，倘若双龙谷之战顺利的话，左、右眼神也必将丧命，如此天下再也无人可与我白鹤门抗衡了！"

第二十三章

过了十余日，白鹤门攻下长坂坡，将援助北斗帮的五彩门降服。秦苏蓝留下硕鼠居无定留守，亲率其他门徒直奔北斗帮的老巢骊山去了。东方长年在吕思的精心调理下已经完全康复。

这一日上午，吕思他们同居无定告别后向长安行去。吕思自骑一匹白马，东方长年驾着马车载着刘彩銮她们紧紧跟随。

吕思内力深厚，听力也灵敏异常，他隐约听到前方千余米外传来阵阵喊杀声，向东方长年道："长年兄弟，你小心驾驶，我先行一步。"

东方长年不解道："吕大哥，这是何意？"

吕思道："前方有人打斗，我去瞧瞧。"说完扬鞭打马飞奔而去。

东方长年侧耳细听，随即摇头道："哪里有什么打斗声？"

吕思快马飞奔，远远看到前方有两拨人马在厮杀。其中一方约有四十余人，身着黑衣，乘骑骏马。另一方则有二三十人，大多步行，身着官府服饰，护着一顶轿子。黑衣人纷纷手持兵刃向轿子冲去，官府中人则拼命阻挡。吕思来到近前大声喝道："住手！都住手！"

两拨人马闻言后逐渐停止打斗，纷纷向吕思瞧去。突听一人喝道："哪里来的野小子，也敢阻拦紫竹帮的好事！"

吕思向此人瞧去，两人二目相对心中都是一愣。吕思大声叫道："鲁修罗，还记得青羊山吗？"那人正是当年假扮樵夫意图谋害吕思的鲁修罗。

鲁修罗想起前情，不由得嘴唇微颤道："原来是你！"他早已听说吕思战胜启明仙尊以及云、雷二圣等人的事迹，如今怎能不怕，心中暗想："当年在青羊山时我尚且不是他的敌手，何况如今，我还是赶紧想好退路才是。"

鲁修罗身边一个虬髯大汉问道："你认得他？这小子是何人？"

鲁修罗眼睛一转道："禀何堂主，此人是梁国睢阳著名的贼捕掾。"

虬髯大汉嘿嘿笑道："我当是何方神圣呢，原来只是一个小小的贼捕掾。兄弟们给我杀。"说完抡起手中一双板斧就向吕思的马头砍去，吕思立起右掌，掌心猛地外凸，立时一股真气自掌心飞出，将虬髯大汉的一对板斧震飞。虬髯大汉哀号连连，鲜血自他的手掌缓缓流出，原来他的一对虎口已被震得撕裂开来。虬髯大汉既惊又痛已然失去理智，向同伙大声叫道："都愣着做什么，都给我上！"四十余名匪徒听到命令一齐大喊着掉转马头向吕思扑来，鲁修罗趁机打马飞奔而逃。吕思不想杀生，使出星月神功护体，双掌使出三成内力向四周拍出。虽然只是三成内力，但冲在近前的匪徒纷纷被掌力震得凌空飞出，身体腾空后又撞向身后的同伙，连同被撞之人一起摔下马背。骏马受到惊吓后"嘶嘶"吼叫着仰起前蹄，朝空中胡乱蹬踢，落地后四散而逃。后面的不知发生何事，继续呐喊着催马向吕思攻去，吕思再次挥掌拍出，又将近前几人震飞。虬髯大汉瞧得心惊肉跳，仿佛见到鬼魅一般，眼见徒众被震飞近半，他大声喝止进攻。众匪徒这才清醒过来纷纷止住马儿，驱使马儿缓缓后退。

吕思向虬髯大汉喝道："你们紫竹帮是来打劫的吗？"

"我们是想做这一笔生意，还请贼捕掾大人不要插手。"虬髯大汉话语中已经没有了先前的气势。

吕思冷声道："你们杀人越货我岂能不管，今日我不想杀人，你们走吧！"

虬髯大汉鼓足勇气道："你可知我们帮主是谁？"

吕思哈哈大笑起来，笑罢问道："你且说来听听。"

虬髯大汉傲然道："星圣的大名想必你是听过的吧？"

吕思神色一凝道："我是听过他的名头，却没有想到他竟是一个打家劫舍的盗贼。"

虬髯大汉微愠道："你胆敢说我家帮主是盗贼，有种你等着，我这就去请帮主来教训你。"

吕思面色冷峻道："我正要会一会他，你让他快些，我吕思的时间有限。"

虬髯大汉及一众匪徒听到吕思之名不由得暗吸了一口凉气，暗呼自己命大，心道："幸亏这个魔头今日没开杀戒，否则吾命休矣！"

虬髯大汉面皮颤抖道："我当是谁如此狂妄，原来阁下竟是玉面毒狼！"话声未落，突地"哎哟"一声，手捂腹部痛声叫道："你等着，我这就去请帮主擒你。"说完慌忙打马而去。原来吕思恼他出言不敬，使出弹指无形击中虬髯大汉的腹部，以示惩戒。其余匪徒哪敢停留，纷纷跟着打马逃离。原先摔倒在地的，也不惧疼痛，个个弹身而起，寻到骏马飞奔而上，策马向同伙追去。

此时东方长年已经驾驶马车来到近前，刘彩銮掀起布帘，眉头微皱，向吕思道："听江湖传言，紫竹帮帮主阮子衿是一个妖邪之人，亦正亦邪，忽男忽女，武功更是怪异，思哥还是要小心应对。"

吕思奇道："亦正亦邪好解，忽男忽女是何意？"

刘彩銮道："江湖之中有一半的人说星圣是女人，但是还有一半说他是男人！"

"吕公子久违了。"随着话语声，轿中走出一个人来。

吕思惊喜道："原来是吴世子！当真巧了，你这是要去哪里？"

轿中之人正是吴王世子刘贤，他向吕思深施一礼道："多谢救命之恩！"

吕思双手相扶道："你我何必客气。"

"有这热闹你也不叫醒我。"宗婉儿高声叫道。

刘贤问道："逃跑的是何人？"

吕思道："他们自称是紫竹帮的。"

刘彩銮掀开布帘走出道："原来是星圣的部下。"

刘贤上前跪拜道："吴王世子刘贤参见夏邑公主。"他的侍卫赵宇翔与周末以及一众随从都跟着跪了下去。

刘彩銮道："吴世子快快请起。你们都平身吧。"

刘贤谢恩后站了起来，其他众人也跟着站起。

刘贤瞧向宗婉儿与东方长年道："不知二位如何称呼？"

"本姑娘宗婉儿，他是我的搭档。无影双侠就是我们！"宗婉儿见他们不是皇亲贵胄就是江湖名流，不想弱给他们，于是抢先介绍自己。

刘贤微笑道："原来是无影双侠驾到，失敬失敬！"

宗婉儿道："你不识得我，我却识得你。"

刘贤闻言一愣，尴尬道："请恕在下昏聩，实在记不起在何时见过女侠。"

赵惜容与赵惜颜心中暗笑道："亏她还好意思提起当日之事。"

宗婉儿道："我的绰号是无影，因此你没见过我也属正常。"

赵惜颜嘿嘿笑道："是啊，夜深蒙面还要僵着不动，谁人能瞧得见？"

宗婉儿怕她揭穿，向刘贤问道："小玉儿可还好？"

刘贤面色突地一僵，呆呆地瞧向吕思。吕思心中隐隐有种不祥之感，心脏骤然收紧，颤声问道："吴世子为何如此看我，玉儿怎样了？"

刘贤长叹了一口气，哀伤道："此事论起来也怨不得你。"

吕思问道："此话怎讲？莫非玉儿她……"

"是的，郭小玉已经不在了。"刘贤的声音虽轻，但是对于吕思来说无异于平地惊雷。

吕思急声道："怎么可能，我明明给她喂下了我的血液，而且还助她恢复真气的正常运转，她怎会……"一句话没有说完只觉得血液上涌，"哇"的一声喷出一口鲜血。

刘贤痛声道："不但她离开了人世，就连郭庄主也已不在了。"

"郭爻也死了？"吕思木然道，"我明明将他的匕首击偏了方向，还给他服了药，他怎会死呢？"

刘彩銮安慰道："生死由命，富贵在天。思哥不要太过伤心了。"刘彩銮聪慧至极，吕思的表现让她看清了郭小玉在他心中的分量。

吕思痛心道："郭爻确是该死，但是玉儿是无辜的。我虽未杀她，但是她的死终究与我有关。"想到与郭小玉相识的情形，特别是二人在青羊山谷底生活的时日，吕思的眼泪扑簌簌流个不停。

刘贤回忆道："那日吕公子等人走后，我在床前陪玉儿待了一会儿，那时她始终昏睡，后来我被郭二庄主安排到她附近的房间休息。我刚睡着就被阵阵痛哭声惊醒，急忙起身去查看，发现郭庄主的房中跪满了人，他们都在为郭庄主而哭。我分开众人上前察看，发现郭庄主已然死去。我正在祭拜他时，又听见门外传出郭小玉的侍女冬儿撕心裂肺的尖叫声，我与众人跑去察看，见冬儿正站在郭小玉的房前泣不成声地哭喊道：'快来人啊！小姐死了！小姐死了！……'"说到此处，刘贤脸色青紫，咬紧牙关，已是说不下去了。

刘彩銮轻叹了口气，问道："后来你又见过玉儿吗？"

刘贤颤声道："见了，我见到时，她面色惨白，身体已经凉透了。"

吕思身体剧烈颤抖道："玉儿的……玉儿的坟墓在哪里，我要去看她。"

刘贤道："她，她葬在郭家庄北的花园中。"

刘贤瞧了刘彩銮一眼，向吕思道："吕公子借一步说话。"

吕思与刘贤远离众人后，刘贤道："我还有一事相告。"

吕思疑惑道："何事如此神秘？"

"公子节哀！"

"节哀？此话何意？"

"宗伯邑和吴玺已经不在人世了。"

吕思闻言犹如晴天霹雳，急问道："宗爷爷因何离世？吴伯伯和珊妹不是早已故去？"

刘贤道："吴玺与吴惟珊并未故去。他们二人是太子刘启派人所杀。"

吕思身体剧震道："刘启为什么要杀害宗爷爷和吴伯伯？"

"为了吴惟珊！"

"此话怎讲？"

"吴惟珊如今已是太子侧妃了。"

吕思的头突地眩晕起来，身体摇摇欲坠。刘贤急忙上前搀扶。

吕思稳住心神自语道："他在青羊山要置我于死地原来并非因为我是吕国后人。"向刘贤问道："如此杀父大仇珊妹怎会嫁给他？"

刘贤道："吴玺原是要带着吴惟珊到宛东山找你，刘启得知后命人抢先一步杀了宗伯邑，之后又在女娲娘娘庙后立了宗伯邑和你的墓碑。吴玺伤心之下卧床不起，刘启乘机命人毒害了他。吴惟珊全不知情，这才嫁给刘启做了侧妃。"

"珊妹！"吕思心疼吴惟珊，眼泪扑簌簌流了下来。

"吕公子节哀！"

"我定要将这蛇蝎小人锉骨扬灰！"

远处突地传来一阵骏马的嘶吼声，吕思擦净泪水扭头看去，只见远处奔来数十骑骏马，扬起阵阵尘土。

吕思回到马车前吩咐道："惜容、惜颜二位姐姐保护好公主与世子，其他众人在我身后排成两列守护。"赵宇翔与周末闻言立刻将一众随从列成两列站好。

数十骑骏马来到近前，为首之人勒紧马缰，口中连吁数声止住马儿，其他众人也都将马儿止住。吕思见为首之人是一个男子，身着白色锦衣，生得皮肤白皙，瞧年纪不过三十左右。虬髯汉子何堂主等人也在众人之列。白色锦衣男子上上下下打量了吕思一番，问道："你是玉面毒狼吕思？"

吕思冷声道："你是星圣阮子衿吧？为何放任门徒劫取他人财物？"

"不错，我就是阮子衿。久闻玉面毒狼的大名，且听闻云、雷二圣皆败在你手下，今日我来领教几招。"

吕思冷笑道："出招吧！"

阮子衿从怀中掏出一团红色绸布，绸布前端呈品字形排列着三颗蓝色小球。

刘彩銮高声提醒道："思哥小心！他这兵刃叫流星锤，红色绸布也不是一般的绸布，乃是由天山蚕丝织就。那三颗小球得自沙漠，其硬远胜铜铁，且能发出幻影，迷人心智。"

阮子衿微笑道："原来后面有识货之人，为何不到前面现身一见呢？"

吕思冷声道："你只需胜得了我，她自会见你。"

吕思话音未落，阮子衿已将流星锤向吕思攻去。吕思猝不及防，猛地推出一掌，星月神功劲力威猛，流星锤立时被真气阻住。阮子衿娇喝道："三星无疆！"随着喝声，三颗小球突地向三个方向散开，而后击破真气薄弱处，分别向吕思的上中下三路打来。吕思双腕一翻使出星月神功第二式流星追月反击，三颗小球突地被一股旋转着的气流搅得相互缠绕起来。

阮子衿大惊失色，他万万没有想到仅仅两招自己便已落入下风。他银牙暗咬，心道："看来我不出绝招不行了。"想毕，抖动手腕将全身真气都注入红色绸布，喝道："三星惊变！"

吕思突地见到三颗小球各自向自己喷出一团白雾，欲要闪躲已是不及。吸入白雾后，他顿时觉得头晕脑涨，眼睛昏花，暗自叫声：不好！急忙提气运功，怎奈真气全然不听使唤，无法汇聚到丹田，耳中只听得阮子衿得意扬扬地笑道："一、二、三，还不倒下。"

吕思努力稳住摇摇欲坠的身体，仅片刻工夫，眼睛逐渐清晰起来。原来三颗小球中散发出来的迷药乃是至阳之物，而吕思体内兼备寒热二气，当他突然受到攻击之后，体内的寒热之气没有立时交换过来，以致迷药得以挥发，出于本能反应，吕思体内的至寒之气骤然聚集将迷药冻结起来。

阮子衿惊叫道："怎的还不倒下？"说完又将流星锤向吕思打去道："让我再助你一臂之力。"他的话音未落，身体突然被一股猛烈无比的阴寒真气震得腾空向后飞去，直到身体重重地摔倒在地方才发出一声惨叫。原来吕思功力恢复后恼他使用迷药，因此使出了七成功力向阮子衿打去。星月神功威力无比，非但将流星锤震得飞向空中，而且还结结实实地打在阮子衿的胸口。阮子衿虽然内力深厚但依然抵挡不住吕思以七成功力打出的这一掌，他"哇"的一声喷出一口鲜血。虬髯大汉飞身下马跪倒在地以手相搀，口中惶急问道："帮主你怎么样？"

赵宇翔见状立时大声叫道："兄弟们报仇啊！"周末等人立时响应，纷纷向紫竹帮的匪徒冲去。紫竹帮的匪徒眼见帮主不出三招便被打落马下，哪里还敢再战，除了十余个忠心护主之徒，其余众人纷纷掉转马头逃跑。

吕思的脑海中突地浮现出父母被杀害的情景，心中想道："倘若当时父王的身边也有这些忠心耿耿的侍卫，也不至惨死。"念及此处，突然大声喝道："住手！都给我住手！"

赵宇翔与周末等人报仇心切哪里肯听，团团围住紫竹帮余下的匪徒奋力攻击，更有数人手持大刀向阮子衿与虬髯大汉砍去。吕思突地飞身跃起，扑向赵宇翔等人，只见空中人影翻飞，转瞬之间已有十余人被吕思抓住后领甩了出去。这一下出乎所有人的意料，纷纷垂下手臂瞧向吕思。

吕思向四下抱拳道："这些人纵然有错，总好过那些逃去之人。念在他们忠心护主的分上，在下恳请诸位放过他们。"

阮子衿像见到怪物一般瞧着吕思，问道："你为何要放过我们？"

吕思道："你在江湖之中也算是有名望的人，为何还要做打家劫舍的勾当？但愿你能记住今日的教训，不要妄起杀念，你们走吧。"

阮子衿突地大声叫道："你不是一头毒狼吗，凭什么还要教训我？"

宗婉儿怒道："好一个不知好歹的货！放了你，你还敢放肆，小心我撕烂你的嘴！"

阮子衿身子闪电一般来到宗婉儿的身边，伸手向她的脸上扇去。宗婉儿惶急之下突地使出华星韵步，堪堪避过阮子衿的攻击。吕思也闪身来到阮子衿的身旁，抓住他的手臂道："你当真以为我不敢杀你吗？"

阮子衿的轻功紫竹飞影奇妙无比，世上没有几种身法可以与之匹敌。今日他非但败在吕思手下，现在居然连一个不起眼的小丫头都奈何不了，心理防线瞬间崩塌，瞧向吕思道："你杀了我吧。"

阮子衿凄然空洞的眼神令吕思顿起恻隐之心，说道："虽然你今日败于我手，但是也不要妄自菲薄。"

阮子衿苦笑道："败于你手倒也罢了，毕竟启明仙尊都不是你的对手，可是如今我连一个小丫头都捉不到，我……"

吕思道："她的轻功是我教的。不过你的身法也有独到之处。"

阮子衿喃喃道："原来如此！"

阮子衿没有想到吕思会对自己说出如此规劝之话，不由得想道："莫非江湖传言是假的？"他抬眼向吕思瞧去，只见吕思神情洒脱，脸上全无一丝邪念，他的心突地一痛道："我并非打家劫舍之人，今日乃是受人之托前来刺杀吴王世子的。"

刘彩銮惊道："何人要伤害吴世子？"

阮子衿道："我将事情的真相说出已是违背了江湖规矩，至于是受何人所托，恕我不能相告。"

宗婉儿惊吓过后，心境已然平复，代之而起的是兴奋，想到三仙五圣之一的星圣都没有抓住自己，就将自己视为江湖一流高手之列了。因此在听了阮子衿的话后撇嘴道："劫匪就是劫匪，偏要给自己找理由。"

阮子衿怒道："你再敢胡说！"

东方长年急忙拉住宗婉儿的衣袖道："婉儿你还是少说两句吧。"

宗婉儿道："我又没有冤枉他，为何不能说话？倘若真是别人让他冒充劫匪来刺杀吴世子的，他为何说不出来指使之人？"

阮子衿冷笑道："你休想以话激我！"向吕思道："这丫头刁钻刻薄，你还是不要将她带在身边为好。告辞。"说完飞身上马带着手下飞奔而去。

宗婉儿指着阮子衿的背影骂道："坏蛋，居然敢羞辱我，有种你别走！"

吕思呵斥道："住口！一个女孩子家张口闭口尽是脏话，成何体统！"

宗婉儿委屈道："谁张口闭口都是脏话了，他骂我你怎么不说，再说这些日子你听我骂过人吗？"

吕思不再理她，转向刘贤道："我瞧星圣阮子衿之言不是虚话，吴世子与何人结怨能否告诉我？"

刘贤思索片刻道："我实在想不起曾得罪过什么人。"随即笑道："算了，不必管他。当今天下瞧不惯我父子之人多了去了。"

吕思强忍悲痛问道："吴世子这是要去长安吗？"

刘贤道："受太子相邀，我去长安略住几日。"

吕思瞧了瞧天色道："我与世子本是同路，但是我不能陪你去长安了，还请世子多加保重。"原来吕思今日连闻噩耗心中已有轻生之念，他只想在郭小玉的坟前自杀谢罪，他要永远陪着郭小玉，再也不要和她分开了。

刘贤道："不知吕公子要往何处去？"

吕思惨然道："我已经无路可走了。"

刘贤惊道："吕公子此话何意？"

吕思漠然道："你不懂，永远都不会懂的。你走吧。"

"他们呢？也随你一起去吗？"刘贤问道。

吕思摇头道："他们是他们，我是我，世子可以与他们同路。"

刘贤不知吕思要去往哪里，但是见他神色凄然，想了想道："吕公子总要与他们道别吧。"

吕思摇头道："不说了，说了徒增烦恼。"说完向一匹白马走去。

刘贤急道："吕公子等一等。"

吕思并不回头，来到白马前，拉住缰绳飞身上马。突然，马前有一人拦住了去路，原来刘彩銮见吕思听到郭小玉的死讯后当即喷出一口鲜血，心中已经有了不祥之感，因此她始终留意吕思的言行。刘彩銮拦住吕思去路道："思哥倘若去找玉儿定会后悔的。"

吕思满怀歉意地瞧向刘彩銮道："我知道公主对我的心意，只是我害死了玉儿，我要回去陪她。"

"玉儿根本就没有死，"刘彩銮道，"你也无须自责。"

"玉儿没有死？她还活着！只是吴世子亲口所说，他亲眼见到玉儿已经，已经去了。"吕思惊疑道。

刘彩銮道："莫非你不信我的话吗？"

"你的话我自然是相信的。"吕思飞跃下马，抓起刘彩銮的右手道，"告诉我，玉儿在哪里？"

刘彩銮的右手被吕思握在手中，浑身犹如触电般颤抖，她面色羞红道："她已经离开郭家庄了。"

吕思闻言惊诧道："她为何要离开郭家庄？"

刘彩銮道："我虽然学会了推算之术，但是细节我是无法推算出来的。"

吕思道："这已经很了不起了，你能推算出玉儿去了何方吗？"

刘彩銮瞧着吕思的眼睛缓缓说道："倘若我推算不错的话，她应该要去长安。"

吕思惊问道："长安！她为什么要去长安？"

"你们俩手牵着手干吗呢？"宗婉儿不知何时走了过来。

刘彩銮忽地将手抽回，刚刚恢复的俏脸又羞红起来，心脏扑通扑通跳得飞快。她偷偷瞟了吕思一眼，向宗婉儿道："我与思哥商量去长安的事情呢。"

　　"商量事情还要手牵着手吗？"宗婉儿常以戏弄别人为乐，如今好不容易抓住机会怎肯放过。

　　吕思低声喝道："你怎的如此没有礼貌？"

　　"当真好笑，又不是我与人拉拉扯扯的，为何要责怪我？"宗婉儿道，"若不是他们让我来叫你，我才懒得管你们。"

第二十四章

郭小玉慢慢地苏醒过来，恍惚之间听到冬儿在轻轻地抽泣，心道："我这是在哪里呢？"

突然一声低沉的声音问道："玉儿怎么样了？"

冬儿低声答道："回二庄主，小姐还是没有醒来。"

郭小玉的心智慢慢恢复起来，昏迷前的情景逐渐在脑海里呈现。对话声依然在耳边回绕。

"孙大夫，你刚给玉儿把过脉，她什么时候能够醒来？"

"回二庄主，小姐的脉象微弱，要恢复如常还需要一些时日。"

"那吕思不是说玉儿已经无碍了吗？"

"吕公子当真是旷世奇才，这鹤顶红之毒真的被他解了。"

"孙大夫难道解不了鹤顶红之毒？"

"二庄主说笑了，休说是我，普天之下能解此毒的怕也只有吕公子了。"

"吕思给玉儿解毒的时候你没有留意药方吗？"

"吕公子并未开出药方。"

"如此当真可惜了，倘若再有人被下了鹤顶红之毒可如何是好？"

"这个，只有请吕公子医治了。"

"倘若玉儿醒来后还是想不开，再服下鹤顶红会不会没事？"

"二庄主此言差矣，这鹤顶红乃天下剧毒，小姐能够被救活一次已属万幸了。"

"噢，如你所说，玉儿的体内不会有解药存留了，是吗？"

"解药怎会存留体内！倘若二庄主所言能够实现，我们这一行可就没饭吃了。"

"哈哈哈！我与孙大夫开玩笑呢，先生先去瞧瞧大庄主怎样了。"

"在下这就过去为大庄主治疗，告辞！"

孙起诺退出房间后，郭溪向冬儿道："你去告诉我府中的曹管事，就说我要在这里照顾大哥和玉儿，今晚不回去了。"

冬儿答应后退出房间，郭溪倒了一杯水来到床前，对郭小玉轻声说道："贤侄女，你将这解药喝下。"

郭小玉想要说话，怎奈嘴巴不听使唤。

郭溪轻笑道："你瞧我这记性，忘记你已是半死之人，怎能自己喝药呢？"

郭小玉闻言心中一惊，心道："二叔怎的如此说话！"原本要睁开的眼睛随即紧闭。忽地感到嘴唇被汤勺抵住，随即口中被倒入一小口水，水顺着喉咙流入腹中。如此被连喂了三口水，郭溪方才停住。郭小玉突然感觉腹内一阵疼痛，体内的血液逐渐冰冷，随着体温的下降她的神志逐渐模糊起来，她感到额头被一只手掌覆盖，随即听到郭溪嘿嘿冷笑道："贤侄女，你休要怪二叔，要怨就去地下找你爹爹吧。你连服了两次鹤顶红，天下之人已经无人能与你相比了，你该感到高兴才是。"

"二庄主，我已向曹管事传过话了。"原来是冬儿回来了。

"冬儿，你快来瞧瞧玉儿这是怎么了？"郭溪焦急地叫道。

冬儿摸了摸郭小玉的额头，又颤抖着将手伸向郭小玉的鼻子下方，突地抱住郭小玉的身体放声大哭道："小姐她不行了。"

"让我瞧瞧！"郭溪走到床前检查了一遍，发现郭小玉没有了脉搏，也无气息，身体已经冰冷，显然已经死去。

冬儿起身道："我去请孙大夫。"

"慢着，我让你去了吗？"郭溪冷声道。

"二庄主！"冬儿不知郭溪何意，随即惊恐地叫道，"你要做什么？放开我！"

"啪"的一声脆响，郭溪骂道："谁是你的二庄主，老子乃是北斗帮七大长老之首天枢长老欧阳年，你再敢叫出声我掐死你。"说完，将冬儿向床上推去，冬儿被放倒在郭小玉的身边。

郭小玉心中惊恐至极，原来她并未死去。吕思的血液中含有小塔黄的药性，这小塔黄乃是受天地精华所生，一旦进入人体就会迅速融入全身血液之中，且伴人终生。郭小玉的鹤顶红之毒刚刚祛除，身体正在恢复，突然又被欧阳年二次灌入鹤顶红，原本虚弱的身体一时之间承受不住，因此血液骤冷，气若游丝，在外人看来和死人无异。郭小玉的神志没有丧失，只是周身使不出一丝力气。

"嘶嘶"之声连响，冬儿不停地低声求饶。

欧阳年嘿嘿冷笑道："这就对了，倘若敢高声叫喊我立时宰了你，老实待着。"说完起身下床去将房门插上。

"宝贝儿，我来了。"

"不要，不要！求你了，二庄主。"

"不许出声！"

"别，别，不要，啊……"冬儿紧紧地抓住郭小玉的手。

郭小玉听到冬儿痛苦的呻吟声心都碎了，她没有想到自己一向尊重的二叔竟是北斗帮七大长老之首欧阳年，爹爹竟将这个人面兽心的恶魔认作兄弟。过了好久，冬儿不再哭泣，欧阳年喘着粗气道："宝贝儿，只要你听话，本庄主天天疼你。"

"你，你就是一个恶魔！"冬儿恨道。

"快去找衣服换上！"郭溪命令道。

冬儿起身去找衣服，欧阳年用手抚摸着郭小玉冰冷的脸蛋儿遗憾地说道："多美的女人啊，可惜了。"

郭小玉又惊恐又恶心。欧阳年自语道："我天枢长老感谢郭爹帮我隐瞒身份五年有余，今日总算熬到头了。郭爹你也不要怪我，谁让你总是与太子作对呢。今日的太子便是明日的皇帝，你偏要与七国为伍，替他们招兵买马，太子怎能容你？你对我恩重如山，我一直不忍心下手，只是这吕思给了我如此好的机会我岂能错过。你泉下有知就找吕思算账吧。"

郭小玉听得肝胆俱裂，她从郭溪的自言自语中已经得知爹爹遇害了。突然，她感觉欧阳年抚摸自己脸蛋儿的手在向下游走。

房门突地被人撞开，一个少女冷声说道："果然不出我所料，你果真在这里风流快活呢。"

欧阳年突地嘿嘿笑道："原来是你这个小宝贝儿，快些将门关上。"

少女冷声道："做了丑事还怕人看吗？"

欧阳年突地冷声道："你不要忘记自己的身份，倘若坏了太子的差事，休说杀不了吕思，只怕你的脑袋也保不成！"

"嘭"的一声，少女将房门关上后又反锁了起来。欧阳年嘿嘿笑道："这才是我亲亲的小宝贝儿。"

"太子将我送给你，是要你帮我除去吕思的，不是让你糟蹋我的。"少女恨道，"我知道你天枢长老是色中恶鬼，但是你不要因为贪恋美色而忘了正事。你也不要忘记我的另一个身份，我可是对你有监督之责的。"

欧阳年声音缓和道："花海密使请息怒，你是知道的，老夫平生就这一个爱好，放心，太子交代的事情我都已办妥了。"

"郭爻的事情我已经听说了，这件事情你办得好，郭小玉呢，死了没有？"

"死了，我已经确认过了。"

"你是如何确认的？我看你只顾着风流快活了吧。"

"不耽误，两不耽误。"

"这个冬儿你打算如何处置？"

"这个婢女乖巧得很，她不会坏事的。"

"别怪我没有提醒你，你可不要让这贱货坏了我们的事。"

"秘使放心，我不会误事的。"

"哼，你还不给我回去！"

"花海宝贝儿，过来让我亲一亲。"

"老色鬼，你把我兹莫花海当什么人了，休要多言，带上这个贱货快随我回去！"

"是，是，秘使说的是。冬儿，还不快来见过秘使。"

"是。"

冬儿向兹莫花海叩头道："婢女冬儿叩见秘使大人。"

兹莫花海瞧着匍匐在地的冬儿向欧阳年道:"天枢长老果然没有看错,这个贱人当真识趣得很!"转向冬儿道:"你起来吧。"

冬儿又叩头道:"婢女有一句话不知当讲不当讲?"

"你有何事要说?"

"婢女想,郭小姐一直是我服侍的,如今她去了,倘若我不在她身边,别人定会起疑心的。"

兹莫花海道:"果然是一个聪明的婢女。好吧,你就留下处理后事吧。"

冬儿道:"多谢秘使夸奖。"又向欧阳年道:"冬儿已经是二庄主的人了,等我将小姐的后事料理完就去侍候你。"

欧阳年淫笑道:"好,好,本长老也不怕你跑了,普天之下绝没有你的容身之地。"

冬儿撒娇道:"老爷,你休想我离开你。今后就是你赶我走我也不会离开的。"

兹莫花海冷笑道:"真是下贱!"

欧阳年淫笑道:"秘使宝贝儿,我们回去快活吧,老夫等不及了。"

兹莫花海咯咯笑道:"当真是一个老淫贼!"说完,拔开门闩向外走去。

郭溪急忙跟上,来到门口回头道:"小心办事!"

冬儿道:"知道了,老爷慢走。"

冬儿走到门前,直到两人走远方才关上门回到床前,她抱住郭小玉痛声哭了起来。郭小玉想要安慰她,只是苦于周身没有一丝力气。冬儿哭了一会儿向郭小玉说道:"小姐,你们父女二人被欧阳年老贼所害,这个仇冬儿一定会替你们报的。等我寻到机会定将你被害之事告诉吕公子,他武功高强,定会杀了欧阳年老贼。"

冬儿起身来到门外高声叫道:"不好了!快来人啊!快来人呀!"

很快,庄中跑出许多人来,他们将冬儿团团围住,问道:"是不是小姐出事儿了?"

刘贤分开众人,走进房中,坐在床头呆呆地瞧着郭小玉。

赵宇翔与周末轻声安慰道:"人死不能复生,请世子节哀!"

刘贤喃喃自语道："吕思不是说郭小姐没有事儿了吗，怎会这样？"

周末怒道："世子怎么还相信那人，你忘了他的绰号了吗，他就是一头毒狼！"

郭小玉内心拼命地辩解道："不是的，不是的，思哥是天下第一好人，我不许你们冤枉他。"

刘贤道："我瞧他不像江湖传言中那样。"

周末道："他奸杀梁县令之女又诛杀了梁家满门，这可是张偃张侯爷亲口所说，还能有假？"

赵宇翔道："张侯爷与原吕国国王吕嘉是至交好友，按说传言不该出自他的口中。"

周末道："张侯爷真是恨铁不成钢，再说他也不是为了一己之私而不顾江湖大义之人。"

郭小玉内心骂道："张偃老贼暗中坑害思哥，思哥还将他当作至亲长辈，这可如何是好？"

刘贤道："此事休要再提！"

郭小玉内心刚要感激刘贤，谁知刘贤继续说道："吕思的未婚妻吴惟珊被太子刘启设计抢走，如今他一门心思要寻太子报仇，我们只等着坐收渔翁之利就行了。"

赵宇翔赞道："还是世子目光长远，我们在吕思杀死太子之前非但不能让人杀他，而且还要护他周全。"

门外远远传来欧阳年的哭叫声，刘贤道："听说这二庄主郭溪并非郭爻的亲生兄弟，他是否与七国一心还不能确定，与他说话要小心些。"

赵宇翔与周末齐声应道："诺！"

郭小玉心中暗骂道："畜生，都是一群畜生！"

欧阳年在冬儿的搀扶下跌跌撞撞地走进房间，扑倒在床头哭道："我可怜的贤侄女，你怎么就跟随大哥去了呢？这天杀的毒狼吕思，我与他不共戴天！"

刘贤起身扶起他道："郭二庄主别哭坏了身子，快快起来。"

欧阳年起身后抓住刘启的手臂道："家兄被毒狼吕思逼迫而死，吴世子可是亲眼所见，我可怜的侄女虽说不是他逼迫的，但是也与他有关。

还请世子主持正义。"

刘贤道："郭庄主与郭小姐之死我与你一样痛心，恶有恶报，吕思不会有好下场的！"

欧阳年流泪道："我们本应该是一家人的，只是玉儿没有福气，还没有过门就这么匆匆去了。"

刘贤叹道："郭二庄主不要再说了，多蒙庄主不弃，欲将郭小姐下嫁于我，只怨我无能，没有保护好他们。"

郭小玉心中暗道："呸呸呸！我什么时候答应爹爹要嫁给你了，恶贼，臭不要脸！"

欧阳年向冬儿道："冬儿，你快去叫郭管家布置灵堂。"

冬儿答应道："是，我这就去。"

"慢着！"欧阳年叮嘱道，"丧事从简办理吧。"

刘贤问道："这是为何？"

欧阳年干咳数声道："大哥一家四口都不在了，我也没有子嗣。特别是，咳咳，特别是我久病缠身，没有精力招待这许多朋友。"

刘贤道："郭庄主在世时义薄云天，非但与七国交情甚厚，就是江湖朋友也遍及天下，众人得知噩耗定会蜂拥而来，郭二庄主的确是应付不过来。不过郭二庄主还是要将郭庄主与郭小姐之事告知天下的。"

欧阳年道："这是自然，等丧事过后，我就命人分头告知诸位朋友。"向冬儿道："还不快去！"

冬儿答应后向外跑去。

第二日上午，灵堂已搭建完毕，棺材也已打好，庄内响起阵阵哀乐声。冬儿与一个婢女准备将寿衣给郭小玉换上。冬儿刚解开郭小玉的腰带突然看到郭小玉的腹部动了一下，她愣了一下向另一个婢女说道："小姐生前从不让人瞧她的身子，她待我亲如姊妹，这寿衣还是我一个人给她换上吧。好妹妹，这儿就不劳烦你了。"

那婢女说道："如此就劳烦冬儿姐姐了。"说完，走出内室。

此时房中只有冬儿一人，她抱住郭小玉向她的胸膛听去，突地面露喜色低声道："小姐，我就知道你没有死，你能听到我说话吗？"

郭小玉的血液早已循环流动起来，体内的鹤顶红之毒已经被化解。

只是身体还很虚弱，没有力气动弹。她努力张开嘴巴低声道："冬儿，受苦了。"

冬儿哗地流泪道："冬儿不苦，只要能救活小姐，冬儿愿意去死。"

郭小玉道："我现在没有一丝力气，等到封住棺木的时候，记住给我留一个缝隙。"

冬儿道："我会在棺材底部钻出一个小洞，等盖棺时再想办法留出缝隙。"

郭小玉睁开眼睛瞧着冬儿道："谢谢冬儿。"

冬儿摇头哭道："小姐千万不要这么说，冬儿承受不起。只是，只是到时小姐如何脱困？"

郭小玉脸上带着一丝微笑道："我体内的真气正在慢慢恢复，用不了多久我就会痊愈的，那时我要脱困易如反掌。"

冬儿笑着哭道："太好了，等小姐脱困后一定要救我出去。"

郭小玉道："冬儿放心，我一定会回来救你的。"她喘息了一会儿道："你快将寿衣给我穿上，时间久了，欧阳老贼会怀疑的。"

"知道了，小姐。"冬儿哭道。

郭小玉内力恢复的时候，已经被埋在地下很久了。好在冬儿在棺椁下方及右侧都做了透气的小孔。棺椁较大，郭小玉盘膝而坐，运起星月神功，真气在丹田汇聚后飞速地向四肢百骸散去。经过九个周天的练习，郭小玉已经能够随心所欲地控制真气的汇聚及流向。她缓缓睁开双眼，将双手向上托举，身体随之站起，棺材盖板应声而开。郭小玉运力将盖板向上推出，只听"轰"的一声巨响坟墓顶端被震出一个巨大的窟窿，月光瞬时填满墓穴。郭小玉一跃而出，仰首望着漫天星月，不由得喜极而泣。

郭小玉向四周瞧去，见尽是荒野，心中恨道："定是欧阳老贼做了亏心之事，担心我与爹爹化作厉鬼找他报仇，因此才将我与爹爹葬得如此遥远。"想到郭爻，她向自己的墓穴旁边瞧去，只见墓穴旁便是一座新坟，坟前立着一块墓碑，墓碑上正刻有"郭爻之墓"四个大字。郭小玉忽地扑倒在坟前大哭起来，良久，郭小玉才停止哭泣，叩了几个响头，说道："爹爹你识人不明，误将豺狼认作兄弟，才有今日之灾。爹爹泉下有知保佑女儿手刃欧阳老贼替你报仇雪恨！"

月亮如洗，繁星满空，正是初秋时节，微风带着一丝暖意。郭小玉施展华星韵步飞速来到郭家庄内，她来到自己房间，发现房中空无一人，突地想起冬儿被凌辱的情景，不由得心疼道："可怜的冬儿，定是被欧阳老贼叫去了。"想罢，走出房间向欧阳年卧房飞奔而去。

郭小玉来到欧阳年的窗前，只听得房间内传出阵阵淫靡之声，她大喝一声纵身穿窗而入，挥掌向欧阳年攻去。她使的是星月神功第二式，流星追月。欧阳年来不及反应随手拍出一掌落花飞叶迎上。只听"轰"的一声闷响，欧阳年被震得向后墙撞去。

欧阳年被震得气血翻腾，心下暗自惊慌，心道："我只听郭爻说她曾在青羊山谷底因奇遇致使内力大增，没想到竟会如此厉害！"

郭小玉大声喝道："半月悬空！"立掌向欧阳年劈去，真气带动四周空气剧烈旋转着向欧阳年奔去。欧阳年哪敢怠慢，狂吼一声使出绝招牡丹花心破，身体旋转着向郭小玉冲来。又是一声闷响，欧阳年的身体腾空向后飞出，重重地摔倒在地。郭小玉的身体也被震得向后飞出，撞到墙上后反弹落地，好在没有摔倒。

欧阳年突地大声叫道："让你见识见识我的采花十八式。"说话间，身体闪电般向郭小玉扑去。采花十八式是他穷尽毕生精力在北斗仙尊的绝学北斗连环闪的基础上演化而成，招式阴损，变化迅捷。

郭小玉以星月神功应对，虽说此功只有六式，但是每一式又有九般变化，一般武林高手能接住两式已属不易。

欧阳年与郭小玉的内力相差无几，招式变化上星月神功占尽优势，只是郭小玉临战经验不如欧阳年。两相对比，二人势均力敌。

第二十五章

欧阳年与郭小玉缠斗了近百个回合仍然不分胜负，郭小玉心中暗道："老贼果然不愧位列北斗帮七大长老之首。"欧阳年则愈战愈是心寒，他成名已久，且深得北斗仙尊真传，今日竟然被一个小丫头打得险象环生。欧阳年再次与郭小玉相互对攻了一招之后，二人身上各自被对方击中了一掌。欧阳年口喷鲜血，慌乱之间想出激将法，他嘿嘿淫笑道："乖侄女，今日你可是将叔叔的身体摸了好几遍了，叔叔都受不了了。"

郭小玉毕竟是一个黄花大闺女，刚才报仇心切没有顾得上许多，现在听了欧阳年之言不由得恼羞至极。她骂道："亏你也是江湖成名之辈，居然做出如此无耻之事！"

欧阳年嘿嘿笑道："老夫的桃花星之名可不是浪得虚名，你要不要一试？"

郭小玉怒道："我杀了你这个淫贼！"说完向欧阳年猛然攻去，她羞急之下招式变化明显迟缓起来。

欧阳年心中暗喜，抓住郭小玉的一个破绽，以迅雷不及掩耳之势点中了她的风池穴，郭小玉顿时摔倒在地动弹不得。

欧阳年心中大喜，胸膛剧烈起伏，喘着粗气淫笑道："早知你如此难斗，当初你昏死之时就该把你睡了，不过现在也为时不晚。"

郭小玉惊得魂飞魄散，大声喝道："你若敢碰我，我化作厉鬼也不放过你！"

欧阳年嘿嘿大笑道："宝贝儿生得美若天仙，老夫巴不得你缠着我不放呢。"转向冬儿道："小贱人，还不快将小姐抱到床上去。"

冬儿半抱半拖着郭小玉向床上走去，郭小玉的头部正好与她的脸蛋儿紧紧贴在一起。

郭小玉轻声道："快用手按住我的京门穴。"突地想起冬儿并不会武功，解释道："腰部右侧靠边位置。"

冬儿借着搂抱之机假装拖抱不动，频繁挪动手臂。突然，郭小玉道："不要动，用力按下！"

冬儿会意，用力按下。怎奈力气太小始终没有将穴道点开。

欧阳年喝骂道："你磨蹭什么呢，是想要老夫弄死你吗？"

冬儿急忙道："冬儿力气小，这就好了。"

"滚开！"欧阳年一把将冬儿推开，抱住郭小玉。

郭小玉吓得花容失色道："你这畜生放开我！你，你难道忘记爹爹是如何收留你的吗？"

欧阳年冷声道："你当真以为老夫是走投无路才投靠他的吗？老夫只是奉了代帮主之命潜入你府中做卧底罢了。"随即淫笑道："现在正是你我欢好的时候，说那些烦心之事做什么。"

郭小玉颤声道："你不要碰我，求求你不要碰我。"

欧阳年嘿嘿笑道："宝贝儿放心，我会轻些的。"

郭小玉知道求饶是行不通的，因此闭上眼睛，专心凝聚内力冲撞京门穴。

欧阳年见郭小玉闭上眼睛不再说话，以为她已经屈服，淫笑道："宝贝儿，早知如此刚才何必反抗呢，累得老夫气血翻涌。"说话间将郭小玉的腰带解了开来。

突然，"啪"的一声脆响，欧阳年的头颅被砸得鲜血直流。他扭头看去，只见冬儿站在身后正惊慌失措地瞧着自己，地上散落着破碎的花瓶。

"贱货，找死！"欧阳年猛地一掌将冬儿打得向后飞去。

冬儿摔倒在地，口中鲜血直流，喃喃道："小姐，小姐……"

欧阳年一边咒骂着一边不顾疼痛向郭小玉走去，他刚要脱下郭小玉的衫裙，胸口突地挨了一拳，原来郭小玉已经将穴道解开。欧阳年被打得向后飞出，身体重重落在地上。郭小玉咬牙道："老贼，我要将你碎尸万段！"

欧阳年突地拿起板凳向郭小玉砸去，郭小玉一掌将板凳劈碎。欧阳年又搬起圆桌使出内力推动圆桌旋转着向郭小玉飞去，郭小玉举起双掌向圆桌击去。随着"啪"的一声脆响，圆桌断为两半。

郭小玉击破圆桌后发现欧阳年不见了踪影，正惊疑间突听身后传来一声闷响，她急忙回身瞧去，只见床上木板正在合上，欧阳年的身影隐没在床板之下。郭小玉飞身踏到床上，床板已然合上。郭小玉连连挥掌向床板击去，怎奈始终无法将床板震开。她伸手摸去才发现木板乃是铜铁所制，只得恨声道："这老贼当真狡猾，竟然在床下挖了一个密道。"

"小姐。"冬儿声音微弱地叫道。

郭小玉急忙跃到冬儿身边问道："冬儿，你怎么样了？"

冬儿瞧着郭小玉惨然笑道："小姐你没事儿就好。奴婢，奴婢今后怕是不能侍候小姐了。"

郭小玉流泪道："你不要说话，我不会让你死的！"说完将冬儿扶起坐正，催动内力为她疗伤。

郭小玉感到冬儿的血液恢复正常运转后放下心来，收功道："冬儿现在感觉如何？"

冬儿感激道："多谢小姐，奴婢现在没事了。"

郭小玉扶起冬儿，带着她返回自己卧室将寿衣换下。做好这一切，天色已经亮了起来。郭小玉向冬儿道："你去将郭管家以及府中管事之人都叫来。"冬儿答应后，向门外走去。

很快，郭管家以及二十余名管事之人陆续走进郭小玉的房间。由于冬儿已经向他们说了大概的原委，因此他们见了郭小玉后并未感到惊慌。

郭小玉道："郭溪老贼在五年前以无处生存为由骗得爹爹信任，并与他义结金兰，现在我已经查明郭溪老贼实为北斗帮七大长老之首天枢长老欧阳年，前些日子我与爹爹就是被他所害，我侥幸逃脱，只是爹爹已经被他害死了。"

郭管家等人齐声叫道："杀了这个狗贼为庄主报仇！"

郭小玉叫停他们的呐喊道："欧阳老贼已经被我打成重伤逃跑了，但他是北斗帮的人，为了防止他回来行凶，我们必须早做准备。这些年来我们为七国招募了许多兵马，现在我们有难，七国不会不管，我这就给各国国君写信，请他们派出高手协助我们保护庄园。郭管家拟定送书信之人，待我写好书信让他们即刻出发，其他人都回去做好分内之事。"

　　郭管家当即指定七名护卫头领留下，然后带着其他人员离去。

　　郭小玉写好七封书信，交给七名护卫头领，嘱咐他们务必亲自呈送给各国国君。七名护卫头领接过书信后纷纷表示会誓死完成任务，随后按照郭小玉的要求分别向七国求援去了。

　　半个月后派往七国的信使陆续返回庄中，他们向郭小玉禀告求助情形时个个义愤填膺，纷纷咒骂七国国君不讲信义。郭小玉异常气愤，指定郭管家暂时主持庄中事务，自己去寻找吕思，请他帮助复仇。

　　郭小玉收拾行李时，冬儿跪下请求郭小玉带她一起离开。郭小玉向她说道："我这一去路上凶险万分，你又不会武功，跟着我实在不方便。"

　　冬儿哭道："我的清白之身已经被欧阳老贼毁了，我在庄中实在无法面对焦，焦闵行。"

　　郭小玉惊讶道："原来你已有了心上人！"随后叹道："缘分自有天定！你也不要太伤心，准备行李随我一起去吧。"

　　冬儿闻言大喜，叩头谢恩，收拾好行李跟随郭小玉一起离开了郭家庄。

　　郭小玉与冬儿各乘一匹白马向长安行去，过了几日二人来到梁国睢阳城。郭小玉找了一家饭店走了进去，只见饭店内十余张桌子大都坐满了客人，这些人见到郭小玉后立时安静下来，都将眼光瞧向她，郭小玉只当没有瞧见。店小二将她们二人引到最里面的一张桌子坐下后，郭小玉随便点了些饭菜。这时饭店内开始骚动起来，赞叹声逐渐传入郭小玉的耳中。

　　"兄弟，你可曾见过这么美丽的女子，哥哥我是头一回遇见。"

　　"这女子不会是仙女下凡吧！"

　　"睢阳城的女人我大都见过，可是没有一个能比得上她的。"

"这女子也太美了吧！她身边的女子生得也好。"

……

郭小玉与冬儿一路走来已经习惯被人称赞了，因此也不以为意，两人低声闲谈着。

过不多时，店小二将饭菜端了上来。郭小玉与冬儿正吃饭时，突听一个粗犷的声音传来。

"哥哥，你听说了吗，前几日睢阳城内的白鹤门牛堂堂会被北斗帮给一锅端了，没留一个活口，那叫一个惨哪！"此人的言语引得众食客发出一片惊叹声，随即有人开始议论起来。

"白鹤门多行不义必自毙！这些年他们横行霸道、欺压良善，该有此报！"

"听说北斗帮的人不分老幼全部都杀。"

"老兄说得还算好的，你还不知道吧，北斗帮中有许多丧心病狂之徒，凡是有些姿色的女人不分年龄都是先奸后杀，真是人间炼狱呀！"

"算上牛堂，白鹤门至少已有七家堂会被灭门了。"

"我也听说了，蜀郡的龙堂，吴越的蛇堂、马堂，彭城的猪堂，济南的羊堂，庐江的鸡堂几乎在同一天被歼灭，白鹤门算是完了！"

"此言差矣！你们没有听说吧，此前北斗帮与白鹤门在双龙谷决战，北斗帮死伤无数，光是长老就死了五个。我还听说白鹤门正在去往北斗帮帮会中心骊山的路上呢。"

"我听糊涂了，现在白鹤门与北斗帮到底是谁输谁赢了？"

"你怎的如此糊涂呀，当然是白鹤门胜了，北斗帮杀的都是什么人？全都是留守堂会的老弱妇孺，精壮男子包括堂主都跟随秦掌门去骊山了。"

"老哥这么说我就明白了，白鹤门是丢卒保帅，直捣北斗帮的老巢呀！"

"就是这个说法，你们想一想，龙无首都不能活，何况北斗帮呢？"

"甚是，甚是！"众人俱点头赞同。当先说话之人甚是得意，眼睛瞧向郭小玉与冬儿。

郭小玉仔细地听着他们的议论，抬头时看到一个四十余岁的瘦弱男子边咳嗽边走了进来。店小二急忙迎上，将他带到郭小玉的邻桌坐下。瘦弱男子点餐时每说一句话都要咳嗽几声，好不容易点好饭菜，眼睛半睁半闭地打起了瞌睡。周边食客全都瞧着这瘦弱男子，眼中俱是厌恶之色。前桌一个黑脸男子向店小二叫道："小二，谁让你把这个痨病鬼安排在这儿的，你没听见他是如何咳嗽的吗？倘若他是肺痨怎么办，你是要让他传染给我们吗？"

店小二哭丧着脸道："大爷息怒，你瞧这满屋的桌子，只有这一张空桌。"

"我不管，随你怎么安排，只是不要让他坐在我身边。"

"可是真的没有桌子了。"

"那就带到你的后堂，总之我不想见到他。"

店小二走向瘦弱男子为难地说道："客官，您看这？"

郭小玉见瘦弱男子突地睁开双眼，眼中精光闪烁，口气淡淡地道："你们上饭菜快些，我吃得快些，这样我就会早些离开，好吗？"他说这句话时竟未咳嗽一声。

郭小玉心中一动，开始悄悄观察起瘦弱男子。

店小二无奈道："好吧，我这就去催后厨。"然后向黑脸男子道："这位客官想必听见我与他说的话了，小的这就给他安排饭菜，也好让他吃完尽快离开。"

黑脸男子不耐烦道："还不快去！"店小二赔了笑脸后急忙向后厨跑去。

男子好似几日几夜没有睡过觉一般，始终半闭着眼睛，散乱的头发将他蜡黄的脸遮住了一半。他费劲地喘息着，时而剧烈地干咳几声。黑脸男子忍无可忍，转身拍着瘦弱男子的桌子道："你个痨病鬼快些给老子滚蛋！"

瘦弱男子咳嗽道："我已经几日没有吃过东西了，若不吃些东西哪有力气走路！"说完又干咳起来。

"老子劝你还是早些死了吧，早死早投胎，免得祸害他人。"黑脸男子咒骂道。

"他与你无冤无仇，你为何要咒他死？你瞧他都病成这个样子了，你就没有一点儿同情心吗？"冬儿忍不住起身替瘦弱男子出头。瘦弱男子让她想到了自己的爹爹，当年她爹爹带她流落街头，也是因为病体缠身处处遭人嫌弃，临终前将她送给了郭家庄做婢女。

"哎哟，这痨病鬼艳福不浅啊，竟然能让美人替他出头。"黑脸男子向四下看了看后瞧着冬儿道，"我也病了，你也关心关心我吧！"

"你，你无赖！"冬儿气得嘴唇发抖。

瘦弱男子的眼睛突地睁开，向黑脸男子瞧去。

"你个痨病鬼竟然敢瞪我，信不信老子大耳光抽你！"黑脸男子怒道。

瘦弱男子似要说话，但终究没有说出，又将眼睛闭上。

黑脸男子更加嚣张，向冬儿道："请美人过来陪老子喝一杯，老子自然不会再赶这个痨病鬼走了。"

"冬儿坐下！"郭小玉向黑脸男子笑道，"我敬英雄一杯如何？"

"那敢情好啊。小美女陪老子喝酒老子就满足了，何况还是你这个仙子亲自来陪老子呢。"黑脸男子开心至极。

郭小玉端起手中茶杯向黑脸男子走去，其他食客俱对黑脸男子艳羡不已。

郭小玉来到黑脸男子身前微笑道："下人无理，我以茶代酒替她向你赔罪了，请英雄干下此杯。"

"我干，我干。"黑脸男子喜出望外，接过郭小玉手中的茶杯向四下举起，炫耀道，"仙子饮过的茶我死了都要喝光的。"说完一饮而尽，"好喝好喝，美人再来一杯。"

他同桌的五名男子一起站了起来淫笑道："美人可不能偏心呀，他能喝得你饮过的茶水，我们也要同他一样。"

郭小玉咯咯笑道："你们要如何一样？"

五名男子见郭小玉如此好说话，胆子更大，其中一人说道："你将我杯子中的酒喝下一半，剩下的留给我。"

郭小玉笑嗔道："你这人坏得很，想着法子占我便宜。好吧，就依你吧。"

突然，黑脸男子大声道："哎呀，疼死我了！"

五名男子纷纷训斥道："老吴，当真可恶，装疯卖傻做什么，只许你喝得美人的茶就不许我们喝她剩下的酒？"

黑脸男子额头上流出豆大的汗珠，手指郭小玉怒道："你到底给我喝了什么？"

郭小玉咯咯笑道："茶水呀，只不过本姑娘从来不喝一般茶水。"

其他五人突然反应过来，惊问道："难道你在水中下了毒？"

郭小玉笑道："你们这些人当真不会说话，我只是不忍拂了他的心意罢了。"

其中一人怒道："他有何心意？"

郭小玉惊讶道："难不成你们都没有听见？他说的，死了都要喝下我杯中的茶水。"

黑脸男子疼得将桌上的碗筷以及盘子都推到地上，向郭小玉求道："女侠饶命！我错了，请你将解药给我吧。"

郭小玉向怀中摸了摸突地惊叫道："糟了，解药我忘记带了。"

五人已经瞧出郭小玉故意在戏弄他们，相互瞧了一眼，突地一齐向郭小玉挥拳打去。其他食客正为郭小玉担心之际，突然见有五条人影飞向空中，随后重重地摔落下来，有的摔倒在地上，有的摔倒在桌子上。郭小玉则浅笑盈盈地立在原地，好似她与此事毫不相干一般。

五名男子爬起后，一个浓眉汉子向郭小玉威胁道："你胆子不小，知道我们是谁吗？"

郭小玉道："你既然要说，我也阻拦不住呀。"

浓眉汉子冷笑道："紫竹帮你总该听说过吧？"

郭小玉微笑道："我从未听说过。"

浓眉汉子怒道："好，算你有种，我们走着瞧！"说完与其他一个同伙架起哀号不止的黑脸男子向外走去。

郭小玉拍了拍手走回原位坐下，其他食客见她如此厉害，再也不敢多瞧她一眼。

冬儿伸出双手握住郭小玉的手自责道："奴婢又给小姐添麻烦了，请小姐责罚。"

郭小玉用左手轻拍她的手道："些许小事，不算什么。还有，今后倘若再自称奴婢我就不理你了。"

冬儿感激道："多谢小姐瞧得起我，我，冬儿一定改。"

店小二远远地向郭小玉道："小姐，小姐，这些破碎的桌子碗筷……"

郭小玉笑道："你不要担心，今日的损失我统统赔你。"

店小二闻言满面欢喜，连声道谢后开始收拾桌椅。

瘦弱男子干咳几声转向郭小玉道："多谢二位姑娘为我仗义出头。"

冬儿道："你不要多说话，小心身体。"

瘦弱男子感激道："多谢姑娘关心。"说完又咳嗽起来。

冬儿关心道："瞧你咳嗽得如此厉害，还是少说话吧。"向郭小玉道："小姐，我们找到吕公子请他给这位大哥医治好吗？"

郭小玉微笑道："既然冬儿要给这位大哥医治，我自然会请思哥将他医好的。"向瘦弱男子道："敢问大哥家住何方？"

瘦弱男子咳嗽道："我四方游走没有固定的住处。"

"如此就难办了，我们找到思哥后到哪里给你医治？"郭小玉问道。

瘦弱男子咳嗽道："我这是老毛病了，治不好的，不劳姑娘费心了。"

郭小玉道："既然如此，我们就此别过，后会有期。"

冬儿道："小姐……"

郭小玉问道："怎么，你没有吃饱吗？"

冬儿道："我吃饱了，只是他怎么办呀？"

郭小玉微笑道："你怎么如此关心他呀，我不是不想帮他，是他拒绝了。"

冬儿向瘦弱男子道："你这人也真是的，为什么不愿意让吕公子医治呢？"

瘦弱男子感激道："我的身体我知道，我这病是医不好的，还请姑娘不要为我担心了。"他说完这一句话倒是没有咳嗽。

郭小玉向冬儿道："还不走！"

"是，小姐，我们这就走。"冬儿离开座位后问道，"还没有请教大哥姓名呢。"

瘦弱男子起身道："我叫周十兄，敢问姑娘是？"

冬儿道："我叫冬儿，这是我家小姐郭小玉。"

郭小玉大声道："冬儿，还不快走！"

冬儿又瞧了瘦弱男子一眼，急忙背上行李跟着郭小玉向柜台前走去。将所有账目结清后，她想了想低声问道："小姐，我想将周十兄的账一起结了，可以吗？"

"好，你给付了吧。"郭小玉同意道。

"多谢小姐！"冬儿高兴地向账房先生道，"请把那位大哥的账算一下，我帮他结了。"

账房先生微笑道："姑娘当真好心，你们把本店的损失都支付了，我们感激不尽，那位客官花费不多，我们小店给他免了。"

冬儿喜道："如此多谢先生了。"

账房先生急忙说道："姑娘客气了，客气了。"

冬儿向郭小玉道："小姐，我们走吧。"

郭小玉瞧了周十兄一眼向冬儿道："这回你放心啦。走吧！"

郭小玉带着冬儿走出饭店，店小二早已将她俩的马牵在门口等候。

第二十六章

　　郭小玉与冬儿骑着马缓缓前行，郭小玉突然向冬儿问道："你为何如此关心那个病汉周十兄？"

　　冬儿道："小姐有所不知，我幼时跟随爹爹流落街头，爹爹当年就如同现在的他。"

　　郭小玉道："原来如此！"随即莞尔一笑道："放心吧，那人与你爹爹不同。"

　　冬儿愣了一下，自语道："是呀，他自会比爹爹长命的。"

　　郭小玉见身边有许多男子在向前奔跑，好奇道："他们这是在做什么，难道前面发生什么大事儿了？冬儿，我们也去瞧瞧。"

　　郭小玉主仆二人很快来到睢阳城内最繁华的街道处，冬儿指着前方道："小姐快看，那儿有一座高台，上面站满了人。"

　　二人来到近前，发现高台是平时唱戏所用的台子，台上站着三四十名头部被黑色棉布罩住的女人，台下围满了男人。台子四周有许多身披盔甲的兵士把守，台上一角端坐着一个锦衣中年男子，中年男子的身前放有一张桌子，桌子上摆放了一个斗大的箩筐，身后立着两名凶神恶煞一般的布衣壮汉。郭小玉发现不时有男人走上戏台向箩筐中放了银钱后开始挑选女人，选中一个女人后便将她牵到锦衣男子面前，将选中女人的头罩取下。锦衣男子摆手后，男人便将选中的女人带下台去。选中年轻漂亮之人会欣喜若狂，反之选中年老色衰之人则唉声叹气。

　　郭小玉和冬儿骗身下马，周边男人俱满眼放光地瞧着她们。郭小玉向身前一个青年男子问道："请问公子，台上是怎么回事？"

○
越红尘

242

青年男子从未见过如此美丽的少女，满面羞红道："台上的女人都是拜天圣会的女眷，前几日拜天圣会被梁王一举歼灭，这些女人是被捉来卖的。"

冬儿问道："她们为何都被蒙上了头罩？"

男子还未回答，郭小玉就接话道："她们的价钱定然是一样的，倘若都以真面目示人，那些年老色衰之人有谁会买呢？"

男子赞道："小姐真是聪明！梁王府的人为了将这些女人多卖些钱便想出了这个法子。"

冬儿瞧向戏台，伤心道："她们真是可怜！"

突然，前面传来一阵喧嚣声，跟着是少女撕心裂肺的哭叫声。郭小玉将缰绳交给冬儿道："你在这里等我，我去瞧瞧。"

郭小玉挤到台下，见一个少年男子正与一个老者争抢一个圆脸少女，少女大大的眼睛中满是泪水。台上锦衣人喝道："将那个不开眼的狂妄小儿给我狠狠地打！"

"诺！"少年身边的两个兵士答应后，将少年打翻在地。圆脸少女扑倒在少年身边哭求兵士手下留情，兵士哪里肯听，拳脚雨点般落在少年身上。圆脸少女突地转身跪倒在老者的身边央求道："我跟你走，求求你让官爷放过乘风吧！"

老者道："你当真跟我走？"

少女哭道："我跟你走，现在就跟你走。求求你了，不要再让官爷打他了。"

老者向台上满脸堆笑道："老爷，请官爷高抬贵手，饶了这小儿吧！"

锦衣人问道："这贱婢愿意随你回去了？"

老者连连点头道："托官爷的福，她愿意同我回去了。"

锦衣人向台下两名兵士道："算了，放了这个奴才吧。"接着，向四周大声道："尔等听好了，今日只管买卖，再有胆敢扰乱秩序者定当严惩不贷！"

两名兵士停下手脚将地上的两锭金子各拾起一锭放入怀中，骂道："你他妈的快滚蛋，迟了老子打死你。"

少年叫道："求二位爷将金锭还给我，那是我用来赎水仙的费用。"

"去你妈的！谁拿你金锭了，你小子胆敢乱说老子打死你。"说着一脚踢在少年的面门上，少年的鼻子顿时血流不止。

老者拉着圆脸少女的手向外走去，圆脸少女突地挣开，扑倒在少年的身上道："乘风，我去了。你我今生无缘，你要好好保重。"

少年哭道："水仙，你我好不容易得以相见，我怎能放手？"随即翻身跪倒在地向台上锦衣人磕头道："恳请官爷成全，小的甘愿为官爷做牛做马。"

锦衣人怒道："给我打，照死里打！"

台下两名兵士正恨这少年向他们俩讨要金锭，听了锦衣人的吩咐后立即上前使足了力气踢打起来。圆脸少女扑倒在少年的身上将他紧紧抱住，锦衣人骂道："光天化日之下，贱人当真不知羞耻，将她一起打了。"两名兵士听后连同少女一起踢打起来。

老者慌忙顺着木梯跑到台上，拿出一串五铢钱塞到锦衣人的手中道："恳请官爷放过小老儿的娘子，小老儿感激不尽。"

锦衣人掂了掂手中的五铢钱笑道："你这老儿倒是识趣得很！"向台下叫道："你们俩听好了，放了那个贱人，只将那个不懂规矩的野小子打死好了。"

圆脸少女被一名兵士拎着肩膀甩到身后，少女不再哭喊，从地上爬起来后漠然地瞧着躺在地上被打得死去活来的少年。突然，圆脸少女从一名兵士的腰中抽出长剑架在自己的脖子上仰天哭泣道："苍天啊，你当真没长眼睛吗？乘风，我们来世再见吧！"

围观群众都惊恐地大叫出声，更有心肠软者不忍瞧见眼前悲剧的发生，紧紧闭上了双眼。

突然，"叮"的一声脆响，圆脸少女手中长剑已被击落在地。圆脸少女惊愕不已，呆住不动。锦衣人向四周环视怒道："是谁在捣乱，有种的站出来！"

郭小玉走向圆脸少女道："妹子你不要害怕，我保证让你把心上人带走。"

锦衣人眼睛眨也不眨地瞧着郭小玉，心中突突乱跳道："这女人生得太美了！"眼睛一转道："来人，将这扰乱秩序的小丫头拿下带回府去。"

众兵士齐声答应道："诺！"随即纷纷向郭小玉扑去，他们都是寻常武士，哪里近得了郭小玉的身。转瞬之间，十余名兵士俱被郭小玉打翻在地。

锦衣人向身后两名凶神恶煞一般的男子喝道："赛虎、赛豹瞧你们的了，千万不要将她打坏了！"赛虎、赛豹答应道："诺！"二人随即一个使脚一个使爪分别向郭小玉的头部和前胸打去。郭小玉使出华韵步法闪避，赛虎、赛豹感到眼前一花，已不见了郭小玉的身影。正自惊奇时，突听郭小玉在身后笑道："你们的功夫真是太差劲了，不好玩儿。"

赛虎、赛豹突地转身各展绝学向郭小玉攻去，郭小玉存心戏弄他们二人，只是脚踏华韵步法闪躲。每当赛虎、赛豹的拳脚要落在郭小玉的身上时，她便会突然不见。如此过了五十多个回合，赛虎、赛豹已是累得气喘吁吁，心中又惊又怕，在又一次进攻失败后，心理顿时崩塌，惊声叫道："鬼，鬼，她不是人，是鬼！"

郭小玉娇斥道："你们两个笨蛋才是鬼呢。不和你们玩儿了。"说完，突地向他们二人欺身而上，一手一个将他们二人举过头顶。赛虎、赛豹的身体悬在空中，急得手脚胡乱踢抓，郭小玉笑道："你们两个倘若再敢乱动，小心我摔死你们。"

赛虎、赛豹闻言顿时安静下来，求道："小人有眼不识泰山，还请女侠，不，不，是仙子，仙子饶命！"他们眼见郭小玉身影飘忽不定，且将他们哥儿俩一手一个举在空中后还能谈笑自若，心中认定郭小玉乃是天仙下凡。郭小玉咯咯笑道："看你们还敢不敢欺负人了。"说着将赛虎、赛豹扔了出去。

台上锦衣人惊得目瞪口呆，赛虎、赛豹乃是梁国有名的大力士，且武功高强，没想到竟然被眼前这个柔弱女子打得毫无还手之力。他担心再纠缠下去，自己也会被郭小玉当众羞辱，因此向郭小玉赔笑道："不知女侠尊姓大名，可否告知在下？"

郭小玉抬头瞧着他道："我的名姓为什么要告诉你，不过你若要知道也是有办法的。"

锦衣人抱拳笑道："还请女侠赐教！"

郭小玉咯咯一笑道："你果然比这些奴才强多了。"

锦衣人高兴道："多谢女侠夸奖，只是女侠还没有告诉下官怎样才能得知你的姓名。"

郭小玉俏脸一寒道："刚夸过你，你怎的又忘记了。"

锦衣人尴尬道："可是女侠并未告知下官。"

郭小玉佯怒道："还用我来教你吗？你自己不是知道吗？"又突地向锦衣人笑道："算了，我帮你回忆一下。你刚才不是要让我赐教吗？下来吧，我们来比画比画。"

锦衣人尴尬道："女侠说笑了，下官不是那个意思。"

郭小玉睁大了眼睛道："你是什么意思？"

锦衣人此时方才明白郭小玉是在戏弄自己，想要发火，但又惧于郭小玉的武功，呆愣了片刻道："今日是下官失礼了，得罪之处还请见谅！女侠既然要替这对男女说话，一切全凭女侠处置好了。"

郭小玉道："既然如此，我便做主了。"

锦衣人道："全凭女侠处置，请！"

郭小玉向老者招手道："你过来，我有话问你。"

郭小玉刚才的所作所为老者都瞧在眼中，他眼见锦衣人都不敢招惹眼前这个少女，自己哪敢得罪。因此，不敢向前，只在远处向郭小玉作揖道："女侠有事尽管吩咐，小老儿听从吩咐便是。"

郭小玉笑道："我又不打你，你担心什么，过来说话。"

老者既惊又怕，向郭小玉缓缓走去，在郭小玉身前三米处站定道："请女侠吩咐。"

郭小玉问道："你告诉我，为什么和这个少年起了纷争？"

老者道："我花钱买下这个女人，谁知这少年见她年轻貌美竟要多花金钱从我手中将她买走，我不同意才发生了刚才的事情。"

郭小玉向已经站立起来的少年问道："老者所说是否属实？"

少年弯腰施礼道："多谢小姐救命之恩！这老者所说确实属实。"

郭小玉道："这就是你的不对了，人家先花钱买下这个姑娘，你为何要强行买卖？"

少年道："我叫冯乘风，她叫柳水仙，我与她自小青梅竹马，且幼时便订下婚约。谁知三年前拜天圣会犯上作乱，强抢民女，水仙也被他们抢了去。我本是无用之人，没有本事救出水仙。前日得知梁王派兵剿灭了拜天圣会的匪徒，并俘获了许多女眷，因此存着侥幸心理带上全部积蓄要来赎走水仙。只因她们的头上都戴着面罩，我不敢贸然上台认领，因此一直在台下等候，直到这老者将水仙买下。我与水仙相认，同时要用多于老者五倍的价钱赎回水仙，谁知无论我如何央求，他就是不准。"

郭小玉向柳水仙问道："冯乘风所说是否属实？"

柳水仙流泪道："乘风所言，句句属实。还请小姐成全。"

郭小玉道："倘若老者不允呢？"

柳水仙咬牙道："小女唯有一死。"

郭小玉向老者道："他们俩的话你都听清楚了吧？"

老者摇头叹道："小老儿都听清楚了，也明白了。既然她死也不愿嫁我，我又何必强求呢？全凭女侠吩咐。"

郭小玉高兴道："你这老者也不是坏人，今日也不会让你空手而归的。"说完向先前殴打冯乘风的两名兵士道："你们俩给我滚过来！"

"对，对不起，小的，小的们有眼无珠，还请女侠不要与我等一般见识。"两名兵士吓得浑身颤抖。

郭小玉怒道："这里就数你们俩最坏，拿出来！"

"拿什么，我们不知……"其中一名兵士颤抖道。

另一名兵士反应快一些，急忙将怀中金锭取出交给郭小玉道："请，请小姐收下。"

当先一名兵士这才反应过来，急忙将另一枚金锭掏出交给郭小玉。

郭小玉将两枚金锭交给冯乘风道："你拿着它，回去和水仙好好生活吧。"

冯乘风与柳水仙双双跪倒在地，柳水仙一边叩头一边哭泣道："小姐的大恩大德水仙永世不忘。"

冯乘风也磕头道："请小姐将芳名告诉我们，回去后我一定要给小姐立一个长生牌，以便我与水仙每日朝拜。"

郭小玉笑道："长生牌就不用了，只盼你们二人相亲相爱，也不枉我帮你们一场。"

柳水仙道："请小姐务必将芳名告诉我们，否则水仙就跪死在这里！"

郭小玉无奈道："你这个妹子为何总是将死字挂在嘴边呢。好吧，我告诉你名姓，只是你今后再也不许有轻生的念头。我姓郭，名小玉。"

冯乘风与柳水仙一齐磕头谢过，郭小玉道："你们快些起身回去吧。"

冯乘风将柳水仙扶起，再次向郭小玉施礼后离去。

老者望着渐渐远去的冯乘风与柳水仙，嘴唇颤抖着欲要说话，但终究还是没敢说出口。郭小玉瞧见了他的表情，笑道："你不必担心，我答应过你的事情一定是算数的。"

老者转忧为喜道："多谢小姐成全！"

郭小玉向原先两名兵士喝道："把你们身上的钱都拿出来！"

两名兵士不敢不从，也不敢多问，双双将怀中银钱取出交给郭小玉。郭小玉向二人微笑道："我这人多疑得很，待会儿我若自你俩身上搜出银钱休怪我将你俩的手剁下。"

两名兵士闻言都面色蜡黄。一个说道："女侠请息怒，小的再找上一找。"另一个也说道："我的衣袖中好像还有一些。"两名兵士又各自掏出十余枚五铢钱交给郭小玉。

郭小玉似笑非笑地瞧着他们，两名兵士突地跪下纷纷发誓道："倘若我身上再有一文钱，胳膊任凭女侠砍下。"

郭小玉微笑道："起来吧，我相信你们。"

两名兵士磕头后起身退入兵士群中。郭小玉将手中银钱抛到台上，向锦衣人笑道："我要这老者上台买走一个姑娘，这些钱如果不够的话请你帮忙凑齐好吗？"

锦衣人纵是心里有一万个不愿意也不敢不从，脸上堆笑道："只要女侠高兴，尽管吩咐便是。老人家，请上台挑选吧。"

老者闻言高兴不已，快步向台上走去。他在众女中来回穿梭，心中伤感道："要是再想遇到像水仙一般秀美的女子是不可能了，只要能寻到一个比她略差一些的女人也是上天眷顾老朽了。"老者又来回走了两遍，终于在一个身材修长的女子面前站定，他将这名女子牵到锦衣人面前，满脸堆笑道："官爷，小老儿就要她啦！"

锦衣人冷然道："将她头罩取下带走吧。"

"多谢官爷！"老者欣喜万分地将女子的头罩取下，细瞧之下顿时呆住了。

台下众人俱为老者叹息不已，原来老者挑中之人，是一个满头华发、身材修长的老年女人。

老者突地大哭起来，郭小玉心中暗笑道："这才是真正的姻缘天成。"

华发女人竟然也失声痛哭起来，突地扑入老者的怀中道："老头子，真没有想到在有生之年还能遇见你！"

老者也哭道："那年你被匪徒抢走后，我日日痛不欲生，原以为，以为……这下好了，我们终于又见面了。走，我带你去叩谢恩人。"说着，将妇人带到郭小玉身前双双跪下，老者道："小老儿夫妇给恩人磕头了。"

郭小玉挠了挠头道："你们起来再说话。"

二人起身后，郭小玉惊讶道："原来你们俩本就是夫妇，这当真是巧了。"老妇年龄虽大但是皮肤白皙，身材修长，郭小玉能够想象得出她年轻时的美丽模样。

老妇向老者嗔怪道："你这死老头子说的话我在台上可是听得清清楚楚，你要不要再上台去挑一个年轻貌美的呀！"

老者面色绯红道："岂敢岂敢！"

郭小玉咯咯笑道："你们快些回家去吧，我也要走了。"

待老者夫妇相互搀扶着离去后，郭小玉向台上锦衣人笑道："今日之事也有你一份功劳的。"

锦衣人高兴道："下官哪有什么功劳，全托女侠之福。"

郭小玉瞧他一眼突然摇头叹息起来，锦衣人疑惑道："女侠为何事烦恼？"

郭小玉突地大声道："你虽也算做了一件好事，只是……"

锦衣人道："只是什么？"

郭小玉大声道："只是我从未见过有谁生得像你一样如此丑陋。"说完哈哈大笑而去。

锦衣人的脸色骤然一变，比猪肝还要难看。

郭小玉来到冬儿身前，接过缰绳骑上马背。

冬儿羡慕地瞧着郭小玉道："小姐刚才的言行我在马背上都瞧见了，小姐当真比男人还要威风百倍。"

郭小玉道："少拍马屁了，我们出发吧。"

第二十七章

辣红梅房婷自从在郭家庄遇见吕思后心中既欢喜又怨恨，她自小就有盘龙松文章鱼和云中松赵宇上时刻不离地陪伴在自己身边，也一直享受着两位师兄对自己的曲意奉承，只是遇见吕思后，原先的优越感瞬间消失了，吕思都没有正眼瞧过自己。离开郭家庄后，文章鱼和赵宇上越是努力讨她欢心，她的心中越是烦闷，终于她再也忍受不了文赵二人的纠缠，趁着夜色偷偷溜了出来。

半个多月后，房婷的心中越发孤寂起来。原本以为离开文赵二人的纠缠，自己的心情会平静下来，但是每当独自面对绿水青山的美景时她的心反而更加烦闷了。

这一日房婷正在落凤镇独酌，抬眼间看到一个华服青年带着两名少年走进客栈，华服青年进了客栈后正向自己瞧来。房婷与青年男子的眼睛对视后俏脸"嗖"地红了起来，只见这男子生的鼻如悬胆，嘴若涂朱，一双眼睛美如秋月。华服青年来到房婷身边问道："敢问小姐，这张桌子可有他人？"

房婷摇头道："只我一人。"

华服青年抱拳施礼道："在下可否在此一坐？"

房婷的心中猛地跳动了一下道："公子请便！"

华服青年的眼睛更亮了，他向身后两名少年道："蔡山、蔡石你们两个去叫些饭菜，另加两壶酒。"

两名少年答应后去叫饭菜，华服青年坐下后问道："姑娘是本地人吗？"

房婷道："不是，我与公子一样都是过路之人。"

青年男子奇道："小姐当真神了，只一句话便能瞧出我是过路之人，当真令在下佩服！"

房婷闻言心中高兴，只因她已经好久没有听到奉承之言了，何况此话还不是出自文赵二人之口。她瞧了青年男子一眼得意道："这有何难？我自小行走江湖，什么人没有见识过！"

青年男子眼中露出羡慕之色道："想不到像你这般美丽的女子竟然是久历江湖之人，敢问小姐如何称呼？"

房婷喝了一口酒道："公子又不是江湖中人，问来做什么？"

青年男子笑道："小姐这下可看走眼了，在下也是江湖中人，只是踏足江湖的时日无法与小姐相比。"

"你叫什么，先说来听一听。"

"在下姓阮，名小青。"原来这青年男子正是星圣阮子衿。

"你这名字听起来像是女人的名字。"房婷瞧着阮子衿洁白无瑕的脸蛋笑道，"就像你的模样一般，像一个女子。"

阮子衿佯作恼怒道："在下一向敬重小姐，小姐何必羞辱在下呢？"

房婷脸色一寒道："本女侠向来如此说话，你若不高兴大可不听，旁边又不是没有桌椅。"

阮子衿也不说话，忽地起身向身边一张桌子走去。

"你回来！"房婷叫道。

阮子衿眼睛眨了两下，回身道："小姐是在叫在下吗？"

"难道我会叫别人吗？"

"小姐不是讨厌在下吗？"

"我叫你过来也并非不讨厌你。"

"在下哪里得罪小姐了吗？"

"过来坐下吧，我不笑话你了。"

阮子衿回到房婷对面坐下，故意将眼睛瞧向别处。

房婷连喝了两杯酒后瞧着阮子衿道："你为什么要和那个人一样，为什么？"

阮子衿劝道："小姐好像喝多了，你还是少喝一些为好。"

房婷怒道："我能喝醉吗？本女侠内力深厚，就凭这点儿酒就能将我喝醉，简直是笑话。"又将酒杯添满道："你知道本女侠是谁吗？"

"正要请教。"

"听说过梅松三侠吧？"

"莫非女侠是梅松三侠之一的辣红梅房婷？"阮子衿惊讶道。

"本女侠正是房婷！"房婷瞧着惊讶的阮子衿得意道，"你不必害怕，我的绰号虽然很辣，不过只要你不激怒我，我自然不会打你的。"

"在下当然不敢得罪房女侠。只是在下有一事不明，请房女侠指教！"阮子衿说道。

正在这时，店小二端来酒菜。阮子衿向店小二道："再拿三壶酒来。"

店小二答应着离开后，房婷瞧见跟随阮子衿一起来的两个少年远远地坐在另一张桌子旁，心中不解问道："那两个少年不是和你一起的吗，他们为何要另坐一桌？"

阮子衿笑道："他们是下人，不敢叨扰女侠。"说完将自己的酒杯斟满道："这一杯酒是在下敬你的。"说完一饮而尽。

房婷笑道："痛快！我也干了。"说完也将杯中酒喝完。

不知不觉之间两人已喝了四壶酒。阮子衿见房婷脸色绯红，娇艳若滴，不免心动。他将房婷的酒杯添满问道："房女侠还没有告诉在下与谁一样呢？"

房婷面色骤变，随即颓然道："提他做什么，那个人冷血傲慢至极，我讨厌他！"

"房女侠生得花容月貌，别人纵是想博你一笑都难，他怎会惹你厌烦？他究竟是谁？"

"毒狼！他就是一头毒狼！"房婷瞧向阮子衿道，"他是玉面毒狼吕思！"

"是他！你说的人竟然是吕思？"阮子衿惊呼道。

"怎么，难不成你也识得他？"

"在下怎会认得吕思，只是听别人提起过他。"阮子衿瞧着房婷道，"女侠好像很在意他。"

"我在意他？"房婷哈哈大笑，"他是一个十恶不赦的淫贼，我怎会在意这种人！"

房婷声音高亢，引得客栈中人纷纷侧目。

阮子衿附和道："你说得对，他就是一个人人得而诛之的淫贼。"说完又将房婷的酒杯斟满。

房婷一饮而尽，突地哭了起来。阮子衿起身相劝。房婷哭了一会儿，擦干眼泪道："倒酒，倒酒。"

阮子衿将她杯中酒斟满后，又将自己杯中添满，举杯向房婷道："如此淫贼，你何必为他伤心！"

房婷将酒喝干后怒道："不许你叫他淫贼！"又流泪道："你不知道的，你不知道，他其实是被冤枉的。"

阮子衿眼中竟然也露出伤感之色，低声道："你怎知我不知道他是被冤枉的？"

"你说什么，我，我没有听清。"房婷只觉得头脑发昏。

"没，没什么。"阮子衿心中慌乱不已。

房婷突地盯着阮子衿笑道："你的模样倒是不输于他，只是你的眉眼太像女人。"

阮子衿似笑非笑地瞧着房婷道："只是你还不知道我的手段。"

"什么手段？"房婷口齿不清地问道。

阮子衿轻笑道："你一会儿便知。"

阮子衿与房婷将酒喝光后，又要了六壶酒。六壶酒喝光后，房婷已不省人事。阮子衿命蔡山开了两间上房，自己与房婷一间，蔡山与蔡石合住一间。

第二天上午，房婷睁开双眼，头脑兀自发昏。"这是哪里？"她瞧着房顶发呆。突然，她感到有一只手搂在自己的腰上，这一惊非同小可。房婷急忙向身边瞧去，只见一个貌美男子正搂着自己酣然熟睡。房婷突地想起昨日之事，惊吓之余掀起被子瞧去，发现自己与阮子衿俱是全身赤裸。房婷羞怒之下一掌拍向熟睡中的阮子衿，阮子衿吃痛后醒了过来，故作吃惊道："这是怎么回事？我们俩怎会睡在一起？"

"你无耻，下流！你敢辱我清白！我，我杀了你！"房婷恼怒至极。

阮子衿突地将房婷按倒在床上低声道："事已至此，你我后悔也没用。你放心，今后我定会好好疼你爱你的。"

"放开我！"房婷痛哭出声道，"我该怎么办？你个畜生，你毁了我！"

阮子衿的手巧妙至极，每一下都抚摸在房婷的敏感之处，房婷的呼吸逐渐粗重起来。阮子衿继续抚摸着，直到房婷娇喘吁吁地骂道："你这个淫贼，恶魔……"

郭小玉和冬儿刚出城门不远，突然听到身后传来一阵呐喊声。二人止住马回头望去，只见尘土飞扬之下有三四十名男子纵马追来。

这群人将郭小玉主仆二人团团围住，郭小玉认出其中五名男子正是她在饭店之中教训过的，于是笑道："我当是谁呢，原来是你们五个不中用的东西！"

黑脸男子道："你这雌儿休要得意，我家帮主马上就到，你现在跪下求饶，等帮主来了我会考虑替你求情的。"

"放肆！我真是后悔当初将药给你下得少了，如今反倒让你这狗奴才在我跟前狂吠。"郭小玉怒道。

浓眉汉子向手持单铜的中年男子道："韦堂主，我们要等帮主吗？"

韦堂主是一个赤脸汉子，他瞧着郭小玉和冬儿道："昨日帮主恰巧来到本堂，他若不来我们就任由这两个雌儿去了不成？"向左右喝道："都给我上！"说完，当先挥铜向郭小玉打去。

郭小玉抽出长剑将铜隔开，正要向韦堂主反击，突听冬儿吓得大叫道："小姐救我！"郭小玉扭头看到正有两名壮汉持刀向冬儿的头上砍去。

郭小玉突地施展紫竹神功之竹挑龙头，举起左掌向两名壮汉平推而去，只听得"哎呀"两声惨呼传出，两名持刀男子已被掌力震得飞落马下。

韦堂主抓住郭小玉分心之机挥舞单铜向她的头部打去，郭小玉急忙回身迎战。

冬儿身边之人已然瞧出她不会武功，纷纷大叫道："这个雌儿不会武功，先杀了她再说！"

郭小玉闻听后心中焦急，打马来到冬儿身边将她拉到自己的马背上，低声喝道："趴下！"冬儿坐在郭小玉的身前，俯下身子用双手紧紧抱住骏马的脖子。郭小玉此时压力骤减，手持长剑左刺右砍，将紫竹帮的徒众杀得人仰马翻。

远处突然传来一阵马蹄声，有人惊喜道："是帮主，帮主来啦！"很快，有四匹骏马飞奔到近前。

郭小玉见为首之人是一个身着白色锦衣的俊美青年，他的身后是两名青年男子与一个秀丽女子，秀丽女子正一脸落寞地瞧着自己。

"辣红梅房婷！"郭小玉惊呼道，"房女侠怎会与他们在一起，赵少侠与文少侠呢？"

房婷双眼突地一红，将头低下。白色锦衣青年哈哈笑道："原来你与内子相识，瞧在内子的面子上，你跪下给我磕三个响头，我便饶你不死。"

"你叫她什么？"郭小玉不敢相信自己的耳朵。

"你来告诉你的朋友，我是你的什么人？"白色锦衣青年向房婷道。

房婷的头垂得更低了，白色锦衣青年见房婷不说话，轻哼了一声骂道："小贱人，瞧我回去怎么收拾你！"扭头向郭小玉道："我来告诉你吧，她是我未过门的媳妇儿。"

郭小玉眼见房婷被白色锦衣青年羞辱却全然不知反抗，心中已是相信了，向房婷冷声道："没想到当日以泼辣闻名的辣红梅竟然变成了一只小绵羊，当真令人惋惜。"

房婷闻言浑身剧烈地颤抖起来，她恨自己优柔寡断，当即恨不得杀了阮子衿，但是又舍不得离开他。

阮子衿面色微愠道："我原本不想与你计较，你却要挑拨我与内子的感情。受死吧！"说完抽出长剑向郭小玉攻去，郭小玉急忙挥剑格挡。阮子衿变招迅速，舞动长剑分别向郭小玉身体的上中下三路刺去，郭小玉的身前坐着冬儿，对付那些徒众尚可，但是面对武功高强的阮子衿就觉得招式大大受限。十余招过后，郭小玉只有招架之功，毫无还手之力。

阮子衿嘿嘿冷笑道:"我看你能撑多久。"

郭小玉正焦急之间,突听一人咳嗽道:"姑娘不要着急,我来……来会他!"声音初听很远,但是话音刚落,一个身影已来到近前。

郭小玉抵挡住阮子衿的一拨进攻后,向来人看去,待瞧清来人后,心中大喜道:"原来是你,病虎周克!"

来人正是在客栈中咳嗽不止,自称周十兄的男子。周克听到郭小玉叫出自己的名字呆了一下道:"你怎会认得我?"

阮子衿见到周克后心中一惊,停手道:"苍北一别,周兄还是老样子啊。今日之事与你无关,倘若要与我比武的话,改日再约。"

周克哈哈笑道:"三年前在苍北与你比武时,我被你的三星锤迷烟所害,幸遇世外仙尊所救,否则我早已死在你手,你说我会错过今日吗?"周克在说话时竟然一声都没有咳嗽。

阮子衿冷笑道:"看来你定要蹚这趟浑水!三年前是你命大,今日看谁来救你!"说完从怀中掏出三星锤。

周克向郭小玉道:"郭姑娘请退后,我来会他。"说话间自后背抽出一对金瓜锤,他这锤子与一般锤子不同,锤头如拳头般大小,锤头四周有数个大小不一的菱形孔洞。

阮子衿突地将三星锤向周克打去,三颗小星排成一条直线向周克的胸口打出,临近胸口时,三颗小星突地分散开来,向周克的上中下三路打去,他这招叫三星漫天。周克早有准备,他将双锤护住前身只听得"铛铛"之声四起,三颗小球均被双锤打得飞了回去。阮子衿手腕突地在空中划了半圈,三颗小球顿时聚在一起向周克飞来。周克冷笑道:"好一个三星聚首,看锤!"随即飞身而起用双锤向三颗小球夹击打去。三颗小球原本是分散开的,在双锤夹击之下均被阻住方向。阮子衿变招迅捷,随即变作一招三星无疆向周克的下身打去,周克身体临空向后飞出,躲过此招。阮子衿惊呼道:"柳絮乘风,你竟然也会此招!"他口中虽在惊呼,手上却并未停歇,又使出一招三星在隅向周克攻去,周克挥舞双锤使出呼啸神功向阮子衿的三星迎去。

阮子衿与周克棋逢对手,不知不觉之间已斗了一百多个回合。周克的双锤舞动之时,空中尽是阵阵虎啸之声。郭小玉暗道:"原来他病虎之名是如此得来的。"

阮子衿见久战不下，只得使出绝招三星惊变，周克识得此招的厉害，因此急忙止住呼吸将身体向后跃去。饶是如此，他的眼中也粘上了一缕迷药。他的眼睛顿时昏花起来，急忙舞动双锤将身体周身护住。阮子衿哈哈笑道："如今你的眼睛已经瞧不见了，看你还能撑多久。"说完，抖动手腕向周克攻去。郭小玉听到阮子衿的话后，叫声不好，急忙飞身向阮子衿攻去，向周克道："我来助你。"

周克稳住身形，用手揉了揉眼睛道："小心她的迷药！"

郭小玉的剑与三颗小球一触即开，她娇声斥道："我让你见识一下什么叫剑术。"说完，使出吕思独创的青竹剑法。阮子衿只见漫天剑影向自己袭来，急忙使出三星在天相迎。二人你来我往斗了五十余个回合，此时，周克的眼睛逐渐清晰起来，跳入战圈与郭小玉并肩作战。

阮子衿一人独斗两大高手，体力渐渐不支，他数次要使出绝招三星惊变俱在郭、周二人抢攻之下无法使出。

房婷一直在旁边观看着，见阮子衿渐落下风，犹豫了片刻后，突地抽出长剑向郭小玉刺去，郭小玉只得转身相迎。四人两对又斗了四十余个回合，房婷逐渐抵挡不住，被郭小玉打得狼狈不堪。

阮子衿突地大声叫道："停！我们大家都停手吧！"

周克笑道："星圣也会认栽吗？"

阮子衿声音变得清脆起来，咯咯笑道："我们原本也无多大仇怨，何必非要拼个你死我活呢？俗话说冤家宜解不宜结，我们自此握手言和怎样？"

周克哈哈大笑道："我周克也非小气之人，既然星圣愿意化解干戈，我并无异议。"

郭小玉一剑将房婷击退后说道："我也同意星圣之言。"

房婷累得香汗淋漓，垂首不语。阮子衿瞧着房婷笑道："关键时刻还是你最心疼我，乖宝宝我们走吧。"向郭小玉和周克抱拳道："改日请二位抽空到敝帮一聚，告辞！"

周克抱拳道："多谢星圣美意，日后再会。"

阮子衿掉转马头带着房婷等人打马离去。

郭小玉瞧着远去的阮子衿道："这人的脸皮当真厚得很，只是可惜了辣红梅房婷！"

周克也惋惜道："梅松三侠也算得上武林一流高手，房婷虽然叫辣红梅，可是从未做过欺压良善之事，不过是自小被启明仙尊宠坏了，没想到她竟会落入星圣手中。"

郭小玉道："倘若启明仙尊得知自己的孙女儿落到这般田地不知该有多伤心呢。"

周克道："各人自有天命，奈何不得的。"

郭小玉突地笑道："你使的什么功夫？还有，你这会子怎么不咳嗽了？"

周克笑道："我使的是虎锤。我这人有个毛病，只要使出武功，便不会咳嗽。你是什么时候认出我的？"

郭小玉微笑道："在客栈我教训紫竹帮的帮众时，你脸上全无惧色，甚至连头都不抬，而且还编出一个周十兄的假名字，你也太没创意了，十兄不就是克字的分解吗？再加上你的咳嗽声，傻子都能猜出你是谁，何况是本姑娘！"

周克抱拳赞道："在下惭愧，姑娘当真聪明绝顶！"

郭小玉笑道："你就不要拍我马屁了，还是快去瞧瞧你关心的人吧！"

周克的脸"嗖"地一红咳嗽道："郭姑娘当真会开玩笑，我哪有什么关心之人？"

郭小玉盯着周克微笑道："就你那一点儿小心思还想瞒得过我？你因终日咳嗽，处处被人嫌弃，心中定是孤寂无比。偏偏冬儿心地善良，非但不嫌弃你，而且还为你仗义执言，因此你的心倍感温暖。加之冬儿的外貌和心地正符合你对另一半的要求，我说得没错吧？"

周克的脸更红了，诧异道："郭姑娘休要玩笑，我已年近半百，况且还久病缠身，谁能瞧得起我呢？"

"你何必妄自菲薄！你不是说了吗，各人有各人的缘分。"向远处的冬儿大声问道，"冬儿，你是不是想要医好周克的疾病？"

冬儿没有听见他们先前的对话，闻言大声回道："是的，小姐。我们带他一起去寻吕公子，让吕公子为他医治吧。"

郭小玉转向周克笑道："你听见了吧，冬儿一直关心着你，要不要随我们一起去找思哥？"

周克皱眉道："你说的是玉面毒狼吕思？"

"你才是毒狼呢，比毒狼还要毒！"郭小玉气道，"思哥是天底下最善良的人，你凭什么骂他？"

周克被郭小玉骂得呆住了，懦然道："江湖不是都有他的传言吗？"

"亏你也知是传言！倘若思哥真是做下人神共愤之事，启明仙尊怎会服他？"郭小玉撇嘴道，"你怎么也算得上是久历江湖之人，怎的如此轻信传言？"

周克赔笑道："郭姑娘息怒，是在下鲁莽了。"

郭小玉冷哼道："你就说要不要同我们一起去找思哥吧？"

周克瞧了瞧远处的冬儿，回首问道："不知吕公子现在何方？"

郭小玉面色缓和道："我打听到他已去了长安。"

周克道："只要郭姑娘不嫌弃，我愿意同你们一起去长安。"

郭小玉故作严肃道："你早说此话，我又怎会生气，今后再也不许惹我生气了！"

周克抱拳道："在下哪里还敢触怒姑娘啊！"

郭小玉咯咯笑道："知道我不好惹就好，好在他们落下两匹骏马，你抓住一匹与我们一起上路吧。"

郭小玉与冬儿、周克三人结伴同行，一路之上冬儿虽然与周克相互之间的言语不多，但是只要两人四目相对，俱会脸色绯红。每当此时郭小玉就会拿周克开玩笑，说他是老男人生了一颗少女心。夜半与冬儿私语时，每当问起对周克的看法时，冬儿总是愁容满面，自怨自艾。夜半难眠时，冬儿想起周克就会暗中落泪，她总认为自己是残花败柳之身配不上周克，因此周克越是对她好，她越是躲避。

这一日，三人来到双龙谷。刚到谷口，突听得谷顶传来阵阵喊杀声。周克道："小心埋伏！"

三人当即停止前进，观察了一会儿，郭小玉笑道："我们没有中什么埋伏，而是在此设伏之人被别人伏击了，我们瞧瞧去。"说完，打马向前飞奔。周克与冬儿紧紧跟随。出了谷口，郭小玉看到一条蜿蜒曲折的小道盘旋着向山顶延伸，她没有迟疑，双腿紧夹马腹向山顶奔去。行到中途，只见道路及其两侧横七竖八躺了许多刚死之人，郭小玉回首向周克道："快看，这些都是北斗帮与白鹤门的人。"

周克道："郭姑娘所言甚是，这些人不是头戴星星图案的头巾就是胸口绣有白鹤。"

郭小玉道："看来这又是一场北斗帮向白鹤门发起的报复行动，只是不知这一次遭殃的是白鹤门的哪一个堂会？"

郭小玉等继续拍马疾行，前面喊杀之声逐渐响亮起来。郭小玉远远瞧见前方有一百余名佩戴头巾的黑衣人在围攻三四十名身着白色衣服之人。

郭小玉突地使出自创的凤鸣九霄大喝道："住手！全都给我住手！"声波激荡，震得打斗之人大多捂住了耳朵。

周克瞧着郭小玉赞道："郭姑娘这是什么功夫，当真威猛得很！"他并不知道郭小玉身具一个甲子的内力，且已将吕思传授的武功尽数学会。

郭小玉傲然道："这是本姑娘自创的凤鸣九霄，不比你那双锤舞出的呼啸声差吧。"

周克谦虚道："我的虎啸神功自然无法与姑娘的凤鸣九霄相比。"

郭小玉虽然知道周克是谦虚之词，但是心中依然高兴不已，她打马来到众人前，向双方道："你们双方谁是头领，出来说话！"

此时一个生得獐头鼠目、个子瘦小的白衣中年男子向郭小玉拱手道："在下白鹤门鼠堂堂主居无定，不知女侠有何指教？"

郭小玉道："你们为何在此打斗？"

居无定道："这是我白鹤门与北斗帮之间的恩怨，还请女侠不要过问。"

郭小玉咯咯笑道："你虽然生得瘦小但是身处险地依然懂得为他人着想，实在难得。"

"你是哪里蹦出来的黄毛丫头，这里有你说话的份儿吗？信不信老子一刀剁了你！"一个身着黑衣、面目丑陋之人喝道。

郭小玉向此人笑道："我又不是男人，怎能做你老子？"

黑衣丑陋男子听出郭小玉占他便宜，顿时火冒三丈，挥刀蹦起向郭小玉砍去。郭小玉也不躲闪，运起星月神功向他拍去。只听"哎哟"一声痛呼，黑衣丑陋男子已被掌力震得倒飞出去，"扑通"一声跌落在地，身体抽搐了几下便已死去。

众黑衣人见郭小玉如此神勇，都情不自禁地向后退了一步，而后向一个面白长须之人瞧去。郭小玉瞧见黑衣人的眼色，已经知道谁是他们的首领了，向面白长须之人问道："你既然是他们的头领为何不出来答话！"

面白长须之人冷声道："你不要以为你武功高强我们便怕了你，双拳难敌四手的道理你不会不知吧。"

"休说废话，本姑娘只做双手打四手的事儿，你先报上名来！"郭小玉轻蔑地喝道。

面白长须之人面皮颤抖了一下，大声说道："本人乃北斗帮原副使，现任奎宿堂堂主游平之。"

居无定怒道："北斗帮只会用你这种反复无常的小儿！"

郭小玉饶有兴趣问道："他怎么反复无常了，说来听一听。"

居无定恨道："半个月前他战败后投入我白鹤门中，掌门心善便将他收入门中，谁知这贼人竟然在北斗帮偷袭我们之际转身投回北斗帮，他的所作所为难道不是反复无常的小人吗？"

郭小玉叹了口气道："人家这叫细作，怨只怨你们秦掌门没有识人之明，此事怨不得别人。"

居无定怒道："你不要以为你替我白鹤门说话就可以信口雌黄，倘若你再对我家掌门出口不敬，休怪我翻脸！"

郭小玉气道："你这个愚忠之人，当真讨打！休说我责怪秦苏蓝没有识人之明，就是见了她我还要当面责骂她呢，你胆敢顶撞我，我见了秦苏蓝后定要她好好收拾你！"

居无定见她口气如此之大不由得心中打鼓，疑问道："敢问女侠如何称呼？"

郭小玉冷声道："你家掌门称我为师叔，你们该如何称呼我，不用我来教了吧？"

居无定闻言大惊，他见郭小玉年纪轻轻，怎么看都不像掌门人的师叔，但是放眼天下又有谁敢冒充月圣的长辈呢，因此心中犹豫不决。

郭小玉瞧出他的心思，猛地喝道："居无定你胆敢目无尊长吗？"

居无定再无怀疑弯腰施礼道："属下居无定拜见师叔祖！"

郭小玉脸上绽出笑容道："平身吧，今日之事由我替你们做主了。"

居无定担心道："他们人多势众，师叔祖千万不可大意。"

游平之听郭小玉自称是秦苏蓝的师叔，心中不免害怕起来。要知道，秦苏蓝可是位列五圣之一，身前这个小姑娘既然敢自称是她的师叔，武功自然不弱。他的脸上阴晴不定，眼珠乱转，不知该退还是该硬拼。此时，游平之身边一人低声道："请堂主下令击杀他们，否则我们回去后无法向代帮主交代。"又加重语气道："代帮主的手段想必堂主是见识过的。"

游平之听了身边之人的话后，眼前仿佛呈现出代帮主慕容飞鹰惩罚逃兵的残酷刑罚，心中不寒而栗，向身边之人说道："曹督使放心，我们人多势众，岂能被她吓到。"向左右大声喝道："给我杀了他们，一个不留！"

北斗帮众弟子闻言纷纷手持兵刃向郭小玉等人扑来，游平之则悄悄站在高处观望。

郭小玉抽出长剑使出青竹剑法左刺右砍，逼得北斗帮弟子纷纷后退。周克则手持双锤护住冬儿，空中呼啸阵阵，有人惊声尖叫道："虎啸神功！他是病虎周克！"其他众人听到后哪里还敢靠近周克。

游平之向曹姓之人大声叫道："曹督使，你不要与那丫头硬拼，攻她的马，将马腿砍掉。"

曹督使闻言也觉得有理，一个翻身向郭小玉马的前腿砍去。郭小玉冷哼道："找死！"施展紫竹神功立掌向他隔空劈去。紫竹神功的威力虽然比不上星月神功，但是对付武功平平之人还是绰绰有余的。郭小玉身具数十年的内力，即使三仙五圣与她比拼内力也不敢怠慢，何况他们这些不入流之辈。曹督使的武功最多能跻身武林二流之列，哪里经受得住郭小玉的一掌。随着一声惨呼，曹督使已被掌力震碎心脏，当场死去。

北斗帮众人都面面相觑不敢靠近。

居无定抓住时机，突地大声喝道："弟兄们报仇的机会到了，给我杀！"

三四十名白鹤门的弟子闻言纷纷挥舞兵刃向北斗帮众人冲去。北斗帮虽然占据人力优势，但是精神已被郭小玉和周克击垮，游平之眼见势头不妙，当先带头向山下逃去，白鹤门弟子乘胜追击，杀死砍伤敌人无数。

盏茶工夫，居无定带着手下向郭小玉走去。周克三人此时已经离鞍下马，郭小玉正探头向悬崖下观望。

居无定率领众弟子跪下道："鼠堂堂主居无定感谢师叔祖援助之恩。"

郭小玉回首笑道："都起来吧。"

居无定率领众人起身后，又向周克抱拳道："在下久闻南虎北狼之名，今日有幸一睹北虎风采，实在是三生有幸。"

周克咳嗽道："居堂主客气了。我这一路走来听说你们有许多堂会都被北斗帮铲平了，不知令掌门将作何打算？"

居无定瞧了瞧郭小玉后回答道："擒贼先擒王。掌门师尊已率领诸位长老、使者以及各堂堂主围剿北斗帮总部去了，按时日推算掌门师尊现在已经赶到骊山了。"

郭小玉大声责怪道："糊涂！她当真糊涂至极！"

若是别人当面指责掌门师尊，居无定必会翻脸，只是他认定了郭小玉是他的师叔祖自然不敢顶嘴，想了想道："不知师叔祖有何高见？"

郭小玉道："秦苏蓝知道擒贼先擒王的道理，难道北斗仙尊不知道吗？她将精锐之师都压在了围剿北斗帮帮主的身上，岂不危险至极？目前你们各个分堂堂会都被北斗帮铲平，这说明北斗仙尊早就设下圈套等着将你们一网打尽呢，我说她糊涂至极，难道错了吗？"

居无定闻言沉默不语，突地大声叫道："倘若真如师叔祖所说，掌门师尊岂不是有危险！"

郭小玉冷声道："何止危险，估计性命难保。"

居无定面露不悦之色道："请师叔祖不要这么责怪掌门师尊，说不定她老人家此时已经将北斗帮的老巢一锅端了。"

郭小玉来到一个北斗帮帮众的尸体前，用脚将他的上衣挑开道："你看看他是何人？"

居无定走向尸体将外衣用力撕开，赫然发现此人外衣之下竟然身着官府士兵的服装。他又接连撕开几个北斗帮帮众的外衣，都身着官府士兵的服装。他大惊之下起身向郭小玉道："他，他们怎会是官府中人？"

郭小玉道："北斗帮代帮主慕容飞鹰一向与太子刘启交往甚密，当今江湖唯有白鹤门能与北斗帮抗衡，因此北斗仙尊黄申想要夺得江湖至尊的名头必会铲除白鹤门，我想这也是他们投靠太子刘启的原因吧。"

"哎呀，师叔祖之言让徒孙茅塞顿开。恳请师叔祖带领我等前往骊山解救掌门师尊！"居无定满面慌急之色。

郭小玉微笑道："你们也不必过度惊慌，秦苏蓝的应变能力还是有的。这样好了，你们留在此处坚守，我先去长安探探风声。"

居无定叹道："半个月前，夏邑公主也曾劝说过掌门师尊，她的分析与师叔祖的推断不谋而合，可是掌门师尊执意前行。倘若……"

"你说夏邑公主半个月前来过此地？同她一起的还有谁？"郭小玉打断居无定的话，着急地问道。

居无定回答道："同夏邑公主同行的还有玉郎君吕思，紫薇仙尊的高徒林氏姊妹以及自称无影双侠的宗婉儿、东方长年等人。"

"他果然已经去了长安？"郭小玉情绪激动道。

居无定道："不知师叔祖口中的他是指何人？"

郭小玉大声道："还能是谁？当然是玉郎君吕思了。你可真够笨的！"

居无定心中委屈道："我一口气说出这么多人，您老人家不明示，我哪里知道您问的是谁？"委屈归委屈，他终究不敢生师叔祖的气。

居无定向郭小玉道："此事说来话长，恳请师叔祖移驾到后坡房舍，徒孙向您老人家详细禀报。"

郭小玉一心想要知道吕思的情况全无逗留之意，说道："你长话短说，我还有要事去处理。"

居无定见郭小玉面色忧中带急，不敢再说他言，便将吕思来到双龙谷的经历大致说了一遍。

　　居无定虽然只是说了一个大概，但是郭小玉依然听得惊心动魄。她向周克道："我们还是快些赶路吧，我想在思哥离开长安之前见到他。"

　　周克咳嗽道："既然你已做了决定，我们就出发吧。"

　　郭小玉三人上马后，居无定叫道："师叔祖吃了饭再走不迟。"

　　郭小玉头也不回地答道："你的心意我老人家知道啦，等我下次来时再吃你的酒席。"说完，拍打骏马向山下飞奔而去。

第二十八章

长安郊外有一个村落，村子不大，总共有二三十户人家。吕思等人在宗婉儿的带领下进入村庄，有村民见到宗婉儿后迎上前与她打招呼，当看到吕思及掀开窗帘向外观看的赵惜颜等人后纷纷向他们露出憨厚的笑容，有几个小童撒开双腿飞奔至宗婉儿家报信去了。

赵惜颜向宗婉儿笑道："婉儿在村中大受欢迎呢。"

宗婉儿侧脸笑道："他们一天都离不开我，姐姐教教我该怎么办才好。"

赵惜颜冷笑道："当真没皮没脸得很！"

"你嘲讽谁呢？"宗婉儿瞪大了眼睛向赵惜颜怒视。

赵惜颜嘿嘿干笑道："除了你还有别人吗？"

宗婉儿一路上没少受赵惜颜的欺负，怎奈技不如人，每次都是受气结束，她除了将满腹怨气发泄到东方长年身上之外就是勤加练习吕思传授的华星韵步。宗婉儿怒视赵惜颜片刻，又恐惹恼了她吃亏，便哼了一声转过头去。

刘彩銮向宗婉儿等人交代道："你们记住，千万不可暴露我与晴姐姐的身份，此地距离皇宫太近，免得招惹麻烦。"

赵氏姊妹齐声答应，赵惜颜瞧着心不在焉的宗婉儿道："公主吩咐的话你为什么不回答？"

宗婉儿用手绞着辫子道："都交代过几十次了，我听得耳朵都起茧子了。"

"你放肆！"赵惜颜抬起右手怒道，"怎敢对公主如此说话！"

宗婉儿又气又怕怒道："我又怎么招惹你了，有本事你冲吕大哥发去，不就是武功比我高一点点儿吗！"

刘彩銮笑道："惜颜姐姐不要生气，她是什么心性你还不知道吗？"

赵惜颜放下手掌瞪着宗婉儿道："倘若不是公主替你说话，看我饶得了你！"

宗婉儿怒道："你……"随即冷哼一声扭头瞧向车窗外。

东方长年止住马车，回首叫道："婉儿，到家了，伯母在门前站着呢。"

宗婉儿激动得飞身下马，向立在柴门前的妇人跑去。她紧紧抱住妇人叫道："娘，女儿这次离家遇到一些事情耽误了回程，让您担心了。"

妇人正是宗伯邑的女儿宗玉梅，她手抚宗婉儿的后背道："回来就好，回来就好。"

此时，刘彩銮等人已陆续走下马车。宗玉梅瞧着吕思等人问道："婉儿，他们都是你的朋友吧，还不快些请人家进屋歇息。"

吕思仔细打量着宗玉梅，只见她虽身着破衣烂衫，但是仍然难遮姣好的身材和面容。宗婉儿向吕思道："吕大哥，你们都进院吧，进了院子我再给你们介绍。"吕思等人进了院子，只见院子内已摆好一张长形木桌，桌子周边摆放着矮小的木制凳子。宗玉梅含笑招呼吕思等人坐下，然后叫上宗婉儿进房拿出茶壶和洗好的碗。

宗玉梅歉意道："我瞧你们都是大户人家的公子、小姐，老妇家贫，拿不出像样的茶具招待各位，还请见谅。"

刘彩銮起身笑道："伯母客气了，我们都是婉儿的好朋友，今日来叨扰你，我们很过意不去呢！"

宗玉梅闻言笑道："既然如此我们都不要客气了，你们坐下聊，我给你们添水。"说着拿起茶壶将碗中都倒上了白水，她弯腰给吕思倒水时，右耳垂下三颗品字形红色小痣清晰可见。至此，吕思对她的身份更无怀疑。

宗婉儿起身接过茶壶放到桌上，将宗玉梅按下坐定后说道："娘，你先坐下，我将他们介绍给你认识。"

宗玉梅道："婉儿说得是，还没有请教各位的尊姓大名呢。"

吕思起身道："姑姑千万不要客气，不知姑姑可记得宛东山上的女娲娘娘庙？"

宗玉梅身体突地一颤问道："公子为何称我为姑姑？"

吕思低声道："我叫吕思，是宗爷爷将我在女娲娘娘庙中抚养成人的。"

宗玉梅惊喜地瞧着吕思道："原来你是思儿，这些年不见竟长这么大了！"

宗婉儿笑道："你瞧见他时，他有多大年纪？"

宗玉梅笑道："那时他不过四岁，转眼之间已是成人了。"说完脸色低沉起来，问道："爹爹他老人家还好吧。"

吕思伤感道："宗爷爷他……他……他已经仙逝了。"

"爹爹他……他真的去了？"妇人骤闻噩耗忍不住惊呼出声。

吕思劝道："请姑姑节哀！"

妇人呆愣了片刻突地跑向屋中，趴在床上失声痛哭起来。

宗婉儿责怪吕思道："谁让你的嘴这么快的，不会寻找机会再说吗？"

吕思自责道："是我鲁莽了，我去劝说姑姑。"

宗婉儿气道："谢谢你了，你少说两句就算帮忙了。"说完向卧室跑去。

东方长年向吕思道："婉儿脾气不好，不过她是有口无心的，吕大哥莫怪。"

吕思长叹一声坐了下去。过了一会儿，宗玉梅在宗婉儿的陪同下走出卧室。吕思急忙起身迎去，宗玉梅道："思儿，爹爹是因何去世的？"

吕思道："宗爷爷是被当今太子刘启派人所害。"

宗玉梅惊道："爹爹怎会得罪当今太子，你是弄错了吧？"

吕思道："此事说来话长，姑姑请坐，待我详细说给你听。"

众人坐定，吕思便将宗伯邑被害之事详细说了出来。

宗婉儿向母亲说道："娘，你不要伤心，我一定会杀了刘启替爷爷报仇雪恨的！"

宗玉梅摇头道："我不要你去报仇，只要你平平安安就好。"

宗婉儿抗议道："为什么？娘这是怎么了，外公被害之仇怎可不报？"

宗玉梅流泪道："你以为我不想为你外公报仇雪恨吗，可是仇家乃是当今太子，你说这仇怎么报？"

"不能报也要想法子报。吕大哥武功高强，让他带我报仇好了。"说完瞧向吕思。

吕思知道拗不过她，说道："倘若我去寻刘启报仇自会带你前去。"

宗婉儿突地起身指着刘彩銮道："你还在这里做什么，你哥哥杀害了我的外公，你还有脸待在我家吗？"

刘彩銮尴尬不已，赵惜颜怒道："你以为我们愿意待在这里吗？倘若不是因为吕公子，你就是求也求不来我们。"

赵惜容也冷笑道："原来你竟然如此不通情理，这一路上我家公主是如何待你的，你都忘记了吗？"向刘彩銮道："既然人家不欢迎我们，我们走好了！"

吕思刚刚见到宗玉梅，双方还不甚了解，因此他劝也不是，不劝也不是。

赵惜颜向宗婉儿道："冤有头债有主，倘若世人都如你一般将一人之恶算在他家人的头上，他的家人岂不是冤枉？"

宗婉儿冷笑道："你休要拿这些大道理来压我！倘若你的说法站得住脚，何来诛灭九族的刑罚？"

宗玉梅喝道："婉儿住嘴！我们平民百姓之间的处世之道岂能与国家法度相提并论！你自小生性顽劣，现在大了怎么一点儿长进都没有！"说完起身向刘彩銮施礼赔罪道："婉儿生性顽劣，得罪之处还请公主原谅。"

刘彩銮双手挽住宗玉梅的双臂道："姑姑不必多礼。婉儿也是一片孝心，我怎能不理解。"

宗玉梅道："多谢公主理解。"

刘彩銮向吕思道："我原本就是打算喝了茶后向吕公子辞行的，现在茶已喝过，我也该告辞了。"

宗婉儿道："实在对不住，我家里住不下这么多人，再说我娘还有许多话要问吕大哥，因此吕大哥一时也走不了。"

刘彩銮道："欢聚多为离时客，人生聚散本属平常，况且我已许久未见母妃娘娘，也该去拜见了。"向吕思道："公子多保重！"

吕思虽然心中不舍但是也不好挽留，抱拳道："公主保重，容后再聚。"

宗玉梅见刘彩銮离意已决，只得连声道歉。

当天晚上，宗玉梅向吕思问起了宗伯邑许多的事情，吕思都一一据实回答。直到夜深人静的时候，宗玉梅方才让吕思与东方长年一起离开。

东方长年的父母早已离世，家中两间草屋与宗婉儿家紧挨着，他平时就在宗婉儿家中吃饭。

东方长年经常外出，因此房间已经很长时间没有人居住了，不过吕思发现他的房间虽然破烂不堪但甚是清洁，吕思自然知道是宗玉梅帮助清理的。

第二日清晨，吕思早早起了床。他走出房间，见到一个蓬头垢面的中年男子正将一个布袋子放在宗玉梅的柴门前，然后匆匆离去。吕思心感奇怪，悄悄地尾随他向前走去。蓬头垢面的中年男子一路前行，并未回头，一直到了长安城内的望鹤客栈门前方才停下脚步。这时刚好有一个老者自客栈内走出，瞧见蓬头垢面的中年男子后说道："你这个死老孙每天起这么早不知干活竟往外跑，你干吗去了？昨天又来了许多贵客，赶快去后厨把木柴都劈出来。"

蓬头垢面的中年男子点头哈腰地应承着。

吕思等到蓬头垢面的中年男子步入客栈后，叫住老者道："我想向老人家打听一个人，不知老人家可否愿意相告？"

老者见吕思衣着华丽，赔笑道："公子是要住店吗？"

吕思摇头道："我不住店，只是想要打听一个人。"

老者闻听吕思并不住店，立时没了兴致道："对不起，在下一向孤陋寡闻，公子还是另问他人吧。"

吕思自怀中掏出一串五铢钱塞到老者的手中道："还请老人家行个方便。"

老者将五铢钱放入怀中，满脸堆笑道："小老儿自幼便在这长安城中长大，长安城内上至朝堂下至黎民百姓之事没有我铁皮木不知道的。公子有事尽管问来。"

吕思微笑道："我所问并不复杂，我只想知道刚才进入客栈之人的信息。"

老者瞧向吕思，眼中满是怀疑之色道："原来你是要打听老孙头的消息，他有什么好打听的？他是我们客栈内打杂的伙计，已经干了十多年了。"

吕思问道："老孙头叫什么名字，从什么地方来的？"

老者道："他自从来到我们店中，整日屁都不放一个，我们也都懒得理他，时间久了，连他的名字也都忘记了，大家伙儿都叫他老孙头。老孙头虽然从不与人打交道，但是他工作勤奋，做起活来从不惜力，也是因此我们家掌柜的才一直将他留到现在。至于他从何而来，他虽然不说，但是我能听出他来自梁国。"

吕思若有所悟，向老者道："多谢老人家指教。只是我与您打听老孙头之事还请您多加保密。"

老者没有想到自己如此轻松便赚了一串五铢钱，闻言笑道："请公子放心，我断不会说出去的。"

吕思向客栈瞧了瞧，转身离去。

吕思回到东方长年家时，东方长年已经起床在等。见到吕思回来，问道："吕大哥去了哪里，让我一阵好找。"

吕思向东方长年问道："长年贤弟可曾见过一个蓬头垢面的中年男子……"

"原来你跟踪那个痴情之人去了。那个人经常偷偷地给婉儿家送些食物，算来有十多年了。"

"婉儿知道吗？"

"她当然知道啦。"

"她没有打听过此人吗？"

"婉儿是要打听的，只是伯母不让。"

"如此说来，宗姑姑也见过此人了？"

越红尘
272

"这人长年给伯母送食物，时间久了，伯母岂能不知。只是说来奇怪，伯母既不点破此人又不许我和婉儿与他说话，想来……想来……"

吕思盯着东方长年的眼睛问道："你是觉得宗姑姑为了生计才不会拒绝此人的另类追求是吗？"

"我，我，我实在不该如此猜测伯母的。"东方长年自责道。

吕思问完东方长年后心中已经知道老孙头是谁了，只是不予点破，向东方长年道："不知姑姑何时起床？"

东方长年道："伯母早已起床了，婉儿也已做好饭菜，就等着你呢。"

吕思与东方长年来到宗玉梅的家中，宗玉梅正站在大堂中看着那对双鱼玉佩发呆。听到动静，她转头看向吕思道："思儿，爹爹他……他可曾提起我？"

吕思道："当初我离开宗爷爷时，他老人家特意嘱咐我，让我一定要找到姑姑，否则他也不会将半块玉佩交给我了。"

宗玉梅流泪道："是我当初不听话，辜负了爹爹。"

吕思道："宗爷爷告诉我说姑姑当年所嫁非人，日子过得很是辛酸，而且后来还被……自那以后，宗爷爷便没有姑姑的消息了。"

宗玉梅面色平静道："事情已经过去这么多年了，我也不愿提起。"

吕思试探着问道："我今天清晨见到一个蓬头垢面的男子在姑姑家门前放了一包东西后匆匆离去，我瞧这人不像本村之人。"

宗玉梅身体轻颤道："思儿今后再也不要提起这人。"

吕思心中已经确定此人是谁了，于是劝道："我听东方兄弟说此人已经偷偷接济姑姑十余年了，愚侄想，纵是此人有千般过错，有了这十余年的真诚付出，足以证明他有悔过之心。"

宗玉梅身体颤抖道："莫非你已经知道他是何人了？"

吕思点头道："如果我所料不差，他应该就是婉儿的亲生父亲孙怀才。"

宗玉梅惊呼道："你怎会知道是他！你昨天才刚到此地，你，你……"

吕思叹气道："姑姑与孙伯伯之间的事情我都知道，他当初确实犯下了不可饶恕的罪过。姑姑此生可以不原谅他，可是有没有想过婉儿妹妹呢？"

宗玉梅问道："婉儿还不知道吧？"

吕思摇头道："没有姑姑允许，我不敢造次。"

宗玉梅流泪道："就为了婉儿，我才假装不知，没有将他赶走。思儿，姑姑求你不要告诉婉儿，婉儿的气性大，我担心她会做出出格的事情。"

吕思答应道："思儿全听姑姑的，一切随缘好了，到了婉儿该与他相认的时候，恳请姑姑不要阻止。"

门外传来宗婉儿的呼叫声："娘，吕大哥，你们快出来吃饭吧。"

宗玉梅又拭了拭眼角的泪水强笑道："我们不说了，一起吃饭吧。"

吕思道："思儿打算吃过饭后就去寻找刘启，婉儿的武功太弱，我不想让她与我一起冒险，所以我想悄悄离开。姑姑也不要阻止我，我会全身而退的。"

宗玉梅吃惊道："此事万万不可，刘启乃是当今太子，身边高手如云，你怎能杀得了他？此事我不同意！"

吕思感激道："姑姑不必为我担心，我会见机行事的。"

"娘，吕大哥，你们怎么还不出来，饭菜都要凉了！"婉儿的语气已带有埋怨之意。

宗玉梅瞧向吕思道："昨夜婉儿向我说起过你的武功，也提起了夏邑公主，姑姑只想告诉你，防人之心不可无，夏邑公主毕竟是公主，是太子的亲妹妹。"

吕思道："姑姑放心，这些事情我都有想过。我们去吃饭吧，否则婉儿又该埋怨了。"

第二十九章

　　傍晚时分，吕思来到一处高大宏伟的院落后墙，他在原地徘徊良久，终于下定决心，纵身跃入院内。吕思所在的位置位于后花园的一角，身前是一座高大的假山。他正要走上假山察看地形，突听一个清脆悦耳的声音响起："思儿，你怎会在那里？"

　　吕思心中一惊，刚要开口答应，突听一阵稚嫩的童声笑了起来，奶声奶气地笑道："母妃，你快来捉我呀！"

　　吕思放下心来，暗道："原来她并未发现我。"

　　女子佯怒道："瞧我捉住你后如何打你！珠儿、篮儿你们仔细照顾着，别让她摔着了。"

　　两名少女答应道："诺！"

　　吕思找到一个能看清外面的地方向来声处瞧去，只见一个宫装美妇正面带微笑轻步慢跑着，他的身体突地僵硬起来，虽然他与宫装美妇自少时便已分开，但是他依然能够认出眼前之人正是他曾经的未婚妻吴惟珊。

　　"思儿，思儿！"吕思的心中狂跳不止，"她的孩子居然也叫思儿，原来这许多年她一直都没有忘记我。"

　　女童在两名宫女的保护下向假山跑来，来到假山前，女童向两名宫女道："我要藏起来了，你们不许跟着我！"

　　"小郡主千万当心，只在山下躲藏，不要登上高处。"瓜子脸少女叮嘱道。

　　女童咯咯笑道："不许你们告诉母妃我的藏身之处，否则我一定惩罚你！"

两名宫女齐声答应，然后分开堵住通往高处的道路。

女童轻手轻脚地向吕思的藏身之处走来，突地瞧见吕思，正欲开口大叫，吕思急忙掩住她的嘴巴低声道："叔叔不是坏人，叔叔陪你玩游戏好不好？"

女童大大的眼睛向吕思连连眨动，吕思松手道："叔叔有一个要求，只要你能答应，叔叔天天都来陪你玩。"

女童虽然初次见到吕思，脸上却毫无惧色，忽闪着大大的眼睛瞧向吕思道："只要你陪我玩，我就答应。你要思儿答应什么事情？"她虽然年幼，但说话间竟隐隐带有一丝与她年龄不符的"霸气"。

吕思道："第一，不要告诉你的母妃和其他人，你见到我之事。"

女童点头道："嗯，我答应了。"

吕思道："第二，一会儿你要向左边跑，不能让别人见到我，能做到吗？"

女童笑道："叔叔为什么害怕别人见到，难道你是坏人吗？"

吕思苦笑道："叔叔怎会是坏人呢？只要你听叔叔的话，叔叔一定会陪你玩游戏的。"

女童的眼睛转了转，点头道："好吧，我相信你。"又咯咯笑道："你赶快藏好，母妃就要来捉我们了。"说完，身子一矮钻入身前一个洞穴中。吕思飞身跃到身前一棵高大的梧桐树中，梧桐树的树叶宽大茂盛，正好可遮挡身体。

吴惟珊与两名宫女在女童的藏身之处来回徘徊，口中一遍遍地轻声唤着女童的名字。天色渐渐黑了起来，女童自洞中闪身而出，口中埋怨道："你们也太笨啦，我以前藏过这里的。"

吴惟珊故作顿悟状，以手拍额道："你瞧母妃的记性，怎么就忘记这里有一个小山洞了呢？"指着两名宫女道："你们也是，怎么也都忘记了。"

两名宫女脸上堆着笑自责着，其中一名夸赞道："郡主聪明绝顶，我们怎能捉住呢？"

女童向四周寻找吕思，口中呢喃道："叔叔哪里去了？"

吕思闻言心中着急不已，吴惟珊愣了一下道："思儿说什么呢，这里哪有什么叔叔？"

女童狡黠地笑道："我说的是栀子树，去年还在这里呢。"

吴惟珊蹲下用手轻抚女童的头发道："既然思儿喜欢栀子花，母妃让你父王多栽几棵好了。你看现在天也黑了，我们回去吧，一会儿你父王就来看我们的小思儿了。"

女童拍手笑道："好呀好呀！父王好些日子没有来了，今天我要他陪我玩。"

吴惟珊向一名宫女道："竹儿你快去府门前打探，等太子殿下到来后速速报我。"

竹儿答应后匆匆离去，另一名宫女向吴惟珊道："倘若奴婢记得没错，太子殿下应该已有三日没来，现在好了，太子妃再也不要着急了。"

吴惟珊啐道："我哪有着急，你这小妮子瞎说什么呢！"她口中虽然责怪篮儿，脸上却是满满的笑意。

"奴婢前面带路，请王妃与小郡主慢走。"篮儿在前面引路，吴惟珊抱着思儿紧紧跟随。

吕思待她们走远后飞身跃下梧桐树，坐在假山顶端发呆。吴惟珊提到刘启之时露出的笑容与他们二人在一起时无二，为什么会这样？难道珊妹真的爱上刘启了？倘若如此，她为何要将女儿的名字取得和我一样？

院子中突然热闹起来，欢声笑语不绝于耳。有几名太监一路谈笑着自假山前经过，吕思清晰地听到他们在谈论刘启与吴惟珊之间的感情。从他们的交谈中，能够听出刘启与吴惟珊感情深厚。

吕思的心如刀绞一般地疼，他并非是嫉妒吴惟珊对刘启的爱，只是因为吴惟珊被杀父仇人霸占而不自知。待宴饮结束，吕思施展华星韵步来到吴惟珊与刘启卧室的房顶，他轻轻地揭开瓦片，俯身看去，只见一个华服男子正低头亲吻着吴惟珊，吴惟珊则紧闭双眼恣意享受着男人的爱抚。吕思心中一痛，"啪"的一声，一片红瓦应声而断。

"谁在上面？"刘启松开吴惟珊快速来到门外向房顶看去，隐约看到一个身影，大声喝道："你这贼人胆子不小，竟敢偷到我的府中来了！来人，快捉住他。"

吕思飞身而下。

刘启一见之下顿时惊出一身冷汗，张口结舌道："是，是你！原来是，是吕兄！"

吴惟珊听到动静也走了出来，乍一见到吕思，身体立时一软瘫坐在地上。刘启急忙将吴惟珊扶起，关切地问道："珊妹你没事儿吧？"

吴惟珊直愣愣地瞧着吕思问道："你，你不是已经死了吗？"

吕思不敢同她对视，瞧向别处道："我的命硬，岂能说死就死！"

吴惟珊哭道："对不起！对不起！请你原谅我，我当初真的在女娲娘娘庙见到了你和宗爷爷的坟墓。我以为你已经不在人世了，这才……"

吕思向刘启冷声道："你没有想到我会来这里吧？"

吴惟珊擦干眼泪道："原来你们竟是认识的。"

吕思冷笑道："何止是认识，我与他仇深似海。"

吴惟珊只道吕思是因为自己嫁给刘启的缘故，因此向吕思道："这件事情说起来也怨不得太子殿下，我是心甘情愿嫁给他的，你若心生怨恨就冲我来好了。"

吕思闻言伤心欲绝，身体轻颤道："原来你如此爱他！"

吴惟珊流泪道："他对我一往情深，而我，而我也离不开他。思哥，过去的事情就让它过去吧。你，你快些走吧。"

吕思稳住心神道："我岂能放过他，倘若你知道他的丑恶面目，定会比我还要恨他。"

此时，吕思已被慕容飞鹰和慕蓉雪村带来的侍卫团团围住。刘启见慕容飞鹰赶来，心中大定，他知道有许多事情隐瞒不住了，为了不让吕思说出实情，他大声喝道："我本念及珊妹情面不想与你一般见识，而你却不识好歹，一再污蔑本太子，是可忍孰不可忍。慕容飞鹰，此人交给你来处置。"

"太子殿下放心，属下定将他碎尸万段。"慕容飞鹰回答后，转向吕思嘿嘿冷笑道："当日若不是为了争抢小塔黄，本帮主早就结果你了。今日你来得正好，免得我四处寻你。"

吕思哈哈冷笑道："想不到堂堂北斗帮代帮主竟然做了太子的走狗。双龙谷之战你折损了五大长老、两个使者，竟然一点都没有接受教训，当真可悲可叹！"

慕容飞鹰纵声大笑道："那几人即使你们不除，本帮主也要将他们铲除，提起他们本帮主还要感谢你呢。"

吕思不知他此话是何意，也懒得多想，说道："你我之间就在此做个了断吧。"

吴惟珊大声喝道："住手！"转向刘启求道："臣妾恳请太子放了他。"

吕思身体微颤冷声道："多谢王妃还记得故人，只是今日之事还请你不要阻拦。"

刘启也冷声道："爱妃有所不知，不是我非要与他为敌。他在江湖中的绰号是玉面毒狼，这厮奸杀妇女无数，我身为太子怎能只顾念你的面子而忘记人伦大义，今日为了天下百姓，本太子是万万不能放过这淫贼的。"

吴惟珊闻言身体摇摇欲坠，身边的宫女急忙将她搀扶住。吴惟珊瞧向吕思的眼神中满是惧意，她见吕思瞧向自己，两下对视后吴惟珊吓得急忙垂下了头。

吕思怒极反笑，向刘启骂道："你这个狗贼，即便全天下的小人加在一起也不敌你一分。今日不杀你，我誓不为人。"说完，使出星月神功向刘启攻去，众侍卫听见空中传出阵阵轰鸣之声。

"好功夫！"随着一声断喝，慕容飞鹰挡在刘启身前挥掌向吕思迎去。随着轰隆隆一阵巨响，吕思向后退了一步，慕容飞鹰则接连向后连退三大步，且将身后的刘启撞倒在地。刘启顿时害怕起来。

慕容飞鹰心中惊骇不已，暗想："自从我吃了小塔黄后功力大增，今日怎会弱于他，莫非他练有绝世内功心法？"

吕思见慕容飞鹰只是被自己震得后退了三大步，心中也感惊奇。自从他吞服了小塔黄根茎之后，天下已没有几人能够在内力上与自己相抗衡了。慕容飞鹰比自己年长不了几岁，他怎会拥有如此深厚的内力？吕思心思电转突地想道："是了，那日在白马雪山上小塔黄的花朵必是被他抢夺后吃了。"他见官兵越来越多，不想过多纠缠，脚踏华星韵步使出星月神功向慕容飞鹰攻去。慕容飞鹰不敢轻敌，脚踏星宿漫步使出北斗仙尊的成名绝学七星连珠相迎。

二人俱是当今天下数一数二的武功高手，众侍卫只觉得眼前满是飞舞的人影，根本瞧不出谁是吕思谁是慕容飞鹰，且在掌力的震荡之下纷纷向后退去，吴惟珊更是惊得用手掩住了嘴巴。吕思和慕容飞鹰你来我往战了近百回合仍然不分胜负，刘启欲令弓箭手射杀吕思，怎奈他与慕容飞鹰身法太过迅捷，又恐误伤慕容飞鹰，正自着急时，吕思与慕容飞鹰的身体骤然分开。众人急忙向二人瞧去，只见吕思垂手而立，气息微喘，衣袂飘飘，真如玉树临风一般。慕容飞鹰则手抚胸口，面如土色，口角间流出一缕鲜血。刘启暗中向慕容雪村使了一个眼色，慕容雪村会意，突地从腰中抽出长剑，正准备向吕思刺去，突听慕容飞鹰大喝一声，抽出弯刀使出北斗帮的镇帮绝学北斗回旋刀向吕思砍去。这刀法甚是奇妙，使刀之人将之抛于空中，弯刀会化出千万个幻影，且弯刀会随着主人的意念在敌人的身体四周来回盘旋，寻找破绽，一旦发现破绽，弯刀会迅速发起攻击，将敌人的动脉切断。当然，这个刀法不是一般人能够使出的，只有内力达到天人合一的境地方能使出。北斗仙尊就是凭此刀法征战天下，且刀法使出后从未遇过敌手，就连紫薇仙尊、启明仙尊等江湖顶尖高手也曾败在此刀法之下。

吕思的华星韵步轻灵迅捷，但是时间一久，疲累渐生，他急忙抽出匕首霸下使出绝学青竹剑法相迎。霸下乃是天降陨石铸造而成，坚硬无比也锋利至极。吕思与慕容飞鹰又缠斗了数十回合，空中不时发出'叮当'之声，突听一声脆响过后慕容飞鹰的弯刀被霸下劈作两段。

慕容飞鹰既心疼又感恐怖，突地使出七星连珠掌疯狂地向吕思攻去，他已存了誓死之心，因此掌法威力大增。

慕容雪村也手持长剑向吕思攻去，他的长剑在空中传出阵阵嘶鸣之声，吕思感觉到慕容雪村的剑尖处内力向外伸展约有十余厘米，在震惊于对手的内力之余突地想起一人，问道："你可是刘启的贴身侍卫慕容雪村？"

慕容雪村嘿嘿冷笑道："你居然认得老子，孺子可教也！"

吕思击退慕容雪村的进攻后，突地仰天长啸，震得在场众人俱耳痛不已。众侍卫中有数人被震得耳中流出了鲜血，吴惟珊所立之地虽然相距吕思较远，但耳中也被震得轰鸣不止。

慕容雪村惊惧之间突地想道："他为何突然发狂，莫非他已经知道我杀害宗伯邑之事？"他越想越是恐惧，已生了逃跑之意。

吕思长啸过后，向慕容雪村怒目而视道："你身负两条人命，苍天有眼，终于让你落入我手，拿命来吧！"说着将手中匕首幻化为竹节渐长的光影，向慕容雪村的胸膛刺去。

吕思使得是青竹剑法中的竹笋破茧，匕首将前端的空气瞬间凝结成束，前锋直抵慕容雪村的胸口。慕容雪村顿感胸前似被千万斤重量压住，此时想要脱身已是不能，正惊惧间，突听慕容飞鹰大喝一声向吕思的后背攻去，慕容飞鹰眼见吕思的注意力都在慕容雪村身上，陡然自断灵虚穴提起十二分内力向吕思的后背攻去。这一招自残的招式乃是七星连珠掌的奇绝招式，它可以将自残者的内力拔高两倍以上，使出后自残者的内力将大大削弱，若要恢复至少需要半年以上的苦修，倘若遇到实力强劲的对手则只有死路一条，因此这一招式不到万不得已是万万不敢用的。

吕思好像全然不觉，也不回身阻挡，径直将匕首向前推出。慕容雪村骇极，拼尽全力要躲开剑气的攻击，怎奈吕思的内力太过强劲，随着"扑哧"一声轻响，匕首前端发出的剑气已经刺入慕容雪村的胸膛内，距离心脏不足一寸。吕思后背突然承受了慕容飞鹰拼尽全力的一掌，匕首前端的剑气立时消散于无形，他被震得"哇"的一声喷出一口鲜血，身体向前连连踏出几个大步方才不致摔倒。

吕思身体抖如筛糠，全凭坚强的毅力支撑才不致昏死过去。他竭力稳住身体，俊面苍白如纸，抬头向天厉声吼道："父王，母后，你们的仇我给你们报了！"

吕思的吼声响彻云霄，震得众人耳鸣不已。

慕容雪村口中流血不止，挣扎着向吕思叫道："宗伯邑是我杀的，你父王母后之死为何也要算在我的头上？"

吕思暗自思忖道："原来刘启吩咐杀害宗爷爷的人是你！"

慕容雪村哈哈大笑起来，又咳嗽了几声道："亏得你还知道我已是将死之人，杀的人我认，不是我杀的人我也不愿代人受过。"

吕思责问道："你不敢承认自己是漠北四鹰之一吗？"

慕容雪村的头脑突地混乱起来，怒骂道："什么狗屁漠北四鹰，我与他们有何关系？宗伯邑是我杀的，我……"一句话还没有说完，人已然昏死过去。

"你还愣着做什么，这厮已经疯了，你还要他胡言乱语吗？"刘启指着慕容雪村向慕容飞鹰喝令道。

慕容飞鹰刚才乃是拼尽了全身力气，此时再要运起内力实在是有心无力，但是刘启的命令他也不敢不从。慕容飞鹰夺过身边侍卫的弯刀跌跌撞撞地来到慕容雪村身边，挥刀向他的脖子砍去，怎奈全身无力，刀没砍下，他已经扑倒在地。

众侍卫都惊出一身冷汗。

刘启急忙向吴惟珊瞧去，只见她正掩住双耳，面露痛苦之色，心道："瞧她这模样，定是被吕思这厮刚才的吼叫声震坏了耳朵，万幸！万幸！"刘启心中略定，向一众侍卫骂道："你们还愣着做什么，难道要这厮逃跑不成？"

众侍卫这才反应过来，纷纷持刃向吕思围攻过去。吕思欲要施展华星韵步躲闪，脚下突地一软，摔倒在地。正在此时，突听一声娇喝声响起："都给我住手，你们谁敢乱动，本姑娘第一个杀了他！"随着话语声，一个身着黄衫的绝美少女自房顶飘落而下。

刘启喝道："乱臣贼子竟敢口出狂言，还不快些将她拿下！"

众侍卫见来人是一个娇弱少女，纷纷向黄衫少女杀去。黄衫少女怒斥一声道："就凭你们也敢对我无礼！"身影闪动之间已在人群之中来回穿梭了一番。待黄衫少女来到吕思身旁将他扶起时，身后方才传出众侍卫的痛苦哀号声。

吕思口喷鲜血，瞧了一眼郭小玉低声道："怎么会是你，我……"他一句话没有说完就昏死在郭小玉的怀中。吕思一心要刺死慕容雪村，所以对慕容飞鹰凝聚的十二成内力攻击不加躲避，以致慕容飞鹰的内力全部打在身上，并通过大椎穴注入体内。吕思身上原有一冷一热两股真气此起彼伏，此刻却被慕容飞鹰的真气震得自行运转起来。一冷一热两股真气都要将慕容飞鹰的真气吸收，三股真气互不相让，各自冲撞，将他的任督二脉震得犹如飞沙敲锣一般鸣响，吕思疼痛不过，因此才昏死过去。

刘启见黄衫少女武功高强，而自己的两大高手慕容飞鹰与慕容雪村一个重伤，一个生死未卜，因此不敢触怒于她。向黄衫少女抱拳道："敢问小姐尊姓大名？"

黄衫少女咯咯笑道："告诉你又何妨，难不成我还怕了你了？我姓郭，名小玉。"

"什么，你是郭家庄庄主郭爻之女？"刘启惊道。

郭小玉脸色突寒道："我爹爹的名讳岂是你这种小人呼得的！"

慕容飞鹰此时已经恢复意识，他爬起身来向郭小玉怒喝道："放肆！你胆敢对太子无礼！"

郭小玉瞟了慕容飞鹰一眼冷声道："小人都不敢回话，你这条狗腿子倒是叫得挺欢，当心我敲碎你满口脏牙！"

刘启眼见吕思被慕容飞鹰重伤，料知他已无生还可能，因此强压怒火抱拳道："郭小姐既然为救吕公子而来，我也不为难你，你尽管带他离开便是！我与你无冤无仇，你又何必羞辱本太子呢？"

郭小玉冷笑道："你忘记青羊山东坡了吗？你假立吴氏父女之墓，诱使思哥与我上当，害得我与思哥被困深谷三年，你敢说我与你无冤无仇？今日我没空搭理你，待思哥身体康复我们俩再来寻你报仇。"说完，背起吕思使出华星韵步闪电般离去。

刘启见郭小玉身法快如闪电，心中不免担心。

慕容飞鹰向刘启跪下禀报道："吕思已去，恳请太子殿下饶恕慕容雪村无心之过。"

刘启正自心烦，冷声道："即使本太子愿意饶恕他，也得看他有没有福气承受了。"

慕容飞鹰大喜道："多谢太子殿下宽恕之恩！"说完起身来到慕容雪村身边查看他的伤情，查看一番后喜道："禀告太子殿下，雪村贤弟尚且有救。"

刘启不耐烦道："既然他没死，你直接唤太医便是，烦我作甚！"

慕容飞鹰应道："属下知罪！"起身向身边一名侍卫道："还不快去请太医！"

侍卫答应后，急忙去找太医。

刘启闭上眼睛稳住心神，为拉拢人心，向慕容飞鹰道："慕容帮主的伤情如何，让太医一并医治了吧。"

慕容飞鹰谢道："我受的是内伤，只需静养调理即可痊愈。多谢太子殿下关心。"

刘启微笑道："如此甚好！我今天不回王府了，你回房调理身体吧。"

慕容飞鹰道谢离去。

刘启向一名精壮侍卫道："吉卫盾，你命人将慕容雪村抬到卧房等候太医医治，另外速派人去近卫营选调二百名护卫加强别院的防守，其他人等都散了。"

吉卫盾答应道："诺！奴才这就去办。"

刘启走向吴惟珊，忧心忡忡地安慰道："珊妹，让你受惊了。"

吴惟珊瞧向刘启，眼神空洞。刘启心脏剧烈跳动，心想，自从她跟了我，从未用这种眼神瞧过我。我明明见到她的耳朵被吕思的吼声震得伤痛不已，应该没有听见吕思说的关键话语。突地想起郭小玉，心惊道："是了，郭小玉来时珊妹的耳朵定是已经恢复了，莫非郭小玉的话她都听见了？"他思忖了一下突地笑道："竹儿、篮儿你们快将王妃扶进房内休息，她定是受到惊吓了。"

竹儿、篮儿答应后双双上前将吴惟珊搀扶进内室，刘启向她俩吩咐道："你们退下吧。"

二人瞧了吴惟珊一眼，双双施礼答应道："诺！"随即回到外室。

刘启上前搂住吴惟珊道："珊妹，对不起，让你受惊了。"

吴惟珊呆呆地瞧着刘启摇头道："你在说什么，我听不清楚。"

刘启闻言心中大定，心想："当真是万幸，是了，珊妹不懂武功，我们这些习武之人尚且被吕思那厮的吼叫声震得耳朵受损，何况是柔弱的她呢？"刘启心中暗自高兴，突又想道："不对呀，竹儿、篮儿为何没有受到影响？"想毕向外轻声唤道："竹儿，篮儿！"等了片刻并未等到二人的回应声，刘启又加大话语声叫道："竹儿，篮儿！"

"太子殿下请吩咐。"说话间，竹儿、篮儿双双走进内室。

刘启问道："那个淫贼的吼叫声是不是将你俩的耳朵伤到了？"

竹儿一脸茫然大声道："奴婢该死，没有听清太子殿下的问话。"

刘启将刚才的问话又大声重复了一遍。竹儿这才大声回道："竹儿自小到大从未听过如此骇人的叫声，震得奴婢耳朵到现在都疼。"

篮儿也附和道："是呀，是呀。奴婢现在听太子殿下的话语都不甚清楚。"

刘启哈哈笑道："你们不要担心，过了今夜你们的耳朵都会康复的，下去吧。"竹儿、篮儿好像没有听见似的依然站立不动。刘启边向她俩挥手边大声道："你们俩退下吧。"

竹儿、蓝儿这才答应道："诺！"随后离开。

刘启搂住吴惟珊大声道："珊妹不要害怕，一切有我呢，你睡上一晚就没有事了。"

第三十章

　　郭小玉将吕思带到长安城郊外的白莲客栈，冬儿听到敲门声急忙披衣下床，打开房门吓了一跳问道："小姐背的是何人？"

　　郭小玉进了房间将吕思放倒在床上道："你到近前看看他是谁？"

　　冬儿手持油灯走近床前惊呼道："吕公子，他这是怎么了？"

　　郭小玉猜道："思哥应该是心肺郁结加之内伤阻滞经脉运行以致昏迷。我现在助他运功疗伤，你万万不可惊扰。"

　　冬儿自语道："心肺郁结，公子怎会心肺郁结？"

　　郭小玉见她兀自站在那里猜测，急道："冬儿你站在那里干吗呢，还不快些去守住房门。我给思哥疗伤期间不许任何人进来。"

　　冬儿这才反应过来，急忙答应着去看守房门。

　　郭小玉将吕思扶起坐正，运起星月神功为他疗伤。过了一炷香时间，吕思缓缓睁开双眼低声道："玉儿，我们这是在阴间相会了吗？"

　　郭小玉低声道："休要胡说，快随我的真气运功，否则你我都将走火入魔。"

　　吕思闻言不再说话，凝聚心神逐渐将散落在周身的真气汇聚至丹田，而后将丹田真气随着郭小玉的真气运转方向运行起来。又过了盏茶工夫，吕思已经完全康复，郭小玉收功调息。

　　吕思只觉得体内三股真气逐渐变成冷热两股真气，且冷热真气合二为一，随着意念的转变忽而化为一股纯阴真气，忽而化为一股至阳之气，不由得欣喜若狂。他原先体内的寒热两股真气一直都是以此消彼长的形式存在，当他使出至阳真气时，纯阴真气停滞不动，反之，当他使出纯阴真气时，至阳真气停滞不动，如此一来，他每次发功只能使出体内二分之一的真气。现在两股真气互相交融，凝聚为一体，是纯阴还是至阳全凭意念控制，因此他的内力非但平添了一倍有余，而且还实现了体内冷热真气的自由转变，他怎能不喜？

随着时间的流逝，郭小玉调息完毕。当她睁开双眼时，见吕思正痴痴地瞧向自己，二人四目相对，郭小玉娇羞道："你坏死了，尽瞧着我做什么。"

吕思握住郭小玉的手高兴道："玉儿，你当真还活着！我就知道夏邑公主不会骗我！"

郭小玉扑哧笑道："你当真是个傻瓜！"

吕思道："可是吴世子说他亲眼见到你已经，已经……"

郭小玉恨道："欧阳年老贼不得好死，我一定要亲手杀了他替爹爹报仇。"

"你说什么，你爹爹是被欧阳年害死的？"

郭小玉恨道："欧阳年就是郭溪，他哪里是我的二叔，他就是一个魔鬼。五六年前，我爹爹见他落魄便将他收下，后来更是将他视为亲生兄弟，哪承想他竟然是北斗帮安插在郭家庄的卧底。"

"北斗仙尊为何要这么做？"吕思惊讶道，随即一拍脑门叫道，"我明白了，你爹爹一心为七国招揽人才，而七国都有反叛之心，刘启怎可不防，自然会派出北斗帮的人来监视你们郭家庄的动静。"

郭小玉道："思哥分析得没错，只是我那可怜的爹爹错了，他错将敌人当亲人，以致被害身亡。"

吕思道："我一直都觉得奇怪，那日我明明将长剑击得偏离了方向，你爹爹怎会死去，今日才知原来是欧阳年在暗中捣鬼。"

郭小玉道："我吞服了鹤顶红后就昏死过去了，后来逐渐有了意识，知道是你救了我，只是当时我还不能开口说话。再到后来，欧阳老贼趁人不备又给我灌下了鹤顶红之毒，万幸你给我吞服了你的血液，但那时我的功力没有恢复，只能装死。再后来，是冬儿帮了我，她在棺椁底下钻了小洞，使得我没有被闷死在棺木中。"

吕思抱住郭小玉心疼道："玉儿受苦了。"

突然，灯火骤然熄灭。郭小玉推开吕思低声嗔道："羞死人啦，冬儿还在屋里呢。"她假作不知，向冬儿高声道："冬儿，灯火熄灭了，你快些点亮。我与思哥还有话说。"

冬儿轻声笑道："知道了，奴婢这就将灯火点亮。"

冬儿将灯火点亮后，来到床前同吕思见礼。

吕思俊面羞红，急忙还礼道："原来冬儿也在这里，恕我失礼了。"

冬儿咯咯笑道："听公子之言是怪罪奴婢待在这里喽，奴婢告退便是。"

吕思闻言大窘，急忙解释道："不是那个意思，我是没有看到姑娘。"

郭小玉见吕思情急之下说话全无章法，轻掐他的上臂，示意他不要说话。而后向冬儿笑道："你是巴不得离开我，好去隔壁与病猫倾诉衷肠吧！"

"哎呀，小姐，你说什么呢，谁要去隔壁了？"这回轮到冬儿羞急了。

吕思问道："谁是病猫？"

冬儿愤愤不平道："公子休听小姐乱说，隔壁住着的哪里是什么病猫，人家可是赫赫有名的北虎周克。"

"北虎周克！"吕思吃惊道，"就是江湖中久负盛名的病虎周克？"

冬儿不满道："公子怎么也像小姐一般说话，他的身体健康得很，哪里是什么病虎？"

郭小玉哈哈大笑。

冬儿大窘跺脚道："小姐又在笑我。"

郭小玉笑罢，向吕思道："这病猫每日咳嗽不止，难道不该叫他病猫吗？"

吕思点头道："原来他病虎之名是因咳嗽而起，待明日我给他好好诊治一番。"

"公子当真要给周公子诊治？冬儿谢谢公子了。"冬儿大喜之余向吕思叩头谢恩。

吕思急忙下床搀扶，道："他既然能与你们俩结伴同行，自然就是我吕思的朋友，冬儿放心，我明日定当尽力为他诊治。"

郭小玉故意逗弄吕思道："为何要明日为他诊治，难道你要住在这里不成？"

吕思闻言满面羞红道："不是这样的，那，那我今夜住在哪里？"

郭小玉瞪他道："你不会去隔壁让病猫陪你吗？"

吕思恍然道："玉儿说的是，还请玉儿为我引荐。"

郭小玉轻笑道："好了，不逗你了，我带你去见病猫。"

郭小玉敲开了周克的房门，周克一边咳嗽一边瞧向吕思。郭小玉给他们俩互相引荐后返回自己房间，她躺在床上回忆起晚上遇见吕思时的种种情形，当想到吕思深情脉脉地瞧着自己时，不由得用被角掩住了脸。

吕思与周克简单攀谈了几句便各自安歇。第二日清晨，吕思与周克刚刚洗漱完毕，冬儿便敲门而入。吕思正要询问她来意，只见她双手端着一只冒着热气的汤碗，碗中散发出浓浓的汤药味。她将盛着汤药的碗放到桌上，满含深情地叮嘱周克道："记住要趁热喝了，不许让我担心。"说完向吕思二人告辞离去。

吕思问道："周兄，冬儿给你喝的是什么汤药？"

周克苦笑道："她见我每日咳嗽不止，便四处寻找郎中给我医治，这是七日前一个郎中开出的药方，她每日都要给我熬制。"他虽是苦笑着说话，但是脸上满是幸福之色。

吕思端起饭碗嗅了嗅道："这个方子除了萝卜、生姜对症之外，其他配伍均不对。"

周克惊讶道："我时常听冬儿提起要让你为我医治，原本我还以为她是在宽慰我，如今看来吕兄弟当真是学过医术的！"

吕思微笑道："在下只是略知皮毛而已，昨夜我听周兄咳嗽了一夜，心中已有了大致的判断。"

周克歉意道："实在对不住，妨碍兄弟休息了。"

吕思道："不妨事，周兄请坐，我给你把脉。"

吕思把过脉，向周克问道："周兄的咳疾是否只在春秋两季发作？"

周克闻言眼睛一亮道："正是。"

吕思微笑道："周兄所得之病乃是季节之病，春秋是阴阳交接之时，木主肝，金主肺，土主脾，而肝克脾，脾克肺，周兄患病前必是遭遇了极度伤心之事，以致心脾失和，日久成疾。"

周克赞道："吕兄弟当真是神人也！"随即面露痛苦之色道："我自小痴迷武学，成婚后依然如此，每日都要在清晨爬上我家附近的东离山顶苦练武功。在二十岁那年，我像往常一样去东离山修炼，晚上回家时却发现父母妻儿都已惨死在家中，自那以后我便染上了咳疾。"

吕思歉意道："想不到周兄竟有如此悲痛的往事，在下勾起了周兄深藏心底之悲痛，当真过意不去。"

周克突地哈哈大笑道："江湖儿女谁还没有一些伤心之事，吕兄弟何必自责。"

吕思问道："后来周兄寻到仇家了吗？"

周克道："我那时每日都在寻找仇家的下落，只是后来听说其因触犯律例被处决了。"

吕思道："如此周兄家人的在天之灵也可瞑目了。"

周克叹道："我原本只是为了要报仇才勉强活了下来，后来听说仇家都已死去，了无牵挂，且疾病缠身，因此便返回东离山顶纵身跃下悬崖。"

吕思惊叫了一声，虽然知道周克并未死去，但是想到当时的情景，他依然感到惊险万分。

周克继续说道："谁知我这一跳之下竟因祸得福。"他回忆道："我跃下悬崖后突然感到身体巨震，随即昏死过去，等醒来的时候，我发现自己躺在一个山洞之中，身旁坐着一个银发银须的老者。他就是我的恩师白发翁。"

"世上怎会有如此奇怪的名字！"吕思感叹道，"周兄当真命大。"

周克咳嗽道："白发翁是家师的自称，我曾多次询问家师的真实姓名，但是他始终不愿意告诉我，只说俗名只是一个符号而已，记它作甚！"

吕思道："令师当真是一个世外高人。"

周克叹道："我在山洞中一待就是半年有余，家师将其一生所学尽数传授于我，可是就在我学成不久他老人家就仙去了。"

吕思听了也感慨万分，问道："这半年来你们师徒二人吃住都在山洞中吗？"

周克道："那个山洞奇妙无比，洞中有一个隧道直通山下，我们日常所需都是经过隧道携带的。"

吕思听到此处已然了解到周克咳疾严重的原因，他不想再触及周克的伤心往事，因此说道："周兄所得之疾与我判断的差不多，我有一个方子可以助你祛除病根。"

周克抱拳道："倘若吕兄弟真能祛除我咳嗽之疾，我定当铭记于心，他日吕兄弟若有用得着我的地方，只要不违背侠义之道，我定会全力为之。"

吕思微笑道："医者仁心，我替你医治疾病只是学医之人的使命所在，周兄大可不必放在心上。"

周克道："不管结果如何，周某都先谢过了。"

吕思道："周兄略等片刻，我去附近寻一家医馆给你抓药去。"

周克着急起来，咳嗽阵阵道："怎敢劳烦，咳咳……劳烦吕兄弟，我去抓药便是。"

吕思安慰道："些许小事周兄何必挂怀，再说这个方子只有我知道，你去了也不知该抓什么药。"

周克抱拳施礼道："如此多谢吕兄弟了。"

吕思走后，周克怔怔地坐在椅子上发呆，他实在无法将吕思与江湖传说的玉面毒狼联系起来。

吕思一路打听来到一家名为济众堂的医馆内，刚进房门便见到两名侍卫正在买药。坐堂的医者见到吕思抬头问道："请问客官是买药还是问诊？"

吕思道："我来抓些药。"

这时两名侍卫取好药，转过身来，吕思认出他们正是昨夜在太子别院与他交手的侍卫。这两名侍卫也瞧见了吕思，其中一个精壮汉子颤声道："是你！玉面毒狼吕思！你居然没有死？"

吕思神色冷峻道："你们都没有死，我怎会先行？"

两名侍卫急忙抽出腰刀，急怒道："我们只是奉旨听差之人，与你并无私怨，你为何要为难我们？"

吕思冷笑道："现在手持兵刃的人是你们，怎么反倒说我为难你们了？"

两名侍卫闻言急忙将腰刀插回刀鞘，当先开口的精壮汉子慌忙解释道："在下，小的不是这个意思，只因公子的武功太过高强，因此，因此……"

坐堂的医者急忙起身求道："诸位客官请息怒！本馆乃是治病救人的场所，你们万万不可在此动手。"

吕思向医者道："先生请放心，我们不会损坏你馆中物品的。"向两名侍卫道："二位大人，我们外面说话吧。"

两名侍卫颤声应道："公子先请。"

三人来到医馆外，两名侍卫紧张得浑身颤抖，额头渗出几缕汗水。精壮汉子嘴唇发紫颤声问道："不知，不知公子有何，吩咐？"

吕思微笑道："你们俩不必紧张，只需告诉我你们为谁抓药就可以了。"

"此话当真！"精壮汉子惊喜道。见吕思点头，急忙说道："慕容雪村被公子刺中心脏，虽然太医保住了他的性命，但是由于失血过多，特开了药方命我等前来抓药。"

"什么，慕容狗贼没有死？我没有刺中他的心脏吗？"吕思诧异道。

精壮汉子擦汗道："公子的匕首略微偏了一些，不过……不过若不是慕容帮主在您背后偷袭，以您的武功定然不会，定然不会出现偏差。"

吕思凝视着精壮汉子道："你们二人中我只听见你在说话，他为何一言不发？"

另一侍卫慌忙解释道："不是，不是小的不想说话，只是，只是因为小的职小卑微不敢多言。"

吕思轻噢一声道："你们二人如何称呼？"

这名侍卫道："小的名叫卫衣长，是太子外卫。他叫吉康定，是太子卫盾。"

吕思挥手道："我记下了，你们去吧。"

卫衣长与吉康定闻言如蒙大赦，连连作揖后飞速离去。

吕思走进医馆取了药向客栈返回，刚走进房间，就被郭小玉扯住胸前衣领叫道："谁让你出去了，你出去和谁商量了？"

吕思茫然道："我出门前和周兄说了，他没有告诉你吗？"

周克急忙解释道："我说了，郭姑娘一进门我就和她说了。"

郭小玉回首呵斥道："我问你了吗？"

周克闻言表情尴尬，吕思将她的手推开生气道："既然你已知道我外出之事，为何还要如此胡闹？"

郭小玉顿足道："这里是刘启的地盘，你大病初愈，怎能随便外出。你，你竟然说我胡闹！"

吕思知道她是在为自己担心，话语转缓道："你有所不知，我非但伤势痊愈，而且功力大增，今天的事儿你就不要生气了。另外，今后再也不要对周兄如此说话了。"

"谁生气了？你以为我会为你生气吗？哈哈！笑死人了！我对病猫怎么说话了？我乐意，你管得着吗？"郭小玉像是换了一个人，话语似雨点一般扑向吕思。

吕思不知该如何应对，呆立在原地不动。

冬儿急忙上前解围道："公子手中可是药材？"

吕思道："正是。"

冬儿喜道："多谢公子！请公子告诉奴婢熬制之法。"

吕思将手中药材都交给冬儿道："每天一包，先大火炖开，然后小火慢炖半个时辰便可。"

冬儿谢过，然后抱着郭小玉央求道："奴婢恳请小姐陪我一起去，奴婢蠢笨得很，还请小姐在旁边指导。"

郭小玉知道她是在给自己找台阶，只是心中不服，她怨恨吕思不懂自己对他的情意，甩开冬儿的手臂道："你纵是蠢笨也总好过某些人，你还是让他指导吧。"说完向门外走去。

周克向吕思笑道："吕兄弟就不要与她一般见识了，你好歹还敢吼她，我这只病猫在她面前可是连大话都不敢说一句的。"

冬儿向周克道："既然知道自己是只病猫就少说话，当心我也不理你了。"

周克急忙赔笑道："好，好，我听你的，不说话便是。"

冬儿嫣然一笑道："谁不让你说话了，只是不许说出小姐不高兴的话便是。"说完解开系绳，取了一包药出门熬药去了。

吕思瞧见周克脸上既兴奋又依恋的表情，心中已然明白，笑道："周兄不要瞧了，人已经走远了。"

周克这才回过神来，尴尬地笑了笑。

第三十一章

夜幕降临，太子别府灯火通明，数拨士兵交替巡逻，戒备森严。吕思身着黑色衣服，在房顶奔走。自从体内两股真气融为一体后，他的武功都有了极大的提升。此时，他施展八步追月在房顶行走，身体竟比飞鸟的羽毛还要轻，脚下毫无一丝声音。

吕思停下脚步，凝神听去，只听得右前方的房间中有人在低声呻吟，还有两人在互相谈论着，其中一人说道："慕容雪村服了药后，气色已经好了许多。照此下去，不出十日就可以下床行走了。"另一人道："玉面毒狼的武功当真了得，就连慕容帮主都不是他的对手。"

当先一人轻嘘一声道："谈卫盾此话休要再提，当心慕容帮主听到。"

谈卫盾亢声道："邱泽，我说话一向如此，怕过谁了？说什么三仙五圣、南虎北狼，位列三仙之一的启明仙尊却败在排名最末的北狼手中，如此看来，江湖排名未必准确。"

邱泽道："江湖之中隐士众多，谁敢自称江湖至尊？"

谈卫盾道："太子殿下听信卫衣长与吉康定之言，布下了天罗地网，倘若吕思不来，我们岂不是又要白忙活一晚。"

原先呻吟之人低声喝止道："你们几个就不能消停片刻吗？倘若让吕思听到了你们的谈话，我还在这里假扮慕容雪村做什么。"

吕思听声音甚是耳熟，突地想起一人，心道："原来是他！鲁修罗呀鲁修罗，纵是你们设下天罗地网今日我也要杀了你。"

邱泽道："鲁期门教训的是，属下与谈卫盾再也不敢多言了。"此后，房间内立时没有了说话之声，只是不停地传出鲁修罗断断续续的呻吟声。

吕思暗道："且让你等多得意片刻，等我杀了慕容雪村再找你报仇。"想罢，向右侧走去。

"母妃，今晚怎么有这么多灯笼？快来看呀，真是漂亮！"夜空中传出一个稚嫩女孩的声音。

吕思听出是吴惟珊女儿的声音，停下脚步伏在房顶听去。

"思儿，你别尽顾着玩耍，天色已晚，快随竹儿睡觉去吧。"吴惟珊满含怜爱地劝道。

"母妃，昨晚我见到一个叔叔，但是他不让我跟你们提起。"

"你，你见到的叔叔生得什么模样？"

"个子这么高，哈哈，还有，还有，总之他是坏人。他说要陪我玩儿，可是都没有陪人家。"

室内陷入短暂的沉默，女童突然惊道："母妃，你的眼睛怎么红了，你哭了吗？是不是思儿不乖，让您生气啦？母妃不要生气，思儿这就随竹儿睡觉去。"

吕思心中突地一酸，眼里噙满了泪水，他抬头仰望星空，眼前模糊一片。他以袖拭去泪水，只见皓月当空，繁星点点，像极了十几年前他与吴惟珊一起坐在女娲娘娘庙前共同赏月的时刻，如今物是人非，昔日女友已经嫁作人妇，当真是往事不堪回首。吕思长叹一口气，心中想道："珊妹之所以嫁给刘启完全是受他蒙骗所致，刘启为了霸占她对吴伯伯下药毒死之事我要不要与她说起？我亲眼见她与刘启两情相悦，倘若得知事实真相，定会生不如死，还有他们俩的女儿怎么办？刘启对珊妹百依百顺，想必是真心喜欢，虽然他的做法卑鄙恶毒，但是只要他能保证珊妹下半辈子的幸福，我又何必点破呢？可杀父之仇不共戴天，我若不点破，珊妹岂不是要终身委身于杀父仇人，如此，她岂不成了天底下最不孝顺之人。吴伯伯呀吴伯伯，我到底是该说还是不该说？"

吕思正在胡思乱想之际，突听房屋下传来一阵脚步声，他探头向下看去，只见刘启带着慕容飞鹰和一个老者来到吴惟珊门前。这老者白发驼背，像极了吕思混入郭家庄时的模样。

"吴越明驼。"吕思已然确定老者的身份。

刘启停下脚步向跟随他的三人说道："你们在此等候，我去看看侧妃。"

慕容飞鹰与吴越明驼都应道："诺！"

刘启敲开房门，吴惟珊将他迎入房中，篮儿将房门闭上。这时，一名侍卫自前院跑向慕容飞鹰道："禀慕容帮主，慕容期门突然糊涂起来，请慕容帮主前去查看！"

慕容飞鹰道："慕容雪村怎么糊涂了？"

侍卫道："慕容期门他，他，满嘴胡言乱语。"

"知道了，我这就随你前去。"慕容飞鹰向吴越明驼高原抱拳道，"这里有劳了，我看看就回。"

高原笑道："这里有我守候，慕容帮主尽管放心去吧。"

"老家伙倒是自负得很！"吕思想起在郭家庄被众人误认时的情景。

慕容飞鹰跟随侍卫向前院走去，吕思在房顶尾随。

慕容飞鹰走进一间房间问道："慕容期门怎么样了？"

"禀慕容帮主，慕容期门现在神志不清。"一人回答道。

吕思听到此处已经断定慕容雪村就在这间房内，飞身而下，一脚踢飞房门。房中四人俱是一惊，慕容飞鹰回头认出吕思，惊道："玉面毒狼！原来你真的没有死。"

吕思哈哈大笑道："我若死了，谁来结果慕容雪村的性命？识相地躲到一边，虽然你打了我一掌但是这一掌也成就了我的武功，我不想多杀一人，你们躲开！"说完，举掌向床上的慕容雪村打去。

慕容飞鹰双掌运足了内力使出绝学向吕思攻去，只听"轰"的一声，慕容飞鹰的身体被震得飞向墙壁，随即摔倒在地。两名侍卫瞧得目瞪口呆。慕容飞鹰夺门而逃。吕思虽然知道他去呼叫援手，却不阻拦，他知道凭自己现在的武功纵是再来十个慕容飞鹰也奈何不了自己。

两名侍卫眼见慕容飞鹰逃走，哪里还敢停留，双双跟着向门外逃去。

吕思来到慕容雪村身前厉声喝问道："慕容雪村你还有何话说？"

慕容雪村依然神志不清，瞧着吕思道："血！全是血！太子殿下你瞧，白鹤门等七国党羽都被我们杀光了。"

吕思见他神志不清，也不与他废话，抬起右手，向他的胸口拍下。慕容雪村上身陡地抬起随即躺倒在床上，嘴角缓缓流出鲜血。吕思仰天长啸道："宗爷爷，吴伯伯，我替你们报仇了！"

吕思刚走山房间，就听见一阵嘿嘿的干笑声，随即吴越明驼的身影飘落在身前，随后赶来的是慕容飞鹰和祁连三老之一的焦风雷。吕思冷声说道："我不想妄自杀生，你们让开！"

吴越明驼笑道："玉面毒狼好大的口气，你可识得我？"

吕思冷声道："正要请教。"

老年男子傲然道："三十年前老夫横行江湖鲜有敌手，人送绰号吴越明驼，爷爷大名高原！"

吕思怒道："凭你也敢自称是我的长辈，看掌！"说完举起双掌向高原平推而出。

高原听闻吕思神功盖世，虽然口中不服，但是心中不敢怠慢。他见吕思推掌攻来，急忙立掌相迎。随着'轰'的一声巨响，高原被震得一连向后退出了三四步方才勉强立住脚跟。高原身具四五十年的内力修为，他所学的离龙坎风掌更是鲜遇敌手，今日被吕思一掌击退，怎能不惊？高原自后背抽出一根龙头拐杖，龙头不大，只若成人半个拳头般大小，龙头下的杖干更是短小，长不过二十厘米。吕思正自惊奇，高原突地将龙头一拧，杖干顿时长出八十厘米，高原大声喝道："看杖！"

高原的身体犹如飞速旋转着的陀螺向吕思扑去，吕思从未见过此种武功，也不知道它有何妙处，立即双掌平推而出。掌力击打在旋转着的高原身上，犹如巨石落入大海一般无影无踪。吕思正自惊奇，胸口已被龙头拐杖击中，只觉得气血翻涌，一口鲜血自口中差点喷出，他紧忙向后凌空翻去，边躲避高原的攻击边暗运星月神功调理气息，但高原岂能给他喘息的机会，手持龙头拐杖再次向他攻去。旁观的慕容飞鹰瞧得心惊不已，暗想："吴越明驼果然名不虚传，凭他的武功足可以与三仙一决高下了。"

吕思神功盖世，略一调整已恢复元气。他脚踏华星韵步推出星月神功与吴越明驼高原缠斗起来。当高原又一次旋转着向吕思进攻的时候，吕思曲指隔空弹向他的气舍穴，高原身体突地一僵，随即"扑通"一声摔倒在地。吕思缓缓走向高原道："你还有何话要说？"

高原羞愤道："要杀便杀，费什么口舌！"

"你们还不动手吗？"刘启步入院子向慕容飞鹰和焦风雷怒喝道。

焦风雷持剑向吕思攻去，吕思脚踏华星韵步身影如同鬼魅一般来到焦风雷的身后，捉住他的衣领喝道："去吧！"焦风雷的身体立时如断线的风筝一般向墙壁上撞去，后又重重地摔落在地，挣扎了数下终究没能站起。

慕容飞鹰见状吓得魂飞魄散，手握长剑不敢上前。吕思也不理会他，曲弹解开高原的穴道，冷声道："你去吧！"

高原想不到吕思会放了自己，嘴角抽动了数下，一个"谢"字终究没能说出口，突地转身，施展轻功向宫墙外飞纵而去。

吕思闪电般来到刘启身前，用手掐住了他的脖子喝道："狗贼！今日我便杀了你替吴伯伯报仇。"

"不要！"随着一声惊呼，吴惟珊跑到吕思身前哀求道，"请你念在往日的情分上放过他吧。"

吕思的手颤抖起来，怒道："你知道他为了得到你做过什么吗？"

吴惟珊哭着摇头道："不重要，都不重要，我只要知道他的心里有我就够了。"

吕思闻言，头脑"嗡"的一声眩晕起来，他定了定神伤心道："原来在你的心中他如此重要。"

吴惟珊流泪道："思哥，我知道你对我好，当初我跟他来到京城本想投靠姑姑的，可是当我赶到长安村时才得知姑姑早已因病离世。后来，后来我便嫁给了他，而且还有了孩子。思哥，我对不起你，倘若你非要杀人解气就杀我好了。"

突然，一个女童大哭着跑到吕思身前，不停地踢打着他，哭骂道："你这坏人，放过我父王。你是一个坏叔叔。"

吴惟珊蹲下抱住女童哭道："思儿，叔叔不是坏人，是为娘和你父王对不起他。思儿乖，思儿和为娘一起求他放过你父王好不好？"

吕思见吴惟珊如此维护刘启不由得伤心欲绝，几次张口欲要说出刘启下药毒杀吴玺之事，但是想到吴惟珊如今的处境又不忍说出。向吴惟珊说道："既然你决意留在他的身边，我也不阻拦你了。"向女童道："小刘思，答应叔叔，长大后好好孝敬你的娘亲好吗？"

女童流着泪仰脸答道："我当然会孝敬母妃，而且我还会孝敬父王的。不过我不叫刘思，我叫刘不思。"

"什么？你叫什么？"吕思的声音有些沙哑。

"我叫刘不思呀。我刚刚才告诉你，你怎的又忘记了！"女童稚嫩的声音中带着天真。

"刘不思！……不思！"吕思向刘启道，"珊妹如此待你，甚好！甚好！希望你以后好好待她，否则我绝不饶你。"说完松开手指向房顶纵去，随着阵阵惊呼声，有数条人影被抛落在空中。

吕思心中想道："我母后因为误会父王因此才将我取名为吕不思，我与她之间何曾有过误会？是了，她是想要用这个名字向刘启证明她永远都不会再想起我了。"

月色皎洁，泪水晶莹，两种物质，一般颜色。轻有轻的宁静，重有重的执着，月色终究托不起泪水的沉重，任它滑落在空中。

吕思擦净泪水进了房间，周克起身问道："吕兄弟去了哪里？"

吕思道："我去了刘启的府邸。"

周克惊道："你独自一人去了太子府？为什么不叫上我？我们还是不是好兄弟？"

吕思心中思绪万千，面色淡然道："多谢周兄关心。"

周克瞧出吕思心事重重，想了想说道："其实你的事我多少知道一些，是冬儿告诉我的。倘若你遇到什么为难之事可以告诉我，我或许可以帮你。"

吕思强笑道："周兄早些休息吧，今后我若遇到为难之事自会向你讨教的。"

周克见吕思不愿说出心事，知道他对自己还存有戒备之心，因此也不再多问。

吕思上床后辗转反侧，久久不能入睡，又不知过了几个时辰方才昏昏睡去。睡梦中，刘不思纯真的笑脸和人首蛇身的刘启交替呈现，刚梦见满面泪痕的吴玺时，突然被郭小玉的叫嚷声惊醒。

"你这个病猫真够懒的，冬儿已经将你的汤药熬制好了，你居然还能端坐在书桌前，莫非你是在等她将汤药端到你面前不成？"郭小玉教训起周克丝毫不留情面。

周克连忙赔笑道："周某不敢，我这就去瞧瞧冬儿。"说完开门离去。

吕思本是和衣而卧，被郭小玉惊醒后起身道："你怎么起得这么早！"

郭小玉笑道："你也不打开窗户瞧一瞧现在是什么时辰了。"

吕思刚起身，突然感到一阵头晕，随即躺倒在床上。

郭小玉发现吕思脸颊绯红，喘息粗重，上前用手试探他的额头，惊呼道："天呀！你的额头怎会这么烫，你发烧了，难道不知吗？"

吕思只觉得身体虚弱、疲惫，强打精神说道："我说出一个药方，你去帮我抓来。"

郭小玉来到一家药铺，按照吕思列出的药方买齐了草药，又问了熬制之法，正要离去，突然想起一事，向掌柜的问道："请问这些药材是治疗什么病的？"

掌柜的回答道："医治因思虑过重以致脾心失和引起的疾病。"

郭小玉闻言一愣，想道："昨日还好好的，他为何事烦恼，而且还病得如此严重。"

掌柜的见郭小玉站在那儿发呆，问道："请问小姐还有什么事吗？"

郭小玉回过神来笑道："没有事了，多谢掌柜的指教！"说完转身离去。

郭小玉回到客栈，冬儿迎上接过她手中的药材，怕她担心出言安慰道："吕公子只是偶感风寒服了药自会好转，小姐且先休息，我去熬药。"

"不用，我自己为他熬制。" 郭小玉瞧向冬儿道，"思哥不是偶感风寒，他得的是心病。这病是吴惟珊给的，也是他命中劫数。这一关谁都帮不了他，只有靠他自己战胜心魔。"

冬儿不信道："小姐怎知公子不是偶感风寒，又凭什么断定他得的是心病，莫非你也懂得医术？"

郭小玉避而不答打趣她道："病猫的心思你捉摸透了吗，你可要抓紧，不要让他跑了。"

冬儿羞道："小姐拿我打趣做什么！"

郭小玉笑道："我去熬药，你不要瞎操别人的心，仔细照顾好自己的病猫吧！"

郭小玉将亲手熬制的汤药给吕思服下，吕思心中伤感，喝完汤药后立即闭上眼睛假作休息，郭小玉也不点破。如此过了足足七日，吕思的身体才逐渐好转。

这一日上午，林晓来找吕思，吕思见只有她一人前来，问道："令妹呢？怎么未见她与你一起前来？"

林晓面色凄然道："我们中计了，骊山山中布满了机关暗器，我白鹤门弟子死伤惨重。"

"令掌门呢？"吕思急道，"她可安好？"

"多谢公子挂念，掌门师尊她，她……"林晓泫然欲泣。

吕思见她如此表情，心中隐隐感觉不妙问道："令掌门是受了重伤还是……"

"掌门师尊身受重伤，又因为此役过度自责，她老人家已经昏迷多日。"林晓伤心道。

郭小玉想到欧阳年后恨道："北斗帮中没有一个好人！"向林晓问道："你是如何找到我们的？"

林晓道："掌门师尊带领我们突出重围，来到长安城内遇到了宗婉儿与东方长年，是他们告诉我的。"

吕思道："原来如此。月圣前辈让你来找我何事？"

林晓道："掌门师尊现在身受重伤，恳请公子救治。"

吕思道："你不必客气，月圣前辈现在何处，我即刻同你前往。"

林晓转悲为喜道："多谢公子仗义相救，白鹤门众弟子永远都不会忘记公子的援助之情。"

吕思和郭小玉跟随林晓向月圣隐居之地走去。

林晓三人来到长安城内繁华路段上一座名为雅园的院落中，这院落从外面看建筑规模不大，但是进了院子后才发现它的奇妙之处，在曲折回廊以及假山鱼池的掩映之下，竟有七进院落，每座院落都有白鹤门的弟子把守。林晓三人来到最后一个院落时，林雪迎上吕思道："吕公子快快有请，掌门师尊已等候多时了。"

吕思等人进了屋子，月圣要起床见礼，吕思阻止道："秦掌门不必多礼，不知前辈伤在何处？"

秦苏蓝凄然道："我请公子前来并非让你为我医治，我的伤我自己清楚，时日已经不多，临终前想拜托公子一件事情，还请公子万勿推辞。"

吕思道："秦掌门有事尽管吩咐，在下定当全力为之。"

秦苏蓝面露愧色道："我曾误信谣言，对公子多有不敬，公子却不计前嫌，依然愿意答应帮助于我，当真惭愧呀！"说完，她紧握吕思的手道："恳请公子接任白鹤门第三任门主之位。"

吕思闻言惊道："此事万万不可！我有何德何能继任帮主之位！再说秦掌门正值武功鼎盛之时，怎能轻言放弃门主之位？"

秦苏蓝咳出一口鲜血，林雪急忙用手绢擦拭掉。秦苏蓝语声坚决道："我知道自己命不长久，因此，因此请公子答应我，否则我死不瞑目。公子若不答应，我断断不会让你为我医治的。"

吕思沉吟道："请前辈让在下一试，倘若医不好，我再答应不迟。"

吕思让林雪将秦苏蓝扶正坐好，说了声："得罪了。"脱鞋上床坐到秦苏蓝背后，运起星月神功为她疗伤。随着时间的推移，秦苏蓝的脸色逐渐红润起来，吕思的头顶也冒出了白色雾气，且越来越浓，幻化为里外三个圆圈，三个圆圈的颜色也逐渐发生着变化，从内向外分别是紫、黄、蓝三色。

林晓等人瞧得艳羡不已，又过了盏茶工夫，吕思突地凝气收工，盘旋在他头顶的三层光晕也随之消失。

吕思下床后，林晓轻声问道："公子，掌门师尊她……"

吕思微笑道："好在救助及时，倘若再晚上片刻我也无能为力了。"

林晓与林雪闻言喜极而泣道："多谢公子，我白鹤门弟子永远铭记公子的大恩大德！"

"何止要铭记恩德，从今往后，白鹤门全体弟子都要听命于吕公子。"如此洪亮清朗之声，竟是发自秦苏蓝之口。

林氏姊妹扑倒在床前喜道："恭喜掌门师尊得以痊愈。"

秦苏蓝瞧着吕思道："公子年纪轻轻怎会有如此高深的内力，凭我的感觉，公子内力至少在百年以上。"

吕思谦虚道："前辈谬赞了。"向秦苏蓝道："我听林晓说白鹤门在骊山一战中损失颇大。"

秦苏蓝摇头叹道："此事全是我的错，在双龙谷时我若听信公子之言就不会有此一败！现在我白鹤门堂主以上的人物只剩下长老李慕白与林晓、林雪姊妹，至于鼠堂堂主居无定我暂时还没有他的任何消息。门中弟子死的死逃的逃，如今留在我身边的不足六十人，实在愧对先师呀！"

吕思劝道："前辈不必如此悲观，俗话说得好，留得青山在，不怕没柴烧。"

郭小玉笑道："我倒是有一个好消息告诉月圣前辈。"

秦苏蓝道："郭姑娘请说。"

郭小玉道："前些日子我曾在双龙谷见过居无定，而且还帮他把北斗帮的人都打跑了。我想他既然是只老鼠自然会到处钻窟打洞的，因此我料定他没有死。"

秦苏蓝笑道："郭姑娘说得没错，这只老鼠的确油滑得很！"

郭小玉轻笑道："只是小女当初为了救助那只老鼠，对秦掌门稍有冒犯，还请见谅。"

"不知姑娘如何冒犯我的，但说无妨，我不会责怪你的。"秦苏蓝微笑道。

郭小玉低声说道："那只老鼠尊称我为师叔祖。"说完瞟向秦苏蓝，察看她的表情。

秦苏蓝先是一愣，继而哈哈笑道："你这丫头当真淘气得很！不过我还是要感谢你对鼠堂弟子的救助之恩。"

吕思向秦苏蓝道："在下有个疑问不知当讲不当讲？"

秦苏蓝道："公子是我的救命恩人，有何话不能说？"

吕思道："秦掌门与北斗帮势同水火仅是为了争夺天下第一帮派之名吗？"

秦苏蓝问道："公子可知这座庭院的主人是谁？此乃吴王刘濞购置的房产。"

吕思道："我明白了，北斗帮的后台是太子刘启，而你们的后台是吴王刘濞。你们不是为了争夺天下第一帮派，是为他们争夺天下。"

秦苏蓝道："公子当真聪明绝顶，只不过，我白鹤门并非只受命于吴国，尚有楚国、赵国以及梁国。"

吕思劝道："当今各路诸侯蠢蠢欲动，想要谋夺天下，前辈为什么要蹚他们的浑水呢？倘若发生战争，将会有多少百姓惨遭屠杀，在下斗胆恳请前辈不要与他们为伍，只守住自己门派便可。"

秦苏蓝瞧着吕思半晌不语，突地问道："难道公子就没有一点儿复国之心吗？以你的武功人品，若要复国必会成功，不说别人，我白鹤门就甘愿为公子冲锋陷阵。"

吕思推辞道："在下过惯了闲云野鹤的日子，毫无一丝斗志，更无治国理政之才，在下只盼天下太平，黎民百姓免受战争之苦。"

秦苏蓝听后以为这只是吕思的推脱之言，劝道："公子为天下苍生着想，令我十分佩服，不过公子可曾想过，如今天下诸侯纷纷私募兵马，争夺天下之心昭然若揭，即使公子不争，又能保证他们不争吗？到时战乱一定会起，黎民百姓也一样会受到牵连。"

吕思微笑道："多谢前辈指教！据我所知，刘恒对天下诸侯了如指掌，在他的统治之下，各诸侯国的争霸之心定会被逐渐化去。"

秦苏蓝不再劝说，换了话题道："公子既然没有争霸之心我也不再多费口舌，不知公子下一步作何打算？"

吕思据实道："我还要寻找两个仇家，等找到他们报了大仇之后再做其他打算。"

秦苏蓝问道："不知公子这两个仇家都是何人，我愿意助公子一臂之力。"

吕思道："他们是北斗仙尊黄申、云中郡守魏尚。"

秦苏蓝喜道："北斗仙尊正是我的死敌！如此说来并非我要助你，而是我们有共同的敌人。公子且在这里多住几日，我们共同商讨诛杀北斗仙尊之策。"

吕思谢道："在下也有意向前辈讨教，另外我还有两个朋友住在客栈，在下想将他们一并带来，不知前辈是否应允？"

秦苏蓝笑道："他们是公子的朋友，自然也是我白鹤门的朋友，公子将他们带来我求之不得呢！"

吕思道："前辈的身体初愈还需要静养几日，在下还有一桩私事要处理，等我处理完后再过来。"

秦苏蓝道："公子尽管前去，倘若需要我白鹤门出面尽管吩咐便是！"

吕思谢道："区区小事，不劳前辈挂心，我想尽快将此事处理完毕，今日就不再叨扰了。"向郭小玉道："玉儿你去客栈将冬儿与周克带到此地。"

"周克？公子说的可是有南虎之称的周克？"秦苏蓝问道。

吕思道："前辈说的是，他正是病虎周克。"

秦苏蓝道："南虎北狼都聚在此处，当真是我白鹤门之福！"突地想起吕思的绰号，急忙解释道："公子被歹人冤枉以致有此恶名，我相信江湖之中自有公道，我白鹤门众弟子要第一个为公子正名。"

郭小玉笑道："秦掌门做不成第一个为思哥正名的人了。"

秦苏蓝疑惑道："郭姑娘此话何意？"

郭小玉道："启明仙尊早已给思哥修改绰号啦！"

"愿闻其详，请姑娘赐教。"秦苏蓝好奇心顿起。

郭小玉微笑道："玉郎君如何？"

吕思尴尬不已轻声斥道："我哪里当得起'玉郎君'这三个字，启明仙尊与我玩笑之话你也拿来取笑！"

秦苏蓝赞道："妙呀！公子倘若配不上这三个字当今天下又有哪一个男子称得上'玉郎君'之名！想不到启明仙尊竟有如此文采！如此一来，南虎、北郎的绰号也无须更改，当真是妙得很！"

第三十二章

长安城内，星圣阮子衿与吕思不期而遇。

吕思向阮子衿道："星圣别来无恙啊！"

"星圣？你就是星圣阮子衿？"郭小玉瞧着阮子衿问道。

阮子衿笑道："正是在下，不知妹子如何称呼？"

郭小玉道："我姓郭，名小玉，你就叫我玉儿吧。"瞧着章姓男子问道："这位大哥尊姓大名？"

章姓男子傲然道："本人章玉郎，人送外号章铁手。"

"章玉郎！玉郎！"郭小玉恼他傲慢，故意哈哈大笑。

章玉郎怒道："你为何发笑？"

郭小玉哼道："我爱笑便笑，你管得着吗？"

章玉郎抬手向郭小玉的手臂抓来，郭小玉反手扣住他的手腕轻轻用力一握，章玉郎顿时痛得惨叫不止。

阮子衿挥掌帮章玉郎解围，郭小玉用左手格挡。阮子衿一招没有解围成功不由得惊道："果然有两下子！"也不顾章玉郎的死活，使出绝学三星拳向郭小玉攻去，郭小玉只得松开章玉郎全力阻击阮子衿的进攻。

郭小玉同吕思在青羊山谷底服食了许多奇珍异果，内力极为深厚，况且还学会了吕思的武功，因此阮子衿一时之间也奈何不了她。章玉郎在一旁瞧得心惊肉跳，在他心里，星圣位列武林高手前十，怎会想到今日竟连一个名不见经传的少女都久攻不下。

吕思突地使出华星韵步闪身来到二人中间将两人分别击退道："大家都是朋友，休要伤了和气。"

章玉郎见状更是惊得呆若木鸡，心中想道："此人的武功怎会如此之高，竟然一招之内击退两大武功高手。"

阮子衿笑道："玉郎君的身边果然都是俊才！妹妹不要生气，我代章郎给你赔罪了。"

郭小玉也微笑道："你倒是一个爽快之人，不过你可得好好调教你的下人，他如此傲慢无礼早晚要吃大亏。"

阮子衿笑道："妹妹说得是！"向章玉郎命令道："你还不给妹妹赔不是。"

章玉郎再也没有了先前的傲慢，低眉垂首抱拳道："玉郎得罪了，还请郭姑娘原谅。"

郭小玉见他服软，不再生气，说道："算了，此事就到此为止，再说我也有做得不周之处。"

吕思向阮子衿问道："怎么没有见到房婷？"

阮子衿听后，脸色突地一沉，眼中满是哀怨之色，低声道："她那人没趣得紧，自己待在客栈不愿出来。"

章玉郎埋怨道："你若觉得她无趣，为何到哪里都要带上她？"

阮子衿飞起一脚将他踢倒在地，向吕思笑道："玉郎君不要见笑，章玉郎不会说话，蠢笨得很！你们这是要到哪里？"

吕思道："我哪里也不去，就是带着玉儿四处走走。星圣为何来长安？"

"难道你没有听说许负归天之事吗？"阮子衿问道。

吕思心道："岂止知道，我还目睹她老人家离开了人世。"向阮子衿道："在下略有耳闻，莫非星圣是为许老国太吊唁而来？"

阮子衿笑道："我倒是想要进宫去吊唁，可是人家未必让我进去。再说进宫吊唁的人多了去了，也不差我一个。"

吕思道："都有何人入宫吊唁？"

阮子衿笑道："玉郎君当真不知道吗？文帝刘恒以国礼厚葬许负，天下诸侯国国君以及各路君侯都将前来长安吊唁。"向郭小玉道："明日便是出殡之日，你要不要同我一起去瞧一瞧热闹。"

郭小玉向他笑道："我跟着思哥，他去哪里我便去哪里。"

吕思抱拳道："在下还有事情要做就不陪二位了，咱们就此别过，后会有期。"

阮子衿眼中露出不舍之色道："玉郎君同我们结伴同行不好吗？"

吕思道："我和玉儿确有他事要办，实在不方便同行，告辞。"说完转身离去。

二人离开后，吕思对郭小玉道："玉儿，你先回客栈，我去姑姑家和她道别即回。"

吕思来到宗婉儿家附近，远远见到宗婉儿正在传授东方长年华星韵步。

"哎呀，笨死了！你个傻东方真的是个大傻瓜，你的左手不会摆动吗？"宗婉儿大声呵斥着东方长年。

吕思心中暗笑道："我只传了她三个步法，她自己尚未完全领悟，但教训起东方兄弟的口气俨然是一代宗师的风范。"他远远叫道："东方兄弟，婉儿，你们在练武吗？"

东方长年停下脚步向吕思看去，认出吕思后惊喜道："公子别来无恙，想煞兄弟了。"

宗婉儿向吕思叫道："吕大哥你来得正好，这个傻东方我是教不了了，笨死了。"东方长年挠着头，一脸的尴尬。吕思来到近前向宗婉儿笑道："依我看不是东方兄弟傻，是你的口气太过严厉了。"

宗婉儿急道："你刚刚才来，只见过我教他一次，怎敢说是我的原因？"

吕思道："练功之道，首在练心，其次在气，最后方是反复地将招式分步练熟。你与东方兄弟现在都闲来无事，大可不必急于求成，须知欲速则不达的道理。"

宗婉儿笑道："吕大哥，你再传我几招吧，否则我被别人捉住了，你的面子上也不光彩。"

吕思答应道："只要你愿意学我自然会传授于你的，不过越是往后越是难练，对于你来说最大的弱点是内力不足。"

宗婉儿绞着头发道："内力是需要慢慢修炼的，你可以先将口诀传我。"接着嫣然一笑道："思哥，把你的掌法剑法什么的统统传授给我吧，我可不想总被赵惜颜欺负。"

吕思笑道："惜颜什么时候欺负过你了，只要你别招惹她就好了。"

"我不管，总之你教还是不教？"宗婉儿撒娇道。

"你若想学我的武功，我自然会倾囊相授的。现在长安城内到处都是诸侯国的国王以及各路郡守的车驾，难道你不想去瞧热闹吗？"吕思瞧着宗婉儿问道。

宗婉儿叹气道："我当然想去，只是我娘亲不同意。不如你与我一同回去见她，你若求她，她自会答应的。好不好吗？"

吕思道："好吧，我就替你向姑姑请一个假，不过咱们得先把话讲清楚了，等到了长安城内，你必须听我的，不许擅作主张，城内到处都是兵勇，稍有不慎就会惹火烧身。"

东方长年道："我觉得吕大哥说得很有道理。"

宗婉儿白他一眼道："我难道不知有道理吗？"向吕思道："你同我一起回家吧，见了我娘后我们就出发。"

吕思答应道："我也有些日子没有见过姑姑了，你前头带路吧。"

吕思同宗玉梅见过面后，带上宗婉儿与东方长年向长安城内走去。他们来到望鹤客栈门前时已近午时，吕思道："这家有几样小菜很是不错，我请你们俩品尝如何？"

宗婉儿喜道："当然好了，谢谢吕大哥。"

吕思道："东方兄弟，你与婉儿先去找好位子，我去方便一下就回。"

东方长年道："吕大哥尽管去吧，我们等你。"

吕思来到后厨，找到原先那位老者。老者认出吕思问道："莫非公子还是来打听老孙头消息的吗？"

吕思微笑道："今日我有一事还请老人家帮忙。"

老者瞧着吕思道："公子说笑了，我这把年纪能帮公子什么忙？"

吕思道："你只需叫上一名年轻小二将老孙头带到我的面前尽情羞辱便可，只是不许用力打他。"

老者双手连摆道："公子还是另请他人吧。老孙头虽然言语不多但是从不与人争执，我岂能伤他？"

吕思从怀中掏出一串五铢钱塞到老者手中道:"些许意思不成敬意,再说我也不是真心要伤他,只是受人之托,让他受些颜面上的羞辱而已。"

老者接过五铢钱咧嘴笑道:"如此小事公子尽管吩咐便是,哪里需要这许多钱。"

吕思拱手道:"拜托了,我这就去前堂,到时你我只作不认识。"

老者点头哈腰道:"公子放一百个心,小老儿一定会将您的吩咐做得妥妥当当的。"

第三十三章

吕思来到前堂，宗婉儿向他招手道："吕大哥，我们在这儿。"

吕思走过去坐下道："这儿的拿手饭菜你们都点过了吗？"

宗婉儿向他眨眼道："我不知哪样是他们的拿手菜，因此把他们家列出的菜都点了，吕大哥你不会心疼吧？"

吕思微笑道："钱财乃是身外之物，只要你们二人吃得高兴就好。"

过了片刻工夫，饭菜开始陆续上桌。宗婉儿津津有味地吃了起来，正吃得高兴突地听到一声大喝道："我打死你这个老不死的。"

宗婉儿抬头看去，只见一个年轻的店小二正一脚将一名蓬头垢面的中年男子踹翻在地，她"啪"的一声将筷子拍在桌上，起身就要去打抱不平。

吕思拦住道："婉儿不可，你可是答应过我不许多管闲事的。"

宗婉儿鼓了鼓腮道："吕大哥你不知道，那个被打的男人我认得。"

吕思故作惊讶道："既然如此，我这就把他救下，叫他过来一同吃饭。"

宗婉儿道："不行，不行，我们不能和他说话的。"

吕思问道："莫非你是嫌弃他身上的衣服脏吗？"

宗婉儿气道："我是那种人吗，你也太小瞧人了。告诉你吧，是我娘亲不许我与他说话的，否则就要与我断绝母女关系。"

吕思眨了眨眼睛问道："这是为何，难道他是你家仇人？"

宗婉儿心情烦乱道："也不是啦。告诉你吧，这人长年偷偷地给我家送些饮食，还自以为我们不知道呢。他是癞蛤蟆想吃天鹅肉，你懂吗？"

吕思点头道："你这么一说我才明白，这人也真是的，自己生存堪忧，衣不蔽体，还敢追求姑姑，他这种人即使再追求姑姑五百年，姑姑也不会对他动心的。"

正在这时，店小二一把将老孙头推倒在吕思饭桌前。老孙头抬头时突然见到了宗婉儿，窘得立时低下了头。店小二怒喝道："你这个成事不足败事有余的老东西，看我如何收拾你！"

老孙头连连赔着不是道："都怪小老儿不会做事，打破的盘子小老儿一定会赔的。"

"你自己能够吃饱就不错了，你拿什么赔？你知道那个盘子值多少钱吗？"店小二将脚踏在老孙头的胸口上。

店内客人议论纷纷，有人道："你这小二也太无理，这老儿不过打破了你们一个盘子，何必要把他打成这样？"

店小二道："诸位大爷请见谅，得罪各位大爷就餐了，只是这老儿不止一次打碎饭碗了，他又没钱赔付，掌柜的就让我们与他分摊赔付，小的们也很委屈呀。"

众食客听他如此一说也都叹息着不再替老孙头说话，吕思偷偷地瞧着宗婉儿，只见她神情甚是不自然，只偷偷地瞧着老孙头。

正在这时，突然从门外走进几个人来。"北斗帮弟子！"有食客低声惊呼。吕思扭头看去，只见有六名头裹黑巾的青年男子走进店来。有小二将他们六人引入一张桌子前，六人坐下后，开始大声谈笑起来。

老孙头向店小二分辩道："我只打碎过这一个盘子，哪里打碎许多！"

店小二弯腰拎起老孙头喝骂道："老东西你还敢顶嘴！我让你嘴硬！"说话间一巴掌打在老孙头的脸上。

"放肆！"宗婉儿再也忍不住了，拍案而起骂道，"你这小二欺人太甚。不就是一个破盘子，你为何如此欺负人？"

店小二瞧着宗婉儿道："哟，还有管闲事的。既然如此，你帮他赔了吧！"

宗婉儿道："赔就赔，你说吧，多少钱？"

店小二竖起两指道："不多，两串五铢钱。"

"什么，两串五铢钱？你这分明是讹诈。"宗婉儿怒道。

他们俩的争执引来六名北斗帮弟子的注意，其中一个黑脸男子嘿嘿笑道："焦左使，这小妞儿长得真好看，我把她叫过来陪陪你老人家如何？"

焦左使嘿嘿笑道："你小子变得聪明了，不错，孺子可教也！"

黑脸男子向宗婉儿叫道："小妞儿，过来陪陪我家左使大人。"

宗婉儿怒道："你胆敢羞辱我！"说话间脚踏华韵步法快速来到黑脸男子身前，向他的脸上使力打了两巴掌。

宗婉儿的身法快捷无比，等到黑脸男子晃动着被打蒙了的脑袋时，宗婉儿已回到自己的座位前。黑脸男子向焦左使委屈道："焦左使，你可要替兄弟做主。现在居然还有人敢和我们北斗帮作对。"

店小二眼见北斗帮众人要与吕思等人发生打斗事件，也顾不得承诺羞辱老孙头之事，一溜小跑躲到账房柜台后面去了。

焦左使狡诈无比，眼见宗婉儿身形如电，心想："这丫头的轻功当真了得，她身边的两个男子想必更加厉害，我还是小心谨慎为妙。"想罢，起身向宗婉儿抱拳道："在下北斗帮左使焦灼华，请问姑娘尊姓大名？"

宗婉儿眼见自己一招得手且将对方镇住不由得心中高兴，得意道："无影双侠你总听过吧？"

焦灼华闻言一愣道："无影双侠？我怎的从来没有听过江湖之中有这号人物？"嘴上嘿嘿干笑道："原来是无影双侠，久仰久仰！不知这两位公子中哪一位与女侠并称为无影双侠？"

吕思故意背向他们而坐，闻言向宗婉儿直眨眼。宗婉儿心想："你眨什么眼睛呢，有如此出名的机会我怎会想到你！"因此手指东方长年道："这位东方少侠便是。"

焦灼华抱拳道："在下见过东方少侠。"

东方长年起身还礼道："在下东方长年有礼了。"

焦灼华心中冷笑道："瞧这小子神情木讷，太阳穴微陷，哪里像是一个武功高手了，我且试他一试。"端起酒杯笑道："在下对下属管教不严，致使他们冲撞了少侠，得罪之处还请见谅。"

东方长年急忙举起茶杯道："不用客气，我不会喝酒，就以茶代酒了。"说完一仰脖将杯中茶水一饮而尽。

焦灼华更加认定自己的判断，心想："果然是一位毫无江湖经验的雏儿，今日我倒要用他在兄弟们面前长长威风。"他向东方长年道："东方少侠既然不善饮酒，在下就换一杯茶水相敬好了。"放下酒杯端起茶杯向东方长年掷去道："请了。"

东方长年躲闪不及，被茶杯击中前胸，热水飞溅而出，立时将他的前襟湿透。东方长年惊愕道："焦左使这是何意？"

焦灼华嘿嘿冷笑道："我是教你如何识人，我北斗帮乃是江湖第一大帮，就凭你们也敢招惹我们？识相地过来给本左使端茶倒酒赔罪，此事或许过去，否则休怪本左使无情。"

焦灼华此言刚出，突然感到眼前有人影晃动，随即脸上火辣辣地疼。原来宗婉儿气愤不过，施展华韵步法打了他一巴掌。

焦灼华的心陡然一沉，心道："莫非这小子故意装傻充愣地戏耍于我？这丫头的轻功比之代帮主都毫不逊色，可是我大话已出，不得不硬拼下去了。"他自己不敢贸然出手，向其余五人道："为了北斗帮的名声我们岂能容忍，兄弟们上！"说着猛地将桌子掀翻，带领五人向东方长年三人扑去，其他食客见状吓得纷纷抱头逃走。饭店之中乱作一团，吕思也趁机躲到墙角处观望。宗婉儿与东方长年挥掌相迎，宗婉儿连连施展华韵步法躲过焦灼华的数次攻击。焦灼华见宗婉儿只是躲闪并不还手，哈哈大笑道："原来你这雌儿只会逃跑，看我怎么抓你！"东方长年被其他五人围在中间厮打，使出浑身解数才勉强撑住。焦灼华将店中桌椅全都踢倒在地，向宗婉儿嘿嘿冷笑道："我看你如何施展轻功。"说着挥拳向宗婉儿打去。

宗婉儿再施展华韵步法时，突地被地上桌椅绊倒在地。焦灼华飞身来到她的身边大声喝道："都住手！"

北斗帮其余五人此时已将东方长年打倒在地，闻听焦灼华的喝令声都停住踢打，向他瞧去。焦灼华嘿嘿淫笑着向宗婉儿道："如此美人儿我当真下不去手，你随本左使回去，将我侍候得舒服了我自会饶你不敬之罪。"

宗婉儿啐道："放屁，你休想！"说完向四周寻找吕思，叫道："吕大哥，你在哪里？"

焦灼华嘿嘿淫笑道："宝贝儿，你现在叫爹爹也没有用了。"说着弯腰向宗婉儿抱去。

"老爷饶命！"老孙头突地抱住焦灼华的大腿求道。

焦灼华见是刚刚被欺辱的邋遢男子，气道："本左使的大腿岂是你能抱的？"说着举掌向老孙头的头部打去，吕思屈起右手中指使出弹指无形神功，向焦灼华手臂上的曲池穴打去。焦灼华突地感到手臂酸软，力道减少了许多，但手掌拍在老孙头的头上，还是将老孙头的额头拍得流出了鲜血。

吕思是故意要让老孙头在宗婉儿面前显出可怜之相以引起她的同情心，以便促成他们父女相认，因此只使出了两成功力，否则焦灼华的手臂早已残废。

老孙头突地向宗婉儿大声叫道："婉儿快跑！"

宗婉儿瞧着额头流血的老孙头，心中百感交集，道："你又不会武功，谁要你来救了！"

焦灼华虽然感觉曲池穴突感酸麻，但是刹那间已经恢复如初，因此他只道是自身的原因所致，故而并未多想。

焦灼华猛地将老孙头甩开，再次弯腰向宗婉儿抱去。老孙头疯了一般从地上爬起，抱住焦灼华的大腿道："快走，婉儿快走！"

焦灼华气得抬脚向老孙头连连踢去，但老孙头始终不松手，只是不停地催促宗婉儿快逃。

宗婉儿从地上爬起哭道："你为什么要如此对我，你纵是死了我娘也不会让我理你的。"

焦灼华将老孙头踢得在地上翻滚不止，这才停住。向宗婉儿嘿嘿淫笑道："这老东西再也不会烦我们了，宝贝儿跟我走吧。"

东方长年猛地大声喝道："我跟你们拼了！"说完从地上爬起向焦灼华扑去。北斗帮其余五人立时将他打翻在地骂道："你这杂种居然敢对左使无礼！"只几下，东方长年便被他们按倒在地动弹不得。

宗婉儿哭道："傻东方你不要管我！"

焦灼华张开双臂向宗婉儿缓缓走去："乖宝贝儿，来吧，自己过来。"

宗婉儿此时的心情比死了都要难受，当真是叫天天不应，叫地地不灵，不由得破口大骂道："吕思你个王八蛋，你跑到哪里去了，我恨死你了！"

眼见焦灼华就要抱住宗婉儿，老孙头突地从背后将他死死搂住，张口向他的脖子咬去。焦灼华痛得哇哇大叫，宗婉儿绝没有想到一向被自己瞧不起的老孙头竟然会变得如此勇敢，心中顿感五味杂陈。突然，一股鲜血冲天喷出，原来老孙头咬破了焦灼华的动脉，只见焦灼华惨叫数声轰然倒地。这一下出乎所有人的意料之外，老孙头满嘴的鲜血，向宗婉儿喝道："你为什么还不走，求求你了，快走。"在别人眼里，老孙头此时满嘴鲜血，面目狰狞，眼睛怒睁，比厉鬼更加令人恐怖。但是在宗婉儿的眼中，他却是天下最慈祥的老人。宗婉儿流泪道："你老人家多保重。"说完向围住东方长年的五人扑去。原本控制东方长年的人手上一松，东方长年趁势爬了起来与宗婉儿一起向外逃去。

北斗帮五人刚追到门前，突地被头戴斗笠的郭小玉挡住了去路，北斗帮弟子怒喝道："滚开！"

郭小玉冷声道："我不想杀人，只是你们任意欺压良善的行为，我不能不惩罚你们。"

北斗帮五名徒众闻言气得哇哇大叫，当先一个瘦小男子猛地挥拳向郭小玉打去。郭小玉也不躲闪，手臂快如闪电，一把抓住他的手腕，随即向左扭动，趁着瘦小男子身子翻转之时突地一指点中他后背的灵台穴。瘦小男子"哎呀"一声痛叫，"扑通"倒在地上，口中急得大声叫道："我的武功，我的武功没有了！"余下四人惊得魂飞魄散，相互瞧了一眼后突地齐声呐喊着向郭小玉扑去，只听得'哎哟'之声四起，随后四人都已躺倒在地，且口中悲呼不止，原来他们的武功也都被郭小玉废去。

郭小玉摘下头顶斗笠向吕思笑道："思哥，我如此处置他们你可满意？"

吕思吃惊道："玉儿，你是如何知道我在这里的？"

郭小玉眨了眨眼睛道："世上还有我郭小玉不知道的事情吗！我非但知道你在这里，而且还给你带来一人。"

吕思疑问道："你带的是何人？"

郭小玉神秘地笑了笑走出门外拉进一个人来，吕思一瞧之下顿时惊呆了，原来郭小玉拉进房中的不是别人，正是他的姑姑宗玉梅。

宗婉儿与东方长年一路疾奔，直到来到长安城外的一片郊野之中方才停下歇息。两人累得躺倒在地，任汗水直流。过了片刻，宗婉儿剧烈跳动的心恢复了平静，饭店之中的情形突地涌上心头。老孙头舍身相救的情景一遍又一遍地在她的脑海中闪现，眼泪瞬时模糊了她的双眼："老孙头，为什么，你为什么这么傻！"宗婉儿抱住双膝向东方长年道："傻东方，你说老孙头现在怎样了，他还活着吗？"

东方长年坐了起来，向长安城的方向望去道："他咬死了那个姓焦的左使，他们怎会放过他？"

"不会的，他不会死的！傻东方，你告诉我，老孙头不会死的。"宗婉儿惶急万分。

东方长年呆呆地瞧着宗婉儿，不知该如何劝慰她。

宗婉儿突地起身道："我要去看看他。"

东方长年惊道："婉儿，万万不可，长安城内到处都是北斗帮的人，我们好不容易侥幸逃脱，岂能再回去送死？"

"住嘴！"宗婉儿怒道，"你若怕死尽管回家便是。"突地流泪道："我总该送老孙头最后一程吧。"

东方长年想了想道："老孙头为你而死，我们为他送行自是义不容辞，只是现在还不是时候，我们再等一等，等到天黑后再回去。"

宗婉儿流泪道："好吧，等到天黑后我们再回去。"突地想起了吕思，不由得咬牙恨道："这个挨千刀的吕思干吗去了，打斗时他明明在场的，你瞧见他了吗？"

东方长年道："我当时只顾着和那个姓焦的说话了，没有注意到吕大哥。"

"他是谁的大哥！今后再也不许你叫他大哥！"突地头脑清醒起来道，"没有道理呀！凭他的武功人品，怎会舍弃我们而逃？休说那几个小喽啰，即使北斗仙尊亲自出面也未必赢得了他。"

东方长年恍然大悟道："是呀，吕大哥的人品我是了解的，他绝非胆小怕事之人！"

宗婉儿与东方长年对视道："那他当时在哪儿了呢？"

宗婉儿聪明绝顶，心中飞速地闪过自己与吕思对话的情景，突地悟道："是了，此事定是与老孙头有关，否则吕思为什么总是向我打听老孙头的事情，莫非老孙头……"

东方长年问道："你在说什么？"

宗婉儿一跃而起道："我们现在就回饭店。"

"什么，你疯了吗？我们不是说好了要晚上才去的吗？"东方长年对宗婉儿的决定疑惑不解。

宗婉儿定定地瞧着东方长年道："倘若我所料不差，吕大哥此时正与老……老……正与他在等我呢。"

东方长年不知宗婉儿在说什么，又不敢违拗她的决定，因此急得挠头不止。

宗婉儿与东方长年来到饭店的时候，店中伙计早已将饭店打扫干净，见到他们二人后，掌柜的主动向东方长年道："敢问二位是否为老孙头而来？"

东方长年道："正是，他人在何处？"

掌柜的说道："吕公子让我转告二位，老孙头与他都在家中等着你们。"

宗婉儿与东方长年来到门外，隐隐听到房中传出阵阵谈笑声。宗婉儿的心情既复杂又喜悦，她在心中祈祷道："上苍保佑，希望一切如我所愿！"她推开柴门来到堂屋门前，只见宗玉梅与老孙头居中而坐，吕思与郭小玉分坐在两侧。宗婉儿瞧见这种情景，心脏剧烈跳动不止，向宗玉梅颤声问道："娘，这是怎么回事，他到底是何人？"

老孙头条件反射般站立起来，唯唯诺诺地说道："小老儿是……"

宗玉梅向老孙头叫道："你坐回来！"

老孙头答应道："是，是！"而后极为顺从地坐回原位。

宗玉梅瞧着宗婉儿低声说道："婉儿，有一件事情我隐瞒了你许久，今天我也该告诉你了。"

宗婉儿瞧向老孙头问道："娘亲所说之事与他有关是吗？"

宗玉梅轻声叹道："想必你也猜得差不多了。多年来他也确实在诚心悔过，有些事你也是见到过的。玉儿姑娘也劝说了我许多，我就想啊，人这一辈子谁没犯过错呢，总得给人一个改过的机会吧。我已经答应原谅他了。"

宗婉儿流泪道："老孙，老，他当真是我的……"

宗玉梅点头道："不错，他就是你的亲生父亲孙怀才。"

宗婉儿"扑通"一声跪倒在地，哭叫道："爹，娘，你们瞒得我好苦呀！"

孙怀才急忙站起，来到宗婉儿的身边跪下道："都是爹爹不好，爹爹对不起你们。"

宗婉儿抱住孙怀才大声哭泣着，郭小玉起身将孙怀才扶起道："你们父女相认是好事，可千万不要哭坏了身子。"

宗婉儿轻抚孙怀才的额头道："爹爹，这里还疼吗？你的身体还好吗？"

孙怀才流泪道："好，好，都好着呢！"

郭小玉向吕思道："姑姑一家团聚想必有许多话要说，我们且先回避，改日再来恭贺。"

吕思道："玉儿说的是，姑姑你们好好聊，我们改日再来。"

第三十四章

骊山位于长安城南，海拔一千余米，由东西绣岭组成，山势逶迤，枝繁叶茂，远望宛如一匹苍黛色的骏马。每当夕阳西下，骊山辉映在金色的晚霞之中，景色格外绮丽。

吕思决意要亲手杀了北斗帮帮主黄申，与秦苏蓝告别后带着郭小玉向骊山行去。吕思二人为了隐蔽行踪，自石瓮水潭处攀缘西行，来到一处险地。这是从东绣岭通往西绣岭的一段险道。吕思与郭小玉手足并用，盘旋而上，很快来到了西绣岭第二峰。此峰峰顶地势平坦，建有一座气势恢宏的巨大宫殿老母宫，宫内供奉的乃是女娲娘娘。

吕思自小在女娲娘娘庙中长大，因此对女娲娘娘甚是崇拜。他向郭小玉道："这座老母宫比宛东山上的女娲娘娘庙不知大了多少倍，你同我一起进去祭拜吧。"

郭小玉向四周查看道："月圣前辈说此宫便是北斗帮的巢穴，我们不可不防。"

吕思道："这座宫中并没有他人，你不必担心。"说着向宫中走去。

老母宫整体建筑包括山门五间、主殿一间、厢房十间、配殿两间。

吕思与郭小玉来到主殿，郭小玉见殿中女娲娘娘石像被雕刻得非常传神，宝相庄严，不怒自威，她赶忙垂下头来与吕思一起跪拜。跪拜完毕，吕思来到东墙前说道："玉儿，你来看这创修山路碑。"

郭小玉看后道："原来此殿始建于秦。"

他们二人正在交谈之时，吕思突然低声道："有人来了。"说着拉起郭小玉的手躲到了女娲娘娘神像之后。

随着一阵辩论声，有两人先后来到老母宫中。吕思偷眼看去，只见来人却是化名为郭溪的天枢长老欧阳年与一个断眉之人，郭小玉见到欧阳年气得身体颤抖起来，想要跳下高台与他拼命，吕思急忙阻止了她。

断眉之人愤然道："刘启此举定会引发天下大乱，不知代帮主为何还要保他？"

欧阳年道："开阳长老此言失之偏颇，太子殿下做出此举，正说明他是一个重情重义之人，待他荣登大宝之时，定是我北斗帮威名大震之时。"

开阳长老嘿嘿冷笑道："天枢长老如此说法当真好笑。倘若七个诸侯国结成同盟，共同讨伐京师，我们北斗帮如何自处？与那刘启一起被消灭吗？"

欧阳年笑道："开阳长老怎知太子殿下不会取胜？我看七个诸侯国国王都是面和心不和之人，都有称霸天下的野心，因此我笃定他们只是一群乌合之众。"

开阳长老无奈道："但愿事情如你所说。"以手摸了摸下巴道："代帮主为何要让你我二人返回帮中？白鹤门已经被我们击垮，天下还有何人敢觊觎我帮？"

欧阳年道："虽说秦苏蓝身受重伤生死不明，但是她的两个弟子林晓、林雪也不可轻视，倘若她们率众反扑，我帮留守弟子怎能抵挡？"

开阳长老叹道："代帮主英明神武，为何就容不下璇、玑、权、衡四大长老呢？倘若他们都在，你我二人又何必返回帮中增援呢？"

欧阳年冷声道："这正是代帮主英明之处，璇、玑、权、衡四人，还有前帮主只想着独善其身，全无称霸天下之意。倘若他们尚在人世代帮主怎能带领我们投入太子门下，又怎能借助官府势力将白鹤门一举歼灭？"

吕思闻言心中大惊，心想："听他之言莫非北斗仙尊已经不在人世了？"

郭小玉也觉得事情出乎意料，轻轻地握了握吕思的手。

开阳长老道："前帮主被锁在囚龙洞中已有数年，至今不肯说出读心秘籍，当真可恨！"

欧阳年眼中精光爆闪道："倘若代帮主得到读心秘籍，自会无敌于天下，又何惧那玉面毒狼！"

开阳长老道："现在代帮主不在帮中，不如你我二人一同前去会会前帮主。"

欧阳年眼珠一转道："万万不可，倘若让代帮主得知你我二人私会前帮主定会雷霆大怒。虽说我们是要套出读心秘籍献给代帮主，怎能保证代帮主不猜疑你我？此事断不可行！"

开阳长老干笑道："我也就此一说，天枢长老言之有理，我们还是早些返回帮中吧。"说完与欧阳年向庙后走去。

吕思与郭小玉二人一路尾随齐天与欧阳年向后山走去，走了大约半个时辰，远远见到一栋栋青瓦黑墙。吕思道："前面应该就是他们帮会的所在之地，我们且寻一个地方暂避，等到夜间再去查看究竟。"

到了夜晚，吕思与郭小玉正要跃下巨树向北斗帮驻地行去，突然见到一个人影自帮会院内飞跃而出，向他们这边飞奔而来。吕思与郭小玉停住不动，人影经过他们身边时吕思认出来人正是开阳长老齐天。

"他这是要去哪里，怎么在自己的地盘上还鬼鬼祟祟的？"吕思与郭小玉的想法一致。待齐天远离他们有二十余米后，吕思与郭小玉跃下巨树顺着齐天奔跑的方向追去。

齐天一路疾行，来到半山腰处的一个巨石前停下脚步，沉声叫道："四方护卫何在！"三遍叫声过后，只听得一阵吱吱之声响起，巨石缓缓向下滚去，滚了大约一米突地停住不动，一束光亮自巨石上面照射出来。一人自洞中跃出道："南卫司当成参见开阳长老。"

吕思认出此人，心中想道："原来是他们。使钢叉的北卫刘肥不是已经被赵惜容一剑刺死了吗？齐天为何还要叫四方护卫？是了，我当真糊涂，刘肥死了，其他人不是可以补上吗？"

齐天哈哈笑道："南卫老弟别来无恙啊！"

司当成抱拳道："多谢齐长老挂念，不知长老此来所为何事？"

齐天道："我来瞧瞧老帮主是否安好？"

司当成紧张道："齐长老不是不知，没有代帮主的手谕任何人都不能与老帮主相见，请齐长老不要让我等为难。"

齐天哈哈笑道:"南卫过虑了,我岂能做出违背帮规之事,只是代帮主身在长安心系'囚龙',特命我返回询问老帮主身体情况。"

司当成放心道:"请齐长老转告代帮主,老帮主身体好着呢。"

齐天自怀中掏出一个信封道:"这是代帮主命我转交给你的密信,你拿去吧。"

司当成走出洞穴伸手来取,齐天突地伸手掐住了他的脖子。司当成猝不及防,只得拼命挣扎。

吕思与郭小玉瞧得惊骇不已。很快,司当成四肢停止了挣扎,不再动弹。齐天将他的尸体抛入深谷之中,正要走进洞穴,突然后背风门穴一阵剧痛,身体突地僵住。原来吕思使出弹指无形神功封住了他的风门穴。齐天正自惊骇时,吕思与郭小玉已来到他的身前。

吕思说了声:"得罪了。"随即将他拦腰抱起跳入洞中。

有人自洞中拐角处走出问道:"司兄弟怎的还不回来?"

郭小玉笑道:"你不出来他怎么回去?"

来人突然见到郭小玉,吓得大声喝道:"你是何人,胆敢擅闯本帮禁地!"

郭小玉咯咯笑道:"你这里也称得上禁地?本姑娘愿来便来愿走便走,你能奈我何,识相的乖乖听话,我可饶你不死。"

吕思道:"朋友,别来无恙。"

"是你!玉面毒狼吕思!"来人惊得魂飞魄散。

"啪啪"两声响过,郭小玉已站在他的身前怒道:"你再敢出口不敬,我撕烂你的嘴。"

来人手捂嘴角害怕道:"小的知罪了。"

郭小玉问道:"你是什么卫,报上名来。"

来人回答道:"小的是东卫何天然。"说话间瞧着被吕思夹在腰中的齐天更是惊吓不已。

吕思将齐天扔到地上,道:"此人心狠手辣,连你们自己人都不放过,当真可恶!"

东卫何天然正要说话,突然西卫燕归与一个黑胖汉子自拐角处走了出来。

燕归见到吕思后本能地停下了脚步，黑胖汉子则大声喝道："哪里来的小贼，敢闯本帮禁地？"说着举起拳头向郭小玉攻来。

郭小玉闪电般出手擒住黑胖汉子的手腕，顺着他的方向用力甩出，黑胖汉子的身体重重地撞在墙壁上，身体落地后呼痛不止。郭小玉向西卫燕归招手道："你也上吧。"

燕归哪里敢和她交手，双手连摆道："小的哪敢与姑娘动手。"

郭小玉拍了拍手道："算你识相，省得脏了我的手。"

何天然向吕思问道："不知玉……玉郎君有何指教？"

吕思道："我正有话问你。"

何天然忙道："玉郎君有话尽管吩咐，小的定当知无不言。"

吕思问道："这里关的可是北斗仙尊黄申？"

何天然回答道："正是老帮主黄申。"

"你们为何要将他关在此地？"

"这个，这是代帮主的意思。"

"你没有回答清楚。"

"代帮主想要老帮主传他读心术，老帮主执意不肯，因此，因此代帮主便将他关在这里了。"

"我与慕容飞鹰交过手，他的武功比我差了许多，怎能困住北斗仙尊？莫非北斗仙尊乃是欺世盗名之辈？"

"老帮主神功盖世，绝非欺世盗名之徒。他，他是被代帮主下了迷药后用缚龙索捆住手脚的。"

"你们在此负责什么？"

"我们的职责就是守住石门，另外就是保证老帮主的饮食。"

"你们在此看守的一共有几人？"

"只有我们四人。"

"那个黑胖汉子是谁？"

"他是新提任的北卫任太都。"

"关上石门，带我去见北斗仙尊。"

"小的遵命。"何天然回答后走向石门按下机关，随着吱吱声响，巨石将洞口封住。

何天然瞧向地上的齐天与任太都问道：“他们如何处置？”

吕思刚要说话，郭小玉抢先吩咐道：“他们就由你来处置好了。”向西卫燕归道：“你在前面带路。”

燕归不敢不从，赔笑答应着转身向前带路，吕思与郭小玉跟在他身后行走。吕思向郭小玉低声问道：“你就不担心何天然将他们二人都放了，然后与他们一起逃跑？”

郭小玉低声道：“放心吧，他不但不会私放他们，而且此时已经将他们都杀了。”

吕思不信道：“这是为何？”

郭小玉咯咯笑道：“他当然是为了自保。好了思哥，你还是想想如何报仇吧！”

燕归将吕思与郭小玉带到一个开阔之地，此地面积甚大，呈半圆形，四周石壁上满是燃烧着的火把，山洞之上高不见顶，面积不下四百平方米。东侧有一个囚笼，囚笼如同一间房屋般大小，囚笼里面盘膝坐着一个须发皆白的老者，老者的发须既长又蓬乱。吕思走近查看，怎奈老者的头发将他的面部全都遮住。

吕思向燕归问道：“他就是北斗仙尊？”

燕归道：“正是！”

郭小玉叹道：“若非亲眼所见，有谁能想到天下武功第一的北斗仙尊竟会是如此模样！”

“禀玉郎君，我已将他们俩都处决了。”何天然气喘吁吁地跑了过来。

吕思叹道：“你果然将他们都杀了。”

燕归闻言惊道：“何兄，你当真将开阳长老与北卫都杀了？你为什么要这么做？”

何天然道：“我实在是有说不出的苦衷啊，你过来我说与你听。”他的话语声满是悲伤之情。

郭小玉暗道：“燕归真是傻得可怜，这个何天然当真是一个狠角色，到时绝不能容他。”

郭小玉刚要上前阻止，燕归已来到何天然的身前，问道：“何兄请讲。"

何天然低声道："你附耳过来。"

燕归身子前探道："何兄请……"一句话没有说完，肚子已被刺中一刀，他惊怒至极道："何兄你这是为何？"

何天然冷笑道："谁是你的何兄，我如今有了新主子，自然要与你划清界限。"说着拔出匕首又刺入燕归的胸膛。

燕归怒道："你竟然不顾我们十几年的交情，你……"一句话没有说完，身体突地向后倒下。

郭小玉向燕归瞧去，只见他双眼怒睁，但已没了气息。

吕思怒道："你为何要杀他？"

何天然惊恐道："我们四方护卫奉代帮主……"他"啪"的一声用手掌打了自己一巴掌道："慕容飞鹰命我们四人看守老帮主，除他手谕外不得放入一人，否则我们性命难保。南卫想必是被开阳长老杀死了，而开阳长老无论你们离去与否他都会将我们杀了灭口。至于西北两卫都是口杂之人，经不起慕容飞鹰的拷问便会和盘托出，那时我也必将为他们陪葬，因此我才痛下杀手。"

吕思道："你这人心思缜密得可怕，为了自保居然连相处了十几年的兄弟之情都不顾及，你就不怕我杀你吗？"

何天然惶然道："玉郎君与女侠都是正义之士，自然，自然不会与小的一般见识的。"

"哼！"一声洪亮的声音自北斗仙尊的口中传出，"老夫看得腻了，你们可以滚了。"

吕思怒道："老匹夫还敢口出狂言，今日便是你的死期！"

北斗仙尊冷声道："收起你们的鬼把戏吧！这些年来你们为了获取我的读心术可是把什么招都用上了，今日之苦肉计老夫也早已领教过，你若想死就进笼来，老夫成全你。"

吕思向何天然命令道："把门打开。"

何天然道："是！只是玉郎君有所不知，老帮主虽然被囚禁多年，但是武功丝毫不减当年。"

吕思瞪了他一眼，没有说话。何天然急忙掏出钥匙将门打开。吕思向郭小玉道："玉儿你在此等候，无论胜负都不许你插手，我要亲手宰了他为父王母后报仇雪恨。"

郭小玉焦急道："思哥小心，万万不可硬拼。"

吕思道："我好不容易才找到这个老贼，岂能轻易放过？你不必再说了。"说完向笼中走去。

北斗仙尊冷眼瞧向吕思，依然盘膝不动。吕思停住脚步喝道："老贼，站起来受死吧！"

北斗仙尊哈哈大笑道："你这无耻小儿又在给老夫演戏呢！"语声陡然一沉道："若非老夫手脚被囚笼锁链锁住，早已将你一掌劈死，你装模作样的本领当真可以，真有胆量的话再向前走几步试试。"

吕思运起星月神功护体，怒喝道："老贼受死吧！"说着忽地一招半月悬空向北斗仙尊攻去。星月神功一招胜过一招，由于北斗仙尊位列三仙之首，吕思不敢怠慢，出手便是星月神功第三式。吕思身具百年以上的内力，此招一出，山洞中好似高悬半轮明月瞬间将北斗仙尊周身罩住。这些光亮其实是吕思飞舞的手掌幻化而成，倘若没有百年以上的内力是绝对达不到这种境界的。

北斗仙尊惊呼一声，身体保持盘坐之态，凌空旋转而起，由于受囚笼锁链限制，他的身体只能旋转两圈，两圈过后急忙将手臂在空中斜着翻转半圈方才将吕思的招式化解。

北斗仙尊腾空而起后吕思方才见到囚笼锁及囚笼锁链。囚笼锁共有两根，每根长约数米，分别缚住北斗仙尊的手脚，两脚之间被一根长不过三米的锁链连接，锁链的根部被牢牢地固定在石壁之中。吕思见北斗仙尊在手脚俱被困住的情况下依然躲过了自己七成功力的袭击，不由得心生佩服，向何天然道："姓何的，你把他手脚上的锁链解开。"

何天然大惊失色道："玉郎君不可轻敌，再说这锁链的钥匙也不在我这里，它一直都由代帮主慕容飞鹰亲自保管。"

吕思向北斗仙尊道："我虽然恨不得将你碎尸万段，不过念在你武功超群的分儿上我要让你死得心服口服。"说完自怀中掏出匕首霸下向北斗仙尊走去。

北斗仙尊冷然注视着吕思的一言一行，只是不说话。吕思来到他的身边道："我手中乃是天下第一利器，你就不怕我趁机杀了你？"

北斗仙尊哈哈笑道："你虽然有些功夫，但若要杀我还欠些火候。"

吕思也不生气，一手抓住锁住北斗仙尊双手的囚笼锁一手将匕首抵在锁链之下，手腕运力向上一挑，囚笼锁应声而断。北斗仙尊的眼中精光四射，身体微微颤抖起来。

吕思依次将缚住北斗仙尊的囚笼锁一一挑开，起身道："老贼，此时你行动再也不用受到限制了，放开手脚保命吧。"

北斗仙尊忽地站起身来，双臂上举大声吼道："老夫终于重获自由啦！老夫再也不会受制于人啦！我要报仇，我要杀光所有负我之人！"心情平静后转向吕思道："我不管你是谁，也不问你找我有何用意，是你让我重获自由，因此我不杀你，你可以走了。"

吕思冷笑道："我之所以切断囚龙锁只是要堂堂正正地杀了你，你居然说出让我离开的话，莫非你害怕了？"

北斗仙尊将头发撩起在脑后随手一系道："你这小儿不像是为了谋夺我的读心术而来，你到底是谁？"

吕思怒视着他道："漠北四鹰这绰号你不会感到陌生吧？老贼你还要抵赖到什么时候。"

"漠北四鹰是什么东西，我为什么要记得他们？你这小儿越说越是可笑，可笑至极。"北斗仙尊怒道。

郭小玉心中隐隐觉得有什么地方不对，向吕思道："思哥，北斗仙尊成名于数十年前，怎会有漠北四鹰的绰号，你是不是记错了？"

吕思道："你应该知道江湖之中拥有几个绰号的人多了，他当年杀我父王母后怎敢用真名实姓。"

北斗仙尊怒道："休说你父亲是什么王，就是当今皇上惹怒了老夫，老夫也照杀不误。"说话间身体迅捷无比地向吕思逼近，手掌直奔吕思的头部袭来。吕思抬右手相迎，右臂还没有完全抬起，北斗仙尊突地变招改向他的右肋打去。吕思身体侧转抬起左膝顶去，刚抬离地面，北斗仙尊突地矮身向他的右腿扫去。吕思急忙使出竹叶戏风身体凌空向后平飞出去，北斗仙尊似是早已料到一般，身体凌空抬脚向吕思侧踹而出。

吕思越斗心中越是惊骇，北斗仙尊简直像是自己肚子里的蛔虫，无论自己使出什么招式，他总能在自己意念刚萌发之时出招阻止且直取自己的破绽。他自从服下小塔黄后奇遇不断，但在江湖之中鲜有敌手，特别是在太子别府被慕容飞鹰击成重伤后，体内寒热两股真气凝聚为一股，内力更是陡然增加了两倍有余，休说有人要胜他，即使能够接住他三招之人已是极少。如今他与北斗仙尊已经对攻了数十招，自己非但没有占到一丝便宜，反而处处受制于北斗仙尊。

郭小玉眼见他们打斗正酣，两条身影相互交织已然分不出谁是吕思谁是北斗仙尊，她想要出手帮助吕思怎奈无处下手，急得她不停地跺脚，眼睛一眨不眨地盯着他们，只想寻到一个突破口向北斗仙尊攻去。

吕思与北斗仙尊又斗了三百余个回合，仍然不分胜负。只是北斗仙尊的体力已经明显不支，口中不停地喘着粗气。吕思因为任督二脉早通，内力循环极为迅捷，因此他虽然处于打斗之中，但是耗损的真气始终在慢慢地恢复着。

又过了十余招，吕思一掌拍在北斗仙尊的胸口，北斗仙尊的身体被打得向后飞出，落地后踉跄了几步突地摔倒在地。

吕思欺身而上来到北斗仙尊的身边道："你这老贼还有什么话说？"

北斗仙尊喘着粗气道："凭你的武功不像是慕容飞鹰派来偷取我读心术之人，你与我有何冤仇，为什么非要置老夫于死地？"

吕思冷笑道："你不是会读心术吗，我心中的想法你岂能不知？"

北斗仙尊惊奇地瞧着吕思道："原来你并不了解读心术。"

吕思道："我只要能够杀你替父王母后报仇便可，为什么要了解你的读心术？"

北斗仙尊道："你口口声声说我是杀害你父母的仇人，有何凭证吗？老夫纵横江湖数十年从未妄杀一人，你凭什么说我杀了你的父母？你的父亲姓甚名谁？"

吕思冷笑道："你死到临头还要狡辩吗？我也不想让你做个枉死鬼，本人便是前吕国国王吕嘉之后。"

北斗仙尊怒道："我与你父王从未有过交集，而且连面都没有见过，我怎会杀他？"

郭小玉突地开口向吕思问道："思哥怎知是北斗仙尊杀害你父

母的？"

吕思道："是张伯父亲口告诉我的，难道还会有错？玉儿不要听他狡辩！"说着立掌就要向北斗仙尊的头部劈去。

郭小玉大声阻止道："思哥不可！"

吕思停住问道："玉儿是要替他求情吗？"

郭小玉道："思哥你上了张偃的当了，此人居心叵测，你可千万不要上了他的当。"

吕思喝止道："不许你诋毁张伯父！他与我父情同手足，怎会骗我？"

郭小玉道："他不会欺骗你，我又会欺骗你吗？"

吕思闻言呆了呆道："你有什么凭证吗？"

郭小玉道："我当然知道张偃的真实面目。"然后便将自己被欧阳年灌下鹤顶红之后，刘贤在自己床前所说的话尽数说与吕思。

吕思听后心中巨震，慕容雪村临死之前的质问突地萦绕在耳前，又想起当年在郭家庄中的遭遇，心中已是信了七分。他陡然大声喝道："为什么？他为什么要诓骗我？"

北斗仙尊突地纵声大笑起来。

吕思怒道："你为何发笑？"

北斗仙尊笑罢，向吕思道："我笑你徒有匹夫之勇，全无一丝谋略，被人利用尚且不知。张偃此人我是知道的，他一直都在借助七国之力谋夺天下，而我一直严令下属不得参与官府争斗，本来我与他应该相安无事的，怎奈六年前我被小儿慕容飞鹰所害关在这囚龙洞中。之后，慕容飞鹰假借我的名义率领帮众投靠太子刘启，如此北斗帮自然便成了张偃以及七国的眼中钉肉中刺。你武功高强，张偃定是想假借你之手将我除去。"

吕思盯着北斗仙尊的面容道："你既然被困在这里六年有余，怎会知道外面之事？"

北斗仙尊道："在这洞中可并非只有我一人，还有四方护卫。"

郭小玉惊道："不好，何天然呢？"

吕思向四周环视后并未见到何天然，说道："快去洞口看看。"

北斗仙尊道："不用看了，他定是趁你我打斗之机逃跑了。他若不逃我岂能饶他？"

郭小玉虽然相信北斗仙尊的判断，但是依然跑向洞口处查看，而后愤然返回道："这狗贼当真逃跑了。"

吕思向北斗仙尊抱拳施礼道："在下误信谣言，对前辈多有不敬，还请前辈责罚。"

北斗仙尊瞧着吕思哈哈笑道："既然是误会我又何必追究？难得你武功超群还谦恭如此。不管怎么说，我今日得以脱困也是拜你所赐，你既然是前吕国世子，我愿意率领本帮弟子助你复国，即使谋取天下也未尝不可。"

吕思道："多谢前辈好意，只是在下并无复国之心更无夺取天下之志。在下替父王母后报仇雪恨之后便会退出江湖，再也不问江湖之事。"

北斗仙尊眼中精光连闪，瞧着吕思道："公子人品武功俱佳，似你这般胸襟旷世罕见，老夫衷心佩服，老夫定会举全帮之力替你找出漠北四鹰。"

吕思抱拳谢道："多谢前辈相助。"

北斗仙尊道："我帮读心术乃是百年前天下第一武功高手吕九阳所创，公子与他同姓，老夫想或许是冥冥之中自有天定吧！老夫今日便将这读心术传授于你，权当是将它归还于你们吕氏了。"

吕思知道他是要报答自己解困之恩，故而推辞道："前辈的好意在下心领了，读心术乃是贵帮的镇帮秘籍，在下断断不会接受的。"

北斗仙尊气道："公子要做一个义气之人，难道就不许老夫做个知恩图报之人吗？难道你要让老夫遗憾终生吗？"

郭小玉向吕思道："我瞧北斗仙尊前辈乃是一个有恩必报之人，倘若你拒绝了他的一番好意，当真是要让他抱憾终身。前辈是诚心要传你神功，你又何必拒人于千里之外呢？"

北斗仙尊向郭小玉道："还是小丫头了解老夫。"

吕思道："倘若我再推辞下去的确有伤前辈好心，请前辈受吕思一拜！"说完跪倒在地向北斗仙尊叩头。

北斗仙尊将他扶起道："你无须多礼，老夫是诚心要将这神功传授于你。你起来吧，我现在就传你口诀。"

吕思起身后，郭小玉为了避嫌想要转身离去。北斗仙尊叫住她道："小丫头，不必离开，你也一起听一听吧。"

郭小玉回身喜道："小女在此拜谢啦！"说完就要跪下叩头。

北斗仙尊拦住道："我只是要你在旁边聆听，并未说要传授于你，至于你能否参透，参透几分，全凭你的悟性了。"

郭小玉咯咯笑道："前辈能够让我在一旁聆听，小女已经知足了。"

北斗仙尊向吕思道："此读心术非彼读心术，它读的是对方的眼神以及身形变化，从而能够做到料敌先机，寻出对方的破绽一击而中。此功说起来容易学起来却是难上加难，若非武功跻身一流之列根本无从学起。"

郭小玉道："这是为何？"

北斗仙尊道："此神功主要是事先判断出对方的进攻以及防守变化，在对方刚出招的瞬间采取应对之策攻击对方的破绽，并对每一招进退攻防都有相对应的破解招式，因此欲要学成神功必须要学全所有的破解招式，若非武功达到一定境地怎能学成此功？"

郭小玉道："进退攻守的招式我也学了很多，这有何难？"

北斗仙尊微笑道："进退防守的破解招式虽然不多，只有九九八十一式，但是要在实战中使得挥洒自如就非常难了。说白了，本神功就是如何将所有应对招式融会贯通的技巧。一旦学成这些技巧，在应战之时身体会根据对手的招式变化自动使出破解之法。"

吕思道："原来如此，怪不得叫读心术呢？"

北斗仙尊道："我先传你八十一式破解招式，待你烂熟于胸之后我再传你融会变通之法。"

山洞顶端有一个拳头般大小的小洞，日月之光可以通过此洞口透入洞中。七日过后的一天上午，盘膝坐地的吕思缓缓睁开双眼道："多谢前辈指教，在下已经领悟了。"

北斗仙尊须发颤抖道："奇才呀奇才！此神功老夫足足练了四十多年方有小成，你居然在短短七日之内就领悟透彻了。"

吕思谦虚道："多谢前辈不吝赐教，我定当永感恩德。"

北斗仙尊笑道："应该感谢的人是我，若不是蒙你相救我怎能脱困，又怎能让此神功得以传授下去？凭你的武功修为加上读心术，当今武林第一人非你莫属。"

郭小玉停止练功羞愧道："和思哥比起来我笨死了，到目前为止我才刚刚将这八十一式口诀记熟。"

北斗仙尊微笑道："小丫头你也已经很了不起了，如你这般悟性之人江湖之中也属罕见。"

郭小玉娇嗔道："哎呀，前辈不要一口一个小丫头的，难听死了，我有名字的，前辈也像思哥一样唤我玉儿吧。"

北斗仙尊呵呵笑道："好，就依你，小玉儿。"

吕思道："我从前辈传授的读心术中悟出了一些道理，并自创了一套心法，我想将它与前辈分享，以报前辈的知遇之恩。"

"什么？你非但在如此短的时间内学会了读心术，而且还在此基础上又自创了一套武功心法，老夫没有听错吧？"北斗仙尊圆睁双眼道。

吕思瞧着北斗仙尊道："贵帮的读心术巧妙绝伦，倘若一对一比武自然可以取胜，但是以一当十呢？"

"那要看比试双方个体的实力差距了，即使双方实力相当，读心术依然可以取胜。"北斗仙尊傲然道。

"倘若以一当百又当如何？"吕思接着问道。

"这，世上怎会有如此之多的武功高手，公子过虑了。"北斗仙尊不以为意道。

吕思微笑道："假若对方只是普通兵士，他们将前辈围在中间，试问前辈能突破多少人的围困？"

北斗仙尊捋着银色胡须道："倘若老夫要将围困之人都杀了，至少可以杀死千人；如若老夫只是要突围而去，对方至少需要上万人。"

吕思赞同道："前辈所言既不夸张也不虚掩，前辈对待武学的态度着实令在下佩服。"

北斗仙尊问道："我怎的听糊涂了，你到底想要表达什么意思？"

吕思道："读心术可以以一当十、当百、当千，可是面对数万之众又当如何处置？又或面对万箭齐发又该如何处置？这正是在下修炼读心术时思考的问题。"

"莫非公子已经有答案了？老夫绝不相信世上会有什么武功能够破解你的疑惑。"北斗仙尊无论如何是不会相信的。

吕思道："世上万物皆有阴阳之分，又有春夏秋冬四季轮回更迭。夏热冬寒，春长秋消，所有这一切都告诉我们，世上万物都是有章可循的。比如我们呼吸的空气，平静时是无相无觉的，微动时其形可以体现在飘起的衣袂上，大动时可以体现在飘摇的树干上。再如常见的湖泊之水，平静时光滑如镜，微动时波浪绵延，大动时可以巨浪滔天。风和水看似两种互不相干的事物，实则是互为因果的关系，水大可以兴风，风大可以起浪。我们修炼的内家真气就是要凝聚压缩体内体外的空气为我所用。比如我的弹指无形可以将手指前端的空气凝结成簇从而得以击打数十米以外的敌人，当然距离的远近与内力的深浅密不可分。再如我的紫竹剑法可以将身体四周的空气凝结成比铜铁还要坚硬十倍的气场，还有我的星月神功，可以将身前的空气凝结成一团刚猛无比或阴柔至极的风浪。但是这些武功都是将真气直来直去的传递之法，读心术让我得知武功招式的融会变通有捷径可循，由此我悟出了真气流转方向、变换之法。"

"你且速速讲来。"北斗仙尊激动得须发皆颤。

吕思道："此法口诀便是避实就虚，化强为弱；气若龙旋，虚掩其形；百穴缔真，外感苍穹。"

"避实就虚，化强为弱；气若龙旋，虚掩其形；百穴缔真，外感苍穹。避实就虚，化强为弱；气若龙旋，虚掩其形；百穴缔真，外感苍穹。"北斗仙尊不停地低声重复着吕思悟出的心法口诀，念到十遍以后他的脸上逐渐露出笑容，直至手舞足蹈，兴奋如狂。

郭小玉瞧他的模样心中害怕，向吕思道："北斗仙尊这是怎么了，莫不是疯了？"

吕思道："前辈没有疯，他怎么会疯呢？也只有武功修为到他这般地步才能悟出我心法口诀的精妙所在。"

郭小玉轻拍前额道："我为什么就领悟不出呢？"转向吕思笑道："我

才不要枉费心智呢，思哥自会传授给我的是吧？"

北斗仙尊的身体在空中连续翻腾跳转，之后落在吕思身前道："老夫平生从未服过任何人，今日公子让我心服口服。公子所创的任何一套武功心法都可以开宗立派了，老夫甘愿将北斗帮帮主之位让出，相信在公子的率领之下北斗帮定当雄霸于天下诸门派之上。"

吕思道："在下何德何能敢篡居帮主之位。在下志不在此，请前辈不要强求了。"

北斗仙尊施礼道："凭公子的人品与武功区区一个北斗帮岂能留得住公子，公子之才可得天下，老夫及北斗帮徒众愿意追随公子成就霸业。"

吕思双手搀扶他的手臂道："在下一无创立门派之心，二无谋取天下之意，前辈就不要强人所难了。"

北斗仙尊定定地瞧了吕思片刻突地仰天大笑道："老夫妄自比你白活了几十年，终究还是没有放下'名利'二字。"

吕思道："人各有志，只要心存善念，做哪一个行当都是正确的。倘若人人都如我一般置身事外，这天下也就不叫天下了。"说完与北斗仙尊相视而笑。

吕思笑罢松开双手道："在下在领悟到的内功心法上又创出几路招式，如前辈不弃我现在就演练给您。"

北斗仙尊佩服道："公子当真心宽如海。我学了你的心法口诀，已是受益匪浅。公子大量，老夫也不是一个索求无度之人，公子就不要勉强老夫了。"

吕思微笑道："此事我们暂且不提，先议一议如何化解北斗帮与白鹤门之间的仇怨吧。"

北斗仙尊道："我去清理门户，公子与小玉儿去说服月圣，然后将她带到鄙帮商谈和解之事如何？"

吕思道："我先助前辈清理门户，然后再去劝说月圣岂不是更好！"

北斗仙尊生气道："莫非你瞧不起老夫吗？清理门户之事我岂能假手于人？"

吕思抱歉道："前辈息怒，就依前辈所言，我们现在就分头行动吧。"

第三十五章

吕思与郭小玉沿原路返回，路上郭小玉向吕思道："思哥，你要传授给北斗仙尊的是什么招式？他不愿意学，我愿学。你教教我吧。"

吕思微笑道："只有你的功力达到了一定的境界方能真正发挥出它的威力，不过我可以先传授你每一招的心法口诀和招式变化要领，你且牢牢记住了。"

郭小玉高兴道："思哥，我定当铭记在心。"

吕思道："我所创的武功共分为天泄、地折、雷惊、风起、水异、火燎、山突、泽申八式，权唤作化形秘籍吧。"

郭小玉赞道："化形秘籍，好名字！何为天泄？"

吕思道："细说起来就复杂了，这么告诉你吧，所谓天泄就是将你身体四周的空气暂时抽离，如此世上万物都将折损在这个空间之外。"

郭小玉听得不明就里，继续问道："那地折呢？"

吕思道："所谓地折就是改变别人打向你的运力方向。"

郭小玉跳脚道："这个好，我先学这个。"

吕思笑道："就依你，我先将这一式的心法口诀以及动作要领传授给你，你记下后再慢慢领悟吧。"

两人一问一答，不觉间已经回到雅园。

威虎堂内，秦苏蓝向吕思和郭小玉介绍了五彩门的掌门夏可欣与牛油果夫妇。吕思高兴道："二位掌门能够握手言和当真是一大喜事！"

夏可欣夫妇与吕思见礼后，秦苏蓝向吕思问道："我瞧公子与玉儿姑娘面上都有喜色，想必此行很是顺利。"

吕思向左右拱手道:"托秦掌门与诸位的福,此行非但顺利而且还发现了一个意外之喜。"

"什么意外之喜?"秦苏蓝问道。

吕思便将骊山遭遇说了出来,只是隐去了自己参悟出化形秘籍之事。众人听后都唏嘘不已。秦苏蓝叹道:"原来北斗仙尊竟被囚禁了这许多年,当真令人痛心呀!也罢,我白鹤门与北斗帮之间的恩怨皆因慕容飞鹰而起,我愿意与北斗仙尊握手言和。"

吕思高兴道:"秦掌门心宽如海,当真令在下佩服,不如我们明日就去与北斗仙尊面谈如何?"

秦苏蓝道:"好,就这么商定了,明日一早我们一起去骊山。"随后看向夏可欣道:"不知夏掌门有何打算?"

夏可欣道:"有此热闹之事怎可错过,我自然一起同往。"

秦苏蓝道:"夏掌门夫妇同我们前去,你的门人就不要去了。"

吕思向左右扫视道:"哪个是五彩门的弟子?"

夏可欣笑道:"我此次带了一百多名弟子,秦掌门这里多有不便,因此我将这附近的客栈都包下了,他们都在客栈中候着呢。"

吕思道:"你们如此兴师动众就不怕惊动官府吗?"

夏可欣微笑道:"公子有所不知,当今朝廷自顾不暇,哪里有空来管我们。"

吕思惊道:"朝廷究竟发生了什么大事,竟连京城治安都无暇顾及了?"

夏可欣道:"吴王世子刘贤被太子刘启打死了。"

吕思觉得难以置信道:"他们二人一向交好,怎会发生这种事情!再说刘启也不至于糊涂至此吧,难道他不知道以吴王为首的七国诸侯一直都对朝廷虎视眈眈吗?秦掌门可有吴国的消息?"

秦苏蓝道:"刘贤被刘启打死之事传到吴国后,吴王刘濞急怒之下卧床不起。"

吕思道:"他这一病,倒是给刘恒空出了采取应对措施的时间。"

秦苏蓝道:"吴王刘濞最是疼爱刘贤,他怎能隐忍不发。据我门中弟子探知,他已先后派出十余名武林高手赶到长安刺杀刘启。"

夏可欣向吕思道："吴王刘濞派出的刺客中有一人正是公子要杀之人。"

吕思眼神突地闪出一丝寒光道："不知夏掌门说的是何人？"

夏可欣道："张偃张侯爷。"

夏可欣的话让吕思震惊不已道："原来你也知道张偃为了谋夺天下要假借我手杀了北斗仙尊？"

夏可欣惊奇道："原来公子并不知道张偃的真实身份？"

吕思道："什么身份？"

夏可欣叹道："张偃乃是漠北四鹰。"

吕思听后身体剧颤，问道："你怎知他是漠北四鹰？"

夏可欣道："是祁连三老所说，而且祁连三老还曾当面指认。"

吕思喃喃自语道："怎会是他？张偃怎会是漠北四鹰？"吕思平复心情道："这个老贼害得我好苦呀。想当年在郭家庄时我居然还相信他会在天下群雄中替我洗白冤屈，如今想来我当真傻得可笑！"

郭小玉道："诸位还记得梁县令一家惨案吗，我断定此案必是张偃所为！"

夏可欣道："据祁连三老所说，北斗帮七大长老之首天枢长老欧阳年、漠北黄沙族的少主杨平也是漠北四鹰。"

"漠北四鹰竟然是他们？是了，张偃的话怎么能相信，他定是想借我之手除去他的仇人！"

"据我所知慕容飞鹰目前在太子府。"周克自从服了吕思开的药后身体已经康复。

吕思道："我今夜就去太子府宰了他！"

周克道："好，今晚我与你同去。"

郭小玉等人都表示要一同前往，吕思道："刘启犯下如此大错，府中必定戒备森严，人多了反而容易暴露目标，今晚周兄一人与我同去即可。"

太子府规模甚是宏大，由内而外共有四层围墙，房间不下百间。吕思与周克分开搜寻慕容飞鹰。吕思来到一座房顶时，房内传来说话声，他俯身听去。

一个女人问道：“圣上都对太子说了些什么？”

一个男人生气道：“我都说了多少次了，你我单独相处的时候不要叫我太子，你以前不是这样的，自从见了那个吕思你就改口了。你是不是又对他旧情复燃了？”

女人伤心道：“你把我当什么人了？我如今是你的侧妃，而且还有了思儿，我的心里怎能再容得下别人！”

吕思心道：“原来是刘启和吴惟珊。”

刘启怒道：“你的心思休想瞒我，自那日起你总是找理由不让我碰你，你还敢说心里没有他！”

吴惟珊发誓道：“我向苍天发誓今生今世只……只委身于太子殿下一人，倘若有变，下辈子定当做牛做马，永世不得为人！”

刘启冷声道：“什么叫只委身于我？你只是将身子给了我，心却可以交给吕思是吗？”

“请太子殿下不要羞辱臣妾，也请太子殿下自重！”吴惟珊亢声道。

“你现在也学会顶嘴了！是不是也像他们一样认为我失宠了，太子之位也将不保了。是不是？”刘启恨道。

吴惟珊平静道：“臣妾生是太子的人死是太子的鬼，不论太子继承皇位还是沦为平民，臣妾都将不离不弃地侍奉在太子身边，臣妾与太子在一起生活了这么多年，难道太子还不了解臣妾的为人吗？”

“够了！够了！”刘启大声喝道，“我命令你，从现在起但凡我与你独处时，只许你叫我启哥，不许再叫太子！”

“臣妾遵命，启……哥。”吴惟珊低声道。

刘启不耐烦道：“称呼也陌生了是吗？你也与母后一样对我厌烦了是吗？”

吴惟珊道：“母后斥责……斥责你了吗？”

刘启凄然笑了起来，说道：“她何止是斥责我，你知道她要我做什么吗？她要我在死后将帝位传于梁王刘武，难道我没有儿子吗？”

吴惟珊劝道：“想必这不是母后的本意，我想她之所以提出这个要求，无非是要平息吴王的怒火罢了。”

刘启道：“此事并非母后现在才提出的，她一向偏爱刘武，我俩年少时她就有立刘武为太子之心。倘若不是我身为皇长子，加之群臣大都持有异议，这太子之位早就是刘武的了。"

吴惟珊叹了口气道："做子女的怎可非议父母。过去之事还是不要再提了，现今之事确实是你太过莽撞了。"

刘启恨道："母后知道我的脾性为何还要告诉我刘贤背后非议你我之事，她是存心要我铸下大错好让刘武上位。"

吴惟珊道："你与梁王都是她的亲生骨肉，我认为母后断断不会有此想法的，她之所以要告诉你只不过是要提醒你要防备刘贤罢了。父皇今日传你过去怎么说？"

刘启道："父皇命我在宫中禁足，没有他的旨意不许我外出一步，只是我若不外出，怎能平息吴国干戈！"

吴惟珊叹道："父皇既然已经有了旨意，你也只有遵从了。"

一名宫女隔着珠帘低声道："禀太子殿下，李尉卫带着许多侍卫在门外叩见。"

刘启道："李尉卫在这个时候求见必有要事，我去去就回。"

吴惟珊道："你还是要以国事为重，今晚就，就……"

刘启怒道："你还要躲避我到什么时候，今晚你必须侍候我！"说完重重地哼了一声向门外走去。吕思向下瞧去，只见刘启走出院外向一群侍卫喝道："你们有何事要奏？"

李尉卫施礼道："禀太子殿下，英武殿院内慕容帮主和欧阳长老正与两男一女打斗，卑职等恳请太子殿下与太子妃、侧妃到乘风殿内暂避。"

刘启道："何人如此大胆，你速速调集府中所有侍卫务必将他们擒拿归案！太子妃现在何处？"

李尉卫回答道："鲜尉卫已经去向太子妃请示了。另外，卑职已集合所有侍卫将刺客团团围住了。"

刘启向门前宫女道："你去将侧妃叫来同我一起去往乘风殿。"

宫女答应后去叫吴惟珊，很快，吴惟珊与怀抱刘不思的乳母从院中走出。刘启道："府中来了刺客，你随我去乘风殿暂避。"吴惟珊想问什么，终究止住没有开口，在一群侍卫的护送下向乘风殿走去。

吕思自忖道："怎会有两男一女？"

想罢，向对面房顶飞跃而去。越过两排房屋，吕思来到一座院子房顶。院内灯火通明，四周满是兵勇，当中正有几人打斗。吕思仔细瞧去，却是周克独斗慕容飞鹰，宗婉儿与东方长年对阵欧阳年。

周克与慕容飞鹰一个使锤一个使刀斗得不相上下，宗婉儿与东方长年虽然以二敌一仍然被打得只有招架之力。欧阳年嘿嘿笑道："老夫近来正烦闷得很，今日却有美女主动送上门来，着实令老夫开心哪。"

宗婉儿怒骂道："淫贼找死！"说话间，脚踏华星韵步挺剑向欧阳年的右肋刺去。东方长年则挺剑向欧阳年的后背刺下。随着欧阳年的一阵狂笑，宗婉儿的长剑已被挑得飞向空中，东方长年则被踢得向后飞出五六米。欧阳年嘿嘿淫笑道："美人儿看你往哪里跑！"说着向宗婉儿攻去。

宗婉儿急忙使出华星韵步躲闪，欧阳年一招扑空，再次向宗婉儿扑去，宗婉儿只得再次施展华星韵步躲避。欧阳年嘿嘿笑道："老夫瞧出来了，美人儿的步法虽妙但是只有三种变化，看我如何抓住你！"说完再次向宗婉儿扑去。宗婉儿急忙向后躲闪，岂料欧阳年使的只是虚招，他的脚只向前迈了半步即回身向后拦截宗婉儿。宗婉儿再要躲闪已是不及，欧阳年点中宗婉儿的肩井穴，将她抛向身边侍卫道："给老夫看好喽！"话音未落，东方长年的长剑已经临近他的咽喉，欧阳年突地伸指夹住长剑，指尖用力将长剑折为两段。

东方长年持残剑前刺，欧阳年挥掌相迎，东方长年的胸口被击中，身体向后飞出，手中残剑也脱手掉落在地，立时被几名侍卫用刀架住脖子擒获。

周克与慕容飞鹰已经斗了一百多个回合，仍然不分胜负。周克使出绝学虎锤神功，空中尽是周克金瓜锤发出的阵阵虎啸之声。慕容飞鹰则脚踏星宿漫步施展北斗回旋刀应对。

他们的打斗声将宫女太监吓得浑身颤抖，同时也让吴惟珊坐立不安，她凭感觉知道是吕思来了。吴惟珊不知道自己该如何面对吕思，她向刘启瞧去，只见刘启满脸俱是苍白之色，吴惟珊的心中更是百感交集。其实吕思来的那日，他们所说的话吴惟珊都听在耳中，惊惧、哀怨全都涌上心头，她痛得心都碎了。自从嫁给刘启后自己满腔爱意都给了他，并与他生下了一个女儿，女儿刘不思的名字也是她自己起的，她就是要向刘启表明今生再也不会想起吕思！但是这一切都被那日吕思等人的话语击得粉碎，她不知道自己今后应该如何面对刘启，因为他既是自己的杀父仇人又是自己女儿的亲生父亲。

刘启在房中来回踱着步子，突地大声叫道："李尉卫何在！"

门外李尉卫大声应道："诺！"随即跑进房内听候吩咐。

刘启厉声道："来的都是哪些贼人，为何还没有擒住？"

李尉卫见刘启发怒，吓得心脏剧烈跳动起来，小心答道："禀太子殿下，共有两男一女三名刺客，目前，已擒获一男一女两名刺客。"

刘启听说已有两人被擒获，悬着的心立时落了下来。问道："尚中尉还没有到吗？"他提到的尚中尉乃是主管京师治安的总负责人尚书城。

李尉卫答道："禀太子殿下，尚中尉已亲率一千多名卫兵赶到太子府门外。"

刘启脸上露出笑容道："我要亲自去前殿。"转向身后一个美女道："薄太子妃你在宫中等候，我带吴侧妃去前殿督战。"

薄太子妃答应道："诺！请太子殿下防着贼人。"

刘启笑道："太子妃放心。尚中尉没有率兵来时，就已经擒住了两人，现在又增加了一千多名精兵强将，余下的贼人又岂能逃脱！"说完向吴惟珊道："吴侧妃随我前去瞧瞧热闹。"

刘启带着吴惟珊来到英武殿门外时，尚书城迎上拜见。刘启问道："一切可都安排妥当？"

尚书城回答道："禀太子殿下，卑职已经在英武殿周边布满精兵，另外又命二十名弓箭手爬上房顶随时准备射杀贼人。"

刘启哈哈笑道："好，等擒获了贼人，本太子重重地赏你！"

尚书城弯腰施礼道："多谢太子殿下。"

刘启命令道："将擒获的两个贼人带过来。"

"诺！"尚书城答应后向院内走去。

刘启心中得意，斜视着吴惟珊道："我料想其中的男贼必是吕思，不知侧妃要我如何处置？"

吴惟珊浑身颤抖突地跪倒在地求道："臣妾恳请太子殿下看在他曾救助过臣妾父女的分儿上饶他一命。"

刘启冷笑道："只是瞧在他曾救助过你们父女二人的情分上，不为别的？"

吴惟珊道："臣妾断断不敢有其他想法。"

刘启微笑道："侧妃平身吧。既然你开口求情我不杀他便是。"

吴惟珊叩头谢恩，刘启又向她微笑道："吕思罪该万死，念在爱妃的面子上本太子不杀他了，只除去他四肢即可。"

吴惟珊闻言惊得魂飞魄散。

院内突然传出阵阵惊呼声，刘启不知发生何事，便要带着吴惟珊进院查看。有两名尉卫带着十余人护住刘启道："院中危险，请太子殿下在院外躲避。"

刘启怒道："这几个贼人便将你们吓破了胆，一群废物，给我让开！"

两名尉卫见刘启发怒，不敢不从，齐声应道："诺，卑职知罪。"说着护住刘启与吴惟珊向院中长廊走去。

刘启与吴惟珊在长廊内站定，瞧见宗婉儿与东方长年躺在地上，又见场中打斗之人也非吕思，自语道："贼子吕思当真狡猾，知道我已布下天罗地网便不敢前来了。躲得过初一躲不过十五，你早晚要落在本太子的手中。"

欧阳年正在场边给慕容飞鹰掠阵，空中突地飞落一人向他攻来。原来，吕思走后不久，郭小玉便偷偷来到太子府。郭小玉来到打斗院落房顶时，东方长年和宗婉儿已被擒获。正所谓仇人相见分外眼红，郭小玉无暇细想，飞身向欧阳年攻去。

欧阳年闪身避开，使出绝学还击。两人斗了十余回合，欧阳年突地使出十成内力向郭小玉拍去，他内力深厚，掌风将地上沙石都卷动起来。郭小玉正不知如何应对，耳中突地传来吕思的声音："全力迎上！"郭小玉哪有时间思考，将全身内力汇聚掌心，而后猛地平推而出，随着"轰"的一声闷响，欧阳年的身体像断了线的风筝一般向后飞出，身体落地后连喷几口鲜血。原来吕思隔空使出化形秘籍之地折术将欧阳年打出的内力引得折返而回重重地打在了他自己的身上。欧阳年挣扎着爬了起来手指郭小玉道："你……你……"连说了两个你字后身体突地向后倒下。

郭小玉知道是吕思在帮她，其他人却并不知情，在他们的眼中欧阳年就是被郭小玉一掌震飞的。众侍卫像遇见瘟神一般纷纷向后躲避。郭小玉向周克与慕容飞鹰瞧去，见他们打斗正酣，并未分出胜负。郭小玉向周克高声叫道："我已将欧阳年一掌击毙，你这只病虎非要我来帮你吗？"

欧阳年被震飞倒地的情景也被慕容飞鹰瞧在眼中，他暗自惊骇不已，要知欧阳年乃是北斗帮七大长老之首，当今之世能一掌将他震飞的人寥寥无几。慕容飞鹰内心思忖道："这丫头的内力显然在我之上，她若与病虎周克一起攻我，我怎能敌住！"想到此处心中顿生怯意，手下功夫也变得弱了起来。周克瞅出破绽将双锤分别向慕容飞鹰的胸口和大腿砸去，慕容飞鹰急忙使出星宿漫步向后躲避，但是他的身法终究还是慢了半步，胸口被金瓜锤击中，慕容飞鹰只觉得胸口剧痛，气血上涌，"哇"的一声喷出一口鲜血摔死在地上。

刘启见状急忙喝令道："一起攻他，快上！"

众侍卫听到太子殿下命令哪敢怠慢，纷纷呐喊着挥舞兵刃向周克与郭小玉扑去。

刘启又向房顶喝道："弓箭手速速放箭！"话声落后并未见房顶有何反应，于是大声叫道："尚中尉何在？"

尚书城近前答话道："卑职在。"

刘启手指房顶怒道："你派出的弓箭手呢？"

尚书城瞧向房顶道："卑职确实派出弓箭手爬上房顶了，这批蠢货在哪儿了？"向身边一人命令道："何卫盾，你速带上两名弟兄上房查看！"

何卫盾答应后带上两名侍卫向房顶爬去，很快，何卫盾返回禀报说弓箭手都被人摔倒在地面上了，尚书城惊得目瞪口呆。

慕容飞鹰与欧阳年都躺倒在地，这些侍卫虽然人多却哪里是周克与郭小玉的对手，冲在前面的人纷纷被打倒在地。尚书城眼见势头不妙，

第三十五章

345

急忙叫了十余名侍卫护住刘启和吴惟珊向院外逃去。众侍卫只顾及自己性命，无人看守宗婉儿与东方长年，吕思飞身跃下解了他们的穴道。

周克飞身来到院门前阻住了刘启等人的退路，他舞动金瓜锤向刘启攻去，尚书城等人急忙上前阻挡，只片刻工夫，刘启身边除了尚书城外，其他侍卫均被打倒在地。

刘启大声喝道："你就不怕被诛灭九族吗？"

宗婉儿突地跑到刘启身前，举起长剑就要刺下。

吕思急忙施展华星韵步来到宗婉儿身前夺下长剑道："婉儿不可！"

宗婉儿顿足道："你为什么要阻止我？"

吕思道："经过此事料想他内心深处会有所触动，人孰无过，你给他一个改过的机会吧。"

郭小玉劝道："思哥说的是，你就放过他吧。"

宗婉儿指着吕思怒道："你就是一只白眼狼！我外公是怎么死的你难道忘记了吗？"

"宗爷爷对我恩重如山，我理应替他报仇，只是这刘启不比别人，杀了他势必引起天下纷争，到时不知要有多少无辜之人死于非命，因此我斗胆恳请你忘掉这段仇怨吧。"吕思向宗婉儿抱拳作揖。

宗婉儿气得浑身颤抖道："你！你！辜负了我外公的养育之恩，你无耻！"向东方长年道："我们走！"

东方长年安慰道："婉儿不可误会吕公子，他……"

"谁要你替他解释了？你不走我走！"宗婉儿打断东方长年的话向房顶跃去。

东方长年向吕思道："吕公子不要生气，婉儿她过几天就会想明白的。"说完急忙跃上房顶向宗婉儿追去。

刘启定了定神向吕思道："今日之事多谢了。"

吕思叹了口气道："你不必谢我，我也是为天下苍生着想。你是当今太子，日后是要君临天下的，因此你的心胸要宽广一些，否则还会有人效仿陈胜、吴广，那时你再改就迟了。"

刘启也长叹了一口气道："直到今日我才茅塞顿开，从前我的确做了许多荒唐之事，今后我定当潜心修养，不负天下！"

郭小玉盯着满面肃容的刘启道:"但愿你是真心忏悔。"

刘启道:"我堂堂太子说话岂能儿戏!"

吕思道:"吴王刘濞的内心没有片刻安宁。我见过北斗仙尊后就去吴国,替你了结此事。"

刘启急道:"你万万不可杀了吴王,否则其他六国必然一起反叛!"

吕思道:"吴王痛失爱子,我又怎能雪上加霜?我自有办法说服他。"

刘启问道:"不知公子有何办法?"

吕思瞧向吴惟珊道:"只要吴侧妃安然无恙,我保证吴王不会出兵。"

刘启也瞧向吴惟珊道:"我当年已经对不起她了,今后怎能再负她!此事不劳公子挂念。"

吕思收回眼光道:"如此甚好。"随后向郭小玉和周克道:"我们走吧。"

吕思三人飞身跃上房顶向皇宫外跑去。庭院霎时安静起来,吴惟珊的身体摇摇欲坠,她急忙扶住长廊的柱子方才没有坐倒在地。

第三十六章

　　骊山北斗帮内，北斗仙尊黄申、月圣秦苏蓝、玉郎君吕思、病虎周克、五彩门掌门夏可欣等人欢聚一堂。

　　黄申哈哈笑道："诸位今日齐聚在此，当真是我帮一大幸事。"转向吕思道："倘若不是玉郎君出手相助，本帮主还不知道要被关到何时呢，今后但凡有用得到本帮之处玉郎君尽管开口，北斗帮上下必当誓死效劳。"

　　吕思抱拳谢过道："前辈客气了，前辈一日之内便夺回权杖清除内患，实在令在下佩服。"

　　黄申摆手道："此乃帮中丑事，都怪老夫治下不严才发生了此等变故，好在帮中兄弟人心没变还都记得老夫，因此老夫也没有费什么工夫便重掌北斗帮了。"环视了一圈后说道："当今天下群雄并起，太子刘启不堪大任，内有梁王刘武虎视眈眈，外有六国跃跃欲试，此乃逐鹿中原之良机，老夫有意助玉郎君复国，不知诸位意下如何？"

　　吕思急忙摆手道："此事万万不可。"

　　秦苏蓝道："凭玉郎君的人品才华定能安邦治国，我赞同北斗仙尊的观点，白鹤门上下同心唯玉郎君马首是瞻。"

　　夏可欣道："我五彩门愿意为玉郎君誓死效劳。"

　　吕思道："此事万万不可，在下一无复国之心，二无称霸天下之意。再说，战乱若起不知要有多少百姓遭殃，为苍生计诸位断不可再有此议。"

　　黄申哈哈笑道："玉郎君不必推辞，你坐拥天下实是众望所归。不论七国反叛还是梁王逼宫，天下苍生都难逃战乱之苦。玉郎君若要百姓安宁就率领我们早日荡平各路诸侯吧。"

吕思起身道："今日谁再提起复国之事，吕某现在就离开这里！"

吕思的话让在座众人都觉尴尬，大厅内一片沉寂。郭小玉起身笑道："我们今日是为祝贺北斗仙尊前辈重新执掌帮主之位而来，至于其他事情可以日后再议，诸位以为如何？"

郭小玉的话解除了现场尴尬的氛围，夏可欣笑道："妹子说的是，不知黄帮主可有好酒，我家老牛就好这一口。"

黄申哈哈笑道："老夫什么都可以缺，唯独缺不得好酒，牛老弟与老夫志趣相投，今日定当痛饮才是。"众人闻言都跟着笑了起来。

吕思道："有些话在此时说出来定当破坏大家的心情，不过我若不说实是如鲠在喉。"

黄申道："玉郎君但说无妨。"

吕思道："如今，大汉朝廷逐日昌盛，人民生活富足，目前正是人心思稳的时候，此时谁要是发动战争，必然不会得到百姓的拥护，水能载舟亦能覆舟，得民心者得天下，因此贸然发动战争者必然会以失败告终。"

众人听后纷纷沉思，片刻后，黄申道："玉郎君对时事利弊分析得如此透彻着实令老夫佩服，以玉郎君的聪明才智，倘若不能主政朝廷，难道不是天下百姓的损失吗？即使刘恒如玉郎君所言是个明君，但是他年事已高，不出几年定当传位于刘启，刘启冲动好胜，薄情无义，这是大家有目共睹的。"

吕思道："人生在世孰能无过，能改则善莫大焉。人总是在成长变化的，刘启是一个聪明之人，经历过吴世子刘贤之事定会有所改变的。"

秦苏蓝道："吕公子宅心仁厚，但愿他能如你所愿吧！不知公子下一步作何打算？"

吕思道："我答应过刘启要助他平息吴王刘濞的怒火，因此我打算明日就去吴国。"

秦苏蓝道："据我所知吴王刘濞对他的这位世子极为珍爱，公子若要说服他放弃报仇谈何容易！"

吕思道："事在人为，不做怎知结果，我会想出应对之策的。秦掌门下一步作何打算？"

秦苏蓝瞧向黄申道："我门中十二个分堂堂会都被破坏了，我要把它们全部重新建立起来。"

黄申沉声道："白鹤门之祸虽然不是因我而起，但确是鄙帮徒众所为，我即刻传令下去，命令所属二十四家堂会全力支援白鹤门重建分会，同时要与白鹤门永结同好，不得与白鹤门为敌。"

秦苏蓝起身施礼谢道："仙尊有此等胸襟实令在下佩服，秦某也在此声明，从今以后白鹤门弟子不得与北斗帮为敌，违令者杀无赦！"

夏可欣哈哈笑道："恭喜二位摒弃前嫌互为友好门派，若蒙不弃我五彩门愿与贵门派结盟。"

黄申哈哈笑道："夏掌门谦虚了，能与五彩门结盟，我北斗帮荣幸之至。"

秦苏蓝也笑道："我也是此意。既然结盟，我们总该选出盟主主事吧。"

夏可欣拍手道："这是自然，就让吕公子做我们的盟主如何？"

吕思连忙推辞道："夏掌门说笑了，我无门无派怎能做盟主？"

夏可欣道："公子怎会没有门派，五彩门、北斗帮、白鹤门都是你的属下门派。"

吕思急道："北斗仙尊年龄最长且德高望重，由他出任盟主再合适不过，盟主之位非他莫属。"

黄申捻须笑道："倘若年龄可以拿来说事的话，当今天下比老夫岁数大的人多了去了。我们习武之人遵循的是武道，崇尚的是侠义二字，这两者齐全者最能服众，试问当今天下有谁能在这两方面胜出公子？"

郭小玉道："思哥，他们想让你带领江湖人士和谐相处，减少杀戮，这不正是你所希望的吗？"

吕思道："我是有意减少江湖纷争，只是并非只有这一种办法。此事……"

"大家伙儿都过来拜见盟主。"郭小玉向四周叫道。

黄申、秦苏蓝、夏可欣等人闻言都知郭小玉的用意，因此都聚拢在她身边向吕思齐声叫道："属下等参见盟主。"说完都跪了下去。

　　吕思急忙上前逐一搀扶，但是没有一人愿意起身。吕思只得双膝跪地道："诸位快快请起，折煞吕思了。"

　　黄申道："你若不答应做盟主，我等绝不起身！"

　　吕思急道："仙尊前辈与月圣前辈如此高龄岂可跪我？你们这分明是折煞于我！"

　　黄申哈哈大笑道："说什么年龄高深，若不是玉郎君仗义相救我早已死去多日了。倘若玉郎君不答应，我北斗仙尊就跪死在这里了！"

　　秦苏蓝道："我的命也是玉郎君所救，倘若玉郎君不答应做我们的盟主，我秦某就跪死在这里！"

　　吕思急得不知所措，只是说道："你们这是做什么，你们都起来……"

　　郭小玉道："思哥，你忍心让二位前辈跪这么久吗？"

　　吕思道："这可如何是好？"

　　郭小玉忍住笑道："你答应他们不就行了，这又不违背侠义之道，你还要顾虑什么？"

　　吕思只得向黄申和秦苏蓝道："我答应二位前辈了，二位前辈都起来吧！"

　　黄申道："公子不起身我们怎好起身！"然后向郭小玉道："烦请玉儿将公子扶到座位上坐好。"

　　郭小玉答应后将吕思扶至厅堂主位坐下，吕思道："你们都起来吧。"

　　黄申道："请盟主受礼。"

　　众人行礼完毕，黄申道："如今我们都是一家人了，还请盟主为我们定下规矩。"

　　郭小玉道："岂止要定规矩，还要取一个好听的名字呢。"

　　秦苏蓝点头道："小玉儿说得极是，我们既然结盟总得有一个会盟的名字。"

　　吕思道："如今是北斗帮、五彩门与白鹤门三家结盟，不如就叫三香会吧。"

　　夏可欣拍手笑道："这个名字好，盟主果然文采过人！"

郭小玉道："这名字虽好，总是安于现状所起，倘若日后还有紫竹帮、青竹帮、灰衣门等入会呢？"

夏可欣道："如你所说该以何名为好？"

郭小玉轻笑道："三香会改头一个字便可，不如就叫万香会如何？"

秦苏蓝赞道："妙啊！小玉儿改了一字便将整个江湖装进来了。我第一个赞同。"

黄申赞同道："老夫也同意。"

夏可欣道："既然大家伙儿都同意了，我们的盟会就叫万香会了。"

吕思道："就依大家吧。我先立下五条盟会的规矩，请大家议议。"

黄申道："盟主请说。"

吕思道："第一，盟会内成员必须团结一致，不准无故斗殴。第二，不准奸盗邪淫。第三，不准大小不尊。第四，不准江湖乱道。第五，不准欺压良善。违令者由各门派带回从重议处。"

众人听了纷纷表示赞同。黄申待众人静下来后说道："万香会总得有主事之地才是，老夫提议万香会总会就设在北斗帮总部，石瓮谷是骊山东、西绣岭之间一处秀丽幽深的峡谷，在它的顶端有数十间房屋和一座院子。此地山势险峻，沟大谷深。下有剑悬瀑布千尺，水声淙淙，击石飞溅。谷长深邃，上下曲折。由一天门、二天门和三天门组成，因此石瓮谷顶端实为盟主主事之绝佳场所。"

郭小玉笑道："如你所说，此地果然是绝佳之地，我真想现在就去瞧上一瞧。"

吕思道："就依仙尊所言，盟会驻地就设在石瓮谷吧。"

黄申道："老夫这就吩咐弟子将那个院落收拾出来。"

吕思制止道："此事不急，我明日还要前往吴国，待我去了吴国你们再收拾也不迟。"

黄申道："盟主此去吴国困难重重，不知盟主是否有应对之策。"

吕思道："以吴王刘濞为首的七国之所以没有起兵反叛，一是惧于内廷刘恒，二是惧怕梁王刘武，目前这两患都没有去除，因此他们不敢反叛。"

秦苏蓝点头道："盟主所言是建立在理智之人层面的思虑，吴王失去爱子，理智早已丧失，他岂能顾虑这么多！"

　　吕思道："吴王不只刘贤一个儿子，尚有刘华、刘驹二子。据说刘驹孝顺多智，深受吴王喜爱，如今已过了许多时日，吴王的怒火早已熄灭，到时我自会见机行事的。"

第三十七章

吕思与郭小玉一人一骑向吴国行去。这一日二人来到楚吴交界处的长江沿岸，过了长江便是吴国境内的广陵。吕思止住马向郭小玉道："玉儿，我们先寻一个落脚之处，等歇足了再过江。"

郭小玉喝止马道："前面好像有一片房舍，我们过去瞧一瞧。"

吕思与郭小玉走近后才发现这是一家酒馆，酒馆前方不远处便是渡江的码头。吕思与郭小玉刚一下马便有店小二跑上前来接过他们二人手中的缰绳，高声叫道："贵客二位，老宋速速迎接！"

随着一声响亮的应答，老宋满面笑容地自房内跑出将吕思二人迎入店内。这老宋年约四十，生得短小精干。他将吕思二人安排在店内靠近门前的一张桌子旁就座，而后询问他们需要的酒菜。郭小玉随便点了四个小菜，又要了四个馒头与两碗咸汤，老宋记下后向后厨跑去。

郭小玉发现店内的食客都在偷偷打量着自己与吕思，脸上立时露出浅浅的微笑。她与吕思一路走来，每到一处便会遇见无数艳羡的目光，对此她已经习惯了。

一个声音自右边传来："吴妹妹，你瞧他们俩生得多俊啊！"

另一个声音回应道："乱说什么呢，吃饭也堵不住你的嘴！"

郭小玉向来声处看去，只见斜对面的桌子旁坐着一对少年男女，男子生得唇红齿白，甚是俊俏，女子生得弯眉杏眼，美颜无双，他们身后各自站着两名年少婢女。"好一对玉人！"郭小玉心中赞道。

美艳女子见郭小玉向他们瞧来，便冲她微微一笑，郭小玉见状也回以微笑。

突然，一个粗犷的声音响起："诸位刚才提起北斗仙尊脱困之事，老孙早已听说了，只是你们可知玉郎君吕思去了何处？"

吕思听到有人提起自己便扭头看去，只见五六名粗壮汉子正围坐在一张桌子旁高声谈论着，刚才说话之人乃是一个黑胖汉子。他对面一个青衣男子扬着一双白眉道："孙不二大侠此言差矣，江湖之中谁人不知道玉郎君去了漠北。"

黑胖汉子得意地问道："诸位可知他去漠北为了何事？"

众人愕然，纷纷问道："莫非孙大侠知道？"

孙不二喝了一大口酒，吊足了众人的胃口方才缓缓说道："告诉你们，玉郎君是去找一个叫杨平的人替父报仇去了。"

"杨平是何人？他怎会与前吕国国王结怨？"一个光头男子问道。

孙不二道："杨平乃是漠北四鹰之一，前吕国国王吕嘉就是被他们四人害死的！"他故意提高了嗓门，要让店内众人都能听到。"你们可知，这漠北四鹰已有两人死在玉郎君吕思的手中！"

白眉男子问道："我怎么没有听说过漠北四鹰的名头，孙大侠可否告诉我们？"

孙不二向四周环视了一圈道："你们听仔细了，他们四人乃是郭爻、张偃、欧阳年与杨平。"

他此话一出，邻桌那名俊美少年立时站立起来，之后在他对面那名美艳少女的阻止之下方才坐了回去，这一切俱被吕思瞧在眼中。

光头男子惊声道："孙大侠所说的张偃是谁，难道是前驸马张敖与鲁元公主之子南宫侯张偃？"

孙不二又喝了一大口酒笑道："潘左使以为是何人？"

潘左使道："当真是他？孙大侠倘若不讲，休说是我，只怕全天下之人都不会想到的！"

"潘左使说的是，天下之人谁不知道南宫侯张偃与前吕国国王吕嘉乃是莫逆之交。"白眉男子惊叹道。

"欧阳年是指北斗帮七大长老之首天枢长老吧？"

孙不二笑道："皮雷老弟猜得没错！"

皮雷问道："杨平是谁，我怎么从未听说过？"

孙不二用右手轻轻敲着桌子道："杨平乃是漠北黄沙族的少主，不过时间已经过去二十年了，他此时应该做了黄沙族的主人了。"

皮雷冷声道："纵使他做了整个漠北之主也难逃玉郎君的追杀。"

孙不二大声道："皮雷老弟说得没错，玉郎君乃是北斗帮、白鹤门、五彩门三派的盟主，连北斗仙尊都要拜他为盟主，论起武功试问天下谁人是玉郎君的敌手？"

孙不二继续说道："我再告诉诸位一个秘密，当年奸杀梁小姐并制造灭门惨案的幕后主使之人乃是张偃。"

"你这厮当真胡说八道，瞧我怎么收拾你！"邻桌俊美少年拍桌而起，抽出长剑指着孙不二道，"小爷今日便宰了你！"

孙不二瞧向俊美少年冷声笑道："我与你素不相识，你为何要杀我，难道你要为张偃打抱不平吗？"

"是又如何？"俊美少年怒道。

孙不二冷声道："既然你是张偃的同党，料想也不是好人，难道我还怕你不成，本人孙不二，乃是紫竹帮六位长老之一。不怕死的尽管上吧！"

俊美少年舞动长剑向孙不二刺去，空中传出长剑舞动时发出的唰唰之声。郭小玉向吕思低声道："这少年的剑术高明得很。"

吕思冷声道："他使的乃是追蝉十八式，这是秦掌门的独门绝技，想不到他竟是白鹤门的弟子。"

郭小玉低声道："秦掌门既然能传他独门绝技，说明他深得秦掌门厚爱。"

吕思冷声道："既然秦掌门看走了眼，只好由我替她清理门户了。"

俊美少年每一招都刺向孙不二的要害部位，孙不二左遮右挡狼狈不堪。一时间桌椅板凳、饭碗菜盘断的断碎的碎，一众食客纷纷逃离，店主叫苦不迭，又不敢上前阻拦，只得远远哀求。

店内除了两桌打斗之人以外就剩下吕思与郭小玉一桌客人了。

眼见孙不二不敌俊美少年，他的四名同伙纷纷抽出兵刃相助。美艳少女以及四名婢女也抽出长剑加入战圈，六男五女混战成一团。美艳少女双掌翻飞，招式凌厉，手掌边缘隐隐有紫色气团闪现。吕思冷声道：

"原来是欧阳靖西的弟子。"

郭小玉问道："谁是欧阳靖西的弟子？"

吕思道："那个身着紫衣的少女便是。"

郭小玉瞧着美艳少女道："你怎知她是五圣之首欧阳靖西的徒弟？"

吕思冷声道："在大雪山时我差点命丧欧阳老贼之手，他的独门绝技紫霞神功我还认得出！"

过了片刻，孙不二等人渐落下风，皮雷叫道："招子太亮，兄弟们撤！"见孙不二等四人向外逃去，俊美少年率先向外追去。吕思正要出手阻止，突听门外传来一声大喝："有我们在此，谁敢放肆！"紧跟着俊美少年的身体被震得向后飞出。美艳少女等人止住身体向门外看去，只见门外陆续走进五名男子，这五名男子俱生得丑陋、尖嘴、高额、塌鼻、斜脸、斜眼，各有特色。孙不二等人已被吓破了胆，见有人替他们拦住了英俊少年的追击纷纷夺路而逃。

俊美少年冷声道："原来是汉中五鬼到了。"

塌鼻鬼钟满大声喝道："你们认得本大侠吗？"

俊美少年瞧着塌鼻鬼道："汉中五鬼什么时候变成大侠了？你们当真会给自己脸上贴金，当真好笑得很！"

斜脸鬼杨文冷哼道："不听我言自取其辱！我们五鬼的绰号不比什么大侠强多了，非要自称什么大侠！"

斜眼鬼邓肯急忙劝道："二位哥哥息怒，都是自家兄弟，何必伤了和气。"

高额鬼鹿邑也劝道："老五说得对，都是自家兄弟，有话好说。"

斜脸鬼杨文冷声道："我就是看不惯他自以为是的样子！"

塌鼻鬼钟满怒道："老四你当真要与我过不去吗？"

尖嘴鬼孙运大声喝道："你们都给我住嘴，都是自家兄弟，有话不能好好说吗？"

高额鬼鹿邑道："二位兄弟都不要争论了，大哥都发话了，还不向大哥赔罪！"

塌鼻鬼钟满与斜脸鬼杨文对视了一眼，向老大尖嘴鬼孙运弯腰施礼道："大哥息怒，都是兄弟不好，今后我们再也不争吵了。"

郭小玉见他们说话有趣，忍不住咯咯笑了起来。俊美少年向吕思二人瞧了一眼转向五鬼道："你们说完了没有，说完了就速速受死吧！"

尖嘴鬼孙运向俊美少年改口道："我们汉中五鬼不杀无名之辈，报上名吧。"

俊美少年傲然道："本少侠姓张名单，江湖人称'追风侠'。"

斜脸鬼杨文怒道："无名之辈也敢自称少侠！"说完挥掌向张单打去，张单使出追蝉十八式迎上。

其他四鬼见张单招式凌厉、变化万千，情知斜脸鬼杨文不是他的对手，因此纷纷手持兵刃围攻张单。美艳少女见状也带领四个婢女跳入战圈，双方混战成一团。

双方缠斗了好大一会儿，胜负已经逐渐明了。尖嘴鬼孙运手中的板斧变得沉重起来，高额鬼鹿邑手中的铁棍险些被一名婢女挑飞，塌鼻鬼钟满的长枪已经断为两截，斜眼鬼邓肯的弯刀也被震飞在地。

张单冷声笑道："你们五个丑鬼还不束手就擒！"

"且慢！"一声娇喝响罢，门外走进两个人来，其中一人笑道："你们五鬼胆子不小，竟然敢得罪我的小师妹！"

吕思认出来人是林晓与林雪两姊妹，心道："原来这少年果真是秦苏蓝的徒弟。"

汉中五鬼与林氏姊妹见礼后向张单赔礼道："在下实在不知阁下是掌门的弟子，得罪之处请勿见怪。"

张单冷声道："你折断了我的长剑，一声对不起就了结了吗？"

林雪道："小师妹，汉中五鬼乃是我白鹤门的弟子，你就饶过他们吧。"

张单跺脚道："他们折断了我的宝剑又羞辱我，你们不帮我出气也就罢了，怎么反而帮起他们来了！"

林雪向孙运道："你们还不向小师妹赔罪！"

汉中五鬼一起向张单弯腰施礼道："我等有眼不识泰山，还请少侠饶了我们不识之罪。"

美艳少女也拉住张单的衣袖替汉中五鬼求情。张单眼珠一转笑道："既然两位师姐都替你们求情了，我就放过你们，不过这赔罪的酒我还是要罚的。"

汉中五鬼闻言齐声道："多谢少侠饶了我等犯上之罪。"

张单大声叫道："店家何在？"

店主闻言颤抖着从柜台底下探出头来道："不知小姐有何吩咐？"他躲在柜台之下将他们的对话都听在耳中，因此知道张单乃是女扮男装。

张单道："你这店中一片狼藉让我们怎么饮食，还不快些收拾干净了！"

店主连声答应后跑向后厨，叫店小二来收拾桌椅。

店小二收拾桌椅之时，林氏姊妹与张单以及美艳少女攀谈起来。张单向林氏姊妹介绍道："这是我的好姐姐刘月娘。这四个婢女乃是昊天门掌门乐开山派来侍候吴姐姐的。"随后逐一介绍道："她们四人分别是春韵、夏韵、秋韵、冬韵。"她每介绍一人，林氏姊妹便向其点头致意。待张单介绍完毕，林雪道："不劳小师妹了，我们自我介绍吧。"说完将自己与林晓向刘月娘以及春夏秋冬四韵做了介绍。双方再次见礼完毕，林雪向四名婢女道："久闻贵掌门大名，只是无缘相见。江湖传言贵掌门的武功不弱于三仙，其成名绝技追风掌、飘雪剑、断筋裂髓指，以及轻功缩尺步法，都独步天下，无人能出其右。"

春韵回答道："尊使过奖了，令师武功盖世我等也是久仰大名。"

此时店内已经收拾干净，林氏姊妹等人坐下后，店小二问道："不知各位小姐有何吩咐？"

刘月娘道："告诉你家店主，今日的损失都由我来赔付。另外，你再重新给我们备些饭菜。"

店小二高兴道："多谢小姐慷慨解囊，只是不知小姐需要什么饭菜？"

刘月娘道："店中好的饭菜尽管上来。"

店小二高声答应后跑向后厨安排去了。

张单此时方才想起吕思与郭小玉，瞪向他们道："这一男一女古怪得很，两位师姊帮我教训教训他们！"

林氏姊妹顺着张单的眼光转头瞧去，突地看到了吕思与郭小玉，二人惊得急忙站了起来。吕思急忙轻启朱唇使出化形秘籍之泽申向林氏姊妹说道："我不想暴露身份，你们不要惊动她们。"

林氏姊妹闻言向周围看去，只见刘月娘等人俱瞧向自己，从她们的表情上能够看出她们全然没有听到吕思说话的声音，林氏姊妹心中惊奇万分，心中暗道："盟主的武功当真奇绝至极，他是如何做到将话语精准传递的？"

张单见林氏姊妹只是呆呆地瞧着吕思，心中不悦道："二位师姊瞧什么呢？难道你们也怕了他们？"

林氏姊妹闻言后方才惊醒过来，林雪向张单微笑道："他们怎么得罪师妹了？

这两人我前几日才在邓家村见过，武功稀松平常得紧，师妹不要同他们一般见识。"

张单冷哼了一声，不再理会吕思与郭小玉。

饭菜上齐后张单又要了一壶酒，他命婢女将自己与汉中五鬼的酒杯斟满，站起，端起酒杯道："今日得罪之处还请勿怪。"说完一饮而尽。

汉中五鬼说道："哪里敢当！"纷纷昂首将杯中酒喝干。

张单坐下后，婢女又将他与汉中五鬼的酒杯斟满。

孙运举杯道："汉中五鬼回敬尊上。"

汉中五鬼举杯相敬，他们将杯中酒喝干后都瞧向张单。只见张单右肘抵在桌面上，左手托起酒杯浅笑盈盈地瞧着汉中五鬼，口中数道："1，2，3……"

汉中五鬼惊疑道："尊上这是何意？"

突然，邓肯大叫一声翻身倒地，手捂肚子呼痛不止，孙运惊道："五弟你怎么了？"话音刚落，杨文、钟满、鹿邑也都手捂肚子叫起痛来，孙运醒悟过来，指着张单怒道："你竟然在酒中下毒！你……"一阵剧痛自腹中袭来，孙运扑通一声仰躺在地，哀号不止。

林晓见状已经知道原因，压住怒火向张单道："小师妹你这是为何？要知道他们可是我白鹤门的人，你就不怕掌门师尊知道吗？"

张单微笑道："只要两位师姐不说，她老人家怎会知道，这五个丑鬼以下犯上难道就不该接受惩罚吗？"

"你！"林雪怒道，"他们不过与你发生了一些误会，而且也都向你赔

越
红
尘

360

罪了，你的度量怎么如此之小！"

张单故作后悔状，连连向林氏姊妹道歉。林晓道："你不要向我们道歉了，快拿出解药给他们服下。"

张单用手在怀中摸索片刻，突地大声叫道："糟了，解药忘记带了！"

林雪急道："你怎会忘记带上解药呢，你再仔细找一找！"

张单面上露出诡异之色，抬起双臂道："我当真忘记带了，不信你来搜好了！"

林晓怒道："你！他们倘若有个三长两短，我看你如何向掌门师尊交代！"

张单瞧着满地打滚的汉中五鬼道："二位师姐不必担心，我这药毒不死人的，他们疼上三日三夜自然就会好的。"

正在此时，店小二向他们叫道："诸位客官，外面客船来了。"

林雪大声道："知道了。"

店小二懦然道："今日只有这一班客船了，诸位客官若不上船的话只有等到明日了。"

张单向林晓道："师姐，我们要不要上船？"

林晓无奈道："难道要他们五鬼再多受一夜煎熬吗？快些带上他们随你回府取药吧。"

张单向四名婢女道："你们快些将他们扶上客船。"

四名婢女答应后向汉中五鬼走去，她们四人除了一人拎着两鬼外，其余三人一手拎着一鬼向店外走去。汉中五鬼被她们四人像拎着小鸡一般带走，每个人都恼羞不已，口中大声叫道："汉中五鬼岂能受此侮辱！你们杀了我们吧！"

张单向林氏姊妹道："二位师姐我们走吧。"

林氏姊妹又气又怒，只得跟随张单和刘月娘向门外走去。到了柜台前，刘月娘道："慢着，我先付了银两再走。"说完叫掌柜的算清饭钱及全部损失后掏出银两交给掌柜的说道："这些银两你收下吧，不用找还了。"掌柜的闻言连连道谢。

她们走后，掌柜的长吁一口气向店小二道："谢天谢地，多亏这客船及时到来，否则我们还要与这些瘟神打交道。"

郭小玉向吕思道："这个张单当真可恶，我瞧她身上不是没有解药，她是存心要让汉中五鬼活活疼死。"

吕思道："玉儿不必担心，我自有解毒的法子，只是我还要摸清这个张单的底细。走，我们跟上她们。"

吕思与郭小玉走出酒店，发现江面上停着一艘硕大无比的客船，客船共有两层，足足有三米多高。郭小玉惊呼道："好大的船呀，这江东当真是个富庶之地！"吕思与郭小玉将两匹骏马低价卖给了店主，匆匆登上客船。

客船靠岸后众人纷纷向岸上拥去，林晓借机来到吕思跟前问道："盟主有何吩咐？"

吕思道："这个张单是何人？"

林晓道："她本名叫张婵娥，是张偃之女。"

吕思惊道："什么，她是张偃老贼之女！秦掌门为何没有与我说起？"

林晓道："很久以前掌门师尊曾在张府做客，那时张婵娥尚且年幼，掌门师尊见她生得聪明伶俐便起了怜爱之心，传了她几手武功，并未让她行入门之礼，因此她也算不上掌门师尊的徒弟。盟主，属下还有事情禀报，掌门师尊也赶到吴王府了。"

吕思道："秦掌门怎会突然赶到吴王府，她与吴王相熟吗？"又想起张偃曾与自己提起过，他的女儿与吴王之女甚是交好，因此问道："莫非这刘月娘乃是吴王刘濞之女？"

林晓道："盟主所料不差，此女正是吴王的女儿，至于掌门师尊为何要赶到吴王府，弟子不敢妄加猜测。"

吕思道："也罢，到时我当面问她。我此番去吴王府就是要化解干戈的，你们务必要保护好刘月娘的安全。另外，你今夜将五鬼带到我的房间，我给他们祛毒。"

林晓问道："盟主住在哪里？"

吕思道："住在王府西面第一家客栈内，我会在门框顶端插上一截绿竹以方便你来寻找。"

林晓道："盟主还有什么吩咐？"

吕思道："没有了，你快跟上他们吧。"

第三十八章

林晓走后，吕思与郭小玉跟着上岸，张婵娥叫了两辆马车向吴国国都驶去，吕思与郭小玉也叫了一辆马车叮嘱马夫远远尾随行驶。他们沿途见到许多兵马在官道上行驶，郭小玉道："吴王刘濞已经开始调动兵马了，看来他已做好了谋反的准备。"

傍晚时分，张婵娥等人进了吴王府，吕思吩咐马夫自王府门前向西行驶。行不多远他们来到一家名为"归家"的客栈门前，吕思叫停马车，与郭小玉走下车子，付了车费后走入客栈。

夜半时分，林氏姊妹带着孙运敲开了吕思的房门，郭小玉听闻动静也走了过来。孙运气息微弱，生命危在旦夕，吕思为他把过脉后眉头紧锁，良久不语。

林晓见状问道："盟主也解不了此毒吗？"

吕思道："他们中的是蒙心之毒，此毒攻击的是人的神经与心智，中此毒者两个时辰之内尚可用内力逼出，现在此毒已经深入脊髓神经，非外力所能医治。"

林雪伤心道："如盟主所言，汉中五鬼已无生还可能了是吗？"

吕思道："如今只有一人能解此毒，她就是下毒的张婵娥。"

"玉郎君果然高明！你们若想救他们性命只有求我！"说话间，自窗户外闯入一个黑衣人来。

吕思认出来人正是张偃之女张婵娥，怒道："当真是苍天有眼将你送上门来！"

张婵娥巧笑嫣然道："白天没能认出你，是我眼拙，还请恕罪。我知道玉郎君对家父有误会，我来就是要化解干戈的。"

吕思冷声道："你竟知道化解干戈，当真是奇事一桩，不过纵然你巧舌如簧，我今日也不会放过你！"

张婵娥瞪大了眼睛道："你不会当真要杀了我吧？"

吕思怒道："你当我是开玩笑吗？"

张婵娥叹道："也罢，谁让我自投罗网呢。不过有汉中五鬼陪我殉葬也算值了。"

吕思强压怒火道："把解药拿出来！"

"我会傻到这种地步吗？我若将解药随身携带才当真是自寻死路呢。"张婵娥洋洋得意道。

"我杀了你之后再去吴王府中寻找解药也是来得及的。"吕思故作轻松试探着说道。

张婵娥咯咯笑了起来，郭小玉怒道："你笑什么？"

张婵娥止住笑声道："想必这位是郭家庄的郭小玉姐姐吧。"

郭小玉并不理睬她，向林氏姊妹瞧去，林氏姊妹知道郭小玉怀疑是她们泄露了她的身份，林晓急忙辩解道："我们姊妹与她并不熟悉，也少有交流，因此并未与她说过什么话。"向张婵娥问道："你是如何找到此处的？"

张婵娥得意道："大师姊在船中与吕思鬼鬼祟祟地说话岂能瞒得了我！我留心之下果然发现你们偷出孙运，因此就跟过来了。"

林晓怒道："我林晓怎会有你这种师妹，掌门师尊倘若知道你的为人也必当后悔传了你武功。"

张婵娥委屈地对林晓说道："大师姐为什么要如此说话，莫非你们不认我这个师妹吗？倘若你们认为我不配做你们的师妹，我活着还有什么意义！"说完自怀中取出一把匕首猛地向自己腹中刺去，鲜血顺着匕首前端缓缓流出。

这一举动出乎所有人的意料，林氏姊妹赶紧上前搂住张婵娥语声惶急地叫着她的名字，林晓流泪道："你怎么这么傻，我只不过说了你两句而已，你为何要自寻短见？"

张婵娥瞧向吕思声音微弱道："我若死了，玉郎君能够放过家父吗？"

吕思原本恨透了她的为人，现在见她就要死去，不由得叹道："你这是何苦！伤害我父王母后的人是你的父亲张偃，先辈的事情与你何干！"

"这么说玉郎君是不会杀我的是吗？"张婵娥低声问道。

"父辈做下的事情自有父辈来承担，怎可殃及家人。我自然不会杀你的。"吕思为一个即将消失的生命惋惜着。

"倘若我大难不死，玉郎君是否还能饶过我，并且终生不与我为敌？"张婵娥追问道。

"我答应你，只要你不做违背侠义之事绝不与你为敌！"吕思回答道。

"倘若我知道别人要害我，因此事先将其伤害算不算违背侠义之道？"张婵娥的声音异常虚弱。

林晓与林雪都流着泪水道："盟主自然不会责怪你的，小师妹你就安心去吧！"

张婵娥盯着吕思道："不，我要他亲口告诉我！"

吕思不愿她带着遗憾离开这个世界，因此说道："这是自卫行为，当然不算违背侠义之道。"

张婵娥满怀期待地瞧着吕思道："玉郎君能瞧在我的薄面放过家父吗？"

吕思眉头紧锁，缓缓说道："你是你，他是他，这个事情没法交换。"

张婵娥闻言突地推开林氏姊妹站了起来怒道："你当真是铁石心肠吗？事情都过去这么多年了，你为什么就不能给家父一个改过自新的机会呢？"

林晓捡起张婵娥掉落在地上的匕首，发现匕首刀刃处能够自如收缩，恍然大悟道："原来如此！你当真顽劣得很，竟然连这种小把戏都用上了！"

张婵娥昂首道："不然你让我怎么办，玉郎君能够答应不与我为敌吗？"

吕思怒道："你当真是一个小人，我刚才受你蒙骗才说出不杀你的话。但我若不杀你，你今后还不知要伤害多少人呢！"

张婵娥亢声道："别人可以反悔，但是你不行！"

吕思气道："你又要要什么阴谋诡计，我为何反悔不得？"

张婵娥突地笑道："怎么说玉郎君你也是盟主之尊，出尔反尔的话怎能从你的口中说出。再说，你侠气万丈，怎会为了一己之私而弃汉中五鬼的性命于不顾呢？"

吕思又气又怒道："汉中五鬼倘若掉一根汗毛我饶不了你！"

张婵娥负手道："这就对不住了，他们何止会掉汗毛，现在能不能保住性命还说不定呢！"

吕思见她说话如此嚣张，存心要教训她，突地屈指隔空向她的期门穴弹去，张婵娥躲避不及被封住穴位。期门穴在胸部下方，穴位被封之人会浑身无力，全身疼痛无比。张婵娥痛得冷汗直冒，颤抖着向林氏姊妹求道："二位师姐，你们忍心看着，看着我被他欺负吗？快给我解开穴道。"

林氏姊妹为难地瞧向吕思，吕思满面寒霜道："不许你们为她求情，此女太过恶毒，我只是教她如何做人。"

张婵娥欲要自己动手解穴怎奈手上无一丝力气，只觉得浑身上下如刀割一般疼痛，且这种疼痛越来越清晰严重。她忍不住痛呼出声口中骂道："下流，无耻，堂堂三门，三门盟主，竟然点女人的期门穴，我要昭告天下玉郎君是一个，是一个最无耻下流之徒！"

任她如何咒骂吕思只是不理，到了后来张婵娥的声音逐渐微弱起来，衣裳已被汗水浸透。

吕思暗自赞叹她骨气刚硬，问道："你知错吗？"

张婵娥喘息着强笑道："你休想！反正，反正我有五鬼陪葬。有种，你弄死我算了！"

郭小玉佩服她的骨气，向吕思道："思哥就饶了她吧，她死不足惜，只是汉中五鬼还要她解救呢。"

吕思又屈指点中张婵娥的气舍穴，疼痛之余她又感到脑中似有上千只蚂蚁在啃噬，张婵娥再也撑不住了，惊恐万分地向吕思求道："我错了，求你放过我吧。"

吕思道："你当真知道自己错了？"

张婵娥双手捂住脑袋在地上翻滚道："我再也不敢与你作对了，请，请，请你放过我吧。"

吕思见她求饶，便屈指解开她的两处穴道。张婵娥横卧在地，浑身瘫软，动弹不得。吕思瞧向她时正见她圆睁着一双凤眼怒视着自己，两人眼光一接触，张婵娥连忙将眼光瞧向别处。

吕思道："你心中很是不服是吗？"

"服你妈的头！"张婵娥被疼痛折磨得差点死去，心中恨透了吕思，一句脏话脱口而出。

吕思冷声道："你果然还是不服！"

张婵娥刚才只是恨透了吕思脏话才脱口而出，现在听吕思的语气不善，既怕又不想失去面子，于是道："你是大英雄、大豪杰，我区区一个弱女子怎会不服气！"

吕思闻言好笑道："你居然好意思自称弱女子，你这是拐着弯地说我欺负女流之辈是吗？"

"我说错了吗？现在躺倒在地的难道是你吗？"张婵娥身上无力，口中却又开始强硬起来。

郭小玉吓她道："思哥，这女人倔强得很，不如你再封住她两处穴道直到她心服为止。"

张婵娥向郭小玉怒道："谁说我不服气了，我说话高声一些怎么了？你们现在为什么都要盯着我，难道不想解救五鬼了吗？再迟一些时辰就是服下解药也没有用了。"

吕思道："我若要杀你，世上没有人能阻挡得住，因此我也不怕你捣鬼。"说罢，向林氏姊妹道："烦请二位带上孙运与她一起回吴王府，另外转告吴王我明日一早就去拜会他。"

林晓道："属下遵命！"想了想道："盟主有所不知，现在吴王府中满是武林人士，其中不乏高手，还请盟主多加小心。"

吕思豪气万丈道："任它是龙潭虎穴我也要闯上一闯，你们速速回去救治汉中五鬼吧。"

林雪上前扶起张婵娥，林晓背上孙运向吴王府中行去。

第三十九章

第二日清晨，吕思和郭小玉来到吴王府，见大门两侧站满了手持长枪的兵丁，吕思知道这是吴王刘濞故意向自己示威，径直向王府大门行去。

"站住！你们是何人，竟敢擅闯王府！"领头的士兵喝道。

郭小玉道："万香会盟主吕思要见吴王，你等速去禀告。"

"吕思是谁？我怎么从未听过。"领头之人向其他众人问道，"你们听说过此人吗？"

众兵丁纷纷嬉笑道："这种小猫小狗之徒多了去了，弟兄们哪里记得了这许多！"

郭小玉娇叱道："你们这些狂妄之徒当真讨打！"

领头之人"哟嗬"一声向郭小玉道："你这丫头长得倒挺标致的，只是脾气大了些，你不如跟了我，不出十日我定将你调教出来。"众人闻言纷纷狂笑不已。

郭小玉骂道："放肆！"脚踏华星韵步向这名头领挥掌打去。

这名头领叫道："好快的身法！"侧身避过郭小玉的攻击，伸出右掌向郭小玉的后背打去。郭小玉只觉得后背风声阵阵，急忙施展华星韵步躲过，接着使出星月神功向这名头领攻去。两人你来我往转瞬之间已经缠斗了数十回合。吕思见这名头领武功怪异，掌法奇特，心知他不是普通兵士，突地想起春夏秋冬四个婢女，心道："此人的身手步法怎的和她们四人如此相像，莫非他就是昊天门掌门乐开山？"他向这名头领仔细瞧去，只见他年约四十，中等身材，圆脸黑面，一对八字眉特别显眼。

吕思担心郭小玉吃亏正要出手相助，突听这名头领痛呼一声道："你暗器伤人算什么英雄好汉！"

郭小玉咯咯笑道："你武功不行，强词夺理的本领倒是大得很，我只是将内力用手指弹出，谁用暗器伤人了？"

这名头领向身上疼痛处看了看又对着郭小玉抱拳道："女侠武功高强，曲一粒甘拜下风，二位请进。"

吕思向曲一粒道："吴天门掌门乐开山是你什么人？"

曲一粒拱手向天道："玉郎君说的乃是家师。郭女侠、玉郎君里面请。"说完当先向院门内走去。

吕思与郭小玉经过了好几个庭院，曲一粒方在一处假山前站定。他向吕思与郭小玉道："二位请稍候，容我前去禀报。"

曲一粒走后，吕思发现假山后是一座高大的厅堂，厅堂正中有一块牌匾，牌匾崭新异常，显然刚挂上不久，牌匾上书"龙堂"二字，心中想道："他一个诸侯国国王居然给厅堂取了'龙堂'二字，谋逆之心昭然若揭。"

吕思正在观望时曲一粒走回抱拳道："吴王有请！"

吕思与郭小玉跟随曲一粒走进龙堂，龙堂面积甚是庞大，面南朝北的位置是一座高台，高台四周是汉白玉雕刻而成的围栏，正中龙椅上端坐着吴王刘濞。刘濞生得方面大耳，肤色焦黄，下垂的嘴角令人生畏。高台两侧有几名文武大臣，其他俱是武林人士，赤面双煞、欧阳年、欧阳靖西以及林氏姊妹都在其中。

林氏姊妹见到吕思步入大厅，一齐上前参拜道："参见盟主。"

吕思挥手道："罢了，免礼。"

刘濞哈哈笑道："孤久闻玉郎君大名，今日一见果然是人中龙凤！孤这龙堂乃是偏殿，是孤用来会见天下英雄之地，你不必拘礼。"

吕思道："吴王过奖了，在下一介草莽哪里担得起人中龙凤二字！"

"玉郎君今日来到孤的府邸所为何事？"吴王刘濞开门见山地问道。

吕思道："我与前世子私交甚好，听说世子……"

"不要说了！"刘濞阻止道，"世子以下犯上当有此祸，怨不得别人！"

吕思听刘濞满口大义凛然知道他信不过自己，顺着他的话道："吴王有此胸怀当真是天下苍生的幸事！"说完眼神突地凌厉起来向欧阳年道："你这老贼不是太子刘启的座上宾吗，今日怎的到了此地？"

欧阳年嘿嘿笑道："明珠岂能暗投，刘启为人薄情寡义，嗜血成性，我早有离去之意。"

郭小玉笑道："你那日与刘启在密室中所说的话我可是听得一清二楚，你要我当众讲出来吗？"

"你放屁！"欧阳年恼羞成怒道，"我什么时候与刘启在密室中单独谈话了？"

郭小玉脸色一寒怒道："你这个人面兽心的恶贼，居然敢耍无赖，既然如此就不要怪我揭露你的真面目！"转向刘濞道："欧阳年是刘启安插的奸细，请吴王明察！"

刘濞没有说话，转头瞧向欧阳年，眼神中露出疑虑之色。欧阳年急道："王上万万不要上了这丫头的挑拨离间之计，苍天可鉴，我欧阳年对王上一片忠心。"

郭小玉微笑道："此话当真耳熟得很，你在密室中也是如此起誓的，看来你这老贼只会起同样的誓言。"

欧阳年怒喝道："我杀了你这个鬼丫头。"说着向郭小玉扑去。

"你要杀人灭口吗？"郭小玉脚踏华星韵步躲开欧阳年的攻击。

刘濞并未出声制止，显然已被郭小玉言语所动，对欧阳年起了怀疑之心。欧阳年与郭小玉斗了十余招后奇怪道："几日不见，你这丫头武功进步不少呀！"

郭小玉激他道："你这老贼倒是退步很大。"

欧阳年初投吴王存心要在群雄面前显示武功，因此每一招都使足了力气，现在十余招已过却连郭小玉的一片衣角都没有伤到，不免心中着急，大喝一声使出牡丹花心破向郭小玉攻去。

郭小玉的耳中突然传来吕思的声音："你用地折之术，我助你内力！"随即一股宏大无比的真气自神道穴源源不断地涌入体内。

随着"轰"的一声巨响，欧阳年的身体向后飞出，撞在一个红鼻子老者的身上后跌落在地。欧阳年口喷鲜血，挣扎着想要爬起，怎奈双臂都已断裂，他恐惧地瞧着傲然挺立的郭小玉问道："你使的是什么邪门功夫？"

红鼻子老者冷声道："天枢长老，输了就是输了，何必非要给自己找台阶下呢？"

欧阳年急怒攻心道："乐掌门你……"一句话没有说完，身体突地抽搐了几下，羞愤死去。

刘濞沉声喝道："来人，将他拖下去！"

立时有两名宫人答应后将欧阳年的尸体拖出。

红鼻子老者走出人群向刘濞弯腰施礼道："老朽不才，想与这位姑娘比试拳脚，不知王上可否应允？"

刘濞虽然对欧阳年的身份有所怀疑，但是郭小玉刚到龙堂就杀了自己一名手下，自感颜面无光，向红鼻子老者道："乐帮主尽管施展拳脚。"

郭小玉向红鼻子老者道："你是昊天门的掌门乐开山吧？"

红鼻子老者眼神犀利地瞧向郭小玉道："没想到你还知道老夫的名号，就凭这一点，我让你三招，动手吧。"

郭小玉见识过春夏秋冬四韵的功夫，不敢怠慢，运足了力气使出星月神功向乐开山攻去。

乐开山冷声道："果然好功夫，只是内力差了些。"说话间使出绝学追风掌相迎。

郭小玉与乐开山斗了十余个回合渐落下风。乐开山愈战愈勇，使了一招风慢花残向郭小玉的头部攻去，郭小玉脚踏华星韵步身体向左侧滑出，谁料乐开山像是已经知道她的意图一般手掌反转阻住了她的去路。郭小玉只得举掌相迎，两掌相接后乐开山手掌变化迅捷，立时扣住了郭小玉的腕部脉门。郭小玉脉门被扣，身上使不出一丝力气。乐开山哈哈笑道："什么邪门武功，不过如此！"欧阳靖西等人都跟着附和而笑。

突然，一股强大无比的真气自郭小玉被扣住的脉门涌出，震得乐开山虎口裂了开来，他像是遇到鬼魅一般惊呼出声。众人不知何故都一脸疑惑地瞧向乐开山，当他们看到一缕鲜血自乐开山的手指间流下来后方才明白是怎么回事。乐开山的脸上满是不可思议的表情，他惊问道："怎么会这样，不可能呀，你哪里来的内力？"

郭小玉知道是吕思在暗中帮助自己，得意道："我不过使了三成内力，真没有想到你的武功如此不济！"

乐开山怒道："你不过会些妖术而已，看我如何教训你！"说完自腰中抽出长剑，挽了几朵剑花向郭小玉刺去，他使的是成名绝技飘雪剑。郭小玉自腰中解下避尘剑施展青竹剑法还击。两人一个剑法飘逸轻灵，一个扎实沉稳，又是十余招过后，乐开山瞅准一个破绽挺剑直刺过去，郭小玉连忙回剑格挡。倘若郭小玉手中是一把寻常之剑，无论如何也破解不了乐开山这一式剑法。乐开山眼见就要得手，突听一声脆响，他手中长剑被削断成两截。郭小玉抓住时机挥剑向乐开山的胸部划去，乐开山身体突地向后缩出，躲过郭小玉的进攻。

乐开山瞧着郭小玉手中的长剑突地说道："避尘剑，你居然拥有避尘宝剑！"众人闻言都觉好奇，纷纷向郭小玉手中的宝剑看去。避尘与天绝、干将、莫邪宝剑齐名，都是出自铸剑大师干将、莫邪夫妇之手。这四把宝剑自春秋后期就失去下落，众人都没有想到避尘宝剑竟会出现在郭小玉的手中。俗话说：人为财死，鸟为食亡。对于武林人士来说，郭小玉手中的宝剑对他们拥有致命的诱惑力。人性的贪婪都在他们的脸上闪现出来，个个眼色发红，摩拳擦掌，跃跃欲试。

乐开山向身后众人问道："有哪位兄弟愿意借宝剑一用？"

"乐帮主接剑！"一名中年瘦小男子将自己手中长剑向乐开山掷去。

乐开山接住宝剑谢道："多谢帮主！"瘦小男子乃是开元帮的帮主喻文州。开元帮拥有徒众三千余人，乃是长江流域最大的帮会组织，帮主喻文州善使长剑，其镇帮绝学乃是开元剑法，开元帮自第一任帮主木开元成立帮会以来，开元剑法已经纵横江湖六十余年了。

乐开山使出飘雪剑再次向郭小玉攻去，只是尽量不与郭小玉的避尘宝剑接触。乐开山的轻功缩尺步法奇妙无比，与吕思创作的华星韵步各有千秋。乐开山内力深厚，对敌经验丰富，郭小玉倚仗宝剑锋利，任凭乐开山如何闪躲腾挪，她只是一味地用剑横劈斜砍。乐开山一时之间奈何不得郭小玉，只得边斗边寻找时机。

林氏姊妹见他们斗成一团，双双对视了一眼默默向墙角退去。

刘濞高高而坐，面色平静如水，实则内心如波涛一般汹涌澎湃。台下的一众武林高手都是他招募来的，平日里自己将他们都看得很高，极尽礼贤下士之风，今日见昊天门的掌门乐开山居然连一个小丫头都久攻不下，心中不免失望至极，原先信心满满地夺取天下之心也凉了许多。

吕思不时地使出化形秘籍之泽申术将声音定向传入郭小玉的耳中，教她如何应变进攻。乐开山眼见郭小玉招招都抢在自己变招之前，心中开始惊恐起来，暗道："这丫头难道能掐会算不成，为什么我要变招时她总能抢在我的前头将我阻住？"

乐开山心中一虚，手中的招式便慢了下来。欧阳靖西瞧出乐开山已落下风，又知吕思武功更胜一筹，不由得心中忧急。突然，门外有人大声喝道："对付他们这种妖孽之徒不必讲什么江湖规矩，大家伙儿一起上吧。"此人的话立时引起了众人的共鸣，他们个个都对避尘宝剑垂涎欲滴，因此纷纷呐喊着向郭小玉扑去。

吕思向喝声瞧去，只见一个身着锦衣之人正手持长剑自门外飞跃而入，这一瞧之下吕思顿感心中五味杂陈，此人正是他苦苦寻找的漠北四鹰之一——张偃。

"张偃老贼你害得我好苦呀，今日便是你的忌日！"吕思悲声叫道。抽出长剑使出化形秘籍之山突向张偃扑去。山突绝技乃是无招之招，所有的杀招都会跟着对方的招式变化而自然生成，出招准确，变化迅捷。

欧阳靖西与赤面双煞阻住吕思去路，吕思喝道："滚开！"说着挺剑向二人刺去，他的剑式快捷无比，在空中划出两道剑影。欧阳靖西挥剑阻挡，赤面双煞使出烈火寒冰掌阻击。突听两声痛呼传出，欧阳靖西与赤面双煞一齐躺倒在地，各自捂住右手臂哀呼不止。张偃见状惊得魂飞魄散，要知道欧阳靖西与赤面双煞都是江湖之中第一等的高手，他们二人联起手来竟然接不住吕思一招，这份功力、这等身手世上还有何人能做得到？张偃持剑向吕思虚晃一招，随后转身向外逃去，吕思岂肯放过他，使出华星韵步身体如鬼魅一般飘到张偃身前。张偃惊惧之下挥舞长剑向吕思周身一阵乱刺，吕思冷声道："原来你不但会武而且还有些功底，只是你遇见了我，终究难逃一死。"

张偃刚要说出"未必"二字，手中长剑不知为何已被挑飞在空中。

吕思正要当胸刺下，突听一声娇喝："不许伤我爹爹！"随即一条人影挡在张偃身前，吕思认出来人是张偃的女儿张婵娥，冷声道："今日我就成全你们父女。"

"盟主不可！"一条人影自门外飘然而入。吕思见来人乃是白鹤门的掌门月圣秦苏蓝，于是埋怨道："秦掌门为何要阻止于我，你是要救助你的好徒弟还是要将他们父女一起救了？"

秦苏蓝道："此事容我日后再向盟主解释，请盟主放过张婵娥。"

张婵娥向秦苏蓝急道："师傅为何不救我的父亲？"

吕思大声道："我留下你的性命已算仁慈，你还敢奢求保护张偃老贼？"说话间向张偃飘身而去。

张偃不敢出招抵挡只是一味躲避，张婵娥见状连连挥舞长剑向吕思刺去。吕思全然不将她的攻击放在眼里，只顾追击张偃。张婵娥的长剑每次刺到吕思身前三寸时便立时没了力道，她虽然知道自己的武功与吕思相差太远，怎奈父女连心，她就是拼了性命也要护住张偃。

郭小玉突地叫道："思哥救我！"

吕思回身看见郭小玉正被喻文州等人围攻，急忙使出化形秘籍之风起向喻文州等人攻去。喻文州眼见宝剑即将得手正自得意时，突感一阵巨大无比的气流将自己卷起，随后猛地甩向龙堂内的圆柱。喻文州的身体撞上圆柱后又反弹回来，肋骨已折断了数根，他抬头向郭小玉瞧去，只见她周围横七竖八地躺了七八个人，乐开山也在其中。

刘濞坐在高处，将台下发生的一切都瞧在眼里，心中对吕思有说不出的畏惧。心中反复在想："这吕思当真是神人也。他若要谋取帝位，世上又有谁人能抵挡得住！"

刘濞深思之际，台下突地传来张偃的痛呼声，原来吕思脚踏华星韵步追上张偃，自背后将剑刺入他的心窝。

吕思抽出长剑，张偃扑通一声卧倒在地。张婵娥悲声叫道："爹爹！"跪倒在张偃身前将他的上身牢牢抱在怀里。

刘濞大声喝道："大胆狂徒，来人呀！"

"诺！"随着应答声，自龙堂外呼啦啦拥入数十名弓箭手，他们纷纷弯弓搭箭瞄向吕思与郭小玉。为首之人瞧向刘濞，刘濞将手一挥做了一个发射的命令，为首之人会意，大声喝道："放箭！"数十只弓箭纷纷向吕思与郭小玉射去，吕思施展化形秘籍之天乾，当飞箭临近他与郭小玉身前时纷纷坠落在地。刘濞见状惊得目瞪口呆，为首之人再次喝道："放箭，放箭！"众侍卫纷纷弯弓搭箭向吕思与郭小玉射去，吕思怒道："鼠辈欺人太甚！"说话间使出化形秘籍之地折，用内力将飞箭掉转了方向向原路飞回，射箭之人纷纷中箭倒地。吕思飞身跃到刘濞身前掏出匕首霸下指向他道："我若要杀你，纵是有千军万马挡在你身前你也逃脱不掉，你信也不信？"

刘濞亲眼见到吕思宰杀当今一流高手如同碾压蚂蚁一般容易，哪里敢反抗，强笑道："你与孤本是一家人，都与当今朝廷有不共戴天之仇，我们何必自相残杀呢？"

吕思淡然说道："虽然我可以轻松取你性命，但是我并没有要杀你之意，你知道这是为何吗？"

刘濞眨了眨眼睛道："世子自然是要与孤合作谋取天下。"

吕思哈哈冷笑数声道："我从未想过谋反，你知道一场战争要失去多少将士和无辜百姓的生命吗？为了一己之私，你置天下百姓于何地？"

刘濞反问道："大汉朝廷难道不是将士们的鲜血换来的吗？历朝历代的更迭又有哪一朝不是通过战争完成的？"

吕思知道自己改变不了他的思想，威胁道："你天生反骨，我料定你早晚必反，只是你要记住我今日说过的话，你起兵之日便是你归天之时！你好好掂量掂量吧！"

刘濞闻言愤然道："你为何要帮助汉廷，只是因为吴惟珊是刘启的侧妃吗？"

吕思怒道："不许你提起吴惟珊，你知道得太多了！"

刘濞纵声狂笑，良久方才停歇，瞧向吕思道："孤答应你，只要吴惟珊不死，我绝不起兵！"

吕思收回匕首，走下高台向郭小玉道："我们走。"

"我与你拼了！"张婵娥狂叫着持剑向吕思扑来。

吕思头也不回，使出化形秘籍护住身体，张婵娥的长剑如刺入一团稠密的气团之中，使不出半点力气。她丢掉长剑使出内力向吕思拍去，秦苏蓝大声叫道:"娥儿不可!"话声刚落,张婵娥的身体原地旋转了一百八十度后愣在原地。

秦苏蓝走向张婵娥将她搂入怀中道:"痴儿,我知道你心有不甘。只是你错了!"

张婵娥抬头道:"杀父之仇不共戴天,师傅为何责怪于我!"

秦苏蓝向吕思道:"盟主请留步,我要让你见一个人。"

吕思止住脚步问道:"你让我见何人?"

秦苏蓝向林晓道:"晓儿你去将南宫侯张偃的夫人刘锦请来。"

张婵娥惊道:"母亲大人什么时候来的,我怎的不知。"

秦苏蓝抚摸着她的头道:"你一会儿便知道了。"

林晓带着一名锦衣妇人缓缓走进龙堂,张婵娥脱离秦苏蓝的怀抱扑入锦衣妇人的怀中悲声道:"母亲,父亲他,他被这个小贼杀害了!"

刘濞起身问候道:"夫人什么时候来的,怎么也不与我说一声。"

刘锦道:"我乃是一个戴罪之人,哪里还有颜面拜见吴王。"

刘濞道:"南宫侯张偃所作所为与夫人何干,夫人受苦了。"

刘锦不再接刘濞的话,转向张婵娥道:"今日死的不是你的父亲,你的父亲早就不在人世了。"

"母亲你说什么呢,莫非你受了刺激心智失常了?"张婵娥抱紧了她的母亲。

刘锦淡然道:"我清醒着呢,这贼子原是你父亲的结义兄弟,名叫宗山壁,只因他与你父亲长相极为相似,深得你父亲的宠爱。谁知这贼子狼子野心,全无人性,竟然下毒害死了你的父亲,威逼我嫁给他。"刘锦说到此处,仿佛又回到当年,心情激动难以自持。她努力平复心情继续说道:"那时我已怀上了你,为了保全你,我只得屈从于他。我对不起你的父亲。"说完,大声哭了起来。

张婵娥摇头道:"这不是真的,你告诉我这不是真的,你在骗我是吗?"

秦苏蓝道:"娥儿你要冷静,你母亲的话你也不信吗?你知道她这些年是怎么过来的吗?"

张婵娥掩住耳朵道:"我不听,我不听,你们都在骗我!"

刘锦单手将张婵娥搂入怀中哭泣道："母亲对不起你的父亲，也对不起你，请你答应我以后要好好照顾自己，千万不要任性从事。"

张婵娥摇头道："我偏要任性，偏要杀了吕思替父报仇！"

刘锦急道："为娘的话你怎么也不相信了呢！你如此任性，为娘走了后如何能够放心！"

"说什么你走了，我不许你这么说！"张婵娥叫道。

"血！夫人你为什么这么傻！"秦苏蓝见鲜血顺着刘锦的衫裙缓缓流出，已经知道是怎么回事了。

张婵娥脱离刘锦的怀抱，发现刘锦的腹中插着一柄匕首，鲜血已经染红了她的衫裙。"母亲，你为什么要这么做！你不要我了吗？我错了，我不该气你的！"张婵娥惊慌失措地向秦苏蓝求道："师傅，你老人家快些救救我的母亲！"

刘锦拉住张婵娥的手道："作为女人我早该死了，我陪了这贼子十几年，也不知道你父亲还要不要我！"刘锦的目光开始散乱，声音逐渐低落："傻哥，你能原谅我吗？求求你，我也是有苦衷的。傻哥你不要走！我……"刘锦语声急促，话未说完头一歪已没了呼吸。

"不要！"张婵娥悲声叫道，"母亲你醒一醒，求求你不要丢下我！你等一等，我这就去找人救活你！"说完抱起刘锦便向门外走去。

秦苏蓝叫道："娥儿，你听为师说。"

张婵娥漠然瞧着秦苏蓝又瞧向吕思道："你们没有一个好人，是你们拆散了我的家！"说完怀抱刘锦哈哈大笑着向外跑去。

吕思突地想起汉中五鬼，急忙问道："汉中五鬼怎么样了，要不要将张婵娥追回？"

秦苏蓝道："盟主放心，汉中五鬼吃了解药后都已无碍，我已命人将他们送出城外。"

吕思和郭小玉、秦苏蓝等人来到大殿门前，回头向刘濞道："请吴王不要忘记你我的约定！"

刘濞道："吕世子放心，我自当铭记在心！"

第四十章

一个月后，吕思等人回到骊山。吕思将盟会事务安排妥当后同郭小玉一起前往大漠寻找漠北四鹰之一的杨平，以报杀父之仇。吕思和郭小玉来到云中郡时突遇大批灾民拥入城中，二人被人群冲散。郭小玉正在寻找吕思时，突然见到宗婉儿与东方长年二人，郭小玉上前招呼道："婉儿妹妹，你们怎会来到此地？"

东方长年正要回答，宗婉儿抢话道："此地只你来得吗？"

郭小玉恼她说话无理，本要出言奚落，想到吕思下落不明，忍住道："妹妹还在生思哥的气呢！姐姐可没有招惹过你吧。"

宗婉儿忽地笑道："妹妹和姐姐开玩笑呢，我本是爱开玩笑之人。是吧，傻东方？"

东方长年吃了宗婉儿一脚，附和道："是，是的。"向郭小玉问道："怎么没见吕公子？"

郭小玉瞟了宗婉儿一眼，回答道："我本是和思哥一起来的，刚被灾民冲散了。东方兄弟可曾见到？"

宗婉儿瞧向东方长年，东方长年安慰道："我和婉儿没有见过公子，不过你不要着急，我们一起寻找。"

郭小玉叹道："城中都被灾民塞满了，到哪里去寻找他呀。"

宗婉儿道："思哥定然也在寻找姐姐，姐姐只待在这里不要离开，我与傻东方找到思哥后再来找你便是！"

郭小玉道："我在这里等候，有劳婉儿妹妹和东方公子了。"

宗婉儿和东方长年沿着大街寻找吕思，她突地见到吕思的身影，便向东方长年道："傻东方，我在这里等你，你回客栈将圆饼拿来！"

东方长年道："婉儿，你不是才吃不久……"

宗婉儿圆瞪美目道："午时只见你吃了，你何曾问过我！你去是不去？"

东方长年连连道歉后离去。

宗婉儿上前轻拍吕思肩膀道："别来无恙啊！"

吕思回头见是宗婉儿，不由得惊喜道："婉儿！你怎会在这里？"

"我和傻东方四海为家，为什么不能来到这里？"

"姑姑与姑父都还好吗？"

"他们好着呢，你不必担心。你为什么来到这里？"

"我和玉儿要去大漠寻找漠北四鹰之一的杨平。"

"怎么不见玉儿姐姐？"

"我和玉儿被灾民冲散了。东方兄弟呢？"

"他在客栈。玉儿姐姐想必也在寻找你，不如这样，你在这里等候，我叫上傻东方一起去寻找玉儿姐姐，找到后，我带她来见你。"

"如此甚好，只是有劳妹妹和东方兄弟了。"

"思哥怎么和我生分起来了，些许小事都要道谢吗？你只在这里待着便好，妹妹去了。"

郭小玉见宗婉儿只身前来，心中陡地一沉问道："妹妹没有找到思哥吗？"

宗婉儿道："我打听到思哥的去处了！"

"思哥在哪里？"

"他出城门向大漠去了，傻东方在后面追着呢。"

"思哥怎会丢下我？"

"他不是丢下你，他以为你去了大漠。姐姐在怀疑我吗？"

"我怎会怀疑妹妹！"

"那还不快走，再晚追不上他们了，弄丢了傻东方我可不依！"

郭小玉和宗婉儿出了城门，一路向西追去。二人来到岔路处停住，宗婉儿突地大哭道："傻东方你在哪里？"

郭小玉心生愧疚道："当真对不住！"

"对不住有用吗？快点儿找他们！"

"只是这里有两条道路，我们要走哪一条呢？"

"你和我各走一条，他们俩指定走不远。"

"我向左寻找，妹妹向右寻找，我们俩不论是谁到了天黑时分都要返回这里。"

郭小玉来到一处商人聚集之地，不停地向商家询问吕思的行踪，众商家听了她的描述后都摇头说没有见过。时近中午，郭小玉牵马来到一处简陋的茶棚，将马拴好之后步入茶棚要了一碗汤水和几份干粮。摊主将茶水和干粮送上后，郭小玉吃了一份干粮，喝了一碗汤水，将剩下的干粮放入包裹之中。做完这一切，她茫然向四周环视着，希望吕思会突然出现在自己面前。"思哥，你在哪里呢？你为什么不等我，我恨死你了！"郭小玉又喃喃自语道："这黄沙族到底在何处，我找遍了大半个漠北竟然没有一点儿消息，莫非他们已经被灭族了？"

茶棚内走进两名身着匈奴服饰的青年男子，这两人进了茶棚不停地支使着摊主。郭小玉瞧不惯他们的做派，正要拿起包裹离开，突听其中一人说道："兄弟，我们这一趟可是没有白跑，就等着大单于给你我封赏吧！"另一人骂道："这本是你我大喜的日子，却没有酒水伺候，真他娘的扫兴！"向摊主道："你这小儿为什么不备下水酒？"

摊主既惧又怕，为难道："回二位爷，小的这是茶棚不是饭店，因此……"

"放屁！老子说你有就得有！"当先说话之人拍桌喝道。

摊主闻言吓得扑通一声跪倒在地连声求饶，另一人劝道："达瓦儿兄弟，何必与这种小人计较呢，等我们的老上单于起兵之日有的是汉廷高官贵戚任你宰割！"

达瓦儿闻言哈哈大笑道："长里宋老哥说得没错，汉廷此时诸侯纷纷割据称霸，人心涣散，正是老上单于带领我们攻打他们的最佳时机，你我尽快赶回汗府当面向大单于禀报！"说完双双走出茶棚跨上骏马飞奔而去。

郭小玉心道："原来这两个贼子竟是匈奴派出的暗探，只怨你们的运气不好落在本姑娘的手中，为了大汉百姓我只有大开杀戒了！"想罢，她不再急于离开，直到这两名匈奴暗探离开后她才远远跟踪而去。

半个时辰过后，达瓦儿与长理宋来到旷野处，两人叫停马缓慢前行。达瓦儿自马背上解下水皮袋子仰首喝了几口水。长理宋指着四周荒漠说道："天气如此干旱，叫我们的牛羊如何吃草！"

达瓦儿道："太阳被恶魔泼了灯油，云儿被乌鸦赶到了边际，好在我们的大单于是龙的化身，他必将带领我们找到最好的归宿。"

长理宋哈哈大笑道："达瓦儿说得对，我们需要的汉人都有，我们誓死追随大单于，攻占汉廷。"

两人话声刚落就听身后传来一声冷笑道："就凭你们也要攻占汉廷，送死都不够格。"

长理宋与达瓦儿闻言大怒，猛地牵动缰绳掉转马头向后看去，只见一个绝世美女正端坐在马背上瞪视着他们俩。达瓦儿向长理宋道："长里宋大哥，我的眼儿没有被乌云蒙住吧！我这是瞧见了什么，这个可人儿是从天上飞下来的吗？"

长理宋瞧着身着粉色服饰的郭小玉淫笑道："我想她定是一只脱离羊群的羔羊，正好慰劳我们哥儿俩疲乏的身子。"

郭小玉听了达瓦儿与长理宋的污言秽语后大怒，身体腾空翻转之间已将两人踢落马下，而后又稳稳地坐回自己的马背上。长理宋与达瓦儿这才知道遇上了武功高手，二人翻身而起各自跑向自己的马，自马背上抽出弯刀向郭小玉扑去。郭小玉向他们各自拍出了一掌，二人胸口中掌后身体向后飞出数米后摔倒在地。

郭小玉翻身下马，浅笑盈盈地来到他们二人身边微笑道："对不起了二位，我下手有些重了。"

达瓦儿怒道："要杀便杀何必取笑！"

郭小玉赞道："听你说话像是一条汉子，只是不知你能撑到什么时候。"

达瓦儿惊道："你想做什么？"

郭小玉仍然微笑道："你不必害怕，我最是敬重英雄了，只是要点一点你身上的穴道，试一试我才学的化形秘籍好不好用。"说完伸指向达瓦儿的身上点去。达瓦儿只觉得通体上下犹如千万只蚂蚁在爬动，他先是哈哈狂笑不止，随后又痛哭起来。长理宋怒道："大丈夫死则死矣，为何哭泣？达瓦儿你身上流淌的还是匈奴人的血液吗？"

郭小玉笑道："你若不说话我当真把你忘记了，你也让我试一试吧！"说完伸指点中了他的穴道。接着长理宋开始长笑不止，然后哭泣道："你这只狠毒的母狼，我和你拼了。"说着奋力爬起想要挥拳打向郭小玉，怎奈体力不支，扑通一声卧倒在地。

郭小玉蹲在他身前戏弄他道："长理宋大哥你这是怎么了，为什么要发这么大的火气，我只不过在你身上试了试我的点穴手法而已，你若不高兴我给你解开便是。"说完伸指又点中了他的神道穴。

长理宋本来感觉身上有千万只蚂蚁在爬，神道穴被点中后浑身上下犹如一点一点被撕裂一般奇痛无比，他悲呼一声突地滚到弯刀前握住刀柄向脖子抹去，这一下出乎郭小玉的意料，她想要阻止已然来不及了，一股鲜血自长理宋的脖颈处喷涌而出，随后身体颤抖了几下闭目死去。

达瓦儿哭道："长理宋等等我。"说完也向弯刀爬去。郭小玉早有防备，上前将弯刀踢飞道："你也要学他吗？休想！他已经瞧不起你了，此时你纵是死了他也认定你是一个懦夫了。"

达瓦儿以手捶地道："你杀了我吧。"

郭小玉双手抱膝坐下道："我还没有玩儿够呢，怎能给你解穴，你再忍一忍吧。"

达瓦儿终于支撑不住了，哭求道："我错了，求你放过我吧！"

郭小玉故意打击他道："你怎么这么快就投降了？当真怨不得长理宋瞧不起你。"

达瓦儿道："他是草原野狼，我比不了他，请你放过我吧！"

郭小玉以手托腮道："让我放了你也不难，你只需老老实实回答我的问话就可以了。"

达瓦儿的信念已经完全崩溃，连连点头道："姑娘只管问好了，我一定老实回答。"

郭小玉问道："你和长理宋在汉廷得到了什么情报？"

达瓦儿道："我们只是了解了一些风土人情，其他的一概不知。"

郭小玉冷声道："事到如今你还心存侥幸吗？你自己待着好了，本姑娘不想打听了。"

达瓦儿急忙叫道："姑娘别走。我说，我全都告诉你。"

郭小玉坐下道："好吧，我再信你一回。"

达瓦儿道："我和长理宋是大单于，就是老上单于的秘使，我们是去找一个叫杨忠的太监，他是我们安插在汉朝皇帝身边的眼线。他告诉我们说以吴国为首的七国将要起兵反叛朝廷，另外还有一个叫，叫玉郎君的人做了几个江湖门派的盟主，很有实力，这个人是前吕国国王的世子，他也有反叛朝廷之心，现在是我们进攻汉朝的最佳时机。"

郭小玉听到吕思的名字不由得伤心起来，问道："你们这里是不是有一个黄沙族？"

达瓦儿道："以前是有一个黄沙族，不过早被我们老上单于灭了。"

"他们的少主杨平呢，也死了吗？"郭小玉急忙问道。

达瓦儿道："杨平没有死，他是黄沙族飞鹰欧阳收养的义子。"

郭小玉恍然道："难怪我寻他不到，我当真糊涂，听他的名字也该想到他是一个汉人呀。"

达瓦儿道："姑娘来到这儿就是为了找他吗？"

郭小玉道："我为何来此你不需要知道，杨平现在何处？"

达瓦儿道："他是老上单于的骨都侯，深得老上单于的恩宠。现在他和老上单于都住在鄂尔浑河上游的都城哈拉和林。"

郭小玉问道："哈拉和林在什么地方？"

达瓦儿道："过了这片沙漠便是燕然山，沿着此山继续前行五十余里就是了。"说完打滚道："求求你将我的穴道解开吧！"

郭小玉解开他的穴道，达瓦儿平躺在地呼哧呼哧地喘着粗气。郭小玉问道："你在匈奴是什么身份？"

达瓦儿闭上眼睛道："我是千总。"

郭小玉道："我给你半炷香的时间将长理宋掩埋了，然后带我去找杨平。"

达瓦儿不敢不从，又休息了片刻才拿起弯刀挖掘起来。他将长理宋掩埋后向郭小玉道："我们可以走了吗？"

郭小玉微笑道："我差点儿忘记了，你被我的化形秘籍点中穴位后如果不及时服下独门解药身体会慢慢溃烂而死的。"

达瓦儿闻言既惊又怕，赔笑道："多亏姑娘记得，请赐我解药。"

郭小玉用手在怀中摸索半天，脸色逐渐凝重起来，达瓦儿见状惊问道："姑娘不会丢了吧？"

郭小玉愁容满面道："当真对不起，我……"

"你当真丢了，我与你拼了。"达瓦儿绝望至极。

"你这人怎么说翻脸就翻脸，你打得赢我吗？喏，找到了，给你。"郭小玉娇嗔着自怀中取出一粒红色药丸递给达瓦儿。

达瓦儿扔掉弯刀接过药丸直接塞入口中，转身跑向骏马，取下水皮袋子仰头喝了起来。

郭小玉忍俊不禁咯咯笑了起来，达瓦儿转身瞧向郭小玉道："姑娘为何发笑？"

郭小玉故作惊讶之状道："哎呀，我忘记告诉你一件事了。"

达瓦儿疑惑道："你还有什么事情要告诉我？"

郭小玉叹了一口气道："我说了你一准生气的。"

达瓦儿道："你不说怎知我会生气？"

郭小玉突地微笑道："其实你被解穴后是不需要吞服解药的。"

达瓦儿心中恐惧顿起道："你刚才……你是不是给我服了毒药？"

郭小玉故作生气道："我要杀你还需要下毒吗？"

达瓦儿放下心来道："姑娘说的是，只是这是什么药？"

郭小玉道："此药叫作溃死丹，必须定时吞服解药，否则将全身溃烂而死。"

达瓦儿激怒交加道："原来你一直在戏耍我，你当真歹毒。"

郭小玉怒道："你居然敢骂我，看我还会不会给你解药。"

达瓦儿捡起弯刀放在脖颈处，郭小玉并不阻拦。达瓦儿狠了几次心终究舍不得性命，将弯刀掷下道："我知道你要控制我，我愿意终身为姑娘当牛做马。"

郭小玉笑道："你生得太丑，我才不要你终身做我的奴仆呢，放心，我杀了杨平自会将你的毒彻底除去。"

达瓦儿无计可施，向郭小玉弯腰施礼道："达瓦儿今后任凭姑娘吩咐。"

郭小玉微笑道:"好了,现在我们都是一家人了,何必客气,前面带路吧。"

达瓦儿心中恨道:"谁与你是一家人,待我解了身上剧毒定要设法给你服上我们匈奴人的毒药。"他心中如此想,脚下却没有闲着,来到骏马前翻身上马带着郭小玉向他们的王宫飞奔而去。

二人走出沙漠,远远瞧见前方有成群的圆形帐篷,郭小玉问道:"前面是什么地方?"

达瓦儿道:"前面是我们匈奴人的村落,他们都是牧民,姑娘不必担心。"

郭小玉冷声道:"笑话,我怎会担心?见到他们你要如何介绍我?"

达瓦儿闻言愣道:"是呀,我还没有请教姑娘的尊姓大名呢!"

郭小玉道:"我姓郭,你就叫我郭千总得了。你与我是在长安相识的。"

"郭千总?"达瓦儿向郭小玉上下打量着问道。

此时天气已冷,郭小玉穿了两层外衣,她翻身下马,自包袱中取出一身匈奴男子的外衣换上,又将秀发绾成匈奴男子的模样问道:"我不像千总吗?"

达瓦儿瞠目结舌道:"像!像是一名男子,只是以郭姑娘的相貌扮作男子也太过俊俏了。"

郭小玉脑海中立时浮出吕思的面庞,笑道:"在中原英俊的男人多了,哪里像你们匈奴人,个个生得丑陋无比。"

达瓦儿听她侮辱自己的族人心中恼怒,打马前行不再理她。

郭小玉追上他道:"我离开中原已近半年,你给我讲一讲中原的事情,可有什么变化?"

达瓦儿气愤道:"我又不是中原人氏,怎会知道中原有无变化?"

郭小玉道:"就算你不知吧,你怎么会有玉郎君的消息,他不是来到漠北了吗?"

达瓦儿道:"我从未见过玉郎君,我所知道的都是太监杨忠告诉我的。"

郭小玉道:"估计那个杨忠只是为了要骗取你们的赏赐才编出各种谎言的。"

达瓦儿想要替杨忠辩解,但转念一想:"这姑娘刁蛮无理,我和她争辩什么。"因此没有接话,继续前行。

他们二人来到牧民处,众牧民都热情地邀请他们去自己家中做客。郭小玉跟着达瓦儿来到一个老妇的家中,老妇让他们坐下后便走出帐篷烧起饭来,过了一会儿,郭小玉就闻到了羊肉的膻味。好在她已熟悉了匈奴人的生活习惯,向达瓦儿道:"你们匈奴人做的饭菜与中原差得太多。"

达瓦儿瞥了她一眼,没有接话。很快,老妇端来一盆羊肉道:"这是我新杀的羔羊,你们慢些吃,对了,我家还有马奶酒呢,我给你们拿来。"说着走向橱柜,取出一个牛皮袋子道:"这是上好的马奶酒,你们都喝了吧。"

达瓦儿单手放在胸前感谢,接过马奶酒喝了一口道:"果真是纯正的马奶酒!"

老妇笑道:"我尊贵的客人喜欢就好。"

达瓦儿向郭小玉问道:"郭千总要不要喝两口?"

郭小玉摆手道:"你自己喝吧。"

老妇问道:"原来你们是军士,我还以为你们是商人呢?"

达瓦儿道:"我们如此穿着也是为了方便行事。"

老妇面色沉了下来,叹了口气默默地转身向外走去。

郭小玉瞧出老妇神色不对,叫住她道:"老人家是不是有心事儿呀?"

老妇停下脚步,转身瞧着郭小玉道:"老身没有什么可说的。"

郭小玉问道:"我们坐了这么长时间怎么没有见到你的家人?"

老妇疑惑地瞧着郭小玉道:"你是军士怎会不知?"

郭小玉眨了眨眼睛道:"我们二人出使中原很久了,并不知道老人家说的是什么事情。"

老妇叹道:"难怪你们不知,大单于又要出兵打仗了。"

郭小玉问道:"你怎会知道?"

老妇向帐篷四周环视道:"千总大人没有瞧见这帐篷中只有老身一人

吗？我的老汉，还有两个儿子都被征召当兵去了。"

达瓦儿大声道："能为大单于效劳是他们的福气，你为何叹气？"

老妇强笑道："老身哪有叹气，只是岁数大了，容易咳嗽。二位大人慢些吃，我去外面走走。"

达瓦儿挥手道："你不必管我们，自去忙吧。"

老妇走后，郭小玉只吃了一点儿饭就饱了，她见达瓦儿还在大口地喝着马奶酒，便起身走向帐外。

远处隐隐传来阵阵马蹄声，郭小玉向老妇问道："老人家你不必担心，帐篷内那个人坏得很。"

老妇瞧向郭小玉道："人是一面相，千总大人果然是个好说话之人。"

郭小玉问道："老奶奶你有没有听到远处的马蹄声？"

老妇仔细听了听道："我老了，耳朵也不灵了。"

马蹄声逐渐清晰起来，老妇道："果然有马蹄声！千总大人真是好听力！"

很快，郭小玉见到远处黑压压的骏马正向自己飞奔而来。骏马再近些，骑士的身影也清晰起来。老妇喃喃道："大单于果然出兵了。"

郭小玉惊道："你是说这些都是要去攻打汉朝的军队？"

老妇道："这些年他们出征了无数次，每次我都见过，只是这一次兵马最多。"

郭小玉又向众骑手瞧去道："兵马虽多但不过上千人而已，老奶奶怎么说这是兵马最多的一次？"

老妇奇怪道："你是千总大人，怎会不知，这不过是前锋而已，大单于带的精兵还没有到呢。"

郭小玉诧异地笑道："我这千总没打过仗，而且没坐上几天就被派到汉廷了。"

老妇点头道："原来如此。千总大人要不要和他们打个招呼？"

郭小玉道："我是大单于的秘使，只向大单于禀报军情，因此我不见他们。"说完转身向帐篷内走去。

她刚走进帐篷，正遇达瓦儿向外面走去，两人差点撞上。郭小玉命令道："不许出去，回去继续喝酒！"

达瓦儿问道："外面是不是来了许多兵马？"

郭小玉道："你的贼耳朵倒是清晰得很！"

达瓦儿哈哈大笑道："大单于果然出兵了，大单于万岁！"

郭小玉抬脚将他踢倒在地怒道："你不是说你与长理宋是老上单于的秘使吗？他没有你们的信息为何会出兵？"

达瓦儿这几天已经被郭小玉踢打习惯了，因此也不生气，爬起身笑道："大单于英雄盖世、目光长远，他怎会只派出我们两个人，定是有其他秘使先于我们将情报禀明大单于了。"

郭小玉骂道："你们匈奴人除了善良百姓，个个奸猾无比。"

达瓦儿心道："哪一个兵勇不是百姓出身，你这小娘儿们当真幼稚得很！"他走向炕头又吃起饭来。

郭小玉上前将他再次踹翻在炕上道："不许你吃饭喝酒！"

帐篷外马蹄声缓缓停了下来，有人大声命令道："传令下去，今晚在此扎营休息，待明日再过沙漠！"

传令官听到吩咐后纵马向后传递命令，接着外面传来兵勇讨要饮水的声音，郭小玉紧张地倾听着。

过了好大一会儿也未见有人走进他们的帐篷讨要饮水，郭小玉放下心来，向达瓦儿威胁道："你若敢与他们相认，我立时将解药销毁，另外我还要告诉他们你为了活命亲手杀了长理宋。"

达瓦儿气急道："你……你！"随后泄气道："你放心好了，我听命便是。"

到了傍晚时分，郭小玉听到外面传来兵勇烧饭的声音，并无一人进到帐篷内打扰，心中疑惑，向老妇问道："这些士兵从哪里弄的食物，他们不向你们讨要食物吗？"

老妇道："我们匈奴的士兵从不打扰我们这些牧民，他们至多向我们讨些饮水。"

郭小玉低声叹道："原来老上单于治军如此严厉！"

第四十一章

夜色降临的时候，郭小玉听到帐篷外有人靠在他们的帐篷上相互交谈着，郭小玉听了一会儿感觉索然无味正要躺下休息，突听一人向远处叫道："骨都侯请到这儿叙话。"

远处一人答应后来到帐篷外，另一人起身道："属下呼衍烈参见骨都侯。"

骨都侯哈哈笑道："呼千总何必与我杨平客气！"

郭小玉闻言心中一惊："当真是苍天有眼，竟然让我在此处遇见了这个贼人。"为了确保无误，她叫来达瓦儿道："你听外面说话之人是我要找的杨平吗？"

达瓦儿道："整个匈奴只有一个叫杨平的骨都侯，他们刚才的说话我都听到了，外面正是姑娘要找寻的人。"

老妇听达瓦儿称郭小玉为姑娘，不由得多向郭小玉瞧了两眼。郭小玉见老妇脸上显出惊疑之色，气得抬脚将达瓦儿踢倒在地。达瓦儿又惊又怒道："我又怎么招惹你了？"

郭小玉怒道："你刚才称呼本千总什么？"

达瓦儿这才回过神来，瞧向老妇道："郭千总何必当真呢，你我之间不是经常开些玩笑吗？"

郭小玉道："你是玩笑话可是人家可不这么认为。"转向老妇道："奶奶，你说他该不该打？"

老妇低头向内帐走去，口中低声道："老身活了这把年纪经历的事情也不少呢。"她明显识破了郭小玉的女儿身。

郭小玉低声命令达瓦儿道："你设法将杨平叫进来。"

达瓦儿惊道："你要做什么？"

郭小玉做出抬脚姿势道："让你去你就去，再敢多言我踢死你。"

达瓦儿起身嘟囔道："去就去，出了事情怨不得我。"

郭小玉心中笑道："出了事儿本姑娘早就远走高飞了。"

达瓦儿走出帐篷向杨平打着招呼，杨平问道："达瓦儿千总怎会在此，为何现在才出来相认？"

达瓦儿打着哈哈道："我下午多喝了几壶马奶酒，刚睡醒就听到骨都侯与二位老弟的声音，因此特地出来拜见诸位。"

杨平道："大单于派出的秘使大都回来了，长理宋呢，他不是与你一起吗？"

达瓦儿假作悲伤道："禀骨都侯，长理宋千总为大单于捐躯了。"

杨平安慰道："你不必悲伤，大单于现在亲自带领我们去征讨汉廷，到时我们多杀些汉人替长理宋千总报仇。"其他两人也都跟着附和。

达瓦儿向杨平道："属下有秘事请教骨都侯大人，请大人移步到帐内叙话。"

"这……"杨平瞧向其他二人。

呼衍烈忙说道："我与须卜百总还有事情要与兄弟们商量，骨都侯尽管与达瓦儿千总进帐去吧。"说完与须卜百总离开帐篷。

杨平走进帐篷看到郭小玉，向达瓦儿问道："请问这位是？"

郭小玉改用汉人语言道："你不要问他，我来回答你。"

杨平顿感不妙转身向帐外跑去，郭小玉一把揪住他的衣襟猛地用力将他凌空甩向身后，杨平的身体重重地摔倒在地，他怒道："你是何人，为何如此对我？"

郭小玉见杨平如此不堪一击，不由诧异地问道："黄沙族飞鹰欧阳你可认识？"

杨平道："他是我的义父。你问他做什么？"

郭小玉冷声道："你可识得宗山壁、欧阳年，还有，还有郭，郭庄主？"她终究不忍说出父亲的名讳。

杨平惊道："他们是我的结义哥哥，你怎么认识他们？"

郭小玉冷声道："你们四人的绰号是漠北四鹰，是也不是？"

杨平道："是的，只是这都是二十年前的事了，在下几乎忘记了，你问来做什么？"

郭小玉叹道："你的武功比他们三人差得太多，真不知道他们瞧上你哪一点儿了！"

杨平道："他们自然是瞧上了我黄沙族少主的身份。"

郭小玉呸道："亏得你还记得自己是黄沙族的少主，你忘记你们黄沙族是被谁人灭族的吗？"

杨平辩道："雄鹰择良木而栖，老上单于是百年不遇的明君，我为何不可投靠他？"

郭小玉骂道："你这个败类，身上妄自流淌着汉人的血液，飞鹰欧阳于你有养育之恩，你非但不思替他报仇雪恨反而认贼作父，你身为汉人不思保家卫国反而替敌人效力。还有，你还记得前吕国国王吕嘉吗？他也是死在你的手上吧？"

杨平闻言惊惧至极，向达瓦儿道："达瓦儿兄弟，你替我求求这位兄弟吧！"

达瓦儿冷声道："我听了郭姑娘的话才知道你是多么恶毒，你的心简直比乌云还要黑暗，你根本不配做匈奴人！"

杨平双膝跪地道："这位姑娘我并不认识你，你为何非要杀我？"

郭小玉道："我不让你做屈死之鬼，告诉你吧，我是替前吕国国王吕嘉报仇雪恨的。"

杨平闻言知道自己难逃一死，顿时有了同归于尽之心，他向帐篷外大声叫道："来……"一个来字刚刚出口，郭小玉已经将他的头颅扭断。

达瓦儿这才反应过来道："刚才有呼衍烈和须卜百总亲眼见到我把他带进帐篷，你让我如何交代？"

郭小玉微笑道："你是匈奴人自然该死，即使他们不杀你我也会杀了你的。我这就要去边关报信去了，你好好在这里待着吧。"

达瓦儿惊道："姑娘即使要走也请将我身上的毒解了再走。"

郭小玉咯咯笑道："忘记告诉你了，其实我给你服下的是活血化瘀的药丸，并非毒药。"

达瓦儿怒道："你当真……"一句话没有说完，已被郭小玉一掌打在脖颈处晕死过去。

帐篷内室传来人体倒地的声音，郭小玉跑进去查看，只见老妇胸口插着一柄匕首，仰面倒在地上。郭小玉念及老妇的招待之情蹲在她身边叫道："老奶奶，你这又是何苦呢？"

老妇声音微弱道："我见过太多的杀戮，不想与汉人为敌，更不想我男人和儿子去杀汉人，我们一家四口守着牛羊多幸福啊！"说完头一歪已然死去。

郭小玉将她平放在地上，用皮衣遮住了她的上身，向她叩了两个头道："老奶奶，你是一个好人，我知道大多数匈奴人都和你一样是向往和平的，你放心，我若在战场上遇见你的亲人绝不伤害他们。"说完，起身向外走去。

郭小玉悄悄来到最外围的一群马前，选中一匹枣红色的骏马，解下缰绳纵身跃上马背向沙漠狂奔而去，身后传来阵阵吆喝声。

郭小玉昼夜兼程赶到边关马邑城，向守备禀报了战情，然后向长安的骊山行去。郭小玉知道自己猜错了吕思行走的方向，她要赶到骊山万香会的本部去找吕思。

自从在云中郡和郭小玉走散后，吕思在城中等了七天。七日后，吕思返回骊山等候郭小玉。又过了数日，依然未见郭小玉返回。因宗伯邑的忌日马上就要到了，吕思决定先去宛东山祭奠而后再去大漠寻找郭小玉和杨平。

寒风凛冽，吕思独自骑马向宛东山行去。吕思来到睢阳城，寻了一家酒馆就餐。这家酒馆甚小，连同吕思在内也只有三桌客人。邻桌两人正在唉声叹气地抱怨着，一人说道："匈奴人乃是蛮夷之辈，我堂堂大汉怎会被他们打得如此不堪？"另一人道："谁说不是呢！我听说边关将士连半日都没有守住就被打得四散奔逃。"摇头叹道："丢人哪！"

吕思转头向他们瞧去，只见二人俱是书生打扮，自叹自哀频频喝酒。吕思很快吃完饭菜走出酒馆，突然见到前方围满了人，当中传来阵阵打斗之声。吕思不想多管闲事，向马走去，突听一人喝道："我梅松三侠誓死也要杀了你这个不男不女之徒。"

吕思走过去分开人群，只见盘龙松文章鱼和云中松赵宇上正合力围攻星圣阮子衿。阮子衿虽然有数次机会将文章鱼和赵宇上击杀，但是每当流星锤即将砸中二人要害部位时他都急忙将锤收回。文章鱼和赵宇上却全然不领情，招招都攻向阮子衿的要害部位。

吕思皱了皱眉施展华星韵步来到场中，迅捷无比地击退三人。三人定住脚步同声惊呼道："玉郎君吕思！"

吕思知道他们是为情而斗，为了房婷的颜面向三人抱拳道："这儿正处闹市，不管三位有何仇怨，请借一步说话。"

阮子衿身上被文、赵二人刺中数剑，衣服撕裂之处鲜血汩汩而出。他向文、赵二人道："我同意玉郎君的提议，你们以为如何？"

文章鱼刚见到阮子衿时头脑发热一心要立时刺死他，因此并未多想，听了吕思之言后也无异议道："算你狗贼命大，暂且让你多活些时辰！"

吕思向围观之人抱拳道："诸位请散了吧！借过！"

围观众人眼见无热闹可看，纷纷转身离去。

吕思等人向偏僻处行走，突听身后传来一阵马蹄声。吕思回头看去，却是房婷骑马追了上来，她来到近前飞身下马，不瞧文章鱼和赵宇上，只是盯着阮子衿身上的伤心疼道："凭你的武功怎会被他们伤成这样？你，你当真傻死了！"

文章鱼和赵宇上闻言面皮都是一阵颤抖，文章鱼向房婷说道："小师妹，我知道你是被他强迫的，今日我便替你杀了他。"

房婷向他们怒道："你们当真以为阮郎打不过你们吗？他只是为了我才一味地迁就你们，而你们都做了什么，谁让你们伤害阮郎的！"

文章鱼和赵宇上听她称阮子衿为阮郎，顿时心痛无比，双手颤动再也无力握住手中兵刃，向房婷颤声道："小师妹，你当真不后悔？"

房婷突然柔声说道："两位师哥，我知道你们对我的心意，只是我已委身于他，求你们念在我的情面上再也不要为难他了好吗？"

赵宇上突然狂叫着向前飞奔而去，文章鱼连忙追去。阮子衿温柔地瞧着房婷道："谢谢你替我解围。"

房婷抚摸着他身上的伤口道："你为什么要让他们伤成这样？"

阮子衿温柔地瞧着房婷笑道："他们都是你的师兄，我怎能对他们下手？"

房婷道："前些日子都是我不好，误会了你，这才害得你四处寻我。"

阮子衿凄然笑道："我一个残疾之人怎能配得上你来爱我！我始终怀疑你对我的情意，而且还多次找人试探你，如今想来我当真亏欠你太多了。"

房婷哭道："以前的事情不要提了。今后我们再也不分开了，我不要离开你。"

阮子衿想要将房婷抱入怀中又恐身上的血迹玷污了她的衣裳，就在他犹豫之际，房婷突地抱住他道："我知道你也离不开我，你原先的潇洒和自信都跑到哪里去了？"

阮子衿轻轻推开她道："婷妹，你看我将你的衣裳都弄脏了。"

房婷要再次扑入阮子衿的怀中，阮子衿轻声提醒道："玉郎君还在呢。"

听到阮子衿的提醒，房婷突地清醒过来，娇羞地向吕思瞧去。

吕思正要与他们告辞，突然见到阮子衿的腹部鲜血汩汩流出，惊道："得罪了。"说话间伸指封住他伤口边的穴道，将他平放在地上后又从怀中摸出一个蓝色的瓶子，拔开瓶塞将瓶中粉末倒在他的伤口处。过了片刻，解开阮子衿的穴道向房婷道："阮兄腹部伤势严重，我给他上了止血的药。"将蓝色药瓶交给房婷道："这是我调配的止血药，记住，要每隔七八个时辰给他上一次药，如此三日后可以痊愈。"

房婷接过蓝色药瓶揣入怀中，将阮子衿扶起后向吕思连声道谢。

吕思同阮子衿夫妇分开后，赶往宛东山，祭奠了宗伯邑后又返回骊山。

此时，老上单于派出两路大军全面侵入汉朝北部边境，一路三万骑兵沿上郡杀入，另一路三万骑兵沿云中郡杀入，所过之处，生灵涂炭。不多日，匈奴人先锋直抵彭阳县境内，这里距离长安只有三百余里。大汉朝廷上下乱作一团，主张议和之人占了大半。

吕思集结了北斗帮、白鹤门、五彩门、紫竹帮等上千余人准备在骊山甘泉宫阻击匈奴敌军。

匈奴骑兵一路势如破竹，前锋已接近骊山。吕思率领众人前往阻击，当他们来到甘泉宫以北五里外的山头时，远远见到一个中年将军正挥舞帅旗指挥士兵布阵迎敌。汉军在他的指挥下奔走迅速，穿插迂回在匈奴人之中。匈奴人擅长马上作战，长驱直入是他们的优势，汉军布下的阵法将他们的部队分割成数截，相互之间照应不得，匈奴兵勇立时乱了阵脚，有人开始寻找时机夺路而逃。中年将军见状，立时命令士兵擂响进军的鼓声，自己则手持长戟催动战马向敌军冲去。

吕思向阮子衿道："这名将军不知是谁，当真英勇了得，我去助他一臂之力。"说完拍马冲向阵地。阮子衿与夏可欣见状，立时传令众人跟着冲去。

匈奴兵勇自从入关以来哪曾遇过如此强大的对手，纷纷向后逃离，只恨自己少生了两条腿。吕思等人与汉军紧紧追赶，一直追出了五十余里，将匈奴兵勇尽数杀光。

中年将军骑马走向吕思抱拳道："多谢公子相助，不知如何称呼？"

牛油果道："这是我们万香会的盟主，玉郎君吕思。"

中年将军闻言向吕思仔细瞧去，抱拳道："本将军久闻玉郎君大名，今日得见，真是三生有幸！"

吕思抱拳道："将军指挥有方，布阵巧妙，在下佩服得很！不知将军如何称呼？"

中年将军哈哈大笑道："咱们就不要客气了，鄙人乃是云中郡守魏尚。"

"原来你就是云中郡守魏尚。"吕思想起欧阳年的话不由得恨道，"这贼子居心叵测，我若信了他的话，误将魏尚当作漠北飞鹰之一，岂不是白白伤了汉朝的功臣！"

魏尚奇道："听玉郎君之言像是听过我的名姓。"

吕思哈哈笑道："我是听过将军的大名，只是没有想到会在抗击匈奴人的战场上与你相遇。"

魏尚道："今日匈奴的前锋兵勇均被我们消灭，他们的后续部队势必要大举进攻。玉郎君可否同我一起返回驻地共商对策？"

吕思笑道："杀退匈奴人，在下义不容辞。"

魏尚道："太子殿下亲自在甘泉宫中督战，我正好将你引荐给他。"

吕思听说刘启在甘泉宫中，脸色突地一寒道："我不见此人，将军自去复命，我带人在此留宿迎敌。"

倘若此话出自他人之口，魏尚必然以大逆不道之罪绑了，但是他亲眼见到吕思率领众武林人士奋勇杀敌，自然不能治他不忠之罪。思索片刻道："既然玉郎君不愿前往甘泉宫，我也不加勉强，只是你们露宿在此要千万小心。"

吕思指着左后方的山头道："我岂能置弟兄们的生命于不顾，那里正好屯兵。"

魏尚赞道："玉郎君有勇有谋，不为朝廷效力当真可惜！"

夏可欣笑道："魏将军此话最是中听，我们截杀匈奴人完全是为了大汉子民，与朝廷没有半分关系。"

魏尚脸色微愠，又转缓道："只要我们齐心协力击退匈奴就好，末将去了。"说完带领士卒向甘泉宫行去。

第四十二章

傍晚时分，吕思得到密报，匈奴的老上单于派出了燕山三杰于今夜前往甘泉宫刺杀太子刘启。吕思虽然怀恨刘启但是念在吴惟珊的情面还是决定亲自前往甘泉宫阻止燕山三杰的行动。

吕思吩咐北斗仙尊坐镇指挥，自己动身前往甘泉宫。甘泉宫戒备森严，从里到外遍布巡逻卡哨。吕思施展华星韵步避开卫士跃到甘泉宫房顶，找到刘启居室后伏在对面的房顶观察。过不多时，有三个身着黑色皮衣，右臂裸露在外的中年男子自刘启居室房顶跃入院中，吕思认出他们的穿着打扮，心道："看来这三人就是匈奴的燕山三杰了。"此时，正好有一队巡逻侍卫巡到院中，为首的侍卫见到燕山三杰后大声喝问道："你们是什么人？"

燕山三杰之一嘿嘿冷笑道："爷是送你去地府之人。"说话间手中一把三叶飞刀脱手向问话的侍卫头领飞去。侍卫头领来不及反应，脖颈处的动脉已被斩断，鲜血喷涌之间，三叶飞刀又旋转着飞回到掷出之人的手中。

众卫士纷纷大叫道："有刺客，快来人啊！"

燕山三杰冷笑不已，身体快速游动，转瞬之间十余名侍卫全都被击毙倒地。吕思暗道："好俊的功夫！"正欲飞身跃下，突然自刘启的房中跑出四个人来。吕思仔细瞧去，原来这四人乃是赵惜容、赵惜颜和一个身着白色锦衣的中年女子，最后一人竟是郭小玉。

"玉儿为何在此？"吕思的心脏剧烈地跳动着。

燕山三杰之一向中年女子道："紫薇仙尊竟然也要保护这个小儿吗？"

"原来她就是赵氏姊妹的师傅紫薇仙尊！"吕思仔细向她瞧去，只见她生得玉面朱唇，眉目如画，容貌远在赵氏姊妹之上。

"燕山三杰居然也识得我，看来你们对中原人士甚是了解。"紫薇仙尊的声音一如少女一般清脆。

燕山三杰中一个头上满是辫子之人嘿嘿笑道："紫薇仙尊乃是四十年前江湖中第一美女，天下谁人不知。我们兄弟三人曾与仙尊有过数面之缘，只是我们那时乃是无名之辈，又生得丑陋，自然入不得仙尊的法眼。"

紫薇仙尊向燕山三杰仔细打量起来，只见他们三人服饰一致，身材身高也相差无几，只是头饰面庞存有差异。一人生得宽额细目，头发编成数十条辫子；一人生得虎目獠牙，头上绾了一个发髻；另一人生得面如婴儿，红眉凤眼，头上光滑如镜。他们看上去不过四五十岁，实则年龄都已超过七十。

宽额细目之人哈哈笑道："仙尊瞧得我们兄弟三人骨头都酥了，莫非仙尊……"

"放肆！"

"无耻！"

"下流！"

"卑鄙！"

四女几乎同声喝骂出口，随即手持兵刃向燕山三杰攻去。光头男子哈哈笑道："屠速老弟，我还是喜欢这个小美人儿，你另寻他人吧。"说着手持铁棍向郭小玉攻去。虎目獠牙男子手持铁拐向赵惜容与赵惜颜攻去道："商洛老弟放心，我不与你争，这两个美人儿都归我了。"宽额细目男子嘿嘿笑道："还是两位兄弟懂得我祖安硕的心思，我心中只有仙尊一人，从未变过！"说着手持三叶飞刀向紫薇仙尊攻去。

他们的话令四女羞恼万分，纷纷使出全身力气迎战。在他们打斗之际，庭院中已经拥入了数十名侍卫，场地中间七人身法迅捷，劲气冲天，分不清身影，一众侍卫瞧得面面相觑，不知该如何出手相助。

突听两声惊呼，三条人影突地分了开来，原来赵氏姊妹手中的长剑均被虎目獠牙的屠苏用铁拐挑飞。屠苏嘿嘿狞笑着向赵氏姊妹道："两位美人儿少安毋躁，等我宰了刘启就带你们走。"

众卫士瞧清敌人后纷纷呐喊着向屠苏攻去，屠苏舞动铁拐杀得一众侍卫叫苦连天。前面侍卫虽然倒下，但是从院门外正源源不断地拥入侍卫。

光头男子商洛骂道："你他娘的与这些卒子浪费什么时间，还不进屋宰了刘启。"

屠苏连杀两人道："你敢骂我，等我杀了刘启再与你算账。"说完向刘启房中跑去。赵氏姊妹急忙挥掌阻击，屠苏反手一拐将她们俩逼退，继续向房中跑去。

紫薇仙尊"唰唰"两剑击退祖安硕，飞身跃到屠苏身前挡住他的去路。屠苏挥舞铁拐向紫薇仙尊攻击，祖安硕也将手中三叶飞刀向紫薇仙尊掷去。紫薇仙尊用剑挑开屠苏的铁拐，又迅捷无比地迎向三叶飞刀，两个兵刃刚一接触三叶飞刀立时改变方向原路返回，飞入祖安硕的手中。紫薇仙尊以一敌二与屠苏和祖安硕缠斗起来，赵氏姊妹从侍卫的手中要过长剑分别从左右两侧攻击屠苏与祖安硕。十余回合，赵氏姊妹先后被祖安硕的三叶飞刀刺中胸口，双双悲呼一声倒地身亡。紫薇仙尊心痛欲裂使出绝学紫薇满天击退二人，跃到赵氏姊妹身前，悲声叫唤两姊妹的名字。

屠苏与祖安硕眼见紫薇仙尊心智已乱，哪肯放过此等良机，纷纷向紫薇仙尊攻来。

紫薇仙尊悲愤之余连使杀招向屠、祖二人刺去。

郭小玉听到紫薇仙尊的悲呼，心疼赵氏姊妹，连连向商洛攻去。她的内力不及商洛，只是她的华星韵步巧妙绝伦，商洛空有数十年的内力却拿她没有办法。几个回合后，商洛见她挺剑与自己对攻，心中窃喜，突地一棍将郭小玉的长剑砸得脱手而飞，嘿嘿狞笑道："美人儿对不住了，受死吧！"说着使出绝学将铁棍向郭小玉砸去，郭小玉周身都被罩在棍影之中，正要冒险施展华星韵步突围，突听一声大喝道："鼠辈找死！"

郭小玉身前棍影突地消失，待定睛看时只见一个丰神俊朗的青年男子站在自己身前，她惊喜之余，一声"思哥"夺口而出，声音中含有万千思念。

吕思怜爱地瞧向郭小玉道："玉儿，你受苦了，等杀了这些贼人我再与你说话。"

商洛瞧着手中弯曲的铁棍抬头向吕思瞧去，突地想起一人道："莫非你就是威震天下的玉郎君吕思？"

赵氏姊妹惨遭毒手之后他已经后悔不已，现在眼见郭小玉遇险哪里还敢迟疑，急忙施展华星韵步来到郭小玉身前，挥掌将商洛击退。

吕思冷声道："威震天下之名在下不敢当，只是要杀死你们三个却易如反掌。"

商洛怒道："黄口小儿，你怎能与我们燕山三杰相比，今日我便宰了你！"说话间施展绝学向吕思攻来。

吕思使出化形秘籍之地折向商洛反攻而去，商洛只觉得身体连同手中铁棍突然不受控制，径直向祖安硕当头打去。

祖安硕只觉得背后风声骤起，急忙闪身避开，瞧向商洛骂道："你他娘的敢偷袭我，是要报我夺了夏姬之仇吗！"

商洛辩解道："你胡说什么，我是被玉郎君的邪术控制了。"

祖安硕跳离战圈，留下屠苏一人对战紫薇仙尊，瞧向吕思问道："你就是玉郎君吕思？"

吕思正要回答，突见三叶飞刀向自己飞来。原来祖安硕知道吕思武功高强，欲要乘其不备将他刺死。吕思怒道："这等小人我岂能留你？"话音未落三叶飞刀已将祖安硕的脖颈动脉割断。原来吕思使出化形秘籍之地折驱动三叶飞刀向祖安硕刺去，祖安硕见三叶飞刀向自己飞回，全然没有防备，如往常一般伸手去接。谁知三叶飞刀突地绕过他的手臂向他的脖颈飞去，祖安硕还没有想明白是怎么回事，脖颈动脉已被自己的三叶飞刀割断。他手指吕思，眼神复杂，突地向后倒下，身体抽搐了几下便已死去。

商洛吓得魂飞魄散，他原本以为纵然吕思武功高强，也不过能与自己和祖安硕战成平手，谁料祖安硕竟然连一招都没能接住便被杀死。商洛脸皮颤抖着向吕思喝道："你使的是什么妖术，有本事真刀真枪地与爷爷我斗上三百回合。"

吕思冷声道："凭你也配！"

商洛使出全身力气举起铁棍向吕思当头打来，铁棍将要打在吕思头上之时突地反弹而回正中商洛的脑袋，随着"嘭"的一声闷响，商洛的头颅被砸得崩裂开来，尸体突地摔倒在地。

几乎同一时间，屠苏发出一声惨呼，胸口鲜血直流，他用铁拐抵住身体，眼睛瞧向紫薇仙尊道："能够死在你的手中我，我也值了。"说完站立而死。紫薇仙尊闻言怒道："你这畜生，死了还要侮辱我。"抬脚将他踢飞在地。

吕思上前抱拳道："在下吕思见过仙尊。"

紫薇仙尊瞧着吕思道："玉郎君不必多礼。"转头看向地上的赵氏姊妹悲声道："都是为师害了你们。"

忆起前情，吕思也潸然落泪。郭小玉走到吕思身边拉住他的手道："思哥！"

吕思将她拥入怀中，满含深情地说道："今后我们再也不要分开了，好不好？"

郭小玉抱紧吕思，语声哽咽道："玉儿再也不要和思哥分开了。"

郭小玉将蓁首埋入吕思怀中，仿佛要将万千思念都融化在这幸福时刻。突然，一群人簇拥着一个老太监急匆匆走进院中，老太监高声叫道："圣上有谕，太子接旨。"

老太监的声音将深情拥抱着的两人惊醒，郭小玉脸上一红，急忙推开吕思向来人瞧去。

刘启闻言也匆匆自房中跑了出来，率领随从跪下道："儿臣接旨。"

老太监展开圣旨道："奉天承运，皇帝诏曰：今匈奴犯境杀我臣民无数，朕甚为震怒。然，朕深知战争之残酷，如此下去必将有更多的臣民命丧敌手。朕为天下计，授予太子临机专断之权。倘若匈奴人有和解之意，太子断不可意气用事，当以和为第一要务。钦此！"

刘启遵命后叩头接过圣旨，起身向老太监笑道："杨公公受累了，屋里请。"

老太监尖声笑道："多谢太子美意，只是我杨忠还要赶回京师复命，实在不敢耽搁呀！"

刘启道："既然如此我就不挽留公公了，请公公转告父皇，儿臣已经领会父皇的心意，定当极力促成和解之事。"

杨忠尖声笑道："如此甚好，老奴定当一字不差地禀明圣上。太子殿下保重，老奴告辞。"

郭小玉突地想起在匈奴时听到的事情，向吕思娇笑道："思哥稍等，瞧我如何揭穿这个奸贼。"

郭小玉大声喝道："什么狗屁旨意，这明明就是乞和诏书。"

杨忠尖声叫道："大胆！你竟敢口出大不敬之言，论律当诛灭九族，请太子殿下定夺。"

刘启为难道："公公有所不知，此女刚刚救了我，还杀死了三名匈奴刺客，还是给她一条生路吧！"

杨忠嘿嘿冷笑道："太子如此与老奴说话，老奴实不敢当，只是老奴深知功是功过是过，功过不能相抵。此女妖言惑众、扰乱军心，且公然忤逆圣上，太子岂能容她？"

刘启皱了皱眉头道："来人！将郭小玉拿下！"

紫薇仙尊喝道："且慢！"向刘启道："我等此来本是要助朝廷击退匈奴，收复失地，怎料你们早有委曲求全之意，当真令我等感到心寒。今日谁敢动郭姑娘，我便杀了他。"

刘启与众侍卫都知道她武功高强，又刚与她并肩御敌，因此没有一人愿意上前抓捕郭小玉。

杨忠尖声怒道："反了，反了，你们都要造反不成？"

郭小玉大声喝道："你这个吃里爬外的奸贼，别以为我不知道你私通匈奴之事，该诛灭九族的人是你。"

杨忠脸上阴晴不定，向刘启道："难道太子殿下任由这个妖女诬陷老奴不成？"

刘启左右为难道："这……"

郭小玉向杨忠问道："长理宋和达瓦儿你可记得？"

杨忠闻言心中一惊道："什么长理宋，达瓦儿的，我怎会知道？"

郭小玉微笑道："你的记性当真不差，我只说一遍你就记下了他们的名字。"

杨忠急道："区区两个名字记下有何难处？"

郭小玉大声道："长理宋给你留了一封密信，就在你身上。"

杨忠尖声道："他什么时候给我留下密信了？"

郭小玉道："岂止密信，还有五锭金子呢！"

杨忠怒道："长理宋怎会给我金锭，你血口喷人。"

郭小玉微笑道："如此说来是你给他金锭喽！"

杨忠怒道："我怎会给他金锭？"

郭小玉道："那你为什么要踮起脚尖与他商定起兵之日？"

杨忠尖声笑道："信口雌黄，他比我矮上许多，我怎会踮起脚尖……"说到此处，他突然住口不言，知道中了郭小玉之计，怒道："太子殿下还不下令捉拿这妖女吗？"

郭小玉故意吓他道："既然你不承认，只有当面对质了。"

杨忠惊道："你要洒家与谁对质？"

郭小玉虚张声势道："请仙尊去房中将被捆绑的长理宋带出来。"

杨忠扑通一声跪倒在地道："请太子明察，这长理宋句句都是谎言，太子万万不可轻信。"

刘启冷声道："你久居深宫，她为何不冤枉别人，非要冤枉你呢？"

杨忠眼珠乱转道："这贼人定是知道奴才深得圣上恩宠，因此才陷害奴才的。"

刘启喝道："你久居深宫，长理宋怎会见到你？"

杨忠结结巴巴道："或许，或许是奴才陪圣驾出宫时被这贼人见到了。"

刘启冷声道："死到临头还敢狡辩，来人，将这奸细砍了喂狗。"

杨忠眼见性命不保，突地纵声大笑起来，向刘启道："圣上的旨意想必太子殿下没有忘记吧！不错，我正是老上单于的秘使，倘若你们杀了我，老上单于定当率领精兵直逼长安，到时太子殿下如何向圣上交代？"

刘启迟疑道："你当真能说服老上单于退兵？"

突然，自人群中有人大声喝道："杀了他！"跟着有数人随之呐喊，渐渐地呐喊声汇聚成同一个节奏，"杀了他！杀了他！"的叫喊声响彻夜空。

紫薇仙尊向刘启道："军心难得，更是难违！太子还要迟疑吗？"

刘启突地抽出腰刀向杨忠的头颅砍去，鲜血喷溅之下，杨忠已身首异处。

吕思和郭小玉回到驻地时夜色已深，二人各自回房休息。

凌晨时分，门外传来北斗仙尊黄申的声音："盟主，刚才探子来报，有一百余名匈奴骑兵正向甘泉宫进发，请盟主定夺。"

吕思打开房门道："请仙尊调集全部人马下山狙击，我先行一步。"

黄申道："盟主一人前去太过冒险，还是带上我帮弟子与你一起前去吧。"

吕思道："事不宜迟，我带上他们恐错过拦截的时间，仙尊还是依照我的意思行事吧。"说完，施展轻功向山下飞奔而去。吕思身形如电，眨眼之间已消失在夜色之中。

黄申叹服道："如此轻功，休说当今天下，就是前推五百年也无人能够与他匹敌！"想罢，快步向月圣秦苏蓝的住处走去。

吕思来到山下官道时，隐约听到远处传来马蹄杂沓的声音，且由远而近飞速驶来。

吕思立在道路中间，当先赶到的匈奴将军抽出弯刀向他当头砍去，弯刀即将砍中时却突地改变了方向径直向身侧骑兵砍去，骑兵来不及有任何反应，已被砍落马下。

匈奴将军惊惧道："你使的是什么妖术？"说完不敢怠慢，再次挥舞弯刀向吕思砍去。

随着一声痛呼，匈奴将军身边又有一名骑兵被他砍落马下。

匈奴将军既惊又怒挥舞弯刀向吕思扑去，刀光闪烁之间已有数名骑兵中刀落马。匈奴将军身边的骑兵无不心中惊骇，纷纷打马向后退去。

匈奴将军想道："这人只会施展邪术改变我弯刀的方向，却伤不了我，何惧之有？"念及此处，他再次挥舞弯刀向吕思砍去。突听"啊"的一声惨叫，匈奴将军的面门被自己的弯刀砍中，只见他双目圆睁，坠马而亡。

"冬鹭兰将军！冬鹭兰将军！"一人大声喝道，"此人会妖术，都不要靠近他，快将弓箭取出。"匈奴骑士听到命令后纷纷插回腰刀，弯弓搭箭瞄向吕思。

那人大声喝道："放箭！"长箭顿时如雨点一般向吕思飞去。吕思使出化形秘籍之天乾术，飞箭纷纷在他身前坠落。大喝之人左侧一个黑脸壮汉惊叫道："左胥侯大人，莫非此人是白狼神下凡？"

左胥侯闻言后背冷汗直冒，大声呵斥道："白狼神是我们匈奴人的护佑神怎会帮助汉人？你敢扰乱军心，小心军法从事。"

黑脸壮汉连道"不敢"，向左右呼叫道："冲！"随即胯下用力驾马向吕思冲去。

吕思施展化形秘籍抵挡，匈奴骑兵冲到吕思身前时纷纷落马而亡。

左胥侯瞧得胆战心惊，心道："这些骑兵都是我亲自挑选出来的勇士，如今合起伙来居然斗不过一个汉人，大单于若是知道了岂能饶我？"正要拍马冲入阵中，突听远处传来阵阵喊杀之声，他转眼瞧去，只见远处尘土飞扬，至少有上百匹战马飞奔而来，他知道是汉廷的援军到了，急忙喝令退兵。

匈奴骑士早已被吕思的武功惊得魂飞魄散，哪里还敢恋战，听到撤退的命令后，纷纷掉转马头向原路逃去。

很快，援兵已来到近前，他们见敌军已经跑远便不再追赶。援军中除了北斗仙尊黄申、月圣秦苏蓝等人以外，还有郭小玉等人。

吕思率领众人向营地返回，路上，吕思问道："匈奴今夜偷袭不成，明日必定会大兵压境，诸位有何应对之策？"

秦苏蓝道："如今朝廷只是一味乞和，单凭我们这千余人的绿林好汉怎能与匈奴的三十万大军抗衡？"

吕思想起云中郡守魏尚道："云中郡守魏尚有勇有谋，精通阵法，且调度有方，是一个难得的帅才，刘恒倘若用此人对抗匈奴何愁匈奴不灭。"

阮子衿道："明日匈奴的老上单于必会亲率全部兵马杀入甘泉宫，然后继续挥师南下逼取长安，不知朝廷此时是否已经有了应对之策？"

秦苏蓝道："据我帮众弟子探得信息，今晚天黑之前皇宫中只有十余人来到甘泉宫，如此看来，刘恒是要放弃甘泉宫了。"

吕思道："甘泉宫如同长安的咽喉，一旦丢失长安怎能守住，刘恒当真愚蠢至极。"

夏可欣问道："我们将何去何从，还请盟主尽快定夺。"

吕思道："匈奴骑兵自从入关以来奸淫掳掠无恶不作，我们倘若也与朝廷一样坐视不理，长安城内岂不成了人间炼狱？"

秦苏蓝恨声道："我们就是死也不能让匈奴人夺取甘泉宫。"

周克高声叫道："誓死保卫甘泉宫！"

众人豪气陡升，跟着一齐呐喊道："誓死保卫甘泉宫！"

第四十三章

第二日清晨，吕思正在大厅与众人商量如何部署兵力，突然北斗帮的一个弟子跑入大厅跪禀道："禀盟主及诸位帮主，山下来了上千名绿林好汉嚷嚷着要投奔我们。"

吕思喜道："这当真是雪中送炭之举！"向北斗仙尊等人说道："不知为首者是何人，还请各位帮主与我一同前往迎接。"

郭小玉起身笑道："今日投诚之人乃是碧玉门掌门邱泽和青衣门掌门韩庚。"

吕思问道："玉儿怎知是他们二人？"

郭小玉咯咯笑道："思哥莫非忘记我曾在漠北走了一遭之事？"

吕思道："原来他们是你在漠北认识的。"

郭小玉道："他们是我自漠北返回时认识的，如今碧玉门和青衣门都是万香会下属门派。另外，还有一件事要告诉你，我把杨平杀了。"

吕思吃惊道："是哪一个杨平？莫非是漠北四鹰？"

郭小玉道："自然是他！"

吕思百感交集道："多谢玉儿为我报得大仇！"

郭小玉鼻子一酸道："思哥，你还要和我客气吗？"

黄申哈哈笑道："还请玉儿为我们引荐诸位英雄。"

众人来到山下，郭小玉给双方做了介绍。邱泽道："属下与韩掌门早就想要拜见盟主及各位掌门人，只是一直被杂事所扰脱不开身。前些日子奉郭姑娘之命赶到此地与诸位共同抵抗匈奴，这才有了与诸位相见的机会。"

夏可欣问道:"你们当初是如何加入万香会的?"

邱泽哈哈笑道:"当初我与韩掌门都被郭姑娘骗了,那时她一身男装打扮并以盟主的名讳自称,而且我们又都败在她的手下,自然对她的身份毫不怀疑。盟主的威名我们早有耳闻,因此我们恳请郭姑娘让我们加入万香会。"

郭小玉向邱泽斥道:"就数你牙尖嘴利,你好好学学韩掌门,你什么时候见他多说过话!"

阮子衿感叹道:"郭姑娘对盟主的一片痴心实在令我等感动。"

郭小玉取笑道:"你休要胡说!我来问你,被你欺骗到手的房婷呢?"

阮子衿尴尬道:"我与婷妹乃是真心相爱,她如今和帮中兄弟在一起。"

黄申哈哈笑道:"诸位不要在此耽搁了,还请上山一叙。"

众人刚在大厅坐定,一名北斗帮弟子跑来禀报道:"禀盟主及诸位掌门,匈奴老上单于亲率三十多万兵马正向我们这儿行进!"

吕思向秦苏蓝道:"秦掌门与刘启素有渊源,请你亲自前往甘泉宫告诉他情况。"

秦苏蓝道:"盟主还是让别人去吧,我留下与你共同杀敌!"

吕思道:"敌军有三十万之众,就凭我们这些人怎能杀得完呢?只有朝廷及时派出援兵我们才有胜算,秦掌门此行责任重大。"

秦苏蓝点头道:"盟主说的是,秦某必不辱使命,告辞!"说完,匆匆下山,驾马向甘泉宫飞奔而去。

吕思吩咐道:"周兄带领五彩门、白鹤门以及紫竹帮众人埋伏在西侧见机行事,切记不可硬拼。"

周克领命后与夏可欣带领众人向西侧进发,寻找掩体去了。

吕思向郭小玉道:"玉儿带领碧玉门与青衣门在此地设伏,寻找战机,也不要与敌人硬拼!"向黄申道:"我与仙尊及其他众人从正面迎击敌人!"

郭小玉叫道:"我不同意。我也要从正面杀敌!"

吕思道:"从此时的形势而言,不论是从正面迎敌,还是从侧面杀敌,面临的危险都是一样的。"

郭小玉不依道："我不管，我就是要和你在一起。"

吕思只得妥协道："玉儿同我带领北斗帮徒众从正面迎敌，仙尊带上碧玉门和青衣门弟子在此地留守。"

众人按照吕思的指令到达各自位置，过不多久，远处传来震耳欲聋的声音，天空也被扬起的尘土搅得浑浊起来。

很快，黑压压的人马来到近前，行在前面的是骑兵方阵，紧随其后的是手持盾牌的牌刀手，牌刀手的后方是九匹骏马牵拉的马车，车上有一张硕大的黄伞。马车的周围满是骑兵及牌刀手，再向后便是绵延数十里的骑兵方阵了。

吕思低声道："奇怪了，匈奴以骑兵见长，来如疾风，去似闪电，他们怎会做出此等排兵布阵之法？"

郭小玉分析道："来如疾风，去似闪电是小股部队作战的法子，现在他们拥兵三十万自然会布出不同的阵法。"

吕思问道："玉儿可有应对之策？"

郭小玉摇头道："我从未上阵杀敌，哪有什么经验，唯有拼死一搏！"

吕思赞同道："好，与他们拼死一搏！"

匈奴骑兵来到吕思等人身前停住，为首之人身着白色狐裘，见吕思身后不过千人，不由得纵声狂笑道："无知小儿，螳臂也敢挡车！"向左边一个蓝脸汉子喝道："功业兰，这份功劳赏你了！"

功业兰喜道："多谢大都尉提携！"说完大臂一挥道："儿郎们给我冲！"功业兰手持长斧向吕思当头砍去。

吕思身影自马背电闪而出，功业兰连叫声都没有来得及发出便被吕思的匕首割断了喉咙。

匈奴大都尉惊得连连后退，喝令数十名骑兵挡在他身前。

吕思、郭小玉和北斗帮众人与匈奴骑兵混战成一团，匈奴人以畜牧为业，弧弓射猎，逐兽随草，居处无常，因此练就了马上功夫，只见他们身形快捷，纵马如飞，长枪点刺之间，北斗帮众人纷纷中枪坠马。

吕思和郭小玉脚踏华星韵步在匈奴骑兵之间飞奔跳跃，杀得匈奴骑兵哀号不止。

吕思和郭小玉会合后并肩向匈奴的大都尉杀去，大都尉见势不妙急忙掉转马头向后逃离。他这一逃，立时动摇了军心，他身边的骑兵也纷纷掉转马头逃跑。前面之人拼命向后逃离，后面之人不知前方发生了何事，依旧催马向前。如此一来，匈奴人的马阵立时乱了阵脚。

周克与北斗仙尊都瞧见了敌军的溃败，纷纷率领众人自敌军左右两侧发起攻击。坐镇中军的老上单于愤怒至极，向左右道："贺兰大将军、厄尔浑大将军你们速速带兵去稳住阵形，后退者杀无赦，你们若不能完成任务，就地自裁了吧。"

贺兰大将军与厄尔浑大将军齐声答道："卑职如果不能击退敌人愿意将自己的头颅割下！"说完，各自带上人马分别向左右两侧杀去。

周克眼见敌人越杀越多，体力渐渐不支。阮子衿护着房婷且战且退，突然房婷自马上摔了下去，敌人一拥而上，阮子衿慌忙使出三星锤分向三人打去。三名匈奴骑兵应声而亡，但是仍有四人持枪向房婷刺去。正当房婷绝望地闭上双目之际，突听两个熟悉的声音叫道："休要伤我小师妹！"跟着传来四声惨呼，原来是赵宇上与文章鱼抢上前来杀了四名匈奴骑兵。

房婷睁开眼睛见赵宇上和文章鱼都身着白鹤门普通弟子的服饰，知道他们一直在暗中保护自己，不由得感激道："多谢二位师兄。"

文章鱼刚说了声："小师妹快上马！"一柄长枪自他的后背穿出。

房婷悲声叫道："大师兄！"

她刚一叫完，身后又传来赵宇上的惨叫声，原来他也被长枪刺穿了胸膛。房婷回身看去，只见赵宇上口中鲜血汩汩而出，却依然微笑地瞧着自己。文章鱼和赵宇上自小便围着自己转，想尽办法让自己开心的种种情形突然逐一浮现在房婷的脑海中，她悲呼一声："二位师兄！"随即晕厥倒地。

阮子衿飞身跃到房婷身边将她拦腰抱起，而后飞身上马向远处逃离，匈奴骑兵纷纷催马追击。

黄申虽然武功高强，怎奈敌人太多，他杀了上千人后累得喘息不已，便带领五十余人杀出重围向山上逃去。一名匈奴首领喝道："不要追了，保护大单于要紧，量他区区几十人也成不了气候！"

黄申见匈奴人不再追赶又带领属下去寻找吕思。黄申等人来到吕思附近时正遇见周克带着残余部众赶了过来。二人目光对视，眼中均暗淡无光。周克悲声道："我对不起盟主，更对不起各位兄弟，一千余人被我带回的只剩下二百余人了。长江六侠和汉中五鬼都已力战而死。"

黄申叹道："北虎倘若自责，老夫更是无地自容，我所带领的一千余人死的死散的散，所剩者不足六十。"

周克道："你我都不是贪生怕死之辈，走，我们去找盟主，今生能与盟主并肩抗击匈奴虽死无憾！"

黄申与周克带领部众来到吕思身前时，吕思刚刚逼退匈奴人的一轮进攻，他见到黄申与周克后紧紧握住他们的手，心中感慨万千。

老上单于听闻奏报说两侧敌人都被杀退，只剩前方少数敌人在做垂死抵抗后高兴道："本大单于要亲自瞧一瞧胆敢阻拦我者生得什么模样！"即命都尉常怀光驾车前行。

老上单于身边的左右谷蠡王、左右大将军、左右大都尉本想劝阻，因想到前方敌军不足百人都不再开口阻拦。

老上单于刚刚来到前面马阵当中，突感眼前一花，跟着胸口一紧，身体已被人带离马车，向马阵外飞奔而去。众匈奴将军、都侯均被这突如其来的变化惊得哇哇乱叫。

擒住老上单于的正是吕思，他将老上单于带离敌阵高举在空中喝道："谁敢近前一步我立时将他的脑袋扭断！"

众匈奴军士哪里再敢上前，右谷蠡王、左右大将军纷纷喝止吕思。

正在此时，吕思身后奔来一队人马，听蹄声约有数百人。吕思回身瞧去，却是月圣秦苏蓝会同刘启以及数十名随从飞奔而来。

刘启见吕思单手高举一人，问道："吕兄捉住的是何人？"

吕思道："此人便是匈奴首领老上单于。"

"哎呀！"刘启惊呼道，"吕兄快快放手！"

吕思怒道："你是要我放了他吗？"

老上单于叫道："你只要放了本大单于，我保证饶你不死！"

吕思冷笑道："我迟早是要杀了你的，只是还没有想出让你痛苦死去的办法！"

老上单于闻言惊惧道："你不是汉人吗，为何敢违抗太子之命！"

吕思冷笑道："我何止敢违抗太子之命，我若恼起来连刘恒也照杀不误！"

老上单于喜道："原来你是朝廷的反臣，我们的目标一致，推翻朝廷后本大单于和你平分天下如何？"

吕思怒道："我们汉人之间的矛盾我们自会内部解决，与你蛮夷之辈有何关系，你再多说一句话我立时宰了你！"

老上单于吓得不敢吭声。

刘启向吕思道："请吕兄原谅，我是奉父皇之命来议和的。"

吕思哈哈冷笑道："你与这种蛇蝎之人有什么好谈的，你忘记他们是如何凌辱我们汉人的吗？我当真后悔高看了刘恒！"

刘启听他辱骂父皇心中虽然恼怒但是不敢表露，耐心解释道："其实父皇自有父皇的道理。如今天下诸侯割据，且不说七国早有谋反之心，就是梁王也对朝廷虎视眈眈。当此关头，朝廷哪有实力与匈奴争斗？父皇这是在韬光养晦！"

吕思怒道："你们只为稳固皇权，何曾将百姓的死活放在心中！"

刘启道："如若发生战争将会死去多少百姓你算过吗？如果能与匈奴议和免除战争，牺牲一些物品和美女又有何不可，总好过死上数十万甚至数百万人吧！"

吕思闻言沉默不语，刘启见吕思心中有所松动，向老上单于道："在下刘启，今奉父皇之命前来与单于议和，不知单于可否愿意？"

老上单于被吕思牢牢控制，不敢回绝，问道："你们有何诚意？"

刘启道："只要大单于退兵，我朝愿与大单于世代交好，继续执行和亲之策，另外，父皇愿意将金银珠宝、美女、食物送与大单于。"

吕思向秦苏蓝道："秦掌门听到了吗，他们这是在议和吗，明明是像狗一样摇尾乞怜！"

秦苏蓝气愤道："属下还未来得及向盟主禀报，紫薇仙尊因不满文帝刘恒的做法已经离开了甘泉宫。自今日起，我秦苏蓝及其门下弟子不再与朝廷有任何瓜葛！"

吕思道："倘若匈奴真的愿意退兵休战对百姓而言未尝不是一件好

事，只是这些蛮夷之辈的话怎能相信？"

老上单于急忙接话道："只要你放了我，我保证立刻退兵，今后只要朝廷兑现承诺，我匈奴保证永不犯境！"

吕思将老上单于放下道："我也不怕你反悔，只要我想杀你，纵是你躲到天边也逃脱不掉！"

老上单于心中暗道："只要我回到阵中，立时下令荡平汉廷！"

吕思像是听到了他内心的话语，瞧着老上单于道："你以为只要我放你回去，我就杀不了你了是吗？"

老上单于急忙摇头道："不敢！你武功高强，我自然是相信的！"

吕思指向上千米外的一个白袍小将问道："那名白袍小将是谁？"

老上单于遥望道："他是我的儿子左谷蠡王伊稚斜。"

吕思向老上单于道："你命令手下护住他，我现在就将他擒来。"

老上单于怎肯相信道："倘若你真能在万军之中将他擒来，我愿盟誓，你若在世我绝不入侵中原，否则白狼神罚我永绝后代！"

吕思道："好，你传令吧。"

老上单于大声叫道："勇士们，听好了，此人要在你们手上抢走左谷蠡王伊稚斜，你们答应吗？"

"杀了他！杀了他！"众匈奴士兵高声叫喊着。

消息很快传到左谷蠡王伊稚斜的耳中，他冷笑道："这贼人当真什么话都敢说！"

"他若敢来我等必将他斩为肉泥！"他身边的将军纷纷怒喝道。

老上单于向吕思道："你可以动手了。"他话一出口眼前立时失去了吕思的身影，正惊骇于吕思的绝世轻功之际，耳中又传来匈奴士兵的惊惧呐喊之声。紧接着，吕思手举一人出现在他的身前问道："你瞧清楚了，此人是不是左谷蠡王伊稚斜？"

老上单于的脸上与伊稚斜一样充满着恐惧，向吕思道："你莫非是白狼神下凡，否则怎会有如此本领！既然是白狼神之意，本大单于岂敢不从！自今日起，只要汉廷不违约，我绝不带兵踏入中原半步！"

吕思向老上单于道："你们都回去吧。"说完将手中的左谷蠡王伊稚斜扔到老上单于身边。

刘启向老上单于道："请老上单于放心，你退兵后我会遵守承诺以最快的速度将金银珠宝以及美女、食物送到。"

老上单于瞧着如天神一般挺立的吕思，既不甘心又无奈地转向刘启冷声道："谅你也不敢违约！"转身和伊稚斜走回阵营。

老上单于在左右大将军、左右大都尉等人的护送下登上龙辇，瞧向垂头丧气的伊稚斜喝令道："上马，原路返回！"

待匈奴士兵尽数离开后，刘启向吕思拱手说道："谢谢！您是我朝大功臣，又武功盖世，我想请您和您的兄弟上朝，封王封侯……"吕思打断他的话："你无须谢我，记住我说的话，倘若你敢鱼肉百姓我必杀你！"

刘启诚心道："我一定记住您的话，保证让百姓安居乐业，再也不用遭受战争之苦！"

吕思见他言语恳切，说道："但愿你说的是真心话！你回去吧！"

刘启向郭小玉、黄申以及秦苏蓝等人道："你们都是我大汉朝的功臣，我将永远铭记在心！"说完带领随从回长安复命去了。

黄申向吕思问道："玉郎君下一步作何打算？"

吕思道："我不想插手朝廷之事，也不愿过问江湖仇杀，只想归隐田园过完下半生。"

黄申哈哈笑道："玉郎君的胸怀老夫是万万追不上了，我虽是耄耋之年却依然雄心万丈，我还要重建北斗帮。"

秦苏蓝瞧着所剩无几的门徒长叹了一口气，又豪气万丈道："仙尊既然要重振北斗帮，那我白鹤门岂能落后！"

黄申又哈哈笑道："有月圣陪我在江湖中闯荡，岂不更加有趣！人各有志，盟主既然决意远离江湖，老夫等岂敢阻拦，倘若盟主没有其他吩咐，我们就此别过！"

黄申与秦苏蓝各自带领自己的门人向吕思等告辞离去。夏可欣拉着郭小玉的手问道："玉儿作何打算？"

郭小玉偷偷地瞧向吕思不答。

牛油果把吕思推到郭小玉身前，与夏可欣一起将他们二人的手放到一起。吕思向阮子衿问道："不知星圣有何打算？"

阮子衿瞧向房婷道："我与婷妹商量过了，我们俩誓死不与盟主分开！"

周克接话道："我与冬儿也终生追随盟主，今后不论盟主去往何处，我们都紧紧跟随。"

吕思道："冬儿现在何处，她还好吗？"

周克道："她被阮帮主安排在紫竹帮本部玉山境内，那里风光秀丽，隐秘异常，外人发觉不了。请盟主放心！"停了停又问道："不知盟主要到哪里去？"

吕思仰首向南面瞧去道："凉山境内有我的族人，且环境优美，正适合修心养性。"

周克道："我们一起去那里生活，烦请盟主和诸位先随我去接冬儿。"

吕思喜道："有你们相伴我不会寂寞了。"说完要松开郭小玉的手，郭小玉手上用力道："这辈子你休想再丢下我！"